Wolfgang und Heike Hohlbein

SCHATTENJAGD

Eine fantastische Geschichte

Ueberreuter

Die Deutsche Bibliothek – CIP-Einheitsaufnahme

Hohlbein, Wolfgang:
Schattenjagd : eine phantastische Geschichte /
Wolfgang Hohlbein ; Heike Hohlbein.
– Wien : Ueberreuter, 1996
ISBN 3-8000-2465-9

J 2264/1

Umschlag von Jörg Huber
Gesetzt nach der neuen Rechtschreibung

Druck: Ueberreuter Print
1 3 5 7 6 4 2

Die Schlacht war zu Ende, aber nicht entschieden. Mit dem letzten Licht der Sonne hatten sich die beiden Heere, die im ersten Morgengrauen aufeinander geprallt waren und den ganzen Tag über verbissen miteinander gerungen hatten, wieder getrennt. Ghuzdans Söldnerheer hatte auf dem Kamm der Hügelkette Stellung bezogen, nicht sehr weit entfernt. Mit einem guten Fernglas, dachte DeWitt, könnte ich wahrscheinlich sehen, was sich Ghuzdan und die anderen sich zum Abendessen servieren ließen.

Ja, die Schlacht war vorüber. Trotzdem brauchte er nur die Augen zu schließen, um den Lärm des Kampfes wieder zu hören, das Zittern zu spüren, in das die Urgewalt der beiden aufeinander prallenden Armeen die Erde versetzt hatte, die schrillen Schreie der Drachen, das Klirren von Stahl und das Wiehern der Pferde, die misstönenden Laute der großen Hörner, mit denen die Orcs zum Kampf bliesen und deren Klang ihre eigenen Krieger ebenso sehr in einen Blutrausch versetzten, wie sie die Herzen der Verteidiger mit Angst erfüllten. Er glaubte sogar das sonderbare Kribbeln zu verspüren, das jedesmal wie tausend Ameisenbeine über seine Haut lief, wenn einer der Ogermagier seine finstere Zauberkraft entfesselte. Es war nicht der erste Kampf gewesen, an dem er teilgenommen hatte.

Morgen, dachte er. Morgen wird die Entscheidung fallen. Die beiden Heere hatten sich voneinander getrennt, weil die Orcs zu abergläubisch und zu feige waren, um bei Dunkelheit zu kämpfen, und die menschlichen Verteidiger die Atempause dringend nötig hatten, um wieder zu Kräften zu kommen. Aber es gab keinen Zweifel daran, dass der erste Sonnenstrahl des nächsten Tages sich auf geschliffenem Stahl brechen würde und dass der Morgen nicht mit dem Gesang der Vögel,

sondern dem Lärm einer neuen Schlacht beginnen würde. Morgen war der Tag der Entscheidung.
Morgen würde sich entscheiden, *wem* dieses Land in Zukunft gehören würde: den geschuppten, halb tierischen, barbarischen Orcs und der Unzahl anderer Monster und unaussprechlicher Kreaturen, die im Frühjahr wie eine allesverschlingende lebende Flutwelle aus den Wäldern im Norden hervorgebrochen waren, oder den Menschen, die DeWitt und seine Lichtkrieger in ihrer Verzweiflung zu Hilfe gerufen hatten.
Es gab für beide Seiten kein Zurück mehr. Ghuzdans Orc-Armee war zu weit von ihrer Heimat entfernt, um noch zurück zu können, und die grünhäutigen Krieger hatten auf dem Weg hierher zu viel Verwüstung angerichtet, zu viele Städte geschleift und zu viele Greueltaten begangen, um noch auf das Erbarmen der Menschen zählen zu können. Sie mussten diese Schlacht gewinnen oder sie würden untergehen.
Und auch den Menschen blieb keine Wahl mehr, denn ebenso wie die Orcs wussten sie, dass sie keine Gnade erwarten durften, wenn sie unterlagen. Das Wort *Mitleid* gehörte nicht zur Sprache der Orcs, und die Verteidiger standen mit dem Rücken zur Wand – und das im wahrsten Sinne des Wortes. Jenseits des Tales, in dem sie die Orc-Armee zur entscheidenden Schlacht gestellt hatten, lag nur noch die Hochebene von Cairon, der Hauptstadt des Reiches und zugleich der letzten Stadt, die dem Ansturm der Horde bisher noch nicht erlegen war, und dahinter die große Mauer, die die Welt begrenzte. Selbst wenn sie hätten fliehen wollen – es hätte nichts gegeben, wohin sie gehen konnten. Und so war es ein Kampf, bei dem es keine Gefangenen geben würde, keine Sieger und Verlierer.
Nur Überlebende und Tote. Wenn die Sonne morgen sank, würde eines der beiden Völker, die sich hier gegenüberstanden, nicht mehr existieren.
DeWitt wusste nicht, welches.
Vorhin, als die Schlacht ihrem Höhepunkt entgegengegangen war und es für einen kurzen, furchtbaren Moment so ausge-

sehen hatte, als ob die Reihen der Verteidiger wanken und letztendlich brechen würden, da war er es ganz allein gewesen, der sein Schwert gezogen und mit einem gellenden Ruf auf den Lippen tief in die Reihen der Orcs vorgestoßen war, um mit seinem Todesmut seinen Männern noch einmal neue Kraft zu geben. Sein Beispiel hatte gewirkt. Die wankenden Reihen der Verteidiger hatten sich noch einmal formiert und die Orcs und ihre Verbündeten waren zurückgeworfen worden.

Aber wie oft noch? dachte er. Es ist nicht besonders schwer, mutig voranzuschreiten, wenn man weiß, dass man nicht sterben, ja, nicht einmal wirklich verletzt werden kann.

DeWitt brachte das Flüstern hinter seiner Stirn zum Schweigen, drehte sich herum und ging mit langsamen Schritten zu dem von bunten Fahnen und Wimpeln flankierten Zelt zurück. Er betrat es, schlug die Plane hinter sich zu und blinzelte ein paarmal, damit sich seine Augen an das plötzliche, grelle Licht gewöhnten. Draußen war tiefste Nacht, die nur vom roten Widerschein der Lagerfeuer am Himmel erhellt wurde, aber hier drinnen herrschte noch immer helles Licht. Orban hatte eine seiner Zauberkugeln mitgebracht, deren Schein alle Schatten und die Vorboten der Nacht aus dem Zelt verscheuchte.

Darüber hinaus hatte er auch sich selbst mitgebracht, wie DeWitt mit Überraschung und leisem Unmut feststellte. Offensichtlich war der Magier anders als er selbst der Meinung, dass ein richtiger Held auch nach einer großen Schlacht keine Ruhe brauchte. Und nicht nur das. Außer dem grauhaarigen Amethyst-Magier waren noch fünf weitere Männer anwesend: König Liras, zwei Ritter vom Wolfsorden, deren Gesichter hinter den stählernen Tiermasken verborgen waren, die die Visiere ihrer Helme bildeten, Gamma Graukeil und zu allem Überfluss auch Yaso Kuuhl, der ihm wie üblich mit Misstrauen und kaum verhohlenem Neid entgegenblickte. DeWitt hatte nichts gegen Kuuhl, aber wenn es in diesem Heer einen Mann gab, der ganz bestimmt *nicht* sein Freund

war, dann der Schwarze Ritter. Noch vor einem Jahr, bevor DeWitt und seine Lichtstreiter in dieses Land kamen, war er unumstritten der größte Held in Adragne gewesen. Er hatte ihm nie verziehen, dass er es war, an den sich die Menschen hier in ihrer größten Not gewandt hatten.
DeWitt begrüßte ihn mit einem kühlen Kopfnicken, streifte die metallenen Wolfsmasken der beiden anderen Ritter mit einem flüchtigen Blick und wandte sich dann an den König.
»Majestät. Welche Ehre, Euch in meinem bescheidenen Quartier begrüßen zu dürfen. Würdet Ihr mir die Ehre zuteil werden lassen und mir den Grund Eures so späten Besuches mitteilen?«
Auf Kuuhls Gesicht erschien ein zorniger Ausdruck und seine linke Hand senkte sich in einer unbewussten Bewegung auf den Griff des gewaltigen Breitschwertes, das an seinem Gürtel hing. Doch König Liras kam DeWitt unabsichtlich zu Hilfe.
»Gern, mein Freund«, sagte er. »Auch mir ist nicht daran gelegen, länger als unumgänglich notwendig in Eurem Quartier zu verweilen.«
Na, dann sind wir ja einer Meinung, du Dämel, dachte DeWitt. Ausnahmsweise.
»Gamma Graukeil –« Liras deutete auf den schwarzhaarigen Führer der Greifenstaffel. »– bringt schlechte Kunde. Seine Kundschafter haben weitere Orc-Krieger gesichtet, die auf dem Weg hierher sind.«
»Ist das wahr?«, fragte DeWitt erschrocken. Das allein war schon eine Beleidigung, für die Liras (und erst recht *Kuuhl!*) ihm wahrscheinlich liebend gerne den Kopf abgeschlagen hätten. Man vergewisserte sich nicht, ob die Worte des Königs der Wahrheit entsprachen; schon gar nicht in seiner *Gegenwart.* Doch DeWitt war viel zu erschrocken über das, was er gehört hatte, um auf solche Feinheiten zu achten, und Gamma Graukeil wohl auch, denn er nickte nur ernst und antwortete: »Ich fürchte, ja. Vier Einheiten, die sich von Westen her nähern. Sie werden eine Stunde vor Sonnenaufgang hier sein. Wenn nicht eher.«

»Weitere vier Einheiten?«, murmelte DeWitt. Das verschob das ohnehin ungleiche Kräfteverhältnis der beiden Heere noch mehr zu ihren Ungunsten. Eine Orc-Einheit bestand im Allgemeinen aus mindestens fünfhundert Kriegern und nur zu oft noch weit mehr.
»Und das ist leider noch nicht alles«, fügte Gamma Graukeil hinzu. »Einer meiner Kundschafter berichtete, dass eine Anzahl Ogermagier nicht weit von hier dabei sind, ein Schwarzes Portal zu öffnen.«
»Wenn ihnen dies gelingt, sind wir verloren«, sagte Liras.
DeWitt ignorierte ihn. »Das ... das ist nicht Euer Ernst!«, murmelte er. Er hatte Mühe, sich seinen Schrecken nicht zu deutlich anmerken zu lassen. »Euer Kundschafter hat es gesehen und es nicht verhindert?«
Gamma Graukeil fuhr heftig auf: »Sie haben es versucht! Die Patrouille bestand aus fünf Greifenreitern! Sie haben die Orcs angegriffen, aber sie hatten keine Chance. Die Magier haben eine starke Schutztruppe, bei der allein drei Drachen waren. Vier der fünf Männer fanden den Tod, bevor der letzte endlich begriff, dass es wichtiger wäre, uns zu warnen, als einen weiteren sinnlosen Heldentod zu sterben!«
»Verzeiht«, murmelte DeWitt. Er glaubte Gamma Graukeil jedes Wort. Wenn es während des langen, entbehrungsreichen Krieges gegen die Orcs und ihre Verbündeten eine Einheit gegeben hatte, die sich durch besonderen Mut und außergewöhnliche Tapferkeit auszeichnete, dann waren es Gamma Graukeils Greifenreiter. So manche Schlacht hatten sie allein durch ihre Entschlossenheit gewonnen und darunter auch die eine oder andere, die selbst DeWitt schon als verloren angesehen hatte.
»Ich wollte die Tapferkeit Eurer Männer nicht in Zweifel ziehen«, fuhr er fort. »Ich war nur völlig entsetzt.«
Gamma Graukeil funkelte ihn an, schien sich aber mit dieser Erklärung zufrieden zu geben, und DeWitt fuhr kopfschüttelnd fort: »Aber wie ist das nur möglich? All eure Magier haben mir versichert, dass die Orc-Magie so weit entfernt von

ihrem Heimatland nicht stark genug ist, um etwas so Gewaltiges wie ein Schwarzes Portal zu erschaffen!« Er sah Orban an, doch der Magier zuckte nur mit den Schultern und begann sich mit einer Hand über seinen Bart zu streichen.
»Da haben sie sich wohl geirrt«, murrte Gamma Graukeil. Er schlug mit der Faust seiner Linken in seine rechte Handfläche, dass es klatschte. »Und zwar gründlich.«
»Und sie werden dafür bezahlen«, fügte Liras mit einem drohenden Seitenblick auf den Amethyst-Magier hinzu. »Meister Orban und seine magischen Kollegen vom Inneren Zirkel werden sich für diesen Fehler verantworten müssen.«
»Sicher«, sagte DeWitt. »Aber wenn ich einen Vorschlag machen dürfte – es wäre vielleicht klug, wenn Ihr bis nach dem Krieg damit wartet, all Eure Magier hinrichten zu lassen.« Er sah aus den Augenwinkeln, wie Liras erbleichte und Kuuhls Gesicht im Gegensatz dazu die Farbe einer überreifen Tomate anzunehmen begann. Bevor einer der beiden jedoch etwas sagen konnte, wandte sich DeWitt direkt an den Magier.
»Ich kann mir nicht vorstellen, dass Ihr und Eure Männer einen solchen Fehler macht. Wie konnte das geschehen?«
Orban zuckte mit den Schultern. Er streifte Liras mit einem fast mitleidigen Blick, ehe er antwortete. »Das weiß ich so wenig wie Ihr, Ritter DeWitt. Aber die Frage ist im Moment nicht: *Wie konnte es geschehen,* sondern wohl eher: *Was können wir dagegen tun?*«
Womit er natürlich hundertprozentig Recht hat, dachte DeWitt. Es war nicht das erste Mal, dass ihn die pragmatische Art des Magiers überraschte. Von einem Mann, der sein Leben mit Zauberei, dem Studium uralter Bücher und dem Zusammenmischen geheimnisvoller Tinkturen verbrachte, erwartete man einfach nicht, dass er so praktisch dachte. Trotzdem schüttelte DeWitt den Kopf.
»Natürlich habt Ihr Recht, Orban. Trotzdem möchte ich wissen, wie es geschehen konnte.«
»Aber das ist doch im Moment ...«, begann Kuuhl, wurde aber sofort von Orban unterbrochen:

»Ich verstehe Eure Sorge, Ritter DeWitt. Wenn es den Orcs gelingt, einen solch mächtigen Zauber zu weben, wer weiß, wozu sie dann noch in der Lage sind?«

»Noch ist das Portal nicht geöffnet«, sagte Kuuhl.

»Woher wollt Ihr das wissen?«, fragte DeWitt.

»Ich wüsste es«, antwortete Orban an seiner Stelle. »Glaubt mir, ich hätte es gespürt, wäre die Welt der Magie so stark erschüttert worden, wie es beim Öffnen eines Schwarzen Portals geschieht. Und ich kenne die Rituale, die dazu nötig sind. Selbst die mächtigsten Ogermagier werden die ganze Nacht benötigen, um ihr Werk zu vollbringen.«

»Dann ist noch Zeit«, sagte DeWitt grimmig.

»Zeit?«, fragte Liras. »Wozu?«

DeWitt sah ihn einen Moment lang vollkommen verständnislos an. »Sie aufzuhalten, Majestät«, antwortete er. Das *Wozu denn sonst, du Trottel?* sprach er nicht aus, aber es war trotzdem irgendwie zu hören.

»Aufhalten?«, keuchte Liras. »Aber ... aber Ihr habt doch gehört, was Gamma Graukeil erzählt hat. Seine Krieger wurden getötet, ehe sie dem Portal auch nur *nahe* kommen könnten. Sie haben *Drachen* dort!«

DeWitt musste sich auf die Zunge beißen, um Liras nicht *die* Antwort zu geben, die er eigentlich verdiente – und die im Zweifelsfalle aus einem Tritt in den verlängerten Rücken bestanden hätte. So geduldig, wie er nur konnte, antwortete er: »Mit Verlaub, Majestät. Ich zweifle nicht an der Tapferkeit von Gamma Graukeils Kriegern, aber sie waren nur fünf, und sie wussten nicht, was sie erwartet. Warten wir ab, bis die Magier das Portal geöffnet haben, sind wir verloren. Wenn wir aber sofort aufbrechen und sie in entsprechender Stärke angreifen, hätten wir eine gute Chance.«

»Angreifen?«, keuchte Liras. »Seid Ihr von Sinnen? Das Schwarze Portal liegt auf der anderen Seite des Tales! Glaubt Ihr denn, Ghuzdan würde Euch einfach durchlassen? Und selbst wenn, Ihr hättet keine Chance! Es sind vier Stunden Weg, selbst auf einem schnellen Pferd, und Ihr wisst nicht

einmal, was Euch erwartet! Möglicherweise haben sie tausend Krieger dort oder auch hundert Drachen!«
DeWitt sah verwirrt von einem zum anderen. Orban wich seinem Blick weiter aus und auch Gamma Graukeil schien plötzlich sehr intensiv damit beschäftigt zu sein, seine eigenen Stiefelspitzen zu studieren, während Kuuhl ihn nur herausfordernd anstarrte. Irgendetwas ging hier vor. DeWitt hatte plötzlich das sichere Gefühl, dass all diese Männer etwas wussten, wovon er noch keine Ahnung hatte. Und dass es nichts Angenehmes war.
»Ich bin gekommen, um Euch von Folgendem in Kenntnis zu setzen, Ritter DeWitt«, sagte Liras, als das Schweigen immer unangenehmer wurde. »Ich habe einen Boten in Ghuzdans Lager geschickt.«
»Einen ... Boten?«, wiederholte DeWitt verständnislos. »Wozu?«
»Um Friedensverhandlungen aufzunehmen«, antwortete Liras. »Ich erwarte seine Rückkehr in einer Stunde und ich bin zuversichtlich, dass Ghuzdan und die anderen mein Angebot annehmen werden. Wenn ja, werden wir uns noch in dieser Nacht mit ihnen treffen, um über die Kapitulationsbedingungen zu verhandeln.«
DeWitt antwortete nicht gleich. Er hatte gewusst, dass Liras nicht der Hellsten einer war – aber er hatte ihn bisher allenfalls für einen Dummkopf gehalten. Nicht für einen Vollidioten.
»Friedensverhandlungen?«, murmelte er. »Mit *Orcs?!*«
»Ich weiß, wie das in Euren Ohren klingen muss«, sagte Liras fast hastig. »Ihr seid ein Mann des Schwertes. Ein Krieger. Oh, nicht, dass ich etwas gegen Krieger hätte oder an Eurer Klugheit zweifelte, Ritter DeWitt, nur ... seht Ihr, in einer Situation wie dieser ist vor allem Diplomatie gefragt und das ist etwas, von dem Ihr sicherlich weniger versteht. Und wie könntet Ihr auch? Immerhin –«
»Ist Euer Bote schon zurück?«, unterbrach ihn DeWitt. Liras schüttelte den Kopf und machte ein beleidigtes Gesicht, weil DeWitt ihn unterbrochen hatte, doch dieser fuhr unbeein-

druckt mit einem harten Lachen fort: »Er wird auch nicht kommen. Wahrscheinlich haben ihn Ghuzdan und die anderen zu Abend gegessen.«
»Jetzt übertreibt Ihr aber«, antwortete Liras in schmollendem Ton.
»Nicht im Mindesten«, erwiderte DeWitt. »Verzeiht, Majestät, aber ein Frieden mit Orcs ist ... einfach undenkbar.«
»Weil Ihr es nicht wollt?«, fragte Kuuhl böse. »Habt Ihr Angst, dass es keine Schlachten mehr gibt, in denen Ihr Euch hervortun könnt?«
»Weil sie nicht für den Frieden *gemacht* sind, Ritter Kuuhl«, antwortete DeWitt. »Die Orcs wissen nicht einmal, was dieses Wort bedeutet. Ihr einziger Daseinszweck ist die Zerstörung. Sie leben für den Krieg, für nichts anderes!«
»Unsinn!«, sagte Kuuhl böse.
»Ich wollte, das wäre es«, antwortete DeWitt. »Aber glaubt mir, ich weiß, wovon ich rede. Ich kenne die Orcs. Ich habe so oft gegen sie gekämpft –«
»– dass Ihr Euch vielleicht gar nicht mehr vorstellen könnt, dass es auch anders geht«, unterbrach ihn Liras. Seine Stimme wurde fast flehend. »Denkt doch nicht, dass ich Euch nicht verstehe. Ich weiß nur zu gut, was Ihr jetzt empfinden müsst. Wir haben Euch und Eure Lichtkrieger zu Hilfe gerufen, um uns gegen die Orcs beizustehen, und Ihr habt tapferer gekämpft, als wir es jemals zu hoffen gewagt hätten. Viele Eurer Krieger haben ihr Leben gegeben, um unser Land zu verteidigen, und nun müsst Ihr annehmen, dass alles umsonst war. Aber versteht doch! Wenn es den Orcs gelingt, das Schwarze Portal zu öffnen, dann können sie buchstäblich *unbegrenzten Nachschub* aus ihren Heimatländern herbeirufen. Wir könnten schon morgen hunderttausend Kriegern gegenüberstehen!«
Oder auch hundert Millionen, fügte DeWitt in Gedanken hinzu. Wenn du wüsstest, wie Recht du hast, du armer Narr. Laut sagte er: »Umso wichtiger ist es, das Portal zu zerstören.«
»Es ist zu gefährlich«, beharrte Liras. »Schlüge dieser Versuch

fehl, könnten wir keine Gnade mehr von Ghuzdan und den anderen erwarten.«

»Das könnt Ihr auch so nicht«, behauptete DeWitt. Er fühlte sich noch immer wie betäubt. Frieden mit Orcs? Wer um alles in der Welt war auf die Idee gekommen? Das war vollkommen hirnrissig! »Bitte glaubt mir, Majestät. Selbst wenn Ghuzdan Euren Boten empfängt, weiß er nicht einmal, wovon er spricht. Ich spreche die Sprache der Orcs wie meine eigene. Es gibt nicht einmal ein *Wort* für Frieden darin.«

»Dann werden wir es ihnen beibringen«, sagte Liras. »Mein Entschluss steht fest. Ich werde mich noch in dieser Nacht mit dem Anführer der Orcs treffen und ihm mein Angebot unterbreiten.«

»Und wie soll das aussehen?«, fragte DeWitt. »Verzichten die Orcs darauf, all Eure Untertanen zu erschlagen, wenn sie im Gegenzug versprechen, noch vor Sonnenaufgang Selbstmord zu begehen?«

In Gamma Graukeils Augen blitzte es belustigt auf und auch Orban hatte Mühe, seine Fassung zu bewahren, aber Kuuhl sagte scharf: »Hütet Eure Zunge, DeWitt. Immerhin sprecht Ihr mit Eurem König.«

»Nicht mehr lange«, sagte DeWitt kühl. »Morgen früh ist er niemandes König mehr. Oder allenfalls der König der Toten.«

Kuuhl straffte sich und zog das Schwert halb aus der Scheide, aber Liras brachte ihn mit einer raschen Geste zur Vernunft.

»Bitte«, sagte er. »Keinen Streit. Wir müssen jetzt gemeinsam überlegen, was weiter geschehen soll.«

»Was gibt es da zu überlegen«, sagte DeWitt. »Euer Entschluss scheint ja festzustehen.«

»Ich fürchte«, antwortete Liras.

»Dann, so fürchte ich«, sagte DeWitt, »bleibt auch mir keine andere Wahl. Meine Krieger und ich werden das Lager verlassen, noch bevor eine Stunde vorüber ist.«

Er hatte damit gerechnet, dass Liras versuchte, ihn und seine Ritter zum Bleiben zu bewegen, aber seltsamerweise wirkte der König eher erleichtert. »Das kann ich gut verstehen«, sagte er. »Ich weiß nicht, welchen Preis Ghuzdan für den Frieden fordert. Sicher wird er hoch sein. Doch Ihr und Eure Lichtkrieger hättet bestimmt keine Gnade von ihm zu erwarten. Teilt mir mit, was wir Euch schuldig sind.«

»Nichts«, antwortete DeWitt bitter. Wider besseres Wissen fügte er hinzu: »Ich nehme keinen Lohn von einem toten Mann.«

Zu seiner Überraschung nahmen sowohl Liras als auch Yaso Kuuhl diese offene Beleidigung hin, ohne auch nur mit der Wimper zu zucken. Der König wirkte nach wie vor erleichtert und alles, was DeWitt in den Augen des Schwarzen Ritters las, war Verachtung.

DeWitt wurde jedoch nicht wütend. Beinahe verzweifelt versuchte er noch einmal, Liras zur Vernunft zu bringen. »Wenn Ihr schon nicht an Euch und all die zahllosen Krieger, die in der heutigen Schlacht ihr Leben gelassen haben, denkt, so wenigstens an die Frauen und Kinder in der Stadt, Majestät«, sagte er. »Sie vertrauen auf Euch.«

»Aber gerade das ist der Grund, aus dem ich mit Ghuzdan reden werde«, antwortete Liras. »Mir ist klar, dass ich den Frieden nicht geschenkt bekomme. Möglicherweise wird er mein eigenes Leben fordern. Doch wenn es sein muss, werde ich diesen Preis zahlen.«

DeWitt lief ein eisiger Schauer über den Rücken; zumal er spürte, dass der König diese Worte vollkommen ernst meinte. Er hätte diesem niemals erwachsen gewordenen Kind im Körper eines Mannes einen solchen Mut nie zugetraut. Aber das Schlimmste war, dass er *wusste,* wie sinnlos dieses Opfer war. Vielleicht als einziger in diesem Zelt. Orban, Gamma Graukeil und auch die beiden Ritter vom Wolfsorden mochten *vermuten,* dass er mit dem, was er über die Orcs sagte, Recht hatte. Er *wusste* es. Das war ein Unterschied.

»Dann bleibt mir keine andere Wahl«, sagte er traurig. »Es tut mir leid.«

»So wenig wie mir, mein Freund«, antwortete Liras. Er zögerte einen Moment, dann trat er auf ihn zu und tat etwas, was

DeWitt nach allem am meisten überraschte: Er streckte den Arm aus und schüttelte seine Hand. »Es tut mir leid, dass wir so auseinandergehen müssen, Ritter DeWitt. Vielleicht sehen wir uns ja eines Tages wieder.«

Kaum, dachte DeWitt.

Aber das sprach er nicht laut aus.

DeWitt war wieder allein. Liras und die anderen waren gegangen. Orban hatte seine magische Kugel mitgenommen und mit der Dunkelheit hatte sich noch etwas anderes über das Zelt gesenkt; etwas Körperloses, das DeWitt trotzdem beinahe greifbar erschien. Keine Furcht – er hatte keinen Grund, *Angst* zu haben –, aber etwas, was nahe daran grenzte. Konnte es sein, fragte er sich, dass er sich wirklich um die Menschen in der Stadt auf der anderen Seite der Hügel *sorgte?* Das erschien ihm nicht nur selbst unwahrscheinlich – es machte auch überhaupt keinen Sinn.

Natürlich wusste er, dass er Recht hatte, mit jedem Wort. Die Orcs würden Liras Angebot möglicherweise sogar annehmen, aber nur zum Schein. Spätestens, wenn sich die Sonne das nächste Mal senkte, würden sie mordend und plündernd in Cairon einfallen und alles niedermachen, was ihren Weg kreuzte. Vorausgesetzt natürlich, er und seine Krieger blieben so lange hier. Wenn er tatsächlich tat, was er Liras prophezeit hatte, und das Lager noch vor Ablauf einer Stunde verließ ... nun, dann war sowieso alles vorbei.

DeWitt wunderte sich ein bisschen über seine eigenen Gedanken. Es war nicht die erste Schlacht, an der er teilnahm; nicht einmal die erste, die er *verlor.* Nicht wenig von dem legendären Ruf, der ihm und seinen Lichtrittern vorauseilte, rührte daher, dass es nach *verlorenen* Feldzügen oft genug niemanden mehr gab, der von der Niederlage berichten konnte. Er hatte mit angesehen, wie Städte und Burgen in Flammen aufgingen, ganze Flotten auf den Meeresgrund sanken und ganze Länder entvölkert wurden, manche größer und mit ungleich mehr Einwohnern als Liras' kleines Königreich.

Und doch war es ihm niemals so nahe gegangen.
Er hatte in Gedanken jede nur denkbare Wendung, die dieser Feldzug nehmen konnte, hundertmal durchgespielt – von einem gloriosen Sieg bis hin zur vernichtenden Niederlage. Aber *das* hatte er nicht erwartet. *Frieden mit Orcs?* Das war nicht nur grotesk.
Das war einfach nicht möglich! Ebenso gut konnte man versuchen, mit einem Känguru Schach zu spielen oder einem Fisch das Tanzen beizubringen.
DeWitt überlegte, ob er einfach zurückgehen und noch einmal von vorne beginnen sollte, verwarf diesen Gedanken aber wieder. Es gab durchaus Dinge, die man tun konnte, aber niemals tun *sollte,* und das gehörte eindeutig dazu. Nein, so bitter ihm der Gedanke auch immer noch erschien, er würde sich wohl damit abfinden müssen, dass diese Geschichte völlig anders endete, als er vorausgesehen hatte.
Das Dumme war nur, dass er das nicht *wollte.* Er war doch verdammt noch mal nicht hierher gekommen, hatte all die Zeit und die Kraft investiert und alles so gründlich wie niemals zuvor vorbereitet, um dann einfach zu gehen, nur weil irgendein dahergelaufener Möchtegern-König versuchte, das Unmögliche zu bewerkstelligen! Am liebsten wäre er aufgestanden, zu Liras' pompösem Zelt gelaufen und hätte dieser Dumpfbacke den Verstand eingeprügelt, an dem es ihm so offensichtlich so sehr mangelte.
Nach einer Weile beendete DeWitt endlich seine Grübeleien und stand auf, um das Zelt zu verlassen und zu seinen Kriegern zu gehen. Es wäre nicht nötig gewesen, aber er fühlte sich verpflichtet, ihnen wenigstens noch ein paar Worte der Erklärung zu sagen, ehe er diese ganze, vollkommen aus dem Ruder gelaufene Geschichte beendete und sie in den Limbo zurückschickte.
Als er das Zelt verließ, wäre er beinahe über eine Gestalt gestolpert, die im Dunkeln vor dem Eingang stand und ihm kaum bis zur Gürtelschnalle reichte, dafür aber breitere Schultern als selbst Yaso Kuuhl hatte.

»Gamma Graukeil!«, sagte er überrascht. »Was –?«
Der Zwerg deutete ihm erschrocken, still zu sein, sah sich hastig nach allen Seiten um und schob DeWitt dann mit erstaunlicher Kraft wieder in das Zelt zurück. »Nicht so laut!«, zischte er. »Niemand darf wissen, dass ich hier bin!«
DeWitt war viel zu überrascht, um mit irgendetwas anderem als einem vollkommen perplexen »*Was?*« zu reagieren. Der Zwerg schob ihn noch ein Stück weiter, drehte sich noch einmal um und warf einen sichernden Blick durch den Spalt in der Zeltplane nach draußen, ehe er sich endgültig an ihn wandte.
»Sagt mir eines, Ritter DeWitt«, sagte er. »Und antwortet ehrlich: Yaso Kuuhl hat nicht Recht, nicht wahr?«
»Was?«, sagte DeWitt noch einmal. Er verstand kein Wort.
»Als er Euch vorgeworfen hat, Ihr hättet nur Angst, keine Schlachten mehr schlagen zu können«, erklärte der Zwerg. »Er irrt sich. Ihr glaubt wirklich, dass die Orcs nicht zu einem Frieden fähig sind?«
»Nein«, sagte DeWitt. »Ich *glaube* es nicht. Ich *weiß* es, mein Freund. Die Orcs wurden geschaffen, um Feinde zu sein.«
»Wessen?«, fragte Gamma Graukeil.
»Jedermanns«, erwiderte DeWitt. »Und das ist die Wahrheit. Ginge es mir nur um Ruhm und Schlachten, würde ich einfach weiterziehen. Ein Krieger wird immer gebraucht.«
Er konnte Gamma Graukeils Gesicht bei der herrschenden Dunkelheit nicht erkennen, aber er hörte ein tiefes Seufzen und nach einer Weile sagte der Zwerg: »Dann muss es wohl sein.«
»*Was* muss sein?«, fragte DeWitt misstrauisch.
»Dann müssen wir sie vernichten«, antwortete Gamma Graukeil. »Sie oder wir, so sieht es wohl aus.«
»Ihr meint, ... Ihr wollt den Befehl Eures Königs ignorieren und die Orcs angreifen?«, vergewisserte sich DeWitt. Er war vollkommen fassungslos. Von allen hatte er von dem Zwerg eine solche Reaktion am allerwenigsten erwartet. »Und was wird Liras dazu sagen?«

»Nichts, wenn wir Erfolg haben«, antwortete Gamma Graukeil. »Und wenn nicht, kann es uns ziemlich gleich sein, was er sagt. Nebenbei ... Liras' Bote ist zurück.«
»So schnell?«, wunderte sich DeWitt.
»Sein Pferd hatte nicht mehr sehr viel zu tragen«, antwortete der Zwerg. »Ghuzdan hat nur seinen Kopf zurückgeschickt.«
»Erstaunlich«, erwiderte DeWitt. »Ich hätte gewettet, dass sie den zuerst essen.« Er machte eine vage Geste. »Lasst mich raten: Der König hat bereits einen weiteren Boten losgeschickt.«
»Das hat er«, sagte Gamma Graukeil. »Doch ich zweifle nicht daran, dass auch dieser dasselbe Schicksal teilen wird. Der arme Bursche wohl auch nicht. Er hat so sehr gezittert, dass er kaum auf sein Pferd steigen konnte.« Er bewegte sich, was DeWitt in der Dunkelheit zwar nicht sah, aber hörte. Wie alle Zwerge liebte es Gamma Graukeil, sich mit Metall in jeder nur denkbaren Form zu behängen; angefangen von einer schweren Rüstung bis hin zu zahllosen Ringen, Ketten, Armbändern und -reifen, mit denen er sich schmückte. Zwerge vermochten buchstäblich keinen Schritt zu tun, ohne dass es ununterbrochen klirrte und schepperte, und Gamma Graukeil machte da keine Ausnahme.
»Ihr könnt Euch denken, weshalb ich hier bin«, fuhr er in verändertem Ton fort. »Wir werden die Ogermagier angreifen und das Schwarze Portal zerstören. Seid Ihr dabei?«
»Wir?«, fragte DeWitt.
»Dreißig meiner tapfersten Krieger«, antwortete der Zwerg. »Dazu weitere dreißig Ritter vom Wolfsorden sowie Orban und zwei weitere Magier. Und ich natürlich.«
DeWitt lächelte flüchtig. »Ihr seid nicht der einzige, der mit der Entscheidung des Königs nicht einverstanden scheint.«
»Er ist und bleibt mein König«, sagte Gamma Graukeil mit nicht erwarteter Schärfe. »Und ich diene ihm bis in den Tod. Überlegt Euch, was Ihr sprecht, Ritter.«
Seine scharfe Reaktion überraschte DeWitt nicht. Er hatte nichts anderes erwartet. In dieser Beziehung konnte der

Zwerg ebensowenig aus seiner Haut, wie es die Orcs in anderer konnten. Liras war der König dieses Landes und dabei blieb es. Trotzdem fragte er: »Und trotzdem verstoßt Ihr gegen seinen ausdrücklichen Befehl?«
»Wenn ich es tun muss, um ihn zu schützen, ja«, antwortete Gamma Graukeil. »Also? Helft Ihr uns?«
Eine eigenartige Logik, fand DeWitt. Aber er ging nicht weiter darauf ein. Es wäre sinnlos gewesen. Stattdessen fragte er: »Wie viele Greife habt ihr zur Verfügung?«
»Dreißig«, antwortete Gamma Graukeil. »Alle, die nicht zu schwer verwundet oder erschöpft sind, um zu fliegen.«
»Aber dreißig von euch, dreißig Wolfsritter und –«
Gamma Graukeil unterbrach ihn: »Jeder Greif vermag durchaus drei Reiter zu tragen, macht Euch keine Sorgen. Der Weg ist nicht weit – eine halbe Stunde, selbst wenn wir einen Umweg in Kauf nehmen müssen, um nicht von den Orcs oder Ghuzdans Kreaturen erspäht zu werden.«
»Werden sie danach noch genug Kraft haben, um zu kämpfen?«, fragte DeWitt.
»Das werden sie müssen«, erwiderte der Zwerg grimmig. »Doch Ihr habt mir immer noch nicht geantwortet. Helft Ihr uns?«
»Selbstverständlich.« DeWitt lachte. »Dachtet Ihr, ich lasse mir den größten Spaß entgehen? Wenn dreißig von diesen Wolfsrittern dabei sind, werde ich selbstverständlich auch mit dreißig meiner Krieger zu Euch stoßen. Wann wollt Ihr aufbrechen?«
»So bald wie möglich«, erwiderte Gamma Graukeil. Seine Stimme wurde besorgt. »Orban hat eine Erschütterung in der Magie gespürt. Er glaubt, dass das Portal dicht vor seiner Vollendung steht. Wir müssen es erreichen, bevor es sich öffnet. Unvorstellbar, welche Schrecken es gebären könnte.«
Wenn du wüsstest, wie Recht du hast, dachte DeWitt. Das kannst du dir wirklich nicht vorstellen. Manchmal kann ich es ja nicht einmal. »Dann sollten wir keine Zeit mehr verschwenden«, sagte er. »Lasst uns gehen.«

»Solltet Ihr nicht zu Euren Kriegern gehen und sie wecken?«, fragte Gamma Graukeil in einem Ton sanften Tadels.
»Das ist nicht nötig«, antwortete DeWitt. »Sie warten bereits draußen auf uns.« Er deutete auf die Zeltplane, die den Eingang verschloss. Gamma Graukeil sah ihn zweifelnd an, wandte sich dann mit einer zögernden Bewegung um – und sog hörbar die Luft ein, als er die Plane beiseite schlug und sich einer dreifach gestaffelten Reihe hünenhafter, ganz in Silber und schimmerndes Gold gepanzerter Gestalten gegenübersah.
»Aber das ist ... Zauberei«, murmelte er.
»Nicht ganz«, erwiderte DeWitt. »Aber Ihr seid nahe daran.« Der Zwerg sah aus großen Augen zu ihm herauf. »Aber wie habt Ihr das gemacht?«
»Später«, sagte DeWitt. »Jetzt ist nicht der Moment für umständliche Erklärungen. Sagen wir einfach: Ich habe noch ein paar Tricks auf Lager, die sich vielleicht als nützlich erweisen könnten.« Er bedauerte das so jähe Auftauchen der Lichtkrieger insgeheim schon wieder. Er begann unvorsichtig zu werden. Es hatte keinen Sinn, alles aufs Spiel zu setzen, nur um eines billigen Effektes wegen.
Der Zwerg gab sich jedoch mit dieser Antwort zufrieden und trat vollends aus dem Zelt. Zwischen den riesigen Gestalten der gepanzerten Ritter schien er nahezu zu verschwinden, doch DeWitt konnte ihn deutlich vor sich in der Dunkelheit hören. Es schepperte, klirrte und rasselte so laut, dass man es eigentlich noch drüben in Ghuzdans Lager hätte hören müssen. Wahrscheinlich, dachte er spöttisch, hatten die Zwerge gar keine andere Wahl gehabt, als das Fliegen zu lernen, weil jeder ihrer Gegner sie schon stundenlang zuvor hören musste, wenn sie sich zu Fuß zu nähern versuchten.
Sie verließen das Zelt, wandten sich jedoch nicht in Richtung des Hauptlagers, sondern nach Osten, was sie ein Stück vom eigentlichen Heer wegführte. Gerade als DeWitt Gamma Graukeil fragen wollte, wohin er ihn eigentlich führte, hörte er ein Rauschen in der Luft und einen Moment später glitt

ein riesiger Schatten über sie hinweg und verschwand hinter den Bäumen. Gamma Graukeil steuerte auf ebendiese Baumgruppe zu und DeWitt und seine Krieger folgten ihm.
DeWitt wurde immer aufgeregter. Die Geschichte hatte eine neue, unerwartete Wendung genommen und er war sehr froh, nicht sofort samt seiner Krieger abgezogen zu sein. Ein alberner König, der sich einbildete, Frieden mit *Orcs* schließen zu können, und jetzt ein treuer Zwerg, der bereit war, seinen König zu verraten und seinen Eid zu brechen, um ebendiesen König zu retten ... was mochte noch auf ihn zukommen?
Das nächste, was ihn erwartete, war ein Anblick, der selbst ihm für einen Moment die Sprache verschlug. Gamma Graukeil eilte geduckt und sehr schnell durch das Unterholz, wobei er den in der Dunkelheit beinahe unsichtbaren Bäumen mit traumwandlerischer Sicherheit auswich, sodass DeWitt und seine Krieger Mühe hatten, mit ihm Schritt zu halten. Als er auf der anderen Seite des schmalen Waldstreifens heraustrat, sah er sich dem gewaltigsten Greif gegenüber, den er jemals gesehen hatte.
Es war nicht das erste Mal, dass DeWitt einem jener Fabelwesen Auge in Auge gegenüberstand – soweit man das bei einem Geschöpf sagen konnte, das ihn um annähernd das Doppelte überragte. Aber er hatte niemals einen so gigantischen Greif gesehen. Und zugleich einen, der so majestätisch und edel gewirkt hätte.
Der riesige Adlerschnabel des Tieres befand sich gute anderthalb Meter über seinem Kopf, und die Schwingen, die jetzt an den muskulösen Löwenkörper angelegt waren, mussten ausgebreitet eine Spannweite von mehr als zehn Metern haben. Die Pranken des Greifs wirkten gewaltig genug, um einen Baum mit einem einzigen Hieb entwurzeln zu können, und obwohl sich das Geschöpf auf einen Wink Gamma Graukeils hin flach auf den Bauch legte und die linke Schwinge ausstreckte, sodass sie bequem darüber auf seinen Rücken hinaufgelangen konnte, schwindelte DeWitt einen Moment

lang allein bei der Vorstellung, auf diesen Koloss zu klettern. Selbst seine hünenhaften Lichtritter wirkten neben dem Gestalt gewordenen Fabelwesen wie Zwerge.
DeWitt hatte sogar schon einmal auf einem dieser Tiere gesessen, auch wenn es nicht annähernd so groß gewesen war wie das, über dessen Schwinge Gamma Graukeil jetzt behende wie ein Baumaffe hinaufturnte. Doch er hatte niemals *dreißig* dieser fliegenden Kolosse auf einmal versammelt gesehen. Um ehrlich zu sein, hatte er nicht einmal gewusst, dass Gamma Graukeils kleine Luftwaffe aus so vielen Tieren bestand.
Der Anblick war im wahrsten Sinne des Wortes atemberaubend, obwohl es auf der Lichtung so dunkel war, dass er nur die Greife in seiner unmittelbaren Umgebung wirklich erkennen konnte; alle anderen machte die Nacht zu riesigen struppigen Schatten, die sich dann und wann bewegten oder ein tiefes, vibrierendes Grollen ausstießen, einen Laut, den er weniger zu hören als vielmehr mit seinem ganzen Körper zu spüren schien. Vielleicht war es aber gerade das, was die Situation so unwirklich und unvorstellbar zugleich machte. Hier und da klirrte Metall, brach sich ein verirrter Lichtstrahl auf Stahl oder Gold und er glaubte gedämpfte Stimmen zu vernehmen, die sich im Flüsterton unterhielten. Der stärkste Eindruck aber war der einer unvorstellbaren, geballten Macht, die unsichtbar über der Lichtung zu schweben schien. Für einen Moment schien es selbst ihm unvorstellbar, dass irgendetwas, ganz gleich ob Mensch, Orc, Zauberer oder Dämon, der Macht dieser dreißig Titanen widerstehen könne. Dann rief er sich in Gedanken zur Ordnung. Wenn nicht er, wer dann sollte wissen, wie es *wirklich* aussah? Die Greife waren zweifellos die stärksten Geschöpfe, die Adragne jemals hervorgebracht hatte, aber auch sie waren nicht unverwundbar. Zwar stand den Orcs nichts Vergleichbares zur Verfügung, aber – wie auch in der Auseinandersetzung Mensch gegen Ungeheuer – konnten sie diesen Nachteil mit Leichtigkeit durch ihre unvorstellbare *Zahl* ausgleichen. Es war noch nicht lange her, da hatte er mit eigenen Augen gesehen, wie

einer der stolzen Greife von fünf oder sechs Drachen zerrissen wurde, die sich gleichzeitig auf ihn stürzten.

DeWitt gab seinen Kriegern mit einer Geste zu verstehen, dass sie sich auf die anderen Tiere verteilen sollten, und beeilte sich dann, Gamma Graukeil zu folgen, der längst auf dem Rücken seines Reittieres saß und ungeduldig zu ihm herabsah. Vielleicht war es auch keine Ungeduld, dachte er spöttisch.

Nicht annähernd so geschickt wie Gamma Graukeil zuvor, durch seine Größe aber trotzdem genauso schnell, kletterte er auf den Rücken des Greifs. Zu seiner Überraschung saß bereits eine zweite Gestalt hinter dem Zwerg.

Es war niemand anderer als Orban.

»Ihr?«, entfuhr es DeWitt.

Der grauhaarige Amethyst-Magier nickte. DeWitt konnte seinen Gesichtsausdruck bei den herrschenden Lichtverhältnissen nicht eindeutig erkennen, aber er glaubte ein spöttisches Funkeln in seinen Augen zu sehen. »Hat Euch Gamma Graukeil nicht gesagt, dass ich mit von der Partie bin?«

»Doch«, antwortete DeWitt. »Es ist nur ...«

»Ja?«, fragte Orban, als er nicht sofort weitersprach.

DeWitt suchte einen Moment nach Worten. Was ihm wirklich auf der Zunge gelegen hatte, nämlich: *Seit wann entwikkelt ihr Initiative? Magier sind nicht für den Kampf gedacht!* konnte er schlecht aussprechen. Orban hätte es kaum verstanden und wäre höchstwahrscheinlich beleidigt gewesen. Stattdessen rettete er sich in eine Ausflucht – auch wenn sie der Wahrheit ziemlich nahe kam, wenigstens in Orbans Ohren.

»Euch ist klar, dass dies ein Selbstmordunternehmen ist«, sagte er. »Wir wissen nicht, was uns erwartet, aber es wird nichts Gutes sein. Nicht alle von uns werden lebend zurückkehren.«

»Wenn ich nicht mitkomme, mein Freund«, sagte Orban sanft, »dann wird *keiner* von euch lebend zurückkehren.« Er schüttelte den Kopf, als DeWitt widersprechen wollte. »Ich freue mich, dass Ihr meinetwegen so besorgt seid, Ritter DeWitt. Aber glaubt Ihr wirklich, dass die Orcs nicht mit

einem Angriff rechnen? Sie wissen, dass einer von Gamma Graukeils Spähern entkommen ist. Und sie wissen auch, dass wir kommen. Sie werden vorbereitet sein.«
»Ein Grund mehr, uns nicht zu begleiten«, antwortete DeWitt – obwohl er zugeben musste, dass an Orbans Argumenten etwas dran war. »Ich will Euch nicht zu nahe treten, aber Ihr seid kein Mann des Kampfes.«
»Nun, dann wird es vielleicht Zeit, dass ich es werde«, erwiderte Orban. »Es ist ein langer Weg bis zu dem Hochplateau, auf dem das Portal steht. Sicher eine Stunde Flug, vielleicht mehr, mit dem zusätzlichen Gewicht so vieler Männer. Warum nutzen wir diese Zeit nicht, und Ihr lehrt mich die Grundkenntnisse des Kriegshandwerks?«
Gegen seinen Willen musste DeWitt lachen. Im Grunde war er sogar froh, den Amethyst-Magier zu sehen. Orban hatte völlig recht: Die meisten Orcs mochten die Intelligenz nicht gerade mit Löffeln gefressen haben, und insgeheim hielt er den Großteil der grünhäutigen Barbaren für noch dümmer als König Liras – aber so blöd, dass sie nicht mit einem Verzweiflungsangriff der Verteidiger rechneten, waren sie bestimmt nicht. Wenn sie eine Chance haben wollten, das Schwarze Portal zu zerstören, bevor es aktiviert werden konnte, dann nur, wenn sie die Besten der Besten mitnahmen. Und Orban war zweifellos der mächtigste Zauberer, der jemals in Adragne gelebt hatte.
»Wenn ihr beiden mit eurer kleinen Unterhaltung fertig seid, können wir dann aufbrechen?«, nörgelte Gamma Graukeil. Nun, da sie unter sich waren und es keinen Grund mehr gab, irgendeine Etikette aufrechtzuerhalten, wurde er wieder ganz zu dem, was tief in sich wohl jedes Mitglied seines Volkes war: ein ständig schlecht gelaunter, ständig nörgelnder, reizbarer Zwerg.
»Sicher«, sagte DeWitt.
»Wenn unser letzter Gast auch bereit ist«, fügte Orban hinzu. Sowohl DeWitt als auch Gamma Graukeil blickten den Magier fragend an, während Orban sich auf dem Rücken des

Greifs vorbeugte und mit erhobener Stimme in die Dunkelheit hinabrief: »Ihr werdet Euch eine schlimme Erkältung holen, wenn Ihr noch lange dort in der Dunkelheit steht und Euch nicht rührt, Ritter Kuuhl!«
»Kuuhl?«, entfuhr es DeWitt.
Augenblicke später löste sich ein Schatten aus der schwarzen Wand, die der Waldrand rings um die große Lichtung bildete, und wurde zu einer hochgewachsenen Gestalt, die ganz in schwarzes Eisen gehüllt war. Es war tatsächlich Yaso Kuuhl. DeWitt hätte sein Gesicht nicht einmal sehen müssen, um das zu erkennen. Eine solch barbarische Rüstung in der Farbe der Nacht trug im gesamten Heer von Adragne nur einer.
»Ritter DeWitt«, sagte der Schwarze Ritter kopfschüttelnd, während er näher kam. »Und der verräterische Zwerg. Ich hätte mir denken können, dass ihr etwas plant. Aber auch Ihr, Meister Orban? Habt Ihr den Eid so schnell vergessen, den Ihr Eurem König geschworen habt?«
Gamma Graukeil beugte sich vor und legte dabei wie zufällig eine schwielige Hand auf den Hals des Greifs. Das Tier legte den Kopf schräg und blickte aus seinen riesigen, klugen Augen aufmerksam auf Yaso Kuuhl herab. »Sagtet Ihr: verräterischer Zwerg, Yaso Kuuhl?«, erkundigte sich Gamma Graukeil harmlos.
»Das sagte ich«, antwortete Yaso Kuuhl. Die nicht mehr zu übersehende Drohung, die der mittlerweile leicht geöffnete Schnabel des Greifs bildete, schien ihn nicht zu beeindrucken. DeWitt fragte sich, was das nun wirklich war: Mut oder Dummheit. Die Rüstung aus geschmiedetem Zwergenstahl mochte selbst seiner Wurfaxt widerstehen, aber für den Greif stellte sie nicht einmal eine Belästigung dar; allenfalls den Unterschied zwischen Futter und *Dosen*futter.
»Oder wie würdet Ihr es sonst nennen, wenn Ihr Euch hinter dem Rücken Eures Königs verschwört, um gegen seinen erklärten Willen zu verstoßen?«
»Niemand hat sich hier verschworen«, sagte Orban rasch, bevor Gamma Graukeil antworten konnte. »Und wir sind

hier, *weil* wir einen Eid geleistet haben, Ritter Kuuhl. Soweit ich mich erinnere, habt Ihr denselben Eid geschworen.«
»Meinen König zu hintergehen?«
»Schaden vom Land und seinen Bewohnern zu wenden und den Thron zu verteidigen«, sagte Orban ernst. »Ich würde nicht mein Leben und das all dieser tapferen Männer hier riskieren, wenn ich daran glaubte, dass es einen anderen Weg gibt.«
»König Liras zählt auf Eure Unterstützung, wenn es zu Verhandlungen mit den Orcs kommt«, sagte Kuuhl. Er klang ein bisschen unsicher, fand DeWitt.
»Es wird keine Verhandlungen geben, Ihr Narr«, grollte Gamma Graukeil. »Und das wisst Ihr so gut wie ich und jeder andere hier.« Er deutete auf DeWitt. »Er hat Recht. Niemand hätte je davon gehört, dass es *Verhandlungen* mit Orcs gegeben hat. Sie kennen nur den Unterschied zwischen Sieg oder Tod. Ich glaube, unser König ist der einzige Mensch auf der Welt, der das nicht weiß.«
»Er weiß es«, sagte Orban traurig. »Er will es nur nicht wahrhaben.«
Yaso Kuuhl schwieg. Als er weitersprach, klang seine Stimme seltsam verändert. »Und wenn ihr versagt?«, fragte er. »Diese Greife hier, DeWitts Lichtritter und die dreißig Wölfe sind unersetzlich. Ohne sie haben wir in der Schlacht morgen keine Chance.«
»Mit ihnen auch nicht«, erwiderte Orban überzeugt. »Begreift doch endlich! Es ist nicht irgendein Zauber, den sie weben. Es ist ein *Schwarzes Portal!* Wenn es ihnen gelingt, es zu öffnen, ist es aus. Dann spielt es keine Rolle mehr, ob wir tausend von ihnen erschlagen oder hunderttausend, weil sie für jeden gefallenen Krieger hundert neue herbeirufen können. Die Schlacht wird nicht morgen früh entschieden, Ritter Kuuhl, sondern heute Nacht, auf jenem Hochplateau, das die Späher entdeckt haben.«
Yaso Kuuhl wirkte immer noch unentschlossen. Nach einer Weile sagte er: »Ihr seid wirklich davon überzeugt, wie? Ich

meine, Ihr glaubt *wirklich,* dem König zu dienen?« Er schüttelte den Kopf. »König Liras ist kein sehr großmütiger Mensch. Er wird es Euch vielleicht nicht vergeben, dass Ihr so gegen seinen erklärten Willen verstoßen habt. Selbst, wenn Ihr siegreich seid.«
»Das muss ich in Kauf nehmen«, antwortete Orban.
»Ihr würdet riskieren, verstoßen oder gar getötet zu werden?«, vergewisserte sich Yaso Kuuhl. Orban nickte, und der Schwarze Ritter wandte sich an Gamma Graukeil. »Und Ihr auch, Gamma Graukeil?«
»Wenn es der einzige Weg ist, Adragne zu retten, ja«, sagte der Zwerg.
Yaso Kuuhl machte keine Anstalten, auch DeWitt dieselbe Frage zu stellen. Er überlegte schweigend. Schließlich sagte Gamma Graukeil: »Nun, wie habt Ihr Euch entschieden? Muss ich Euch niederreiten oder gebt Ihr freiwillig den Weg frei. Lauft zum König und berichtet ihm, was Ihr gesehen habt. Ihr könnt ja schon einmal den Scheiterhaufen für uns aufrichten, während wir unterwegs sind.«
»Das wäre zu kompliziert«, erwiderte Yaso Kuuhl. »So kleines Brennholz gibt es nicht.« Er grinste, dann fügte er hinzu: »Ist da oben noch Platz für einen weiteren Mann?«
»Wie?«, fragte DeWitt.
Yaso Kuuhl wartete Gamma Graukeils Antwort gar nicht ab, sondern begann bereits über die ausgestreckte Greifenschwinge nach oben zu klettern. »Ihr habt doch nicht gedacht, dass ich Euch den ganzen Ruhm überlasse, wie?«, fragte er. »Wenn dieser alte Tränkemischer recht hat, dann braucht Ihr jedes Schwert. Und wenn nicht ... nun, tot ist tot, oder? Auf ein paar Stunden eher kommt es dann nicht an.«
DeWitt rückte ein Stück nach vorne, um Yaso Kuuhl Platz zu machen. Trotz der enormen Größe des Greifs wurde es allmählich eng und er fragte sich besorgt, ob das Tier tatsächlich mit diesem zusätzlichen Gewicht fertig werden würde. Andererseits wogen Gamma Graukeil und Orban nicht sehr viel.
»Auch Ihr könntet in Ungnade fallen«, gab er zu bedenken.

Yaso Kuuhl zog sich mit einer kraftvollen Bewegung vollends auf den Rücken des Greifs hinauf und grinste noch breiter. Eigentlich war es das erste Mal, überlegte DeWitt, dass er ihn *überhaupt* lachen sah. »Bei einem toten König?«

Das Portal erhob sich wie ein Klotz aus grau angestrichener Finsternis auf dem Plateau: riesig, alt und von so streng geometrischer Formgebung, dass ihr Anblick fast in den Augen weh tat. Es gab keine runde Linie, keine Kante, die nicht exakt gerade wäre, wie mit einem riesigen scharfen Messer gezogen, nicht einmal ein Schatten, der irgendwie unterbrochen gewesen wäre. Selbst die Risse und Sprünge, die die Zeit in den uralten Stein getrieben hatte, wirkten so gleichmäßig, als wären sie *gemacht,* nicht auf natürlichem Wege entstanden.

Und genau das sind sie ja auch, dachte DeWitt. Sie waren so falsch wie die Stille und die trügerische Ruhe, die sich scheinbar über dem Plateau ausgebreitet hatten; das eine sicherlich das Ergebnis präziser militärischer Planung, das andere das Wirken schwarzer, verbotener Magie. Er wusste nicht genau, wovor er sich mehr fürchten sollte. Aber er hatte das sichere Gefühl, dass er die Antwort auf diese Frage vielleicht eher bekommen mochte, als ihm lieb war ...

Aus der Stunde, die Gamma Graukeil für den Weg hierher veranschlagt hatte, waren mindestens zwei geworden, wenn nicht mehr, und die Ungeduld und Nervosität, die wie von allen auch von ihm selbst Besitz ergriffen hatte, hatte diese Zeit noch auf das scheinbar Mehrfache gedehnt. König Liras musste mittlerweile längst über ihr Verschwinden unterrichtet sein und selbst *er* würde schließlich zwei und zwei zusammenzählen und ... aber nein. Das war kein guter Vergleich. Liras würde garantiert auf sieben kommen. DeWitt grinste über den Gedanken.

»Was findet Ihr so komisch, Ritter DeWitt?«, wollte Yaso Kuuhl wissen.

»Den Gedanken, dass Ihr offensichtlich nichts Besseres zu tun

habt, als dazusitzen und mich anzustarren«, antwortete DeWitt, ohne sich zu dem Schwarzen Ritter herumzudrehen.
Yaso Kuuhl antwortete nicht, aber Gamma Graukeil hob flüchtig den Kopf und warf beiden einen tadelnden Blick zu. Sie waren noch ein gutes Stück von dem Plateau entfernt; weit genug jedenfalls, dass keine Gefahr bestand, gehört zu werden. Trotzdem herrschte in dem Waldstück, in das sich die kleine Armee zurückgezogen hatte, eine fast atemlose Stille, die kaum einer der Männer zu unterbrechen wagte.
»Vielleicht habe ich meine Gründe«, murrte Yaso Kuuhl.
»Ihr traut mir immer noch nicht, wie?« DeWitt drehte sich nun doch zu ihm herum und sah ihn an. Der Schwarze Ritter saß reglos hinter ihm, aber gerade seine erstarrte Haltung und die scheinbare Ausdruckslosigkeit seines Gesichts machten seine Nervosität nur umso deutlicher. Er hat Angst, dachte DeWitt überrascht. Seltsamerweise bereitete ihm diese Erkenntnis kein Vergnügen – obwohl er normalerweise *alles*, was Yaso Kuuhl Unbehagen bereitete, als höchst erfreulich empfand.
Aber heute war eigentlich *nichts* normal. Von all seinen Abenteuern war dies ganz eindeutig das, das sich als das unberechenbarste erwies.
Yaso Kuuhl funkelte ihn noch einen Moment lang ärgerlich an, antwortete aber nicht, sondern wandte sich mit einem Ruck zu Orban um. Mit wieder gedämpfter Stimme sagte er:
»Das ist also ein Schwarzes Portal. Ich muss gestehen, ich habe noch nie eines gesehen.«
Orban machte ein Geräusch, das fast wie ein Lachen klang.
»Um ehrlich zu sein, Ritter Kuuhl, ich auch nicht«, gestand er.
»Aber Ihr –«
»Ich habe nur von ihnen gehört«, fuhr Orban fort. »So wie jedermann. Nur sehr wenige Menschen haben so etwas je gesehen und hinterher noch Gelegenheit gehabt, davon zu berichten.«
»Dabei sieht es beinahe harmlos aus«, sagte Kuuhl kopfschüttelnd.

»Harmlos?« Orban lachte jetzt wirklich, aber es klang nicht besonders amüsiert. Mit einer Kopfbewegung auf das gegenüberliegende Hochplateau sagte er: »Das da, Ritter Kuuhl, ist unser aller Untergang, wenn es uns nicht gelingt, es zu zerstören.«

Wieder kehrte für eine geraume Weile Schweigen ein. Schließlich sagte Yaso Kuuhl: »Erzählt mir, was Ihr davon wisst, Meister Orban.«

»Da gibt es nicht viel zu erzählen«, gestand Orban, ohne den Blick von der gigantischen grauen Monstrosität über ihnen zu nehmen. »Ich weiß wenig mehr als nichts darüber.«

»Wenig mehr ist immer noch viel mehr als ich«, beharrte Yaso Kuuhl. »Es sieht so ... so harmlos aus. Groß, ja, und hässlich, aber harmlos. Nicht nach Zauberei.«

»Lasst Euch nicht von seinem Äußeren täuschen«,warnte Orban. »Das dort ist der gewaltigste Zauber, der jemals erschaffen wurde. Keiner von uns, nicht einmal die Weisesten der Alten, wäre in der Lage, auch nur etwas Ähnliches zu erschaffen. Wir wissen nicht einmal genau, wie es wirkt. Seht Ihr das Licht in seinem Inneren?«

Er deutete auf ein graues Flimmern, das sich genau im Zentrum des riesigen steinernen Portals drehte. Man konnte es nur ausmachen, wenn man ganz genau hinsah, und selbst dann nur, wenn man *wusste,* wonach man zu suchen hatte. Später, wenn das Tor zu seiner vollen Kraft erwacht war, würde es zu einem wirbelnden Mahlstrom aus Schwärze anwachsen, doch jetzt war es kaum mehr als ein flüchtiger, sich bewegender Nebelfleck. DeWitt bezweifelte ernsthaft, dass Yaso Kuuhl es sah. Trotzdem nickte der Schwarze Ritter.

»Es ist ein Weg durch eine andere Welt«, fuhr Orban fort.

»Eine andere Welt?« Kuuhls Stimme klang zweifelnd, doch DeWitt wurde hellhörig. »Aber es gibt doch nur diese eine!«

»Wer sagt Euch das?«, wollte Orban wissen. Er drehte sich herum, um Yaso Kuuhl direkt anzusehen, und sein Blick streifte flüchtig DeWitt. Für einen winzigen Moment glaubte er darin etwas zu erkennen; ein Wissen, das der Amethyst-

Magier eigentlich nicht haben durfte, und vielleicht eine Botschaft, die nur für ihn bestimmt war. Aber dann wanderte Orbans Blick weiter, und DeWitt sagte sich, dass er sich wohl getäuscht haben musste. So weit *konnte* es nicht gehen.

»Aber vielleicht habt Ihr ja recht«, fuhr Orban fort. »Worte. Nehmt es als nützliche Krücke für etwas, was ich nicht besser beschreiben kann. Ich weiß nicht, *wie* das Schwarze Portal funktioniert. Ich weiß nur, *was* es tut. Es öffnet einen Weg in die Länder der Orcs. Der Zauber, den die Ogermagier weben, lässt eine Jahresreise zu einem Augenzwinkern werden. Es gibt ein zweites Portal, direkt in den finsteren Ländern der Orcs und Dämonen. Ihre Heere treten dort hinein und im selben Augenblick hier wieder heraus.«

»Aber die Länder der Orcs sind unendlich weit entfernt!«, protestierte Yaso Kuuhl. »Selbst der schnellste Reiter würde mehr als ein Jahr brauchen, um sie zu erreichen!«

»Und doch ist es so«, behauptete Orban. »Es ist, als hörten sie auf zu existieren und würden im selben Moment hier wieder neu geschaffen, wilder und blutrünstiger als je zuvor.«

Das entspricht zwar nicht ganz der Wahrheit, dachte DeWitt, kommt ihr aber erstaunlich nahe; zumindest für Orbans Verhältnisse. Nahe genug immerhin, um ihn ein wenig zu beunruhigen. »Woher wisst Ihr das, Orban?«, fragte er. »Ich meine, wenn doch niemand etwas über die Wirkungsweise des Schwarzen Portals weiß?«

»Es kann nur so sein«, antwortete Orban überzeugt. »Wir kennen die Welt längst nicht ganz, aber doch gut genug, um zu wissen, dass nirgends innerhalb ihrer Grenzen so viele Orcs leben können. Und woher sollten sie kommen, so plötzlich und in so großer Zahl, wenn nicht aus ihrer Heimat? Ich habe es einmal erlebt, wie die Ogermagier ein Schwarzes Portal schufen, Ritter DeWitt. Damals, in Luthien.« Seine Stimme wurde leiser, und plötzlich war eine Bitterkeit darin, die DeWitt noch nie zuvor an ihm bemerkt hatte.

»Es war fast wie heute. Die Schlacht stand auf Messers Schneide, doch wir hatten eine gute Chance, zu siegen.«

»Sagtet Ihr nicht, Ihr hättet so etwas noch nie zuvor gesehen?«, fragte Gamma Graukeil.
»Ich habe es auch nicht selbst gesehen«, räumte Orban ein. »Doch wir hatten davon gehört. Niemand nahm die Bedrohung ernst, und wie auch? Ein riesiges steinernes Portal, das aus dem Nichts erschaffen wurde? Das war lächerlich. So dachten wir. Aber am nächsten Morgen war der Himmel voller schwarzem Licht und als die Schlacht begann, da hatte sich die Anzahl der Orcs verhundertfacht. Unsere Krieger kämpften wie die Götter, doch für jeden Orc, den sie erschlugen, erschienen zehn neue. Am Schluss wurden wir einfach überrannt. Nur sehr wenige von uns sind damals mit dem Leben davongekommen.«
DeWitt wusste, dass Orban die Wahrheit sagte, aber er war trotzdem ein wenig erstaunt. Auch er war bei der Schlacht um Luthien dabeigewesen, unter einem anderen Namen und in einer anderen Gestalt. Er hatte Orban damals nicht getroffen. Er bezweifelte nicht, dass der Amethyst-Magier die Wahrheit sagte, doch es kam, selbst in Adragne, sehr selten vor, dass Überlebende aus einem Kampf in einem anderen noch einmal erschienen.
»Haben wir überhaupt eine Chance?«, murmelte Yaso Kuuhl. »Gegen ein Volk, das so machtvolle Magier hervorbringt?«
»Ogermagier sind nicht machtvoll«, antwortete Orban überzeugt. »Dies kann nicht ihre Magie sein. Sie haben sie gestohlen oder von jemandem geschenkt bekommen.«
»Und wie wollt Ihr es vernichten?«, fragte Yaso Kuuhl. »Wenn Ihr doch nicht einmal wisst, wie es funktioniert?«
»Es reicht, die Magier zu töten«, sagte Orban. »Ohne den Zauber, den sie weben, muss es zusammenbrechen.«
Auch in diesem Punkt kommt er der Wahrheit zumindest nahe, dachte DeWitt verblüfft. Doch bevor er eine entsprechende Bemerkung machen konnte, erfüllte ein machtvolles Rauschen die Luft, und für einen Moment glaubte er, einen riesigen Schatten über sich schweben zu sehen. Als er den Blick hob, war nichts zu sehen, doch nur einen Herzschlag

später erzitterte die Erde, und aus dem Nichts erschienen Millionen und Abermillionen winziger tanzender Funken, die sich zu Form und Umriss eines riesigen Greifs zusammenballten. Mit Ausnahme Orbans und des Zwerges wichen alle ein paar Schritte zurück, während der Zauber, der den Greif samt seinem Reiter bisher unsichtbar gemacht hatte, allmählich erlosch.

»Der Kundschafter ist zurück!«, sagte Gamma Graukeil. Noch bevor sich die letzte Magie verflüchtigt hatte, eilte er los und begann in seiner unverständlichen Muttersprache mit dem Zwergenkrieger zu lamentieren, der im Nacken des Greifs hockte. Beide – Reiter und Tier – sahen ein wenig mitgenommen aus. Der Zauber, der sie vor neugierigen Blicken schützte, zehrte auch an ihren Kräften. Der Zwerg hatte einige Mühe, vom Rücken des Tieres herunterzusteigen, und der Greif selbst bewegte sich unruhig und gereizt, sodass sie es alle vorzogen, ihm nicht zu nahe zu kommen.

Es dauerte nicht lange, bis Gamma Graukeil zurückkam. Auf seinem bärtigen Zwergengesicht lag ein besorgter Ausdruck.

»Es ist schlimmer, als ich dachte«, sagte er kopfschüttelnd. »Sie müssen tatsächlich damit rechnen, dass wir sie angreifen.«

»Was heißt das genau?«, fragte Yaso Kuuhl.

»Dass sie mindestens zweihundert Krieger dort auf dem Plateau versammelt haben«, antwortete Gamma Graukeil düster. »Dazu noch einmal so viele Trolle.«

»Das ist nicht so schlecht«, warf Yaso Kuuhl ein. »Vierhundert von ihnen gegen hundert von uns, das ist ein faires Verhältnis.«

»Wenn das alles wäre, ja«, sagte Gamma Graukeil. »Es sind sicherlich ein Dutzend Drachen da. Sie liegen in einem Hinterhalt auf der anderen Seite des Berges.«

»Ein Hinterhalt, von dem man weiß, kann leicht zur Falle für den werden, der ihn legt«, antwortete Yaso Kuuhl. Offensichtlich war sein Optimismus durch nichts zu erschüttern. »Ein Dutzend Drachen gegen Eure Greife? Wo ist das Problem?«

»Das Problem ist«, sagte DeWitt anstelle des Zwerges, »dass

der Weg hierher viel länger war als erwartet und die Tiere die dreifache Last tragen mussten. Selbst ihre Kräfte kennen Grenzen.«

»Wir werden mit den Drachen fertig«, behauptete Gamma Graukeil, schränkte aber gleich darauf selbst ein: »Trotzdem hat Ritter DeWitt Recht. Wenn wir euch die Drachen vom Leibe halten, können wir nicht mehr in den Kampf eingreifen. Ihr werdet ganz allein mit den Orcs und ihren Verbündeten fertig werden müssen.«

»Davor fürchte ich mich nicht«, sagte Yaso Kuuhl großspurig. »Ich bin Yaso Kuuhl, habt Ihr das schon vergessen? Und auch die Wölfe brennen sicher schon darauf, ein paar Orc-Schädel einzuschlagen.« DeWitts Lichtritter erwähnte er mit keinem Wort.

»Meine Brüder und ich werden versuchen, Euch zu unterstützen«, sagte Orban rasch und mit einem mahnenden Blick in DeWitts Richtung.

»Und wie?«, fragte Gamma Graukeil.

Orban zögerte einen Moment. »Wir werden einen Zauber weben, der uns unsichtbar macht«, sagte er dann und machte eine Geste auf den Greif, der in ihrer Nähe gelandet war. »Er wird nicht lange halten und es wird nicht sehr angenehm sein, doch wir haben keine andere Wahl. Auf diese Weise können wir die Orcs vielleicht überraschen.«

Yaso Kuuhl legte den Kopf schräg und sah ebenfalls in Richtung des Greifs. Es war kein Geheimnis, dass der Schwarze Ritter nichts von Magie hielt. »Ihr meint ...«

»... dass wir mitten unter ihnen erscheinen werden, ehe sie es auch nur merken«, führte Gamma Graukeil den Satz zu Ende. Er nickte grimmig. »Ein guter Plan. Wir werden euch absetzen und sofort weiterfliegen, um uns um die Drachen zu kümmern.« Er sah DeWitt an. »Was haltet Ihr von der Idee?«

DeWitt zögerte. Er versuchte Orbans Blick zu fassen, doch der Magier starrte ins Leere und sah noch besorgter aus als bisher. »Vielleicht«, sagte er zögernd. »Mit dem Vorteil der Überraschung auf unserer Seite ... es könnte gehen. Aber bleibt Euch dann noch genug Kraft, das Schwarze Portal zu schließen, Meister Orban?«

»Ich weiß es nicht«, gestand der Amethyst-Magier. »Doch mit Magie können wir diesem ... *Ding* sowieso nicht beikommen. Ihr könnt keinen Waldbrand mit einer Kerze löschen, Ritter DeWitt. Ihr müsst die Ogermagier finden und sie töten. Ich werde Euch helfen, sie ausfindig zu machen.«

Das Ganze gefiel DeWitt immer weniger. Auf dem Weg hierher hatten sie keine Gelegenheit gehabt, ihr genaues Vorgehen zu besprechen, denn das Rauschen der Greifenflügel war so laut, dass eine Verständigung nicht einmal dann möglich war, wenn sie sich angeschrien hätten. Natürlich hatte er – wie vermutlich auch alle anderen – an nichts anderes gedacht, aber nun musste er sich eingestehen, dass sie im Grunde keinen Plan hatten.

»Also gut«, sagte er schließlich. Ihm war nicht besonders wohl in seiner Haut, aber das galt bestimmt für alle, die hier waren.

Rasch gingen sie wieder zu den wartenden Greifen zurück und kletterten auf ihre Rücken. Yaso Kuuhl hatte sich zu DeWitts Erleichterung diesmal ein anderes Tier ausgesucht, sodass Gamma Graukeil, Orban und er diesmal allein waren. Sie brachen jedoch noch nicht sofort auf.

Eine ganze Weile verging, in der scheinbar nichts geschah. Orban starrte weiter ins Leere, doch auf seinem Gesicht begann sich eine immer größer werdende Anspannung breit zu machen. Minuten vergingen, doch plötzlich spürte DeWitt ein sachtes, nicht einmal so unangenehmes Kribbeln, das sich von innen heraus in seinem Körper ausbreitete –

und dann verschwanden die anderen Greife samt ihrer Reiter. Ihre Umrisse begannen zu verblassen. Einige Augenblicke lang glaubte er sie noch zu erkennen, wie schattenhafte Nebelgestalten, die der Wind auseinandertrieb, dann waren Orban, Gamma Graukeil und ihr Reittier scheinbar die einzigen lebenden Wesen, die er noch sah. Der Amethyst-Magier und

seine fünf Brüder, die die kleine Expedition begleiteten, hatten ihren Unsichtbarkeitszauber gewoben.
»Rasch jetzt«, sagte Orban. Seine Stimme klang gepresst. DeWitt hörte ihm an, welche Kraft es ihn kosten musste, einen so gewaltigen Zauber aufrechtzuerhalten. »Und keine Umwege. Direkt hinein in ihr Lager. Sobald wir den Boden berühren, erlischt der Zauber.«
Gamma Graukeil verlor keine Zeit mehr mit überflüssigen Fragen, sondern ließ den Greif mit einem solchen Satz emporsteigen, dass DeWitt sich erschrocken an den rauhen Federn festklammerte. Es war kein sanfter Start wie vorhin – das Tier katapultierte sich regelrecht in die Luft, sodass der Boden und der Wald unter ihnen wie eine auf einen Stein gemalte Landschaft in die Tiefe zu stürzen schienen. Orban sagte noch irgendetwas, was aber vom Rauschen der gewaltigen Flügel verschluckt wurde.
Und genauso schnell, wie ihr Lager unter ihnen verschwand, kam das Bergplateau mit dem Schwarzen Portal näher. Zu Fuß hätten sie sicher eine Stunde gebraucht, um die Entfernung zu überbrücken, und selbst zu Pferd eine halbe. So verging nicht einmal eine Minute, bis das gigantische graue Bauwerk die Hälfte des Himmels vor ihnen ausfüllte und der Greif mit einem schrillen Kampfschrei zum Sturzflug ansetzte. DeWitt versuchte vergeblich, irgendwelche Einzelheiten unter sich zu erkennen. Das graue Licht im Zentrum des Portals ließ alle Einzelheiten verschwimmen und hatte sich nun tatsächlich wie Nebel am Fuße des Gebäudes ausgebreitet. Immerhin sah er, dass es dort unten von grüngeschuppten Kriegern nur so wimmelte. Und sie waren alles andere als schläfrig. Zwar hatten sie offensichtlich noch nichts von dem Verderben bemerkt, das sich vom Himmel auf sie herabstürzte, doch die schwache Hoffnung, die er gehegt hatte, nämlich die Orcs im Schlaf zu überraschen, erfüllte sich nicht.
Dann hatten sie den Boden erreicht und der Kampf begann.
»Angriff!«, brüllte Gamma Graukeil mit einer Stimme, die man ihm aufgrund seiner Körpergröße nicht zugetraut hätte.

Es war genau, wie Orban gesagt hatte: Im selben Augenblick, in dem der Greif den Boden berührte, erlosch der Zauber, der sie bisher vor allen Blicken verborgen hatte. Für einen Moment glaubte DeWitt ein Funkeln und Tanzen wie von Millionen und Abermillionen winziger Glühwürmchen ringsum in der Luft wahrzunehmen, doch da prallte der Greif mit solcher Wucht auf dem Boden auf, dass er alle Hände voll damit zu tun hatte, nicht kopfüber von seinem Rücken geschleudert zu werden. Irgendwie gelang es ihm, mehr schlitternd als laufend über die ausgebreitete Adlerschwinge des Fabelwesens nach unten zu gelangen, doch Orban stürzte tatsächlich. DeWitt hörte seinen gellenden Schrei und dann einen harten Aufprall.

Ihm blieb jedoch keine Zeit, sich nach dem Amethyst-Magier umzusehen. Die Greife waren wie ein unsichtbarer Sturmwind unter die herumeilenden Orcs und Trolle gefahren. Ringsum materialisierten sich immer mehr und mehr der riesigen geflügelten Geschöpfe, von deren Rücken Wolfs- und Lichtritter sprangen, doch die grünhäutigen Unwesen waren nicht annähernd so überrascht, wie DeWitt trotz allem noch immer gehofft hatte. Es gelang ihm gerade noch, sein Schwert aus der Scheide zu ziehen, da wurde er auch schon von drei Orcs zugleich bedrängt.

Einen der über zwei Meter großen, stämmigen Kolosse konnte er sofort niederschlagen, der Anprall des zweiten jedoch ließ ihn zurücktaumeln. Er duckte sich, fühlte einen flüchtigen Schmerz, als ein Keulenhieb seinen Rücken streifte, und wirbelte auf der Stelle herum. Sein Schwert zerschmetterte die Keule des Orcs, der ihn angegriffen hatte, und streckte noch in der Rückwärtsbewegung ihren Besitzer nieder. Blitzschnell drehte sich DeWitt abermals herum, sah den dritten Orc auf sich zustürmen und machte einen halben Schritt zur Seite. Gleichzeitig streckte er das Bein aus. Der Orc stolperte darüber, ließ seine Waffe fallen und kämpfte mit wild rudernden Armen um sein Gleichgewicht. DeWitt versetzte ihm einen Schwerthieb in den Nacken, der ihn auf der Stelle tötete.

Schwer atmend drehte er sich zu Orban um. Der Magier versuchte gerade benommen, sich auf Hände und Knie aufzurichten. DeWitt schickte ein Stoßgebet zum Himmel, dass er nicht ernsthaft verletzt war. Ohne die Hilfe des Zauberers hatte er so gut wie keine Chance, die Ogermagier zu finden, die dabei waren, das Portal zu öffnen. Für ihn – wie für jeden anderen hier – sah ein Orc aus wie der andere.

DeWitt hastete zu Orban hin, sah eine Bewegung aus den Augenwinkeln und zog instinktiv den Kopf ein. Eine gewaltige Wurfaxt wirbelte nur um Haaresbreite an seiner Stirn vorbei. DeWitt packte blitzschnell zu, fing die Waffe im Flug auf und nutzte ihren eigenen Schwung, um sie herum und zu ihrem eigentlichen Besitzer zurückzuschleudern. Der Troll starrte der Axt aus fassungslos aufgerissenen Augen entgegen, ohne sich von der Stelle zu bewegen.

DeWitt verschwendete keine Zeit darauf, dem Zusammenbrechen des Trolls zuzusehen, sondern kniete neben dem Magier nieder. »Orban? Seid Ihr verletzt?!«

»Ich ... glaube nicht«, murmelte Orban. Er hatte sich auf Hände und Knie hochgekämpft, schüttelte aber den Kopf, als DeWitt den Arm ausstreckte, um ihm gänzlich hochzuhelfen. »Kümmert Euch nicht um mich! Die Ogermagier! Wir müssen sie finden!«

Plötzlich erscholl über ihnen in der Luft ein schriller, trompetender Schrei. DeWitt warf den Kopf in den Nacken – und was er sah, das ließ ihm schier das Blut in den Adern gerinnen. Die Greife hatten sich wieder in die Luft erhoben, kaum dass DeWitts Krieger und die Wolfsritter von ihren Rücken gesprungen waren. Doch es gelang ihnen nicht, an Höhe zu gewinnen. Der Himmel über dem Plateau war nicht mehr leer. Wo gerade noch nichts anderes als die Schwärze der Nacht gewesen war, da war plötzlich ein flimmerndes, engmaschiges Netz aus rotem und violettem Licht erschienen. Wo die Flügel der Greife dieses Licht berührten, da stoben Funken und Qualm auf, und hier und da züngelte eine Flamme aus dem Gefieder der Tiere. Die Greife brüllten vor Wut und Schmerz,

doch es gelang ihnen nicht, das Gitter aus Licht zu durchbrechen.
Und dann erschienen am Himmel über diesem Netz aus Licht die ersten Drachen.
»Ihr Götter!«, flüsterte Orban entsetzt.
DeWitt konnte sein bodenloses Erschrecken nur zu gut verstehen. Von allen Geschöpfen Adragnes waren die Drachen vielleicht die, die alle seine Bewohner – gleich ob Mensch oder Orc – am meisten fürchteten. Die gigantischen, fliegenden Schlangenkreaturen konnten es sicher nicht mit einem Greif aufnehmen, was Körperkraft und Schnelligkeit ausmachten, doch sie glichen diesen Nachteil durch ihre Wildheit und ihre verschlagene Intelligenz und Bosheit aus. Niemals war es irgendjemandem gelungen, eines dieser Tiere zu zähmen oder es gar so weit abzurichten, dass man auf ihm reiten konnte wie etwa auf den Greifen. Wenn es auf dieser Welt ein Wesen gab, das noch boshafter und angriffslustiger war als die Orcs, so waren es die Drachen. Selbst den Ogermagiern war es nie gelungen, sie zu zähmen, doch sie hatten einen Zauber, der es ihnen gestattete, die Drachen wenigstens für eine Weile zu lähmen. Sie nutzten einfach die uralte Feindschaft zwischen Drachen und Greifen aus, um sie als Waffe in ihrem Krieg gegen die Menschen einzusetzen. Wenn sich ein Drache und ein Greif begegneten, gab es für keinen von beiden noch ein Halten. Sie fielen sofort übereinander her, und dieser Kampf endete erst, wenn einer der beiden Gegner tot war.
Und es waren nicht fünf oder sechs Drachen, wie Gamma Graukeils Späher behauptet hatte, auch nicht das Dutzend, das der zweite Greifenreiter vorhin meldete – DeWitt schätzte, dass es mindestens fünfzig oder sechzig der riesigen, fledermausflügeligen Kreaturen waren, die die Luft über dem Plateau und dem Schwarzen Portal plötzlich erfüllten, und es wurden immer noch mehr. Ihre schrillen, kreischenden Schreie übertönten schon bald das Wutgebrüll der Greife.
DeWitts Herz krampfte sich vor kaltem Entsetzen zusammen. Es mussten gut dreimal so viele Drachen wie Greife sein, die

den Himmel über dem Plateau erfüllten. Unter normalen Umständen hätten die Greife wohl trotzdem gesiegt, doch das lodernde Netz aus Licht ließ sie nicht höher als zehn oder fünfzehn Meter steigen, während sich die fliegenden Schlangen nach Belieben bewegen konnten. Und sie nutzten diesen Vorteil gnadenlos aus. Schon zischte der erste Feuerstrahl auf einen der Greifenvögel herab und setzte sein Gefieder in Brand. Das Tier schlug mit dem Flügel und löschte die Flammen sofort, doch es wurde im selben Moment schon wieder getroffen, und dann noch einmal und noch einmal.

»Eine Falle!«, flüsterte Orban. »DeWitt, das ... das ist eine Falle! Das Portal! Es ... es ist bereits geöffnet! *Seht doch!*«

Seine Stimme bebte vor Entsetzen. Als DeWitts Blick seiner zitternden Hand folgte, sah er, dass sich das Innere des Schwarzen Portals mit wirbelnder Dunkelheit gefüllt hatte. Trotzdem war es nicht leer. Ein unaufhörlicher, brodelnder Strom aus Orcs, Goblins, Trollen, Dämonen und Zombierittern ergoss sich auf das Plateau heraus, und auch die Zahl der Drachen stieg noch immer.

»Das ist das Ende«, flüsterte Orban.

DeWitt war beinahe geneigt, ihm zu glauben. Ihr erster, wütender Ansturm hatte die meisten Orcs in die Flucht geschlagen, sodass sich in ihrer unmittelbaren Nähe keine Feinde mehr befanden, sondern nur eine Anzahl Lichtritter und einige Mitglieder des Wolfsordens. Doch aus dem Portal heraus näherte sich eine brüllende, geifernde Horde bis an die Zähne bewaffneter Ungeheuer, die die Verteidiger allein durch ihre schiere Zahl einfach niederrennen mussten. Statt der erwarteten zweihundert Gegner standen sie mittlerweile sicherlich der doppelten Zahl gegenüber, und das Verhältnis verschob sich in jeder Sekunde weiter zu ihren Ungunsten.

Der Kampf über ihnen war bereits mit voller Wut entbrannt. Die Drachen stießen immer wieder und wieder auf die wehrlosen Greife herab, versengten ihr Gefieder und ihr Fell oder versuchten, sich zu fünft oder sechst zugleich auf einen einzelnen Gegner zu stürzen. Der Himmel über ihren Köpfen

schien zu brennen und in einiger Entfernung sah DeWitt einen tödlich verwundeten Greif stürzen. Der erste, dem weitere folgen würden.
»Zurück!«, schrie DeWitt. »Schließt euch zusammen!«
Trotz des gewaltigen Lärms der kämpfenden Greife und Drachen und des Gebrülls der heranstampfenden Horde schienen alle seine Lichtkrieger den Befehl verstanden zu haben, denn sie eilten rasch auf Orban und ihn zu und auch die Wolfsritter schlossen sich ihrem Beispiel an. Selbst Yaso Kuuhl ließ von dem hünenhaften Orc ab, mit dem er sich gerade herumprügelte, und rannte mit weit ausgreifenden Schritten an seine Seite. Die sechzig Krieger bildeten einen weiten, dicht geschlossenen Kreis, in dessen Zentrum Orban und die fünf anderen Magier standen.
»Sieht so aus, als hätte König Liras doch recht gehabt«, sagte Yaso Kuuhl grimmig.
»Ja«, gab DeWitt zurück. »Oder als hätten wir einen Verräter unter uns.«
Kuuhls Augen wurden schmal. »Was meint Ihr damit?«, fragte er.
»Sie haben gewusst, dass wir kommen«, antwortete DeWitt. »Und ich wette, sie haben sogar gewusst, wie viele wir sind! Das war eine Falle.«
»Wenn Ihr einen Verdacht habt, dann sprecht ihn aus!«, verlangte Yaso Kuuhl. Er drehte sich vollends zu DeWitt um und hob drohend das Schwert. »Bezichtigt Ihr mich oder einen meiner Männer des Verrats?«
»Ich bezichtige niemanden«, erwiderte DeWitt. »Ich weiß nur, dass meine Krieger gewiss keine Verräter sind.« Das können sie gar nicht sein, fügte er in Gedanken hinzu. Es ist vollkommen unmöglich. Das Dumme war nur, dass das für alle anderen hier ebenso galt.
»Hört auf!«, sagte Orban streng. »Ihr könnt euch gerne duellieren, falls wir die nächsten Minuten überleben. Aber jetzt sollten wir erst einmal versuchen, genau das zu tun.«
Yaso Kuuhl starrte DeWitt herausfordernd an, aber dann

drehte er sich wieder herum und reihte sich zwischen den Kriegern ein, die Schulter an Schulter dastanden und auf den Ansturm der Orcs warteten, und auch DeWitt suchte sich einen Platz zwischen seinen Lichtrittern.

Die Zahl der Orcs und Ungeheuer war noch weiter angestiegen, aber ihr Vormarsch war auch weitaus langsamer geworden. Wären sie in dem gleichen Tempo weitergerannt, in dem sie aus dem Portal herausgestürmt kamen, hätten sie sie längst erreicht. Doch statt sich – wie es eigentlich ihrer Art zu kämpfen entsprochen hätte – einfach blindlings auf ihre Gegner zu stürzen, begannen sie sich rings um sie herum auf dem Plateau zu verteilen, um sie zu umzingeln.

»Das ist ungewöhnlich«, murmelte DeWitt.

»Was?«, fragte Orban. Gegen DeWitts Rat war er ihm gefolgt.

DeWitt deutete auf die Orcs. »Sie versuchen uns einzukreisen«, sagte er.

»Was nur klug ist.«

»Ihr sagt es«, sagte DeWitt grimmig. »Seit wann handelt ein Orc *klug*? Normalerweise greifen sie einfach alles an, was sie sehen. Es sei denn ...«

»Es sei denn was?«, wollte Orban wissen, als DeWitt nicht weitersprach.

DeWitt deutete auf das Schwarze Portal. Das graue Licht hatte sich noch weiter ausgebreitet und machte es fast unmöglich, Einzelheiten zu erkennen. Trotzdem glaubte er eine Anzahl hochgewachsener, in bunte Federmäntel und gefärbte Fellmäntel gehüllte Gestalten auszumachen, die neben einem der gewaltigen Felspfeiler Aufstellung genommen hatten. »Es sei denn, sie wollen uns unter allen Umständen von einem ganz bestimmten Punkt fernhalten.«

»Die Magier«, murmelte Orban. »Ja. Das sind sie. Ich kann sie spüren. Was für eine Zauberkraft!«

DeWitt spürte nichts dergleichen – doch er sah etwas, was ihn noch einmal mit Hoffnung erfüllte.

Das schwarze Wirbeln im Zentrum des Portals war schwächer geworden und der Strom grüner, schuppiger Ungeheuer, der

daraus hervorquoll, nahm zusehends ab. Offensichtlich hatten die Ogermagier Schwierigkeiten mit dem Zauber, der notwendig war, um das Portal offen zu halten. Er vermutete, dass ihr Angriff die feindlichen Magier gezwungen hatte, ihre Vorbereitungen viel schneller abzuschließen, als gut war.
»Die Magier!«, schrie er. »Dort!«
Das reichte. Jeder einzelne seiner Krieger verstand sofort, was er meinte – und da in gewissem Sinne jeder Einzelne seiner Krieger auch ein Stück von ihm war, wusste er auch sofort, was zu tun war. Noch bevor die Orcs ihre Umzingelung beenden und endgültig angreifen konnten, stürmten sie ihrerseits los; und diesmal war die Überraschung der Orcs so groß, dass es ihnen tatsächlich gelang, den Belagerungsring aus grünen Schuppen und Stahl zu durchbrechen.
Der Kampf entbrannte an Dutzenden Stellen zugleich, sodass DeWitt praktisch sofort den Überblick verlor, doch er sah, dass zahllose Orcs, Goblins und Trolle schon unter dem ersten, ungestümen Anprall der silbergepanzerten Gestalten fielen. Auch die Wolfsritter griffen nach einem Augenblick der Überraschung an und die Front der Orcs wankte nun vollends – und zerbrach!
Es schien selbst DeWitt unglaublich – aber für einen Augenblick trieben die sechzig Ritter, angeführt von Yaso Kuuhl, der brüllend gleich zwei Schwerter schwang, eine mindestens vierfache Anzahl ihrer Gegner einfach vor sich her. Dutzende von Orcs und Trollen lagen tot oder sterbend am Boden und vielleicht war dies das erste Mal, dass diese Geschöpfe die Furcht kennenlernten, mit dem der Anblick eines übermächtigen Gegners ein Herz erfüllen konnte.
Auch DeWitt selbst war losgerannt, kämpfte jedoch ganz gegen seine sonstige Gewohnheit nicht an vorderster Front, sondern hielt mit Orban und den anderen Magiern Schritt, um sie zu verteidigen. Das Kriegsglück mochte sich noch einmal wenden und er wusste, dass sie den Amethyst-Magier und seine Brüder dringender als alles andere brauchten, wollten sie das Unmögliche doch noch schaffen.

Als wäre sein Gedanke ein Stichwort gewesen, erschienen plötzlich wieder aus dem Nichts zwei Orcs in fleckigen Rüstungen neben ihnen. Es gelang ihm, den ersten mit einem schnellen Hieb niederzustrecken und auch den zweiten zu verwunden, doch das Geschöpf taumelte noch weiter und begrub im Zusammenbrechen einen der Magier unter sich. DeWitt schrie auf, wich hastig ein paar Schritte zurück und riss schützend den Unterarm vor das Gesicht, als der Zauberer starb und sich seine gesamte magische Energie in einem blendenden, blauweiß schimmernden Blitz entlud.
Wie durch ein Wunder wurden weder er noch Orban oder einer der anderen verletzt. Aber als er wieder sehen konnte, war genau das eingetroffen, was er befürchtet hatte: Ihr Vormarsch begann langsamer zu werden. Vielleicht war der erste Schwung des Angriffes verflogen, vielleicht hatten die Orcs auch erkannt, was sie planten, und warfen nun alle ihre Kräfte in die Schlacht, um ihre eigenen Magier und damit das Portal zu schützen. Mehr und mehr Lichtkrieger und Wolfsritter fielen, und auch wenn sie für einen von ihnen drei oder vier Orcs erschlugen, so waren sie doch einfach zu wenige, um sich diese Verluste leisten zu können.
Zu allem Überfluss griffen nun auch einige der Drachen in den Kampf am Boden ein. Die Greife, die praktisch wehrlos waren und nichts anderes tun konnten, als immer wieder vergeblich gegen das magische Netz anzurennen, das sie fesselte, hatten sich weit über das Plateau verteilt. Einige wenige Zwerge ließen ihre Tiere auf das Orc-Heer herausstoßen, wo sie mit Krallen und Schwingen unter den grünen Kriegern wüteten, bis sie selbst von einem Feuerstrahl vom Himmel getroffen oder von Dutzenden von Orcs gepackt und in die Tiefe gezerrt wurden. Und nicht wenige Drachen taten es ihnen gleich: Ihre Feuerstrahlen zuckten vom Himmel herab und versengten unterschiedslos Orcs und Ritter. DeWitts Lichtkrieger waren durch ihre Rüstungen einigermaßen geschützt, aber auch sie verkrafteten nicht mehr als zwei oder drei der höllisch heißen Blitze, ehe sie fielen. Es konnte nur

noch Augenblicke dauern, bis ihr Vormarsch ganz zum Stocken gebracht worden war. Und das war dann wirklich das Ende, wie Orban prophezeit hatte.

Das durfte nicht geschehen! Alles in DeWitt weigerte sich, diesen Gedanken zu akzeptieren. Es war nicht die erste Schlacht, die er verlor, aber er hatte niemals so viel Kraft und so viel Vorbereitung in einen Feldzug gesteckt wie diesen; und es war ihm noch niemals so wichtig gewesen, den Sieg davonzutragen! Dies war kein Abenteuer mehr wie all die anderen Kriege, an denen er bisher teilgenommen hatte, sondern mehr. Orban, Gamma Graukeil, ja, selbst König Liras und Yaso Kuul (DeWitt war selbst ein bisschen erstaunt, doch es war so) waren für ihn in den letzten Wochen viel mehr geworden als x-beliebige Gestalten, an deren Seite er für eine Weile kämpfte, um sie dann wieder zu vergessen. Sie mussten gewinnen, ganz gleich, wie!

Die Realität sah jedoch vollends anders aus. Er hatte keine Zeit, nach Gamma Graukeil und seinen Greifenreitern zu sehen, doch er wusste, dass die meisten von ihnen wohl schon gefallen waren, und auch die Zahl seiner Ritter und der Wolfskrieger war auf weit mehr als die Hälfte zusammengeschrumpft. Sie hatten die Entfernung zum Schwarzen Portal zwar schon zu weit mehr als der Hälfte zurückgelegt, sodass er das halbe Dutzend schreiend bunt gekleideter Ogermagier nun deutlich erkennen konnte, und er sah auch, dass aus dem schwarzen Wirbeln im Zentrum des Portales schon längst keine neuen Krieger und Drachen mehr hervorquollen, doch die Übermacht war einfach zu gewaltig. Seine Krieger kämpften sich nur noch Schritt für Schritt vorwärts und die Orcs hatten mittlerweile ihre Taktik geändert. Auch das war neu, erkannte er voller Schrecken. Orcs kannten normalerweise nur eine Taktik, nämlich *immer feste druff!*, aber diese Krieger hier waren nicht nur hinterhältig genug gewesen, eine so geschickte Falle zu stellen wie die, in die sie gelaufen waren, die hatten auch die einzige Möglichkeit erkannt, mit ihren menschlichen Gegnern fertig zu werden, ohne einen noch größeren Blutzoll zu zahlen: Statt einfach loszustürmen und sich dabei meistens gegenseitig zu behindern, schlossen sie sich immer zu Gruppen von fünf oder sechs zusammen, die sich gleichzeitig auf einen Gegner stürzten und ihn von verschiedenen Seiten attackierten.

Eine Taktik, die durchaus Erfolg hatte, wie DeWitt voller Bestürzung erkannte. Zwei, drei Wolfsritter fielen vor seinen Augen, dann verschwand einer seiner eigenen Krieger unter einer wahren Flut grüngeschuppter brüllender Gestalten.

»Zurück!«, schrie er. »Alles zu mir!«

Tatsächlich reagierten einige der Krieger und versuchten, an seine Seite zu gelangen. Selbst Yaso Kuuhl, der wie ein Fels in der Brandung stand und mit seinen beiden Schwertern um sich hackte und schlug, begann sich rückwärts gehend auf ihn zuzubewegen, konnte sich aber nicht verkneifen, mit weit schallender Stimme zu brüllen: »Hört ihr unseren großen Helden? Er bläst zum Rückzug!«

DeWitt schluckte die wütende Antwort hinunter, die ihm auf der Zunge lag, und verwandte seine Energie lieber darauf, sich des Ansturms von gleich zwei Trollen und zwei hünenhaften Orcs zu erwehren.

Aus den Augenwinkeln sah er, wie zwei, drei weitere Monster über Orban und die vier unbewaffneten Magier herfielen, doch er konnte rein gar nichts tun, um ihnen beizustehen. Ein gellender Schrei erklang, fast unmittelbar gefolgt von einem blendend weißen Blitz, dann erfüllte das Knistern magischer Energie die Luft, und zwei der Orcs wurden wie von einer unsichtbaren Faust gepackt und davongewirbelt.

Es gelang DeWitt, einen der Orcs niederzuschlagen, aber gleichzeitig wurde auch er getroffen. Der Hieb ließ ihn haltlos nach vorne taumeln und auf die Knie stürzen. Einer der Orcs versuchte die Situation auszunutzen und zielte mit einem gemeinen Tritt nach seinem Gesicht. DeWitt fing den Fuß ab, drehte ihn mit einem Ruck herum und wurde regelrecht in die Höhe katapultiert, als der Orc mit einem überraschten Schrei nach hinten kippte. Ein blitzschneller Schwertstreich beendete den Zweikampf, doch er sah sich immer noch von zwei Trollen bedrängt. DeWitt streckte eine der riesigen Gestalten mit einem Stich nieder und parierte mit dem bloßen Arm den Schwerthieb des zweiten. Aus seiner Rüstung stoben Funken, und obwohl die Klinge seinen Panzer nicht durchdringen konnte, war der Schlag doch so wuchtig, dass er seine gesamte linke Körperhälfte zu lähmen schien und DeWitt vor Schmerz aufschrie und zurücktaumelte.

Der Troll brüllte triumphierend und setzte ihm nach, das Schwert mit beiden Händen hoch über den Kopf erhoben. DeWitt riss seine eigene Waffe in die Höhe, doch er spürte selbst, dass seine Kraft kaum ausreichen würde, den Schwerthieb zu parieren.

In diesem Moment traf ein violetter Blitz den Troll. Das riesige Geschöpf schrie auf und verschwand. Sein Helm, das Schwert und die wenigen Metallteile seiner Rüstung polterten zu Boden, doch der Troll selbst war einfach nicht mehr da.

DeWitt sah sich verblüfft um. Während er sich der Übermacht erwehrt hatte, hatten die Orcs furchtbar unter den Magiern gehaust. Nur Orban selbst war ihrem Wüten entkommen und lag mit schmerzverzerrtem Gesicht auf dem Boden und presste die linke Hand auf eine heftig blutende Wunde in seiner Seite. Die andere hatte er halb erhoben und in seine Richtung ausgestreckt. Zwischen seinen Fingerspitzen knisterte noch ein schwacher Nachglanz violetten Lichts; des magischen Blitzes, mit dem Orban den Troll vernichtet und DeWitt damit wohl das Leben gerettet hatte.

Trotzdem war der Kampf verloren, begriff DeWitt. Für einen Moment hatten sie Luft. Yaso Kuuhl und die wenigen noch lebenden Verteidiger bildeten einen Ring um ihn und den verletzten Magier, aber sie waren allerhöchstens noch ein Dutzend, während die Zahl der Orcs und Trolle trotz der schrecklichen Verluste, die sie erlitten hatten, die Hundert noch immer um ein Mehrfaches übersteigen musste. Noch während er neben Orban niederkniete, fielen zwei weitere Lichtritter unter den Keulen und Äxten der Angreifer und nur einen Moment später ein Mitglied des Wolfsordens. Yaso Kuuhl sprang mit einem Schrei hinzu. Seine Schwerter blitzten wie gefangene Lichtstrahlen auf und töteten die Orcs, die den Wolfskrieger niedergerungen hatten, doch die Lücke in den Reihen der Angreifer schloss sich sofort wieder. Auch Yaso Kuuhl wurde getroffen und wankte zurück, fing sich aber dann wieder und setzte vor Wut schreiend zum Gegenangriff an.

»Orban!«, sagte DeWitt erschrocken. »Seid Ihr schwer verletzt? Was ist mit Euch?«

Der Amethyst-Magier schüttelte schwach den Kopf. Zwischen seinen Fingern rann Blut in dunklem, schrecklich breitem Strom hervor. Dass er noch am Leben war, grenzte an ein Wunder. Trotzdem sagte er: »Kümmert Euch nicht um mich, DeWitt. Rettet Euer eigenes Leben!«

Ein gellender Schrei unterbrach seine Worte. Ein halbes Dutzend Orcs hatte sich gleichzeitig auf einen Ritter geworfen und ihn unter sich begraben. Sofort sprangen Yaso Kuuhl und zwei weitere Krieger herbei und schlugen die Angreifer nieder, doch für den Ritter kam jede Hilfe zu spät. Sie waren jetzt allerhöchstens noch sieben oder acht, Yaso Kuuhl und DeWitt mitgezählt. Und sie würden dem Ansturm der grünen Horde allerhöchstens noch Sekunden standhalten.

»Rettet Euch!«, stöhnte Orban. »Adragne ist verloren, aber dies ist nicht Euer Kampf! Es nutzt niemandem, wenn Ihr unseretwegen sterbt!«

Vielleicht waren es genau diese Worte, die die Entscheidung brachten. Hätte Orban ihn in seiner Not um Hilfe angefleht, wäre er vermutlich aufgesprungen und hätte sich den Orcs entgegengestellt, um noch so viele wie möglich von ihnen mitzunehmen, bis auch er der Übermacht erlag. Eine Schlacht zu verlieren war niemals gut, aber er konnte es akzeptieren, wenn er *ehrenhaft* verlor. Was DeWitt jedoch zutiefst erschütterte, das war der Umstand, dass der Amethyst-Magier selbst in diesem Moment nicht an sich dachte, nicht einmal an seinen König und sein Land, sondern ganz ehrlich darum besorgt

war, dass ein Unschuldiger in diesem Kampf der Völker sterben würde. Er hatte so etwas noch nie zuvor erlebt. Er hatte es nicht einmal für *möglich* gehalten; und er begriff, dass er etwas ganz Außergewöhnliches erlebte und dass Orban und all die anderen hier, selbst Yaso Kuuhl in all seiner Überheblichkeit, etwas Besonderes waren, Geschöpfe, die nicht nur an sich und ihre Aufgabe dachten, sondern *Gefühle* hatten, die *lebten.*
Sie durften nicht untergehen.
Tief in sich wusste er, dass das, was er nun tat, falsch war. Er durfte es nicht. Um keinen Preis. Der Schaden, den er damit anrichten konnte, mochte unermesslich sein. Er brachte nicht nur Adragne und seine Bewohner in Gefahr, sondern vielleicht viel, viel mehr. Aber er konnte einfach nicht anders.
Während hinter ihm ein weiterer Krieger unter einer geifernden grünen Flut aus Schuppen, Panzerplatten und Stahl verschwand, ergriff er mit der Linken sanft die Hand des Magiers, die Orban auf die Wunde gepresst hatte, um das Leben noch einen Augenblick länger daran zu hindern, aus seinem Körper herauszufließen, drückte sie zur Seite und berührte mit der anderen Hand die furchtbare Wunde, die im Leib des Amethyst-Magiers klaffte.
»*Lebe!*«, befahl er.
Das Blut versiegte. Für einen Moment schimmerten seine Finger in einem sanften, goldfarbenen Licht, und als er die Hand zurückzog, war die tödliche Wunde spurlos verschwunden. Selbst Orbans Gewand war wieder unversehrt und weder an ihm noch an DeWitts Fingern war Blut zu sehen.
Orbans Augen wurden groß. Ungläubig starrte er an sich herab, dann zu DeWitt hoch, doch DeWitt beachtete ihn nicht mehr, sondern stand wieder auf und starrte aus brennenden Augen zum Portal und den Ogermagiern hinüber. Das schwarze Wogen darin hatte wieder an Kraft gewonnen, und er glaubte bereits wieder die verschwommenen Umrisse weiterer, zahlloser Gestalten zu erkennen, die sich in dem wesenlosen Wogen bildeten. In einem Punkt hatte sich Orban geirrt:

Das Schwarze Portal stellte keine Verbindung zu den Heimatländern der Orcs dar, die es nicht gab. Die schuppigen Kreaturen *entstanden* genau dort, wo die Dunkelheit sie ausspie.
»Was ... ?«, murmelte Orban. »Was habt Ihr getan?«
Ein Troll sprang auf ihn zu. Unmittelbar neben Yaso Kuuhl starb der letzte Ritter des Wolfsordens unter den Axthieben von drei oder vier Angreifern, und auch von DeWitts Kriegern waren nur noch zwei am Leben, die sich mit dem Mut der Verzweiflung zur Wehr setzten.
Der Troll schleuderte seine Axt. DeWitt schlug das Beil im Flug mit dem Schwert beiseite, riss beide Arme in die Höhe, deutete auf die beiden Krieger und schrie mit vollem Stimmaufwand: *»Michael Jackson for President!«*
Etwas geschah, was er selbst nicht genau beschreiben konnte. Es war, als ging ein Ruck durch die Wirklichkeit *(Wirklichkeit?)*. Für einen unendlich kurzen Augenblick schien die Zeit stehen zu bleiben und für dieselbe, fast nicht messbare Spanne hatte DeWitt das Gefühl, etwas wie ein Stöhnen zu hören, nicht das Stöhnen eines Orcs oder Menschen, sondern ein Grollen und Ächzen wie von etwas viel, viel Mächtigerem und Größerem, ein Geräusch, beinahe eher ein *Empfinden* als ein Laut, als wäre die Schöpfung selbst in ihren Grundfesten erschüttert worden. Ein sonderbares, sanftblaues Licht hüllte die Gestalten der beiden Ritter ein, auf die er gedeutet hatte. Die Männer taumelten. Für einen Moment wirkten sie benommen und waren wehrlos. Ihre Schwerter und Schilde sanken herab und die Orcs stürzten sich brüllend auf die vermeintlich Hilflosen.
Doch ihre Hiebe, Stiche und Schläge zeigten keine Wirkung mehr. Äxte und Schwerter zerbrachen, als sie ihre Rüstungen berührten, und einer der Orcs, der tollkühn genug gewesen war, die Ritter mit bloßen Fäusten zu attackieren, taumelte kreischend zurück und starb, noch bevor er zu Boden fiel. Der *Cheat* hatte die beiden Ritter unverwundbar gemacht und ihre Angriffskraft zugleich ins Unermessliche gesteigert.
DeWitt wirbelte herum, deutete mit dem Schwert auf Yaso

Kuuhl und mit der freien Hand auf Orban und schrie noch einmal: »*Michael Jackson for President!*«, und der unheimliche Vorgang wiederholte sich. Auch Orban und Kuuhl wurden von blauem Licht erfasst, und DeWitt konnte regelrecht sehen, wie eine neue, unbezwingbare Kraft den Amethyst-Magier durchströmte. Yaso Kuuhl schrie auf, ließ seine Schwerter wirbeln und streckte in einer einzigen Bewegung fast ein halbes Dutzend Orcs nieder. DeWitt hob den Blick in den Himmel und suchte nach Gamma Graukeil.
Er fand ihn, aber er sah auch voller Entsetzen, dass außer dem Zwergenkönig selbst nur noch zwei Greife den Attacken der Drachen bisher standgehalten hatten. Einer von ihnen verging in den glühenden Feuerstrahlen der Drachen, bevor er den *Cheat* ein drittes Mal anwenden konnte, den zweiten und Gamma Graukeil selbst vermochte er zu schützen. Von einer Sekunde auf die andere waren die Greife und ihre Reiter unverwundbar. Das leuchtende Netz, das die Ogermagier gewoben hatten, zerriss in einer grellen Lichtexplosion, als Gamma Graukeil seinen Greif in die Höhe steigen ließ, und Tier und Reiter schrien vor Wut auf und fuhren wie unbezwingbare Racheengel unter die Drachen. Zehn, zwanzig der geflügelten Schlangen stürzten sich zugleich auf Gamma Graukeil und sein Reittier, aber ihre Flammenstrahlen vermochten ihnen nichts mehr anzuhaben, und die Monster selbst stürzten wie vom Blitz getroffen zu Boden, sobald der Greif sie auch nur flüchtig berührte. Keiner von ihnen würde entkommen. DeWitt zweifelte keine Sekunde daran, dass Gamma Graukeil für den Tod seiner Brüder gnadenlose Rache nehmen würde.
»DeWitt, was ... was ist das?«, stammelte Orban. »Was habt Ihr *getan?!*« Seine Stimme bebte. DeWitt hörte einen Ton darin, der nichts anderes als Angst sein konnte.
Er achtete nicht darauf, sondern deutete mit dem Schwert auf das Portal und die Ogermagier davor. Das schwarze Wogen zwischen den gewaltigen Steinpfeilern war intensiver geworden. Die Magier hatten ihr Werk fast vollendet. Es war noch

nicht vorbei. Er konnte nicht hunderttausend Orcs erschlagen, unbesiegbar oder nicht. Irgendwann würden sie sich unter einem Berg von Toten begraben vorfinden. Selbst Yaso Kuuhl und die beiden Ritter hatten Mühe, ihre Position zu halten. Sie erschlugen die Orcs so schnell, wie sie herankamen, aber es waren einfach zu viele. In ihrem selbstmörderischen Ansturm drängten sie die drei Ritter einfach durch ihre schiere Übermacht zurück, auch wenn sie für jeden Fußbreit Boden mit Strömen von Blut bezahlten.
Auch Orban schien die neue Gefahr zu begreifen, denn er nickte kurz, schloss für einen Moment die Augen und begann die Hände rhythmisch vor der Brust zu schwenken. Seine Lippen formten lautlose Worte, dann fuhr plötzlich ein violetter Blitz aus seinen Fingerspitzen, brannte sich eine lodernde Spur durch die Reihen der heranstürmenden Orcs und Goblins und traf einen der Ogermagier in den Rücken. Die riesige Kreatur warf die Arme in die Höhe und kippte nach vorne, doch die anderen wirbelten blitzartig herum und schufen einen Schutzzauber, der Orbans zweiten Lichtblitz ablenkte.
Mehr hatte DeWitt jedoch gar nicht erreichen wollen. Das wogende Nichts im Inneren des Schwarzen Portals flackerte und zuckte, wurde jedoch nicht stärker. Selbst diese mächtigen Magier vermochten also nicht zwei Dinge auf einmal zu tun.
»Folgt mir!«, brüllte DeWitt. Mit einem Satz war er an Yaso Kuuhls Seite, schwang seine magische Klinge und trieb die heranstürmenden Orcs zurück. Kuuhl und die beiden Lichtritter stimmten ein triumphierendes Gebrüll an. Zu dritt stürmten sie los.
Die Orcs mussten begriffen haben, was geschah, doch wie es ihre Art war, kannten sie weder Furcht noch ein Zurück; vielleicht lenkten auch die Magier ihre Handlungen. Mit erbitterter Wut versuchten die Grüngeschuppten, die vier Menschenkrieger aufzuhalten, die sich dem Portal und ihren Herren näherten. DeWitt, Yaso Kuuhl und die beiden Krieger

hackten und schlugen sich eine Bresche durch die heranstürmende Horde, während Orban Blitz auf Blitz gegen die Ogermagier schleuderte, um ihre Kräfte zu binden und sie daran zu hindern, das Portal endgültig zu öffnen.
Die Anzahl der Orcs schien kein Ende zu nehmen. Für jeden, den DeWitt erschlug, tauchte sofort ein neuer auf, und seine Arme begannen allmählich zu erlahmen. Anders als Yaso Kuuhl und die beiden Krieger war er nicht durch einen *Cheat* geschützt, sondern einzig durch das, was er war, und obwohl er mit der Kraft eines Berserkers kämpfte, wurde er immer wieder getroffen. Seine Rüstung war bald verbeult und zerschlagen, und er blutete aus zahllosen mehr oder weniger tiefen Wunden, die sich allerdings beinahe ebenso schnell wieder schlossen, wie sie entstanden.
Schließlich wurde es ihm zu viel. Ihm war klar, dass er einen weiteren Fehler beging. Orban würde ihm Fragen stellen, auf die er keine Antworten hatte – aber im Grunde spielte das jetzt schon keine Rolle mehr. Mit einem wütenden, weit ausholenden Schlag verschaffte er sich für einen Moment Luft, schloss die Augen und konzentrierte sich auf das Schwarze Portal –
und erschien mitten unter den Ogermagiern.
Zwei der riesigen Geschöpfe bemerkten nicht einmal, dass er da war, bevor er sie niederstreckte. Die drei anderen fuhren herum und stürzten sich unverzüglich auf ihn. Einer der schuppigen Kolosse wurde von einem violetten Blitz getroffen und löste sich auf, noch bevor er ihn erreichte, den zweiten empfing DeWitt mit einem Schwertstreich, der ihn sterbend zurücktaumeln ließ. Aber der dritte war heran, noch ehe er seine Waffe zu einem weiteren Schlag heben konnte.
Und DeWitt begriff, dass er abermals einen Fehler gemacht hatte. Das Wesen prallte mit der ganzen Wucht seiner mehr als drei Zentner Körpergewicht gegen ihn, aber es tat ihm nicht den Gefallen, zu sterben wie alle anderen Orcs, die Yaso Kuuhl oder die beiden Krieger berührt hatten. *Er* war nicht durch einen Zauber geschützt, der ihn nicht nur unverwund-

bar, sondern selbst zu einer tödlichen Waffe werden ließ. Sein Schwert wurde ihm aus der Hand geprellt, segelte in hohem Bogen davon und verschwand im gierigen Schlund des Portals und noch bevor er sich von seiner Überraschung erholen konnte, hatte ihn der gigantische Ogermagier mit beiden Armen umschlungen und riss ihn von den Füßen.

DeWitt keuchte. Die muskulösen Arme des Ogers schlossen sich mit solcher Macht um seinen Leib, dass seine Rüstung knisterte und er kaum noch Luft bekam. Er trat mit aller Kraft zu und er spürte, dass er den Koloss mehrmals und schwer traf. Der Oger grunzte vor Schmerz, ließ aber nicht los, sondern verstärkte seinen Druck nur noch mehr, sodass DeWitt nun endgültig keine Luft mehr bekam. Vor seinen Augen begannen schwarze Schleier zu wogen. Noch ein paar Augenblicke, und er würde das Bewusstsein verlieren. Und er konnte absolut nichts dagegen tun. Selbst wenn er den *Cheat* ein weiteres Mal und auf sich selbst hätte anwenden wollen (er wusste nicht einmal, ob das funktioniert hätte!), er hätte es gar nicht gekonnt, denn er bekam keine Luft mehr, um zu reden.

Ein violetter Blitz aus Orbans Fingerspitzen fuhr über die Köpfe der kämpfenden Orcs hinweg und traf den Ogermagier. Das Wesen brüllte vor Schmerz, ließ DeWitt endlich los und torkelte rückwärts, ehe es sich in einer Wolke roter und gelber Funken auflöste, doch DeWitt hatte keine Zeit, dem unheimlichen Schauspiel zuzusehen. Verzweifelt kämpfte er um sein Gleichgewicht. Er stand unmittelbar vor dem Portal, weniger als einen halben Schritt von dessen wirbelnden schwarzen Herzen entfernt, und das Gewicht seiner Rüstung zerrte ihn unbarmherzig weiter darauf zu.

Doch da war noch etwas anderes; ein unheimlicher Sog, der aus dem Inneren des Portals herausgriff und ihn immer weiter auf den schwarzen Schlund zutaumeln ließ. Das wirbelnde Chaos zwischen den steinernen Pfeilern war nicht von dieser Welt, und die Macht, die sich darin manifestierte, war ungeheuerlich. Selbst DeWitts Kräfte mussten darin vergehen wie

eine Kerzenflamme in einem Orkan. Wenn er dort hineingerissen wurde, war er verloren.
Die Angst gab ihm noch einmal neue Kraft. Mit einer verzweifelten Anstrengung warf er sich zurück, bekam mit der linken Hand den rauhen Stein des Portals zu fassen und klammerte sich daran fest.
Trotzdem wurde er weiter auf den wirbelnden Schlund zugerissen. Sein Kettenhandschuh krallte sich mit solcher Kraft in den Stein, dass der Felsen zu feinem Staub zermahlen wurde und seine Hand einen deutlichen Abdruck darin hinterließ, aber der Sog wurde immer stärker. DeWitt keuchte vor Anstrengung und versuchte auch mit der anderen Hand nach dem Steinpfeiler zu greifen, aber seine Kraft reichte nicht mehr. Langsam, aber unaufhaltsam wurde er auf das schwarze Herz des Portals zugezerrt. Sein linker Arm berührte das wirbelnde Nichts. Ein Gefühl eisiger Kälte, gefolgt von einem furchtbaren Schmerz zuckte durch seine Finger und raste wie eine Explosion seinen ganzen Arm hinauf. DeWitt schrie, mobilisierte noch einmal alle seine Kräfte und spürte, wie nun auch seine andere Hand abzurutschen begann.
Im selben Moment, in dem er sicher war, den Kampf endgültig verloren zu haben, griffen starke Hände nach seinem Arm und rissen ihn mit einem Ruck von der wirbelnden Schwärze fort.
Der Sog erlosch so übergangslos, dass DeWitt noch zwei Schritte weitertaumelte, gegen Yaso Kuuhl prallte und ihn mit sich zu Boden riss. Sich überschlagend rollten sie beide einige Meter weit von dem Schwarzen Portal fort, ehe sie nebeneinander liegen blieben.
DeWitt schloss für einen Moment die Augen, trotzdem schien sich alles weiter um ihn zu drehen. Sein Herz jagte – nicht nur hier, sondern auch in Wirklichkeit –, und er spürte, dass er unter seiner verbeulten Rüstung am ganzen Leib in Schweiß gebadet war. Das war knapp, dachte er.
Schwer atmend richtete er sich auf und sah zu Yaso Kuuhl hoch, der schon wieder auf den Füßen war und mit gerunzel-

ter Stirn auf ihn herabblickte. »Ich ... danke Euch, Yaso Kuuhl«, sagte er.
»Sieht so aus, als hätte ich unserem großen Helden den Arsch gerettet, wie?«, erwiderte Kuuhl.
DeWitt war irritiert. *Was war das für eine Sprache?* Laut sagte er: »Ja. Es sieht ganz so aus. Aber gebt Euch keine Mühe, es jemandem zu erzählen. Ich werde alles abstreiten.«
Er stand unsicher auf, sah sich nach seinem Schwert um und erinnerte sich erst dann, dass es ja im Portal verschwunden war. Achselzuckend schloss er die Augen und versuchte sich das Schwert vorzustellen und noch bevor er die Lider wieder hob, spürte er das vertraute Gewicht der Waffe wieder an seinem Gürtel. Yaso Kuuhl riss ungläubig die Augen auf und starrte auf den Schwertgriff herab, aber darauf kam es jetzt auch nicht mehr an.
Die Schlacht war vorüber. Nach dem Tod der Ogermagier hatten die wenigen überlebenden Orcs plötzlich jeden Kampfgeist verloren und suchten ihr Heil in der Flucht, und dasselbe schien für die Drachen zu gelten. Der Zauber, der sie gebunden hatte, war nicht mehr da, und anders als die Orcs und ihre Verbündeten waren *diese* Tiere klug genug, zu begreifen, wann ein Kampf verloren war, und zogen rasch ab.
»Sagt mir nur eins, Ritter DeWitt«, sagte Yaso Kuuhl leise. »Was habt Ihr getan?«
DeWitt sah ihn traurig an. Das Hochgefühl, die Schlacht gewonnen zu haben, wollte sich nicht einstellen. Ganz im Gegenteil fühlte er sich mit jeder Sekunde niedergeschlagener. »Etwas, was ich niemals hätte tun dürfen, mein Freund«, antwortete er leise.

Orban fand ihn dort, wo er gegen die Ogermagier gekämpft hatte: in zwei oder drei Schritten Abstand von dem Schwarzen Portal, nahe genug, um den Hauch unheimlicher Kälte zu spüren, der aus dem Herzen des wirbelnden Dunkels strömte, aber weit genug entfernt, um nicht in den alles verschlingenden Sog zu geraten.

»Es ist vorbei«, sagte Orban leise. DeWitt sah auf und blickte über die Schulter zu dem Amethyst-Magier zurück. Er versuchte zu lächeln, aber irgendwie fehlte ihm die Kraft dazu. So nickte er nur.
Er konnte nicht sagen, wie lange er schon hier stand und in das Tor zu einer anderen Welt blickte. Auch der letzte Orc war verschwunden und unweit des Portals ragten nun die Gestalten zweier gewaltiger Greife auf. Gamma Graukeil und sein letzter verbliebener Greifenreiter hatten den Drachen zwar nachgesetzt, aber sie konnten unmöglich fast hundert ihrer Feinde einholen und einen nach dem anderen vernichten und so hatten sie schließlich aufgegeben. Nach kurzem Suchen entdeckte DeWitt Gamma Graukeil nur wenige Schritte entfernt. Er stand da und unterhielt sich mit gedämpfter Stimme mit Yaso Kuuhl, wobei beide so unmissverständlich in seine Richtung blickten, dass an dem Thema ihrer Unterhaltung eigentlich kein Zweifel bestehen konnte.
»Wir ... haben gesiegt«, sagte Orban. Er sprach nur zögernd und DeWitt hatte das Gefühl, dass er eigentlich etwas ganz anderes sagen wollte, es sich aber nicht traute.
»Haben wir das?«, fragte er.
Orban nickte. »Die Orcs sind geschlagen. Ihre mächtigsten Zauberer sind tot und das Portal wird sich schließen. Nun können wir die Schlacht gewinnen. Der Sieg ist unser. Durch Eure Hilfe.«
Und was soll ich mit einem solchen Sieg anfangen? dachte DeWitt bitter. Es war kein Sieg. Ganz im Gegenteil. Es war alles umsonst gewesen. Ein Moment der Unbeherrschtheit und Monate der Vorbereitung waren dahin.
Er sprach nichts davon aus, denn Orban hätte es sowieso nicht verstanden. Stattdessen machte er nur eine vage Bewegung und sagte: »Ihr werdet die Schlacht morgen früh ohne mich schlagen müssen. Ich muss fort.« Es hatte keinen Sinn mehr, zu bleiben. Es war alles umsonst gewesen.
Seltsamerweise dachte er diesen Gedanken nicht mit so großem Bedauern, wie er erwartet hatte. Das, was ihn zu dieser

verrückten Handlung bewogen hatte, galt noch immer: Er war sehr froh, Orban, Yaso Kuuhl und Gamma Graukeil gerettet zu haben. Aus irgendeinem Grund waren ihm diese drei ans Herz gewachsen. Das war lächerlich. Aber es war so.
»Darf ich ... darf ich Euch eine Frage stellen, Herr?«, fragte Orban zögernd.
DeWitt nickte. »Sicher. Aber wenn du noch einmal Herr zu mir sagst, kriegst du einen Tritt.«
Orban lächelte nervös. »Selbstverständlich, Ritter DeWitt. Wie Ihr wünscht.« Er senkte den Blick, aber was DeWitt in dem kurzen Moment darin las, bevor er es tat, war nun eindeutig Angst. Die Erkenntnis bohrte sich wie ein dünner feuriger Pfeil in sein Herz.
»Deine Frage, Orban«, erinnerte er ihn.
Der Amethyst-Magier zögerte einen Moment lang. Dann atmete er hörbar ein, fasste sich ein Herz, sah DeWitt offen an und deutete mit der linken Hand auf Yaso Kuuhl und Gamma Graukeil. Die beiden kamen langsam näher. »Es ... es fällt mir schwer, sie zu stellen«, gestand Orban. »Doch es ist etwas, was wir alle uns fragen.«
»Und was wäre das?«, wollte DeWitt wissen. Er hatte kein gutes Gefühl.
Orban atmete erneut tief ein, dann fragte er: »Seid Ihr ein Gott?«
Die Worte trafen DeWitt wie eine Ohrfeige. Fassungslos starrte er Orban, den Zwerg und Yaso Kuuhl und dann wieder den Magier an. »Wie ... wie kommt denn Ihr nur auf eine solche Idee?«
»Weil nur ein Gott so etwas zuwege bringen kann wie das, was Ihr gerade getan habt«, antwortete Orban ernst. »Oder ein Teufel.«
»Ich kann dich beruhigen«, sagte DeWitt nervös. »Ich bin keines von beiden.« Er seufzte. »Nur ein kleiner Möchtegern-Abenteurer, der ein paar Tricks drauf hat.«
»Ihr seid sehr bescheiden«, antwortete Orban. »Wenn Euch meine Fragen unangenehm sind, so –«

»Nein, nein«, unterbrach ihn DeWitt – obwohl Orban mit seiner Vermutung den Nagel auf den Kopf getroffen hatte. »Fragt nur weiter. Ich kann mir vorstellen, dass Ihr ... ziemlich verwirrt sein müsst.«
Das war die Untertreibung des Jahrhunderts. Orban und die beiden anderen mussten erschüttert sein wie niemals zuvor. Und zumindest, was Yaso Kuuhl anbelangte, auch ziemlich wütend, obwohl sich DeWitt nicht erklären konnte, warum. Immerhin hatte er ihm gerade das Leben gerettet.
»Aber was Ihr getan habt, das *kann* nur jemand bewerkstelligen, der über die Macht eines Gottes gebietet«, beharrte Orban.
DeWitt schüttelte den Kopf. »Das kommt Euch vielleicht so vor, Meister Orban«, sagte er. »Aber da, wo ich herkomme, ist das nichts Besonderes. Jeder kann es ... nun ja, sagen wir: viele.«
»Wo Ihr herkommt?« Yaso Kuuhl trat neugierig näher und legte den Kopf schräg. Seine Augen wurden schmal. »Wo ist das? Ihr habt es uns nie erzählt.«
»Und das werde ich auch jetzt nicht tun«, versetzte DeWitt. »Gebt Euch keine Mühe, mein Freund.«
»Ich bin nicht *Euer Freund*«, antwortete Yaso Kuuhl mit unerwarteter Schärfe.
»Seid Ihr nicht?«, fragte DeWitt. »Seltsam, dass mich das nicht überrascht. Aber ich bin ein bisschen enttäuscht, wie ich gestehen muss.«
»Worüber?«
»Über Euch«, sagte DeWitt. »Ich habe nicht erwartet, dass Ihr mir einen Heiratsantrag macht, Ritter Kuuhl, aber immerhin habe ich Euch gerade das Leben gerettet.«
»Und wie viele habt Ihr sterben lassen?«, schnappte Kuuhl.
Orban warf ihm einen fast beschwörenden Blick zu, doch Yaso Kuuhl ließ sich davon nicht beeindrucken, sondern machte einen weiteren Schritt in DeWitts Richtung und baute sich fast drohend vor ihm auf.
»Was meint Ihr damit?«, fragte DeWitt.

»Das wisst Ihr ganz genau!«, antwortete Kuuhl erregt. »Ihr ... Ihr spielt unseren Freund! Den großen Helden, den Retter in höchster Not! Aber in Wahrheit ist Euch unser Leben doch vollkommen gleich! Was ist das alles hier für Euch? Nicht mehr als ein Spiel?«
»Kuuhl!«, sagte Orban entsetzt. »Beherrscht Euch!«
»Nein. Lasst ihn.« DeWitt machte eine rasche Geste in Orbans Richtung, ließ Yaso Kuuhl aber keine Sekunde aus den Augen. »Was meint Ihr damit?«
»Ihr habt uns gerade gezeigt, über welche Macht Ihr gebietet«, antwortete Yaso Kuuhl. »O ja, die Macht eines Gottes. Eine Macht, gegen die selbst die stärkste Magie nichts auszurichten vermag. Es sind nur *ein paar Tricks,* wie?«
»Und wenn es nicht so wäre?«
»Welchen Unterschied macht das schon?«, wollte Yaso Kuuhl wissen. »Nur ein paar Tricks, die dort, woher Ihr kommt, jeder beherrscht.« Seine Stimme wurde bitter, und plötzlich war sein Blick so voller Verachtung und Hass, dass DeWitt bis ins Innerste erschrak.
»Sagt mir, Ritter DeWitt«, fuhr Yaso Kuuhl fort, »in wie vielen Schlachten habt Ihr schon gekämpft? Zehn? Hundert? Tausend?«
»Nicht ganz«, antwortete DeWitt. »Aber es waren viele. Warum?«
»Und wie viele Männer sind dabei an Eurer Seite gestorben?« Yaso Kuuhl schrie nun wirklich. Er hatte die Fäuste geballt, als wollte er sich jeden Moment auf DeWitt stürzen. »Wie viele Städte habt Ihr brennen sehen, geplündert von Orcs und Dämonen? Wie viele Mütter habt Ihr um ihre Söhne und Männer weinen sehen, während Ihr neben ihnen gestanden habt *und mit einem einzigen Wort alles hättet verhindern können?!*«
DeWitt sah ihn betroffen an. Plötzlich war ein harter Kloß in seiner Kehle, der es ihm schwer machte, zu antworten. Seine eigene Stimme klang wie die eines Fremden in seinen Ohren. »Aber so ist es nicht, mein Freund«, sagte er. *Es ist viel*

schlimmer. Ich hätte es nicht nur verhindern können. Ohne mich wäre es gar nicht erst geschehen.
»Yaso Kuuhl, ich befehle Euch, zu schweigen!«, herrschte Orban. »Kein Wort mehr oder ich werde dafür sorgen, dass man Euch ächtet und mit Schimpf und Schande davonjagt.«
»Lasst es gut sein, Meister Orban«, sagte DeWitt traurig. Er fühlte sich miserabel. Kuuhls Worte enthielten eine Wahrheit, die nicht einmal der Schwarze Ritter selbst kannte. »Ich nehme es Ritter Kuuhl nicht übel. Vielleicht hat er sogar Recht, von seinem Standpunkt aus. Er kann es nicht besser verstehen.«
»Wenn ich ganz offen sein darf«, sagte Orban zögernd. »Ich auch nicht. Hat er Recht? Hättet Ihr alles verhindern können?«
»Vielleicht«, antwortete DeWitt, zuckte mit den Schultern und wandte sich wieder zum wirbelnden Herzen des Schwarzen Portals um, ehe er, leiser und mit verändertem Ton, fortfuhr: »Ja. Ich hätte es verhindern können. Aber ich durfte es nicht. Ich hätte auch das, was ich gerade getan habe, nicht gedurft. Glaubt mir, die Folgen für Euch wären schlimmer als alles gewesen, was die Orcs Euch antun können.«
»Was kann man uns mehr antun, als unsere Frauen und Kinder zu erschlagen?«, fragte Yaso Kuuhl herausfordernd.
»Aber ihr habt doch gar keine Frauen und Kinder«, murmelte DeWitt. »Nicht wirklich.«
»Was redet Ihr da?«, fragte Kuuhl.
Orban brachte ihn mit einer befehlenden Geste zum Schweigen und trat neben DeWitt. Eine Weile standen sie einfach wortlos da, und obwohl DeWitt den Magier nicht ansah, konnte er deutlich fühlen, wie es in ihm arbeitete. Er tat ihm sehr leid. Trotz allem hatte er noch immer nicht begriffen, was er ihm und allen anderen Bewohnern seiner Welt mit seiner *Hilfe* wirklich angetan hatte. Und wie hätte er auch?
»Es hat ...« Orban hob die Hand und deutete ins Zentrum der wogenden Schwärze. »... mit dem zu tun, nicht wahr?«, fragte er leise. »Und dem, wo es hinführt.«
DeWitt sah ihn an. »Ihr seid ein sehr weiser Mann, Meister Orban«, sagte er.

»Ist dies der Ort, von dem Ihr kommt?«, fragte Orban. »Die Welt, in der jeder die Macht eines Gottes hat?«
»Ja«, antwortete DeWitt. »Auch wenn dort niemand ein Gott ist. Ein paar halten sich dafür, aber das sind Dummköpfe.«
»Aber es hat damit zu tun«, beharrte Orban. »Das Geheimnis des Schwarzen Portals. Es ist der Weg in ... in Eure Heimat.«
»Nicht ganz«, gestand DeWitt. Er hatte das Gefühl, einen furchtbaren Fehler zu begehen, aber er konnte nicht sagen, wieso. Plötzlich war etwas in Orbans Blick, was ihm nicht gefiel. Unter der Angst, die er noch immer darin las, wuchs etwas anderes heran, das er nicht einordnen konnte. Wider besseres Wissen fuhr er fort: »Ja. Man ... *könnte* es als den Weg in meine Heimat bezeichnen – auch wenn ich mich hüten werde, auch nur einen Fuß hineinzusetzen.«
»In Eure Heimat«, wiederholte Orban. Seine Stimme war nur noch ein erschüttertes Flüstern. »Das also ist Euer Geheimnis. Es gibt eine andere Welt, auf der anderen Seite dieses Tores.«
»Ja«, sagte DeWitt. »Ich dürfte dir das nicht verraten, aber es spielt jetzt sowieso keine Rolle mehr.«
»Eine andere Welt«, flüsterte Orban, als hätte er seine Worte gar nicht gehört. Und als er nach einer neuerlichen Pause fortfuhr, da ließen seine Worte DeWitt schier das Blut in den Adern gerinnen. »Die Welt, aus der Ihr stammt. Und aus der die Orcs gekommen sind und die Goblins und die Ungeheuer.«
DeWitt riss ungläubig die Augen auf und starrte den Magier an, und plötzlich wusste er, *wie* entsetzlich der Fehler war, den er begangen hatte. Aber es war zu spät, irgendetwas zu tun.
Yaso Kuuhl schrie auf, als wäre ihm ein glühender Dolch in den Rücken gerammt worden, warf sich mit einem gewaltigen Satz vor und versetzte DeWitt einen Stoß gegen die Brust, der ihn hilflos nach hinten taumeln ließ. Instinktiv versuchte er sich festzuklammern, aber diesmal verfehlten seine ausgestreckten Hände den rettenden Stein. Haltlos torkelte er rücklings zwischen den gewaltigen Steinpfeilern des Schwar-

zen Portals hindurch und fühlte, wie eine unwiderstehliche Kraft nach ihm griff. Seine Füße verloren den Halt auf dem Boden. Er wurde in die Höhe und zurück gerissen, und dann stürzte er kopfüber in das wogende schwarze Nichts im Herzen des Schwarzen Portals hinein.

Mit einem Schrei riss sich David den Cyberhelm vom Kopf. Außer sich vor Wut versetzte er dem Schreibtisch, vor dem er die letzten vier oder fünf Stunden verbracht hatte, einen Tritt, dass das massive Möbelstück in allen Verbindungen ächzte und selbst der schwere 20-Zoll-Monitor darauf zu hüpfen begann.

»*O du verdammter Mistkerl!*«, brüllte er. *Diese widerliche, elende, heimtückische, hinterlistige ... diese ... diese ...*«

Seine Stimme versagte. Die Wut schnürte ihm regelrecht die Kehle zu, und keine Beleidigung, keine noch so wüste Beschimpfung und keine noch so gewaltige Verwünschung schien ihm schlimm genug, auch nur annähernd das auszudrücken, was er in diesem Moment für Yaso Kuuhl empfand. Er versetzte dem Schreibtisch einen zweiten und dritten Tritt, aber das nutzte nichts. Ihm tat jetzt zwar der Fuß weh, aber sein Zorn auf den Schwarzen Ritter kühlte um keinen Deut ab. Schließlich hob er den Cyberhelm mit beiden Händen an und hätte ihn um ein Haar mit aller Gewalt auf den Boden geknallt, hätte nicht hinter ihm in diesem Moment eine Stimme gesagt:

»Verräterische Kanaille. Ich glaube, das ist das Wort, nach dem du suchst.«

Entsetzt erstarrte David für eine Sekunde mitten in der Bewegung, fuhr dann in seinem Stuhl herum und starrte aus weit aufgerissenen Augen in das Gesicht seines Vaters, der hinter ihm im Türrahmen lehnte, eine Zigarette rauchte und ihn stirnrunzelnd ansah.

Nach einer Sekunde des Zögerns und in vollkommen unverändertem Tonfall fuhr sein Vater fort: »Und bevor du deine Wut an dem Cyberhelm auslässt, bedenke bitte, dass er ungefähr dem Gegenwert von fünfundzwanzig Jahren Taschengeld entspricht.«

Das war natürlich stark übertrieben, aber David verstand sehr wohl, was ihm sein Vater damit sagen wollte. Langsam nahm er die Arme herunter, stöpselte den Helm aus und legte ihn vor sich auf den Schreibtisch. Die beiden winzigen LCD-Bildschirme im Inneren des Helmes flimmerten noch einen Moment und erloschen dann.

»Hallo, Dad«, sagte David verlegen. »Ihr seid ... schon zurück? Ich habe euch gar nicht kommen hören.«

»Deine Großmutter war nicht da«, antwortete sein Vater und warf einen schrägen Blick auf den Computerschirm. »Und du konntest uns gar nicht hören. Wie es aussieht, warst du ja beschäftigt.«

David ließ in Gedanken blitzschnell ungefähr ein Dutzend Ausreden Revue passieren, mit denen er seine Anwesenheit – nicht nur im Arbeitszimmer seines Vaters, sondern noch dazu vor dessen Computer – erklären konnte. Keine davon erschien ihm sonderlich originell oder auch nur annähernd dazu angetan, seinen Hals aus der Schlinge zu ziehen. »Ich wollte nur ...« begann er.

Sein Vater legte den Kopf schräg und sah ihn aufmerksam an. »Ja?«

»... meine Mathe-Aufgaben kontrollieren.« Nervöser, als ihm lieb war, kramte David das Rechenheft aus dem Tohuwabohu auf Vaters Schreibtisch heraus, schlug es auf und präsentierte ihm die Hausaufgaben der vorletzten Woche. Schließlich – woher sollte sein Vater *wissen,* dass sie nicht von heute waren?

Sein Vater warf auch nur einen flüchtigen Blick auf das Heft, beugte sich dann vor und musterte misstrauisch die drei durchsichtigen Kunststoffkästen, in denen er seine Disketten aufbewahrte – pedantisch sortiert, beschriftet und gezählt – und die mit einem Schlüssel verschlossen waren, den er wie einen Kronschatz ständig mit sich herumschleppte.

Hätte er gewusst, dass David schon nach drei Tagen einen Nachschlüssel besessen hatte, hätte ihn vermutlich der Schlag getroffen. Die Diskettenkästen waren Sonderangebote aus dem DIVI-Markt gewesen – hübsch, billig, aber dummerweise alle mit *demselben* Schloss. Aber Erwachsene mussten ja schließlich nicht *alles* wissen. Vor allem dann nicht, wenn sie der völlig unverständlichen Meinung waren, dass ihre Söhne lieber ein Buch lesen sollten, statt Stunde um Stunde vor dem Computermonitor zu verbringen.

Unter normalen Umständen wäre er damit vielleicht sogar durchgekommen. Sein Vater war kein Dummkopf, aber David hatte nicht erst seit heute den Verdacht, dass er ihm manchmal aus Absicht seine allzu durchsichtigen Ausreden abkaufte, schon, damit er sich einigermaßen elegant aus der Affäre ziehen konnte. Heute aber hatte er ihn praktisch *in flagranti* erwischt; sozusagen mit der Hand in der Zuckerdose.

»Ich verstehe«, sagte er. »Lass mich raten: Du bist bei irgendeiner Aufgabe nicht weitergekommen und hast versucht, diesen Meister Orban um Hilfe zu fragen.«

Meister Orban? David hoffte, dass ihm sein Vater sein Erschrecken nicht allzu deutlich ansah – aber wie lange hatte er eigentlich schon dagestanden und ihm zugesehen?

Ohne dass er etwas dagegen tun konnte, löste sich sein Blick vom Gesicht seines Vaters und schweifte zu dem riesigen Farbmonitor, der ein Drittel der Schreibtischplatte einnahm. Wie er befürchtet hatte, war er eingeschaltet. Er zeigte jetzt zwar nur noch ein hämisches GAME OVER, aber seinem Vater war sein Blick natürlich nicht entgangen. Er nickte, nahm einen Zug aus seiner Zigarette und machte aus Davids schlimmsten Befürchtungen eine kaum weniger schlimme Gewissheit, indem er sagte: »Ich habe dir schon ein paarmal gesagt, dass du den großen Monitor abschalten sollst, wenn du den Helm benutzt. Er verbraucht nur unnötigen Strom. Außerdem kann jeder zusehen, was du so treibst.«

»Das ... habe ich wohl vergessen«, murmelte David. Sein Vater blieb immer noch ruhig, und das bedeutete nichts Gutes. Davids Vater gehörte zu den ganz besonders unangenehmen

Menschen, die äußerlich immer ruhiger wurden, je zorniger sie waren.
»Du scheinst ohnehin Probleme mit dem Gedächtnis zu haben«, antwortete er. »Aber vielleicht liegt es ja an mir. Ich meine ... möglicherweise werde ich langsam alt, sodass mir meine Erinnerung einen Streich spielt – aber ich bin fast sicher, dich erst vor zwei Wochen eindringlich darum gebeten zu haben, mein Equipment nicht ungefragt zu benutzen.«
Das stimmte. Aber wenn er gefragt hätte, hätte sein Vater garantiert *nein* gesagt, weshalb er vorsichtshalber erst gar nicht gefragt hatte. Er war allerdings klug genug, das nicht auszusprechen, sondern erst einmal gar nichts zu sagen.
Sein Vater wartete gute zehn Sekunden lang vergeblich auf eine Antwort, dann schüttelte er den Kopf, stieß sich vom Türrahmen ab und trat mit ein paar schnellen Schritten an David vorbei an den Schreibtisch. Wie David annahm, um den Computer auszuschalten, in Wahrheit jedoch nur, um seine Zigarette in den Aschenbecher zu drücken. Die Tastatur des Rechners ließ er unberührt.
»Was war das für ein Spiel?«, wollte er wissen.
Leugnen hatte beim besten Willen keinen Sinn mehr, deshalb antwortete David wahrheitsgemäß: »SHADOWHUNT. Es heißt SHADOWHUNT.«
»*Schattenjagd*«, wiederholte sein Vater nachdenklich. »Mir kam es eher so vor, als hieße es *Schlagetotundmetzelfein.*«
Sehr witzig, dachte David. Aber auch *das* sprach er vorsichtshalber nicht aus, sondern sagte stattdessen: »Also, so schlimm ist es gar nicht. Ich meine ... ich ... ich weiß ja nicht, wie viel du gesehen hast, aber –«
»Genug«, unterbrach ihn sein Vater. »Beinahe mehr, als ich wollte.«
»Aber das Spiel besteht nicht nur aus Mord und Totschlag«, verteidigte sich David.
»Nein? Auch aus ein bisschen Erstechen, Verbrennen und Erwürgen? Du weißt, was ich von Kriegsspielen halte.«
»Aber das ist es doch gar nicht!«, protestierte David. Sein

Vater sah ihn nur mitleidig an, sodass er nach ein paar Augenblicken und merklich leiser hinzufügte: »Jedenfalls nicht nur.«
»Was ist es dann?«, fragte sein Vater.
»Ein Fantasy-Spiel«, antwortete David. »Eine Mischung aus *Adventure* und *Strategiesimulation.*«
»Aha«, sagte sein Vater. Mehr nicht.
»Also ja, gut, man muss auch ein bisschen Krieg führen«, räumte David widerwillig ein. »Aber das ist längst nicht alles. Du mußt ein ganzes Königreich verwalten, verstehst du? Ich meine ... *alles.* Von der Landwirtschaft über den Straßenbau und die Verwaltung bis hin zum Schulwesen und dem Eintreiben von Steuern. Alles muss stimmen.«
»Diese Art von Spielen kenne ich«, sagte sein Vater. »Es gab sie schon zu meiner Zeit. SIM-CITY zum Beispiel. Aber da waren keine kleinen grünen Männchen, die man totschlagen musste.«
»Die Orcs kommen auch erst ganz am Schluss«, sagte David hastig. »Wenn alles funktioniert. Dann muss man sein Reich auch noch gegen eine Bedrohung von außen verteidigen.«
Wieder sah ihn sein Vater nur an. David hätte selbst nicht sagen können warum, aber er hatte das sehr sichere Gefühl, dass er sich immer mehr in seinen eigenen Ausreden verstrickte, je mehr er sich verteidigte.
»So wie ich meins«, sagte sein Vater schließlich. Er deutete auf den Computer. »Ich meine, so wie ich meine *Hardware* gegen missbräuchliche Verwendung durch meinen ältesten Sohn verteidige. Hast du das gemeint?«
David grinste. Nicht dass ihm auch nur *irgendwie* nach Lachen zumute gewesen wäre. Aber was sollte er schon sagen?
»David, David, David«, seufzte sein Vater. »Was soll ich jetzt tun? Ich meine ... ich habe dir erklärt, warum du nicht an meinen Computer gehen sollst. Dieses Zeug ist nicht nur eine Menge Geld wert. Ich *arbeite* damit. Wenn an die Daten auf meiner Festplatte irgendetwas kommt –«
»Ich habe sie nicht einmal angerührt«, sagte David hastig

»Ehrenwort! Ich habe mir eine extra Partition eingerichtet, um –«

Autsch. Das war vielleicht das Dümmste, das er in diesem Moment hätte sagen können. Der Blick seines Vaters verdüsterte sich weiter. Er sah plötzlich gar nicht mehr so gelassen aus wie noch vor einer Minute. Was auch kein Wunder war. David hatte gerade praktisch zugegeben, dass er den Computer seines Vaters nicht nur widerrechtlich benutzt, sondern in erheblichem Maße *manipuliert* hatte.

»Du hast *was?*«, fragte er.

»Mir einen Teil der Festplatte ...«, begann David, sprach aber dann nicht weiter, als sein Vater wie von der sprichwörtlichen Tarantel gestochen herumfuhr und mit fliegenden Fingern auf die Tastatur einzuhämmern begann. Sein Gesichtsausdruck verdüsterte sich weiter, während er den Zahlen- und Buchstabenkolonnen folgte, die über den Bildschirm flimmerten.

»Um alles in der Welt, wie groß ist dieses Spiel?«, murmelte er.

»Ziemlich groß«, gestand David. Genau genommen war es das aufwendigste (und speicherintensivste) Spiel, das ihm jemals untergekommen war; und das war auch der Grund, aus dem er es hundertmal lieber auf dem Computer seines Vaters spielte als auf seinem eigenen. Es lief auf dem ungleich schnelleren (und nebenbei: ungefähr zwanzigmal so *teuren*) Rechner seines Vaters einfach besser als auf seinem eigenen.

»Das kann man wohl sagen«, murmelte sein Vater. Er blickte noch einen Moment stirnrunzelnd auf den Monitor und deutete dann auf das Symbol einer besonders großen Datei. »Was ist das?«

»Die Sicherheitskopie«, gestand David kleinlaut.

»Ist es das, was ich glaube, dass es ist?«, fragte sein Vater.

»Ich ... schätze schon«, murmelte David. »Aber wir können sie löschen, wenn du den Speicherplatz brauchst.« Er streckte die Hand aus, um die Löschtaste zu betätigen, aber sein Vater brachte ihn mit einem eisigen Blick dazu, die Bewegung nicht zu Ende zu führen.

»Das mache ich dann schon selbst, wenn ich es will«, sagte er. David hätte sich am liebsten selbst geohrfeigt. Wie gesagt: Sein Vater war kein Dummkopf. Schlimmer noch: Er *arbeitete* mit Computern. David hatte die Sicherheitskopie zwar mit einem Passwort versehen, aber er glaubte nicht, dass sein Vater länger als zehn Minuten brauchen würde, um es zu knacken. Und was sich hinter dem harmlosen Wort *Sicherheitskopie* verbarg, das war nichts anderes als eine Aufzeichnung der gesamten letzten Spielrunde. Im Klartext: Wenn sein Vater die Datei abrief, dann konnte er auf dem Monitor alles sehen, was David alias Ritter DeWitt seit dem Beginn der Schlacht am vergangenen Morgen gesagt und getan hatte. So viel zu seiner Behauptung, *Schattenjagd* wäre kein Kriegsspiel. Wenn er jemals eine perfekte Kriegssimulation gesehen hatte, dann diese ...

»Ich glaube, wir sollten die Diskussion jetzt beenden, bevor du dich vollends um Kopf und Kragen redest«, sagte sein Vater. »Du hast das Stichwort ja selbst gegeben: Sind deine Hausaufgaben für morgen fertig?«

»Ja«, antwortete David. »Jedenfalls so gut wie.« Er versuchte zu lächeln, aber es misslang kläglich.

»Das bedeutet vermutlich, dass du noch nicht angefangen hast«, sagte sein Vater.

David schwieg. Das war im Moment auch das Klügste.

»Dann schlage ich vor, du verkrümelst dich in dein Zimmer und amüsierst dich bis zum Abendessen damit«, fuhr sein Vater fort. »Und anschließend unterhalten wir uns einmal in Ruhe über Sinn und Unsinn von Computerspielen – und von Regeln, die langweilige Erwachsene aufstellen, um ihre vierzehnjährigen Söhne zu quälen.«

David schluckte hörbar. Er warf einen hastigen Blick auf das unscheinbare kleine Kästchen, das neben dem Monitor auf dem Schreibtisch stand. Die grüne Lampe auf seiner Vorderseite flackerte hektisch, aber das schien sein Vater noch nicht bemerkt zu haben. *Hätte* er es bemerkt, dann wäre das Gespräch auch kaum noch so ruhig verlaufen ...

»Also?«, sagte sein Vater. »Bestehen noch irgendwelche Unklarheiten?«
»Nein, keine«, antwortete David hastig. Seine Gedanken rasten. Er musste das Modem ausschalten, und zwar ohne dass es auffiel, wenn er eine Chance haben wollte, diesen Abend zu überleben. *Aber wie?!*
Es galt zu improvisieren. Er warf seinem Vater noch ein verzeihungheischendes Grinsen zu – das dieser mit eisiger Miene quittierte –, griff nach den Rädern seines Rollstuhls und bewegte sich vom Schreibtisch zurück. Dabei stellte er sich aber absichtlich so ungeschickt an, dass sich sein Fuß in dem breiten Kabel verfing, das den Cyberhelm mit dem Computer verband. Der Helm begann wunschgemäß von der Schreibtischkante zu rutschen und er bückte sich mit einem erschrockenen Keuchen danach und versuchte ihn aufzufangen. Auch sein Vater beugte sich hastig vor; mit dem Ergebnis natürlich, dass sie sich gegenseitig behinderten und der Helm zu Boden fiel. Während sich sein Vater mit einem sehr unfeinen Fluch danach bückte, streckte David blitzartig die Hand aus und schaltete das Modem ab.
»Sohn, du strapazierst meine Geduld«, sagte sein Vater, nachdem er sich aufgerichtet und pedantisch davon überzeugt hatte, dass dem wertvollen Stück Technik in seinen Händen nichts geschehen war. David konnte seinen Ärger durchaus verstehen. Der Helm war – wie übrigens der ganze Computer – Eigentum der Firma, für die sein Vater arbeitete. Er hatte ihm niemals konkret verraten, was dieses technische Wunderwerk wert war, aber seinem erschrockenen Gesichtsausdruck nach zu schließen hatte er mit seinen fünfundzwanzig Jahren Taschengeld vielleicht nicht einmal so sehr übertrieben.
David hatte es jedenfalls plötzlich sehr eilig, den Rollstuhl herumzudrehen und das Zimmer zu verlassen. Er war zwar niedergeschlagen, innerlich aber auch erleichtert. Das Allerschlimmste hatte sein Vater ja gar nicht mitbekommen. Hätte er gemerkt, dass er nicht nur *seinen* Computer missbraucht hatte, um gegen die Orcs zu Felde zu ziehen, dann ...

Nein, David zog es vor, sich *das* lieber nicht in allen Einzelheiten auszumalen. Sein Vater war im Grunde ein prima Kerl, mit dem man eine Menge Spaß haben konnte. Aber er konnte auch verdammt unangenehm werden.
Statt sich weiter mit düsteren *Was-wäre-wenn-Gedanken* herumzuplagen, fuhr er lieber in sein Zimmer und begann die Mathematikaufgaben für morgen zu erledigen. Aber die ganze Zeit über, in der er es tat, waren seine Gedanken noch in Adragne und kreisten um einen ganz bestimmten Ort und einen ganzen bestimmten Ritter, der eine Vorliebe für Schwarz hatte und mit zwei Schwertern zugleich kämpfte.
Es ist noch nicht vorbei, Yaso Kuuhl, dachte er grimmig. O nein. Freu dich nicht zu früh. So leicht wurde man Ritter DeWitt nicht los. Nicht einmal, wenn man eine so verräterische Ratte war wie der Schwarze Ritter. Der Moment der Abrechnung würde kommen.

An diesem Tag jedenfalls wurde es damit nichts mehr. Davids trotz allem immer noch heimlich gehegte Hoffnung, dass seine Eltern den ausgefallenen Besuch bei Großmutter vielleicht noch nachholen und ihm so Gelegenheit geben würden, noch einmal eine (vielleicht auch zwei oder drei, da war er nicht kleinlich) Stunde am Computer zu verbringen, erfüllte sich nicht.
Dafür entging er um Haaresbreite einem Krach und durfte sich wieder einmal einen von Vaters gefürchteten *Wenn-du-einmal-groß-bist-wirst-du-mir-dankbar-dafür-sein-Vorträgen* anhören.
Den Vortrag brockte er sich selbst ein; den Beinahe-Krach hatte er seinem widerwärtigen kleinen Bruder zu verdanken. Morris war eine echte Pest, zumindest Davids (und der aller seine Freunde) Meinung nach. Nicht genug, dass er mit seinen knapp achteinhalb Jahren das unbestrittene Nesthäkchen der Familie war und natürlich immer vorgezogen wurde (außer bei den unregelmäßig stattfindenden Bestrafungsaktionen seines Vaters, versteht sich), nein, die kleine Ratte hatte dies

natürlich in null Komma noch weniger herausgefunden und nutzte es kräftig aus. David zerbrach sich seit Jahren den Kopf darüber, was er in einem seiner vorigen Leben wohl Entsetzliches ausgefressen haben mochte, dass ihn der große Operator im Himmel mit *diesem* Bruder bestraft hatte. Morris ließ keine Gelegenheit verstreichen, ihm einen Streich zu spielen oder ihn in die Pfanne zu hauen.
Sie hatten auch an diesem Abend kaum Platz am Esstisch genommen, als Morris auch schon freudestrahlend loskrähte: »Vati! David hat heute mit deinem Computer gespielt!«
Davids Mutter runzelte die Stirn.
David warf seinem Bruder einen Hunderttausend-Volt-Blick zu, der ihn eigentlich auf der Stelle hätte pulverisieren müssen. Erstaunlicherweise grinste Morris nur; was einigermaßen lächerlich aussah – er hatte nur noch fünf Zähne, und die neuen waren noch lange nicht in Sicht. Und wenn er sich nicht drastisch ändert, dachte David und ballte unter dem Tisch die Hand zur Faust, dann würden auch seine neuen Zähne nicht allzu lange halten. Jedenfalls nicht alle.
Sein Vater zuckte nur mit den Achseln und nuschelte mit vollem Mund: »Ich weiß.«
Davids Mutter blickte verwirrt von David zu ihrem Mann und wieder zurück. Eine Bemerkung wie die, die Morris gerade von sich gegeben hatte, war normalerweise der sicherste Weg, einen handfesten Krach vom Zaun zu brechen. Vater war, wenn es um seinen Computer ging, ein bisschen eigen.
»Ich habe nur meine Mathe-Aufgaben kontrolliert«, verteidigte sich David vorsichtig. Die Worte waren eindeutig an seine Mutter und nicht an Vater gerichtet.
Sein Vater schwieg noch immer, während Morris jetzt eindeutig enttäuscht dreinsah. Aber so leicht gab er natürlich nicht auf. Nachdem er David eine Weile herausfordernd angeblickt hatte, fügte er genüsslich hinzu: »Und er hatte auch deinen Helm auf!«
»Stimmt das?«, fragte Mutter. Sie wartete die Antwort gar nicht erst ab, sondern fuhr fort: »Du weißt, dass ich nichts

von diesem Ding halte. Du verdirbst dir nur die Augen damit.«
David warf seinem Bruder einen neuerlichen, giftsprühenden Blick zu. »Blödes altes Petzmaul«, murmelte er.
Morris grinste.
»Da hast du sogar einmal ausnahmsweise recht«, seufzte sein Vater überraschenderweise. »Ich hätte es etwas anders formuliert, aber nett ist das wirklich nicht, deinen Bruder dauernd zu verpetzen.«
Die Worte galten Morris, der seinen Vater allerdings nur verständnislos anblickte. Zu David gewandt, fuhr Vater fort: »Weißt du eigentlich, was man unter einem *Log-File* versteht?«
David wusste es. Und wie. Siedendheiß fiel ihm ein, dass er vielleicht doch nicht ganz so schlau gewesen war, wie er sich bisher eingebildet hatte. Er antwortete nicht, sondern fuhr fort, den nicht besonders gut schmeckenden Kartoffelbrei in sich hineinzuschaufeln.
»Besonders hochentwickelte Betriebssysteme«, erklärte Vater ebenso triumphierend wie überflüssigerweise, »notieren sich in einer speziellen Datei alle Befehle und Programme, die der jeweilige Benutzer eingibt oder laufen lässt. Mein Computer hat ein solches Betriebssystem. Es ist so eine Art ... Tagebuch, weißt du? Wenn man es abruft, kann man genau sehen, wer wann was an dem Computer getan hat. Und ich habe dieses Tagebuch vorhin abgerufen. Was glaubst du wohl, was ich da gelesen habe?«
David zuckte mit den Schultern und stellte sich einen Galgen vor, an dem Computermännchen mit dem Gesicht seines Bruders baumelten. Die Vorstellung gelang ihm sogar, nur dass Morris' Gesicht noch immer grinste.
»*Schattenjagd*«, sagte Vater, als klar wurde, dass David nicht antworten würde und wenn er bis zum jüngsten Tag wartete. »Und nicht nur einmal. Oft. Ziemlich oft sogar, würde ich sagen. Wenn ich mich nicht verrechnet habe, dann musst du in den letzten vier Wochen beinahe mehr Zeit an meinem

Computer verbracht haben als ich. Und das ist schon eine Leistung.«
»Schattenjagd? Was ist das?«, fragte Mutter. Sie hatte keine Ahnung von Computern; nicht einmal von den einfachsten Spielen.
»Ein *Adventure*«, antwortete Vater. Erklärend fügte er hinzu: »Ein Abenteuerspiel. Du mußt mit einem kleinen Zeichentrickmännchen durch verschiedene Landschaften und Städte wandern und einen magischen Schlüssel oder sonst was suchen. Und dabei –« Und dabei sah er eindeutig strafend in Davids Richtung. »– gilt es jede Menge Feinde zu besiegen.«
»Du weißt, dass ich Kriegsspiele nicht mag«, sagte Mutter vorwurfsvoll.
»Aber es ist doch gar kein Kriegsspiel!«, protestierte David.
Seine Mutter seufzte. »Ich kenne diese Art von Spielen«, sagte sie. »Und ich mag sie nicht. Sie sind nichts für Kinder. Da werden Leute erschossen, erschlagen, erwürgt oder sonstwie umgebracht, und –«
»Nicht wirklich«, unterbrach sie David. »Es ist doch nur ein Spiel.« Und dann sagte er etwas, was er im selben Moment bereute, dummerweise aber nicht mehr zurücknehmen konnte. »Vater spielt sie doch auch ununterbrochen. Und noch viel schlimmere Sachen als Schattenjagd!«
Das Stirnrunzeln seiner Mutter vertiefte sich und Vater ließ abermals die Gabel sinken. Er wurde nicht wütend, wie David im allerersten Moment befürchtete – dafür war die Gelegenheit viel zu günstig, wieder einen seiner kotzlangweiligen Vorträge loszuwerden.
»Mein lieber Sohn«, begann er. David seufzte innerlich, hütete sich aber, auch nur eine Miene zu verziehen. »Ich glaube, wir sollten uns einmal unterhalten.« Er lehnte sich zurück, sah David, Morris und seine Frau der Reihe nach an, um sich zu vergewissern, dass er auch die nötige Aufmerksamkeit fand, und zündete sich umständlich eine Zigarette an. Niemand protestierte. Dumme Sprüche wie *Esst ruhig weiter, das stört mich nicht beim Rauchen,* kannten sie zur Genüge.

»Du hast völlig recht«, begann Vater nach einer angemessenen *Achtung!-Alles herhören!*-Pause. »Ich spiele diese Spiele selbst. Und sogar gerne. Mehr noch – ich verdiene sogar mein Geld damit, Computerspiele zu programmieren, wenn auch vielleicht nicht unbedingt diese Art von Spielen. Aber weißt du, ich sitze den ganzen Tag an diesem Computer und *arbeite,* und da ist so ein harmloses Computerspiel genau das Richtige, um zu entspannen. Harmlos für einen *Erwachsenen*«, fügte er mit übertriebener Betonung hinzu.

»Nun ja«, meinte Mutter. »Ich finde es manchmal schon erschreckend, wenn ich ins Zimmer komme und du nicht einmal merkst, dass ich da bin, nur weil du wieder dieses komische Ding auf dem Kopf hast.«

»Vielleicht sind sie nicht einmal für einen Erwachsenen so ganz harmlos«, gestand Vater nach einer Weile. »Aber für ein Kind sind sie auf keinen Fall etwas.«

»Wieso?«, fragte David. Er wusste nur zu gut, dass er besser daran getan hätte, die Klappe zu halten – aber er war einfach der Meinung, dass sein Vater hanebüchenen Quark redete.

»Weil ein erwachsener Mensch nun einmal die Gefahren besser beurteilen kann, denen er sich auszusetzen in der Lage fühlt oder nicht«, antwortete Vater und wedelte mit seiner Zigarette. »Sieh dir das Ding hier an. Ich weiß, dass es ungesund ist. Vielleicht verliere ich fünf Jahre meines Lebens dadurch, vielleicht auch zehn. Aber ich rauche nun einmal gern, und ich nehme die Gefahr in Kauf. Und so ähnlich ist es mit den Computerspielen.«

Quark hoch drei, dachte David. Was, bitte schön, war gefährlich daran, auf einem Computermonitor Orcs und Dämonen zu jagen? Aber er hielt es für klüger, jetzt nichts zu sagen.

»Diese Spiele verrohen«, behauptete Vater. »Deine Mutter hat völlig Recht. Es geht doch meistens darum, irgendwelche Aliens oder auch Menschen abzuschießen oder sonstwie umzubringen. Oder in diesem Falle Orcs.«

»Orcs?«, erkundigte sich Morris. »Was ist das?«

»Irgendwelche Monster eben«, antwortete Vater. »Zwei Meter große Ungeheuer mit grünen Schuppen und sehr vielen Zähnen.« Er lachte. »Übrigens gibt es sie schon viel länger, als ihr Computer-Kids vielleicht glaubt. Eigentlich wurden sie von einem Schriftsteller erfunden. Wisst ihr, das sind Leute, die Buchstaben auf Papier schreiben, nicht in eine Tastatur hämmern. Wenn sie genug davon zusammen haben, klebt man sie zwischen zwei Pappdeckel, und das Ergebnis nennt man dann Buch. Ich nehme an, ihr habt noch nichts davon gehört, aber in meiner Jugend waren sie sehr beliebt.«

»Ich mag es nicht, wenn du so zynisch wirst«, sagte Mutter ernst.

Davids Vater sah für einen Moment wirklich betroffen drein und das überhebliche Lächeln verschwand von seinem Gesicht. Dann nickte er. »Du hast recht«, sagte er. »Entschuldige. Ich habe mich wohl ein bisschen zu lange mit dieser *Schattenjagd* beschäftigt. Wie gesagt: Es verroht.«

»Aber es ist doch nur ein Spiel!«, protestierte David.

»Eben!«, antwortete Vater triumphierend.

Peng. Die Falle war zugeschnappt. »Du sagst es. Nur ein Spiel. Du lernst praktisch im Spiel, wie leicht Töten doch ist. Und wie harmlos. Es sind ja keine richtigen Menschen, nicht wahr? Nur Strichfiguren. Und wenn es dich selbst einmal erwischt ... das Schlimmste, was dir passieren kann, ist die Nachricht *Game over*. Aber leider läuft das im richtigen Leben nicht so.«

Er beugte sich vor. »Es gibt Untersuchungen, die beweisen, dass diese Spiele nicht ungefährlich sind«, fuhr er fort. »Gerade Kinder in deinem Alter sind noch leicht zu beeinflussen, weißt du?«

»Und es gibt andere, die beweisen, dass Computerspiele Aggressionen abbauen«, widersprach David. Er *hasste* es, wenn sein Vater ihn als *Kind* bezeichnete. Er war vierzehn, aber er würde in kaum elf Monaten bereits fünfzehn werden. Zu Zeiten seines Vaters war man in diesem Alter vielleicht wirklich noch ein Kind gewesen, aber heute doch nicht mehr – obwohl er, wenn er seinen Vater so ansah, manchmal ernsthafte Zweifel bekam, ob dieser überhaupt jemals erwachsen geworden war. Mit seinen fünfundvierzig Jahren (Fünfundvierzig! Großer Gott! David konnte sich einfach nicht vorstellen, dass auch er jemals so alt werden könnte!) bezeichnete er sich selbst oft und gern als *aus den Sechzigern übriggeblieben*, was immer er damit meinen mochte; David hatte es nie wirklich herausgefunden. Jedenfalls gab er sich redliche Mühe, nicht wie jemand herumzulaufen, der den größten Teil seines Lebens schon hinter sich gebracht hatte und sich allmählich auf den Ruhestand vorbereiten sollte, sondern legte ganz im Gegenteil Wert auf ein saloppes Äußeres oder das, was er dafür hielt: schulterlanges Haar, einen immer etwas ungepflegt aussehenden Drei-Tage-Bart und ganz bewusst immer ein ganz kleines bisschen schlampig gekleidet. Irgendwie brachte er es fertig, dass selbst ein frisch gebügeltes Hemd an ihm immer leicht zerknittert aussah und seine Hosen (wenn er ausnahmsweise einmal keine Jeans trug) mindestens *zwei* Bügelfalten in jedem Bein hatten. Davids Meinung nach konnte er versuchen, so jung geblieben zu wirken, wie er wollte – aber musste er deshalb jeden, der jünger als Methusalem war und die Haare lieber kurz geschnitten trug, wie ein dummes Kind behandeln?

Sein Vater runzelte ärgerlich die Stirn. »Manche, ja«, gestand er, in weitaus ruppigerem Ton als bisher. »Und ich habe ja auch nichts dagegen, wenn du *diese* Spiele spielst, oder?«

Ja, dachte David. Bubble Ghost zum Beispiel. Als kleines Gespenst eine Seifenblase durch ein Labyrinth pusten! Oder PacMan! Bäääääääh!

»Ich habe mir einen Teil deines letzten Spieles angesehen«, fuhr Vater fort. »Ich muss gestehen, ich war ziemlich schockiert.«

David schrumpfte noch ein bisschen weiter in seinem Stuhl zusammen, während seine Mutter plötzlich sehr aufmerksam dreinsah. Morris grinste so breit, dass er Gefahr lief, seine eigenen Ohren zu verschlucken.

»Wieso?«, fragte David zögernd.

»Über deine Art, zu spielen«, antwortete sein Vater. »Ritter DeWitt, der Retter von Adragne.« Er schüttelte den Kopf. »Wie viele Krieger sind in der letzten Schlacht gefallen? Ich meine nicht die auf dem Plateau, sondern die im Tal, bei der Belagerung von Cairon?«
»Ich ... weiß nicht«, gestand David. »Ziemlich viele.«
»Hunderte«, antwortete Vater ernst. »Und Tausende in den Schlachten zuvor, nicht wahr? Findest du das in Ordnung?«
»Aber es ist doch nur ein Spiel!«, sagte David zum wiederholten Mal. Allmählich verstand er nicht mehr, worauf sein Vater überhaupt hinauswollte. Er stellte sich ja an, als hätte er *tatsächlich* jemandem etwas getan.
»Weil es keine richtigen Menschen sind«, vermutete Vater. »Glaubst du, das das einen Unterschied macht?«
»Natürlich!«, sagte David überzeugt.
»Der Meinung bin ich nicht«, antwortete sein Vater. »Es sind nur Spielfiguren. Bauern auf einem Schachbrett, nicht wahr? Du schickst sie in die Schlacht. Natürlich hoffst du, dass sie gewinnen, aber du kalkulierst auch eine gewisse Anzahl an Verlusten ein. Nur ein Rechenexempel. Zahlen auf Papier. Aber das sind sie nicht. Es hat einmal in unserem Land eine Zeit gegeben, da haben die Mächtigen genauso gedacht und gehandelt. Sie hätten damals um ein Haar die ganze Welt in Brand gesetzt und es hat lange Jahre gedauert, den materiellen Schaden wieder gutzumachen, den sie angerichtet haben. Die Menschen kann niemand mehr wieder zum Leben erwecken.«
»Jetzt übertreibst du aber«, sagte Davids Mutter. »Ich meine, ich kann diese Kriegsspiele auch nicht leiden, aber es gibt da doch noch einen gewissen Unterschied zwischen der Wirklichkeit und einem Computerspiel, findest du nicht?«
David warf ihr einen dankbaren Blick zu, aber er war gleichzeitig auch überrascht. Ausgerechnet von seiner Mutter in diesem Punkt Hilfe zu erhalten war so ziemlich das Letzte, womit er gerechnet hätte.
»Nein, das finde ich ganz und gar nicht«, antwortete Vater in unerwartet scharfem Ton. »Er ist durchaus alt genug, um zu

wissen, dass man für seine Taten auch die Verantwortung übernehmen muss. Ich finde es nicht witzig, ein ganzes Heer in die Schlacht zu führen, nur um sich ein bisschen die Zeit zu vertreiben – ob es nun in Wirklichkeit geschieht oder nur in einem Computerspiel.« Er wandte sich wieder an David. »Ich habe mir dieses Adragne genau angesehen. Du hast es allein entworfen?«

David nickte. *Schattenjagd* war ungeheuer komplex, aber das betraf nur die künstliche Intelligenz, die hinter diesem Spiel stand. Das Land mit all seinen Bewohnern, jeden einzelnen Charakter, jedes Haus, jede Stadt, hatte er ganz allein geschaffen. Es war verdammt viel Arbeit gewesen, und er war stolz darauf. Mit Recht, wie er fand.

»Eine erstaunliche Arbeit«, fuhr sein Vater fort. »Ich würde sie bewundern, wenn ich nicht gesehen hätte, was du daraus gemacht hast. Erinnere dich an die letzten Augenblicke, bevor Yaso Kuuhl dich in das Portal gestoßen hat«, antwortete sein Vater. »Weißt du noch, was Meister Orban dich gefragt hat? *Seid Ihr ein Gott?*«

»Sicher, aber das war doch –«

»Sein voller Ernst«, unterbrach ihn sein Vater. »Du *bist* es, wenigstens für sie. *Du* hast sie erschaffen! Du hast ihnen das Leben gegeben, du hast ihre Welt aus dem Nichts gebaut. Ohne dich würde es sie nicht geben. Und damit bist du auch verantwortlich für sie.«

»Aber das ist doch Unsinn!«, protestierte David. Die Worte seines Vaters erfüllten ihn mit mehr Unbehagen, als er wahrhaben wollte. »Ich meine, es ... es sind doch keine richtigen Menschen. Es sind nur ...« Er suchte vergeblich nach Worten.

»Nur Simulationen im Computer?«, fragte Vater. David nickte.

»Du meinst, weil sie keinen Körper haben? Weil sie nicht aus Fleisch und Blut bestehen? Nur was man anfassen kann, existiert wirklich? Ist es das, was du meinst?«

»Ja«, antwortete David.

»Dieses Spiel ist wirklich erstaunlich, weißt du?«, sagte sein

Vater nachdenklich. »Ich habe schon eine Menge gesehen, aber so etwas hätte ich mir bis heute nicht einmal träumen lassen. Ich muss mich unbedingt mit den Herstellern dieses Programms in Verbindung setzen – aber das nur nebenbei. Die Figuren, die du da geschaffen hast, sind so komplex, dass sie wirklich beinahe zu leben scheinen. Sie haben einen eigenen Charakter und sogar einen eigenen Willen. Manche von ihnen kann man richtig gern haben. Welche magst du am liebsten?«

»Gamma Graukeil«, antwortete David wie aus der Pistole geschossen. »Der kleine Kerl ist einfach drollig.«

»Und trotzdem hast du ihn ohne zu zögern in den Tod geschickt«, sagte sein Vater ruhig.

Eine Ohrfeige hätte David nicht überraschender treffen können. Er starrte seinen Vater einfach nur an. Erst nach langen Sekunden sagte er: »Aber ich ... ich habe doch alles getan, um ... um sie zu retten.«

»Du meinst, indem du diesen Zauberspruch aufgesagt hast, der sie unverwundbar macht. Ja. Und das war vielleicht das Schlimmste überhaupt.«

»Wieso?«

»Weil du gegen deine eigenen Regeln verstoßen hast«, behauptete sein Vater. »Siehst du nicht, was ich meine? Sie hatten euch in eine Falle gelockt. Ihr hattet keine Chance mehr. Du hast etwas angefangen, was dir eindeutig über den Kopf gewachsen ist, aber statt dich der Verantwortung dafür zu stellen, hast du einfach mit den Fingern geschnippt und die Regeln geändert. Das war nicht nur ziemlich unsportlich, das war feige. Glaubst du, dass das im wirklichen Leben auch so funktionieren könnte?«

»Natürlich nicht«, sagte David kleinlaut. »Nur –«

»Nur ist es ja nicht das wirkliche Leben, ich weiß«, seufzte sein Vater. Er tippte sich mit dem Zeigefinger gegen die linke Schläfe. »Es passiert nur da oben. Aber weißt du, auch dort sollte man nicht tun und lassen, wonach einem gerade ist.«

»Schluss jetzt!«, mischte sich Mutter ein. »Ich will nichts mehr

von Computern hören. Von *niemandem*«, fügte sie mit einem bezeichnenden Blick auf ihren Mann hinzu. Dann lächelte sie. »Wie wäre es mit einer Partie Mensch ärgere dich nicht?«
Niemand antwortete.

Der Moment der Abrechnung kam bereits in der nächsten Nacht; doch zuvor erlebte David eine Überraschung, deren wahre Tragweite ihm in diesem Moment noch gar nicht klar werden sollte.
Zu seiner großen Erleichterung hatten weder sein Vater noch seine Mutter an diesem Abend noch einmal das Gespräch auf das leidige Thema *Computer* oder gar *verbotene Spiele* gebracht. David hatte sich kurz nach dem Abendessen ohne den geringsten Protest auf sein Zimmer zurückgezogen und sich tatsächlich seinen Hausaufgaben gewidmet, wie er es seinem Vater versprochen hatte. Als dieser eine knappe Stunde später die Tür öffnete und ins Zimmer sah, fand er nicht nur das Heft mit den Mathematik-Aufgaben aufgeschlagen auf dem Schreibtisch, sondern auch David im Bett liegen; mit fest zusammengekniffenen Augen und leise schnarchend.
»Sehr brav, Ritter DeWitt«, sagte er. In seiner Stimme war ein leiser, spöttischer Unterton, von dem David nicht so recht wusste, was er davon halten sollte. Aber dann, bereits im Hinausgehen, fügte er mit einem leisen Lachen hinzu: »Auch wenn Ihr Euch für die Zukunft vielleicht merken solltet, dass niemand, der wirklich schläft, die Augen so fest zukneift. Gute Nacht, mein Sohn.«
David war so überrascht, dass er einfach liegen blieb und weiter so tat, als schliefe er. Als ihm klar wurde, dass ihm sein Vater dieses kleine Schauspiel nicht eine Sekunde lang abgekauft hatte, hatte dieser die Tür bereits hinter sich geschlossen. David warf ihm im Dunkeln einen stillen, dankbaren Blick nach. Er kannte seinen Vater gut genug, um zu wissen, dass die Angelegenheit damit erledigt war; zumindest solange er den Bogen nicht überspannte und sich etwa noch einmal an Vaters Computer erwischen ließ.

Obwohl er es gar nicht vorgehabt hatte, schlief er mitten in diesem Gedanken ein – mit dem Ergebnis, dass er seine Mutter am nächsten Morgen erneut überraschte, weil er nämlich beim ersten Ton des Weckers aufstand, statt sich mindestens fünfmal hintereinander und mit steigender Lautstärke wecken zu lassen.

Während des Frühstücks verlor niemand ein Wort über die Diskussion vom vergangenen Abend. Sein Vater war bereits aus dem Haus und hatte Morris wie jeden Morgen mitgenommen, um ihn auf dem Weg zur Arbeit am Kindergarten abzusetzen, und das Interesse seiner Mutter an Computern war seit dem vergangenen Abend nicht merklich angewachsen. David war froh darüber, und als er vor dem Haus darauf wartete, dass seine Mutter den Wagen aus der Garage fuhr, nahm er sich fest vor, nicht mehr so viel Zeit vor dem Computer zu verbringen.

Gleich ab morgen.

Oder übermorgen.

Spätestens aber am Tag danach.

David musste ein bisschen über die Inkonsequenz seines Gedankens lächeln. In diesem Moment öffnete sich das Garagentor, und seine Mutter fuhr den Kombi vorsichtig rückwärts auf die Straße. Noch während sie ausstieg und um den Wagen herumeilte, um die Heckklappe zu öffnen, begann sich das Tor mit einem leisen elektrischen Summen wie von Geisterhand bewegt wieder zu schließen. Gleichzeitig wurden im Haus sämtliche Türen und Fenster elektrisch verriegelt und die Alarmanlage schaltete sich ein. Seit dem Überfall war besonders sein Vater ein wenig paranoid, was Sicherheit anging. Und da er ein begeisterter Heimwerker und ein wirklich talentierter Ingenieur war, hatte er das unscheinbare Einfamilienhaus mit der großen Garage und dem gepflegten Garten im Lauf der letzten drei Jahre in eine Festung verwandelt.

»Bist du so weit?«, drang die Stimme seiner Mutter in Davids Gedanken. David nickte, ließ den Rollstuhl mit einem Tastendruck anfahren und nutzte das leichte Gefälle des Bürgersteiges aus, um noch mehr Schwung zu holen. Das Gesicht seiner Mutter verdüsterte sich, aber sie verzichtete darauf, ihn zur Ordnung zu rufen. Sie hatte es schon vor einer Weile aufgegeben, ihrem Sohn klar zu machen, dass sein Rollstuhl *keine* umgebaute Harley Davidson war und sich auch als Mountainbike nicht besonders gut eignete. So beließ sie es dabei, nur sprungbereit dazustehen, falls doch einmal das passieren sollte, was sie David seit Jahren prophezeite, und er sich verschätzte und statt mit einen gekonnten Satz im Wagen auf der Nase landete.

Was natürlich nicht geschah. David wusste schließlich, was er tat. So übervorsichtig, wie sein Vater in punkto Sicherheit und Verbrechensvorbeugung war, war seine Mutter, wenn es Davids Umgang mit dem Rollstuhl anging. Hätte sie gewusst, zu welchen Kunststücken er damit wirklich fähig war, hätte sie vermutlich auf der Stelle der Schlag getroffen.

Aber Erwachsene mussten schließlich nicht alles wissen, und wenn es sich bei diesen Erwachsenen um die eigenen Eltern handelte, dann galt das in besonderem Maße. Schließlich wollte er nicht, dass sie sich unnötig aufregte.

Während sie in Richtung Schule losfuhren, fragte David: »Hat sich Dad gestern Abend noch sehr aufgeregt?«

»Wegen seines Computers?« Seine Mutter schüttelte den Kopf. »Nicht besonders. Du weiß ja, wie er ist – immer schnell auf hundertachtzig, aber genauso schnell beruhigt er sich auch wieder ... Und nenn ihn nicht immer Dad. Du weißt, dass ich das nicht mag.«

Und wie soll ich ihn sonst nennen? dachte David. Vielleicht *Vati?* Das wäre ihm ziemlich albern vorgekommen. So nannten Fünfjährige ihre Väter, aber bestimmt keine Söhne, die beinahe erwachsen waren, nur dass der Rest der Welt es noch nicht gemerkt hatte. Er zog es vor, gar nichts zu sagen. Irgendwann würde seine Mutter beim Frühstück aufsehen und überrascht feststellen, dass an ihrem Tisch außer einer achtjährigen Pestbeule zwei erwachsene Männer saßen.

»Was hast du überhaupt getan, dass er sich so aufgeregt hat?«, fuhr seine Mutter nach einer Weile fort.
David verdrehte innerlich die Augen. »Nichts Besonderes«, sagte er achselzuckend. Seine Mutter warf ihm durch den Spiegel einen Blick zu, der ziemlich klar ausdrückte, was sie von dieser Antwort hielt, sodass er nach einer Pause hinzufügte: »Naja, ich habe ein Spiel gespielt.«
»Das habe ich mitbekommen, stell dir vor.«
»Auf *seinem* Computer«, ergänzte David.
»Aber du hast doch selbst einen«, antwortete seine Mutter.
»Und was für einen«, maulte David. »Einen 486er-Gehzufuß mit Dampfantrieb.«
»Wie?«
»Keinen ... besonders leistungsfähigen«, verbesserte sich David rasch.
»Und man braucht einen besonders leistungsfähigen Computer, um *Spiele* zu spielen?«
David seufzte. Jedermann, der auch nur eine Ahnung von Computern hatte, wusste, dass man im Grund nur für Spiele besonders leistungsfähige Rechner brauchte. Die meisten der Programme, mit denen sein Vater Tag für Tag arbeitete, hätte David bequem auch auf seinem Computer ablaufen lassen können. Er ersparte sich jedoch weitschweifige Erklärungen und sagte einfach: »Ja.«
»Das ist verrückt«, sagte seine Mutter kopfschüttelnd und warf ihm wieder einen komischen Blick durch den Spiegel zu. »Da arbeiten Hunderttausende von hochintelligenten Menschen auf der ganzen Welt daran, die Dinger immer schneller und leistungsstärker zu machen, und am Ende dienen sie nur als Spielzeug.«
»Also, ganz so –«, begann David. Aber dann begegnete er dem Blick seiner Mutter im Spiegel und schluckte den Rest des Satzes hinunter.
Für seine Mutter war das Thema jedoch noch nicht erledigt. »Du musst deinen Vater verstehen«, fuhr sie nach einigen Sekunden fort. »Er ist nun einmal ein bisschen eigen mit

seinem Computer. Schließlich gehört ihm das Ding nicht. Aber er ist dafür verantwortlich.«

»Ich habe ja nichts kaputt gemacht«, verteidigte sich David.

»Das spielt überhaupt keine Rolle«, beharrte seine Mutter. »Dieser Computer ist sein Werkzeug. Er verdient damit das Geld, von dem wir alle nicht schlecht leben. Und soviel ich weiß, hat es in letzter Zeit in der Firma eine Menge Ärger gegeben.«

»Wieso?«, fragte David erschrocken.

»Nicht deinetwegen«, beruhigte ihn seine Mutter. »Irgendjemand hat sich wohl an einem der Computer zu schaffen gemacht und dabei eine Menge Schaden angerichtet.«

»Was ist denn passiert?«, fragte David. Er war ein bisschen verwirrt. Normalerweise erzählte ihm sein Vater immer, wenn es in der Firma etwas Außergewöhnliches gegeben hatte.

»Genau weiß ich es auch nicht«, gestand seine Mutter. »Er hat es mir erklärt, aber ich verstehe nichts von diesen Dingen. Ich weiß nur, dass irgendein Programm abgefallen sein muss.«

»Gestürzt«, sagte David.

»Wie?«

»Es heißt *abgestürzt.*«

»Meinetwegen auch das«, erwiderte seine Mutter. »Es war jedenfalls so ähnlich: Jemand, der nichts daran zu suchen hatte, hat an einem Computer herumgespielt und dabei eine Menge kaputt gemacht. Deswegen ist dein Vater eben nervös.« Sie zuckte mit den Schultern. »Am besten, du sprichst ein paar Tage lang nicht mit ihm über dieses Thema, dann beruhigt er sich schon wieder.«

Das klang in Davids Ohren nach einem vernünftigen Vorschlag, doch in diesem Punkt sollte seine Mutter sich irren. Und nicht nur in *diesem.*

Im Grunde genommen war der Mittwoch ein Schultag wieder jeder andere, und doch gab es einen gewaltigen Unterschied: Es war der einzige Tag, an dem sich David darauf freute, in die Schule zu gehen.

Es war nicht etwa so, dass er ungern zur Schule ging oder sich gar zwingen musste, im Unterricht aufzupassen. David war ein sehr guter Schüler, trotzdem konnte er sich auf Anhieb ungefähr hunderttausend Beschäftigungen vorstellen, mit denen er seine Tage lieber zugebracht hätte, als in der Klasse zu sitzen, den größtenteils unqualifizierten Kommentaren seiner Mitschüler zu lauschen und langweilige Daten und Vokabeln von der Tafel abzuschreiben. Außer mittwochs, denn die letzten beiden Stunden an diesem Wochentag gehörten einem Fach, in dem er gerne freiwillig jeden Tag nachgesessen hätte, wäre dies möglich gewesen: Informatik. Dass der Stoff vor zwei Jahren aus freien Stücken in den Lehrplan aufgenommen worden war, war zum allergrößten Teil Davids Verdienst und der seines Vaters (genauer gesagt, der Firma, in der sein Vater arbeitete und die die Schüler mit einer großzügigen Spende überhaupt erst in die Lage versetzt hatten, an echten Computern zu arbeiten).

Doch als David seinen Rollstuhl in den Raum lenkte, in dem die Computer-AG stattfand, und sein Blick wie immer zuerst auf die Tafel fiel, auf der in Stichworten das Thema des heutigen Unterrichts stand, war er enttäuscht. Statt sich tiefer in die Geheimnisse von Cobol, C++ oder anderer Programmiersprachen hineinzuarbeiten, schienen heute nur einige ganz grundlegende Themen auf dem Lehrplan zu stehen, weltbewegende Fragen wie: Was ist ein Computer? Wie funktioniert digitale Datenverarbeitung und Ähnliches – das alles hatten sie schon vor zwei Jahren in den ersten Stunden durchgekaut. Was sollte das?

David war vor lauter Überraschung abrupt stehen geblieben und starrte auf die Tafel, und prompt rempelte ihn jemand von hinten so unsanft an, dass sein Stuhl einen halben Meter weiterrollte und fast an das Lehrerpult angefahren wäre.

»He!«, protestierte eine Stimme hinter ihm. »Kannst du denn nicht –?«

David drehte den Rollstuhl mit einer gekonnten Bewegung auf der Stelle herum. Hinter ihm stand ein Mädchen, das

mitten im Wort verstummt war und jetzt mit plötzlicher Betroffenheit auf ihn herabsah.
»Was kann ich nicht?«, erkundigte er sich.
»Nichts«, antwortete das Mädchen. David hatte sie noch nie an der Schule gesehen, was ihn wunderte. Sie musste ungefähr in seinem Alter sein, und mit ihrem schulterlangen blonden Haar, den eng anliegenden Jeans und der weißen Bluse sah sie geradezu phänomenal aus. Es wäre einfach unmöglich gewesen, sie *nicht* zu sehen, wenn sie schon länger als einen Tag an dieser Schule war.
Eine Sekunde lang starrten sie sich gegenseitig an, dann überwand das Mädchen endlich seine Überraschung und sagte in verändertem Tonfall: »Entschuldige. Es war meine Schuld.«
»War es nicht«, antwortete David. »Außerdem bin ich es gewohnt, dass man auf mir herumtrampelt.«
Es sollte ein Scherz sein, aber noch während er die Worte aussprach, merkte er, dass er total danebenging. Der betroffene Ausdruck auf dem Gesicht des Mädchens verstärkte sich. Wahrscheinlich hielt sie ihn jetzt für eine dieser Heulsusen, die aller Welt damit auf die Nerven gingen, dass sie behindert waren und sich selbst am allermeisten leid taten.
»Ich habe dich hier noch nie gesehen«, sagte David. »Bist du neu in der Klasse?«
Das Mädchen schüttelte den Kopf.
»Nein«, sagte sie. »Ich bin zwar neu hier, aber ich gehöre nicht zu deiner Klasse. Mein Name ist Valerie. Aber meine Freunde nennen mich nur Val.«
»Ich heiße David«, antwortete David. »Und meine Freunde nennen mich David.« Er grinste wieder, bekam aber nur einen verwirrten Blick zur Antwort, sodass er hastig hinzufügte: »Und was tust du dann hier – außer arme wehrlose Mitschüler über den Haufen zu rennen, meine ich?«
»Wir ... sind nur zu Gast hier«, sagte Valerie zögernd. »Als Austauschschüler, sozusagen.«
»Austauschschüler? Aber du sprichst –«

»Nicht aus dem Ausland«, unterbrach ihn Valerie. »Nicht einmal aus einer anderen Stadt.« Sie deutete mit einer Handbewegung in den Klassenraum und fuhr fort: »Wir haben in unserer Schule abgestimmt, ob wir auch eine Computer-AG einführen sollen. Aber bevor wir uns entscheiden, wollten wir erst einmal sehen, wie das so ist. Also hat unser Direktor mit eurem Direktor gesprochen und wir haben die Erlaubnis gekriegt, für vier Wochen bei euch reinzuschauen.«
Vier Wochen? dachte David bestürzt. Sollte das heißen, dass sie die nächsten vier Wochen wieder den ganzen, alten Stoff von vor zwei Jahren durchkauen mussten?
»Du siehst nicht besonders begeistert drein«, sagte Valerie. Offenbar konnte man seine Gedanken deutlicher auf seinem Gesicht ablesen, als ihm recht war.
»Das ... hat nichts mit dir zu tun«, sagte er hastig. »Ganz im Gegenteil.«
»War das jetzt ein Kompliment?« Valerie legte den Kopf schräg und sah nachdenklich auf ihn herunter. Plötzlich hellte sich ihr Gesicht auf. »He, Moment mal«, sagte sie. »Ich ... ich kenne dich doch!«
»Unmöglich«, widersprach David. »Ich würde mich daran erinnern, wenn wir uns schon einmal begegnet wären.«
»Nein, nein, das meine ich nicht«, widersprach Valerie. »Wir sind uns noch nie begegnet, aber ich habe von dir gehört. Dein Vater arbeitet bei COMPUTRON, richtig?«
David nickte verblüfft. »Stimmt.«
»Meiner auch«, sagte Valerie. »Die beiden sind gute Kollegen. Er hat ein paarmal von dir erzählt.«
»Von *mir?*«, vergewisserte sich David.
Valerie nickte. »Dein Vater spricht nur in den höchsten Tönen von dir – jedenfalls behauptete das mein Vater. Du musst ja ein richtiges Computergenie sein, was man so hört.«
»Also, das ist eindeutig übertrieben«, sagte David. Er war überrascht. Valeries Worte schmeichelten ihm, zugleich waren sie ihm aber auch ein wenig peinlich. »Ich verstehe etwas davon, aber zum Genie fehlt mir noch einiges.«

»Ja, das sehe ich auch so«, mischte sich eine andere Stimme ein. David drehte sich erschrocken im Sitz herum und sah in das Gesicht Meister Orbans – genauer gesagt, *Herrn* Orbans, der das Vorbild für den Meistermagier von Adragne und im richtigen Leben der stellvertretende Direktor der Schule und Leiter der Computer-AG war. »Obwohl du anscheinend bereits zerstreut genug für den sprichwörtlichen Professor bist. Immerhin ist dir nicht aufgefallen, dass der Unterricht schon begonnen hat – oder es wenigstens *könnte,* wenn ihr beiden uns anderen auch eure geschätzte Aufmerksamkeit zukommen ließet.«

Die umständlich-altmodische Art Orbans zu reden, die in der erdachten Welt von Adragne manchmal recht amüsant war, verhalf David *hier* zu roten Ohren. Orbans weit ausholende Handbewegung und das spöttische Glitzern in seinen Augen wären nicht mehr nötig gewesen, um ihm klar zu machen, dass sich mittlerweile sämtliche Schüler auf ihre Plätze getrollt hatten, sodass Valerie und er vollkommen allein vor dem Lehrerpult standen. Er konnte das hämische Grinsen und die schadenfrohen Blicke der anderen regelrecht fühlen, während er den Stuhl herumwirbeln ließ und so schnell zu seinem Platz rollte, dass er Mühe hatte, einigermaßen elegant zum Halten zu kommen.

Orban wartete, bis auch Valerie sich einen freien Platz gesucht und gesetzt hatte – die freiwillige Computer-AG hatte gerade die Hälfte einer normalen Klassenstärke, was David einerseits ein wenig enttäuschte, auf der anderen Seite aber den unbestrittenen Vorteil hatte, dass ihnen die schlimmsten Rüpel und Störenfriede erspart blieben. Er hätte es natürlich nie laut ausgesprochen, aber es gab auch für die Orcs Vorbilder im richtigen Leben. Einige davon gingen mit ihm in dieselbe Klasse.

Orban räusperte sich lautstark, um das Tuscheln, Papierrascheln und Stühlescharren zum Verstummen zu bringen, wartete noch eine Sekunde und stellte dann die vier »Besuchs«-Schüler der Reihe nach vor. Außerdem erklärte er mit sehr

viel mehr Worten als Valerie gerade den Grund ihres Hierseins – und schließlich auch das, was David insgeheim schon befürchtet hatte: »... diesem Grund werden wir den Lehrstoff der ersten Wochen noch einmal wiederholen. Ich weiß, einige von euch sind darüber wahrscheinlich nicht besonders glücklich, aber seht es von der positiven Seite. Auf diese Weise können wir unsere Grundkenntnisse noch einmal überprüfen und außerdem habt ihr reichlich Zeit und Gelegenheit, eure neuen Klassenkameraden mit eurem Wissen zu beeindrucken.«
Zwei oder drei Schüler lachten verhalten, aber die meisten wirkten ungefähr so begeistert wie David und sie machten auch keinen Hehl aus ihren Gefühlen. Für einen Augenblick erhob sich ein unwilliges Murren und Protestieren, das Orban aber mit einer energischen Geste zum Verstummen brachte. David schielte zu Valerie hinüber. Sie saß neben einem ihrer drei Mitschüler, aber es schien, als spürte sie seinen Blick, denn nach einiger Zeit drehte sie den Kopf und warf ihm einen fast verzeihungheischenden Blick zu – und ein Lächeln, das es David einfach unmöglich machte, ihr und den anderen weiter böse zu sein.

Wie immer war David der Letzte, der die Klasse verließ – was aber nicht an seiner übermäßigen Strebsamkeit lag, sondern daran, dass sich der Raum, der der Computer-AG zugeteilt worden war, im zweiten Stockwerk befand und er warten musste, bis Herr Orban mit dem Schlüssel für den Aufzug kam und ihn nach unten fuhr; was nicht immer sofort der Fall war. Manchmal dauerte es fünf oder auch zehn Minuten, bis der Lehrer kam, und nur zu oft war der Schulhof bereits menschenleer, wenn David endlich das Gebäude verließ. Die Schule war durchaus modern und genoß einen ausgezeichneten Ruf in der Stadt, was das Lehrpersonal und die Erfolge ihrer Schüler anging, aber das Gebäude war eben alt und vor siebzig oder achtzig Jahren errichtet worden. Zu dieser Zeit hatte niemand ernsthaft daran gedacht, dass es vielleicht

einmal Schüler geben mochte, die nicht in der Lage waren, mit dem ersten Ton des Klingelzeichens johlend die Treppe hinunterzustürmen, sondern auf Aufzüge, Rampen und ähnliche Hilfsmittel angewiesen waren. Noch vor drei Jahren hätte sich auch David nicht vorstellen können, wie es war, so zu leben. Und er hätte sich auch nicht vorstellen können, wie oft er gezwungen war, andere bei den selbstverständlichsten Kleinigkeiten um Hilfe zu bitten.
Er hörte Schritte, hob den Kopf und erwartete, Herrn Orban zu sehen, der mit dem Aufzugschlüssel kam. Stattdessen trat ein schlankes Mädchen in blauen Jeans und einer weißen Bluse um die Gangbiegung und stockte mitten im Schritt, als sie ihn erblickte. Für einen Moment sah sie überrascht drein und wieder auf dieselbe Weise betroffen wie vorhin in der Klasse, als sie sich kennen gelernt hatten.
»Valerie«, sagte David überrascht. »Was machst du denn hier?«
Das Mädchen kam noch einen Schritt näher und blieb dann abermals stehen, als hätte sie Hemmungen, ihm zu nahe zu kommen; eine Reaktion, die David nicht zum ersten Mal erlebte, aber die ihn immer wieder schmerzte.
»Ich fürchte, ich habe mich verlaufen«, gestand sie. »Irgendwie habe ich wohl den Anschluss an die anderen verloren.«
»Hier geht es jedenfalls nicht raus«, sagte David. »Noch fünf Schritte weiter und du fällst in den Heizungskeller.« Er deutete mit dem Daumen über die Schulter zurück auf die rostige Eisentür, hinter der sich tatsächlich die Treppe zum Dachboden hinauf und in die andere Richtung hinunter in den Keller verbarg.
»Und was ... machst du dann hier?«, fragte Valerie.
»Ich habe meinen ganz privaten Ausgang«, antwortete David grinsend und schlug mit der flachen Hand auf die Armlehne seines Rollstuhls. Als Valeries Verwirrung noch größer wurde, fügte er erklärend hinzu: »Ich kann die Treppen nicht laufen. Aber es gibt einen alten Lastenaufzug, mit dem ich hinunterkomme. Herr Orban kommt gleich mit dem Schlüssel.«

»Dann ... ist es vielleicht besser, wenn ich verschwinde«, sagte Valerie stockend. »Erklärst du mir, wie ich aus diesem Labyrinth wieder herauskomme?«
»Fällt mir nicht ein«, antwortete David grinsend. »Außerdem weiß ich es selbst nicht. Dieses Haus ist riesig, weißt du? Angeblich sollen ein paar Schüler hier herumgeirrt sein, bis sie vor Hunger und Durst gestorben sind.«
Valerie zog eine Grimasse. »Kannst du auch mal ernst bleiben?«, fragte sie.
»Nie«, behauptete David überzeugt. In der nächsten Sekunde wurde er es dann doch. »Du kannst mit uns im Aufzug fahren«, sagte er. »Das geht schneller, als wenn du jetzt zurückläufst und dich vielleicht noch einmal verirrst.«
Valerie zögerte. David verstand nicht ganz, warum es ihr so unangenehm zu sein schien, zusammen mit ihm auf Orban zu warten, aber dass es das war, sah man ihr deutlich an. Dabei war Valerie alles andere als schüchtern. Sie hatte während des Unterrichts lebhaft mitgearbeitet und sich auch in der Pause mit einigen seiner Klassenkameraden unterhalten, als ob sie sie seit Jahren kennen würde, nicht erst seit ein paar Minuten.
»Was ist los?«, fragte er geradeheraus. »Ich beiße nicht. Und das Ding hier sieht auch gefährlicher aus, als es ist.« Er schlug wieder mit der flachen Hand auf die Armlehne, und Valerie rang sich zu einem wenig überzeugenden Lächeln auf.
»Schon gut«, sagte sie. »Es ist nur ... die Lehrer an unserer Schule sind ein bisschen strenger, als es euer Herr Orban ist. Wenn sie einen in einem Teil des Gebäudes erwischen, in dem man nichts zu suchen hat, gibt's Ärger.«
»Hier nicht«, antwortete David. »Jedenfalls nicht, wenn ich dabei bin.«
»Also gut.« Valerie sah demonstrativ auf die Armbanduhr. »Wenn es nicht zu lange dauert. Mein Bus fährt in fünf Minuten. Wenn ich ihn verpasse, kann ich eine dreiviertel Stunde lang nach Hause latschen, und dazu habe ich keine –« Sie stockte, sah ihn wieder auf diese betroffene Weise an und biss sich auf die Unterlippe. »Entschuldige.«

»Wofür?«, fragte David.
»Ich ... wollte dir nicht zu nahe treten«, sagte Valerie verlegen. »Ich meine ... ich kann mir vorstellen, dass es dir nicht angenehm ist, wenn jemand in deiner Gegenwart vom Laufen redet.«
»Blödsinn!«, antwortete David grinsend. »Wenn ich so empfindlich wäre, wie du glaubst, dann wäre ich längst auf einen Berg geklettert und hätte mich hinuntergestürzt. Dass ich nicht laufen kann, heißt nicht, dass ich meinen Humor verloren habe, weißt du. Außerdem ist das Ganze sowieso nur Show. In Wirklichkeit kann ich ganz normal gehen. Aber es ist sehr viel bequemer, durch die Gegend gefahren zu werden. Und die übrigen Vorteile sind auch nicht von der Hand zu weisen. Du glaubst ja nicht, wie sich die meisten Menschen überschlagen, um einem nur ja jeden Wunsch von den Augen abzulesen, wenn man in so einem Ding sitzt.«
Valerie sah ihn eine Sekunde lang irritiert an, als überlege sie tatsächlich, ob er seine Worte vielleicht ernst gemeint hatte. Aber dann lachte sie. »Du bist ein komischer Kerl, weißt du das?«
»Sicher«, antwortete David. »Und jetzt kennst du auch noch mein großes Geheimnis. Ich hoffe doch, du verrätst mich nicht.«
Diesmal lachte Valerie schon etwas lauter, wurde aber gleich darauf auch schon wieder ernst. Sie warf einen ungeduldigen Blick über die Schulter zurück, dann wieder auf die Armbanduhr. »Wenn er jetzt nicht bald kommt, verpasse ich wirklich noch meinen Bus«, sagte sie.
Auch David wunderte sich ein bisschen, wo Herr Orban blieb. Doch gerade, als er eine entsprechende Bemerkung machen wollte, hörten sie Schritte und der Lehrer bog in raschem Tempo um die Ecke. Ein fragender Ausdruck erschien auf seinem Gesicht, als er Valerie erkannte. »Nanu?«
»Valerie hat sich verlaufen«, sagte David rasch. »Ich habe ihr angeboten, sie im Aufzug mitzunehmen. Das geht doch in Ordnung, oder?«

»Warum nicht?« Orban zog einen Schlüsselbund aus der Tasche und trat mit einem raschen Schritt zwischen David und Valerie hindurch an die Aufzugtür. Auf seine gewohnte, etwas umständliche Art schob er den Schlüssel ins Schloss und drehte ihn mit einem Ruck nach rechts. Ein schweres Klicken erscholl, dann konnten sie hören, wie sich die Aufzugkabine drei Stockwerke unter ihnen im Keller in Bewegung setzte.
»Solange es nicht zur Gewohnheit wird ... aber so lange wirst du ja kaum an unserer Schule bleiben, nicht? Wie hat dir die erste Stunde gefallen?«
»Gut«, antwortete Valerie. »Ich habe zwar kaum etwas verstanden, aber ich glaube, dass mir die Sache Spaß machen könnte.«
»Na, dann bist du bei David genau an der richtigen Adresse«, sagte Orban. »Was Computer angeht, macht ihm niemand hier an der Schule etwas vor. Nicht einmal ich. Wenn du irgendwelche Fragen hast, dann wende dich ruhig an ihn. Oder?«
Das letzte Wort galt David, der etwas zögerte und dann hastig nickte. »Sicher. Kein Problem.«
Für einen Moment kehrte ein fast betretenes Schweigen ein, während sich der Aufzug rumpelnd und schnaubend näherte. Schließlich erscholl der schwere klackende Laut erneut, und Herr Orban drehte sich herum und öffnete mit einiger Mühe eine Hälfte der zweiteiligen schweren Metalltür. Dahinter kam eine große Kabine ohne Rückwand zum Vorschein, sodass man den fleckigen Ziegelstein der Liftschachtwände sehen konnte. David bugsierte seinen Rollstuhl mit gekonntem Schwung in die Kabine, wendete auf der Stelle und wartete, bis auch Orban und Valerie die Kabine betreten hatten; letztere mit allen Anzeichen von Unbehagen. Er konnte sie gut verstehen. Die ersten paar Mal, als er dieses Monstrum benutzt hatte, war ihm auch alles andere als wohl in seiner Haut gewesen.
»Kein Grund zur Besorgnis«, sagte Orban, dem Valeries Reaktion ebenso wenig verborgen geblieben war wie David.

»Das Ding ist zwar alt, aber sehr zuverlässig.« Er lächelte optimistisch, hob die Hand und drückte den Knopf für das Erdgeschoss. Eine Sekunde lang geschah nichts, dann setzte sich der Aufzug knarrend und schaukelnd in Bewegung.
Für etwas mehr als eine weitere Sekunde. Dann blieb er mit einem Ruck stehen. Das Motorengeräusch hoch über ihren Köpfen erlosch und für einen Moment flackerte das Licht.
»Was ist passiert?«, fragte Valerie erschrocken.
Orban seufzte. »Nichts«, sagte er. »Wirklich – kein Grund zur Besorgnis.« Er schüttelte den Kopf, trat an die kleine Schalttafel auf der anderen Seite der Tür und drückte den einzigen Knopf, der sich darauf befand.
»Nichts?«, fragte Valerie. Sie klang sehr nervös.
»Es ist wirklich nichts«, beruhigte sie David. »Das passiert andauernd. Das Ding überlastet anscheinend die Hauptsicherung. Bei jedem zehnten Mal oder so fliegt sie raus. Ich kenne das schon.«
Valerie sagte nichts mehr, aber ihr Gesichtsausdruck wirkte alles andere als überzeugt. Sie blickte wieder auf die Armbanduhr.
David hatte jedoch nicht gelogen, um sie zu beruhigen. Tatsächlich hatte er längst aufgehört, mitzuzählen, wie oft sie schon in diesem Aufzug stecken geblieben waren. Aber er konnte Valerie verstehen. Das erste Mal war auch er ganz schön erschrocken gewesen – und Herr Orban, der mit ihm in der Liftkabine festgesessen hatte, ebenfalls. Mittlerweile hatten sie darin jedoch eine Art von Routine entwickelt. Manchmal schlossen sie sogar Wetten ab, ob sie diesmal auf Anhieb oder erst mit einiger Verzögerung nach unten kommen würden.
Es dauerte auch nur knapp eine Minute, ehe aus dem kleinen Lautsprecher unter dem Rufknopf die Stimme des Hausmeisters drang: »Sagen Sie nicht, es ist schon wieder geschehen.«
»Ich fürchte, so ist es«, antwortete Orban. »Das dritte Mal dieses Monat, nicht wahr?«
»Das vierte«, maulte der Hausmeister. »Irgendwann locke ich

den Monteur von der Aufzugfirma in den Lift und lasse ihn eine Woche schmoren, das schwöre ich Ihnen.«
»Eine gute Idee«, sagte Orban lächelnd. »Aber vorher sollten Sie die Sicherung wieder einsetzen.«
»Sofort. Fünf Minuten.«
Orban nickte dem Lautsprecher zu und wandte sich zu Valerie und David um. »Ihr habt es gehört«, sagte er. »Wir sind gleich wieder frei.«
»Und es ... kann wirklich nichts passieren?«, fragte Valerie nervös.
»Wirklich nicht«, antwortete Orban. »Wie gesagt – das passiert andauernd. Er muss nur die Sicherung wieder einsetzen und schon geht es weiter.« Er seufzte. »Na gut – wenn wir schon festsitzen, dann können wir uns auch unterhalten. Was hattest du nach der ersten Stunde für einen Eindruck?«
Valerie sah nicht so aus, als wäre ihr nach Unterhaltung zumute. Aber sie beherrschte sich und zwang sogar etwas auf ihr Gesicht, was einem Lächeln ähnelte. »Abgesehen von den letzten dreißig Sekunden?«
»Ja«, bestätigte Orban.
»Einen ziemlich guten«, antwortete Valerie. »Ich habe noch nicht mit den anderen gesprochen, aber ich glaube, wir werden an unserer Schule auch eine Computer-AG gründen. Jedenfalls, wenn es nach mir geht.«
»Du scheinst dich ja wirklich dafür zu interessieren.«
»Warum nicht?«, wunderte sich Valerie.
»Ich war nur ein wenig überrascht«, gestand Orban. »Die meisten Mädchen, die ich kenne, interessieren sich eher für Mode und die neuesten CD's ihrer Lieblingssänger als für Computer.«
»Ich nicht«, antwortete Valerie. Mit einem raschen Seitenblick auf David fügte sie hinzu: »Ich bin sozusagen erblich vorbelastet. Mein Vater arbeitet in der Computerbranche, und irgendwann möchte ich einmal mit ihm zusammen am Tisch sitzen und verstehen, was er erzählt.«
Orban lachte, und nach einer Sekunde fiel auch David in

dieses Lachen ein und damit war das Eis gebrochen. Valeries Nervosität war plötzlich wie weggeblasen, und während der nächsten fünf Minuten, in der sie darauf warteten, dass der Aufzug endlich weiterfuhr, unterhielten sie sich über dies und das; nicht nur über Computer, sondern auch über Valeries Schule und sogar ein bisschen über ihr Privatleben. Davids Meinung nach war es geradezu ein Glücksfall, dass sie zusammen in diesem Aufzug festsaßen – er erfuhr viel mehr über das Mädchen, als er sich selbst zu fragen getraut hätte. Orban kannte solche Hemmungen nicht. Er war in der Schule für seine Neugier berüchtigt und er löcherte Valerie regelrecht mit Fragen. Schon nach wenigen Augenblicken wusste David, dass sie mit ihren Eltern am anderen Ende der Stadt wohnte und keine Geschwister hatte und dass neben Musik und Reiten mittelalterliche Geschichte und alle Arten von technischen Spielereien ihre Hobbys waren – und sie Tiere über alles liebte. Als plötzlich das Licht flackerte und sich der Aufzug knarrend und ächzend wieder in Bewegung setzte, war er beinahe enttäuscht.

Valerie hingegen atmete hörbar auf, und sie tat es ein zweites Mal und noch tiefer, als sie eine Minute später im Erdgeschoss anhielten und Graumann, der Hausmeister, von außen die Tür aufriss.

»Tut mir leid, dass es länger gedauert hat«, sagte er. »Diese elende Sicherung ist mir dreimal um die Ohren geflogen, bis ich sie endlich wieder hineinbekommen habe. Da muss etwas geschehen! Irgendwann wird einmal jemand *wirklich* in diesem dämlichen Aufzug festsitzen, und an wem bleibt dann wieder alles hängen? An mir natürlich!«

Sowohl Orban als auch David hüteten sich, irgendetwas dazu zu sagen. Graumann war sicher ein fähiger Hausmeister, sonst wäre er wohl kaum seit gut zwanzig Jahren an dieser Schule, aber er war auch ständig schlecht gelaunt und berüchtigt für seine Wutanfälle, die sich allerdings immer nur gegen irgendwelche Gerätschaften, niemals gegen einen der Schüler oder gar einen Lehrer richteten. Sich mit ihm auf eine Diskussion einzulassen war das sicherste Mittel, um die nächste halbe Stunde mit nichts anderem zuzubringen, als sich seine endlosen Tiraden anzuhören. Außerdem reichte er David mit Mühe und Not bis zur Nasenspitze – wenn dieser in seinem Rollstuhl saß ...

Hintereinander verließen sie den Aufzug. Orban begleitete sie noch bis zum Ausgang und verabschiedete sich dann mit einem fröhlichen »Bis nächste Woche dann!« von ihnen, und Valerie stürmte mit großen Schritten los, machte dann plötzlich kehrt und kam noch einmal zurück. Ohne ein Wort trat sie hinter David, ergriff seinen Rollstuhl und schob ihn auf die Rampe neben der Treppe zu, die eigens seinetwegen eingebaut worden war.

»Das ist wirklich nicht nötig!«, sagte David, aber Valerie zuckte nur mit den Schultern. »Es ist sowieso zu spät«, sagte sie. »Der Bus ist weg. Weißt du, wann der nächste kommt?«

David hatte sofort ein schlechtes Gewissen. Um so mehr, als er tatsächlich wusste, wenn der nächste Schulbus abfuhr. »Morgen früh«, sagte er kleinlaut.

»Das ist nicht dein Ernst.« Valerie blieb stehen.

»Ich fürchte, doch«, antwortete David. »Die letzten beiden Stunden waren freiwillig. Nach Unterrichtsschluss. Es gibt einen Linienbus, unten an der Kreuzung. Aber ich weiß nicht, wann er fährt.«

»Das ist aber wirklich ärgerlich«, sagte Valerie stirnrunzelnd. »Ich habe überhaupt kein Geld, um mit dem Bus zu fahren. Und zu Fuß brauche ich Stunden!«

David überlegte einen Moment. Sein schlechtes Gewissen regte sich erneut; schließlich hatte er Valerie ja mehr oder weniger überredet, mit ihm und Orban im Aufzug nach unten zu fahren.

»Ich mache dir einen Vorschlag«, sagte er. »Meine Mutter holt mich in zehn Minuten mit dem Wagen ab. Du kannst mit uns fahren.«

»Müsst ihr denn in dieselbe Richtung?«, fragte Valerie.

»Nicht einmal annähernd«, gestand David. »Aber ich bin

sicher, dass meine Mutter dich nach Hause bringt. Das Ganze ist ja mehr oder weniger meine Schuld. Du wirst sehen, sie ist sehr nett.«

Valerie zögerte. »Das ... kann ich doch nicht annehmen«, sagte sie – in einem Ton, der klar machte, dass sie es im Grunde sehr gerne annehmen würde.

David schüttelte nur den Kopf und deutete mit einer Handbewegung in den Himmel. »Natürlich kannst du das. Schau mal nach oben. Es sieht ganz nach Regen aus. Stell dir vor, du erkältest dich und bekommst eine Lungenentzündung. An so etwas kann man sterben! Willst du, dass ich mir mein Leben lang Vorwürfe mache, weil ich an deinem Tod schuld bin?«

Valerie sah etwas erschrocken drein und wieder maß sie ihn für eine Sekunde lang mit einem Blick, als wäre sie nicht sicher, wie seine Worte gemeint waren. Dann lachte sie, aber es klang nicht sehr echt. »Aber nur, wenn es deiner Mutter wirklich nichts ausmacht.«

»Wir fragen sie einfach«, schlug David vor.

Wie sich zeigte, hatte er keineswegs übertrieben. Es machte seiner Mutter, die bereits mit dem Wagen vor dem Schulgelände wartete, tatsächlich nichts aus, den kleinen Umweg zu fahren und Valerie nach Hause zu bringen, vor allem nicht, als David erzählt hatte, dass sie die Tochter von Vaters Arbeitskollegen und Freund war, von dem sie offenbar sehr viel mehr gehört hatte als David. Es gab jedoch ein kleines Problem:

»Ich muss erst beim Kindergarten vorbeifahren und Davids Bruder abholen«, sagte sie. »Das macht dir doch nichts aus?«

Valerie schüttelte den Kopf, dass ihre blonden Locken flogen. »Nicht das Geringste«, sagte sie. »Im Gegenteil. Wenn er so nett ist wie Ihr Sohn, lerne ich ihn gerne kennen.«

Davids Mutter lächelte über das Kompliment, während David ein Gesicht zog, als hätte er unversehens auf einen Stein gebissen.

Seine Mutter blickte nicht wenig überrascht drein, als David darauf verzichtete, seinen Rollstuhl mit halsbrecherischem

Schwung in den Wagen zu steuern, sondern sich auch diesmal von Valerie helfen ließ. David war ein bisschen enttäuscht, als Valerie nicht nach hinten zu ihm in den Laderaum des umgebauten Kombi stieg, sondern auf dem Beifahrersitz neben seiner Mutter Platz nahm, verbiss sich aber jede entsprechende Bemerkung.

Dafür stürmte Morris mit der Energie eines Wirbelwindes zu ihm nach hinten, als sie zehn Minuten später vom Kindergarten abfuhren. Er streifte Valerie nur mit einem flüchtigen Blick, dann riss er das Gespräch endgültig an sich, indem er lautstark und mit seiner unangenehm krächzenden Kleinkinderstimme von all den *ach-so-wichtigen* Dingen erzählte, die sich am Vormittag im Kindergarten zugetragen hatten. Und Morris wäre natürlich nicht Morris gewesen, hätte er nicht die Gelegenheit beim Schopf ergriffen, seinen Bruder in eine peinliche Situation zu bringen.

Sie waren schon fast am Ziel. Valerie hatte Davids Mutter zielsicher durch das Verkehrsgewühl der Innenstadt gelotst und David zerbrach sich schon seit einer geraumen Weile den Kopf darüber, wie er seinen Bruder wenigstens so lange zum Schweigen bringen konnte, um Valerie die Frage zu stellen, die ihm auf der Zunge brannte – nämlich die, ob und wann sie sich vielleicht wiedersehen konnten –, als ein mittleres Wunder geschah: Morris verstummte plötzlich mitten im Satz, sagte fünf Sekunden lang gar nichts und wandte sich dann mit großen Augen an Valerie, als sähe er sie zum ersten Mal.

»Bist du eine Klassenkameradin von David?«, fragte er.

Valerie drehte sich auf dem Beifahrersitz herum, um Morris ins Gesicht sehen zu können, und schüttelte den Kopf. »Nein. Jedenfalls ... nicht direkt.«

»Aha.« Morris nickte mit wichtigem Gesicht. »Dann bist du seine Freundin.«

Hinter Davids Stirn begannen sämtliche Alarmsirenen zu schrillen. Wenn sein Bruder in diesem nachdenklichen Ton sprach, kam *nie* irgendetwas Vernünftiges dabei raus. So auch

jetzt. Valerie lächelte und setzte zu einer Antwort an, als Morris sagte: »Hätte mich auch gewundert. Er ist nämlich hinter allen Mädchen her. Aber sie wollen nichts von ihm wissen. Weil er doof ist.«
Valerie sah ziemlich irritiert drein, während David blitzschnell überlegte, ob er seinen Bruder aus dem Wagen werfen, ihm sämtliche Zähne einschlagen oder ihn kurzerhand erwürgen sollte. Noch ehe er zu einem Entschluss gekommen war, fuhr Morris aber auch schon mit einem anzüglichen Grinsen fort: »Habt ihr euch schon geküsst?«
»Morris, lass das«, sagte Mutter streng. Davids Hände zuckten, und Valerie sah nicht mehr irritiert, sondern peinlich berührt drein.
»Wir sind nur Freunde«, sagte sie, an Morris gewandt, aber mit einem Blick in Davids Richtung, der einen Eisberg zum Verdampfen gebracht hätte.
»Ist auch vernünftiger«, sagte Morris gewichtig. »Er ist nämlich doof. Er interessiert sich nur für seine Computer, obwohl er gar nicht damit spielen darf. Vati schimpft immer, weil er an seinen Computer geht, weißt du? Er spielt immer dieses doofe Spiel, bei dem er ein Ritter ist und Jungfrauen erschlägt und Drachen befreit!« Er grinste David an und entblößte dabei eine Zahnlücke, die Davids Meinung nach entschieden zu klein war. Hätte seine Mutter nicht mit im Wagen gesessen, hätte er sie unverzüglich vergrößert – so ungefähr von einem Ohr zum anderen.
»Morris, das reicht jetzt aber«, sagte Mutter. »Ich glaube nicht, dass Valerie das interessiert. Und deinem Bruder und ihr ist dieses Thema bestimmt auch nicht angenehm.«
»Schon gut«, sagte Valerie hastig. »Mir macht es nichts aus.«
Mir schon, dachte David düster. Und warte einmal ab, was er dir erst ausmachen wird, du kleines Monster. Laut und an Valerie gewandt, sagte er: »Nimm ihn nicht ernst. Er redet immer Unsinn.«
»Meinst du das mit dem Computer deines Vaters oder das mit den anderen Mädchen?«, fragte Valerie lächelnd.

David verzichtete auf eine Antwort. Aber er fragte Valerie auch nicht, ob sie sich noch einmal treffen wollten.

Damit würde Morris nicht so einfach davonkommen. Noch gestern hatte sich David mit dem reinen Gedanken an Rache zufrieden gegeben, aber was zu viel war, war zu viel. Sein Bruder schien wohl auch selbst gespürt zu haben, dass er den Bogen überspannt hatte, denn für den Rest des Tages ging er David geschickt aus dem Weg und sogar beim Abendessen verzichtete er darauf, sich aufzuspielen oder kleine, heimtückische Bemerkungen über David zu machen. Aber es nutzte nichts: Davids Groll gegen seinen Bruder war kein bisschen weniger geworden. Ganz im Gegenteil.
Er ließ seine Zimmertür einen Spaltbreit offen stehen, um Morris aufzulauern und ihm wenigstens eine Kopfnuss zu verpassen oder ihm mit dem Rollstuhl gezielt über die Zehen zu fahren. Aber anstelle von Morris erschien nach einer Stunde sein Vater im Zimmer, um ihm mitzuteilen, dass er und Mutter noch einmal weggehen würden, und ihm in den düstersten Farben auszumalen, was ihm alles Schreckliches passieren würde, wenn er seinen Bruder auch nur *anrührte.* David hatte das gar nicht vorgehabt, aber er verzichtete darauf, sich zu verteidigen. Nach dem Gespräch von gestern hatte er eigentlich angenommen, dass das Thema erledigt sei, solange er sich nichts mehr zuschulden kommen ließ; es war ganz und gar nicht die Art seines Vaters, auf irgendetwas herumzureiten, das einmal ausdiskutiert war. Aber sein Vater war auch den ganzen Abend über schon ungewohnt reizbar und still gewesen. Vielleicht hatte das etwas mit dem Ärger in der Firma zu tun, von dem Mutter am Morgen berichtet hatte. David zog es jedenfalls vor, einfach nur zu nicken und das Wort *Computer* nicht einmal in den Mund zu nehmen.
Zehn Minuten später kam Morris herein, streckte ihm die Zunge heraus und drehte ihm eine lange Nase. David hob seinen Hausschuh und holte aus, besann sich dann aber im letzten Moment eines Besseren – nicht zuletzt, weil Morris

nicht einmal versuchte, dem drohenden Wurf auszuweichen, sondern sein Gesicht schon mal auf Heulen schaltete und tief Luft holte, um wie ein tödlich getroffenes Tier loszubrüllen, sobald das Wurfgeschoss Davids Hand verlassen hatte.
David schmiss nicht mit dem Schuh nach ihm. Es gab andere Möglichkeiten, um sich abzureagieren. Bessere. So leicht würde ihm dieses Monsterbaby von Bruder nicht davonkommen!
Er wartete, bis er das Geräusch der Garagentür und Augenblicke später das vertraute Brummen des Motors hörte, dann rollte er zu seinem Schreibtisch, schaltete den Computer ein und startete mit einigen Tastenbefehlen die Version von *Schattenjagd*, die er auf seinem Rechner installiert hatte. Das Programm war lange nicht so perfekt, wie es auf Vaters Computer gelaufen wäre, aber für seine Zwecke würde es reichen. Heute wollte er nicht die Welt retten, sondern ganz im Gegenteil ein kleines Gemetzel veranstalten. Es gab nichts Besseres, um sich abzureagieren.
Die Startgrafik erschien und David wählte aus dem Menü die Möglichkeit, die vorhandene Welt zu verändern. Was Adragne und seine kleine Meinungsverschiedenheit mit Yaso Kuuhl anging, so war die Geschichte noch lange nicht vorbei, aber sie würde ihm nicht weglaufen.
Auf dem Monitor erschien jetzt eine Karte Adragnes und der umliegenden Länder. Die verschiedenen Schlachtfelder, auf denen Ritter DeWitt und seine Verbündeten mit mehr oder weniger Erfolg gegen die Orcs und Goblins gekämpft hatten, waren als rote Punkte eingezeichnet, Cairon und die anderen Städte der Menschen als blaue Kreise. Zu seiner Überraschung entdeckte er auch ein schwarzes Symbol, das das Schwarze Portal zu markieren schien. Das war komisch – er konnte sich gar nicht erinnern, es eingezeichnet zu haben.
Gut, mit diesem Problem würde er sich später beschäftigen. Seine Finger huschten über die Tasten und der Bildausschnitt wanderte weiter, bis er die Grenzen des Orc-Landes erreicht hatte. Dahinter waren nur eisbedeckte Ebenen und undurch-

dringliche Wälder eingezeichnet, aber wozu bot das Programm die Möglichkeit, die künstliche Welt zu verändern? Auf Davids Gesicht erschien ein schadenfrohes Grinsen, als er eine neue Grenze einfügte und in die Mitte des so aus dem Nichts entstandenen Landes eine Stadt setzte, die er mit MORANIEN bezeichnete.
Moranien war das eingebildete Land seines Bruders. Morris war noch zu klein, um von seinem Vater die Erlaubnis zu bekommen, ebenfalls am Computer zu spielen, und Davids Meinung nach auch viel zu dumm dazu. Aber er hatte ihn oft genug belauscht, wenn er mit seinen Kindergartenfreunden spielte. Manchmal schlüpfte er dabei in die Rolle eines tapferen Ritters und nannten sich *Morris von Moranien*. Es wurde Zeit, dass *Morris von Moranien* lernte, wie der Hase in der wirklichen Welt lief!
David grinste noch breiter, nahm die Cyberbrille vom Schreibtisch und setzte sie auf. Das Gerät funktionierte ähnlich wie der Helm seines Vaters, war nur nicht annähernd so perfekt: Zwei winzige Bildschirme direkt vor seinen Augen gaben ihm das Gefühl, mitten in der Handlung des Spieles zu sein, und da seine Eltern nicht da waren, konnte er die Lautsprecher des Computers so weit aufdrehen, wie er wollte. Das Spiel startete und Davids Lächeln erlosch schlagartig. Ein Ausdruck höchster Konzentration erschien auf seinen Zügen, während sich vor seinen Augen die vertraute Umgebung Adragnes bildete.
Aber schon nach ein paar Sekunden war David nur mehr enttäuscht.
Das Bild blieb flach; eine Illusion, die nicht einmal einem flüchtigen Hinsehen standhielt. Die Farben stimmten nicht, die Figuren waren grob und bewegten sich nicht richtig, und es gab keine dritte Dimension. David gestand sich ein, dass er tatsächlich zu oft am Computer seines Vaters gespielt hatte. Der Unterschied zwischen seiner Version von *Schattenjagd* und der über das Modem mit einem Großrechner verbundenen Version auf Vaters Computer war gewaltig. Obwohl es

dasselbe Programm war, spürte er jetzt doch die Illusion. Wenn er den Rechner seines Vaters benutzte, dann *war* er in Adragne und die Figuren erwachten zu echtem Leben.
Trotzdem spielte er eine Weile weiter. Moranien erschien als grobe Klötzchengrafik vor den kaum weniger überzeugend gemalten Bäumen der düsteren Wälder, in die er die Stadt hineingesetzt hatte. Während er näher kam, wanderten die Bäume an ihm vorüber und erloschen flackernd, noch bevor sie ganz aus seinem Sichtbereich heraus waren, und manchmal schien sich die ganze Stadt zu bewegen, weil sein Computer einfach nicht die notwendige Power hatte, um mit den aufwendigen Grafiken klarzukommen. Trotzdem näherte er sich der Stadt verbissen weiter.
Er hatte Morris eine starke Stadtwache zur Seite gestellt – schließlich sollte sich die Sache lohnen! – und traf schon bald auf den ersten Widerstand. Mit einigen wenigen Handgriffen erschuf er fünfzig seiner gefürchteten Lichtkrieger, dann hundert und der Spaß konnte beginnen.
Aber er hielt sich in Grenzen. Seine Krieger machten den erbärmlichen Trupp, den die Moranier ihm entgegenwarfen, im Handumdrehen nieder, aber auch der Kampf hatte nichts Überzeugendes. Es waren und blieben Strichmännchen, die gegeneinander fochten.
Nach einer Weile nahm David die Brille enttäuscht ab und blickte sehnsüchtig zur Tür. Ob er es nun zugeben wollte oder nicht: Indem er in letzter Zeit praktisch nur noch auf dem Computer seines Vaters gespielt hatte, hatte er sich den Spaß an seinem Rechner gründlich verdorben. Schließlich: Wer stieg schon freiwillig auf einen Tretroller um, wenn er erst einmal eine Weile mit einer Harley Davidson gefahren war?
Einige Sekunden lang spielte er ernsthaft mit dem Gedanken, sich ein letztes Mal ins Büro seines Vaters zu begeben und dessen Computer zu benutzen, verwarf die Idee aber sofort wieder. Morris würde ihn garantiert verpetzen und außerdem hatte er seinem Vater sein Wort gegeben, den Computer nicht mehr anzurühren.

Aber es gab etwas anderes, was er ihm *nicht* versprochen hatte ...
Der zufriedene Ausdruck kehrte so schnell wieder auf Davids Gesicht zurück, wie er gerade davon verschwunden war. Nach einem weiteren, sichernden Blick zur Tür beugte er sich vor, schaltete das Modem ein und wartete ungeduldig, dass der Computer die Nummer des Rechenzentrums wählte. Streng genommen verstieß er natürlich doch gegen das Versprechen, das er seinem Vater gegeben hatte – er benutzte zwar nicht dessen Computer, sondern nur seinen Zugangscode zum Rechenzentrum, aber im Grunde wusste er sehr wohl, dass das pure Haarspalterei war. Andererseits hielt sich sein schlechtes Gewissen in Grenzen. Der Computer der Firma, in der sein Vater arbeitete, besaß eine geradezu unvorstellbare Kapazität. Niemand dort würde auch nur merken, dass sich David ein winzig kleines bisschen davon abgezweigt hatte, um sein Spiel zu spielen.
David zögerte noch ein letztes Mal, als das Logo von COMPUTRON auf dem Bildschirm erschien und der Zentralrechner nach dem Passwort verlangte. Aber dann dachte er plötzlich wieder an das hämische Grinsen auf dem Gesicht seines Bruders, als Valerie vor dem Haus ihrer Eltern ausgestiegen war, und diese Erinnerung ließ ihn auch noch die letzten Skrupel vergessen. Er tippte das Passwort ein, bekam Zugang zum Hauptmenü und startete die Kopie von *Schattenjagd,* die er vor vier Wochen in einer versteckten Ecke des Großrechners installiert hatte.
Er brauchte weitere drei oder vier Minuten, um die Änderungen, die er gerade an seinem Computer vorgenommen hatte, auf den Großrechner zu übertragen; dann existierte Moranien auch in *dieser* Version von Adragne.
Allerdings nicht für lange, wenn es nach David ging.
Er setzte die Brille wieder auf und fand sich an derselben Stelle im Wald wieder, an der er das Spiel verlassen hatte. Zufrieden registrierte er, dass seine Umgebung nun viel realistischer aussah; vielleicht noch ein bisschen grobkörnig und nicht ganz

in den gewohnten Farben, aber das lag an der Brille, die nicht annähernd mit dem Helm seines Vaters zu vergleichen war. Für seine Zwecke jedoch musste sie reichen.
Nichts hatte sich verändert, seit er das Spiel angehalten hatte. Und wie auch? Seine Krieger warteten auf weitere Befehle, aber plötzlich hatte David Hemmungen, seinen kleinen privaten Rachefeldzug in der Gestalt des Ritters fortzuführen, der auf ganz Adragne als der größte Held galt. Er nahm sich die wenigen Sekunden, die notwendig waren, um noch einige letzte Änderungen durchzuführen: Als er fertig war, war er nicht mehr Ritter DeWitt, der Schrecken der Orcs und Retter Cairons, sondern trug eine nachtschwarze Rüstung und statt auf einem Pferd ritt er auf einem gewaltigen, schuppigen Drachen, der eine gewisse Ähnlichkeit mit einem Triceratops aus der Kreidezeit hatte, nur viel größer war. Und auch aus den hundert Lichtrittern in seiner Begleitung waren nun hundert schwarz gepanzerte Gestalten geworden, die sich Moranien lautlos und unaufhaltsam näherten.
Ein Ausdruck höchster Konzentration erschien auf Davids Gesicht, während sie auf die Stadt zumarschierten und ohne irgendeine Vorwarnung das Tor aufsprengten.
»Morris, ich komme!«, murmelte er, drückte den Joystick nach vorne, klickte auf *Dauerfeuer* – und los ging's.
Die wenigen Verteidiger der Festung, die von dem Angriff nicht so überrumpelt waren, dass sie gar nicht erst auf die Idee kamen, Widerstand zu leisten, hatten keine Chance. Davids Krieger breiteten sich wie eine schwarze Sturmflut in der Stadt aus und der Drache spie Rauch und Feuerstöße, während er mit halsbrecherischer Geschwindigkeit durch das feindliche Lager trampelte. Klar, die Gegner schossen zurück, aber David wich den meisten Pfeilen und Lanzen geschickt aus, während er selbst gleich Dutzende feindlicher Soldaten umnietete. Seltsamerweise schienen sie alle das Gesicht seines Bruders zu haben, aber das steigerte den Reiz des Spieles nur noch.
Und er war *gut* an diesem Abend.

Hintereinander trampelte er vier schwer gepanzerte Reitereinheiten nieder, die sich ihm todesmutig in den Weg stellten, rammte zwei massive Tore und einen aus gewaltigen Felsquadern erbauten Wehrturm ein und ließ zwei Wohnhäuser und eine Kirche als rauchende Trümmerhaufen zurück, ehe er das erste Mal auf ernsthaften Widerstand stieß. Eine Gruppe aus gut dreißig Soldaten der Stadtwache umzingelte den Drachen und warf sich dem gepanzerten Giganten mit dem Mut der Verzweiflung entgegen. Auch sie sahen alle irgendwie wie sein Bruder aus und auch von ihnen überlebte niemand die Begegnung mit dem schwarzen Ritter auf seinem gigantischen, dreihörnigen Drachen.

Und das war erst der Anfang. Davids Bewegungen wurden immer schneller und er spürte, wie ihn die gewohnte Erregung ergriff. Irgendwann verlor er den Anschluss an seine Krieger, die sich in der ganzen Stadt ausgebreitet hatten und Haus für Haus durchsuchten, um seinen Befehl auszuführen, nicht eine einzige lebende Seele zurückzulassen, aber das machte nichts. David stürmte unaufhaltsam weiter, überrannte die letzte Verteidigungslinie der Stadtwache und war endlich in der inneren Festung – und *jetzt* ging es erst richtig los.

David spielte wie ein junger Gott in dieser Nacht. Die Feinde wuchsen wie Pilze aus dem Boden und es schienen mehr zu werden mit jedem, den er erwischte. Aber er war gut – und *wie* gut. Der Groll auf seinen Bruder, dessen Gesicht ihm in zighundertfacher Ausfertigung entgegengrinste, ließ ihn zu absoluter Höchstform auflaufen. Sein Schwert wirbelte ununterbrochen und spie Tod und Verderben in die Reihen seiner Feinde, der Drache schleuderte grelle Lichtgarben über den Bildschirm, er killte, erschoss, zermalmte, verbrannte und sprengte alles weg, was sich ihm in den Weg stellte. Und alles, was zu fliehen versuchte, auch. Moranien sollte brennen, wenn er in die andere Welt zurückkehrte. Und es brannte ...

Wumm! flog ein Turm in die Luft; die wenigen Verteidiger, die aus der qualmenden Ruine entkamen, erwischte der Drache mit einem lodernden Feuerstoß.

Krach! einen Brandpfeil ins Pulverarsenal und *Kra-Wuuuum!* eine Feuerlanze des Drachen durch ein offen stehendes Tor, hinter dem etwas in einer gewaltigen Explosion auseinanderbarst, die das gesamte Gebäude in seinen Grundfesten erschütterte. Eine weitere auf einen Panzer, der gehorsam in seinen Unterstand rollte, ehe er auseinander flog.

WHAM!

BOUM!

SPLASH!

BANG!

KRAAACH!

Der Monitor loderte in greller Glut. Die Lautsprecher dröhnten. Davids Herz schlug zum Zerreißen und seine Hände taten weh, so fest hielt er den Joystick. Er war der Rachegott, der Terminator, der schwarze Engel, der direkt aus der Hölle heraufgestiegen war, um Gerechtigkeit zu üben, und den nichts aufhalten konnte.

Dann hatte er es geschafft. Morris' Thronsaal lag vor ihm, und es gab nichts mehr, was ihn noch aufhalten konnte! Er plättete das Gebäude samt seiner Bewohner so gründlich nieder, dass der Monitor zu explodieren schien. In der ehemals blühenden Stadt lebte nichts mehr, als er den Rückzug antrat.

Unterwegs erledigte er noch ein paar Nachzügler, die er auf dem Herweg übersehen hatte, dann hatte er endlich den Punkt wieder erreicht, an dem er Adragne betreten hatte. Der Bildschirm wurde schwarz, leuchtete plötzlich in einem hellen Rot auf, und ein Fanfarenstoß erklang. Auf dem Monitor erschien die Schrift:

CONGRATULATIONS! WELL DONE!
ANOTHER GAME?

David drückte die Nein-Taste, beugte sich dann aber noch einmal vor und betrachtete mit einem zufriedenen Lächeln seine Punkte. Dreihundertsechzehntausendvierhundert. Fast zehntausend mehr als in seinem bisher allerbesten Spiel. Offensichtlich half so eine kleine Motivation besser, als er bisher angenommen hatte ... Nein – er konnte der Versuchung nicht widerstehen, auch wenn er das unbestimmte Gefühl hatte, dass er es besser bleiben lassen sollte: Er speicherte seinen Punktestand in der Liste ab und grinste in sich hinein. Zufrieden und mit sich und der Welt – selbst mit seinem Bruder – wieder halbwegs ausgesöhnt, schaltete David den Computer aus, überzeugte sich noch einmal davon, dass alles an seinem Platz lag – und fuhr zusammen.

Um ein Haar hätte er das Wichtigste vergessen.

Er schaltete den Computer wieder ein, wartete ungeduldig darauf, dass der Monitor aufleuchtete, und streckte die Hand nach dem Modem aus. Dass er das Gerät auf seinem Schreibtisch ausgeschaltet hatte, hätte nicht viel genutzt, solange die Verbindung zum Großrechner noch offen war. Er musste sich mit dem Passwort seines Vaters wieder abmelden und noch ein, zwei Kleinigkeiten erledigen, und alle Spuren seines Gemetzels gegen *Morris von Moranien* waren getilgt.

Als er die Hand nach dem entsprechenden Knopf ausstreckte, leuchtete der Bildschirm wieder auf.

David erstarrte mitten in der Bewegung, runzelte verwirrt die Stirn und beugte sich dann zögernd wieder vor. Was zum Teufel war jetzt wieder los? Er war hundertprozentig sicher, den verdammten Kasten ausgeschaltet zu haben!

Der Monitor flimmerte, ging aus, wieder an, wieder aus und wieder an – und dann ertönte eine wohlbekannte Musik aus den Lautsprechern! Auf dem Bildschirm erschien das Titellogo von *Schattenjagd!*

Aber das ist doch *unmöglich!* dachte David verblüfft. Fassungslos starrte er den Bildschirm an. Er hatte das Ding *aus-ge-schal-tet!*

Verblüfft sah er zu, wie auf dem Bildschirm eine Kristallkugel erschien, in deren Innerem er den wohlbekannten Satz las: »*Once Upon A Time, There Was A Little Land In The Heart Of The Great Ocean ...*«

Kein Zweifel – der Computer hatte sich entschlossen, das Spiel noch einmal zu starten.
Davids Misstrauen meldete sich. Er wusste, dass das, was er sah, eigentlich unmöglich war. Hatte sein Vater vielleicht ... Zuzutrauen wäre es ihm, dachte David. Möglicherweise hatte er seinen ältesten Sohn doch nicht so weit unterschätzt, wie diesem lieb war, und irgendein Programm geschrieben, das für diese kleine Überraschung verantwortlich war. David konnte sich nicht vorstellen, wie, aber das schien ihm die einzige Erklärung.
Die Kristallkugel flimmerte und Adragnes Geschichte rollte in bewegten Bildern vor David ab; von seiner Entstehung in den Nebeln der Vergangenheit bis zu dem Moment, in dem die ersten Orcs und Ungeheuer die Grenzen hoch im Norden überschritten und das lange, goldene Zeitalter dieser einstmals friedlichen Welt endgültig zu Ende ging. David streckte ganz automatisch die Hand aus, um das Passwort einzugeben, nach dem der Computer jedesmal verlangte, ehe das Spiel wirklich losging.
Dann aber überlegte er es sich noch einmal anders. *Wenn* es ein Trick seines Vaters war, dann war es sowieso schon zu spät, um noch irgendetwas zu ändern. Aber vielleicht konnte er wenigstens herausfinden, *wie* er das gemacht hatte.
Er durchsuchte das Zimmer so gründlich wie niemals zuvor. Er öffnete alle Schubladen, blickte hinter jedes Buch, hob jedes Fitzelchen Papier vom Schreibtisch und den Schränken hoch und sah hinter jedes Bild an der Wand, aufmerksam auf der Suche nach einem Kassettenrekorder, einer versteckt verlegten Leitung oder einem kleinen Funkempfänger, mit dem sein Vater den Computer vielleicht fernsteuerte – seiner Meinung nach waren das die drei einzigen Möglichkeiten, die überhaupt in Betracht kamen.
Er fand nichts, sodass ihm im Grunde nur noch eine einzige Erklärung blieb – die allerdings von allen Möglichkeiten die mit Abstand unangenehmste war: nämlich die, dass sein Vater ihm die ganze Zeit über sozusagen über die Schulter gesehen

hatte. Wahrscheinlich waren Mutter und er gar nicht zu den Großeltern gefahren, sondern saßen jetzt am anderen Ende der Stadt im Rechenzentrum und machten sich einen Spaß daraus, ihrem Sohn einen Heidenschrecken einzujagen und ihm auf diese Weise endgültig den Spaß an verbotenen Computerspielen zu vergällen.
Der Gedanke weckte seinen Trotz – und so etwas wie Sportsgeist. Plötzlich fühlte er sich viel mehr herausgefordert als verwirrt. Er verschob die Lösung des Rätsels auf später und nahm in Gedanken den Fehdehandschuh auf. Beinahe feindselig musterte er abwechselnd den Computer und das Modem, dessen winzige grüne Lämpchen ihm wie spöttische Augen zuzublinzeln schienen.
Gut, Dad, dachte er. Wenn du Krieg haben willst, dann sollst du ihn bekommen.
Aber nicht heute. Der Gedanke, das Spiel wieder aufzunehmen und seinem Vater sozusagen auf dem elektronischen Schlachtfeld gegenüberzutreten, war zwar verlockend, aber David wusste auch nur zu gut, dass er auf diesem Gebiet nicht die Spur einer Chance hatte.
Mit einem grimmigen Lächeln schaltete er zuerst den Computer, dann das Modem endgültig ab und ließ sich in seinem Rollstuhl zurücksinken. Er *würde* den Kampf aufnehmen, aber nicht jetzt und nicht hier. Später, dachte er. In ein paar Tagen vielleicht.
Sobald er sich die eine oder andere Überraschung für seinen alten Herrn ausgedacht hatte.
Doch es sollte anders kommen.
Anders, als er in diesem Moment auch nur zu träumen gewagt hätte ...

Als erstes trat er sozusagen einen taktischen Rückzug an. Er stand am nächsten Morgen absichtlich so spät auf, dass er seinen Vater beim Frühstück nicht mehr sah, und es gelang ihm sogar, ihm während des gesamten Abends größtenteils aus dem Weg zu gehen und das Thema Computer auch beim

Abendessen geschickt zu vermeiden – obwohl sich sein Vater nach Valerie erkundigte. Mutter hatte ihm offensichtlich von Davids neuer »Mitschülerin« erzählt und er schien aus irgendeinem Grunde höchst erfreut darüber zu sein, dass David und die Tochter seines Arbeitskollegen – wenigstens zeitweise – zusammen in eine Klasse gingen.

David war das Thema eher unangenehm. Er beantwortete die Fragen seines Vaters nur ausweichend und so einsilbig, dass dieser es bald aufgab und es bei einem fragenden Blick beließ, ehe er das Thema wechselte. Auch seine Mutter sah David auf eine sonderbare Weise an; und sie lächelte dabei auf eine Art, die ihm noch viel weniger gefiel.

Dabei verstand er selbst nicht, warum es ihm so unangenehm war, über Valerie zu sprechen.

Eigentlich stimmte das auch nicht. Es war ihm nicht unangenehm. Ganz im Gegenteil – auch er hatte fast den ganzen Tag über an das blonde Mädchen gedacht, und er freute sich insgeheim schon auf den kommenden Mittwoch und die Computer-AG, während der er Val wiedersehen würde. Es war ihm eher ... *peinlich*. Er hatte das Gefühl, dass das, was zwischen Val und ihm auch immer sein mochte, nur ihn etwas anging, weder seine Eltern noch den Rest der Welt oder seinen Bruder. Schon gar nicht seinen Bruder.

Das Telefon schrillte. Vater runzelte die Stirn und stand dann auf, um an den Apparat zu gehen. David konnte ihn draußen in der Diele telefonieren hören, ohne genau zu verstehen, worum es ging. Aber als er zurückkam, war jede Spur von Fröhlichkeit von seinem Gesicht verschwunden. Er sah ungewöhnlich ernst drein.

»Ist irgendetwas passiert?«, fragte Mutter.

Vater nickte. »Ich muss noch einmal in die Firma«, sagte er.

»Um diese Zeit?«

»Ich fürchte. Und es kann lange dauern. Warte nicht auf mich.«

»Aber was ist denn nur los? Das klingt ja nach einer mittleren Katastrophe!«

»Das könnte es auch sein«, sagte Vater ernst. »Der Rechner ist abgestürzt.«
David fuhr so heftig zusammen, dass das Geschirr auf dem Tisch klirrte, aber weder seine Mutter noch sein Vater nahmen Notiz davon.
»Abgestürzt? Welcher Rechner?«, fragte Davids Mutter.
»Der Großrechner«, antwortete ihr Mann düster. »Das ganze Rechenzentrum steht still. Weißt du eigentlich, was es die Firma kostet, wenn die Anlage auch nur für eine Stunde ausfällt? Tausende, wenn nicht Zehntausende!«
David hatte das Gefühl, langsam von innen heraus zu Eis zu erstarren. Sein Herz klopfte bis zum Hals, aber zugleich war er auch wie gelähmt. Alles, wozu er noch fähig war, bestand darin, seinen Vater anzustarren.
»Dann wirst du wohl gehen müssen«, sagte Mutter resigniert. »Und ich hatte mich so auf einen gemütlichen Abend mit dir gefreut!«
»Daraus wird nichts«, seufzte Vater. »Sie telefonieren gerade in der ganzen Stadt herum, um alle in die Firma zu rufen.« Er schwieg einen Moment, dann fügte er hinzu: »Aber vielleicht hat die Sache auch ein Gutes.«
»Und was?«
»Wie es aussieht, sind sie jetzt endlich dem Saboteur auf der Spur«, antwortete Vater.
»Wer ist es?«, krächzte David.
Sein Vater zuckte mit den Schultern. »Das steht noch nicht ganz fest. Irgendjemand ist wohl gestern Abend über ein Modem in den Hauptrechner eingedrungen und hat dort ein heilloses Chaos veranstaltet. Und wer immer es war, er hat Spuren hinterlassen.«
David hatte das Gefühl, nicht mehr zu Eis zu erstarren, sondern zu etwas, was noch viel, viel kälter war. »Und die ... kann man verfolgen«, vermutete er.
»Es wird sicher nicht leicht«, sagte sein Vater. »Er scheint ziemlich geschickt vorgegangen zu sein. Aber in solchen Dingen kenne ich mich schließlich aus. Wenn er auch nur

einen winzigen Fehler begangen hat, dann finde ich ihn, darauf kannst du dich verlassen. Und dann möchte ich nicht in seiner Haut stecken.«
Nun, was das anging – das wollte David auch nicht.
Aber *diese* Wahl hatte er wohl nicht mehr.

Davids Vater war auch am nächsten Morgen noch nicht zu Hause und als David nach unten kam, da wartete auch noch keine Abordnung der Firma auf ihn, und auch der Polizeiwagen, den er mit nahezu hundertprozentiger Sicherheit zu sehen erwartet hatte, stand nicht vor der Tür. Es schien ein ganz normaler Morgen zu sein.
Schließlich hielt er es einfach nicht mehr aus. »Ist Dad schon zu Hause?«, fragte er.
Natürlich wusste er sehr gut, dass er das nicht war. Er hatte in dieser Nacht zwar doch noch Schlaf gefunden, aber nicht sehr viel und auch keinen besonders tiefen. Wäre sein Vater nach Hause gekommen, hätte er das garantiert gehört.
»Nein«, antwortete seine Mutter. »Es wird auch noch eine ganze Weile dauern, fürchte ich. In der Firma scheint wirklich die Hölle los zu sein.«
»Du hast mit ihm telefoniert?«, fragte David.
»Kurz bevor du aufgestanden bist«, bestätigte seine Mutter. »Er klang ziemlich gereizt.«
»Weiß er denn schon, was ... nun genau passiert ist?«, fragte David zögernd. Er wich dem Blick seiner Mutter bei diesen Worten aus, aber sie reagierte nur mit einem Achselzucken.
»Ich denke schon«, sagte sie nach einer Weile. »Er hat es mir auch erklärt, aber du weißt ja, dass mich solche Dinge noch nie interessiert haben. Jedenfalls will er mich nochmals anrufen – sobald ich dich in die Schule gefahren habe. Wenn du zurück kommst, kann ich dir bestimmt mehr sagen.«
David senkte den Blick noch weiter auf den Teller und stocherte lustlos in seinen Rühreiern herum. Ganz offensichtlich hatte Vater Mutter am Telefon noch nicht erzählt, was er in der Nacht herausbekommen hatte – aber dass er die

Wahrheit herausgefunden hatte, daran bestand gar kein Zweifel. Denn natürlich hatte David in dieser Nacht nicht mit Meister Orban gesprochen, sondern mit niemand anderem als seinem Vater. Er verstand zwar nicht, warum sein Vater dieses alberne Spielchen mit ihm spielte – vor allem nicht angesichts des Ernstes der Situation –, aber schließlich konnte es nicht anders sein.

Wie in der vergangenen Nacht war er für eine Sekunde nahe daran, seiner Mutter alles zu beichten. Und ganz wie in der vergangenen Nacht verließ ihn im letzten Moment der Mut. Er sprach kein Wort mehr, bis sie zu Ende gefrühstückt hatten und das Haus verließen.

Der schlimmsten Nacht seines Lebens folgte der schlimmste Tag – wenigstens kam es ihm so vor. Er war in der Schule so fahrig und unaufmerksam, dass er sich in der dritten Stunde einen Verweis ausgerechnet von Herrn Orban einhandelte, der normalerweise für seine übermäßige Geduld bekannt war. Auf dem Rückweg von der Schule schließlich fiel sein ungewöhnliches Verhalten auch seiner Mutter auf, obwohl sie mit ihren Gedanken noch immer irgendwo weit weg war. Trotzdem stellte sie, als sie auf dem Weg zum Kindergarten an einer Ampel anhalten mussten, eine entsprechende Frage, auf die David um ein Haar ganz ehrlich geantwortet hätte. Was ihn davon abhielt, war einzig der Umstand, dass die Ampel wieder auf Grün sprang und sie weiterfahren mussten. Hätte seine Mutter auf dem Heimweg auch nur noch ein einziges Mal nachgehakt, hätte er ihr alles erzählt.

Er würde es auch so tun. Noch bevor sie zu Hause ankamen, hatte sich David fest dazu entschlossen, seinen Eltern die ganze Geschichte zu beichten, sobald sein Vater von der Arbeit zurück war und sich ein wenig ausgeruht hatte. Um die Geschichte zweimal zu erzählen, hätte seine Kraft nicht gereicht, das wusste er.

Das Schicksal schien ihm noch einmal eine Gnadenfrist einzuräumen, denn sein Vater war zwar mittlerweile zu Hause, hatte sich aber nach der durchwachten Nacht auf die Couch

im Wohnzimmer gelegt, um etwas zu schlafen. So schickte seine Mutter ihn und Morris unverzüglich auf ihre Zimmer und verdonnerte sie dazu, mindestens drei Stunden Ruhe zu geben. Morris zog eine Schnute und stampfte die Treppe hinauf, dass das halbe Haus wackelte, aber David war für diesen letzten Aufschub sehr dankbar – auch wenn das quälende Warten dadurch noch einmal um eine Ewigkeit verlängert wurde. Zum allerersten Mal im Leben begriff er wirklich, was der Satz: *Besser ein Ende mit Schrecken als ein Schrecken ohne Ende* bedeutete.
Er fuhr mit dem Treppenaufzug nach oben, rollte in sein Zimmer und lenkte seinen Rollstuhl aus reiner Gewohnheit zum Schreibtisch. Ohne dass er sich der Bewegung selbst bewusst wurde, streckte er sogar die Hand nach dem Computer aus, um ihn einzuschalten, aber dann zog er die Finger mit einer hastigen Bewegung wieder zurück. Anschließend saß er sekundenlang einfach da und starrte den Monitor an. Ihm war im wahrsten Sinne des Wortes zum Heulen zumute. Er hatte einen Fehler gemacht, einen furchtbaren, möglicherweise noch viel schlimmeren Fehler, als ihm jetzt schon klar war, und es gab absolut nichts, was er jetzt noch tun konnte, um ihn rückgängig zu machen – oder den Schaden wenigstens wieder gutzumachen. Wenn er wenigstens mit jemandem darüber reden könnte ...
Plötzlich fühlte er sich entsetzlich allein. Warum war er nicht auf Adragne? dachte er. *Dort* waren die Probleme alle so einfach zu lösen. Sie waren gefährlich, gefährlicher, als es hier jemals werden konnte, und doch viel klarer: Es gab Gut und Böse, und die Guten taten gute Dinge und die Bösen böse, so simpel war das. Und wenn es einmal nicht ganz so simpel war, nun, dann konnte er das Problem immer noch mit dem Schwert in der Hand lösen oder im Zweifelsfalle vom Rücken eines Drachen aus, der alle Ärgernisse in feine graue Asche verwandelte.
David schloss die Augen und wünschte sich für einen Moment mit aller Kraft dorthin, in seine eigene, kleine Welt, die *seinen*

Spielregeln gehorchte und sonst keinen, und für einen ganz kurzen Augenblick schien es ihm tatsächlich, als *wäre* er dort. Für eine Sekunde glaubte er den Geruch nach Pferden und heißem Leder wahrzunehmen, den kühlen Wind auf dem Gesicht zu spüren, der von den Bergen herunterwehte, das Klirren von Metall, Hufschlag und das dunkle, unheimliche Grollen der Greife zu hören; ja, die Wunschvorstellung war so stark, dass er sogar Stimmen zu hören glaubte: die hysterische, immer leicht nörgelig klingende Stimme König Liras', Gamma Graukeils sonoren Bass und die gewohnt ruhige Stimme Meister Orbans. Er konnte nicht verstehen, worüber sie redeten, wohl aber, dass es ein sehr ernstes Gespräch war. Einmal glaubte er sogar seinen Namen zu verstehen – den Namen Ritter DeWitts, nicht den, den er in *dieser* Welt trug – und kurz darauf –

David öffnete mit einem Ruck die Augen und zwang sich gewaltsam, den Gedanken abzubrechen. Es hatte keinen Zweck mehr, wegzulaufen; nicht einmal in Gedanken. Es half ihm nichts, sich in seine Fantasiewelt zu flüchten. Er hatte in *dieser* Welt Mist gebaut, und er würde *hier* dafür geradestehen müssen, ob ihm das nun gefiel oder nicht. Weder Meister Orban noch Gamma Graukeil oder alle Kriegsgreife der Welt würden ihm *hier* helfen, aus der Sache herauszukommen.

Er hörte, wie die Tür hinter ihm geöffnet wurde, und fuhr so abrupt herum, dass der Rollstuhl ein Stück zurückrollte und gegen die Wand prallte. Sein Vater und seine Mutter betraten den Raum, und David musste nur einen einzigen Blick in Vaters Gesicht werfen, um zu wissen, was jetzt kam. Er sah nicht wirklich zornig drein, aber er hatte ihn noch niemals so ernst gesehen; ausgenommen vielleicht an dem Tag, an dem David aus der Narkose erwacht war und der Vater vor der schrecklichen Aufgabe stand, seinem Sohn mitteilen zu müssen, dass er nie wieder würde laufen können.

Der Zornesausbruch, auf der er wartete, kam jedoch nicht. Sein Vater nahm auf dem Stuhl neben dem Schreibtisch Platz,

während sich seine Mutter auf die Bettkante sinken ließ. Keiner von beiden sagte etwas. Schließlich wurde David klar, dass sie wohl von ihm erwarteten, das Gespräch zu eröffnen.
»Du bist schon wieder wach«, sagte er. Er blickte zu Boden. Er hatte nicht die Kraft, seinen Vater anzusehen. »Ich dachte, du wolltest dich ein bisschen ausruhen.«
»Ich habe nicht geschlafen«, antwortete sein Vater. »Ich habe nur so getan, weil wir allein mit dir sprechen wollten. Ich finde, es ist nicht nötig, dass dein Bruder mitbekommt, was wir zu bereden haben.«
»Haben wir denn etwas ... zu bereden?«, murmelte David. Er kam sich erbärmlich feige vor. Noch vor fünf Minuten hatte er sich geschworen, seinem Vater die ganze Geschichte zu beichten, aber nun verließ ihn der Mut. Hätte er es gekonnt, wäre er aufgesprungen und weggelaufen, um vielleicht nie wiederzukommen.
»Ich denke schon«, antwortete Vater ernst. »Und ich finde es schade, dass du nicht den Mut hast, zu dem zu stehen, was du getan hast.« Er seufzte. »Ich habe deiner Mutter alles erzählt. Also nur keine Hemmungen.«
»Was ... was soll ich noch sagen«, flüsterte David. »Ja, ich habe es getan. Es tut mir leid, aber ... aber es ist nun mal passiert.«
»Und das ist alles, was du dazu zu sagen hast?«, fragte sein Vater. »Mehr nicht?«
Aber es war tatsächlich alles, was David sagen *konnte.* Seine Kehle war wie zugeschnürt.
»Ist dir eigentlich klar, was du angerichtet hast, David?«, fragte seine Mutter.
David sah nun doch hoch. Seine Augen fühlten sich heiß an und begannen zu brennen, und er spürte, dass er die Tränen wahrscheinlich nur noch für wenige Momente würde zurückhalten können. Als er nicht antwortete, fuhr seine Mutter fort: »Ich fürchte, nein. Dir ist anscheinend überhaupt nicht bewusst, was du getan hast. Dein Vater hat mir alles erklärt. Hast du tatsächlich sein Passwort und seinen Computer dazu benutzt, um in den Großrechner in seiner Firma einzubrechen?«

»Ich bin nicht eingebrochen!«, verteidigte sich David.
»Wie nennst du es dann?«, fragte sein Vater scharf. Er schüttelte den Kopf. »O ja, ich weiß, bei euch ist das so eine Art Sport, nicht? Ihr Hacker haltet euch für besonders clever, wenn es euch gelingt, alle Sicherheitsbarrieren zu überwinden und in ein fremdes System einzudringen. Und ihr habt nicht einmal eine Ahnung, welchen Schaden ihr damit anrichten könnt.«
»Aber ich habe doch nichts zerstört!«, verteidigte sich David. »Ich meine, ich ... ich habe doch gar nichts getan!«
»Das nennst du gar nichts?«, fragte sein Vater. »Mein lieber Junge, wenn du zwei Jahre älter wärst, dann könntest du für dieses Nichts glatt ins Gefängnis kommen.«
»Wieso?«, fragte David. »Ich meine ... ich habe doch keine Daten zerstört oder Spionage betrieben! Ich habe mir die Programme in eurem Großrechner nicht einmal angesehen! Ich habe doch nur ein Spiel gespielt! Du hast selbst gesagt, dieser Computer ist der größte und beste, den es in diesem Teil der Welt gibt.«
»Das ist er auch«, bestätigte Vater. »Und so nebenbei auch der *teuerste.*«
David zog es vor, den letzten Satz zu ignorieren. »Was ist dann so schlimm daran?«, fragte er. »Ich habe mir ein winzigkleines Eckchen im Speicher reserviert. Wenn er so groß ist, wie du sagst, dann ... dann ist das nicht mehr, als hätte ich ein Sandkorn aus der Sahara weggenommen!«
»Ein Sandkorn, das dir nicht gehört«, antwortete sein Vater. »Und das so ganz nebenbei eine Lawine ausgelöst hat, von der bisher niemand weiß, wie sie wieder aufzuhalten ist.«
David starrte ihn an. »Wie bitte?«
»Das hast du nicht gewusst, wie?«, fragte sein Vater. Er schüttelte wieder den Kopf. »Ich habe es heute Nacht bemerkt und nur durch reinen Zufall. Weißt du, wieso?«
David verneinte, und sein Vater fuhr fort: »Nur weil ich mir vorgestern die Aufzeichnung des Spieles angesehen habe. »Ritter DeWitts Schlacht gegen die Orcs und Goblins. Hätte

ich das nicht gesehen, wüsste ich vielleicht bis jetzt nicht, wer hinter alledem steckt. Im ersten Moment wollte ich es einfach nicht wahrhaben. Mich hat fast der Schlag getroffen, als ich den Monitor eingeschaltet habe und statt eines Programms, um die Zerfallsraten von Wasserstoffatomen hochzurechnen, eine Schlacht zwischen grünhäutigen Ungeheuern und schwarzen Rittern sehen musste.«

»Aber ... aber wieso denn nur?«, fragte David. Er hatte allmählich das Gefühl, dass er gar nicht wirklich wusste, wovon sein Vater sprach. »*Schattenjagd* ist doch ... ist doch nur ein Spiel. Sämtliche Daten gehen auf eine einzige CD. Der Speicher des COMPUTRON-Rechners ist millionenmal größer! Ihr hättet es nicht einmal merken dürfen.«

»Das war vielleicht so, als du angefangen hast, David«, antwortete sein Vater. »Mittlerweile belegt die Datei fast fünf Prozent des Speicherplatzes. Und sie wächst ununterbrochen.«

»Sie tut *was?*«, keuchte David.

»Sie wächst«, bestätigte sein Vater. »Sie breitet sich aus. Niemand weiß, warum, geschweige denn, wie. Und ich nehme an, du am allerwenigsten.«

David war so verblüfft, dass er nicht einmal den Kopf schüttelte, sondern seinen Vater nur fassungslos anstarrte.

»Es ist so«, sagte sein Vater noch einmal. »Das Programm lässt sich nicht löschen. Wir haben es versucht, aber es hat nicht geklappt. Es ist da, es bleibt da und es wird mit jeder Minute größer. Wenn es mit derselben Geschwindigkeit weiterwächst wie bisher, dann ist die freie Speicherkapazität des Rechners in weniger als einer Woche erschöpft. Und ich weiß nicht, was dann geschieht. Vielleicht hört es auf zu wachsen, vielleicht zerstört es die anderen Programme, um Platz für sich selbst zu schaffen ... auf jeden Fall wären die Folgen unabsehbar. Der Schaden geht schon jetzt in die Hunderttausende.«

David wurde noch blasser, als er ohnehin schon war. »Wie ... bitte?«

»Was hast du denn gedacht, was eine Stunde Rechenzeit auf

dem Großrechner kostet?«, fragte Vater. »Unsere Kunden werden Amok laufen, wenn ihre Aufträge nicht pünktlich erfüllt werden oder gar ihre Daten verloren gehen. Wir haben die ganze Nacht gearbeitet – die gesamte Belegschaft. Mehr als hundert hochbezahlte Leute. Und heute Mittag fliegen weitere zehn Spezialisten aus Amerika ein. Ich schätze, dass der Schaden spätestens übermorgen die Millionengrenze überschritten haben dürfte.«

»Und wer ... wer muss dafür ...«, stammelte David.

»Aufkommen?«, fragte sein Vater. »Ich würde sagen, der, der ihn angerichtet hat. Aber da es sich dabei um einen vierzehnjährigen Möchtegern-Hacker handelt, dürfte es im Zweifelsfalle wohl an seinen Eltern hängen bleiben.«

»Eine ... *Million?!*«, krächzte David.

Sein Vater machte eine abwehrende Geste. »Außer mir weiß niemand, wer dahinter steckt«, sagte er. »Und ich glaube auch nicht, dass sie es herausfinden. Du warst sehr geschickt, das muss ich dir lassen. Selbst ich habe lange gebraucht, um deine Spuren zu finden.«

»Und du hast sie –«

»Ich habe sie beseitigt, ja«, unterbrach ihn sein Vater. Jetzt klang er wirklich zornig. »In einem Punkt hast du recht: Der Schaden ist nun einmal angerichtet und niemandem ist damit gedient, wenn du dafür auf dem Schafott landest. Ich hätte mir nie träumen lassen, dass ich so etwas tun könnte. Aber ich hatte keine Wahl. Wenn herauskäme, dass *du* dahinter steckst, dann würde ich nicht nur auf der Stelle entlassen werden. Sie würden uns alles wegnehmen, was wir haben, und selbst das würde nicht einmal annähernd reichen, um den Schaden gutzumachen. Wir würden alles verlieren, David. Das Haus, den Wagen, unser bequemes Leben, meine Karriere wäre ruiniert ... Vielleicht hätte ich es trotzdem nicht getan, aber da ist noch Morris. Er kann nichts dafür. Und seine Zukunft wäre auch im Eimer.«

»Aber das ... das wusste ich nicht«, stammelte David. »Und ich wollte es auch nicht! Wirklich, das müsst ihr mir glauben.«

»Wenn ich das nicht täte, säßen wir jetzt nicht hier«, antwortete sein Vater.
»Und was ... was geschieht jetzt?«, fragte David nach einer Weile.
»Mach dir keine Sorgen«, sagte Vater. »Ich glaube, ich habe alle Dateien und Aufzeichnungen gelöscht, die auf dich hinweisen könnten. Und ebenso sämtliche Sicherheitskopien. Niemand wird es herausfinden. Ich werde mithelfen, das Problem zu lösen – und anschließend werde ich wohl kündigen und mir einen neuen Job suchen.«
»Aber warum denn das?«, fragte David.
Sein Vater lachte, aber es klang nicht sehr amüsiert. »Da fragst du noch? Ich habe meinen Arbeitgeber betrogen, David. Diese Leute vertrauen mir. Sie haben mir Geräte und Daten in Millionenwerten anvertraut, und sie haben viel Geld und Energie in meine Ausbildung gesteckt. Und ich habe dieses Vertrauen missbraucht. Ich kann niemandem in der Firma mehr mit gutem Gewissen in die Augen sehen. Wir werden sehen, dass wir die Sache wieder hinkriegen, und hinterher werde ich einige Wochen oder Monate verstreichen lassen, damit niemand Verdacht schöpft, aber dann höre ich auf.«
»Und dann?«, fragte David.
»Ich weiß es nicht«, antwortete sein Vater, nachdem er einen traurigen Blick mit Mutter getauscht hatte. »Ich hoffe, ich finde wieder eine Anstellung, die genauso gut ist, aber sicher ist das nicht. Wahrscheinlich werden wir das Haus nicht halten können.«
»Und ... ich?«, flüsterte David.
»Was soll schon mit dir sein?«, fragte sein Vater. »Was erwartest du? Dass ich dich erschieße? Dich in ein Erziehungsheim stecke? Nichts wird geschehen. Ich kann nur hoffen, dass du aus dem, was du getan hast, etwas lernst.«
»Bestimmt!«, versprach David. »Ich werde so etwas nie wieder tun.«
»Du wirst sogar noch mehr tun«, sagte sein Vater und stand auf. »Ich habe bereits alle entsprechenden Dateien von mei-

nem Computer hier gelöscht. Jetzt werden wir dasselbe mit deinem tun. Alles, verstehst du? Sämtliche Kopien, die du hast, alle Aufzeichnungen, wirklich *alles.* Es darf nicht einmal die Spur einer Spur übrigbleiben. Niemand hat mich bisher in Verdacht. Aber wenn, dann werden sie schneller als der Schall hier sein und selbst den Mixer in der Küche auseinandernehmen, um nach Spuren zu suchen. Also hast du außer auf der Festplatte meines Rechners noch irgendwelche Verstecke für dein kleines Spielchen?«

»Zwei oder drei Sicherheitskopien auf Diskette«, gestand David. »Und natürlich die Original-CD.«

»Dann vernichte sie«, sagte sein Vater. »Das Original gibst du mir.«

»Wozu?«

»Vielleicht finde ich heraus, was passiert ist, wenn ich das Original habe«, antwortete Vater. »Hast du es irgendwo gekauft, wo man sich an dich erinnern könnte?«

»Das Spiel wird jeden Tag hundertmal verkauft«, antwortete David, aber sein Vater blieb hartnäckig.

»Aber selten von Jungen in Rollstühlen«, sagte er. »Also?«

»Ich habe es nicht im Geschäft gekauft«, gestand David.

»Wo sonst?« Sein Vater wartete seine Antwort allerdings erst gar nicht ab, sondern schüttelte nur seufzend den Kopf. »Ich verstehe. Eine Raubkopie. Auch das noch. Aber so kann man es wenigstens nicht so leicht bis zu dir zurückverfolgen.«

Er streckte die Hand aus. David rollte zum Schreibtisch, öffnete eine Schublade und zog die CD mit dem Originalprogramm heraus. Sein Vater ließ sie in der Jackentasche verschwinden und fragte: »Gibt es sonst noch etwas, was du mir sagen willst?«

»Nein«, murmelte David. »Außer dass es mir leid tut.«

»Das hoffe ich«, sagte sein Vater. Er drehte sich herum und öffnete die Tür, schüttelte aber den Kopf, als David ihm und seiner Mutter folgen wollte. »Du hast doch noch etwas an deinem Computer zu tun«, sagte er. »Und danach hast du Stubenarrest.«

David widersprach nicht. Er fragte auch nicht, wie lange. Aber er hatte so eine Ahnung, dass es sich um eine Größenordnung irgendwo um die zehntausend Jahre handeln könnte ...

David tat mehr, als er seinem Vater versprochen hatte: Er beließ es nicht dabei, sowohl das Originalspiel als auch sämtliche Sicherheitskopien, die er gemacht hatte, von seinem Computer und diversen Disketten zu löschen, er formatierte anschließend die Festplatte seines Rechners; ein Vorgang, der – obwohl ungleich komplizierter – mit dem Löschen einer Tonbandkassette vergleichbar war: endgültig, nicht rückgängig zu machen und sehr, sehr gründlich. Als er fertig war, blutete ihm innerlich das Herz, aber sein Computer war nun leer wie am ersten Tag. Der Rechner war nun nicht mehr als ein Haufen Kunststoff, Metall und Glas. Keine Macht der Welt würde jetzt noch beweisen können, dass das ganze Unheil, das sich in der Firma seines Vaters ausbreitete, *hier* seinen Anfang genommen hatte.

Trotzdem wollte sich das Gefühl der Zufriedenheit, auf das er wartete, nicht einstellen. Ganz im Gegenteil: Als David dasaß und den Bildschirm seines Computers anstarrte, auf dem nun nichts mehr als ein großes »C«, eine Pfeilspitze und der blinkende Cursorpunkt zu sehen waren, fühlte er sich miserabler als zuvor. Für ihn war dieser Computer viel mehr als eine Maschine gewesen. Traurig schaltete er den Rechner aus und rollte vom Schreibtisch fort. Er hatte das Gefühl, einen Freund umgebracht zu haben.

Für den Rest des Tages sah er seinen Vater nicht wieder. Er hatte sich nach der Unterhaltung mit David schließlich doch noch hingelegt, um wenigstens einige Stunden Ruhe zu bekommen, und als sie sich zum Abendessen versammelten, war er schon wieder fort, zurück in die Firma, wo wohl nun eine weitere Nacht Arbeit auf dem Programm stand. David beneidete seinen Vater nicht um das, was er in den nächsten Tagen würde durchmachen müssen. Er hatte ja gerade am eigenen Leib gespürt, wie einem ein schlechtes Gewissen zu schaffen machen konnte. Für seinen Vater, der ein grundehrlicher Mensch war und nichts so sehr hasste wie Lügen, musste es die Hölle sein.

Und das Schlimmste war: Auch das war seine, Davids, Schuld.

Er fand auch in dieser Nacht nicht besonders viel Schlaf und er war am nächsten Morgen in der Schule so unkonzentriert, dass ihn sein Lehrer in der großen Pause beiseite nahm und ihn fragte, was eigentlich los sei. David redete sich damit heraus, sich einfach nicht wohl zu fühlen, und Orban ließ es dabei bewenden – schließlich war es ja die Wahrheit, wenn auch aus einem anderen Grund, als Herr Orban auch nur ahnen mochte.

Am frühen Nachmittag holte ihn seine Mutter von der Schule ab, und David fuhr hinauf in sein Zimmer, um sich zu verkriechen. Er war nicht einmal sicher, ob sein Vater das mit dem Stubenarrest wirklich ernst gemeint hatte, aber so miserabel, wie er sich fühlte, wollte er sein Zimmer gar nicht verlassen. Nie wieder.

Nach einer Stunde jedoch klopfte es, und seine Mutter trat ein. David, der am Schreibtisch saß und in einem Buch blätterte, ohne die Schrift auf den Seiten wirklich zu sehen, sah auf und blickte sie fragend an.

»Ich habe den Computer nicht eingeschaltet«, sagte er.

Seine Mutter schüttelte den Kopf. Für einen Moment erschien ein verständnisvolles Lächeln auf ihrem Gesicht, aber dann wurde sie wieder ernst. »Das glaube ich dir«, sagte sie. »Aber ich bin auch nicht deshalb hier. Ich muss noch einmal in die Stadt, um ein paar Besorgungen zu machen, und ich dachte mir, dass du mich vielleicht gerne begleiten würdest.«

David zögerte. Seine Mutter fragte ihn normalerweise nie, ob er sie bei ihren Einkäufen begleiten wollte. Zum einen wusste sie, wie ungern er das tat, zum anderen war es doch sehr umständlich, ihn mit in die Stadt zu nehmen – die meisten Kaufhäuser waren nämlich nicht für Kunden in Rollstühlen gebaut. Schon einen Parkplatz zu finden, der groß genug war,

um die spezielle Ladeklappe des Kombis zu öffnen, war manchmal ein Abenteuer für sich.
»Aber Dad hat gesagt –«
»Ich weiß, was dein *Vater* gesagt hat«, unterbrach ihn Mutter betont. »Er hat bestimmt nichts dagegen. Du musst auf andere Gedanken kommen. Du wirst ja noch trübsinnig, wenn du nur noch in deinem Zimmer hockst.«
Das war zwar übertrieben, aber vollkommen falsch nun auch wieder nicht. Und warum eigentlich nicht? Alles war besser, als weiter hier zu sitzen, die Wände anzustarren und darauf zu warten, dass irgendetwas passierte. Er klappte sein Buch zu, drehte den Rollstuhl mit einer geschickten Bewegung auf der Stelle herum und folgte seiner Mutter.
Auf dem Weg zur Garage trafen sie Morris. Er stand bereits in Windjacke und Schuhen da, und als seine Mutter auch nur andeutete, dass sie eigentlich nicht vorgehabt hatte, ihn mitzunehmen, erschien auf seinem Gesicht ein Ausdruck, der sie dazu bewog, hastig ihre Meinung zu ändern. Morris mochte das jüngste Familienmitglied sein, aber er war ganz zweifellos auch das lauteste. Wenn er es wollte – und wenn er seinen Willen nicht bekam, dann wollte er es garantiert –, dann übertönte er mit seinem Gebrüll spielend eine Stereoanlage auf höchster Lautstärke.
Seine Mutter fügte sich in ihr Schicksal, aber David war es ganz recht, dass Morris sie begleitete. Er war nämlich mittlerweile gar nicht mehr so sicher, dass ihn seine Mutter tatsächlich nur zu diesem Ausflug eingeladen hatte, damit er auf andere Gedanken kam. Möglicherweise wollte sie auch mit ihm reden, allein und über ein ganz spezielles Thema, über das David im Moment lieber *nicht* reden wollte.
Sie erledigten einige kleinere Einkäufe, bei denen David im Wagen wartete. Seine Erleichterung, Morris bei sich zu haben, bekam einen gehörigen Knacks, denn seine Mutter bestand darauf, dass sein Bruder ihm Gesellschaft leistete. Und selbstverständlich nutzte Morris die Gelegenheit, um ihm gehörig auf die Nerven zu gehen.

»Was war denn gestern los?«, fragte er harmlos und David gab in ebenso harmlosem Ton zurück:
»Was soll los gewesen sein? Ich weiß gar nicht, wovon du redest?«
»Weißt du doch«, behauptete Morris. »Du hast Ärger bekommen, stimmt's? Vater war wütend. O Mann, war der stinksauer, als er von der Arbeit gekommen ist.«
»Woher willst du das wissen?«, fragte David. »Du warst doch gar nicht dabei.«
»Ich weiß es aber«, behauptete Morris mit einem zahnlückigen Grinsen, bei dem es David schon wieder in der rechten Hand juckte. »Außerdem kann man den Herrscher von Moranien nicht belügen.«
David fuhr bei der Erwähnung des eingebildeten Königreiches seines Bruders so heftig zusammen, dass Morris überrascht blinzelte. Dann grinste er noch mehr. »Hab ich also doch Recht gehabt«, sagte er. »Du hast Ärger gekriegt, stimmt's? Warst du wieder an Vaters Computer?«
»Und wenn?«, fragte David. »Was geht es dich an?«
»Morris von Moranien geht alles etwas an, was in seinem Reich vor sich geht!«, behauptete Morris.
David seufzte. »Verzeiht, edler Herrscher«, antwortete er, »aber ich glaube, Ihr seid nicht auf dem Laufenden. Eurem Land ist ein kleines ... Missgeschick zugestoßen.«
Morris runzelte die Stirn. »Wie meinst du das?«
»Wann warst du das letzte Mal dort?«, fragte David – was natürlich Blödsinn war. Da Moranien einzig und allein in Morris' Fantasie existierte, war er natürlich niemals dort gewesen. Trotzdem antwortete Morris wie aus der Pistole geschossen: »Vor ein paar Tagen erst. Und ich kann dir sagen, es ist alles in Ordnung.«
»Da wäre ich nicht so sicher, wenn ich du wäre«, erwiderte David. »Kratz lieber deine vier Gehirnzellen zusammen und sieh selbst nach.«
Die Tür wurde geöffnet, und ihre Mutter kam zurück und setzte sich hinter das Lenkrad. Noch bevor sie auch nur ein

einziges Wort sagen konnte, deutete Morris anklagend auf David und sagte in einem unnachahmlich quengeligen Ton, den auf der ganzen Welt vermutlich nur er allein zustande brachte: »Mutti! David ärgert!«

»David, du sollst Morris nicht ärgern«, seufzte seine Mutter. Die Worte kamen so schnell wie ein eingelernter Reflex auf Morris' Vorwürfe (was sie auch waren), und sie sah David dabei nicht an. David seinerseits sparte sich die Mühe, irgendetwas zu antworten. Er nickte nur ergeben, warf seinem Bruder einen drohenden Blick zu und lehnte sich in seinem Rollstuhl zurück, während ihre Mutter den Motor startete und vorsichtig aus der Parklücke herausrangierte.

Die letzte Station auf ihrem Weg war das UNIVERSUM, ein gewaltiges Einkaufszentrum einige Kilometer außerhalb der Stadt, in dem es vom Selbstbedienungsrestaurant bis hin zum gut sortierten Heimwerkerbaumarkt so ziemlich alle Läden gab, die man sich vorstellen konnte.

»Morris, damit das klar ist: Ich möchte heute ausnahmsweise einmal keinen Ärger«, sagte ihre Mutter, während sie den Wagen in die Tiefgarage lenkte und nach einer Parklücke in der Nähe der Aufzüge Ausschau hielt. Es gab eine ganze Anzahl von Behindertenparkplätzen, die auch sehr groß und gut sichtbar markiert waren, aber natürlich waren sie alle besetzt; und ebenso natürlich entdeckte David hinter keiner einzigen Windschutzscheibe die dazugehörige Plakette. Er ärgerte sich nicht über diese Rücksichtslosigkeit. Das hatte er schon vor Jahren aufgegeben.

Morris antwortete nicht, was David ein wenig sonderbar vorkam. Irritiert sah er auf – und runzelte die Stirn. Morris saß mit leerem Blick da und schien die Worte seiner Mutter gar nicht gehört zu haben. Er sah sehr nachdenklich drein – und ein bisschen erschrocken, fand David. Er konnte sich beim besten Willen nicht erklären, warum.

Er sagte jedoch nichts, und auch seine Mutter beließ es dabei, Morris' Schweigen als Zustimmung zu nehmen. Sie hatte endlich einen Parkplatz erspäht, rangierte den Wagen rückwärts hinein und stieg aus, um die Heckklappe zu öffnen. Während sie um den Wagen herumging, holte Morris tief Luft, setzte sich plötzlich kerzengerade in seinem Sitz auf und starrte David an.

»Was ist los?«, fragte David.

»Moranien«, murmelte Morris.

»Was ist mit Moranien?«, wollte David wissen. Plötzlich hatte er ein sehr mulmiges Gefühl.

»Es ... es ist weg«, antwortete Morris.

»Weg? Was soll das heißen?«

»Es ist nicht mehr da«, erwiderte Morris. Seine Stimme zitterte und der Ausdruck in seinen Augen war pures Entsetzen. »Es ist alles fort, David. Was ... *was hast du mit Moranien gemacht?*«

Jetzt empfand David ebenfalls blankes Entsetzen. »Wie bitte?«, murmelte er.

»Was hast du mit Moranien gemacht?!«, wiederholte Morris in einem Ton, der nicht mehr weit davon entfernt war, zu einem Schrei zu werden. Bevor David jedoch antworten konnte, öffnete seine Mutter die hinteren Türen und fragte in scharfem Ton:

»Was hat David womit gemacht?«

»Moranien!«, antwortete Morris vorwurfsvoll. »Es ist nicht mehr da! Er hat etwas damit gemacht, und jetzt ist es nicht mehr da!«

»Moranien? Was soll das sein?«

»Nichts«, antwortete David hastig. Er hatte Mühe, überhaupt zu reden. Alles schien sich um ihn zu drehen.

»Dafür, dass es nichts ist, regt er sich aber ziemlich auf«, sagte seine Mutter.

»Nur sein eingebildetes Land«, antwortete David, hob die Hand und machte eine eindeutige Geste vor der Stirn. »Er glaubt, der König von Moranien zu sein.«

Seine Mutter sah erst ihn, dann ihren jüngeren Sohn an. »Sag mal, spielst du jetzt auch schon mit diesen schrecklichen Computern?«, fragte sie.

»Nein!«, keifte Morris. »Ich brauche keinen blöden Computer! Moranien ist überall. Es ist immer da, wenn ich dorthin will.«
»Ein eingebildetes ... oh, ich verstehe.« Mutter sah eindeutig erleichtert aus. »Ja, so etwas hatte ich früher auch. Nur hieß es nicht Moranien und es gab auch keine Ungeheuer und Zwerge dort. Bei mir war es ein Ponyhof, mit vielen Tieren und Pflanzen, weißt du? Und es war immer Sommer dort und alle Leute waren freundlich zueinander. So etwas meinst du, nicht wahr?«
Morris nickte. »Es ist weg!«
»Weg?«
»David hat es kaputt gemacht!«, behauptete Morris. »Er hat gesagt, etwas wäre damit passiert, und jetzt finde ich es nicht wieder!«
»Morris, bitte sei vernünftig«, seufzte Mutter. Sie trat gebückt in den Wagen, griff nach dem Rollstuhl und bugsierte ihn umständlich auf die schmale Rampe. »Wenn es das Land deiner Fantasie ist, wie kann dein Bruder dann etwas damit machen?«
Morris starrte sie nur an und verfiel in trotziges Schweigen und schließlich schüttelte seine Mutter den Kopf, seufzte noch einmal und rollte Davids Stuhl vorsichtig über die Rampe nach unten.
Sie wäre wahrscheinlich ziemlich erstaunt gewesen, hätte sie geahnt, was in diesem Moment hinter Davids Stirn vorging. Es war nämlich einer der nun wirklich sehr seltenen Augenblicke, in denen David und sein Bruder ausnahmsweise einmal einer Meinung waren.
David hätte in diesem Moment alles darum gegeben, die Antwort auf die Frage zu erhalten, die Morris gerade laut gestellt hatte: *Was um alles in der Welt war mit Moranien passiert?*

Das UNIVERSUM war nicht nur das größte, sondern auch das modernste Einkaufszentrum, das David je gesehen hatte.

Der riesige, von außen eher unansehnliche Bau war nicht nur innen überraschend hell und freundlich, sondern auch mit der allermodernsten Technik ausgestattet, die man sich nur denken konnte. David war gerne hier, denn in dieser glitzernden, lauten und immer fröhlich wirkenden Welt fühlte er sich ebenso zuhause wie in der Welt seiner Computer und Spiele – auch, wenn er insgeheim wusste, dass sie genau wie diese nur eine bunte Fassade war. Aber hier wie dort schien es keine Sorgen zu geben und keine Probleme, die man nicht mit einem Lächeln oder einer Handbewegung beseitigen konnte.

Das UNIVERSUM war aber auch noch mehr. Hinter der bunten Fassade aus Chrom, Kunststoff und Glas verbarg sich ein Meisterstück an supermoderner Technologie. Das Einkaufszentrum war vor einem knappen Jahr eingeweiht worden und David erinnerte sich noch gut an all die großen und stolzen Worte, die eine Menge kluger Leute anlässlich dieses Ereignisses von sich gegeben hatten. Der Komplex, dessen Etagen, nebeneinandergelegt, beinahe die Fläche einer kleinen Stadt eingenommen hätten, war vollkommen computergesteuert. Von der Klimaanlage bis hin zur vollautomatischen Überwachung der Vorräte an Toilettenpapier gab es hier drinnen buchstäblich nichts, was nicht von Computern und Mikrosensoren überwacht oder von Relais und Prozessoren gesteuert worden wäre. Davids Vater hatte einmal voller Stolz erzählt, dass die Menschen, die hier drinnen arbeiteten, im Grunde nur noch Dekoration waren; ein Zugeständnis an die Bedürfnisse der Kunden, die es gewohnt waren, von Verkäufern aus Fleisch und Blut bedient zu werden. Nötig waren sie nicht. Das UNIVERSUM hätte auch ohne einen einzigen lebenden Mitarbeiter genauso gut funktioniert.

Mutter hatte ihn bei diesen Worten nur angestarrt und für einen Moment regelrecht entsetzt dreingesehen, aber David hatte seinem Vater geglaubt – schließlich war das Kaufhaus der größte Einzelkunde von COMPUTRON, und die Programmiere und Techniker hatten sich alle Mühe gegeben, ein wahres Meisterstück fertig zu stellen. Nach einer Testphase von zwei Jahren, so hatte Vater weiter erzählt, sollte das Modell landesweit übernommen werden, nicht nur in weiteren zwei oder drei Kaufhäusern, sondern in einer ganzen Kette und nach und nach auch in anderen, kleineren Geschäften, denn was im Großen funktionierte, musste auch im Kleinen gehen. Sein Vater war wirklich sehr stolz gewesen, damals bei der Einweihung, und David konnte das sehr gut verstehen – schließlich war er einer der Programmierer, die maßgeblich für die Entwicklung der Software verantwortlich waren, die dieses elektronische Ungetüm steuerte.

Als David an diesem Punkt seiner Erinnerungen angekommen war, ergriff ihn so etwas wie Trauer. Das UNIVERSUM – die Idee, die dahinter steckte, und das, was vielleicht eines Tages einmal daraus werden konnte – war so etwas wie der Lebenstraum seines Vaters.

Möglicherweise hatte er ihn zerstört. Für immer.

Die Aufzugtüren glitten lautlos auf, als sie noch zwei Schritte davon entfernt waren, und eine wohlklingende – wenn auch, wie David wusste, durch und durch synthetische – Frauenstimme erkundigte sich: »Wohin möchten Sie?«

»Spielwaren!«, krähte Morris.

»Die vierte Etage also«, antwortete der Computer. »Spielwaren für Kleinkinder, elektronisches Spielzeug, Eisenbahn –«

»Ins zweite Stockwerk«, sagte Mutter mit einem strafenden Blick auf Morris. »In den Lebensmittelmarkt.«

»Aber ich –«, begann Morris.

Seine Mutter setzte zu einer Antwort an, doch der Computer kam ihr zuvor. Noch während sich die Lifttüren hinter ihnen schlossen, sagte die künstliche Frauenstimme: »Nun sei nicht traurig. Vielleicht geht deine Mutter ja später noch mit dir ins Spielzeugland. Als kleiner Trost: Sieh doch mal in dem Fach neben der Tür nach.«

Morris war wie der Blitz an der Aufzugwand und grabschte in das Fach, noch bevor sich die Klappe richtig geöffnet hatte. Mit einem triumphierenden Grinsen zog er einen bunten Lolly heraus. Das war so etwas wie ein Zeremoniell. Morris hatte natürlich herausgefunden, dass der Computer so programmiert war, dass er auf seine Mutter hörte und nicht auf ihn. Aber auch die kleinsten Kunden sollten im UNIVERSUM zufrieden gestellt werden, und so spendierte die Automatik jedem Kind unter zwölf, das Anzeichen von Unzufriedenheit zeigte, einen Lutscher.

Die Computerintelligenz, die hinter diesem scheinbar so simplen Vorgang steckte, war ungeheuerlich, aber im Augenblick schien seine Mutter nicht besonders begeistert von der Zuvorkommenheit der Computerstimme zu sein, denn sie sagte: »Das muss doch nun wirklich nicht jedesmal sein, oder? Kinder müssen auch mal verzichten können – außerdem bekommt er von all dem süßen Zeug nur schlechte Zähne.«

»Oh, entschuldigen Sie«, antwortete der Computer.

David sah überrascht auf. Das war ungewöhnlich. Normalerweise reagierte der Rechner auf solcherlei Vorwürfe nur mit Schweigen.

Noch ungewöhnlicher war allerdings, dass sich die verchromte Klappe in der Kabinenwand mit einem so heftigen Knall wieder schloss, dass Morris' Lolly sauber wie von einem Schafott in zwei Hälften gespalten wurde.

»Es wird nicht wieder vorkommen, das versichere ich Ihnen«, sagte die Computerstimme.

Davids Mutter stieß einen kleinen, überraschten Laut aus, während Morris aus hervorquellenden Augen auf den halbierten Lutscher starrte, den er in der Hand hielt. Dann verlor Mutters Gesicht alle Farbe.

»Aber das ... das ... das darf doch nicht wahr sein!«, stammelte sie. »Seid ihr denn alle wahnsinnig geworden?«

»Ich entschuldige mich noch einmal, gnädige Frau«, säuselte die Computerstimme. »Selbstverständlich haben Sie Recht. Diese kleinen Bälger können gar nicht früh genug lernen, wie das Leben wirklich ist. Wie ist dein Name, mein Kleiner?«

»Mor ... ris«, stammelte Morris automatisch.

»Gut, Morris, dann hör zu«, sagte der Computer. »Du wirst deiner Mutter in Zukunft keinen Ärger mehr machen – oder

es gibt derartig eine aufs Maul, dass du dir wünschst, nie geboren worden zu sein!«
»Das glaube ich einfach nicht!«, flüsterte Davids Mutter. »Dieses ... dieses Ding hätte ihm glatt die Finger abschneiden können! So ein bodenloser Leichtsinn!«
Die noch unglaublichere Antwort des Computers auf ihre eigenen Worte schien sie gar nicht mitbekommen zu haben. David dafür umso besser.
Nur weigerte er sich für einige Augenblicke einfach, zu glauben, was er da gehört hatte.
Es war einfach nicht möglich!
Trotz allem war dieser sprechende Aufzug nur eine Maschine, sozusagen ein besserer Taschenrechner, wenn auch viel komplizierter. Er konnte auf Situationen reagieren, die die Programmierer vorausgesehen hatten, und in beschränktem Umfang sogar lernen und seine Reaktionen verändern – aber nicht *so!*
»Ich werde mich beschweren!«, sagte Mutter grimmig. »Ich gehe sofort zum Geschäftsleiter und werde mich in aller Form beschweren!«
»Das wird im Moment nicht möglich sein, fürchte ich«, antwortete die Computerstimme. »Direktor Meierlich ist in einer Besprechung und darf nicht gestört werden.« Eine Sekunde Pause, dann: »Natürlich ist das nur die offizielle Version. Das, was er seinen Angestellten und vor allem seiner Frau erzählt. Wollen Sie wissen, was er wirklich tut? Er hat seine Sekretärin hereingerufen, die Tür abgeschlossen und ist gerade dabei –«
»Schluss!«, keuchte Mutter. »Keinen Laut mehr!«
»Gut, gut, wenn Sie es nicht hören wollen«, nörgelte der Computer. »Aber warum fragen Sie dann erst?«
»Halt sofort die Klappe, du blöder Blechhaufen!«, murmelte Mutter, nur noch mühsam beherrscht.
»Wie du willst«, antwortete die Computerstimme. Der Aufzug hielt mit einem Ruck an, und die Türen flogen auf.
»Das ist die erste Etage«, sagte David.

»Und? Die eine Treppe werdet ihr schon schaffen. Ein bisschen Bewegung tut euch ganz gut. Raus jetzt.«
Seine Mutter wollte antworten, aber David hinderte sie daran, indem er rasch aus dem Aufzug rollte, sodass sie ihm folgen musste – zumal sich die Türen bereits wieder zu schließen begannen. Kaum hatten sie den Lift verlassen, schlossen sie sich viel rascher und mit einem Knall und sie konnten hören, wie der Aufzug mit Höchstgeschwindigkeit davonsauste.
»Ungeheuerlich!«, sagte Mutter kopfschüttelnd. »So etwas ist mir noch nie untergekommen!«
Morris sagte gar nichts. Er starrte noch immer den geköpften Lutscher an. Auf seinem Gesicht lag ein Ausdruck von solcher Fassungslosigkeit, dass David daran seine helle Freude gehabt hätte, wäre die Situation nur etwas anders gewesen.
»Was ist Ihnen noch nicht untergekommen?«, fragte eine Stimme hinter ihnen.
Davids Mutter fuhr herum und starrte ins Gesicht eines jungen Mannes, der hinter ihnen aufgetaucht war und ihre letzte Bemerkung mitbekommen hatte. »Dieser Aufzug!«, sagte sie anklagend. »Das ist ... ungeheuerlich! Zuerst hätte er meinem Sohn fast die Finger zerquetscht, und dann hat er uns auch noch beleidigt!«
»Beleidigt?« Der junge Mann machte ein betrübtes Gesicht. »Nicht auch noch die Aufzüge«, seufzte er.
»Was soll das heißen?«, fragte Mutter.
»Bitte!« Der junge Mann hob besänftigend die Hände. Er lächelte, aber man sah ihm an, dass er sich alles andere als wohl in seiner Haut fühlte. »Ich bin untröstlich, glauben Sie mir. Es ... es tut mir entsetzlich leid – vor allem die Sache mit Ihrem Sohn. Aber wir haben leider seit heute Morgen enorme Schwierigkeiten mit dem Computersystem.«
»Schwierigkeiten?«, fragte David. »Was für Schwierigkeiten?«
»Wenn wir das nur wüssten«, antwortete der junge Mann. »Alles spielt verrückt. Die Kassen, die Beleuchtung, das Transportsystem ... wir haben bereits überlegt, das Haus zu schließen, aber bisher ist noch nichts Ernsthaftes passiert.«

»Ach, dann warten Sie lieber ab, *bis* etwas passiert?«, fragte Mutter aufgebracht.
Der junge Mann wurde noch blasser, als er ohnehin schon war, und begann nervös die Hände zu ringen. »Natürlich nicht«, sagte er hastig. »Ich ... ich kann mich nur im Namen der Geschäftsleitung entschuldigen und Ihnen mein allergrößtes Bedauern ausdrücken.« Er griff in die Jackentasche und nahm einen kleinen Block heraus, auf den er mit fahrigen Bewegungen etwas kritzelte.
»Ich weiß, es ist kein Trost, aber vielleicht darf das Haus Sie und Ihre beiden Kinder zu einem Kaffee und einem Stück Kuchen im Dachgartenrestaurant einladen? Wenn Sie diesen Zettel abgeben, dann ist alles kostenlos.«
Im ersten Moment sah es nicht so aus, als ob Davids Mutter auf das Angebot eingehen wollte. Sie blickte den fahrigen jungen Mann und den Zettel regelrecht feindselig an; dann aber sah sie auf Morris herab, zuckte mit den Schultern und nahm den Gutschein entgegen. So wie der Block aussah, dachte David, schien es nicht der erste Kuchen mit Kaffee zu sein, den er an diesem Tag spendieren musste, um einen aufgebrachten Kunden zu beruhigen.
»Ich werde mich trotzdem beschweren«, sagte sie. »Sobald Direktor Meierlich und seine Sekretärin wieder zu sprechen sind.«
Die Augen des jungen Mannes wurden groß, und sein Unterkiefer klappte herunter. »Aber woher ...?«
»Fragen Sie den Aufzug«, antwortete Mutter, machte auf dem Absatz kehrt und gab ihren beiden Söhnen einen Wink. »Kommt. Ich habe noch viel zu tun.«
Und damit ließen sie den jungen Mann einfach stehen. David drehte noch einmal den Kopf, nachdem er ein paar Meter weit gerollt war. Der junge Mann blickte ihnen verwirrt hinterher, dann ging er weiter und streckte die Hand nach dem Knopf aus, der die Aufzugkabine rief.
Ich an seiner Stelle würde das nicht tun, dachte David. Er war über den Zwischenfall nicht annähernd so erbost wie seine

Mutter – aber sehr viel besorgter, als sie auch nur ahnte. Und das hatte einen Grund.
Da sich seine Mutter prinzipiell nicht für Computer und somit auch kaum für die Arbeit ihres Mannes interessierte, war ihr vielleicht in diesem Moment gar nicht bewusst, was die Worte des jungen Mannes wirklich bedeuteten. Dass die Computer im UNIVERSUM verrückt spielten, alarmierte David aufs Höchste. Sicher, es konnte Zufall sein, aber wenn er bedachte, was seit gestern Nacht bei COMPUTRON vor sich ging, und wenn er weiter bedachte, dass das UNIVERSUM streng genommen nur ein Teil des COMPUTRON-Computers war ... Nein. Daran *wollte* er nicht denken.
Sie nahmen nicht wieder einen Aufzug, um in die zweite Etage hinaufzukommen, sondern fuhren mit der Rolltreppe. Das Kaufhaus verfügte über mehrere, nebeneinander liegende Rolltreppen, von denen eine so breite Stufen hatte, dass man bequem einen Einkaufswagen daraufstellen konnte und Davids Rollstuhl somit auch. Die Treppe war mit einer Lasersperre gekoppelt, die die Größe des Wagens erfasste und die Rolltreppe jeweils lange genug anhielt, dass man bequem darauf fahren konnte.
David hatte zum ersten Mal im Leben ein ungutes Gefühl, auf dieses technische Wunderwerk zu fahren. Von allen in der Familie – seinen Vater eingeschlossen – hatte er das allergrößte Vertrauen in die Technik, aber er musste plötzlich daran denken, was vielleicht geschah, wenn die Treppe nicht anhielt, während er versuchte, seinen Rollstuhl auf die Stufe zu bugsieren, oder vielleicht sehr viel schneller wieder anfuhr. Dass er trotzdem hinter seiner Mutter und Morris auf die Stufe rollte, lag einzig und allein daran, dass er die beiden nicht noch mehr beunruhigen wollte, als es ohnehin schon der Fall war.
Nichts geschah. Die Rolltreppe versah brav ihren Dienst und sie erreichten unbeschadet die zweite Etage, in der sich neben dem großen Lebensmittelmarkt auch noch eine Anzahl anderer, kleinerer Geschäfte befand sowie eine Spielecke, in die

sich Morris sofort, ganz untypisch für ihn, trollte, nachdem Mutter ihn dazu aufgefordert hatte. Auch David wollte davonfahren, um sich einige Schaufenster anzusehen, aber seine Mutter schüttelte rasch den Kopf und gab ihm mit einem Blick zu verstehen, dass er sie begleiten sollte.

Als Morris außer Hörweite war, blieb sie stehen, sah ihn sehr ernst an und sagte: »Sag mir, dass das nichts mit dem zu tun hat, was du getan hast.«

»Wie ... bitte?«, keuchte David. Er war vollkommen verblüfft. Er hätte seiner Mutter alles zugetraut, aber nicht, diesen Schluss aus den Ereignissen zu ziehen.

»Du hast mich schon verstanden«, sagte sie mit ungewohntem Ernst. »Dieses ganze Kaufhaus hat doch irgendetwas mit dem Rechner bei COMPUTRON zu tun, nicht wahr?«

»Schon«, sagte David. »Es ist nur ...« Er suchte einen Moment lang nach Worten. »Bestimmt nicht«, sagte er schließlich, war aber ganz und gar nicht davon überzeugt. »Das ist völlig unmöglich.«

»Dann ist es ja gut«, sagte seine Mutter. Zu Davids Erleichterung schien sie diese Erklärung tatsächlich zu akzeptieren.

Sie betraten den Lebensmittelmarkt, der ebenso supermodern und durchorganisiert war wie die meisten Geschäfte hier: Die Kunden brauchten keine Einkaufswagen, sondern zogen beim Betreten des Geschäfts eine kleine Plastikkarte aus einem Automaten, und statt endloser, mit Paketen, Päckchen, Kisten, Flaschen und unzähligen anderen Waren vollgepackter Regale gab es nur großzügig angelegte Glasvitrinen, in denen jeweils nur ein einziges Ausstellungsstück eines jeden Artikels lag. Davids Mutter blieb hier und da einmal stehen, musterte ein Produkt oder verglich ein paar Preise, und wenn sie sich entschied, etwas zu kaufen, schob sie einfach die Karte in einen entsprechenden Schlitz an der Vitrine, und das war alles. Später, an der Kasse, würde sie einen (selbstverständlich vollautomatisch) vollbeladenen Einkaufswagen in Empfang nehmen, in dem sich jeder Artikel befand, den sie ausgesucht hatte – falls sie es nicht vorzog, ihre Lieferung gleich ins

Parkhaus hinunterbringen zu lassen. Ein Besuch in diesem Geschäft hatte weniger mit dem herkömmlichen Einkaufen zu tun, sondern glich eher einem Spaziergang durch einen zu groß geratenen, dreidimensionalen Versandhauskatalog. Seine Mutter hatte ihm irgendwann einmal erzählt, dass ihr diese neue Art, ihre Besorgungen zu erledigen, eigentlich nicht besonders gefiel. David verstand das nicht. Er empfand es als sehr angenehm, sich nicht mit einem überladenen Einkaufswagen herzumplagen oder stundenlang an überfüllten Kassen Schlange stehen zu müssen. Vielleicht war es einfach eine Frage der Gewohnheit.

Doch seine Mutter schien nicht die einzige zu sein, die an alten Gewohnheiten hing. Natürlich gab es selbst hier Dinge, die man eben nicht nach einem Muster auswählen konnte, sondern einzeln begutachten musste; frisches Obst zum Beispiel oder das eine oder andere Kleidungsstück, das nicht unbedingt von der Stange kam und anprobiert werden musste, und so konnten sich die Kunden durchaus noch einen der althergebrachten Einkaufswagen nehmen – was allerdings sehr wenige taten. Seine Mutter verzichtete jedenfalls heute darauf, doch als sie sich der Kasse näherten – an der David zum ersten Mal, seit er das UNIVERSUM kannte, eine kurze Schlange stehen sah –, befanden sie sich unmittelbar hinter einer jungen Frau, die einen Einkaufswagen vor sich herschob. Er enthielt keine Waren, denn sie hatte ihn umfunktioniert, um die Tragetasche mit ihrem Baby darin abzustellen.

»Was ist denn heute los?«, fragte seine Mutter, während sie sich in die Schlange einreihten. Es war eine von drei Schlangen, die sich an derselben Anzahl von Kassen vor dem Ausgang gebildet hatten. Darüber hinaus gab es noch die Kleinigkeit von siebzehn weiteren, vollelektronischen Kassen, die aber geschlossen waren.

»Irgendetwas stimmt mit den Computern nicht, glaube ich«, antwortete die junge Frau mit dem Baby. »Wenigstens arbeiten jetzt wieder drei Kassen. Als ich gekommen bin, war nur eine einzige geöffnet. Sie hätten erst einmal sehen sollen, was da los war.«

Davids Mutter antwortete nicht, aber sie warf ihrem Sohn einen durchdringenden Blick zu. Und David hatte es plötzlich sehr eilig, irgendetwas furchtbar Interessantes (und nicht Vorhandenes) ein Stück hinter seiner Mutter anzustarren.

Ein bisschen seltsam war es allerdings schon, in einer nur langsam vorrückenden Schlange zu stehen, während sich rechts und links lange Reihen vollkommen leerer Kassen erstreckten. Das bedeutete allerdings nicht, dass niemand vom Kaufhauspersonal dagewesen wäre. David entdeckte mindestens ein Dutzend junger Männer und Frauen, viele davon mit Werkzeugen und elektronischen Messgeräten ausgerüstet, die sich mit ratlosen Gesichtern an den Kassen zu schaffen machten. Unter ihnen sah er auch den jungen Mann, der ihnen unten am Aufzug begegnet war. Er sah jetzt noch verlegener und hilfloser drein als bisher, und sein Block mit Gutscheinen für kostenlosen Kaffee und Kuchen war bereits sichtbar zusammengeschmolzen.

Die Schlange rückte allmählich vor, und schließlich war die junge Frau vor ihnen an der Reihe. Mit einer Selbstverständlichkeit, die David erkennen ließ, dass sie wohl Stammkundin in diesem Kaufhaus war, schob sie ihren Chip in den dafür vorgesehenen Schlitz, zückte eine Geldbörse, aus der sie eine Kreditkarte nahm, und wollte den Einkaufswagen an der Kasse vorbeischieben; schließlich befand sich nichts darin, was sie bezahlen musste.

Der Kassencomputer schien das allerdings anders zu sehen.

Der Wagen rollte nur ein kleines Stück weiter und blieb dann stehen, als seine Räder magnetisch blockiert wurden. Es gab einen leichten Ruck, und das Kind in der Tragetasche, die im Wagen lag, schlug die Augen auf und machte ein Gesicht, als wollte es jeden Moment losplärren.

»Nanu?«, sagte die junge Frau. »Was ist denn jetzt los?«

»Einen Augenblick, bitte.«

Die Stimme war ebenso wohlklingend und sympathisch wie

die, mit der der Computer im Aufzug gesprochen hatte, und auch sie gehörte nicht zu einem Menschen, sondern drang aus einem kleinen Lautsprecher, der unterhalb der vollautomatischen Kasse angebracht war. Direkt daneben leuchtete das rote Licht eines Laserscanners, dessen Anblick David plötzlich mehr denn je an ein aufmerksam dreinblickendes Auge erinnerte.

»Aber was ist denn?«, protestierte die junge Frau. »Stimmt irgendetwas mit meiner Kreditkarte nicht?«

»Keineswegs, meine Liebe«, säuselte der Computer. »Aber Sie haben vergessen, die Ware in Ihrem Einkaufskorb auf das Band zu legen. Ein Versehen, das vorkommen kann.«

Die junge Frau riss die Augen auf. In ihrem Einkaufswagen befand sich nur die Tragetasche mit dem Kind, sonst nichts.

»Wie bitte?«, murmelte sie.

»Wie gesagt, ein Versehen«, antwortete der Computer. »Einen Moment, ich scanne eben den Preiscode.« Ein dünner, biegsamer Metallarm schob sich aus der Oberseite der Kasse, beugte sich wie das Stielauge eines Tiefseefisches über den Einkaufswagen und tastete die Tragetasche und ihren mittlerweile ziemlich ungehalten aus der Wäsche blickenden Inhalt mit einem roten Lichtstrahl ab.

»He!«, protestierte die junge Frau. »Was soll denn das?«

Der Metallarm zog sich wieder zurück und der Computer sagte: »Das ist jetzt aber wirklich peinlich. Ich fürchte, ich kann den Preiscode nicht scannen. Wären Sie so freundlich, die Ware auf das Transportband zu legen?«

»Ware?«, ächzte die junge Frau. »Was für eine Ware?«

»Na die, die Sie in Ihrem Korb haben«, antwortete die Computerstimme. Sie klang jetzt nicht mehr so freundlich und verständnisvoll wie bisher.

»Da ist keine *Ware*«, antwortete die junge Mutter betont. »Nur mein Baby.«

»Baby«, wiederholter der Computer. »Warten Sie, ich durchsuche meinen Hauptspeicher. Babynahrung, Babykleidung, Babyspielzeug, Babyhygiene, Babyartikel allgemein ... nein, ich fürchte, den Artikel *Baby* habe ich nirgendwo verzeichnet.«

Irgendjemand in der Schlange hinter David begann zu lachen und auch er selbst konnte ein Grinsen nicht mehr ganz unterdrücken. Seine Mutter aber schien die Sache nicht besonders komisch zu finden und die Mutter des Babys konnte eindeutig nicht über den Zwischenfall lachen.

»Das ist nicht mehr lustig«, sagte sie wütend. »Hör sofort mit diesem Quatsch auf!«

Sie hatte laut genug gesprochen, um auch an den benachbarten Kassen gehört zu werden. Einige Techniker blickten stirnrunzelnd in ihre Richtung, und der junge Mann von vorhin kam mit schnellen Schritten näher. Wenn dieser Tag so weiterging, dachte David, dann werden wir ihn möglicherweise nie wieder loswerden.

»Was ist denn los?«, fragte er. »Gibt es irgendwelche ... Probleme?«

»Die gibt es in der Tat!«, sagte die junge Mutter aufgebracht. Sie deutete auf den Einkaufswagen, dann auf die Kasse. »Dieses blöde Ding will mich anscheinend auf den Arm nehmen. Wenn Sie glauben, so etwas mit mir machen zu können, haben Sie sich allerdings getäuscht.«

»Aber ich bitte Sie!« Der Kaufhausangestellte begann verzweifelt die Hände zu ringen. »Es handelt sich bestimmt nur um ein Missverständnis.«

»Nicht mit mir!«, antwortete die junge Mutter zornig. »Suchen Sie sich doch andere Kunden, die sie veralbern können!« Mit einer ärgerlichen Bewegung beugte sie sich vor und wollte die Tragetasche aus dem Wagen nehmen, aber sie kam nicht dazu. Unter der Kasse öffnete sich eine Klappe, und ein metallener Greifarm schnappte heraus, schloss sich um die Tragriemen der Tasche und hob sie mit einem unsanften Ruck auf das Transportband hinauf. Die junge Frau schrie vor Schreck laut auf, der Kaufhausangestellte wurde noch blasser, als er es sowieso schon war, und das Baby begann endgültig zu schreien.

»Nur keine Aufregung«, sagte die Kasse. »Sicher handelt es sich nur um ein Missverständnis. Warten Sie. Ich werde die Ware für Sie scannen.«
»Aber ... aber ...« stammelte der junge Mann. Die Mutter des Babys war im allerersten Moment so perplex, dass sie gar nichts sagen konnte, dann griff sie mit einem keuchenden Laut nach der Tasche und versuchte, sie aus dem Griff des Metallarmes zu befreien. Ebenso gut hätte sie allerdings versuchen können, die gesamte Kasse aus dem Boden zu reißen.
»Das ist wirklich seltsam«, sagte die Kasse. »Kein Scannercode. Ist es möglich, dass Ihnen der entsprechende Aufkleber abhanden gekommen ist – rein aus Versehen, natürlich?«
»Das darf doch nicht wahr sein!«, keuchte die Mutter. »Lass sofort mein Kind los, du dämlicher Blechkasten!« Erneut zerrte sie an den Tragriemen. Die Tasche schaukelte wild hin und her und das Kind brüllte noch lauter.
»Ich fürchte, dass das nicht möglich ist«, antwortete die Kasse. Die Computerstimme klang jetzt eindeutig kühl. Das rote Scannerauge blinzelte. »Nicht bezahlte Ware bleibt so lange Eigentum unseres Hauses, bis sie entweder ganz bezahlt oder eine Ratenvereinbarung getroffen worden ist, das sollten Sie eigentlich wissen.«
»Gib mein Kind her!«, schrie die junge Mutter. Sie zerrte und riss immer heftiger an der Tasche und der Kaufhausangestellte griff nach dem Metallarm, mit dem die Kasse die Riemen noch immer umklammert hielt, und zerrte aus Leibeskräften daran. Und das Baby brüllte noch lauter.
»Ich muss Sie wirklich mit Nachdruck bitten, das zu unterlassen«, sagte die Kasse. »Die unberechtigte Wegnahme eines fremden beweglichen Gutes, im Volksmund auch Diebstahl genannt, wird in unserem Hause nicht geduldet. Wenn Sie die Ware nicht bezahlen, muss ich sie zurückgehen lassen.«
Der Metallarm bewegte sich summend nach oben und zog die Tasche samt des daranhängenden, zappelnden Angestellten und der Mutter des Kindes einfach mit sich.
»Hilfe!«, schrie die junge Frau. »So tut doch etwas!«

»Also das reicht jetzt aber wirklich!«, sagte die Kasse streng. »Ich mache Sie darauf aufmerksam, dass ich soeben über unser hauseigenes Modem die Polizei benachrichtigt habe, um Sie wegen Kaufhausdiebstahles festnehmen zu lassen. Die Beamten sind bereits unterwegs.«
Irgendjemand lachte noch immer, aber die meisten Kunden starrten die groteske Szene fassungslos an, und selbst David fand den Zwischenfall jetzt nicht mehr im geringsten komisch. Die junge Frau und der Kaufhausangestellte versuchten verzweifelt, die Tragetasche aus dem Griff der stählernen Hand zu befreien, aber nicht einmal ihre vereinten Kräfte reichten. Aber immerhin gelang es auch dem computergesteuerten Arm nicht, die Tasche ganz an sich zu reißen, um sie samt ihres aus Leibeskräften plärrenden Inhaltes wer weiß wohin zurückzuschaffen. Möglicherweise in eine Kühltruhe ...
»Jetzt reicht es aber!«, sagte die Computerstimme. »Lassen Sie sofort die Tasche los! Sicherheitsdienst. Alaaaaaarm! Ladendiebe! Haltet Sie! Packt sie und werft sie in den Kerker! Haltet den Dieb! *Alaaaaaaaaaarm!*«
»Loslassen!«, schrie die junge Frau. »Lass endlich los, du gemeine Diebin! Hiiiiiilfe!«
Der junge Mann kam endlich auf die Idee, die Tasche loszulassen und um das Transportband herumzueilen. Die Mutter des Kindes wurde dadurch vollends in die Höhe gezogen und verlor tatsächlich den Boden unter den Füßen, sodass sie zappelnd an der Tasche hing, deren Nähte bereits bedenklich krachten, während der Angestellte sich über die Kasse beugte und verzweifelt auf alle möglichen Knöpfe einzuhämmern begann. Von den Nachbarkassen eilten zwei Techniker herbei, um ihm zu helfen, aber sie erreichten kaum mehr, als das allgemeine Chaos noch zu vergrößern.
»Haltet Sie!«, brüllte die Computerstimme der Kasse. »Zu Hilfe! Die Alte will mich beklauen, sieht das denn keiner? Diebsgesindel! Mörderpack! Werft sie in Ketten!« Das rote Scannerauge flackerte heftig und plötzlich öffnete sich da-

rüber eine weitere Klappe und ein wahrer Hagel von kleinen Plastikchips, mit denen die Kunden ihre Bestellungen in die Kasse eingegeben hatten, prasselte auf die junge Frau herab.
»Zu Hilfe!«, kreischte die Kasse. »Hiiiiiiilfeeeeee!«
Zwei weitere Techniker liefen herbei und taten ihr Bestes, ihre Kollegen bei der Arbeit zu behindern. Die junge Frau strampelte verzweifelt mit den Beinen und begann schließlich, sich gegen das Chipbombardement zu wehren, indem sie mit aller Kraft vor den Metallaufbau der Kasse trat –
und dann, ganz plötzlich, war es vorbei.
Der Metallarm bewegte sich nicht weiter in die Höhe und das rote Scannerauge erlosch. Auch der Regen von Plastikchips hörte schlagartig auf, und die Computerstimme verstummte mit einem letzten, fast menschlich klingenden Seufzen. Die junge Mutter befreite ihr Kind mit einem Schrei aus dem Griff der Metallklaue, drückte es an sich und versetzte dem Einkaufswagen einen Tritt, der ihn einen Satz machen und dann auf die Seite stürzen ließ. Der Kaufhausangestellte eilte auf sie zu, sicher aus keinem anderen Grund, als ihr sein Bedauern auszudrücken und sich tausend Mal bei ihr zu entschuldigen, aber sie stürmte in solchem Tempo davon, dass er sich mit einem hastigen Satz in Sicherheit bringen musste, um nicht über den Haufen gerannt zu werden. Einen Augenblick später war sie verschwunden.
David kam erst jetzt auf die Idee, zu den Technikern hinüberzublicken, die sich an der Kasse zu schaffen gemacht hatten. Natürlich nahm er an, dass einer von ihnen endlich den richtigen Schalter gefunden und die amoklaufende Kasse damit außer Gefecht gesetzt hatte, doch die Männer sahen mindestens genauso ratlos und verblüfft drein wie der junge Mann mit den Kuchengutscheinen. Es vergingen noch einmal drei oder vier Sekunden, bis sich der erste von ihnen herumdrehte und verblüfft das blonde Mädchen anstarrte, das hinter der Kasse stand.
Davids Unterkiefer klappte vor Überraschung herunter.
Er wusste nicht, was ihn mehr verblüffte – der Anblick des

Kabels, das das Mädchen offensichtlich aus der Steckdose gezogen hatte und jetzt triumphierend hin und her schwenkte, oder der Umstand, dass es niemand anderer war als Valerie, das Mädchen aus der Computer-AG in der Schule.

»Was ... «, murmelte der junge Mann vom Aufzug. »Was hast ... du hast den Stecker herausgezogen?«

»Klar«, antwortete Valerie grinsend. »Damit kriegt man jeden Computer zur Räson, egal, wie stur er ist.«

Die Techniker starrten sie nur betroffen an und die Augen des jungen Mannes wurden so groß, als wollten sie jeden Moment aus ihren Höhlen quellen. »Also, auf die Idee muss man erst einmal kommen«, murmelte er. »Meinen Glückwunsch. Das ... das war genial.«

»Ich weiß.« Valerie grinste. An übertriebener Bescheidenheit schien sie jedenfalls nicht zu leiden.

Der Tumult, der für einige Sekunden entstanden war, legte sich genauso rasch wieder. Allerdings hatte der arme junge Mann mit seinem Gutscheinblock für die nächsten Minuten auch keine besonders leichte Aufgabe – er musste den ohnehin aufgebrachten Kundinnen und Kunden nämlich erklären, dass sie sich nun hinter eine der beiden noch übrig gebliebenen Kassen einzureihen hatten, was ihre Laune verständlicherweise nicht unbedingt hob. Nicht wenige, das beobachtete David, legten ihre Einkaufschips einfach beiseite und gingen, und die übrigen sparten nicht mit verärgerten oder boshaft-spöttischen Bemerkungen. Der arme Kerl tat David fast ein bisschen leid.

Valerie unterhielt sich angeregt mit einem der Techniker, wobei sie immer noch das Kabel mit dem Stecker in der rechten Hand hielt und es gut gelaunt hin und her schwenkte. Einige Kunden, die den Zwischenfall beobachtet hatten, sparten auch nicht mit Lob und anerkennenden Bemerkungen, was Valerie sichtlich gefiel.

Seine Mutter gehörte nicht zu denen, die auf ihren Einkauf verzichteten, sodass sie ein zweites Mal Schlange stehen mussten, ehe sie an der Reihe waren. David hatte ein mulmiges

Gefühl, als er seinen Rollstuhl am roten Scannerauge der Kasse vorbeischob – er wäre nicht überrascht gewesen, hätte ein Roboterarm nach ihm gegriffen und eine Computerstimme von seiner Mutter verlangt, die Ware zu bezahlen. Auch dem jungen Mann schien es ähnlich zu ergehen: Er redete in ernstem Ton mit einem Techniker, aber als David sein Gefährt an der Kasse vorbeischob, unterbrach er sein Gespräch für einen Augenblick und sah besorgt in seine Richtung – auch wenn er sich alle Mühe gab, es sich nicht anmerken zu lassen. Schließlich aber waren sie an der Kasse vorbei, und David registrierte mit Überraschung, dass seine Mutter zielsicher auf Valerie und ihre Mutter zuging. Valerie selbst schien ihn noch gar nicht bemerkt zu haben; sie war viel zu sehr damit beschäftigt, sich in dem Ruhm zu sonnen, den sie mit ihrer geistesgegenwärtigen Rettungsaktion eingeheimst hatte. Während David seinen Rollstuhl in ihre Richtung drehte und losfuhr, sprach seine Mutter die des Mädchens an, und es gab ein großes »Hallo« und »Nein, was für eine Überraschung« und »Ist das nicht schön, dass wir uns hier treffen?«.

David hatte Mühe, überhaupt zu dem Mädchen vorzudringen. Sie sprach noch immer mit dem Techniker, und obwohl David die Worte nicht verstand, die sie wechselten, hatte er nicht den Eindruck, als ob er zwei Menschen zusähe, von denen der eine nicht wirklich verstand, worüber er redete. Ganz im Gegenteil. Valerie hatte ihm zwar in der Schule erzählt, dass sie keine Ahnung von Computern hatte, aber ihm kamen gewisse Zweifel an dieser Behauptung, während er sich mühsam in ihre Richtung vorarbeitete.

»... wirklich sehr geistesgegenwärtig«, sagte der Techniker gerade, als David auf Hörweite heran war. »Mein Kompliment. Ich muss gestehen, dass keiner von uns auf die Idee gekommen ist – obwohl sie eigentlich sehr nahe liegt.«

»Manchmal sieht man eben den Wald vor lauter Bäumen nicht«, antwortete Valerie gönnerhaft. »Außerdem hätte ich damit auch ganz schönen Schaden anrichten können. Einfach den Stecker aus einem Computer zu ziehen ...«

»... ist nicht besonders risikolos, ich weiß«, unterbrach sie der Techniker. »Da kann eine Menge kaputtgehen. Trotzdem hast du richtig gehandelt. Nicht auszudenken, was hätte passieren können, wenn du diese verrückt gewordene Blechkiste nicht gestoppt hättest. Ich bin sicher, dass sich die Geschäftsleitung bei dir noch erkenntlich zeigen wird.

»Nicht nötig«, sagte Valerie. »Das habe ich doch gerne getan.«

Der Techniker zuckte mit den Achseln, bedankte sich noch einmal bei Valerie und wandte sich schließlich wieder seiner Arbeit zu und Valerie drehte sich herum, um nach ihrer Mutter Ausschau zu halten, und legte das Stromkabel aus der Hand. Während sie das tat, flüsterte sie, ganz leise und nur an sich selbst gewandt: »Ach, ich bin ja sooooo cool.«

Ein Schlag ins Gesicht hätte David kaum härter treffen können. Ungläubig starrte er Valerie an. *Was* hatte sie da gerade gesagt?

Als hätte sie seinen Blick gespürt, hielt Valerie mitten in der Bewegung inne, drehte sich noch einmal herum – und blinzelte überrascht, als sie ihn sah. »David?«

Ihre Überraschung war echt, erkannte David. Bei all der Aufregung hatte sie offensichtlich bisher nicht einmal bemerkt, dass er da war. Trotzdem erinnerte sie sich sofort an ihn und seinen Namen, was David mit einem sonderbar heftigen Gefühl der Freude erfüllte. Sie hatten sich zwar bisher nur einmal gesehen, aber vielleicht war er dem Mädchen ja nicht ganz so gleichgültig, wie er geglaubt hatte.

»Das war ... *echt cool*«, sagte er, zwar zögernd, aber trotzdem mit Vorbedacht. »Was du da gerade gemacht hast, meine ich.«

»Ich weiß.« Valerie grinste. Unter falscher Bescheidenheit litt sie tatsächlich nicht. »Man tut eben, was man kann.«

David musterte sie aufmerksam. Valerie war entweder eine hervorragende Schauspielerin oder sein Verdacht war falsch. Sie sah eindeutig stolz drein, aber mehr auch nicht.

Mit großer Wahrscheinlichkeit ist er falsch, dachte David. Außerdem war er ziemlich absurd. Er entschuldigte sich in Gedanken bei Valerie, fuhr aber trotzdem in halb fragendem, halb misstrauischem Tonfall fort: »Es war wirklich ziemlich geistesgegenwärtig. Vor allem für jemanden, der überhaupt nichts von Computern versteht.«

»Muss man etwas von Computern verstehen, um einen Stecker herauszuziehen?«, fragte Valerie harmlos. Doch bevor David irgendetwas darauf sagen konnte, fuhr sie mit einem breiten Grinsen fort: »Okay, ich gestehe, du hast mich erwischt. Ich habe ein bisschen geflunkert.«

»Wobei?«, fragte David, dem ganz anders wurde.

Valerie zuckte mit den Schultern. »Ich weiß, ich habe euch allen erzählt, dass ich nichts von Computern verstehe, aber das stimmte nicht ganz.«

»Und warum?«

»Weil ich es in diesem Moment für eine gute Idee gehalten habe«, antwortete Valerie. »Vielleicht war es auch eine blöde Idee – ich weiß es nicht. Die Wahrheit ist, dass ich mich ganz gut mit den Dingern auskenne. Mein Vater arbeitet bei COMPUTRON, das weißt du doch. Na ja, und da schnappt man schon mal das eine oder andere auf. Aber ich wollte wissen, wieviel ihr über Computer wisst, und sich dumm zu stellen ist immer eine ganz gute Methode, um an Informationen zu gelangen. Du hast ja keine Ahnung, wie gerne sich die Leute ein Bein für dich ausreißen, wenn sie glauben, mit ihrem Wissen angeben zu können.«

»Wie ich?«, fragte David.

Valerie zögerte, aber dann schüttelte sie den Kopf. »Nein«, sagte sie. »Bei dir war das ... anders. Ich schätze, du hättest mir deine Hilfe auch angeboten, wenn du nicht geglaubt hättest, einem dummen kleinen Mädchen etwas vormachen zu können, oder?«

»Keine Ahnung«, antwortete David wahrheitsgemäß. Er hatte es stets gehasst, auf *Was-wäre-wenn*-Fragen zu antworten. Außerdem war er noch immer ein bisschen überrascht und auch verärgert. Möglicherweise war es ja eine gute Taktik, den Dummkopf zu spielen, um mehr über seine Mitmenschen herauszufinden – aber es war auch eine ziemlich sichere

Methode, besagte Mitmenschen nach Kräften zu verärgern, wenn sie schließlich die Wahrheit herausfanden.
Dazu kam, dass er immer noch ein schlechtes Gewissen hatte. Sicher, sein Verdacht war absolut absurd gewesen, und er hatte ihn ja nicht einmal ausgesprochen, aber allein, dass er ihn überhaupt gehabt hatte, machte es ihm plötzlich schwer, Valerie weiter in die Augen zu sehen.
»Was ist?«, fragte Valerie, als er einige Sekunden lang gar nichts sagte, sondern sie nur weiterhin wortlos ansah. »Bist du jetzt etwa sauer?«
David schüttelte hastig den Kopf. »Nein«, sagte er. »Ich war nur ... überrascht, das ist alles.« In Wahrheit war er ziemlich sauer – und zwar auf sich selbst. Er hatte sich ihr Wiedersehen wahrhaftig etwas anders vorgestellt. Fast wünschte er sich, sie nicht getroffen zu haben. Jedenfalls nicht unter diesen Umständen.
Ihre beiden Mütter kamen zurück. Davids Mutter stellte ihren Sohn kurz vor, dann sah sie David an, deutete auf Valerie und sagte: »Ihr beide kennt euch ja schon.«
»Hm«, machte David. Valerie runzelte nur die Stirn, zog es aber vor, nichts darauf zu erwidern, und nach einem kurzen Zögern fuhr seine Mutter fort: »Valeries Mutter muss noch ein paar Besorgungen erledigen, aber wir können uns nachher auf eine Tasse Kaffee im Restaurant treffen. Wir haben ja noch einen entsprechenden Gutschein.«
»Wir auch«, sagte Valeries Mutter. Sie lachte. »Ich schätze, wenn es hier so weitergeht, dann hat bald jeder Besucher des Kaufhauses einen entsprechenden Gutschein.«
»Wollt ihr beide euch nicht allein ein bisschen amüsieren?«, schlug Davids Mutter vor. »Wir könnten uns im Restaurant treffen. Sagen wir, in einer Stunde?«
Zu seiner eigenen Überraschung registrierte David, wie er den Kopf schüttelte, und auch Valerie sah eigentlich nicht besonders begeistert drein. »Lieber nicht«, sagte er. »Ich wollte noch einmal nach unten, in den Computerladen, du weißt doch.«
Das war eine glatte Lüge, aber seine Mutter spielte das Spiel

mit. »Dann eben nicht. Treffen wir uns nachher auf einen Kaffee.«
»Und ein riesiges Stück Kalorien mit Schlagsahne«, fügte Valeries Mutter hinzu. »Also, bis dann.«
Sie und ihre Tochter gingen. Davids Mutter wartete gerade lange genug, dass sie außer Hörweite kommen konnten, dann drehte sie sich zu David herum und fragte: »Was sollte das? Ich dachte, du magst sie?«
»Schon«, antwortete David. »Aber ich ... « Er zögerte, ehe er von vorne begann. »Ich mag sie sogar sehr. Das ist es nicht.«
»Was dann? Du warst ziemlich unhöflich, finde ich. Valerie sah richtig verletzt drein.«
Den Eindruck hatte David ganz und gar nicht gehabt. Aber er ging nicht weiter darauf ein. »Ich finde, es ist keine gute Idee, wenn wir uns jetzt alle im Restaurant treffen«, sagte er. »Nicht wegen Valerie. Aber ihr Vater und Dad –« Er verbesserte sich hastig, als er den strafenden Blick seiner Mutter registrierte. »– und *Vater* sind doch Kollegen. Und bei dem, was in der Firma los ist und was gerade hier passiert ist ... «
»Meinst du, wir sollten lieber jedem aus dem Weg gehen, dem auffallen könnte, dass wir uns plötzlich ein bisschen komisch benehmen?«, unterbrach ihn seine Mutter. Sie schüttelte heftig den Kopf. »Im Gegenteil. Ich bin sogar ziemlich sicher, dass wir gleich auch über die vergangene Nacht reden werden, aber da müssen wir durch. Wir sind ziemlich gut bekannt, weißt du? Es würde auffallen, wenn ich ihr plötzlich aus dem Weg gehe. Jemand könnte auf die Idee kommen, dass ich irgendetwas zu verbergen habe.«
Diesem Argument musste sich David wohl oder übel beugen, schon, weil er es gar nicht wagte, hier in aller Öffentlichkeit noch deutlicher zu werden.
Aber das änderte nichts daran, dass er dem bevorstehenden *Kaffeeklatsch* ihrer beiden Mütter mit äußerst gemischten Gefühlen entgegensah.

Nichts von alledem, was er befürchtet hatte, traf ein. Aber

dafür etwas anderes, was um etliches schlimmer war, auch wenn er die wahre Tragweite erst später begreifen sollte.
Nach der verabredeten halben Stunde trafen sie sich im gut besuchten Restaurant des Kaufhauses, und ihre Mütter redeten eine Weile angeregt über die Dinge, über die Mütter eben so redeten, wenn sie sich zufällig auf eine Tasse Kaffee trafen. David hörte gar nicht hin. Zum ersten Mal seit langer Zeit (um ehrlich zu sein: vielleicht zum ersten Mal *überhaupt*) war er heilfroh, dass sein Bruder Morris dabei war. Die kleine Nervensäge erinnerte sich nämlich recht gut daran, zusammen mit Valerie im Wagen gefahren zu sein, und er gab sich redliche Mühe, seinem unmöglichen Benehmen von gestern die Krone aufzusetzen. Er redete ununterbrochen auf Valerie ein, sodass es David praktisch unmöglich wurde, auch nur einen zusammenhängenden Satz mit ihr zu wechseln.
Schließlich wurde es selbst seiner Mutter zu viel, obwohl sie normalerweise eine Engelsgeduld mit dem Nesthäkchen der Familie hatte. Sie brachte Morris mit einer scharfen Bemerkung zum Schweigen, warf einen entschuldigenden Blick in Valeries Richtung und zog dann ihre Geldbörse heraus. »Warum amüsiert ihr euch nicht eine Weile mit den Computern?«, fragte sie, mit einer Kopfbewegung auf die Spielautomaten, die in einer langen Reihe am gegenüberliegenden Ende des Restaurants aufgestellt waren. »Geht und spielt eine Runde. Ich hole euch ab, wenn wir nach Hause fahren.«
Morris stürzte sich begierig auf die zwei blinkenden Münzen, die seine Mutter ihm hinhielt, während Valerie mit höflichen Worten ablehnte. Auch David hatte im Grunde überhaupt keine Lust auf ein Spiel – nach allem, was er erlebt (und angerichtet) hatte, war ihm gründlich die Lust auf Computerspiele vergangen, und auf die albernen Kleinkinderspielchen, die es auf den Automaten hier im Restaurant gab, schon erst recht – aber es war ihm immer noch unangenehm, allein mit Valerie zu sein. Verrückt – aber er wurde den absurden Verdacht, der sich nach ihrer harmlosen Bemerkung bei ihm festgesetzt hatte, einfach nicht los. Und er hatte das Gefühl,

dass er kein annähernd so guter Heuchler war, wie er es in diesem Moment gerne gehabt hätte. Wenn er mehr als zwei Worte mit Valerie wechselte, dann würde er sich garantiert verraten. Also nahm auch er die Münzen, mit denen seine Mutter ohnehin nichts anderes vorhatte, als sich und ihrer Freundin ein paar Minuten zu erkaufen, in denen sie sich ganz in Ruhe unterhalten konnten, drehte seinen Rollstuhl auf der Stelle herum und lenkte ihn auf die Reihe der Spielautomaten zu.

Morris war schon vorausgeeilt und versuchte mit komischen Sprüngen, auf einen der Hocker zu kommen, die vor den Automaten standen. David bedachte das Gerät nur mit einem flüchtigen Blick. Morris' Begeisterung nach zu urteilen, musste irgendetwas Albernes wie PAC-MAN oder BUBBLE-GHOST angeboten werden, ein dämliches Kleinkinderspiel, das einem Computerprofi wie ihm nicht würdig war und nur –

Da war es schon wieder. Genau diese Art von Gedanken waren es, die ihn letztlich in diese vertrackte Situation gebracht hatten. Ganz egal, wie er über die Spiele dachte, die sein kleiner Bruder so liebte – sie zu spielen bedeutete jedenfalls keine Gefahr. Man konnte allerhöchstens wunde Finger und rote Augen davon bekommen.

Nicht seinen Vater um seinen Job bringen und einen Schaden in möglicherweise zweistelliger Millionenhöhe anrichten.

»Was ist los?«, erklang Valeries Stimme hinter ihm. »Du bist *doch* sauer, hab ich recht?«

David drehte seinen Stuhl herum und legte den Kopf in den Nacken, um in Valeries Gesicht zu blicken. Er hatte nicht gemerkt, dass sie ihm nachgekommen war, aber ihrer Bemerkung nach zu schließen, musste sie ihn wohl ziemlich aufmerksam beobachtet haben. Erst jetzt, im Nachhinein, wurde ihm klar, dass er wohl eine ganze Weile dagesessen und mit trübem Gesicht ins Leere gestarrt hatte.

»Nein«, sagte er. »Ich bin einfach ...« Er suchte einen Moment nach Worten. »Nicht gut drauf, das ist alles.«

»Nicht gut drauf?« Valerie legte den Kopf schräg. »Weshalb? Ist was passiert?«
»Nein«, antwortete David, zuckte mit den Schultern und verbesserte sich: »Oder doch, ja. Aber ich kann nicht darüber sprechen. Es hat nichts mit dir zu tun, ehrlich.«
»Ärger zu Hause?«, fragte Valerie teilnahmsvoll.
»Kann man so sagen.« David streifte seinen Bruder, der mittlerweile den Spielautomaten mit der ersten Münze gefüttert hatte und voller Begeisterung mit dem Joystick herumfuhrwerkte, mit einem flüchtigen Blick und griff nach den Rädern des Rollstuhles, um weiterzufahren. Valerie nahm ihm die Mühe ab, indem sie mit einem raschen Schritt hinter ihn trat und ihn schob. Die Selbstverständlichkeit, mit der sie das tat, erfüllte ihn mit einem sonderbaren Gefühl von Wärme und Freundschaft; und zugleich schürte sie den Ärger, den er sich selbst gegenüber empfand. Er konnte es nicht leugnen – Valerie bedeutete ihm etwas. Warum also gab er sich eigentlich alle Mühe, sie vor den Kopf zu stoßen?
»Ich kann dich gut verstehen«, sagte Valerie, während sie den Rollstuhl behutsam und mit so erstaunlichem Geschick zwischen den Tischen und Stühlen hindurchbugsierte, als hätte sie das jahrelang geübt. »Bei uns zuhause herrscht im Moment auch dicke Luft. Meine Mutter tut nur so, als wäre alles in Ordnung.«
»So?«, sagte David einsilbig. Fast widerwillig fügte er hinzu: »Was ist denn los?«
Er konnte spüren, wie Valerie mit den Schultern zuckte; sein Rollstuhl wackelte ein bisschen. »Keine Ahnung. Mein Vater hat wohl irgendwelchen Ärger im Betrieb. Du müsstest doch eigentlich auch was davon mitbekommen haben.«
Hätte sie ihm ein Glas eiskaltes Wasser in den Hemdkragen geschüttet, hätte es auch nicht schlimmer sein können. Sein Herz begann zu pochen und er war mit einem Mal sehr froh, dass Valerie hinter ihm ging und ihm nicht ins Gesicht sehen konnte. »Ein wenig«, antwortete er stockend. »Aber was genau los ist, habe ich nicht mitbekommen.«

»Ich auch nicht«, sagte Valerie. »Aber es muss schlimm sein. Mein Vater gibt es nicht zu, aber ich habe ein Gespräch belauscht. Er hat Angst um seinen Job. Bei COMPUTRON ist im Moment die Hölle los. Wenn es nicht bald besser wird, können sie den Laden wohl zumachen, und dann werden eine Menge Leute ihre Arbeit verlieren.«
»Ach?«, krächzte David. Genau das hatte er jetzt gebraucht – jemand, der ihm sagte, dass vielleicht nicht nur sein Vater, sondern auch noch eine Menge anderer Leute in Gefahr waren.
»Irgendein Vollidiot hat sich anscheinend in den Hauptrechner gehackt und dort jede Menge Mist gebaut«, sagte Valerie. »Unvorstellbar, nicht? Da haben sie einen millionenteuren Rechner und schaffen es nicht, ihn so abzusichern, dass nicht irgendein sabbernder Volltrottel durch eine Hintertür hineinschlüpfen und seine Daten auf der Festplatte ablegen kann.«
»Vielleicht war es gar kein solcher Trottel«, murmelte er.
»Ich denke schon«, antwortete Valerie gelassen. »Ist nicht besonders schwer, das Sicherheitssystem zu überlisten, weißt du? Reinkommen ist kein Problem – und jetzt sag mir nicht, du hättest es nicht auch schon mal probiert.«
David zog es vor, diese Bemerkung nicht zu hören. »Und wieso nennst du ihn dann einen *sabbernden Volltrottel?*«, fragte er.
»Weil er Spuren hinterlassen hat, die so breit sind wie eine Autobahn«, antwortete Valerie. »Vater meint, dass es keine vierundzwanzig Stunden mehr dauert, bis sie ihn haben. Und dann möchte ich nicht in seiner Haut stecken.«
Ich auch nicht, dachte David. Aber ich habe da wohl keine Wahl.
Sie hatten das Ende der Automatenreihe erreicht, und Valerie schob den Stuhl an einen freien Tisch neben dem Fenster. Sie setzte sich, sah David zwei oder drei Sekunden lang durchdringend an und fragte dann: »Sag mal ... darf ich dir eine indiskrete Frage stellen?« Sie wirkte plötzlich ein bisschen verlegen. »Ich meine ... es geht mich nichts an, und ich bin

dir wirklich nicht böse, wenn du nicht darüber reden willst ...«

David wurde heiß und kalt zugleich. Valerie wusste alles. Ohne Zweifel war sie ihm nur nachgekommen, um ihn in aller Ruhe zur Rede zu stellen.

»Nur ... zu«, murmelte er. Sein Mund war plötzlich so trocken, dass er Mühe hatte, diese beiden Worte herauszubekommen.

»Ehrlich? Auch wenn dir die Antwort unangenehm ist?«

»Kein Problem«, log David. Er wappnete sich innerlich gegen das Schlimmste. Valerie schwieg noch eine Sekunde, dann machte sie eine Kopfbewegung auf seinen Rollstuhl und fragte leise: »Wie ist das passiert? Ich meine: Bist du schon so geboren worden, oder war es ein Unfall?«

David starrte sie mit offenem Mund an. Er konnte regelrecht hören, wie ihm ein Stein vom Herzen fiel, und er fühlte sich unendlich erleichtert. Er sagte nichts.

Valerie schien seine Erleichterung jedoch vollkommen falsch zu deuten, denn plötzlich sah sie nicht mehr ein bisschen, sondern überaus verlegen drein und fuhr hastig fort: »Entschuldige. Ich sagte ja, es ist eine dumme Frage, aber –«

»Ist es nicht«, unterbrach sie David. »Ich an deiner Stelle wäre genauso neugierig. Außerdem fragt sich das jeder. Die meisten glauben nur, sie könnten diese Frage nicht laut stellen, weil sie der Meinung sind, es würde mir was ausmachen, darüber zu reden.«

»Macht es das denn nicht?«, wunderte sich Valerie.

David schüttelte heftig den Kopf. Er war so erleichtert, dass er Valerie am liebsten umarmt hätte. »Warum denn? Es wird nicht besser, wenn ich mir den Rest meines Lebens selbst leid tue, oder? Ich bin nicht so geboren worden. Bis vor dreieinhalb Jahren konnte ich laufen wie alle anderen.«

»Also doch ein Unfall«, sagte Valerie.

»Nein«, antwortete David. »Es war ein Einbrecher. Wir haben damals noch mitten in der Stadt gewohnt, weißt du? In einem Mehrfamilienhaus – einem von diesen Riesenkästen, wo keiner den anderen kennt. Es gab eine ganze Einbruchsserie in der Nachbarschaft, aber wir haben das nicht so richtig ernst genommen. Du weißt ja, wie so was ist: Man hört ständig von solchen Sachen, aber keiner glaubt, dass es auch einem selbst passieren kann. Und dann *ist* es passiert.«

»Was?«

»Meine Eltern waren im Kino«, sagte David.

»Sie haben dich allein gelassen«, vermutete Valerie, aber David schüttelte den Kopf.

»Hätten sie das nur. Sie haben einen Babysitter bestellt. Einen jungen Burschen von irgend so einem Studentendienst, der Aushilfskräfte vermittelt. Später haben wir erfahren, dass der Kerl sich unter falschem Namen da eingeschlichen hat, um für seine Komplicen Wohnungen auszuspionieren, in denen was zu holen ist.«

»Und er hat eure ausgesucht?«

»Ja. Es war schon lange nach Mitternacht. Ich habe geschlafen, aber dann habe ich ein Geräusch gehört und bin wach geworden. Ich bin aus dem Bett und vorsichtig zur Tür, und was meinst du, was ich gesehen habe? Meinen Babysitter, der zusammen mit zwei anderen Ganoven gerade dabei war, unsere Stereoanlage abzubauen.«

»Und dann?« Valeries Stimme klingt auf eine unangemessene Weise gespannt, fand David. Er hatte nicht ganz die Wahrheit gesagt, als er behauptete, dass es ihm absolut nichts ausmachte, über diese Nacht zu sprechen. Es machte ihm sogar eine ganze Menge aus. Er hatte die Geschichte zahllose Male erzählt, ohne dass die Bilder, die dabei aus seiner Erinnerung emporstiegen, viel von ihrem Schrecken verloren hätten. Aber er drängte ihn zurück, denn er wollte nicht so wirken, als wäre er auf das Mitleid seiner Mitmenschen aus.

»Dann habe ich einen Fehler gemacht«, gestand David. »Wir wohnten im ersten Stock, weißt du? Ich hätte über den Balkon runterklettern und die Nachbarn alarmieren können. Wäre kein Problem gewesen, schätze ich. Aber ich musste unbedingt den Helden spielen, ich Blödian.«

Valeries Augen wurden groß. »Du meinst, du bist –«
»– raus ins Wohnzimmer und auf die Kerle los«, sagte David seufzend. »Wie gesagt: Das war nicht besonders klug.«
»Aber unglaublich mutig«, sagte Valerie bewundernd.
»Manchmal ist der Unterschied zwischen Mut und Dummheit nicht besonders groß«, seufzte David. »Ich schätze, ich hatte zu viele Krimis gesehen. Ich muss mir wohl eingebildet haben, dass die Burschen vor Schreck alles fallen lassen und abhauen, sobald sie mich sehen.«
»Aber das haben sie nicht.«
»Einer der Kerle ist auf mich losgegangen und hat mich festgehalten«, bestätigte David. »Weißt du, heute bin ich sicher, dass er mir nichts tun wollte. Aber damals hatte ich plötzlich furchtbare Angst. Irgendwie ist es mir gelungen, mich loszureißen und in mein Zimmer zurückzurennen, aber der Kerl ist hinter mir her.«
»Und dann?«, fragte Valerie gespannt. Ihre Stimme zitterte hörbar.
»Dann habe ich versucht, über den Balkon nach unten zu klettern«, sagte David. »Er ist hinter mir her und wollte mich festhalten. Es gab ein Gerangel und der Ärmel von meinem Schlafanzug ist gerissen ... und das nächste, woran ich mich erinnern kann, ist das Krankenhaus, in dem ich aufgewacht bin.«
»Unglaublich«, murmelte Valerie. »Das klingt ja schlimmer als ein Kriminalroman.«
»War es auch«, bestätigte David. »Nur nicht ganz so lustig. Man kann nicht das Buch zuklappen und einfach weiterleben, als wäre nichts passiert.«
Er ließ die flache Hand auf seinen rechten Oberschenkel klatschen. Valeries Blick folgte der Bewegung und nun sah er doch genau den Ausdruck in ihren Augen, den er mit seiner Geschichte ganz bestimmt nicht hatte hervorrufen wollen: Mitleid.
Doch plötzlich geschah etwas Seltsames. Normalerweise hasste er es, bemitleidet zu werden, aber diesmal nicht. Ganz im

Gegenteil: Er spürte deutlich, dass Valeries Gefühl echt war, und es war angenehm. Es tat auf bisher nicht gekannte Art gut, zu wissen, dass er ihr leid tat. Nicht etwa, weil er sich in diesem Gefühl sonnte, sondern weil es ihm bewies, dass er ihr nicht gleichgültig war.

Ebenso wenig gleichgültig wie sie ihm. Seine Geschichte hatte Valerie traurig gemacht, und das wollte er nicht. Also versuchte er, ein möglichst aufmunterndes Lächeln auf sein Gesicht zu zwingen, klatschte sich ein zweites Mal mit der Hand auf den Oberschenkel und fuhr in betont fröhlichem Ton fort: »Und das ist die ganze, gar traurige Geschichte meines Lebens. Vier Monate später haben meine Eltern das Haus gekauft und sind umgezogen, noch bevor ich aus dem Krankenhaus entlassen wurde. Und seither beschäftigt sich mein Vater in seiner Freizeit mit nichts anderem, als die Bude in eine uneinnehmbare Festung zu verwandeln.«

»Mein Vater hat mir davon erzählt«, bestätigte Valerie. »Ihr habt eine Alarmanlage.«

»Eine Alarmanlage?« David kicherte. »Fort Knox ist nichts gegen unser Haus.«

»Er hat wohl Angst, dass so etwas noch einmal passieren könnte«, sagte Valerie.

»Pff«, machte David. »Der Blitz schlägt selten zweimal ein, weißt du? Außerdem gibt es keinen Balkon mehr, von dem ich fallen könnte.« Er seufzte, grinste Valerie noch einige Sekunden erfolglos an und wurde dann wieder ernst. »Mein Vater macht sich Vorwürfe. Er konnte nichts dafür, aber er glaubt, dass das, was mir passiert ist, seine Schuld wäre.«

»Aber wieso denn?«

»Weil ich allein in der Wohnung war. Er hat alles getan, was man erwarten kann, weißt du? Selbst die Polizei hat das damals gesagt. Niemand konnte ahnen, dass dieser angebliche Babysitter ein Einbrecher ist. Sie haben sich damals sogar bei ihm bedankt, weil sie auf diese Weise endlich die Bande geschnappt haben, aber das hat nichts genutzt. Er spricht es nie aus, aber ich weiß genau, dass er sich die Schuld gibt.«

»Das ist bitter«, sagte Valerie.
»Manchmal ist es ziemlich lästig«, verbesserte sie David. »Es kann ganz schön nerven, mit jemandem zu reden, der einem bei jedem Satz das Gefühl gibt, er hätte ein schlechtes Gewissen. Man hat dann selbst ein schlechtes Gewissen, weißt du?«
»Allmählich wird es kompliziert«, antwortete Valerie, jetzt wieder lächelnd. Aber David wusste, dass sie verstanden hatte, was er meinte. Außerdem hatte sie recht: Es *war* kompliziert. Manchmal viel komplizierter, als sie begreifen konnte.
»Und du wirst nie wieder laufen können?«, fragte Valerie.
»Das weiß niemand«, antwortete David. *Außer in Adragne. Dort konnte er laufen. Er konnte dort laufen, reiten, klettern, schwimmen, spazieren gehen oder einfach herumtoben, all die kleinen, so selbstverständlichen Dinge, die man erst in dem Moment zu schätzen lernte, in dem man sie verloren hat.* Laut fuhr er fort: »Die Ärzte sagen, dass sie vielleicht später eine Operation riskieren können. Wenn die Technik weiter fortgeschritten ist. Im Augenblick wagen sie es nicht.«
Er kniff sich in den Oberschenkel und verzog das Gesicht heftiger, als nötig gewesen wäre. »Ich habe noch Gefühl in den Beinen. Ich kann mich sogar ein bisschen bewegen, wenn es unbedingt sein muss. Das wollen sie nicht aufs Spiel setzen. Sie meinen, wenn die Operation schief geht, wäre ich womöglich ganz gelähmt. Und darauf kann ich verzichten.«
Valerie schauderte. »Das kann ich verstehen«, sagte sie.
Aber so einfach war es nicht. David hatte aufgehört, die endlosen Nächte zu zählen, in denen er wach gelegen und mit sich gerungen hatte, und erst recht die Gespräche, die seine Eltern über dieses Thema geführt hatten. Die Ärzte hatten gesagt, dass seine Chancen, nach einer Operation wieder ganz normal laufen und sich bewegen zu können, eins zu drei stünden – aber eben auch drei zu eins, dass es danach ganz aus war, was nichts anderes bedeutete, als dass er ein Leben als vollkommen Hilfloser führen musste, jemand, der aus eigener Kraft nicht einmal einen Schuh anziehen konnte, geschweige denn ohne Hilfe auf die Toilette gehen. Logisch

betrachtet war die Entscheidung ganz simpel. Nur dass solcherlei Entscheidungen in den allerwenigsten Fällen etwas mit Logik zu tun hatten.

Er sprach nichts von alledem aus. Valerie lächelte zwar jetzt wieder, aber er sah ihr immer trotzdem deutlich an, dass sie das Gespräch verlegen gemacht hatte. Wahrscheinlich wünschte sie sich jetzt bereits, ihn niemals auf das Thema angesprochen zu haben. Er wollte ihr die Situation nicht noch unangenehmer machen, als sie sowieso schon war.

Sich selbst übrigens auch nicht.

»Komm«, sagte er. »Gehen wir zurück. Bevor unsere Mütter noch einen Kaffeerausch bekommen.«

Valerie blinzelte, als er das Wort *gehen* benutzte, stand aber trotzdem rasch auf und trat wieder hinter den Stuhl. David schüttelte jedoch den Kopf und setzte sich aus eigener Kraft in Bewegung; schon, um ihr zu beweisen, wie wenig es ihm ausgemacht hatte, über sein Schicksal zu reden. Er fuhr auch nicht gleich zurück zu dem Tisch, an dem seine und Valeries Mutter saßen, sondern machte einen kleinen Umweg an den Spielautomaten vorbei.

Was an den Automaten geboten wurde, war ganz genau das, was er erwartet hatte: eine Autorennsimulation, eine schon fast unverschämte Kopie von SUPER MARIO, Tennis, Golf, ein Schlachtfeld, auf dem grüngeschuppte Orcs gegen Ritter in schimmernden Rüstungen kämpften, deren Gesichter sich hinter silbernen Wolfsmasken verbargen, PAC MAN und –

David hielt seinen Rollstuhl mit einem so plötzlichen Ruck an, dass Valerie die Bewegung eine halbe Sekunde zu spät mitbekam und von hinten gegen ihn prallte. Er achtete jedoch gar nicht darauf, sondern drehte den Stuhl auf der Stelle herum und war in einem Sekundenbruchteil zurück bei dem vorletzten Spielautomaten, an dem er vorbeigekommen war.

Er hatte sich nicht getäuscht.

Fassungslos starrte David auf den Monitor, auf dem die Wolfsritter gegen eine erdrückende Übermacht von Orcs und Goblins kämpften, ohne dass eine der beiden Seiten einen sichtbaren Vorteil zu erringen imstande zu sein schien. Im Hintergrund waren die Ruinen eines brennenden Bauernhofes zu sehen, und obwohl der zu dem Spielautomaten gehörige Lautsprecher abgeschaltet war, glaubte David das Getöse der Schlacht so deutlich zu hören, als wäre er mitten drin.

»Nein«, murmelte er. »Das ... das kann doch nicht wahr sein!«

Valerie trat neugierig neben ihn und beugte sich vor. Ein überraschtes Stirnrunzeln erschien auf ihrem Gesicht, als sie die Szene sah, die der Computermonitor zeigte, aber sie wirkte nicht annähernd so erschrocken wie er. Wie auch?

»Erstaunlich«, sagte sie. »Das ist *Schattenjagd*, nicht wahr?«

David nickte. Trotz aller Mühe gelang es ihm nicht, das Entsetzen ganz aus seiner Stimme zu verbannen, das er beim Anblick der erbitterten Schlacht empfand. »Aber ... aber wie können sie es nur *hier* laufen lassen?«

»Es ist im Moment *der* Renner«, sagte Valerie, nickte dann aber und fügte in nachdenklicherem Tonfall hinzu: »Andererseits hast du Recht. Eigentlich gibt es hier nur Spiele, die vollkommen jugendfrei sind. Keine *shoot-em-ups* oder Konfliktsimulationen. So etwas dürften sie kleinen Kindern gar nicht zugänglich machen.«

Und schon gar nicht dieses Spiel, dachte David schaudernd. Natürlich war ihm tief drinnen in sich klar, dass die Szene, deren Zeuge er wurde, nicht sehr viel mit seiner Version des Spieles gemein hatte. Aber die Erinnerungen an sein Adragne waren einfach noch zu stark.

»Wirklich erstaunlich«, sagte Valerie noch einmal. Dann zuckte sie mit den Schultern und trat einen Schritt zurück. »Aber nichts gegen die Version, die ich zu Hause auf meinem PC habe. Spielst du es auch?«

»Früher«, sagte David leise. »Manchmal. In letzter Zeit ...« Er sprach den Satz nicht zu Ende, sondern riss sich mit aller Kraft vom Anblick der kämpfenden Orcs und Wolfsritter los (die nun doch zu verlieren begannen). Die Übermacht war einfach zu groß. Wäre er dort gewesen, hätte es anders ausgesehen, aber so ... *Nein. Schluss! Nie mehr!* ... Er schob seinen Rollstuhl einen halben Meter zurück und fuhr auf den Automaten zu, an dem Morris saß. Plötzlich wollte er nur weg hier, und das so schnell wie möglich.

»He, du kleiner Plagegeist!«, sagte er. »Komm. Mutter wartet.«

Morris reagierte nicht. Er saß wie versteinert auf dem viel zu großen Hocker.

»He!«, sagte David noch einmal. »Brauchst du eine Extraeinladung, oder –«

Er sprach nicht weiter, denn in diesem Moment fiel sein Blick auf den Bildschirm vor seinem Bruder, und was er darauf sah, das verschlug ihm zum zweiten Mal binnen weniger Augenblicke den Atem.

Auch auf diesem Computer lief eine Szene aus *Schattenjagd*. Aber es war nicht die Schlacht zwischen den Orcs und den Wölfen. Auf *diesem* Monitor war eine Gruppe johlender Goblins und Oger zu sehen. Sie standen im Kreis vor den Ruinen einer niedergebrannten Stadtmauer und amüsierten sich damit, eine kleingewachsene, schmale Gestalt zwischen sich hin und her zu stoßen.

Es war niemand anderer als Davids Bruder.

Obwohl es nur eine Zeichentrickfigur war und nicht einmal besonders gut animiert, erkannte David ihn sofort. Es war Morris. Ein gezeichneter, winzig kleiner Morris, der eine sonderbare Tracht trug und tatsächlich ein winziges Spielzeugschwert in den Händen hielt – nicht mehr als ein Zahnstocher gegen die schartigen, mannslangen Klingen, mit denen die Monster ihn johlend und vor bösem Vergnügen brüllend zwischen sich herumschubsten. Morris' Gesicht war vor Entsetzen verzerrt. Er schrie und wimmerte vor Angst, aber das schien die Oger nur zu noch größerer Wildheit anzustacheln. Sie hätten ihren vergleichsweise winzigen Gefangenen längst töten können, aber David wusste ja nur zu gut, welch großes Vergnügen diese Kreaturen dabei empfanden, anderen Furcht und Schmerz zuzufügen.

»Morris?«, murmelte er.

Das Gesicht der Zeichentrickfigur war mittlerweile tränenüberströmt, das seines *wirklichen* Bruders hingegen wirkte wie versteinert. Er reagierte nicht auf Davids Stimme. Er saß wie erstarrt auf dem Hocker, blickte, ohne zu blinzeln, ja fast ohne zu atmen, auf den Monitor. Seine Hand umklammerte den Joystick, mit dem er die Spielfigur eigentlich steuern sollte, so fest, dass das Blut unter seinen Fingernägeln gewichen war und sie weiß wirkten.
Valerie trat mit einem Schritt neben ihn. Sie erfasste die Situation mit einem einzigen Blick, sagte laut und mit Nachdruck: »Oh, Scheiße!«, und wirbelte auf dem Absatz herum. David bemerkte es nicht einmal wirklich.
»Morris!«, sagte er noch einmal. Er packte die Schulter seines Bruders und schüttelte sie. Morris' Kopf bewegte sich hin und her, aber er reagierte noch immer nicht. Irgendetwas ... *Entsetzliches* geschah, das spürte David. Irgendwie wusste er sogar, was es war, aber die Vorstellung war so schrecklich, dass sie einfach nicht wahr sein *durfte.* Er musste etwas *tun. Aber was?*
Entschlossen griff er zu und versuchte, die Hand seines Bruders vom Joystick zu lösen, aber es gelang ihm nicht. Morris umklammerte den Kunststoffhebel so fest, dass er ihm wahrscheinlich eher die Finger gebrochen hätte, ehe es ihm gelungen wäre, ihn von dem Computer wegzuzerren.
»Morris!«, sagte er noch einmal – und diesmal so laut, dass etliche Gäste an den benachbarten Tischen und Spielautomaten die Köpfe hoben und fragend in seine Richtung blickten. Es war ihm gleich. David versuchte, in die richtige Position zu rollen, damit er Morris bei den Schultern packen und einfach von dem Spielautomaten wegzerren konnte.
Plötzlich jedoch änderte sich etwas auf dem Monitor. Irgendwie war die Formation der Oger und Orcs durcheinandergekommen. Ihr Kreis löste sich in erschrockener, hastiger Bewegung auf. Einige wenige amüsierten sich unbeeindruckt weiter damit, mit Morris von Moranien *Fang den Ball* zu spielen, die meisten jedoch hoben plötzlich ihre Waffen und

sie wirkten jetzt angespannt und so wild und kampfentschlossen, wie David diese Kreaturen in Erinnerung hatte.
Eine neue Gestalt war auf dem Monitor erschienen. Es war ein sehr großer, schlanker Mann, der eine nachtschwarze Rüstung und ein gewaltiges Schwert von derselben Farbe trug. Sein Gesicht war hinter dem geschlossenen Visier seines Helms verborgen, aber David musste es auch nicht sehen, um zu wissen, wen er vor sich hatte.
Yaso Kuuhl.
Und das war schlicht und einfach nicht möglich.
Yaso Kuuhl konnte nicht in diesem Spiel auftauchen. Es gab ihn nicht. Nicht hier. Yaso Kuuhl war eine Figur aus *seinem* Spiel. Ein Charakter, den es nur in dieser einen einzigen Version gab, die er auf der Festplatte des Großrechners installiert hatte. Er *konnte* einfach nicht hier sein!
Aber er war es und er zögerte keine Sekunde, sich mit einem Schrei auf die zehnfache Übermacht schuppiger Kolosse zu werfen.
Der Kampf dauerte nicht lange, aber er wurde mit genau jener Verbissenheit und Wut geführt, die David von den Orcs auf der einen und dem Schwarzen Ritter auf der anderen Seite erwartet hatte. Yaso Kuuhl wütete gnadenlos unter den Monstern, doch auch sie setzten ihm gehörig zu. Seine Schwerter wirbelten und fanden fast immer ihr Ziel, doch die Übermacht der Orcs war einfach zu groß. Kuuhl wurde mehr als einmal zu Boden geworfen, sprang aber immer wieder sofort auf, um sich wieder auf seine Gegner zu stürzen. Schon nach wenigen Augenblicken hatte er ihre Anzahl nahezu halbiert; genau wie den einen oder anderen Orc.
David hatte Mühe, den Einzelheiten des Kampfes zu folgen. Es war eine Schlacht, die er noch vor zwei Tagen genossen hätte, denn auch, wenn er mit Yaso Kuuhl noch ein Hühnchen zu rupfen hatte, so kämpfte der Schwarze Ritter doch mit einer Tapferkeit und einem Geschick, die David Respekt abverlangten. Aber er dachte immer nur das eine: *Es war nicht möglich. Yaso Kuuhl konnte nicht hier sein.*

Hastig sah David nach rechts und links. Valerie war zweifellos davongelaufen, um ihre Mütter zu holen. Er fragte sich, was er sagen sollte, wenn sie kamen und seine Mutter Morris in diesem Zustand vorfand – von seinem computeranimierten Zwillingsbruder auf dem Bildschirm gar nicht zu reden. Viel schlimmer noch: Er fragte sich, was Valeries Mutter wohl sagen würde.

Doch Valerie war nicht zu ihrer Mutter zurückgelaufen.

Sie stand an dem zweiten Automaten, auf dem *Schattenland* lief, hatte die Rechte um den Joystick gekrampft und starrte mit zusammengepressten Lippen und schmalen Augen auf den Monitor. Ihre Hand bewegte sich so hektisch, dass es David nicht gewundert hätte, wäre der Joystick abgebrochen.

Ungläubig starrte er wieder auf den Monitor vor sich. Der Sieger der ungleichen Schlacht stand bereits fest. Yaso Kuuhl hatte eine üble Wunde in der linken Schulter davongetragen, doch von seinen Gegnern standen nur noch zwei. Praktisch im selben Augenblick fällte der Schwarze Ritter einen der schuppigen Kolosse mit einem blitzschnellen, geraden Stich – David registrierte, wie Valeries Joystick ein protestierendes Knirschen von sich gab, als sie den Hebel mit aller Kraft nach vorne stieß –, machte einen blitzschnellen Ausfallschritt zur Seite und erwischte den letzten Orc, als sich dieser endlich auf das einzig Vernünftige besann und sein Heil in der Flucht suchte. Er kam nicht einmal einen Schritt weit.

Nun waren nur noch zwei Oger übrig, die offensichtlich zu dumm waren, um überhaupt mitzubekommen, was geschah: Sie amüsierten sich weiter damit, Morris von Moranien mit den Spitzen ihrer Schwerter hin und her zu schubsen und sich dabei grölend auf die Oberschenkel zu schlagen. Yaso Kuuhl machte dem grausamen Spiel ein Ende, indem er einen der Oger mit einem Tritt zu Boden schleuderte und den zweiten mit einem gewaltigen Schwerthieb fällte. Zu Davids Überraschung verzichtete er darauf, den gestürzten Oger endgültig auszuschalten, sondern ließ sein Schwert fallen und streckte blitzschnell die Hände nach Morris aus.

Im selben Moment, in dem er ihn berührte, verschwanden sie beide.

Der Bildschirm flackerte. Die brennenden Ruinen von Moranien lösten sich ebenso auf wie die toten Monster und Yaso Kuuhl und Morris, und plötzlich tobte vor Davids Augen wieder die Schlacht zwischen den Orcs und den Wolfsrittern.

Morris ließ den Joystick los, tat einen tiefen, keuchenden Atemzug und schwankte plötzlich so heftig auf seinem Hocker hin und her, dass David die Hände hob, um ihn aufzufangen, sollte er herunterfallen. Im letzten Moment klammerte sich sein Bruder jedoch an der Kante des Spielautomaten fest.

»Puuuuuh!«, machte er. »Was ... was war das denn?!«

»Bist du okay?«, erkundigte sich David. »Morris, geht es dir gut?«

Morris blinzelte. Er sah so fassungslos drein, dass David unter normalen Umständen seine helle Freude an dem Anblick gehabt hätte. »Gut?«, murmelte er. »Ich ... ich weiß nicht. Was ... war denn los?«

»Was soll los gewesen sein?« Valerie kam mit raschen Schritten heran. Sie bemühte sich, ein möglichst unbefangenes Gesicht zu machen, aber sie wich Davids Blick aus. Ihre rechte Hand fuhr in einer unbewussten Geste über ihren Oberarm und begann den Muskel zu massieren. So, als täte ihr dort etwas weh.

Morris deutete auf den Monitor. »Habt ihr es denn nicht gesehen? Da waren Ungeheuer und ... und ein schwarzer Ritter und ...«

Valerie beugte sich vor und schüttelte den Kopf. »Da ist kein schwarzer Ritter«, sagte sie. »Darfst du denn solche Spiele überhaupt schon spielen?«

»Aber ... aber ich war doch ...«, begann Morris.

»Ja?«, fragte Valerie.

»... da«, führte Morris den begonnenen Satz zu Ende. Er klang plötzlich sehr verwirrt.

»Da?« Valerie schüttelte heftig den Kopf. »Du meinst ... *in*

dem Computer?« Sie grinste. »Du hast eine lebhafte Fantasie, Kleiner.«
»Aber ich war da!«, beharrte Morris. »Ehrlich!«
»Ich glaube, solche Spiele sind noch nichts für dich«, sagte Valerie.
»Das muss ich Mutter erzählen«, antwortete Morris. Er wollte vom Hocker herunterrutschen, aber Valerie hielt ihn mit einer raschen Bewegung zurück. Sie griff fester zu, als nötig gewesen wäre. Morris' Lippen zuckten vor Schmerz, aber er sagte erstaunlicherweise kein Wort.
»Das würde ich mir aber überlegen«, sagte Valerie. »Du darfst doch solche Spiele gar nicht spielen, oder? Und wenn du erzählst, dass du wirklich glaubst, du wärst in dem Computer gewesen ...« Sie schüttelte den Kopf. »Deine Mutter wird bestimmt nicht sehr glücklich darüber sein, schätze ich.«
Morris starrte sie an, und für einen Moment sah er viel älter aus, als er war. Und er reagierte auch ganz, ganz anders, als David es jemals erwartet hätte. Er begann weder zu heulen noch versuchte er sich loszureissen, sondern er griff ganz ruhig nach Valeries Hand, löste ihre Finger von seinem Arm und sagte sehr ruhig: »Keine Angst. Ich werde nichts sagen.«
»Dann ist es ja gut«, antwortete Valerie. Sie sah Morris nach, während er langsam auf den Tisch zuging, an dem seine Mutter saß, und massierte wieder ihren Arm. »Er wird nichts sagen«, sagte sie schließlich.
Dann drehte sie sich zu David herum. »Das war knapp, wie?«
»Verdammt knapp«, sagte David. »Aber du hast es geschafft. Meinen Glückwunsch. Ich wusste nicht, dass du so gut bist.«
Valerie strahlte. »Sag ich doch die ganze Zeit«, sagte sie. »Ich bin ja so cool!«
»Ja«, murmelte David tonlos. »Ich weiß. *Jetzt* weiß ich es wirklich. Du bist Yaso Kuuhl.«

Sie hatten Morris unter Androhung der schlimmsten Höllenqualen dazu verpflichtet, zu niemandem über das zu sprechen, was sie im UNIVERSUM erlebt hatten, aber David glaubte im

Nachhinein nicht, dass das nötig gewesen wäre. Er hatte seinen Bruder, solange er sich erinnern konnte, niemals so schweigsam und still erlebt wie an diesem Tag; mehr noch: Kaum waren sie zu Hause angekommen, da trollte sich Morris in sein Zimmer und ward den ganzen Tag nicht mehr gesehen. Darüber hinaus hätte ihm vermutlich ohnehin niemand geglaubt, hätte er erzählt, sich plötzlich mitten in einem Computerspiel wieder gefunden zu haben.

Selbst seiner Mutter fiel Morris' ungewöhnliches Verhalten auf. Nachdem sie ihre Einkäufe aus dem Wagen geladen und einige kurze Telefonate geführt hatte, verschwand sie für eine ganze Weile in seinem Zimmer und als sie zurückkam, wirkte sie sehr nachdenklich.

David erwartete sie in der Küche. Als sie hereinkam, tat er so, als wollte er sich eine Schüssel Cornflakes zubereiten, und fragte wie beiläufig: »War irgendwas mit Morris?«

»Wie kommst du darauf?«, erwiderte seine Mutter.

David zuckte mit den Schultern und rührte in seinen Cornflakes. »Nur so«, sagte er kauend. »Er war ... ziemlich still auf dem Rückweg. Ich dachte schon, er hätte seine Zunge verschluckt.«

Seine Mutter ging zum Vorratsschrank und stellte einige Lebensmittel hinein, ehe sie antwortete. »Das ist mir auch aufgefallen, aber er sagt, es wäre nichts.« Sie zuckte mit den Schultern. »Vielleicht wird er krank. Er ist gestern ziemlich nass geworden. Hat er nicht an einem von diesen Spielcomputern gesessen?«

David sah seine Mutter nicht an, sondern konzentrierte sich auf seine Mahlzeit, als handele es sich um das Wichtigste auf der Welt, aber er konnte spüren, dass sie ihn aufmerksam ansah, und er fragte sich, ob er vielleicht schon mit dieser an sich harmlosen Frage zu weit gegangen war. Er durfte seine Mutter nicht unterschätzen. Sie mochte nichts von Computern verstehen, aber sie war deshalb nicht dumm.

»Ja«, antwortete er. »PAC-MAN oder irgend so was ... keine Ahnung.«

Seine Mutter hatte die übrigen Einkäufe aus der Tasche geholt und auf den Tisch gestellt. »Ich habe gerade mit deinem Vater telefoniert«, sagte sie.
»Hast du ihm erzählt, was im UNIVERSUM passiert ist?«
»Das war gar nicht nötig«, antwortete Mutter. »Er wusste es schon. Bei COMPUTRON laufen die Telefonleitungen heiß. Wie es aussieht, haben wir Glück gehabt, dass wir überhaupt noch einkaufen konnten. Sie werden das Kaufhaus wohl schließen.« Sie seufzte tief. »Dein Vater kommt in einer Stunde nach Hause.«
»So früh?«
»Er hat die letzten beiden Tage fast ohne Pause durchgearbeitet«, antwortete seine Mutter. »Außerdem sind die Spezialisten aus Amerika eingetroffen. Sie kümmern sich jetzt um die Sache. Die ganze Stammbelegschaft wird für eine Woche in den Urlaub geschickt, damit niemand irgendwelche Spuren verwischen kann. Ich hoffe, sie kriegen es in den Griff.«
Den letzten Satz sagte sie nur sehr leise; in einem Ton, der David klar machte, dass er nicht für seine Ohren bestimmt gewesen war. Sie wartete einige Sekunden, dann fuhr sie in verändertem Tonfall fort: »Was war mit dir und Valerie los? Ich dachte, du magst das Mädchen?«
»Das tue ich auch«, antwortete David.
»Dafür war euer Abschied aber reichlich kühl«, sagte Mutter.
Um nicht zu sagen: cool, dachte David. Tatsächlich hatte er nur noch einige wenige Worte mit Valerie gewechselt, ehe sie sich verabschiedet hatten und ihre eigenen Wege gingen. David war noch immer vollkommen schockiert. Und so sehr verwirrt und überrascht, dass es ihm selbst jetzt noch nicht gelang, wirklich zu begreifen, dass dieses fröhliche Mädchen niemand anderer als sein alter Erzfeind Yaso Kuuhl aus Adragne war.
»Das kommt dir bestimmt nur so vor«, sagte er hastig. »Ich war nur ein bisschen nervös. Ein falsches Wort, das an die Ohren ihres Vaters gelangt ...«
»Damit kannst du sogar recht haben«, sagte seine Mutter.

»Umso wichtiger ist es, dass du dir das immer vor Augen hältst. Vor allem heute Abend.«
»Wieso?«, fragte David alarmiert.
»Valeries Mutter hat uns zum Abendessen eingeladen«, antwortete Mutter. »Ich habe zugesagt.«
»Vater und dich«, vermutete David, aber sie schüttelte den Kopf.
»Uns alle«, antwortete sie. »Mich, Vater, dich und Morris. Wir wollten das schon lange einmal, weißt du, und jetzt, wo sie eine Woche Zwangsurlaub haben ...«
David beugte sich noch tiefer über seinen Teller und schaufelte die Cornflakes in sich hinein, als wäre er verhungert. Er war hin und her gerissen: auf der einen Seite freute er sich noch immer darauf, Valerie wieder zu sehen (jetzt mehr denn je, denn sie hatten eine Menge zu besprechen), auf der anderen Seite war das, was er gerade behauptet hatte, nicht nur eine Ausrede gewesen. Valerie wusste offensichtlich viel mehr, als ihm recht sein konnte. Er glaubte nicht, dass sie ihrem Vater schon irgendetwas davon verraten hatte, aber was nicht war, konnte ja noch werden. Natürlich würde ihn Valerie nicht ohne zwingenden Grund verpetzen, aber ein solcher Grund war sehr leicht vorstellbar. Was, wenn COMPUTRON zum Beispiel die gesamte Belegschaft feuerte und damit auch die Existenz *ihrer* Familie auf dem Spiel stand? Oder sie sich einfach verplapperte? Nein, ihm war gar nicht wohl, wenn er an das Abendessen dachte.
David ließ seinen Löffel sinken, rülpste laut, legte die linke Hand auf den Bauch und die rechte vor den Mund und murmelte: »Entschuldigung.«
»Entschuldigung?« Mutter blickte ihn verwirrt an. »Aber ich dachte, das wäre ...«
»Ich ... ich fühle mich nicht besonders«, sagte David mit Leidensmine. »Vielleicht hast du Recht mit Morris? Möglicherweise haben wir uns alle einen Virus eingefangen.«
Sein Mutter kam mit raschen Schritten um den Tisch herum, legte ihm die flache Hand auf die Stirn und schüttelte dann

den Kopf. Anschließend nahm sie die Cornflakes-Schüssel und roch an der Milch.
»Alles in Ordnung«, sagte sie. »Und Fieber hast du auch keines.«
»Bis heute Abend ist es bestimmt wieder vorbei«, sagte David. »Keine Angst. Aber ich ... ich denke, ich lege mich einfach eine Stunde hin.«
Er schob seinen Rollstuhl zurück, drehte ihn auf der Stelle herum und rollte aus der Küche, ehe seine Mutter ihm noch eine Frage stellen konnte. Rasch fuhr er zur Treppe, hakte das Gefährt in den Treppenaufzug ein und drückte den Knopf, der ihn nach oben beförderte.
Erst als er in seinem Zimmer angekommen war, wagte er es, aufzuatmen. Er war mittlerweile ziemlich sicher, dass ihm seine Mutter die plötzliche Übelkeit nicht abgekauft hatte. Aber er wusste auch, dass er eine zweite Begegnung mit Valerie jetzt nicht durchstehen würde, ohne sich zu verraten. Ratlos fuhr er eine Weile mit seinem Stuhl im Zimmer auf und ab, lenkte ihn schließlich zum Schreibtisch und starrte den ausgeschalteten Computer an. Für einen Moment wünschte er sich fast, er hätte gestern nicht in einem Anfall von Redlichkeit wirklich alle Sicherheitskopien seines Spieles samt des Zugangscodes zum COMPUTRON-Rechner gelöscht, denn er hatte plötzlich das Gefühl, dass es ungeheuer wichtig sein könnte, noch einmal nach Adragne zurückzukehren – und sei es nur, um herauszufinden, welche Rolle Yaso Kuuhl alias Valerie tatsächlich in dieser ganzen Geschichte spielte. Was, wenn er gar nicht für diese ganze Katastrophe verantwortlich war, sondern ...
David verscheuchte hastig den Gedanken. Schließlich wusste er am besten, wer das Computerspiel im Hauptrechner der Firma installiert hatte, das dort jetzt solche Schwierigkeiten machte. Valerie jetzt die Schuld daran zu geben war nicht nur gemein, es war auch feige.
Das grüne Licht an seinem Modem begann zu blinken.
David starrte das winzige Lämpchen verblüfft an. Jemand

versuchte, ihn über seine Computerleitung zu erreichen – aber er hatte den Stecker doch herausgezogen!

Irritiert beugte er sich vor, nahm das Modem in die Hand und stellte fest, dass das Netzkabel wieder an seinem Platz war. Offensichtlich hatte seine Mutter den Stecker wieder hineingesteckt, als sie sein Zimmer aufräumte. Eine Sekunde lang war er versucht, ihn erneut herauszuziehen. Er hatte das unheimliche Erlebnis der vergangenen Nacht keineswegs vergessen, und er war nicht besonders scharf auf eine Wiederholung. Dann aber beruhigte er sich selbst. Zwischen seinem Computer und dem beim COMPUTRON gab es keinerlei Verbindung mehr. Darüber hinaus hatte ihm Mutter ja erklärt, wie wichtig es jetzt war, nichts zu tun, was irgendwie auffiel. Und ein begeisterter Computerfreak wie er, der plötzlich sein Modem abschaltete und einen Bogen um seinen Computer machte, fiel auf.

Entschlossen schaltete er den Computer ein, startete das entsprechende Programm und wartete darauf, dass die Verbindung über das Modem aufgebaut wurde. Er erwartete, einen seiner Computerfreunde anzutreffen, allerhöchstens noch seinen Vater, der sich aus der Firma heraus meldete.

Stattdessen füllte sich sein Monitor für einige Sekunden mit bunten Farbwirbeln und -schlieren, die sich immer schneller und schneller drehten, bis David allein vom Hinsehen ganz schwindelig wurde. Ein sonderbares Raunen und Wispern drang aus den Lautsprechern, wie Wind, der in den Wipfeln eines entfernten Waldes raschelte, dann erschien ein Schatten inmitten der tanzenden Farben, wurde massiger und dunkler und formte sich schließlich zum Abbild eines schmalen, von tiefen Falten zerfurchten Gesichtes, aus dem heraus ihn ein Paar dunkler Augen voller Sorge anblickten.

»Orban ...«, flüsterte David fassungslos.

Er blickte in das Gesicht des Amethyst-Magiers. Es gab keinen Zweifel. Das Bild hatte sich jetzt stabilisiert und er konnte im Hintergrund die halb verfallenen Mauern der Turmkammer erkennen, in der Orbans Zauberküche lag.

Und das war noch nicht das Schlimmste. Kaum waren die tanzenden Farben zu einem Bild geronnen, da begann Orban zu sprechen.
»Ritter DeWitt! Allen Göttern sei Dank, Ihr habt meinen Ruf erhört! Wir brauchen Euch! Wir ...«
Orban unterbrach sich. Ein erschrockener Ausdruck erschien auf seinem Gesicht. Er beugte sich vor, als wollte er sich aus dem Monitor herausbewegen, tat irgendetwas mit den Händen, das David nicht genau erkennen konnte, und sagte dann in fragendem Ton:
»Ritter DeWitt? Seid ... Ihr das?«
Aber das ist doch unmöglich! dachte David. Das war doch vollkommen und absolut ausgeschlossen! Orban konnte sich nicht bei ihm melden. Ganz davon abgesehen, dass er eine Figur aus einem Computerspiel war und Figuren aus Computerspielen sich normalerweise nicht bei ihren Schöpfern zu melden pflegten, existierte er nicht mehr. Er hatte ihn *gelöscht,* zusammen mit jeder einzelnen Kopie des Spieles, die er besaß.
Abgesehen von der, die gerade im Zentralrechner von COMPUTRON herumtobte und dort in jeder Sekunde mehr Schaden anrichtete, hieß das.
»Ihr seid nicht Ritter DeWitt«, sagte Orban. »Du ... bist ein Kind. Wer bist du? Wie kommst du in meine magische Kugel?«
Es war einfach nicht möglich. Selbst wenn es irgendjemandem bei COMPUTRON gelungen sein sollte, in das Spiel einzudringen, so konnte er trotzdem nicht wissen, wie er ihn erreichte. Er hätte sämtliche Spuren getilgt. Niemand wusste, wer Ritter DeWitt in Wirklichkeit war.
Niemand?
»Wer bist du?«, fragte Orban noch einmal, und jetzt in herrischem, befehlendem Ton. »Erkläre dich, Junge!«
»Ich bin nicht Ritter DeWitt«, antwortete David.
»Wer bist du dann?«, schnappte Orban. »Was suchst du in meiner Kugel?«

»Oh, nichts«, erwiderte David. »Ich bin ... niemand. Nur ein sabbernder Volltrottel, der Spuren so breit wie eine Autobahn hinterläßt.«
Orban blickte ihn nun vollends verständnislos an, doch David ließ ihm keine Zeit mehr, noch eine weitere Frage zu stellen. Zornig beugte er sich vor, schaltete das Modem aus und auch den Computer. Orbans Gesicht löste sich in einem Farbwirbel auf und war dann verschwunden, als der Monitor schwarz wurde.
Diesmal zog David den Stecker heraus.
Und als seine Mutter nach einer halben Stunde zu ihm kam, um sich nach seinem Befinden zu erkundigen, da war seine Übelkeit genauso schnell und spurlos wieder verschwunden, wie sie sich eingestellt hatte.
Er suchte jetzt nicht mehr nach einer Ausrede, am Abend nicht mitkommen zu müssen.
Im Gegenteil.
Jetzt brannte er regelrecht darauf.

Sein Vater kam nach einer guten Stunde nach Hause. Er war sehr schweigsam und zog sich erst einmal für eine Stunde zurück, um ein wenig zu schlafen. Erst als sie im Wagen saßen und auf dem Weg zu ihrer Verabredung waren, begann er fast widerwillig zu erzählen, was sich an diesem Tag in der Firma zugetragen hatte.
Am Morgen war eine ganze Flugzeugladung amerikanischer Computerspezialisten bei COMPUTRON eingetroffen, um sich des Problems anzunehmen, aber wie es schien, waren auch sie keinen Schritt weitergekommen. Das Programm wuchs und wucherte fröhlich weiter im Hauptspeicher des Großrechners und belegte mittlerweile schon fast die Hälfte des vorhandenen Platzes. Sein Vater vermutete sogar, dass die Schwierigkeiten im UNIVERSUM auf das zurückzuführen waren, was die Spezialisten aus den USA am Morgen getan hatten.
»... wenn die Situation nicht so ernst wäre, könnte man glatt

so etwas wie Schadenfreude empfinden«, sagte sein Vater, als sie auf die Hauptstraße einbogen und sich daran machten, die Stadtmitte zu durchqueren. Die Geschäfte hatten gerade geschlossen, sodass reger Verkehr herrschte. Davids Mutter fuhr langsamer, als notwendig gewesen wäre, aber mit der gleichen Umsicht, mit der sie immer fuhr. Ihre gemächliche Art zu fahren war manchmal Anlass zu kleinen Sticheleien und gutmütigem Spott von Vater, den sie normalerweise eine Weile ertrug, ehe sie ihn mit dem Argument zum Schweigen brachte, dass es in den letzten fünfzehn Jahren genau fünf Unfälle in der Familie gegeben hatte, zwar allesamt nur kleine Blechschäden, die aber auch allesamt auf sein Konto gingen.
»Wieso?«, fragte sie. »Was ist so komisch daran?«
Vater schnaubte. »Du hättest diese Spezialisten heute Morgen erleben sollen!«, sagte er. »Sie haben sich aufgeführt wie die Halbgötter. Die großen Könner aus Amerika, die uns Steinzeitmenschen mal zeigen, wie der Hase läuft! Schade, dass du die dummen Gesichter nicht sehen konntest, als der Anruf vom Geschäftsführer des UNIVERSUM kam.«
David wollte etwas sagen, fing aber im letzten Moment einen warnenden Blick seiner Mutter im Rückspiegel auf und hielt vorsichtshalber den Mund. Sie waren nicht allein im Wagen. Morris hockte mit verdrossenem Gesicht auf der Sitzbank und starrte ins Leere. Er war noch immer so schweigsam und nachdenklich wie nach ihrer Heimkehr. Mittlerweile tat er David fast leid. Wahrscheinlich überlegte er ganz ernsthaft, ob er den Zwischenfall im Kaufhaus nun wirklich erlebt oder schlichtweg den Verstand verloren hatte.
»Meinst du denn, diese Geschichte hat irgendetwas mit euren Schwierigkeiten zu tun?«, fragte Mutter.
Ihr Mann hob die Schultern. »Keine Ahnung«, gestand er. »Ich kann mir nicht vorstellen, wie, aber wenn es so sein sollte, dann fangen die wirklichen Schwierigkeiten erst an.«
»Wieso?«, fragte David.
Sein Vater warf ihm einen kurzen Blick über die Schulter hinweg zu, dann drehte er sich wieder nach vorne und machte

eine Handbewegung, die die gesamte Straße einschloss. »Weil nicht nur das UNIVERSUM an den Zentralrechner von COMPUTRON angeschlossen ist«, sagte er. »Die halbe Stadt ist mittlerweile vernetzt. Viele dieser Geschäfte hier lassen ihre Buchführung über uns laufen, ihre Lagerverwaltung, die Bestellungen ... Es sind Banken darunter, Versicherungen, aber auch eine Menge kleinerer Läden. Und das ist noch nicht alles. Selbst ein Teil der städtischen Verkehrsführung wird von uns verwaltet.«

»So?«, fragte David. Er hatte plötzlich das Gefühl, einen immer dicker werdenden Kloß im Hals zu spüren.

Sein Vater nickte heftig. »Ampeln, Bahnübergänge, die elektronischen Anzeigetafeln am Bahnhof, Uhren, das E-Werk, selbst ein paar Straßenbahnlinien ...« Er seufzte tief. »Wenn COMPUTRON komplett ausfällt, dann gehen in der Stadt buchstäblich die Lichter aus.«

David war niedergeschlagener denn je, aber auch ein bisschen überrascht. »Das hast du ja noch gar nicht erzählt«, sagte er.

»So ganz genau wusste ich das bisher auch noch nicht«, antwortete sein Vater düster. »Sie haben es ziemlich geheim gehalten, weißt du? Es ist ein Pilotprojekt. Sie wollten es ein Jahr lang testen und dann der ganzen Welt stolz die erste Stadt präsentieren, die komplett von einem Rechenzentrum verwaltet wird.« Er schüttelte den Kopf. »Jetzt wird es vielleicht die erste Stadt, die komplett von einem Computer *ruiniert* wird.«

So genau hatte David das gar nicht wissen wollen.

»Jetzt übertreibst du aber«, sagte Mutter, aber Davids Vater schüttelte heftig den Kopf und widersprach:

»Keineswegs. Ich – *pass auf!*«

Sein Schrei und das Kreischen von Reifen gingen ineinander über. David wurde fast aus seinem Rollstuhl geworfen, als Mutter mit aller Kraft auf die Bremse trat und gleichzeitig das Lenkrad herumriss, um einem Mercedes auszuweichen, der plötzlich aus der Seitenstraße herausgeschossen gekommen war. Dessen Fahrer kämpfte genauso verzweifelt mit der

Lenkung, wie Davids Mutter es tat, schien aber trotzdem noch genug Hände frei zu haben, um wütend auf die Hupe zu drücken und mit der Faust zu drohen.
Sowohl der Mercedes als auch ihr Wagen schleuderten weiter. David klammerte sich instinktiv an den Armlehnen seines Rollstuhls fest, während Morris in die Gurte geworfen wurde und vor Schreck quietschte. Alles ging rasend schnell. Der Mercedes vollführte eine komplette Drehung auf der Kreuzung, prallte gegen den gegenüberliegenden Bürgersteig und kam wippend zum Stillstand, während ihr eigener Kombi noch ein Stück weiterschlitterte, ehe Mutter die Gewalt über das Steuer endlich zurückerlangte und den Wagen zum Stehen brachte.
»Um Gottes willen!«, sagte sie. »David, Morris – ist euch was passiert?!«
»Nein«, sagte David hastig. Morris richtete sich mühsam auf und schüttelte benommen den Kopf. Auch er war mit dem Schrecken davongekommen, genau wie David. Aber sein Herz jagte und obwohl im Grunde ja alles überstanden war, begannen seine Hände immer stärker zu zittern. Unsicher sah er durch die Heckscheibe nach hinten. Der Mercedesfahrer war aus seinem Wagen gesprungen und starrte wütend in ihre Richtung.
»Das war verdammt knapp«, sagte Mutter. »Puh. Eine halbe Sekunde später, und ...«
Davids Vater nahm die Situation offenbar nicht ganz so gelassen hin wie sie. »Ist der Kerl denn von allen guten Geistern verlassen?«, schnappte er. »Mein Gott, wir hätten alle tot sein können! Dabei hatten wir eindeutig Grün... hatten wir doch, oder?«, fügte er, etwas leiser und mit einem fragenden Seitenblick auf seine Frau hinzu.
Sie nickte nur, und Vater reckte kampflustig das Kinn vor, riss die Tür auf und sprang mit einem zornigen Satz aus dem Wagen. Mit schnellen Schritten ging auf den Mercedesfahrer zu.
Auch der Mercedesfahrer machte einen gereizten und wüten-

den Eindruck, besonders, als er Vater herankommen sah. Er trat ihm entgegen – und blieb plötzlich stehen. Auf seinem Gesicht erschien ein zuerst ungläubiger, dann bestürzter Ausdruck.
Als David in dieselbe Richtung sah wie er, konnte er dieses Gefühl nur zu gut verstehen.
Sie waren nicht nur über die Kreuzung hinweggeschleudert, sondern auch ein gutes Stück zur Seite gefahren, sodass er beide Ampeln gleichzeitig erkennen konnte.
Sie zeigten beide Grün.
Während David die Ampeln noch fassungslos anstarrte, musste wohl auch sein Vater entdeckt haben, was los war, denn auch er verhielt für einen Moment mitten im Schritt, dann schüttelte er den Kopf, ging weiter und sprach mit dem Mercedesfahrer. David konnte natürlich nicht verstehen, was die beiden redeten, aber es war eindeutig kein Streit. Ganz im Gegenteil: Nach ein paar Augenblicken reichte Vater dem anderen die Hand.
»Gott sei Dank«, murmelte Mutter. »Ich dachte schon, es passiert ein Unglück.«
Vater kam zurück. Er wirkte jetzt nicht mehr zornig, sondern nur noch zutiefst verstört. »Stellt euch vor!«, sagte er. »Beide Ampeln standen auf Grün! Der arme Mann konnte gar nichts dafür, dass er uns fast in den Wagen gefahren ist.«
»So wenig wie ich«, sagte Mutter in leicht vorwurfsvollem Ton.
»Jaja, ich weiß«, antwortete Vater abwesend und fuhr fort: »Er hat einen Riesenschrecken bekommen. Unvorstellbar, was da alles passieren kann!«
»Dann sollte jemand vielleicht die Polizei anrufen«, sagte Mutter müde. »Bevor wirklich noch jemand zu Schaden kommt.«
»Das macht er schon«, antwortete Vater. »Er hat Telefon im Auto. Ganz praktisch, diese Handys. Wir sollten uns vielleicht auch so ein Ding anschaffen.«
Mutter warf ihm noch einen vernichtenden Blick zu, dann

zuckte sie mit den Schultern, startete den Motor und fuhr an. An der nächsten Kreuzung bremste sie ab und überzeugte sich davon, dass die Straße frei war, obwohl sie auch hier Grün hatten. Sie verloren kein Wort mehr über das Geschehen, bis sie das Haus von Vaters Arbeitskollegen erreicht hatten.
Die Tür wurde geöffnet, noch bevor Mutter den Motor abgestellt hatte, und Valerie und ihre Eltern traten heraus. Schon wie am Mittag im Kaufhaus gab es ein großes »Hallo« und »Schön, euch zu sehen«, als wären sich die beiden Frauen nicht erst vor wenigen Stunden im UNIVERSUM begegnet und ihre Männer vor noch kürzerer Zeit in der Firma. Das muss wohl eine Eigenart von Erwachsenen sein, dachte David, die ich niemals wirklich verstehen werde.
Die einzige, die sich halbwegs normal verhielt, war Valerie. Sie begrüßte David nur mit einem knappen Kopfnicken und seinen Bruder mit einem kurzen Lächeln, dem sie einen warnenden Blick folgen ließ, den außer David und Morris selbst niemand verstehen konnte. Dann ging sie ins Haus zurück, während Davids Vater und sein Kollege den schweren Rollstuhl aus dem Wagen schafften.
Sie gingen ins Haus. Valerie erwartete sie bereits im Wohnzimmer, wo auch schon der Tisch für das Abendessen gedeckt war. Aus der offen stehenden Tür zur Küche drang ein so verlockender Duft, dass David unter anderen Umständen sofort das Wasser im Munde zusammengelaufen wäre. Jetzt war er beinahe ein bisschen enttäuscht. Er hatte gehofft, dass sie mit dem Essen noch ein wenig warten würden, sodass er Gelegenheit hatte, allein mit Valerie zu sprechen.
Vorerst jedoch wurde daraus nichts. Valerie und seine Mutter eilten sofort in die Küche, um das Essen zu holen, und Valerie selbst wartete, bis er seinen Rollstuhl an den Tisch gelenkt hatte, um dann auf dem am weitesten entfernten Stuhl überhaupt Platz zu nehmen. Und sie fand auch die ganze Zeit über tausend Gründe, nicht in seine Richtung zu sehen, sodass er ihr nicht einmal einen Blick zuwerfen konnte, der kommendes Unheil verhieß. Aber das steigerte seinen Ärger nur

noch. Früher oder später, dafür würde er schon sorgen, würden sie bestimmt einmal für ein paar Minuten allein sein. Und gegen das Unwetter, das dann über ihrem Haupt niederging, würde sich die Sintflut ausmachen wie ein lauer Frühlingsregen.

Das Essen zog sich jedoch dahin. Ihre Eltern unterhielten sich über dies oder das, bis das Gespräch schließlich doch auf das einzige Thema kam, das beide Familien im Moment wirklich interessierte: das Chaos bei COMPUTRON.

»Meine Frau hat mir erzählt, was heute im UNIVERSUM passiert ist«, sagte Vaters Kollege kopfschüttelnd. »Die Geschichte mit der Computerkasse und dem Kind. Wäre es nicht so ernst, man könnte glatt einen Lachkrampf bekommen.«

Vater stimmte ihm grinsend zu. »Ja. Ich frage mich, ob sie den kleinen Schreihals tatsächlich ins Lagerregal zurückgebracht hätten.«

»Und vor allem, in welches Fach sie ihn abgelegt hätten«, sagte sein Kollege feixend. »Unter ›S‹ wie Schreihals, ›B‹ wie Baby oder ›V‹ wie volle Windeln.« Er spießte eine Kartoffel auf, führte sie mit der Gabel zum Mund und fragte, ehe er hineinbiss: »Du hast doch mit unseren amerikanischen Kollegen gesprochen, bevor du nach Hause gefahren bist. Haben sie schon eine Erklärung für das, was im Kaufhaus passiert ist?«

»Keine«, antwortete Vater kopfschüttelnd. »Im Gegenteil. Sie schwören Stein und Bein, dass der Zwischenfall eigentlich nichts mit unserem Problem zu tun haben kann. Ich denke sogar, dass sie Recht haben. Ich meine: So schlimm es ist, der Schaden ist in einem Teil des Speichers aufgetreten, der nichts mit den externen Programmen zu tun hat.«

»Nur ein Zufall? Das wäre aber ein großer.«

»Wenn Zufälle nicht manchmal unwahrscheinlich wären, hätte man das Wort nicht zu erfinden brauchen«, antwortete Davids Vater.

David versuchte einen Blick mit Valerie zu tauschen, aber sie hatte irgendetwas unglaublich Wichtiges unter der Zim-

merdecke entdeckt und konzentrierte sich so sehr darauf, dass sie vermutlich nicht einmal bemerkt hätte, wenn der ganze Tisch vor ihr in Flammen aufgegangen wäre.
»Trotzdem«, erwiderte Vaters Kollege kopfschüttelnd. »Ich bin nicht sicher, dass es nichts damit zu tun hat.«
»Erzähl doch mal von der Ampel«, krähte Morris.
Sowohl Davids Vater als auch seine Mutter sahen so betreten drein, dass Vaters Kollege den Braten garantiert gerochen hätte, hätte er auch nur flüchtig in ihre Richtung geblickt. Gottlob tat er das nicht, sondern sah Morris stirnrunzelnd an.
»Welche Ampel?«, fragte er.
»Ach, nichts «, antwortete Vater hastig. Mit einem beiläufigem Lächeln und einem Achselzucken fügte er hinzu: »Es gab einen kleinen Zwischenfall auf dem Weg hierher. Irgend so ein Dummkopf hat uns die Vorfahrt genommen und dann behauptet, beide Ampeln hätten auf Grün gestanden.«
»Was natürlich nicht wahr war«, fügte Mutter hinzu.
Nun musste sich David beherrschen, um sich nicht zu verraten, indem er seine Eltern fassungslos anstarrte. Die beiden hatten ganz deutlich gesehen, dass die Ampelanlage ausgefallen war. Wieso stritten sie es jetzt ab?
Weil Vater ganz genau weiß, was der Grund dafür ist, flüsterte eine Stimme hinter seiner Stirn. Er hat es doch selbst gesagt, erinnerst du dich nicht: »... ein Teil der Verkehrsführung ebenfalls.«
Was an diesem Gedanken so erschreckend war, das kam ihm erst nach einer weiteren Sekunde zu Bewusstsein. Wenn auch der Unfall, den sie beinahe gehabt hatten, mit der Katastrophe bei COMPUTRON zu tun hatte, dann nahm die Geschichte eine ganz andere Dimension an. Denn dann stand nicht mehr nur Geld auf dem Spiel, sondern möglicherweise Menschenleben. Und er wunderte sich, dass sein Vater in Panik geriet?
»Und du bist sicher, dass sich dein Sohn täuscht?«, fragte Vaters Kollege. Er klang ein bisschen misstrauisch, fand David.
»Hundertprozentig«, versicherte Vater.

Morris plusterte sich auf wie ein Kampfhahn, der einen Konkurrenten in seinem Revier entdeckt hatte. »Ich bin doch nicht blöd!«, beschwerte er sich.
»Nein, aber reichlich vorlaut«, sagte Mutter. »Bitte, Morris.« Sie sagte dieses *Bitte* auf eine ganz bestimmte Art, die Morris normalerweise sofort zum Schweigen gebracht hätte. Jetzt jedoch weckten ihre Worte eher noch seinen Trotz. »Sie waren beide Grün!«, beharrte er. »Alles ging schief, genau wie im Kaufhaus heute Morgen.«
»Du warst dabei?«, erkundigte sich Valeries Vater.
»Klar«, sagte Morris. »Ich habe alles gesehen. Und ich weiß auch, was los ist.«
David wurde heiß und kalt. Selbst Valerie verlor für eine Sekunde ihr Interesse an der Zimmerdecke und warf Davids kleinem Bruder einen raschen, sehr nervösen Blick zu.
»Und ... was?«, fragte ihr Vater.
»Es waren die Ungeheuer«, sagte Morris. »Sie haben mich entführt, jawohl. Und sie haben Moranien niedergebrannt.«
»Moranien?«
»Mein Königreich«, antwortete Morris. »Es war wunderschön. Ich hatte eine Krone und ein Pferd und ganz viele Untertanen, aber sie haben alles kaputt gemacht. Und wenn der Schwarze Ritter nicht gekommen wäre, dann hätten sie mich auch noch weggeschleppt.«
»Welcher Schwarze Ritter?«, erkundigte sich Mutter. Ihre Verblüffung war nicht gespielt.
»Na, sie!« Morris deutete auf Valerie.
»Das stimmt nicht«, antwortete Valerie lächelnd. Dann deutete sie auf David. »*Er* war der Schwarze Ritter. Ich war das geflügelte Einhorn, auf dem er geritten ist.«
David atmete innerlich auf. Für eine halbe Sekunde war er felsenfest davon überzeugt gewesen, dass Valerie nun endlich die ganze Geschichte erzählen würde.
»Ja, richtig«, sagte er. »Das war aber erst, nachdem sich mein feuerspeiender Drache den linken Hinterfuß verstaucht hat.«
»Das ist nicht wahr!«, protestierte Morris. Er sah drein, als

wollte er jede Sekunde in Tränen ausbrechen. »Sie hatten mich gepackt und –«
»Das reicht jetzt«, sagte Mutter streng. Diesmal gelang es ihr, Morris zum Schweigen zu bringen. »Du hörst jetzt sofort mit dem Unsinn auf, Morris. Und du, David, solltest dich schämen, deinen Bruder auch noch auf den Arm zu nehmen.«
»Es war wohl eher meine Schuld«, sagte Valerie. »Bitte entschuldigen Sie.«
Ihr Vater räusperte sich übertrieben und warf einen bezeichnenden Blick in die Runde. »Vielleicht sollten wir das Thema sowieso wechseln«, sagte er. »Eigentlich sind wir ja verrückt – da arbeiten wir praktisch Tag und Nacht, und wenn wir schon einmal ein paar Stunden für uns haben, worüber reden wir dann? Über die Arbeit.« Er sah David an. »Wahrscheinlich langweilen wir euch zu Tode, wie?«
»Kei ... keineswegs«, sagte David stockend.
»Ach ja, ich hätte fast vergessen: Du interessierst dich ja auch für Computer«, sagte Valeries Vater.
»Ein bisschen«, gestand David.
Vaters Kollege lachte. »Ein bisschen? Da hat mir dein Vater aber was anderes erzählt.«
»Sie wissen doch, wie Väter sind, wenn es um ihre Söhne geht«, sagte David. »Sie geben immer furchtbar an.«
Alle lachten, auch wenn es sich ein wenig gequält anhörte, und nach einer Sekunde voll unbehaglichem Schweigen sagte Valeries Mutter: »Valerie hat übrigens auch einen eigenen Computer. Möchtest du ihn vielleicht einmal sehen?«
Valerie sah nicht besonders begeistert drein. Aber David nickte so heftig, dass es ihr praktisch unmöglich gemacht wurde, den Vorschlag ihrer Mutter irgendwie abzubiegen.
»Na also«, fuhr ihre Mutter fort. »Valerie, warum zeigst du David nicht deinen Computer? Wahrscheinlich langweilt ihr euch sowieso nur, wenn ihr uns zuhören müsst.«
»Hm«, machte Valerie. »Wenn's sein muss.«
»Vielleicht gehst du ja auch mit?«, wandte sich Mutter an

Morris, doch dieser schüttelte stur den Kopf, verschränkte die Arme vor der Brust und machte einen Schmollmund.
»Ich hasse Computer«, sagte er. »Sie haben Moranien kaputt gemacht.«
»Lass ihn ruhig hierbleiben«, sagte Valeries Mutter rasch, als Morris' Mutter zu einer Antwort ansetzte. »Ich glaube, wir haben irgendwo noch eine Videokassette mit Zeichentrickfilmen. Möchtest du die vielleicht sehen?«
Morris sah nicht unbedingt drein, als würde er vor Begeisterung gleich aus dem Häuschen geraten. Sein Gesichtsausdruck wurde noch mürrischer, als er ohnehin schon war, und David bereitete sich innerlich schon auf einen seiner berüchtigten Wutanfälle vor. Aber Valeries Mutter ließ ihm gar keine Zeit, irgendwelche Einwände vorzubringen, sondern stand bereits auf und ging zum Fernseher, und David rollte seinen Stuhl hastig ein kleines Stück vom Tisch zurück und wendete auf der Stelle.
Schließlich erhob sich auch Valerie, wenn auch mit unübersehbarem Widerwillen. David konnte sich lebhaft vorstellen, dass sie nicht im geringsten wild darauf war, mit ihm allein zu sein. Dafür er mit ihr umgekehrt umso mehr.
Sehr viel langsamer, als notwendig gewesen wäre, schlenderte Valerie zur Tür und wandte sich auf dem Flur nach links, wo wohl ihr Zimmer lag. Zu Davids Unbehagen folgte ihnen ihr Vater. Kurz bevor sie Valeries Zimmer erreichten, überholte er ihn mit zwei schnellen Schritten, öffnete die Tür so weit, wie es ging, und trat dann hinter seinen Rollstuhl, um ihn hindurchzuschieben. Nichts von alledem war notwendig, aber David wollte nicht unhöflich sein und schwieg.
»So«, sagte Valeries Vater. »Das ist also Vals Reich. Wie ich sehe, hat sie sogar ausnahmsweise aufgeräumt.« Er grinste. »Das ist eine große Ehre, musst du wissen. Normalerweise sieht es hier immer so aus, als wären Dschinghis Khan und seine Barbaren durch das Zimmer galoppiert. Dreimal hintereinander.«
Valerie lächelte knapp, aber David sah ihr regelrecht an, dass

sie innerlich die Augen verdrehte. Ihr Zimmer war auch tatsächlich so pedantisch aufgeräumt und sauber, dass David keine Hemmungen gehabt hätte, vom Boden zu essen.
»Also, ich lasse euch dann allein«, sagte Valeries Vater. »Zeig ihm ruhig alles, Valerie. Und lasst euch Zeit. Wir haben noch ein paar berufliche Dinge zu besprechen, die euch sowieso nicht interessieren.«
Valerie zuckte nur mit den Schultern. Sie gab sich keine Mühe, wenigstens Freundlichkeit zu heucheln – Davids Meinung nach ein weiterer, untrüglicher Beweis für das schlechte Gewissen, das sie plagte. Vielleicht war das auch der Grund, aus dem er entgegen seinem festen Vorsatz nicht sofort zur Sache kam, kaum dass ihr Vater das Zimmer verlassen hatte und sie allein waren.
Stattdessen rollte er zum Schreibtisch, der fast vollkommen von einer aufwendigen Computeranlage beherrscht wurde, die die seine um Klassen übertraf, und musterte mit Kennerblick den Monitor, Scanner und das CD-ROM-Laufwerk und sagte dann mit perfekt geschauspielerter Bewunderung: »Eine fantastische Anlage. Kompliment. Ich würde sonstwas darum geben, wenn ich auch so was hätte.«
»Ach«, sagte Valerie einsilbig.
David nickte heftig und fuhr mit seiner Musterung fort. Er hatte nicht übertrieben: Valeries Computer war fast so gut wie der seines Vaters. Er entdeckte sogar einen Cyberhelm, der haargenau dem glich, den er manchmal heimlich im Arbeitszimmers seines Vaters benutzt hatte.
»Wirklich toll«, fuhr er fort, als Valerie keine Anstalten machte, das allmählich schon fast peinlich werdende Schweigen von sich aus zu unterbrechen. »Das ist sie also.«
»Sie?«, fragte Valerie.
»Deine Anlage«, erklärte David. »Die, mit der du mich die ganze Zeit über an der Nase herumgeführt hast. Wie hast du es geschafft, dich in mein Spiel hineinzuhacken?«
»Das war nicht besonders schwer«, antwortete Valerie mürrisch.

David ignorierte die kaum verhohlene Beleidigung, die in dieser Antwort steckte, nahm den Cyberhelm zur Hand und begutachtete ihn eingehend. »Erstaunlich«, sagte er versonnen. »Ich habe mir oft gewünscht, Ritter Yaso Kuuhl den Helm vom Schädel zu hauen. Aber ich hätte nie gedacht, dass so etwas wie *du* darunter zum Vorschein käme.«

»So kann man sich täuschen«, antwortete Valerie. Sie seufzte. »Was soll das? Wenn du dich bei mir beschweren willst, okay, du hast es getan. Ich entschuldige mich dafür, dass ich besser in dem Spiel war als du. Sonst noch was?«

»Dafür musst du dich nicht entschuldigen«, sagte David. Er meinte das ernst. Sein Groll auf Valerie war schnell verflogen; spätestens seit dem Moment, in dem er begriffen hatte, dass es in Wahrheit ohnehin nichts anderes als verletzter Stolz gewesen war.

»Du warst eben besser als ich. Kompliment. Ich gehöre nicht zu den eitlen Dummköpfen, die es nicht ertragen, gegen einen Besseren zu verlieren.« Er legte den Helm aus der Hand, drehte den Rollstuhl herum und sah Valerie voll ins Gesicht. »Sauer bin ich auch nicht auf Yaso Kuuhl.«

»Sondern?«, fragte Valerie.

»Auf *Meister Orban*«, antwortete David betont.

Valerie erwies sich als noch bessere Schauspielerin, als er ohnehin schon geahnt hatte. Sie sah ihn mit so perfekt geheucheltem Unverständnis an, dass er ihr beinahe geglaubt hätte.

»Ritter DeWitt, Ihr müsst uns helfen«, äffte David die Stimme des Amethyst-Magiers nach. »Ihr seid unsere letzte Hoffnung. Adragne braucht Euch!«

»Was soll das?«, fragte Valerie.

»Das weißt du ganz genau!«, herrsche David sie an. Er musste sich bemühen, um nicht loszuschreien. »Dass du mich in *Schattenjagd* an der Nase herumgeführt hast, ist okay. Das bewundere ich sogar, ob du es glaubst oder nicht. Aber der kleine Scherz hinterher war nicht komisch. Weder der von gestern noch der von vorhin. *Der* ganz besonders nicht.«

»Wovon sprichst du überhaupt?«, fragte Valerie. Sie war

wirklich perfekt. Man sollte sie für einen Oscar vorschlagen, dachte David.
»Es reicht«, sagte er. »Du hast mich geschlagen. Okay. Aber jetzt beleidige mich nicht auch noch, indem du abstreitest, dass du das warst.«
»Dass ich *was* war?«, fragte Valerie betont.
David zögerte. Er sah Valerie aufmerksam in die Augen, aber weder in ihrem Blick noch in ihrer Stimme war auch nur die mindeste Spur von Heuchelei. »Meister Orban«, antwortete er zögernd.
»Du meinst diese Figur aus *Schattenjagd?*« Valerie runzelte die Stirn. »Was soll damit sein?«
»Das ... das warst ... nicht du?«, fragte David stockend.
»Was war ich nicht?«, erwiderte Valerie ungeduldig. »Sprich nicht in Rätseln, bitte.«
»Aber du hast mich doch angerufen«, antwortete David. »Gestern Nacht und heute Nachmittag. Über ... über mein Modem.«
»Habe ich nicht.« Valerie schüttelte heftig den Kopf. »Warum sollte ich das tun?«
»Bestimmt nicht?«
»Ich kann es mir auch auf die Stirn tätowieren lassen«, sagte Valerie scharf. »Ich war es nicht. Selbst wenn ich es gewollt hätte, hätte ich es gar nicht gekonnt. Meister Orban und all die anderen Figuren existieren nämlich nur in *deiner* Version des Spieles. Und die hast du schließlich gelöscht.«
»Aber jemand hat sich bei mir gemeldet und behauptet, er wäre Meister Orban!«, beteuerte David. »Wenn du es nicht warst, wer soll es denn sonst gewesen sein?«
Valerie zuckte mit den Schultern: »Was ist denn passiert? Erzähl doch!«, fragte sie dann interessiert.
David zögerte nur noch einen Moment, dann erzählte er ihr von den beiden unheimlichen Computerbotschaften, die er erhalten hatte. Einen Moment lang überlegte er sogar, ob er ihr auch von den anderen Dingen erzählen sollte, die er erlebt hatte – dem unheimlichen Schatten und dem sonderbaren

Sturm. Aber dann entschied er sich dagegen. Er war schon froh, wenn ihn Valerie nicht für verrückt hielt, weil er behauptete, eine Figur aus seinem eigenen Spiel hätte sich bei ihm gemeldet.

Vollkommen überzeugt war sie wohl auch nicht, denn als er zu Ende erzählt hatte, fragte sie misstrauisch: »Und das ist wirklich die Wahrheit?«

»Ich schwöre es«, sagte er. »Warum sollte ich mir so etwas ausdenken?«

»Ich würde es herausfinden«, sagte Valerie. »Ich meine: Es ist kein Problem für mich, nachzusehen, ob du heute Nachmittag wirklich eine Nachricht über dein Modem bekommen hast. Und von wem.«

Es war David ein Rätsel, wie sie das bewerkstelligen wollte, aber er glaubte ihr. »Dann tu das«, sagte er. »Wenn du es nicht warst, dann möchte ich nämlich brennend gerne wissen, wer sonst.«

»Jemand, der von deinem kleinen Scherz weiß«, antwortete Valerie. Sie sog hörbar die Luft ein. »Und ich dachte, ich wäre die einzige.«

»Das dachte ich bisher auch«, sagte David. »Bis heute Morgen dachte ich sogar, niemand wüsste davon.«

»Weiß dein Vater eigentlich, wer für das ganze Chaos bei COMPUTRON verantwortlich ist?«, fragte Valerie plötzlich.

David zog es vor, diese Frage zu überhören, und Valerie war diplomatisch genug, sie kein zweites Mal zu stellen. Zu seiner unendlichen Erleichterung sagte sie nach einer Weile sogar: »Keine Angst. Von mir erfährt niemand auch nur ein Sterbenswörtchen.«

»Wirklich nicht?«, vergewisserte sich David.

Valerie schüttelte heftig den Kopf. »Bestimmt nicht. Die Dummköpfe sind so selbst schuld. Sie haben einen zig Millionen teuren Computer und können ihn nicht mal so absichern, dass nicht jeder mittelmäßig begabte Hacker in ihr System einbrechen kann.«

»Danke«, murmelte David. »Ich hab's verstanden.«

»So war das nicht gemeint«, sagte Valerie ernst. »Ich meinte es ganz ehrlich: Das System war so gut wie nicht geschützt. So ziemlich jeder, der weiß, wie man das Wort Computer buchstabiert, hätte sich hineinhacken können. Sie haben noch Glück gehabt, wenn du mich fragst.«
»So?«, sagte David.
»Du hast vielleicht eine Menge Schaden angerichtet, aber es war keine böse Absicht«, sagte Valerie. »Jetzt stell dir mal vor, jemand wäre in den Rechner eingebrochen, der es darauf angelegt hätte, der Firma zu schaden. Dagegen wäre das, was du angerichtet hast, überhaupt nichts. Sie hätten die ganze Stadt lahm legen können.«
»Vielleicht passiert das ja sogar«, sagte David kleinlaut.
»Kaum«, antwortete Valerie. »Sie werden ein bisschen schwitzen und ausnahmsweise einmal für ihr Geld arbeiten müssen, aber ich bin sicher, dass sie es hinkriegen. Die Programmierer aus Amerika sind gut. Zur Not müssen sie eben das ganze System abschalten und neu starten. Ziemlich aufwendig, aber es geht. Mach dir bloß keine Sorgen. Niemand wird dir auf die Spur kommen.«
»Du bist es«, sagte David.
»Weil ich von Anfang an dabei war.« Plötzlich grinste Valerie. »Deine Idee, das Schwarze Portal anzugreifen, war nicht schlecht. Beinahe hättest du es sogar geschafft.«
»Ich hätte es geschafft«, sagte David spitz, »wäre da nicht ein gewisser Schwarzer Ritter gewesen.«
Valeries Grinsen wurde noch breiter. »Was willst du? Du hast auch beschi ... Ich meine: Du hast auch nicht fair gespielt.«
»Wieso?«, fragte David.
»Findest du es fair, einen Cheat einzusetzen?«
David schwieg einen Moment. Valerie spielte auf den Zauberspruch an, den er eingesetzt hatte, um sich und die wenigen Überlebenden des Angriffes auf das Hochplateau unverwundbar zu machen. *Michael Jackson for President.* Die meisten Computerspiele enthielten einen geheimen Code, mittels dessen sich der Spieler gewisse Vorteile verschaffen konnte –

Unverwundbarkeit, ein Extra-Leben, Bonuswaffen und verschiedenes andere. *Diesen* Code – oder *Cheat,* wie die genaue Bezeichnung war, hatte er selbst einprogrammiert, zuvor aber niemals angewandt. Er hatte im Grunde auch nicht vorgehabt, es jemals zu tun.

»Nein«, gestand er. »Aber ich ...«

»Ja?«, fragte Valerie, als er nicht weitersprach.

David zögerte ein paar Sekunden. Es fiel ihm nicht leicht, weiterzusprechen. »Ich weiß, dass es nicht fair war, aber ... aber ich musste plötzlich an Meister Orban und Gamma Graukeil denken. Ich hätte es nicht ertragen, wenn sie zu Tode gekommen wären.«

»Aber es sind nur *Spielfiguren*«, sagte Valerie erstaunt.

»Ich weiß«, sagte David. »Trotzdem. Ich hatte einfach Angst um sie. Wie um alte Freunde, weißt du?«

Valerie sah ihn an. Aber sie sagte nichts mehr dazu, sondern drehte sich mit einem Achselzucken um, ging zu ihrem Schreibtisch und schaltete den Computer ein. David lenkte seinen Rollstuhl neben sie und sah interessiert zu, was sie tat. Er kam aus dem Staunen nicht mehr heraus. Die Finger des Mädchens, das sich erst einmal davon überzeugen wollte, ob es überhaupt Spaß an Computern hatte, huschten mit einer Schnelligkeit über die Tastatur, die ihn Mund und Augen aufsperren ließ, und sie tat Dinge mit dem Rechner, von denen er selbst nicht einmal zu träumen gewagt hätte.

»Was tust du?«, fragte er.

»Ich sehe nach, woher der Anruf kam«, antwortete Valerie. »Falls es noch einen dritten Mitspieler gibt, der sich einbildet, uns beide an der Nase herumführen zu können, dann wird er gleich eine böse Überraschung erleben.« Sie lachte leise. »Irgendwie finde ich den Gedanken nett, dass Yaso Kuuhl Ritter DeWitt aus der Patsche hilft.«

David blickte sie böse an. »Findest du nicht, dass es allmählich reicht?«, fragte er.

Valeries Grinsen wurde noch breiter. Einen Moment lang ärgerte sich David darüber, aber dann geschah etwas Seltsames: Plötzlich musste auch er lachen. Valerie hatte recht: Die Vorstellung war komisch.

Er sah interessiert zu, wie sie sich in sein Terminal hineinhackte, die Modemsoftware aktivierte und anschließend den letzten Anrufer ermittelte, der sich bei ihm gemeldet hatte. Als sie fertig war, erschien ein erschrockener Ausdruck auf ihrem Gesicht.

»Was ist?«, fragte er.

»Das ist merkwürdig«, sagte Valerie.

»Was?«

Draußen im Hausflur klingelte das Telefon. David hörte Schritte und dann die Stimme von Valeries Mutter, achtete aber nicht darauf, was sie sagte.

»Dieser Anruf«, antwortete Valerie. »Er kam aus der Firma.«

»Von COMPUTRON?« David spürte, wie ihm ein eiskalter Schauer über den Rücken lief. »Du meinst, es war ... jemand von dort? Dann wissen sie alles!«

»Nicht unbedingt«, sagte Valerie zögernd. Sie wirkte etwas verwirrt. »Es war eine der Computerleitungen, weißt du? Kein Telefon, das ein Mensch bedient hat.«

»Moment mal«, sagte David. »Du meinst, der ... der Computer hat bei mir angerufen?«

»Und nicht nur das«, bestätigte Valerie. »Der Anruf wurde aus dem Teil des Hauptspeichers heraus getätigt, der von deiner Version von *Schattenjagd* belegt ist.«

David starrte sie an. Er verstand nicht genau, was sie meinte.

»Das heißt ...«, begann er zögernd, brach ab, und Valerie führte den Satz zu Ende:

»... zumindest in gewissem Sinne hat *tatsächlich* Meister Orban bei dir angerufen. Genauer gesagt, bei Ritter DeWitt.«

»Aber das kann doch überhaupt nicht sein«, murmelte David.

Valerie zuckte mit den Schultern. »Ist aber so. Ich finde es ja selbst unglaublich, aber ...« Sie seufzte, schüttelte den Kopf und sagte dann ganz leise: »Was zum Teufel geht da vor, David?«

Er hätte eine Menge darum gegeben, hätte er die Antwort auf

diese Frage gewusst. Doch bevor er irgendetwas sagen konnte, wurde die Tür geöffnet, und seine Mutter streckte den Kopf herein. »David?«
»Was ist?«, fragte David. Valerie schaltete hastig den Computer aus und wandte sich im Stuhl um.
»Es tut mir leid, aber wir müssen leider etwas früher nach Hause als geplant«, antwortete seine Mutter.
»Was ist denn passiert?«, fragte David.
Seine Mutter machte eine Kopfbewegung hinter sich. »Dein Vater muss noch einmal in die Firma«, sagte sie. »Und ich fürchte, deiner auch, Valerie. Irgendetwas ist da los.«
»Und was?«, fragte Valerie.
Frag mich doch nicht so etwas, antwortete Mutters Blick. Aber sie lächelte und sagte nur: »Ich weiß es nicht. Auf jeden Fall müssen beide sofort in die Firma kommen. Und ich denke, es ist das Beste, wenn David und sein Bruder und ich jetzt nach Hause fahren. Es ist ohnehin spät genug.«
Es war noch nicht einmal neun, aber David hütete sich, das auszusprechen. Er hatte auch das Gefühl, dass seine Mutter im Grunde ganz gut wusste, was in der Firma vorgefallen war. Aber natürlich würde sie sich hüten, in Valeries Gegenwart darüber zu reden. Schließlich wusste sie nicht, dass Valerie die ganze Geschichte bereits kannte. Und wenn es nach David ging, dann würde das auch für alle Zeiten so bleiben.
»Schade«, sagte er mit gespielter Enttäuschung. »Aber wir können ja ein andermal weiterreden.«
»Ganz bestimmt«, sagte seine Mutter an Valeries Stelle. »Vielleicht schon morgen. Wahrscheinlich haben sie nur wieder irgendeine Frage, die sie nicht am Telefon stellen wollen. Aber jetzt komm bitte. Dein Vater hat es wirklich sehr eilig.«

Davids Vater half gerade noch, seinen Sohn aus dem Wagen herauszuheben, dann fuhr er weiter, noch ehe David, Morris und ihre Mutter das Haus erreicht hatten. Aber der Art nach zu schließen, auf die er mit quietschenden Reifen aus der Auffahrt zurücksetzte und davonbrauste, musste es sich schon

um deutlich mehr als nur irgendeine Frage handeln, die man nicht am Telefon klären konnte.
Sie waren sehr schnell gefahren, hatten aber trotzdem viel mehr Zeit als auf dem Hinweg gebraucht, denn die Hälfte aller Ampeln, an denen sie vorbeikamen, war ausgefallen. Auf vielen Kreuzungen standen Polizisten, die den Verkehr regelten, und David war noch etwas aufgefallen: Als sie gekommen waren, war das Stadtzentrum nahezu taghell erleuchtet gewesen. Jetzt waren viele Schaufenster dunkel und ein Großteil der Leuchtreklamen erloschen. Er hatte natürlich keinen Beweis dafür, dass das irgendetwas mit der Katastrophe bei COMPUTRON zu tun hatte, aber er hütete sich, seiner Mutter eine entsprechende Frage zu stellen. Keine fünf Minuten, nachdem sie das Haus betreten hatten, wünschte er ihr unter dem Vorwand, dass er müde sei, eine gute Nacht und fuhr in sein Zimmer hinauf.
Das grüne Leuchten an seinem Modem begrüßte ihn, noch bevor er die Tür hinter sich schließen konnte.
David erstarrte mitten in der Bewegung. Sein Herz klopfte nahezu zum Zerspringen, als er sich dem Schreibtisch näherte und den Computer einschaltete. In den drei oder vier Sekunden, die der Monitor brauchte, um warm zu laufen, war er felsenfest davon überzeugt, gleich wieder in Meister Orbans Gesicht zu blicken, der ihn fragen würde, was er in seiner Zauberkugel tat.
Stattdessen blickte er in Vals Augen, die ihn mit sichtlicher Ungeduld über den Monitor hinweg ansahen.
»David, Gott sei Dank!«, sagte sie. »Ich hatte schon Angst, dass du nicht rangehst ... Was ist los? Hast du deine Kamera nicht eingeschaltet?«
David schaltete rasch die winzige Videokamera ein, die mit dem Computer gekoppelt war und nun sein Gesicht auf Vals Monitor zeigte. »Was ist denn los?«, fragte er.
»Ich weiß jetzt, warum unsere Väter in die Firma zurückmussten«, antwortete Val. »Sie haben die gesamte Belegschaft alarmiert. Es geht um die Amerikaner.«

»Was?«, murmelte David.
»Sie sind ins Koma gefallen«, sagte Val. »Alles weiß ich auch noch nicht, aber wir müssen etwas tun!«
»Wir?!«
»Du kannst es auch gerne allein versuchen«, sagte Valerie spitz, »aber ich schätze, dass du meine Hilfe brauchst. Meine Mutter hat mir erzählt, was passiert ist. Hör zu: So wie es aussieht, sind drei von den amerikanischen Programmierern auf die richtige Idee gekommen. Sie haben sich Cyberhelme aufgesetzt, den Hauptrechner eingeschaltet und sind ins Programm eingestiegen.«
»Ins ... *Programm?*«, krächzte David. Seine Hände begannen plötzlich zu zittern. »Etwa in ...«
»*Schattenjagd,* ganz recht«, fiel ihm Valerie ins Wort. »Die drei sind jetzt auf Adragne, aber sie können nicht zurück.«
»Was heißt das?«
»Sie reagieren nicht«, antwortete Valerie. »Sie können tun, was sie wollen, aber sie wachen einfach nicht auf. Und jetzt denk mal an heute Nachmittag.«
David wusste sofort, was sie meinte. Ein eiskalter Schauer lief über seinen Rücken. »Du meinst ...«
»Morris von Moranien«, bestätigte Valerie düster. »Erinnere dich mal, wie dein Bruder ausgesehen hat, als die Orcs seine Spielfigur weggeschleppt haben.«
David schluckte mühsam. Sein Herz hämmerte nicht mehr, es raste. Er erinnerte sich nur zu gut. Morris war vollkommen weggetreten gewesen; als hätten die Ungeheuer auf dem Bildschirm nicht nur eine Figur verschleppt, die er von außen steuerte, sondern ... *etwas von ihm.*
»Du meinst, den Männern ist dasselbe passiert?«, flüsterte er.
»Ich habe keine Ahnung«, gestand Val. »Aber ich fürchte, dass es so sein könnte. Sie kriegen sie einfach nicht wach. Sie haben schon einen Arzt gerufen, aber der war wohl auch machtlos. Und sie wagen es nicht, ihnen die Helme abzunehmen oder einfach den Stecker herauszuziehen. Noch nicht. Ich habe keine Ahnung, was geschieht, wenn sie es tun.«

Die hatte David auch nicht. Aber irgendetwas sagte ihm, dass es etwas ganz und gar Furchtbares sein würde. Die Männer würden nicht einfach aufwachen. Vielleicht würden sie den Rückweg in die richtige Welt *nie wieder* finden.

»Wir müssen dorthin«, fuhr Valerie fort, als er nichts sagte, sondern sie nur betroffen ansah. »Mutter sagt, dass sie noch bis Mitternacht abwarten wollen. Wenn sie bis dahin nichts erreichen, ziehen sie einfach den Stecker raus. Vielleicht können wir die Männer bis dahin befreien.«

»Wir?«, keuchte David.

»Yaso Kuuhl und Ritter DeWitt«, antwortete Valerie unwirsch. »Wir finden sie garantiert. Ist dein Modem bereit?«

»Ja«, antwortete David. »Mein Modem ist okay. Aber Ritter DeWitt nicht, fürchte ich.«

»Was soll das heißen?«

»Ich habe ihn gelöscht«, gestand David. Rasch und mit wenigen Worten erzählte er ihr, was er getan hatte und warum. Als er fertig war, hatte sich Valeries Gesichtsausdruck verdüstert.

»Na wunderbar«, sagte sie. »Kannst du eigentlich gar nichts richtig machen?«

»Moment mal!«, protestierte David, aber Valerie ließ ihn nicht zu Wort kommen, sondern fuhr fort:

»Ist ja schon gut. Ich verstehe dich. Dann muss ich es eben allein versuchen. Ich schätze, Yaso Kuuhl wird schon mit ein paar jämmerlichen Orcs fertig.« Sie seufzte. »Hast du vielleicht sonst noch ein paar Cheats in dein Spiel eingebaut? Ich könnte sie gebrauchen.«

»Keinen einzigen«, gestand David.

»Tja, dann muss es eben so gehen«, seufzte Valerie. »Das wird die Feuerprobe für Yaso Kuuhl.«

»Warte!«, rief David.

Aber Valerie wartete nicht. Sie schaltete ihre Kamera ab und Davids Bildschirm wurde schwarz. In derselben Sekunde erlosch die grüne Lampe an seinem Modem und David wusste, dass sie die Verbindung getrennt hatte. Und warum auch

nicht? Er konnte ihr nicht helfen, und jede Minute war kostbar.
Seine Gedanken rasten. Er sah immer wieder Morris' Gesicht vor sich, seine starren, gelähmten Züge und die furchtbare Leere in seinen Augen, während er vor dem Spielcomputer saß und den Joystick umklammerte, als wäre er das einzige, was ihn noch in dieser Welt hielt. Wenn den drei Männern in der Firma dasselbe passiert war und wenn es Valerie nicht gelang, sie allein zu befreien ...
Dann würde sein allerschlimmster Albtraum wahr werden, dachte er. Dann hatte er drei Menschenleben auf dem Gewissen.
Und das durfte nicht geschehen, ganz egal, um welchen Preis. Er musste Valerie helfen. Yaso Kuuhl war ein mächtiger Ritter, und mit dem Cheat, der ihn unbesiegbar machte, wurde er noch mächtiger. Aber Unverwundbarkeit allein mochte vielleicht nicht helfen. Was, wenn er die Männer einfach nicht fand, bevor ihre Frist verstrichen war? Oder – viel schlimmer noch, doch nicht einmal mehr diese Möglichkeit schloss David mittlerweile ganz aus – wenn sich das Spiel mittlerweile so verändert hatte, dass der Cheat nicht mehr funktionierte? Welches Schicksal drohte Val, wenn Yaso Kuuhl in der simulierten Welt im Computer zu Schaden kam?
Nein, er musste dorthin. Ganz gleich, wie.
Mit einer entschlossenen Bewegung drehte David den Rollstuhl herum, fuhr zur Tür und öffnete sie. Der Korridor war dunkel, von unten drangen Gesprächsfetzen an sein Ohr, dann leise Musik. Offenbar saß seine Mutter im Wohnzimmer und sah fern. Und er wusste, dass sie das Büro seines Vaters niemals betrat, außer um aufzuräumen oder falls sie ihm etwas sagen oder eine Frage stellen wollte.
So leise er konnte, verließ er das Zimmer, wandte sich nach rechts und fuhr zum Arbeitszimmer seines Vaters hin. Für eine schreckliche halbe Sekunde hatte er Angst, dass sein Vater nach allem, was geschehen war, vielleicht die Tür abgeschlossen hatte, doch diese Befürchtung erwies sich als unbegrün-

det. Lautlos rollte er hinein, schloss die Tür leise wieder hinter sich und fuhr zum Schreibtisch.
Bevor er den Computer einschaltete, schaltete er die Lautsprecherboxen ab und drehte die Helligkeit des Monitors ganz herunter, damit ihn weder ein Geräusch noch ein Lichtschein, der unter der Tür herausdrang, verraten konnte. Wenn seine Mutter oder auch nur Morris ihn überraschte, würde es ihm schwer fallen, zu erklären, warum er allen gegenteiligen Beteuerungen zum Trotz doch wieder den Rechner seines Vaters benutzt hatte – und noch dazu, um sich in den Computer bei COMPUTRON einzuklinken.
Er setzte den Helm auf, startete das Modemprogramm und wartete voller Ungeduld, bis die Verbindung zum Zentralrechner von COMPUTRON hergestellt war. Es dauerte ungewöhnlich lange und statt des erwarteten Firmenlogos erschien ein sonderbares Wogen und Wabern auf den beiden winzigen Bildschirmen, die in den Helm eingebaut waren. Dann klärten sich die farbigen Schlieren, und David blickte aus scheinbar großer Höhe auf Adragne hinab.
Ganz automatisch wollten seine Hände nach dem Joystick greifen, um sich endgültig in die simulierte Realität des Computerspieles zu transportieren, aber dann schreckte er im letzten Augenblick doch noch einmal zurück. Die Figur, in die er bisher geschlüpft war, um Abenteuer in dieser Welt zu erleben – Ritter DeWitt –, existierte nicht mehr. Wenn er sich jetzt in dieses Spiel einklinkte, dann sozusagen als Anfänger, praktisch hilf- und waffenlos und verwundbar. Und er hatte das Gefühl, dass das im Moment vielleicht keine ganz so gute Idee sein könnte.
Widerstrebend, aber von dem sicheren Wissen erfüllt, das Richtige zu tun, streifte er den Helm noch einmal ab, warf einen Blick zur Tür zurück und zog sich dann die Tastatur des Computers heran. Er hatte Wochen gebraucht, um Ritter DeWitt zu entwerfen, und er maßte sich nicht an, dieses Kunststück jetzt in wenigen Minuten wiederholen zu können. Aber das war auch nicht nötig.

Davids Finger huschten schnell und geschickt über die Tastatur und entwarfen eine Spielfigur, die nicht einmal annähernd an DeWitt herankam, nicht einmal an Yaso Kuuhl, aber für seine Zwecke möglicherweise trotzdem ausreichte: einen gut zwei Meter großen, muskulösen Krieger, gut doppelt so stark wie ein normaler Mensch und mit den Reaktionen einer Katze ausgestattet. Er wählte eine silberne Rüstung aus Zwergenstahl (so gut wie unzerstörbar), ein gewaltiges Zweihänder- und (nur zur Sicherheit, man konnte ja nie wissen ...) noch ein zweites, normales Schwert, etliche Wurfdolche, einen Morgenstern, einen Bogen mit hundert nadelscharfen Pfeilen, einen riesigen Schild und als Krönung des Ganzen eine mannslange Lanze mit zweischneidiger Spitze. Außerdem konnte seine Spielfigur natürlich schwimmen wie ein Fisch, besser klettern als eine Bergziege und um etliches schneller laufen als ein Pferd, wenn es sein musste.

Derart ausgestattet, fühlte er sich der bevorstehenden Begegnung schon besser gewappnet. Yaso Kuuhl alias Val würde natürlich nicht mit spöttischen Bemerkungen geizen, wenn er – beziehungsweise *sie* – ihn so sah, aber das musste er eben in Kauf nehmen. David hatte nicht vergessen, wie es seinem Bruder am Nachmittag ergangen war.

Kritisch musterte er seine Schöpfung ein letztes Mal, nickte dann zufrieden und stülpte sich den Helm wieder über. Die Wirklichkeit des Arbeitszimmers rings um ihn herum erlosch und machte wieder der Karte Adragnes Platz. Er verwandte noch eine Sekunde darauf, sich die Fantasy-Landschaft unter ihm genauer anzusehen, und plötzlich fielen ihm zahllose Unterschiede zwischen diesem Adragne und dem, das er bisher gekannt hatte, auf. Dieses Land schien viel größer zu sein. Wo bisher die Grenzen Adragnes gewesen waren, erstreckten sich nun endlose, neue Ländereien – endlose Wälder und Ebenen im Westen, gewaltige Berge im Süden und eine scheinbar unendliche, schimmernde Ebene aus Eis im Norden. Die östliche Grenze schließlich bildete ein gewaltiger, stahlblau glänzender Ozean.

Der Anblick ließ ihn zögern. Adragne war gewachsen. Der Teil, den er erfunden und sorgsam in den Computer einprogrammiert hatte, war noch immer vorhanden und schien sogar das Zentrum jener neuen Welt zu bilden, die sich unter ihm ausbreitete, aber es war jetzt nur noch ein kleiner Teil des Ganzen.

David schauderte spürbar. Sein Vater hatte ihm ja erzählt, dass sich das Programm unaufhaltsam ausbreitete, aber er hätte nicht gedacht, dass es so geschehen würde ... Welche Geheimnisse mochten diese neuen, unbekannten Länder bergen – und vor allem: welche Gefahren?

Er würde es nicht herausfinden, wenn er noch länger hier wartete. Außerdem waren da immer noch Yaso Kuuhl und die drei vermissten Techniker. Entschlossen drückte er den Joystick nach vorne und betätigte den Feuerknopf.

Es war ganz anders als sonst.

David fand sich nicht wie gewohnt übergangslos an irgendeiner willkürlich gewählten Stelle Adragnes wieder. Stattdessen hatte er für eine endlose halbe Sekunde das schreckliche Gefühl, sich im Sturzflug dem Boden zu nähern. Es erlosch, bevor aus seinem Schrecken echte Angst werden konnte, zusammen mit der Landschaft unter ihm, aber auch seinem Gefühl, noch im Rollstuhl zu sitzen und den Joystick in der Hand zu halten. Er wurde durch ein Meer von Farben und tobenden Bewegungen und Schatten gewirbelt und in seinen Ohren war plötzlich ein immer lauter werdendes hohes Pfeifen und Jaulen. Dann, von einer Sekunde auf die andere, erlosch das Geräusch, um ihn herum wurde es heller und heller –

und David fühlte sich wie von einer unsichtbaren Faust aus Stahl gepackt und mit entsetzlicher Kraft zu Boden gerissen.

Der Schrecken, der David durchfuhr, war so gewaltig, dass er im ersten Moment gar nichts spürte: weder den Schmerz, mit dem er sich Hände und Knie aufschürfte, noch die unerwartete Härte und Unebenheit des Bodens, auf den er fiel – nein, auf den er herabgezerrt wurde, und das mit einer Kraft, die ihm die Luft aus den Lungen trieb und aus seinem Schmerzensschrei ein ersticktes Krächzen machte. Etwas Kaltes, Schneidendes drückte in seinen Nacken und etwas ebenso Kaltes, sehr Hartes drückte auf seinen Hinterkopf und presste sein Gesicht in den Boden, sodass er Mund und Nase voller Dreck bekam und kaum noch atmen konnte.

Sekunden vergingen, in denen David einfach reglos, ohne zu atmen, ja, selbst ohne zu denken, dalag und darauf wartete, dass irgendetwas geschah, bis er ganz allmählich begriff, dass bereits etwas geschehen und er nun an der Reihe war, zu reagieren. Er hatte keine Ahnung, was schief gegangen war, aber offensichtlich war er aus dem Rollstuhl gefallen und lag nun ziemlich hilflos am Boden.

Vorsichtig öffnete er die Augen und sah – nichts.

Um ihn herum herrschte eine Schwärze, wie er sie nie zuvor erlebt hatte; nicht einmal im allerdunkelsten Zimmer. Erschrocken und verwirrt versuchte er sich zu bewegen und bemerkte erst nach ein paar vergeblichen Versuchen, dass er es nicht konnte: Er war weder gefesselt oder gelähmt, aber irgendetwas wie eine unsichtbare Zentnerlast schien seinen Körper, seine Arme und Beine und auch seinen Kopf gegen den Boden zu nageln.

Einen Boden, der im übrigen viel zu uneben und heiß für den Teppich im Arbeitszimmer seines Vaters war. Und er konnte sich auch nicht erinnern, dass im Arbeitszimmer seines Vaters spitze Steine und Sand herumlagen oder Gras aus dem Teppich wuchs – und gegen beides wurde sein Gesicht mit unangenehmer Kraft gedrückt.

David biss die Zähne zusammen und konzentrierte sich mit aller Macht, sodass es ihm nun doch gelang, wenigstens einen Arm zu bewegen und sich ein wenig auf die Seite zu wälzen. Ein dünner, unangenehm heller Lichtstrahl stach plötzlich in die Finsternis, die ihn umgab, und ließ ihn blinzeln. Das Licht war anders, als er es gewohnt war; nicht mehr der milde Sonnenschein Adragnes, sondern ein grelles, fast schmerzendes Weiß, das ihm sofort die Tränen in die Augen trieb.

David ließ sich zurücksinken, drängte Schrecken und Verwirrung mit einer Kaltblütigkeit beiseite und zwang sich zu logischem Denken. Wo immer er war, er war weder blind noch in einen stockfinsteren Raum eingesperrt.
Etwas lag auf seinem Kopf und nahm ihm die Sicht, so einfach war das. Etwas, was seiner Größe und seinem Gewicht nach zu urteilen verdammte Ähnlichkeit mit einem gusseisernen Eimer haben musste. Aber immerhin: Er konnte einen Arm – und nach einigen weiteren Versuchen auch ein Bein – bewegen. Er würde das, was ihn gefangen hielt, schon loswerden.
David arbeitete verbissen an seiner eigenen Befreiung. Seine tastende Hand bekam etwas Schweres, Hartes zu fassen, er zerrte und riss daran, und plötzlich schoss ein scharfer, brennender Schmerz durch seine Finger; eine Sekunde später spürte er warmes Blut an seiner Hand herablaufen und begriff, dass er sich gehörig geschnitten hatte.
Er arbeitete sehr viel vorsichtiger weiter. Es klapperte und schepperte, klirrte und klimperte, während er an den unsichtbaren Lasten und Gewichten zerrte, die ihn gegen den Boden drückten, und dann, endlich, kam er frei. Mit einem Ruck setzte er sich auf, griff mit beiden Händen an seinen Kopf und zerrte den Eimer herunter, der ihm noch immer die Sicht nahm.
Helles, unangenehm schattenloses Licht blendete ihn.
Erschrocken schlug David die Hände vor das Gesicht – eine Bewegung, die schon wieder von einem Scheppern und Klirren begleitet wurde, als würde dicht neben ihm eine ganze Lastwagenladung alter Kochtöpfe und Pfannen ausgekippt – und schloss für Sekunden die Augen, ehe er es wieder wagte, die Lider ganz vorsichtig zu heben und zwischen seinen Fingern hindurchzublinzeln.
Rings um ihn herum erstreckte sich eine bizarre, ganz in Braun und Grün und verschiedenen Ockertönen gehaltene Landschaft. Eine vielleicht drei Meter hohe, viel zu regelmäßig geformte Kette kegelförmiger Berge erstreckte sich von rechts nach links, so weit das Auge reichte, und darüber spannte sich

ein Himmel, auf dem sich nicht nur keine einzige Wolke zeigte, sondern der auch noch dazu von einem so kitschigen, falschen Blau war, wie er es noch nie zuvor gesehen hatte. Der Boden, auf dem er saß, war von einem ebenso kitschigen Grün, bewachsen mit regelmäßig stehenden Büscheln unecht aussehenden Grases.

Nein – wo immer er war: Adragne war das hier bestimmt nicht; ebensowenig wie das Arbeitszimmers seines Vaters.

Aber wo war er dann?

Verwirrt sah er sich weiter um. Noch einmal glitt sein Blick über die sonderbar gleichmäßigen, braun und ocker gestreiften Hügel, die allesamt nicht sehr groß waren, aber das Aussehen riesiger Berge aufwiesen und von denen es insgesamt nur drei verschiedene Ausführungen gab, über den Boden mit seinen lächerlichen Grasbüscheln, Büscheln von immer fünf gleich großen, gleich geformten und vollkommen gleichfarbigen Halmen, die in einem mathematisch präzisen Muster über den grellgrünen Boden verteilt waren, die kleinen runden Steine – unnötig zu sagen, dass sie alle von gleicher Form waren –, von denen einer neben jedem Grasbüschel lag, den Himmel mit seiner unmöglichen Farbe, der ihm immer mehr wie gemalt vorkam ...

Genau das war er ja auch.

Was sich rings um ihn erstreckte, das war eine ziemlich simpel gemachte Computergrafik – eine von der Qualität, wie sie schon seit mindestens zehn Jahren von keinem Programmierer mehr angeboten wurde, der es nicht darauf anlegte, sich bis auf die Knochen zu blamieren. Nicht die kaum mehr von der Wirklichkeit zu unterscheidende Illusion Adragnes, nicht einmal die viel einfachere, aber immer noch tausendmal überzeugendere Zeichentricklandschaft, wie er sie am Nachmittag auf den Spielcomputern im UNIVERSUM gesehen hatte, sondern etwas, was aussah, als ...

Als wäre sein Gedanke so etwas wie ein Stichwort gewesen, schien plötzlich ein sanfter Ruck durch die kitschig-bunte Landschaft zu gehen. David fuhr erschrocken zusammen und drehte mit einem Ruck den Kopf nach links – eine Bewegung, die erneut von einem heftigen Klirren und Scheppern begleitet wurde, das er aber jetzt kaum zur Kenntnis nahm. Etwas wie eine schnurgerade, von einem Horizont zum anderen reichende Linie aus Schatten schien über die gezeichnete Landschaft zu gleiten, vollkommen lautlos, aber rasend schnell. Selbst wenn er sich hätte bewegen können, wäre sie viel zu schnell heran gewesen, um irgendwie zu reagieren, geschweige denn, ihr zu entkommen.

Die Schatten glitten über ihn hinweg und verschwanden in der entgegengesetzten Richtung. Er spürte nichts, aber als sie vorbei waren, hatte sich seine Umgebung verändert.

Es waren nur Details. Das Gras war immer noch zu gleichmäßig, der Boden immer noch zu hart und die Farben immer noch kitschig – aber nicht mehr so sehr wie bisher. Er sah jetzt viel mehr Farbschattierungen und Abstufungen. Statt prinzipiell aus fünf bestanden die Grasbüschel nun aus unterschiedlich vielen Halmen, und er entdeckte auch nicht mehr neben jedem Grasbüschel einen Stein. Dasselbe galt für die Berge. Sie schienen jetzt ein gutes Stück weiter entfernt, höher und irgendwie realistischer. Das Bild ähnelte dem, das er bisher gesehen hatte, wie zwei unterschiedliche Versionen ein und derselben Computergrafik, an der der Zeichner noch arbeitete. Aber noch bevor David richtig darüber nachdenken konnte, was diese Erkenntnis bedeutete, bewegte sich die unheimliche Schattenfront ein zweites Mal auf ihn zu und über ihn hinweg.

Erneut stellte er zahllose Veränderungen fest. Gras, Berge und Himmel sahen immer noch aus wie gemalt, aber jetzt eben wie sehr gut gemalt. Und ganz allmählich dämmerte es ihm.

Er *war* auf Adragne. Aber aus irgendeinem Grund war er nicht in jenem Teil des Landes angekommen, den er ausgewählt hatte. Das hier musste der Randbereich der Welt sein, ein Teil, der buchstäblich gerade im Entstehen begriffen war. Das Computerprogramm hatte begonnen, sich selbst weiterzuentwickeln, und es ging dabei nicht anders vor als ein mensch-

licher Programmierer, der mit einer groben Skizze anfing und sie dann immer wieder und wieder überarbeitete, bis sie seinen Vorstellungen entsprach.
Es verging eine geraume Weile, bis David diese Erkenntnis so weit verarbeitet hatte, um sich wieder auf seine eigene Lage konzentrieren zu können. Er schüttelte Benommenheit und Schrecken wenigstens weit genug ab, um aufzustehen.
Er konnte es ebensowenig wie vorher. Aber diesmal brachte er wenigstens die Geistesgegenwart auf, an sich herabzublicken, um zu sehen, was ihn da festhielt.
Der Anblick war ebenso bizarr wie lächerlich.
David steckte bis zu den Hüften in etwas, was ihm im ersten Moment wie ein Schrotthaufen vorkam; eine gewaltige Ansammlung aus Blech und Eisen und Holz und Leder, die zum Teil neben und auf ihm lag, zum Teil mit dünnen Lederriemen an seinem Gürtel, seinen Armen und Beinen und Schultern befestigt war. Nur dass es kein Schrott war. Es waren Dinge, die er nur zu gut kannte. Schließlich hatte er Stunde um Stunde vor dem Computer verbracht, um sie zu entwerfen.
Das Ding, an dem er sich geschnitten hatte, war ein handlanger, beidseitig geschliffener Dolch mit verziertem Griff, der an einem wuchtigen Ledergürtel um seine Hüfte hing. An seiner anderen Seite zerrte ein gewaltiges Schwert, das so breit war wie seine beiden aneinandergelegten Hände und fast so lang wie er selbst (und sicherlich zwei Zentner wiegen musste). Das Gewicht auf seinem Rücken war das einer riesigen Keule mit einem kugelförmigen Kopf aus Eisen, aus dem spitze Metallstacheln ragten, und was ihm die Sicht genommen hatte, war kein alter Eimer, sondern ein gewaltiger gusseiserner Helm, der ihm um mindestens drei Nummern zu groß war.
Und das war noch lange nicht alles: Neben dem Helm gab es Brust- und Rückenschild – ebenfalls aus Gusseisen – einer primitiven Rüstung, dazu passende Bein- und Armschienen (Gesamtgewicht schätzungsweise drei Zentner), einen Schlüsselring mit Schlüsseln, von denen jeder so groß wie seine

Hand war (es waren an die vierzig Stück; ungefähr zwei Zentner, schätzte David), einen Bogen nebst einem Köcher voller Pfeile (ungefähr hundert, nicht besonders schwer, dafür umso sperriger), einen ledernen Beutel voller Goldstücke (etwa anderthalb Zentner), einen zweiten ledernen Beutel, in dem fünf goldene Ringe, etliche faustgroße Juwelen und zwei kopfgroße Kugeln aus weißem Glas klirrten (etwa einen Zentner schwer), ein toter Vogel (nicht sehr schwer, aber schon halb verwest; der Gestank nahm ihm schier den Atem) und drei Flaschen mit Zaubertrank, die ebenfalls nicht besonders schwer waren; dafür war eine bei seinem Sturz zerbrochen und tränkte seine Beine mit süßlich riechender Klebrigkeit.

Kurz – nicht nur die komplette Ausrüstung, die er gerade in aller Hast entworfen hatte, sondern auch noch anderer Krempel, der zum Teil aus Überresten alter, längst vergessen geglaubter Spiele bestand, zum Teil auch vollkommen unbekannter Herkunft war. Kein Wunder, dass ich unter dem Gewicht dieses ganzen Mülls auf die Nase gefallen bin, dachte er. Da war es schon eher ein Wunder, dass er sich nicht übler verletzt hatte.

Dann, schlagartig, kam ihm noch etwas zu Bewusstsein.

Er hatte nicht nur nicht die gewünschte Ausrüstung bei sich – er steckte auch nicht im Körper eines zwei Meter großen Barbarenkriegers mit der Kraft eines Arnold Schwarzenegger und der Schnelligkeit einer Kobra. Er war nach wie vor das, was er auch schon gewesen war, bevor er den Cyberhelm aufsetzte. Er selbst.

Immerhin gab es einen Unterschied: Er konnte seine Beine bewegen. Nicht besonders gut, aber das lag einzig an dem Zentnergewicht, das auf ihm lastete, nicht etwa daran, dass er weiter gelähmt gewesen wäre.

Es kostete David erhebliche Anstrengung, sich aus dem Gewirr von Ausrüstungsteilen, Waffen und Lederschnüren zu befreien. Zu dem Schnitt in seiner Hand gesellte sich ein zweiter und er landete abermals reichlich unsanft auf dem

Hosenboden, als er versuchte, das Schwert anzuheben, und unter dem Gewicht der Waffe prompt die Balance verlor. Um ein Haar hätte er sich ein paar Zehen abgeschnitten, als die Klinge wie ein Schafott niedersauste und ein paar Grasbüschel dicht neben seinem Fuß zersäbelte.
Aber schließlich hatte er es geschafft und stand schwer atmend, aus zwei tiefen Schrammen in der rechten Hand blutend und reichlich hilflos da und sah sich um. Während er an dem Schnitt in seinem rechten Daumen lutschte und versuchte, den brennenden Schmerz zu ignorieren, versuchte er sich über seine Lage klar zu werden.
Sie war alles andere als lustig.
Er war nun einmal hier – wirklich, *körperlich* hier in Adragne –, und er kannte dieses Land und wusste nur zu gut, welche Gefahren es barg. Solange er sich nicht von der Stelle rührte, war er zwar in Sicherheit, aber er konnte schließlich nicht ewig hier stehen bleiben und darauf warten, dass etwas geschah.
Und dazu kam noch eine Gefahr – nämlich die, dass die Jungs mit den weißen Jacken kamen und ihn mitnahmen. Die Wahrscheinlichkeit, dass er schlicht und einfach den Verstand verloren hatte und sich das alles hier zusammenfantasierte, war unangenehm hoch, fand David.
Aber sie hatte nichts Beruhigendes. Doch ob er das alles hier nun wirklich erlebte oder ob es nur in seinem durcheinandergeratenen Oberstübchen stattfand, spielte für ihn keine Rolle. Irgendwie musste er hier heraus, ganz gleich, wie. Und so ganz nebenbei musste er auch noch Yaso Kuuhl finden und ihm dabei helfen, die drei Männer zu befreien ...
Er wusste nicht einmal, in welcher Richtung er suchen sollte. Abermals sah er sich um. Die eine Hälfte der Welt wurde von den Bergen beansprucht, auf der anderen erstreckte sich monotones Grasland, so weit er sehen konnte. Vielleicht, überlegte er, war es eine gute Idee, auf die Berge zu klettern, um eine bessere Übersicht zu erhalten. Sie sahen zwar jetzt schon weitaus realistischer (und auch weiter entfernt) aus als

zu Anfang, schienen aber trotzdem noch in erreichbarer Nähe zu sein; vielleicht wirklich nur ein paar hundert Meter, die er mit einigen beherzten Schritten überwinden konnte.
Aber als er es versuchte, gelang es ihm nicht. Die ganze Welt loderte in einem stechenden Gelb auf, und David verspürte ein unangenehmes Kribbeln auf der Haut, das rasch stärker und schließlich zu echtem Schmerz wurde, als er es zu ignorieren versuchte und einfach weiterging.
Er war nicht sehr enttäuscht. Er hatte sich eben nach den Regeln dieser Welt zu richten, und die besagten nun einmal, dass er nicht einfach durch Berge hindurchgehen konnte, auch wenn sie nur drei Meter groß waren und aus einer elektronischen Vision bestanden.
Nachdenklich ging er zu der Stelle zurück, an der er seine Ausrüstung liegen gelassen hatte. Er war nicht durstig; trotzdem setzte er nach kurzem Zögern die beiden Flaschen mit Zaubertrank an und leerte sie. Das Zeug schmeckte grässlich und es verklebte seine Zähne wie halb erstarrter Honig, aber er ahnte, dass er jedes bisschen Kraft bitter nötig haben würde. So wie alles andere, was da vor ihm lag.
Dummerweise konnte er es nicht mitnehmen.
Einen zweiten Versuch, das Schwert aufzuheben, sparte er sich gleich. Stattdessen schob er den Dolch unter seinen Gürtel, befestigte nach kurzem Zögern den Bogen auf seinem Rücken und schüttelte achtzig der hundert Pfeile aus dem Köcher heraus, bis sein Gewicht akzeptabel erschien. Bei der Keule zögerte er. Sie war die wirkungsvollste Waffe, aber sie war auch verdammt schwer. Trotzdem – nur mit einem Messer bewaffnet gegen einen Orc oder eine Horde Trolle anzutreten wagte er nun doch nicht. Ächzend hängte er sich die zentnerschwere Keule auf den Rücken und wankte ein paar Sekunden hin und her, bis er sein Gleichgewicht wieder fand.
Er leerte auch den Beutel mit den Goldstücken und behielt nur fünf der kleinen runden Münzen. Gold war so erbärmlich schwer.

Nach einem letzten, bedauernden Blick auf all die Kostbarkeiten, die er zurücklassen musste, machte er sich auf den Weg.

Obwohl er sehr wählerisch gewesen war, schleppte er natürlich noch immer viel zu viel Zeug mit sich herum, dessen Gewicht er schon nach ein paar Schritten unangenehm zu spüren begann. Trotzdem kam er gut voran; das Land bot keine natürlichen Hindernisse, nur hier und da wuchs ein Baum zwischen dem programmierten Gras, und es war angenehm warm, außerdem hielt der Zaubertrank, den er zu sich genommen hatte, noch vor. Die Berge glitten gleichmäßig und grau und braun neben ihm dahin, eine kompakte Mauer, in der es nicht die kleinste Lücke gab, sosehr er es sich auch wünschte. Und die unglaublich lang war.

David marschierte eine Stunde, dann noch eine und noch eine, und allmählich begann er müde zu werden. Er sehnte sich nach einem Schluck Wasser oder wenigstens etwas Schatten, aber es gab keines von beiden. Ein schmaler Fluss tauchte vor ihm auf, den er durchwatete, aber als er versuchte, Wasser zu schöpfen, rann es zwischen seinen Fingern hindurch, ohne dass diese auch nur nass wurden. Die Welt, durch die er sich bewegte, sah mittlerweile beinahe echt aus, aber bis sie es wirklich *war*, würde wohl noch eine Menge Zeit vergehen.

Schließlich – er schätzte, dass er an die vier Stunden unterwegs gewesen war – beschloss er, eine Pause einzulegen. Müde ließ er sich gegen einen Baum sinken, schloss für eine Sekunde die Augen – und fuhr erschrocken wieder hoch.

Hinter ihm ertönte ein Geräusch.

Kein Laut, den er jemals gehört hätte, weder im Spiel noch in Wirklichkeit, aber einer, der ihm einen eiskalten Schauer über den Rücken laufen ließ; ein Klappern und Scheppern und Rasseln, als schlügen alte Knochen und Ketten gegeneinander. Und genau das war es auch.

Vor Davids ungläubig aufgerissenen Augen tauchte ein Skelett über der Graslandschaft auf, groß, hässlich und mit einer riesigen Keule bewaffnet. Auf seinem Kopf wackelte ein viel zu großer, verbeulter Helm. Das fleischlose Gesicht schien ihn höhnisch anzugrinsen, und in den Augen, die nichts als leere Höhlen waren, durch die man den Hinterkopf des Totenschädels sehen konnte, schien ein unheimliches Feuer zu glühen. Er erinnerte sich, dass die Orcs einmal in einer Schlacht eine Anzahl Skelette eingesetzt hatten, die ihre Magier durch einen unheimlichen Zauber aus ihren Gräbern emporzwangen. Sie waren kein besonderes Problem gewesen.

Nicht für Ritter DeWitt und seine Lichtkrieger ...

David war so entsetzt und fasziniert zugleich von dem Anblick, dass er ihn um ein Haar das Leben gekostet hätte. Das Skelett verschwendete nämlich keine Zeit darauf, ihn seinerseits anzublicken, sondern kam mit großen, staksigen Schritten näher – und ließ seine Keule wuchtig auf ihn niedersausen. David schrie auf, kippte nach hinten und entging dem ersten Hieb mehr durch Glück als irgendetwas anderes. Der eiserne Kopf der Keule schlug eine Delle in den Boden, dort, wo er gerade noch gesessen hatte, und hob sich fast sofort wieder zu einem neuen Schlag. David japste vor Schreck, warf sich nach hinten und begann rückwärts vor dem Skelett davonzukrabbeln. Das groteske Geschöpf sah schwerfällig und langsam aus, aber es war keines von beidem. Seine Keule hämmerte mit einem sonderbaren metallischen Klang genau zwischen Davids Füßen auf den Boden, ließ Splitter und sonderbar rechteckige Grasfetzen hochfliegen und schrammte noch in der Aufwärtsbewegung über sein Schienbein, in dem es einen langen, heftig schmerzenden Kratzer hinterließ.

Aber der Schmerz ließ David nicht nur erneut aufschreien, sondern riss ihn auch endlich aus seiner Betäubung – und er tat noch ein übriges: Er erinnerte ihn auf ziemlich drastische Art und Weise daran, warum er eigentlich hergekommen war.

Und *wer* er in dieser Welt war ...

Mit einem wütenden Schrei sprang David in die Höhe, zog sein eigenes Schwert aus dem Gürtel und schwang es zu einem gewaltigen, beidhändig geführten Hieb.

Leider hatte er vergessen, dass auf dem Weg hierher das eine oder andere schief gegangen war. Er steckte nicht im Körper eines Barbarenkriegers, der kräftig genug war, um zum bloßen Zeitvertreib Eichenholztüren einzuschlagen oder mit Kartoffelsäcken zu jonglieren. Die Waffe wog mindestens einen Zentner. Statt befehlsgemäß auf das Skelett niederzusausen und das groteske Geschöpf in eine Sammlung loser Knochen zu verwandeln, riss ihn die Klinge mit ihrem Gewicht einfach nach hinten. David landete zum zweiten Mal unsanft auf dem Rücken, ließ das Schwert fallen und entging dem sofort nachgesetzten Keulenhieb des Skelettkriegers nur durch pures Glück: Unmittelbar neben seinem Kopf stoben Funken aus dem Boden, als die Keule so nahe neben seinem Gesicht niederfuhr, dass er das Geräusch ihres Luftzuges hören konnte.

Er versuchte erst gar nicht, noch einmal nach seinem Schwert zu greifen, sondern rollte blitzschnell herum, bis er aus der Reichweite des Skelettkriegers war, ehe er sich aufrappelte und zu rennen begann, so schnell er nur konnte.

Er blieb erst wieder stehen, als seine Kräfte ihn verließen. Das Skelett war schon lange hinter ihm zurückgeblieben; das Wesen mochte gefährlich und ungemein stark sein, aber es war gottlob auch langsam, doch David hatte trotzdem nicht angehalten, sondern seine Schritte noch mehr beschleunigt, bis sich seine Beine anfühlten, als wären sie mit Blei gefüllt, und seine Lungen bei jedem Atemzug wie Feuer brannten. Selbst dann war er noch nicht gleich stehen geblieben, sondern noch ein paar Dutzend Schritte weitergetaumelt, ehe er endgültig nicht mehr konnte und auf die Knie niedersank.

David konnte nicht sagen, wie lange er so dagehockt war, beide Hände auf den Boden gestützt und mit verzweifelten Atemzügen nach Luft ringend, aber es musste lange gewesen sein. Wäre sein unheimlicher Verfolger in diesem Moment wieder aufgetaucht und hätte ihn angegriffen, wäre er vollkommen hilflos gewesen. Wahrscheinlich hätte er es nicht einmal gemerkt.

Als sich das Brennen in seinen Lungen endlich legte und die

Welt aufhörte, sich wie verrückt um ihn herum zu drehen, galt sein erster Blick natürlich dem Skelett. Mühsam hob er den Kopf und sah in die Richtung zurück, aus der er gekommen war – das heißt: Er vermutete, dass es diese Richtung war. Sicher konnte er nicht sein, denn obwohl sich die Landschaft rings um ihn herum beständig weiter verändert hatte, während er lief, sah trotzdem immer noch alles irgendwie gleich aus. Nicht mehr ganz so monoton und künstlich wie im ersten Moment, aber auch alles andere als echt. Die simulierte Welt, in der er sich befand, gab sich redliche Mühe, zu einem perfekten Abbild der Wirklichkeit zu *werden,* aber bis dahin war noch ein weiter Weg.
So oder so – er konnte das Skelett nirgendwo ausmachen und er bezweifelte im Grunde auch, dass es ihn überhaupt verfolgt hatte. Wenn dieses Geschöpf auch nur die geringste Ähnlichkeit mit den Skelettkriegern aufwies, mit denen er Adragne bevölkert hatte, dann war es dazu gar nicht fähig; ebenso wenig, wie es ihn aus Hass oder Zorn oder irgendeinem anderen nachvollziehbaren Grund angegriffen hatte, sondern einfach, weil diese Untoten blindwütig auf alles losgingen, was atmete und sich bewegte.
Seinen Verfolger nicht zu entdecken beruhigte ihn ein wenig, aber dieses Gefühl hielt nicht besonders lange an. Noch während er sich umständlich wieder in die Höhe stemmte, wurde ihm klar, dass seine Lage alles andere als rosig war. David gestand sich schweren Herzens ein, dass seine Mission nicht nur gescheitert war, noch bevor sie richtig begonnen hatte, sondern eigentlich er jetzt dringend Hilfe gebraucht hätte. Er war nicht nur in einer Verfassung hier angekommen, in der er niemandem wünschte, eine Welt wie Adragne zu betreten, er hatte auch keine Ahnung, wo er war.
Oder wie er zurückkommen sollte.
Schon die Fantasiewelt, die er erschaffen hatte, war riesig gewesen, aber dieses Gebilde hier musste ungleich größer sein, und wahrscheinlich veränderte es sich zudem auch noch beständig. Die Berge am Horizont sahen jetzt schon beinahe

aus wie richtige Berge, vielleicht noch ein bisschen zu gleichmäßig und mit einer nur *vorgetäuschten* dritten Dimension, und auch das Gras, auf dem er stand, konnte mit einigem guten Willen als richtiges Gras durchgehen. Trotzdem gab es keinen Zweifel daran, dass diese Landschaft nicht mehr die war, die *er* programmiert hatte. Sie ähnelte ihr nicht einmal. David hatte genug Erfahrung mit Grafiken dieser Art, um sich vorstellen zu können, wie es hier einmal aussehen würde, wenn die Entwicklung abgeschlossen war: eine sanft gewellte, grasbewachsene Ebene, auf der nur hier und dort ein vereinzelter Baum wuchs oder ein Busch die Monotonie der Landschaft unterbrach, die sich bis zu den Bergen am Horizont dahinzog.
Eine solche Ebene gab es auf Adragne nicht. Er hatte sie nie vorgesehen.
Wenn er wenigstens wüsste, in welche Richtung er gehen sollte! Möglicherweise würde ihm Meister Orban helfen, all diese Rätsel zu lösen – und vor allem nach Hause zu kommen! –, aber er wusste ja nicht einmal, ob Cairon und König Liras' Reich nun vor, hinter oder neben ihm lag oder ob es überhaupt noch existierte.
Wieder bewegte sich eine kaum sichtbare Linie aus Schatten über die Welt, und als sie diesmal über ihn hinweghuschte, konnte er *spüren,* wie sich etwas veränderte. Ein sanftes Zittern lief durch den Boden und plötzlich stand er auf *echtem* Gras. Der Baum, der rechts von ihm emporragte, sah jetzt nicht mehr gemalt aus, sondern durchaus überzeugend, und auch der Himmel hatte nicht mehr jene falsche, sonderbar stechende Farbe, die ihn im allerersten Moment so erschreckt hatte.
David drehte sich nachdenklich einmal im Kreis, sah eine Sekunde lang zu den Bergen hin – sie sahen immer noch so falsch aus wie zuvor, nicht mehr als eine Theaterkulisse –, dann wandte er sich um und ging zu dem Baum hinüber.
Auch aus der Nähe betrachtet, fiel es ihm jetzt schwer, irgendeinen Unterschied zu einem richtigen Baum auszumachen.

Seine Rinde sah aus, wie Baumrinde eben aussah, und sie fühlte sich auch richtig an; allenfalls vielleicht noch ein bisschen zu glatt. Offensichtlich begann sich die Veränderung zu beschleunigen, je weiter er sich von den Bergen entfernte.

Und wenn sich die Berge nun von ihm entfernten?

Der Gedanke erschreckte David bis ins Mark. Im allerersten Moment hatte ihn die Entdeckung, dass die Welt rings um ihn herum allmählich wieder normal zu werden begann, ein wenig optimistischer gestimmt, aber es mochte durchaus sein, dass er Grund zu dem genau entgegengesetzten Gefühl hatte.

Adragne wuchs.

Was, dachte er schaudernd, wenn es schneller wuchs, als er sich von seinem Rand entfernte? Wenn sich das Land, über das er schritt, nun ausbreitete, immer weiter und weiter ins Nichts hinaus und er mit hinausgetragen wurde? Dann wäre es gerade so, als bewege er sich über ein gigantisches Förderband, das ihn schneller zurücktrug, als ihn seine Beine nach vorne tragen konnten. Vielleicht entfernte er sich von Cairon und den Menschen, die er dort kannte, statt sich ihm zu nähern ...

Nein – der Gedanke war zu furchtbar, um ihn zu Ende zu denken. Und es hätte auch nichts genutzt, jetzt in Panik zu geraten. Er hatte ja gar keine andere Wahl, als einfach weiterzugehen und darauf zu hoffen, früher oder später auf einen anderen Menschen zu treffen.

David marschierte eine Stunde, wobei er streng darauf achtete, dass er die Berge immer genau hinter sich hatte, um wenigstens in die ungefähre Richtung zu gehen, in der er den bekannten Teil der Welt vermutete, dann noch eine und noch eine, bis er so erschöpft war, dass er einfach nicht mehr weiterkonnte.

Es begann allmählich zu dämmern. Der Himmel verlor seine Farbe und Davids eigener Schatten, der ihm in den letzten drei Stunden beständig vorausgeeilt war, wurde immer länger und dunkler. Das Gras, über das er nun fiel, war jetzt wirkliches Gras, so wie der Rest seiner Umgebung nicht mehr von der echten Welt zu unterscheiden, und als er einen Blick über die Schulter zurückwarf, stellte er fest, dass die Berge mit den Schatten der hereinbrechenden Dämmerung verschmolzen waren und zumindest bei dieser Beleuchtung vollkommen überzeugend aussahen. Vielleicht wurde seine allerschlimmste Befürchtung ja doch nicht wahr, und er näherte sich nun einem Teil des alten, ihm vertrauten Adragne. Doch selbst, wenn es so war – von irgendeiner menschlichen Ansiedlung war nicht die geringste Spur zu entdecken. Bisher hatte er den Gedanken mit Erfolg verdrängt, aber allmählich begann er sich mit der Vorstellung abzufinden, sich irgendwo einen Platz zum Schlafen suchen zu müssen. Yaso Kuuhl und die drei Männer, zu deren Befreiung sie eigentlich aufgebrochen waren, hatte er längst vergessen.

David raffte noch einmal alle seine Kräfte zusammen, drehte sich einmal im Kreis und entdeckte eine kleine Baumgruppe, nur hundert oder zweihundert Schritte entfernt. Das waren ungefähr hundert oder zweihundert Schritte mehr, als er sich noch zutraute, aber die Vorstellung, sich einfach im Gras auszustrecken und vollkommen ungeschützt zu sein, ließ ihn schaudern. Auch wenn sein magersüchtiger Verfolger nicht mehr hinter ihm her war, hatte ihm die Begegnung doch eindringlich etwas vor Augen geführt, was ihm bei all seinen früheren Besuchen hier niemals so richtig aufgefallen war: Adragne war nicht nur eine fantastische Welt, sie barg auch zahllose Gefahren. Die meisten davon hatte er höchstpersönlich erschaffen, aber das machte es nicht besser. Im Gegenteil.

Mit müden Schritten wankte er zu der Baumgruppe hinüber und ließ sich in ihrem Schatten niedersinken. Rings um die Bäume herum wuchs ein Teppich aus dunkelgrünem, intensiv duftendem Moos, fast wie ein natürliches Bett. Ein kühler Wind kam auf, und es wurde jetzt rasch dunkler. Außerdem spürte er plötzlich, wie hungrig er war und noch viel durstiger. Bei all den überflüssigen Dingen, die er zu seiner Expedition zusammengestellt hatte, hätte er vielleicht auch an einen Picknickkorb und eine warme Decke denken sollen. Doch er hatte weder das eine noch das andere mit, und so blieb ihm nichts anderes übrig, als sich frierend und mit knurrendem Magen unter dem Baum zusammenzurollen und darauf zu warten, dass er einschlief.

Mitten in der Nacht wachte er auf. Das erste Gefühl, das er spürte, war ein so gewaltiger Hunger, dass er instinktiv die Hand auf den Magen legte, und das erste Geräusch, das er hörte, war ein Knurren und Grollen, von dem er tatsächlich annahm, es wäre das Knurren seines eigenen Magens. Aber dann mischte sich ein anderer Laut hinein, den er zwar nicht einordnen konnte, der ihm aber seltsam bekannt vorkam.

David öffnete die Augen, setzte sich vorsichtig auf und sah sich mit klopfendem Herzen um. Er hörte jetzt noch mehr Laute, aber es war so dunkel, dass er absolut nichts erkennen konnte. Trotzdem wuchs seine Beunruhigung. Halb benommen und jäh aus dem tiefsten Schlaf gerissen, vermochte er die sonderbaren Geräusche noch immer nicht einzuordnen, aber er spürte trotzdem sehr intensiv, dass sie nichts Gutes bedeuteten. So leise er konnte, richtete er sich auf, presste sich mit dem Rücken gegen den Baumstamm und sah sich noch einmal und mit eng zusammengekniffenen Augen in der fast vollkommenen Dunkelheit um.

Eine Sekunde später war er sehr froh, so vorsichtig gewesen zu sein.

Und er war auch schlagartig hellwach.

Auf der anderen Seite der Baumgruppe, hinter der er geschlafen hatte, bewegte sich eine kleine Karawane. Soweit er das in der Finsternis erkennen konnte, bestand sie aus ungefähr acht oder zehn Reitern und noch einmal gut doppelt so vielen Gestalten zu Fuß. Nur dass diese Reiter nicht auf Pferden saßen, sondern auf gewaltigen struppigen Wölfen, und die anderen eher hoppelten, schlurften und hopsten, als sie wirklich gingen.

Es waren Orcs.

Davids Herz begann zu hämmern. Er erstarrte regelrecht,

während er der langen Kette von Monstern zusah, die weniger als einen Steinwurf entfernt an seinem Nachtlager vorbeizogen. Hätte er sich tatsächlich einfach ins Gras sinken lassen, um zu schlafen, dann wäre es jetzt vielleicht um ihn geschehen gewesen. Die Monsterwölfe, auf denen die Orc-Krieger ritten, waren nicht nur hässlich wie die Nacht, sie verfügten auch über scharfe Sinne. Sie hätten ihn garantiert gewittert, hätte er nicht ausgerechnet hier Schutz gesucht. Einige der Wölfe schnüffelten zwar jetzt auch in seine Richtung, aber der Geruch des Mooses musste seine Witterung überdecken.
Trotzdem blieb er vorsichtig. Ganz langsam ließ sich David wieder auf die Knie herabsinken und blickte weiterhin aufmerksam auf. Die grüngeschuppten Krieger bewegten sich nicht besonders schnell, obwohl er wusste, dass diese Monster so gut wie keine Müdigkeit kannten. Aber sie schienen es nicht eilig zu haben.
David fragte sich, wohin die Orcs wohl unterwegs sein mochten. Sie zogen in die Richtung, aus der er kam, und dort gab es absolut nichts. Vielleicht war es einfach nur eine Bande, die ziellos durch das Land streunte und nach etwas suchte, was sie stehlen oder zerstören konnte.
Er wartete. Die Zeit schien plötzlich zehnmal langsamer zu vergehen, als normal war, und es kam ihm vor, als ob sich die finsteren Schatten dort vor ihm nur noch im Zeitlupentempo bewegten. Er hockte in einer sehr unbequemen Lage da und seine Arme und Beine begannen allmählich zu schmerzen, aber er wagte es nicht, sich noch einmal zu bewegen. Nicht nur die Wölfe verfügten über ausgesprochen scharfe Sinne. Ihre Reiter mochten den Intelligenzquotienten eines Bügeleisens haben, aber sie hatten ein Gehör, auf das jede Katze neidisch gewesen wäre, und Augen, die es mit denen von Falken aufnehmen konnten. Er hatte keine andere Chance, als weiter wie zur Salzsäule erstarrt dazuhocken und zu hoffen, dass er nicht einfach umfiel oder einen Krampf bekam, bevor die Karawane der Ungeheuer außer Sichtweite gekommen war.

Beinahe hätte er es sogar geschafft.
Das Ende der Karawane war bereits an seinem Versteck vorbeigezogen – ein besonders großer, hässlicher Wolf, auf dessen Rücken ein zwei Meter großer Koloss aus grünen Schuppen und Muskeln hockte und so laut schnarchte, dass David es bis hierher hören konnte –, und er wollte sich gerade in eine etwas bequemere Haltung sinken lassen, als er einen Nachzügler entdeckte.
Das Geschöpf war selbst für einen Goblin klein – auf die Zehenspitzen emporgereckt hätte es David vielleicht bis zur Brust gereicht – und dabei so dürr, dass es fast wie das Skelett aussah, dem er vorhin mit knapper Not entkommen war. Dafür waren seine Ohren umso größer. Sie standen weit von dem kahlen Schädel mit der riesigen Nase, dem breiten Mund und den Glotzaugen ab, und sie bewegten sich unentwegt, wie kleine, grüne Radarantennen. David fuhr erschrocken zusammen, als der grüne Zwerg urplötzlich aus der Dunkelheit zehn Meter hinter dem letzten Wolf auftauchte. Nicht sehr – aber doch heftig genug, um dabei ein Geräusch zu machen. Es war nur ein Schaben, kaum mehr als das Rascheln eines Grashalmes unter seinen Schuhen. Jedem anderen wäre es entgangen. Dem Goblin nicht.
Der Gnom blieb mit einem Ruck stehen. Seine Fledermausohren bewegten sich hektisch in verschiedene Richtungen – und drehten sich dann beide zu ihm. Gleichzeitig stieß der Goblin einen schrillen, misstönenden Pfiff aus.
David verlor keinen Sekundenbruchteil mehr. Selbst wenn er den Atem angehalten hätte, hätte ihm das nichts mehr genutzt. Er wusste ja, wie unglaublich scharf das Gehör dieser hässlichen Zwerge war. Jetzt, wo er einmal Verdacht geschöpft hatte, würde der Goblin vermutlich selbst das Hämmern seines Herzens hören.
Er wartete nicht ab, ob auf den Pfiff irgendeine Reaktion erfolgte, sondern sprang in die Höhe und gleichzeitig herum – und fiel der Länge nach hin, als seine verkrampften Beinmuskeln die Belastung nicht aushielten. Das weiche Moos dämpf-

te seinen Aufprall, sodass er sich nicht verletzte, aber für den Goblin musste der Laut ungefähr so deutlich zu hören gewesen sein wie ein Böllerschuss.
Mit zusammengebissenen Zähnen rappelte sich David wieder auf und raste in die Dunkelheit hinein, so schnell er nur konnte.
Hinter ihm erscholl erneut dieser spitze, durchdringende Schrei, mit dem der Goblin die anderen Monster alarmierte; ein Laut, der David selbst über die große Entfernung hinweg noch einen eisigen Schauer über den Rücken laufen ließ. Eigentlich war es grotesk, dass Wesen, die über ein so unglaublich scharfes Gehör wie die Goblins verfügten, eine so misstönende und noch dazu *laute* Stimme hatten.
Allerdings hielt ihn dieser Gedanke nicht davon ab, aus Leibeskräften zu rennen.
Er war so gut wie blind. Wenn dieses neue Adragne einen Mond hatte, so musste er hinter einer dichten Wolkenschicht verborgen sein, denn es war so dunkel, dass er die sprichwörtliche Hand vor Augen kaum sehen konnte. Er konnte einfach nur hoffen, dass es den Orcs ebenso erging und er ihnen einfach in der Dunkelheit entkam.
Doch hinter ihm erschollen weitere Schreie, die bald darauf in ein wahres Konzert aus Grunzen, Schnauben, dem Tappen schwerer Pfoten und hechelnden Atemzügen übergingen. Er sah sich ein paarmal im Laufen um, ohne dabei an Tempo zu verlieren. Er konnte immer noch nichts sehen, aber die Geräusche wurden immer lauter, und die Nacht schien ringsum plötzlich von huschenden, hetzenden Schatten und wirbelnder Bewegung erfüllt zu sein. Anscheinend hatten die Ungeheuer seine Spur tatsächlich verloren und schwärmten nun einfach in die ungefähre Richtung aus, in der sie ihn vermuteten.
Der Gedanke erfüllte David noch einmal mit neuer Hoffnung. Er raffte den Rest seiner Kraft zusammen, legte einen verzweifelten Zwischenspurt ein –
und prallte so wuchtig gegen ein Hindernis, das jählings aus

der Dunkelheit auftauchte, dass er benommen zurücktaumelte und auf Hände und Knie herabsank. Einen Moment lang drehte sich alles um ihn.

Als er den Blick hob, sah er in ein Paar kinderfaustgroße, dunkelrot glühende Augen.

David erstarrte.

Die Augen gehörten zu einem struppigen, breiten Gesicht mit spitzen Ohren und einem Maul, dessen Anblick einem Haifisch einen Riesenschrecken eingejagt hätte. Und aus dem ihm warmer, nach Fäulnis und Blut riechender Atem entgegenschlug. Auf den ersten Blick hätte man es für ein Hundegesicht halten können, aber es war viel breiter und massiger und unendlich viel boshafter.

David wagte es noch immer nicht, sich zu bewegen, aber sein Herz begann immer schneller zu schlagen. Der Riesenwolf stand kaum eine Handbreit vor ihm; die allergeringste Bewegung mochte das Ungeheuer zum Angriff provozieren. Langsam, buchstäblich Millimeter für Millimeter nur, wagte er es, den Kopf zu heben und das Geschöpf anzustarren, das auf dem Rücken des bizarren Reittieres saß.

Der Orc, der vornübergeneigt auf dem Rücken des Riesenwolfes hockte und ihn aus seinen blutunterlaufenen, bösartigen Augen ansah, musste aufgerichtet gute zwei Meter messen. Sein Körper war über und über mit stumpfgrün schimmernden Schuppen bedeckt und sein Gesicht ... David fehlte ein passender Vergleich, aber gegen den Orc wäre selbst der Wolf noch als Schönheitskönigin durchgegangen.

Aber das alles war noch nicht das Schlimmste.

Vor ihm stand niemand anderer als Ghuzdan, der oberste Kriegsherr und Befehlshaber der vereinigten Orc-Armeen.

David erstarrte mitten in der Bewegung und sein Herz begann mit der Schnelligkeit eines außer Kontrolle geratenen Motors zu hämmern. Er rechnete fest damit, dass Ghuzdan einfach seine gewaltige Stachelkeule heben und der Geschichte (und ihm) damit ein Ende bereiten würde. Als dies nicht geschah und der Orc sich auch sonst nicht regte oder auch nur einen

Laut von sich gab, atmete David tief ein, hob die Hände über die Schultern – eine Geste, von der er wenigstens hoffte, dass sie so simpel war, um selbst von einem Orc verstanden zu werden – und richtete sich behutsam weiter auf.
Kurz bevor er die Bewegung zu Ende geführt hatte, schoss ein dunkelgrüner Schemen aus der Dunkelheit schräg vor ihm heraus und prallte so wuchtig gegen ihn, dass er von den Füßen gerissen wurde. Ein schriller, triumphierender Schrei erscholl, und das nächste, was David bewusst wahrnahm, war, dass er auf dem Rücken lag und ein hässliches, kleines Etwas auf sich hocken sah, das auf seiner Brust auf und ab hopste und mit winzigen Fäusten auf sein Gesicht einschlug. Die Hiebe taten durchaus weh, aber David wagte es nicht, sich zu wehren oder auch nur sein Gesicht zu schützen, obwohl es ihm ein Leichtes gewesen wäre, den Knirps abzuschütteln, der seine Brust offensichtlich mit einem Trampolin verwechselte.
»*Ich habe ihn! Ich habe ihn! Ich habe ihn!*«, keifte der Goblin ununterbrochen. Seine Stimme war noch unangenehmer, als David sie in Erinnerung hatte, und um etliches lauter.
Ghuzdan knurrte etwas, was David nicht verstand, der Goblin dafür aber offensichtlich umso besser. Er hörte auf, auf Davids Gesicht einzuschlagen, und hockte sich mit deutlichen Anzeichen von Enttäuschung auf seine Brust. »*Wage es nicht, dich zu bewegen, Blasser!*«, schrie er. »*Eine falsche Bewegung, und ich reiße dich in Stücke!*«
David bedachte den Goblin mit einem kurzen, abschätzenden Blick, tat aber durchaus, was er ihm gesagt hatte – er wagte es nicht, sich zu bewegen. Ghuzdan hatte dem Zwischenspiel bisher reglos zugesehen, aber es war nur eine Frage der Zeit, bis er des Spieles überdrüssig wurde.
»Was tust du hier?«, knurrte der Orc plötzlich.
David war ein wenig überrascht. Ghuzdan sprach nicht nur seine Sprache, er hatte eine durchaus angenehme, sehr tiefe Stimme, die so gar nicht zu der geifernden, blutrünstigen Bestie passen wollte, als die David den Herrn der Orcs in Erinnerung hatte.

»Ich ... ich ...«, stammelte David.
»Wer bist du?«, fragte Ghuzdan, wartete aber gar nicht erst ab, ob David antwortete, sondern schwang sich mit einer Bewegung, die im krassen Gegensatz zu seinem plumpen Äußeren stand, vom Rücken des Wolfs herab. Dadurch wurde er noch größer, denn er hatte vorher weit nach vorne gebeugt im Sattel gesessen. Als er sich David näherte, zitterte der Boden unter seinen Schritten.
Der Wolf zog sich lautlos zurück, aber an seiner Stelle erschienen nun mehr und mehr Orcs aus der Dunkelheit und begannen einen Kreis um ihren Herrn und David zu bilden, dazu etliche Trolle und sogar zwei der gefürchteten Ogermagier. Keines der Geschöpfe sagte auch nur ein Wort, aber David erschauerte vor Furcht, als er den Ausdruck in ihren Augen sah. Er erinnerte sich plötzlich wieder an das Spiel im UNIVERSUM, und jetzt wusste er auch, wie sich sein Bruder gefühlt haben musste, als er in die Gewalt der Orcs geraten war.
»Kannst du nicht sprechen oder hat die Angst deine Zunge gelähmt?«, fragte Ghuzdan.
David wollte antworten, aber der Goblin auf seiner Brust kam ihm zuvor. Er boxte ihn mit einer seiner winzigen Fäuste so derb in die Rippen, dass ihm die Luft wegblieb, und schrie: »*Hast du nicht gehört, Blasser? Unser Herr hat dich etwas gefragt!*«
David riss endgültig der Geduldsfaden. Er setzte sich mit einem Ruck auf, und der Goblin wurde in hohem Bogen von seiner Brust heruntergeschleudert und verschwand kreischend in der Dunkelheit. Eine halbe Sekunde später erscholl ein dumpfes Klatschen, gefolgt von einem gebrüllten Fluch, dann wieselte der Goblin wieder auf ihn zu, ununterbrochen schimpfend, aber auch Gras und Erde ausspuckend.
David ignorierte ihn, stand vollends auf und machte einen Schritt zurück – zum einen aus purer Angst, zum anderen, weil er den Kopf in den Nacken legen musste, um in Ghuzdans geschupptes Monstergesicht hinaufzublicken. Der Orc sagte

nichts, aber er legte den Kopf schräg, und seine gewaltigen Pranken begannen sich zu öffnen und wieder zu schließen. Wenn er Ghuzdan richtig in Erinnerung hatte, dachte David, dann war er kein sehr geduldiger Orc.

»Mein Name ist David«, sagte David. »Ich ... ich bin nicht euer Feind.«

Ghuzdan riss die Augen auf. »Unser ... *Feind?*«, wiederholte er ungläubig.

»Nein, bestimmt nicht!«, sagte David hastig. »Ich bin ... ich meine, ich ... ich war nur zufällig hier. Ich habe geschlafen, und –«

»Was suchst du hier, in diesem Teil des Landes?«, unterbrach ihn Ghuzdan. »Du bist ein Kind, nicht? Ein Kind der Blassen.«

»Ich bin kein Kind!«, verteidigte sich David.

»Unglaublich«, fuhr Ghuzdan kopfschüttelnd fort, als hätte er seine Worte gar nicht gehört. »Sie werfen uns vor, Ungeheuer zu sein, aber sie lassen es zu, dass ihre Jungen in solche Gefahr geraten. Weißt du denn nicht, dass wir gefährliche Ungeheuer sind, die Kinder fressen?«

David blinzelte. Hätte er es nicht besser gewusst, dann hätte er gewettet, dass Ghuzdan sich einen Scherz mit ihm erlaubte.

»Ich habe wirklich nichts mit euch zu schaffen«, sagte er zögernd. »Ich ... ich wollte nur ein wenig ausruhen, das ist alles. Ich war auf dem Weg nach –«

Er verstummte. Was sollte er sagen? Nach Cairon, um mich dem Heer anzuschließen, das Krieg gegen euch führt?

»Ja?«, fragte Ghuzdan. »Wohin?«

»Ich ... ich weiß nicht«, stammelte David. Der Goblin holte aus und versetzte ihm einen Tritt gegen das Schienbein.

»Beantworte die Frage, Blasser!«, keifte er. *»Was fällt dir ein!«*

Er holte zu einem neuen Tritt aus, aber diesmal war David schneller: Er versetzte ihm einen Stoß vor die Brust, der den Zwerg ein zweites Mal nach hinten schleuderte. Und diesmal war er sicher, ein kurzes, amüsiertes Funkeln in den Augen des Orc-Herrn zu sehen.

»Ich weiß es nicht«, sagte er, so ruhig und überzeugt er konnte.

»Ich habe mich verirrt. Ihr ... Ihr habt Recht, Herr. Ich bin ein Kind jener Wesen, die Ihr die Blassen nennt. Ich wurde von meiner Familie getrennt. Ich dachte, ich würde sie wiederfinden, aber –«

Schon wieder ein Fehler. David begriff es, noch während er die Worte aussprach, aber es war zu spät. Aus dem amüsierten Glitzern in Ghuzdans Augen wurde Misstrauen.

»Deine Familie?«, schnappte er. »Soll das heißen, dass noch mehr von euch hier sind?«

»Nein!«, sagte David hastig. »Oder, ja ... aber sie ...«

Anscheinend konnte er sagen, was er wollte – er machte es nur schlimmer. Ghuzdan legte den Kopf auf die Seite und sah ihn jetzt mit eindeutigem Misstrauen an. Er hatte die rechte Hand zu einer Faust geschlossen, die größer als Davids Kopf war.

»Was nun, Bursche?«, fragte er. »Ja oder nein? Und lüg mich nicht an. Ich kann ziemlich böse werden, wenn man mich belügt.«

Als ob er das nicht wüsste! David schluckte ein paarmal, atmete hörbar ein und setzte neu und mit erzwungener Ruhe an: »Es waren nicht viele. Nur mein Onkel und zwei seiner Freunde.«

»Wo sind sie?«, schnappte Ghuzdan.

»Ich weiß nicht«, antwortete David. »Vielleicht tot. Ich weiß nicht, was passiert ist. Da waren plötzlich ... Schatten und ... und Skelettkrieger, und ... und dann ging alles so schnell ...«

Vielleicht kam er ja damit durch, wenn er einfach das spielte, was Ghuzdan offenbar in ihm sah: ein vor Angst zitterndes, vollkommen verstörtes Kind, das gar nicht wusste, wie ihm geschah. Mit dieser Beschreibung kam er der Wahrheit ja auch ziemlich nahe.

»Schatten?«, fragte der Orc.

»Plötzlich war alles anders«, bestätigte David. »Da waren Berge, aber sie ... sie sahen nicht richtig aus, und auch die Bäume und das Gras waren ... irgendwie falsch. Ich weiß nicht ...«

»Das Neue Land«, murmelte Ghuzdan. Einen Moment lang trat ein nachdenklicher Ausdruck in seine Augen. Dann schüttelte er den Kopf, als hätte er sich in Gedanken eine Frage gestellt und sie auch gleich darauf selbst beantwortet, und seufzte tief.
»Du bereitest mir Kopfzerbrechen, Bursche«, sagte er. »Ich würde dir gerne glauben, weißt du? Aber ich weiß nicht, ob ich es kann. Ihr Blassen seid dafür bekannt, zu lügen.«
David sagte nichts. Er konnte auch nichts sagen. Er war viel zu sehr damit beschäftigt, den Orc mit offenem Mund anzustarren.
War das tatsächlich *der* Ghuzdan, den er selbst erschaffen hatte, der Schrecken Cairons, der Verheerer der Welt, das schrecklichste aller Ungeheuer, das nichts anderes kannte als Morden und Brennen und Töten?!
»Was soll ich jetzt mit dir tun?«, fragte Ghuzdan.
»Ich ... weiß nicht«, stammelte David.
»Ich könnte dich laufen lassen«, sinnierte Ghuzdan. »Aber das wäre nicht klug. Der Gedanke, dass vielleicht noch mehr Blasse in der Gegend sind, beunruhigt mich. Wie kannst du mich davon überzeugen, Bursche, dass ich dir trauen kann?«
»Aber ich ... ich sage die Wahrheit«, stotterte David. »Bitte, Herr, Ihr müsst mir glauben! Warum sollte ich Euch belügen?«
»Weil du Angst vor uns hast?«, schlug Ghuzdan vor.
»Die habe ich«, gestand David. »Viel zu viel Angst, um Euch zu belügen. Ihr könntet ... ärgerlich werden, wenn Ihr es herausfindet.«
»Ja, das könnte ich«, bestätigte Ghuzdan. Er lachte leise, ein grollender, tiefer Laut, der eher an fernen Donner erinnerte als an ein Lachen. »Also gut. Du wirst mit uns kommen, wenigstens so lange, bis ich entschieden habe, ob ich dir trauen kann oder nicht.«
»Und ... dann?«, fragte David.
Ghuzdan machte eine vage Geste. »Das wird sich zeigen. Vielleicht lassen wir dich laufen. Vielleicht fressen wir dich auch auf. *Gobbo!*«

Der Goblin mit den großen Ohren wieselte mit hastigen Schritten auf ihn zu und schrie: *»Ja, Herr?«*
»Du bist mir für ihn verantwortlich.« Ghuzdan deutete auf David. »Wenn er entkommt oder ihm etwas zustößt, ziehe ich dich zur Verantwortung. Und nun lasst uns weiterziehen. Wir haben schon viel zu viel Zeit verloren.«
»Ganz wie Ihr befehlt, Herr!«, brüllte Gobbo.
Ghuzdan drehte sich herum und ging zu seinem Wolf zurück, und auch die übrigen Orcs und Trolle verschwanden nach und nach in der Dunkelheit – wenn auch erst, nachdem einer von ihnen Gobbo einen Strick gereicht hatte, mit dem der Goblin Davids Handgelenke auf dem Rücken zusammenband. Einen zweiten, etwas längeren Strick benutzte er dazu, Davids Fußgelenke zu fesseln, sodass er zwar noch gehen, aber nur mehr kleine Schritte tun konnte. Dann knotete er einen dritten Strick zu einer Schlinge, die er David um den Hals legte. Das andere Ende des Strickes schwenkte er triumphierend in der Hand.
David musterte den kleinen Kerl mit dem hässlichen Gesicht und den riesigen Ohren finster. »Was wird das, wenn es fertig ist?«, fragte er. »Willst du mich anleinen wie einen Hund?«
»Schweig, Blasser!«, kreischte Gobbo. *»Du hast gehört, was unser Herr gesagt hat! Ich bin für dich verantwortlich!«* Damit trat er einen Schritt zurück und zerrte mit aller Gewalt an dem Strick, der um Davids Hals geschlungen war. David rührte sich nicht, aber der Goblin verlor durch seine eigene Bewegung um ein Haar das Gleichgewicht. Kaum hatte er es wiedergefunden, da machte David einen Schritt nach hinten. Gobbo wurde von den Füßen gerissen und landete zum dritten Mal an diesem Abend auf der Nase.
Als er sich fluchend und schon wieder Erde und Grashalme ausspuckend aufrichtete, sagte David: »Ich mache dir einen Vorschlag: Du hörst auf, so zu tun, als wäre ich dein Schoßhund, und ich verspreche dir, dass ich nicht zu fliehen versuche.«
Gobbo musterte ihn misstrauisch. *»Ehrenwort?«*, keifte er.

»Wenn du aufhörst, mich dauernd anzuschreien, ja«, sagte David. Er meinte es ehrlich. Es wäre ihm vermutlich ein Leichtes gewesen, die Handfesseln zu lösen, die Gobbo ihm angelegt hatte, und den kleinen Kerl zu überwältigen. Aber wohin konnte er schon fliehen? Ghuzdan und seine Wolfreiter würden ihn binnen weniger Augenblicke wieder einholen, und er konnte nicht ein zweites Mal auf die Großmut des Orcs zählen. Er verstand ja nicht einmal, wieso er ihn nicht gleich umgebracht hatte.

»*Wer schreit hier?!*«, brüllte Gobbo.

David verdrehte die Augen. »Niemand«, flüsterte er. »Also gut: Ich verspreche dir, dass ich nicht zu fliehen versuche.« *Wenigstens nicht gleich,* fügte er in Gedanken hinzu. Vielleicht würde sich ja später eine bessere Gelegenheit ergeben.

Gobbo überlegte noch einen Moment, aber dann zuckte er mit den Schultern, trippelte heran und nahm David nicht nur den Strick um den Hals, sondern zu seiner maßlosen Überraschung auch die Hand- und Fußfesseln ab.

»*Wenn du zu fliehen versuchst, reiß ich dich in Stücke!*«, warnte er, in der gewohnten Lautstärke und mit einem so drohenden Gesichtsausdruck, dass sich David mit aller Macht beherrschen musste, um nicht vor Lachen laut herauszuplatzen.

»Keine Angst«, versicherte er. »Ich halte mein Wort.« *Ausgenommen natürlich, ich gebe es einer Witzfigur, die noch dazu nicht einmal wirklich existiert, sondern nur Teil eines Computerspieles ist,* fügte er in Gedanken hinzu.

Gobbo trat hinter ihn und versetzte ihm einen Stoß, der ihn endgültig losmarschieren ließ.

Die Karawane der Orcs und Trolle hatte sich bereits wieder zum Abmarsch formiert. Ghuzdan blickte mit deutlicher Ungeduld in ihre Richtung, und es kam David auch so vor, als wäre er leicht überrascht, als er feststellte, dass er nicht gefesselt war, aber er sagte nichts, sondern gab nur mit einem lautstarken Grunzen das Zeichen zum Aufbruch, worauf sich alle in Bewegung setzten.

David begann sich immer sonderbarer zu fühlen. Seltsamerweise hatte er jetzt kaum noch Angst. Vielleicht war er einfach zu erstaunt dazu. Er hatte sich in der Gestalt des Ritters DeWitt darauf gefreut, eines Tages dem obersten Heerführer der Orcs gegenüberzustehen, aber es war jetzt ganz anders, als er es sich ausgemalt hatte. Natürlich hatte er sich nicht vorgestellt, als sein *Gefangener* vor ihm zu stehen, sondern im Gegenteil, mit dem Schwert in der Hand und als Sieger über seine Heere.

Doch das war nicht der einzige Unterschied. Es war sogar der kleinste Unterschied. Er war Ghuzdan niemals zuvor selbst begegnet, aber das hieß nicht, dass er ihn nicht kannte. Ganz im Gegenteil: Schließlich hatte er diesen Orc erschaffen. Aber er hatte ihn als blutgierige Bestie programmiert, als ein Geschöpf, das nichts anderes kannte als Morden und Töten und nicht einmal wusste, was Humor oder Vergeben bedeutete.

Und so wie Ghuzdan unterschieden sich auch die anderen Geschöpfe in seiner Umgebung deutlich von denen, als die Ritter DeWitt sie in Erinnerung hatte. Während sie in mäßigem Tempo über das leicht gewellte Grasland marschierten, sah sich David aufmerksam um. Er erblickte Trolle, Goblins, Oger, Hobgoblins und noch eine ganze Anzahl anderer, größtenteils furchteinflößend aussehender Gestalten. Sie alle waren groß (mit Ausnahme Gobbos), sehr muskulös und hatten ein wildes, barbarisches Äußeres.

Aber es waren keine *Ungeheuer.*

David verstand nur sehr wenig von den Gesprächen, die er dann und wann aufschnappte, doch das Wenige, das er verstand, steigerte seine Verwirrung eher noch. Die Orcs sprachen über ihre Familien, über das Land, durch das sie zogen, oder andere, größtenteils belanglose Dinge, aber er hörte auch rauhe Scherze und manchmal ein Lachen. Alles war wirklich sehr, sehr verwirrend.

»Wohin bringt ihr mich?«, fragte er nach einer Weile.

»*Was geht dich das an?*«, brüllte Gobbo. Ghuzdan wandte flüchtig den Kopf und sah in ihre Richtung; wieder glaubte David ein amüsiertes Funkeln in seinen Augen zu sehen.

»Nichts«, antwortete David. »Ich war nur neugierig. Ich kenne dieses Land nicht, weißt du?«
»Es ist auch nicht für euch Blasse bestimmt«, kreischte Gobbo. *»Wenn ich etwas zu sagen hätte, wärst du längst tot.«*
»Na, wie gut, dass du nichts zu sagen hast«, flüsterte David. Er sah kopfschüttelnd auf den Goblin hinab, der neben ihm hertrippelte. Gobbo musste nahezu rennen, um auf seinen kurzen Beinen mit ihm Schritt zu halten. Er hatte sich vorhin verschätzt, was die Größe des Goblin anging: Der Knirps reichte ihm mit Mühe und Not bis zur Gürtelschnalle und er war so dürr, dass sich David allen Ernstes fragte, ob er einen Schatten warf, wenn die Sonne am Himmel stand.
»Was nicht ist, kann sich ja bald ändern!«, brüllte Gobbo. *»Wart's nur ab!«*
»Werd ich«, antwortete David. »Trotzdem: Wohin gehen wir? Ich meine: Wenn ihr mich sowieso fressen wollt, dann kannst du es mir genauso gut sagen.«
»Das darf ich aber nicht«, schrie Gobbo.
»Ach, komm schon«, sagte David. »Ich verrate dich nicht. Ich möchte einfach nur wissen, wo ich sterben soll, weißt du?«
Gobbo blickte einige Sekunden lang nachdenklich zu ihm hoch. Dann zog er eine Grimasse. *»Also gut, meinetwegen!«*, kreischte er, in einer Lautstärke, dass man seine Worte noch am anderen Ende der Karawane hören musste. *»Aber wehe, du verrätst mich. Wir sind auf der Jagd nach Blassen.«*
David war überrascht. »Aber ich dachte, es gibt in den Neuen Ländern keine Menschen«, sagte er.
»Gibt es auch nicht«, antwortete Gobbo. *»Deshalb jagen wir sie ja.«*
David starrte ihn an. »Wie?«
»Still!« Ghuzdan hob die Hand. Gobbo verstummte abrupt, und die gesamte Kolonne kam mit einem Ruck zum Stehen. Von einer Sekunde auf die andere wurde es still, fast unheimlich still. Alle Gespräche waren verstummt, und selbst die hechelnden Atemzüge der Riesenwölfe waren für einen Moment nicht mehr zu hören.

David sah sich alarmiert um. Ghuzdan hatte irgendetwas gehört oder gesehen, aber er selbst konnte absolut nichts Außergewöhnliches entdecken. Was vielleicht daran lag, dass er so gut wie nichts sehen konnte. Die Nacht war noch immer so dunkel wie zuvor, sodass beide Enden der Karawane in vollkommener Schwärze zu verschwinden schienen; ebenso wie alles, was mehr als fünf oder sechs Schritte neben ihnen lag. Es dauerte eine Weile, bis ihm auffiel, dass Ghuzdan auch nicht in die Dunkelheit hinausstarrte, sondern den Blick nach oben gehoben hatte, in den Himmel. Mit einem Ruck hob er den Kopf und sah ebenfalls empor.
Im ersten Moment erkannte er auch dort nichts, nur Dunkelheit und schwere Wolken, die sich als noch schwärzere Schatten vor dem Himmel abzeichneten. Aber dann gewahrte er einen riesigen, geflügelten Umriss, der über ihnen kreiste, gerade an der Grenze des überhaupt noch Erkennbaren.
»He!«, entfuhr es ihm. »Das ist –«
»Kein Laut, Blasser!«, grollte Ghuzdan. »Noch ein Ton, und ich töte dich!«
David verstummte. Ghuzdans Stimme klang nicht einmal drohend, aber vielleicht überzeugte David gerade das davon, dass die Worte des Orcs ernst gemeint waren. Er biss sich auf die Zunge, gab aber keinen Laut mehr von sich, während er dem Schatten zusah, der hoch oben am Himmel über ihnen kreiste. Er konnte ihn nicht genau erkennen: es war etwas Großes, Gefügeltes, das er für einen Greif gehalten hätte, wäre dieses Adragne noch das Adragne gewesen, das er kannte. Vielleicht war es auch ein Drache. Oder etwas noch Schlimmeres.
Was immer es auch war – es kreiste für eine geraume Weile am Himmel. Es dauerte lange, bis der Schatten wieder mit den Wolken verschmolz und schließlich verschwand, und noch länger, ehe Ghuzdan hörbar aufatmete und das Zeichen zum Weitermarschieren gab.

Wenn David noch am Abend zuvor geglaubt hatte, die Grenzen seiner eigenen Leistungsfähigkeit erreicht zu haben, so musste er sich bald eingestehen, dass das nicht stimmte. Die Orcs marschierten die ganze Nacht hindurch; nicht einmal besonders schnell, aber ohne auch nur eine einzige Pause einzulegen. Erst als es bereits zu dämmern begann und die Berge wieder als schwarze Schemen am Horizont auftauchten, hielt die Karawane an, und Ghuzdans Krieger begannen ein Lager aufzuschlagen. Auch David musste mit zupacken, obwohl er so müde war, dass er beinahe schon im Laufen eingeschlafen wäre. Er konnte sich hinterher nicht einmal mehr erinnern, in das niedrige Zelt hineingekrochen zu sein, das er zusammen mit Gobbo eigenhändig aufgebaut hatte.

Er erwachte mit schmerzendem Rücken und einem so laut knurrenden Magen, dass er im ersten Moment glaubte, einer der Riesenwölfe hätte sich in sein Zelt verirrt. Ein sonderbares Halbdunkel umgab ihn: Sonnenlicht, das nur gedämpft durch die schweren Tierhäute drang, aus denen das Zelt gefertigt war, und als er sich aufzurichten versuchte, schmerzte sein Rücken so sehr, dass er keuchend die Zähne zusammenbiss. Er hatte auf dem nackten Boden geschlafen, und hier gab es kein wohlriechendes Moosbett, sondern nur Sand und kleine, spitze Steine, die durch seine Kleider gedrungen waren. Er hatte furchtbaren Hunger und noch schlimmeren Durst und sein Magen knurrte jetzt ununterbrochen.

Müde hob er die Hände, fuhr sich über die Augen und blinzelte ein zweites Mal in die Runde. Er hatte lange geschlafen, fühlte sich aber kaum erfrischt. Ein furchtbarer Muskelkater quälte ihn, und er erinnerte sich vage an einen Albtraum, den er gehabt, Gott sei Dank aber zum Großteil wieder vergessen hatte.

Auch jetzt sah sein Zelt noch so trostlos aus wie zuvor: Ein einfacher Stock, über den mehrere zusammengenähte Bahnen aus gegerbter Tierhaut gespannt waren, und ein schmuddeliger Lappen vor dem Eingang, das war alles. Durch die Nähte des Stoffes drang grelles Sonnenlicht und er hörte Stimmen, Geräusche und ein sonderbar misstönendes Schrillen und

Kreischen, das ihn an irgendetwas erinnerte, ohne dass er sagen konnte, woran.

Seufzend drehte sich David auf die Seite – und blickte in ein abgrundtief hässliches, grünes Gesicht, das sich unmittelbar neben dem seinen befand.

Im selben Moment begriff er auch, dass das Knurren und Grollen, das er hörte, gar nicht von seinem leeren Magen kam, sondern nichts anderes war als Gobbos Schnarchen.

»He«, sagte David.

Gobbo grunzte, drehte sich schmatzend auf die andere Seite und schnarchte noch lauter. David starrte ihn eine Sekunde lag überrascht an, dann versetzte er ihm einen unsanften Knuff mit dem Ellbogen und sagte noch einmal: »Heda!«

»*Was?!*« Gobbo fuhr mit einem Ruck hoch. »*Was ist los?!*«, brüllte er. »*Verrat! Blasse im Lager?! Wo ist –*«

»Reg dich wieder ab«, seufzte David. »Niemand ist im Lager. Du schnarchst.«

Der Goblin blinzelte, gähnte mit weit aufgerissenem Mund und rieb sich mit beiden Fäusten über die Augen. »*Wieso weckst du mich?*« Er brachte tatsächlich das Kunststück fertig, die Frage mit vollem Stimmaufwand zu brüllen und gleichzeitig zu gähnen.

»Ich glaube, es ist Zeit, aufzustehen«, sagte David kopfschüttelnd.

»*Aufstehen?*« Gobbo blinzelte. »*Wieso? Ist es schon wieder dunkel?*«

»Nein«, antwortete David. »Aber es ist trotzdem Zeit ... sag mal: Ghuzdan hat dir doch gesagt, dass du für mich verantwortlich bist, oder?«

»*Unser Herr hat mir die Ehre zuteil werden lassen –*«, brüllte Gobbo, doch David unterbrach ihn mit einer Grimasse und erhobenen Händen:

»Ja, schon gut, ich weiß. Aber ich habe Hunger, weißt du? Und schrecklichen Durst.«

»*Und?*«, brüllte der Goblin. »*Ist das etwa meine Schuld?*«

»Keine Ahnung«, gestand David. »Aber Ghuzdan wird bestimmt nicht begeistert sein, wenn er mich zum Verhör abholen will und feststellen muss, dass ich mittlerweile verdurstet bin.«

Gobbo kniff ein Auge zusammen und starrte ihn an. »*Wie meinst du das?*«, fragte – nein: *schrie* er.

David grinste. »Nur ein Scherz. Aber im Ernst: Ich sterbe vor Hunger und vor allem vor Durst. Könntest du mir einen Schluck Wasser besorgen? Und vielleicht ein Stück Brot.«

»*Brot?*«, schrie Gobbo. »*Was soll das sein?*«

David seufzte. »Irgendetwas zu essen eben«, sagte er. »Es ist egal, was. Hauptsache, es lebt nicht mehr«, fügte er hastig hinzu.

Gobbo sah ihn eindeutig irritiert an, stand aber schließlich achzelzuckend auf und wandte sich zum Ausgang. Obwohl das Zelt so niedrig war, dass David am vergangenen Abend auf Händen und Knien hatte hineinkriechen müssen, konnte der Goblin ohne Mühe aufrecht darin stehen. Nach einem einzigen Schritt hielt er allerdings wieder inne und sah misstrauisch zu David zurück.

»*Du versuchst doch nicht abzuhauen, wenn ich weg bin?*«, vergewisserte er sich.

»Niemals!« David legte die linke Hand auf das Herz und die rechte mit gekreuzten Fingern hinter den Rücken und sagte ernsthaft: »Mein Ehrenwort.«

»*Na gut*«, schrie Gobbo. »*Aber ich warne dich. Mach keinen Unsinn! Ich finde dich, ganz egal wo du dich auch versteckst.*«

David lächelte nur zur Antwort und Gobbo ging. Kaum hatte er das Zelt verlassen, erhob sich David auf Hände und Knie, kroch zur Rückseite und hob die Plane an.

Was er sah, das ließ ihn jeden Gedanken an Flucht auf der Stelle vergessen.

Er hatte während der Nacht geglaubt, es nur mit einer kleinen Gruppe von Orcs zu tun zu haben, doch er musste sich entweder gehörig verschätzt haben oder eine zweite Abteilung war zu ihnen gestoßen, während er schlief. Er konnte nur einen kleinen Teil des Lagers überblicken und den noch dazu aus der Froschperspektive, doch er erkannte allein auf dieser Seite mindestens zwei Dutzend Zelte. Und selbst wenn sie nicht dagewesen wären – dahinter erstreckte sich nichts als eintönige, monoton gewellte grüne Graslandschaft, Kilometer um Kilometer, auf denen ihn die Orcs auf ihren gigantischen Wölfen ohne Mühe aufgespürt und wieder eingeholt hätten. Enttäuscht ließ David die Plane wieder sinken und kroch zu seiner Lagerstatt zurück. Er würde seine Fluchtpläne wohl noch ein bisschen verschieben müssen, ob ihm das nun passte oder nicht.

Seltsamerweise war er aber auch fast erleichtert, das Wort, das er Gobbo gegeben hatte, nicht brechen zu müssen. Der hässliche Knirps war ihm zwar alles andere als sympathisch, aber es wäre ihm trotzdem nicht angenehm gewesen, ihn zu enttäuschen. Vielleicht, weil Gobbo ihm so viel Vertrauen entgegenbrachte, und das nur auf sein bloßes Wort hin. Ein sehr sonderbares Verhalten für ein Wesen, das seinem Erzfeind gegenüberstand.

Aber schließlich war Gobbo nicht der einzige hier, der sich seltsam verhielt – vorsichtig ausgedrückt ...

David stemmte sich wieder auf Hände und Knie hoch, kroch zum Ausgang und schlug das Stück Stoff beiseite, das ihn verschloss. Helles Sonnenlicht stach in seine Augen, sodass er im ersten Moment nur Schemen sah und geblendet die Hand hob, um seine Augen zu schützen, und der misstönende Lärm wurde schlagartig lauter.

Es klingt, dachte David, als würden irgendwo Schweine geschlachtet, ohne dass sich jemand die Mühe gemacht hätte, sie vorher wenigstens zu betäuben.

David blinzelte, nahm vorsichtig die Hand herunter und sah sich um. Er wunderte sich, dass anscheinend niemand etwas dagegen zu haben schien, dass der Gefangene sein Zelt verließ. Aber nach allem Ungewöhnlichen, was ihm bisher widerfahren war, war das nur eine weitere, nicht besonders große Merkwürdigkeit.

Viel merkwürdiger war da schon das, was er sah, nachdem

sich seine Augen erst einmal an das immer noch viel zu grelle Tageslicht gewöhnt hatten ...

Das Lager war tatsächlich noch größer, als er angenommen hatte. Er hatte geglaubt, es mit vielleicht dreißig, vierzig Orcs und ihren Verbündeten zu tun zu haben. Gerade als er einen Blick unter der Zeltplane hindurchgeworfen hatte, hatte er seine Schätzung ein gutes Stück nach oben korrigiert und dasselbe tat er jetzt noch einmal. Was er für eine kleine Karawane gehalten hatte, das war in Wirklichkeit schon eine kleine Armee: David erblickte mindestens fünfzig oder sechzig Zelte, von denen jedes einzelne weit größer war als das, in dem Gobbo und er die Nacht verbracht hatten, und in einem hastig zusammengezimmerten Gatter ein Stück abseits mehr als hundert der riesigen, struppigen Wölfe, auf denen die Orcs ritten. Überall rings um ihn herum hatten sich kleinere oder auch größere Gruppen von Orcs, Trollen, Goblins und anderen Ungeheuern zusammengefunden, um am Feuer zu sitzen, zu essen oder zu reden, und nur ein kleines Stück von seinem eigenen Zelt entfernt erhob sich ein gewaltiges Gebilde aus schreiend bunten Zeltplanen, metallenen Schilden und Matten aus geflochtenem Schilf und Reisig; zweifellos Ghuzdans Zelt. Zwei der gigantischsten Orcs, die David jemals gesehen hatte, hielten rechts und links vom Eingang Wache. Einer der schuppigen Kolosse war auf seinen Speer gestützt eingeschlafen und schnarchte, was das Zeug hielt, der andere vertrieb sich die Zeit damit, mit drei kleinen weißen Bällen zu jonglieren. Wenn man von Ghuzdans Leibwache auf den Rest der Armee schließen konnte, dachte David, dann schienen sich die Orcs ziemlich sicher zu fühlen. Eigentlich seltsam angesichts des Schattens, den sie in der vergangenen Nacht am Himmel gesehen hatten.

Doch so beeindruckend der Anblick des Lagers im ersten Moment auch sein mochte, er machte David auch völlig klar, wie vollkommen aussichtslos jeder Gedanke an eine Flucht war. Kein Wunder, dass sich Ghuzdan nicht einmal die Mühe gemacht hatte, eine Wache vor seinem Zelt zu postieren.

Der infernalische Lärm, der ihn aufgescheucht hatte, hielt immer noch an, ja, er war sogar lauter geworden. David sah sich ein zweites Mal um und wappnete sich innerlich bereits auf den Anblick irgendeiner Schrecklichkeit, die seine allerschlimmsten Albträume übersteigen mochte; schließlich war er ein Gefangener der Orcs, der schlimmsten Ungeheuer, die das Universum je gesehen hatte.

Trotzdem war er auf das, was er schließlich erblickte, nicht vorbereitet.

Ein gutes Stück entfernt hatte sich eine Gruppe von mindestens dreißig oder vierzig Orcs um ein flackerndes Feuer versammelt; aber nicht, um zu essen oder sich zu unterhalten. Vielmehr beobachtete David mit fassungslosem Staunen, wie einige der geschuppten Kolosse primitive Musikinstrumente hervorholten, auf die sie nun aus Leibeskräften einschlugen, trommelten, bliesen und zupften. Das Ergebnis klang geradezu ohrenbetäubend, und es war vor allem anderen schrecklich laut, aber es war auch eindeutig *Musik.*

Einige der Orcs tanzten. Und das war schlechterdings unmöglich.

Orcs *konnten* keine Musik hören. Sie hatten keinen Sinn für Unterhaltung und sie wussten nicht einmal, was das Wort *Spaß* bedeutete – abgesehen natürlich von dem Vergnügen, das sie dabei empfanden, ihren Gegnern die Köpfe einzuschlagen.

»*Heda!*«, brüllte eine Stimme hinter ihm. »*Wer hat dir erlaubt, das Zelt zu verlassen, Blasser?!*«

David drehte flüchtig den Kopf, sah nichts und senkte dann den Blick. Gobbo stand zwei Schritte hinter ihm und funkelte ihn aus seinen riesigen trüben Augen an. Seine Ohren bewegten sich wie kleine, grüne Radarantennen. Er trug ein Brett in den Händen, auf denen sich grob herausgerissene Brot- und Fleischstücke stapelten.

»Sie ... sie tanzen«, murmelte David fassungslos. Er deutete auf die hüpfenden und musizierenden Orcs und Gobbo antwortete mit einem so heftigen Nicken, dass seine Ohren wackelten.

»*Natürlich tanzen sie, Blödian!*«, keifte er. »*Was sollten sie denn sonst tun?*«
»Aber ... aber das können sie nicht«, murmelte David verstört. Orcs konnten nicht tanzen. Tanzen, lachen, musizieren, Spaß haben ... das waren *menschliche* Eigenschaften. Er hatte diese Geschöpfe nicht so erschaffen!
Gobbo stellte sich auf die Zehenspitzen, wodurch er David immerhin bis zur Gürtelschnalle reichte, lugte einen Moment lang zu den wie besessen auf und ab springenden Orcs hinüber und schrie dann mit vollem Stimmaufwand: »*Du hast recht. Sie können es wirklich nicht. Sie sind eben fast so tolpatschig wie du. Aber sie versuchen es immerhin!*«
»Das ... das meine ich nicht«, antwortete David verwirrt. »Ich meine ... dass ... also ...«
Gobbo kniff das linke Auge zu und blinzelte aus dem anderen misstrauisch zu ihm hoch. »*Ja?*«
»Nichts«, murmelte David. »Vergiss es.«
Der Goblin blickte ihn noch einen Moment lang verwirrt und misstrauisch an, dann zuckte er in einer fast unheimlich menschlich wirkenden Geste die Schultern, machte auf der Stelle kehrt und trippelte ins Zelt zurück. Nach einem letzten, noch immer durch und durch verständnislosen Blick zu den tanzenden Orcs hin folgte ihm David.
Kaum war er wieder im Zelt, meldete sich sein knurrender Magen. Ohne ein weiteres Wort ließ er sich neben Gobbo im Schneidersitz niedersinken, griff nach dem Brett, das der Goblin anstelle eines Tabletts verwendete, und probierte vorsichtig ein Stück Brot. Es schmeckte vollkommen anders als erwartet: sehr würzig, aber auch sehr gut. Mutiger geworden, angelte er sich einen der verlockend duftenden Fleischbrocken, roch daran und biss schließlich herzhaft hinein. Was für das Brot gegolten hatte, galt für das Fleisch erst recht: Es schmeckte fremdartig und sonderbar, aber auch überaus köstlich – auch wenn er keine Ahnung hatte, was er da eigentlich aß. Es war ihm auch gleich. Die ersten Bissen hatten seinen Hunger erst richtig geweckt, sodass er ohne viel Federlesens

nicht nur das gesamte Brot vertilgte, sondern auch das Fleisch bis auf den letzten Krümel aufaß. Gobbo sah ihm die ganze Zeit über schweigend zu, schüttelte aber ein paarmal den Kopf. Als David zu Ende gegessen hatte, fragte er:
»*Füttert ihr Blassen eure Jungen eigentlich nicht anständig oder wieso bist du so ausgehungert?*«
»Doch, doch«, antwortete David hastig. »Aber ich habe ziemlich lange nichts mehr bekommen. Ich war ... lange allein.«
»*Wie lange?*«, wollte Gobbo wissen.
David setzte automatisch zu einer Antwort an, besann sich aber dann eines Besseren und beließ es bei einem Achselzucken. Er glaubte es zwar eigentlich nicht, aber es war immerhin möglich, dass Ghuzdan den Goblin mit dem Auftrag geschickt hatte, ihn klammheimlich auszuhorchen. Und solange er nicht wusste, woran er mit den Orcs war, war es vielleicht besser, mit jedem Wort zu geizen. Vielleicht waren Informationen das einzige, womit er sich sein Leben erkaufen konnte.
»Ich habe versucht, ein paar Beeren oder Früchte zu finden«, sagte er ausweichend. »Aber ich hatte kein Glück.«
»*Hier gibt es nichts zu essen*«, brüllte Gobbo. »*Das Neue Land ist leer. Weisst du das denn nicht?*«
David schüttelte den Kopf. »Ich muss gestehen, dass ich sehr wenig darüber weiß«, sagte er. »Eigentlich nichts. Bis vor ein paar Tagen wusste ich nicht einmal, dass es existiert.«
»Das hat es ja da auch noch nicht«, sagte eine Stimme vom Eingang her. David sah auf und rückte hastig ein Stück zur Seite, als Ghuzdan gebückt in das Zelt hereintrat und sich mit einem Geräusch zwischen ihnen niedersinken ließ, als stürze eine hundertjährige Eiche um. »Deshalb nennt man es das Neue Land. Hast du gut geschlafen?«
David nickte zaghaft. Ghuzdans gewaltige Gestalt füllte das Zelt fast zur Gänze aus, aber das war nicht der einzige Grund, aus dem sich seine Angst zurückmeldete. Seine Kehle war plötzlich wie zugeschnürt.
»Gobbo hat dir zu essen gebracht, wie ich sehe«, sagte Ghuzdan. »Fehlt dir sonst noch etwas?«

»Ein schnelles Pferd?«, schlug David vor. »Und eine Stunde Vorsprung?«
Ghuzdan blinzelte – und begann so brüllend zu lachen, dass sich David die Ohren zuhielt. In Zukunft, so nahm er sich vor, würde er vorsichtiger sein, wenn er in Ghuzdans Gegenwart Scherze machte.
Der Orc wurde jedoch ebenso schnell wieder ernst, wie er zu lachen begonnen hatte. »Also gut«, sagte er. »Du bist ausgeruht und du bist satt. Können wir jetzt reden?«
»Gerne«, sagte David. »Aber ich wüsste nicht, worüber. Ich habe Euch alles gesagt, was ich weiß, Herr.«
»Dann weißt du so gut wie nichts«, vermutete Ghuzdan. Er wiegte den mächtigen Schädel. »Aber wer weiß – vielleicht sagst du ja auch nur, dass du nichts weißt.«
»Bestimmt nicht, Herr«, versicherte David hastig. Er versuchte, ein Stück von Ghuzdan wegzurücken, schon um nicht aus Versehen zerquetscht zu werden, wenn sich der Gigant bewegte, aber das war nicht möglich. Er saß bereits mit dem Rücken an der Zeltplane. »Ich würde Euch niemals anlügen.«
»Anlügen?« Ghuzdan nickte. »Genau. Das war das Wort, nach dem ich gesucht habe.«
»Wie ... bitte?«, fragte David.
»Ich habe davon gehört«, fuhr Ghuzdan fort. »Eine Eigenart von euch Blassen. Manchmal sagt ihr Dinge, die gar nicht so sind, wie ihr behauptet. Ihr versprecht zum Beispiel, dass ihr dieses oder jenes tun oder dieses oder jenes nie wieder tun werdet, und dann tut ihr es doch. Das nennt ihr dann eine Lüge, nicht wahr?«
David antwortete nicht. Er starrte den Orc nur mit offenem Mund an.
»Oder irre ich mich?«, fragte Ghuzdan, nachdem er ein paar Sekunden lang vergeblich auf eine Antwort gewartet hatte. »Ich meine: Du hast Gobbo hier versprochen, nicht wegzulaufen. Aber wenn du eine Gelegenheit dazu gehabt hättest, dann hättest du es trotzdem getan.«
»Vielleicht«, murmelte David.

»Und das wäre dann eine Lüge gewesen?«, fragte der Orc.
David schwieg. Seine Gedanken überschlugen sich schier. Er fragte sich, ob der Orc ihn vielleicht auf den Arm nahm. Möglicherweise war das ja seine Art und Weise, sich über seinen Gefangenen lustig zu machen. Statt zu antworten, fragte er: »Wollt ... wollt Ihr damit sagen, dass Ihr nicht wisst, was eine Lüge ist?«
»Würde ich dich fragen, wenn ich es wüsste?«, gab Ghuzdan zurück.
Offenbar meinte der Orc seine Worte vollkommen ernst. Und tatsächlich – jetzt, wo David darüber nachdachte, musste er sich eingestehen, dass er in all den Feldzügen und Schlachten gegen die Orcs niemals davon gehört hatte, dass eines der Geschöpfe log. Auch dazu waren sie nicht geschaffen.
»Also ... es wäre keine direkte Lüge gewesen«, antwortete er endlich auf Ghuzdans Frage.
»Sondern?«
»Eine ... eine List«, sagte David zögernd.
»Zu sagen, du willst nicht fliehen, und es dann doch zu tun, ist also eine List«, sinnierte Ghuzdan. »Aber zu sagen, dass ihr in Frieden kommt, um dann unsere Dörfer niederzubrennen, ist eine Lüge?«
»Nein, so ... so nun auch wieder nicht«, erwiderte David. Wie konnte er dem Orc nur begreiflich machen, was er meinte? »Aber Ihr ... Ihr wisst doch auch, was eine Kriegslist ist. Nehmt zum Beispiel den Kampf um das Schwarze Portal. Ihr hattet Eure Magier verborgen, damit die Greifenreiter sie nicht bemerken und in die Fal ... «
David schluckte den Rest des Satzes hinunter, aber es war zu spät. Jede Spur von Freundlichkeit war aus den Augen des Orc-Herrschers verschwunden. Er sagte kein Wort, ja er rührte sich nicht einmal, aber David konnte regelrecht fühlen, wie das Misstrauen wieder in alter Macht von Ghuzdan Besitz ergriff.
»Was weißt du von der Schlacht am Schwarzen Portal?«, fragte Ghuzdan schließlich. Seine Stimme klang hart wie Stahl.

»Nichts«, versicherte David hastig. »Nur was ich darüber gehört habe?«
»Gehört? Von wem?«
»Von ... von meinem Onkel«, sagte David. Er hätte sich am liebsten geohrfeigt. Etwas noch Dümmeres hätte er in diesem Moment kaum noch sagen können!
»War er dabei?«
Diesmal reagierte David rechtzeitig. Keiner von denen, die dabeigewesen waren, hatten die Schlacht überlebt, ausgenommen Meister Orban, Yaso Kuuhl und Ritter DeWitt. Und er hatte das sichere Gefühl, dass es seinem Verhältnis zu Ghuzdan nicht unbedingt zuträglich sein würde, zu behaupten, mit einem der drei verwandt zu sein. »Nein«, sagte er. »Aber die Geschichte um die Schlacht am Schwarzen Portal ist überall bekannt. Eure Krieger haben sich tapfer geschlagen, aber am Schluss –«
»– wurden sie verraten«, unterbrach ihn Ghuzdan. Er ballte seine gewaltige Faust, aber David spürte auch, dass diese Geste keine Drohung war, die ihm galt. »O ja, es *war* eine gewaltige Schlacht. Und wir haben gesiegt. Wir hätten die Blassen geschlagen, wäre dieser verfluchte Ritter DeWitt nicht gewesen!«
»Ritter DeWitt?«, fragte David.
»So nennt er sich«, grollte Ghuzdan. »Doch ich glaube nicht, dass das sein wahrer Name ist. Er ist ein Ungeheuer.«
»Aber wieso?«, fragte David. »Ich habe geh ... ich meine: Mein *Onkel* hat erzählt, dass er ein großer Held ist. Der tapferste Ritter, den es jemals gegeben hat.«
»Tapfer?« Ghuzdan lachte bitter. »Ist es ein Zeichen von Tapferkeit, in die Schlacht zu ziehen, wenn man unverwundbar ist?«
»Unverwundbar?«
»Und unsterblich«, bestätigte Ghuzdan. »Ich weiß nicht, was dein Onkel dir über Ritter DeWitt erzählt hat, Blasser, aber ich weiß, was ich gesehen habe. Er ist nicht tapfer. Die Blassen sind unsere Feinde, solange ich denken kann, aber sie sind

trotzdem Gegner, die ich respektiere. Ich bekämpfe sie, weil ich es muss, und sie bekämpfen uns, weil sie es müssen. Doch Ritter DeWitt ist ein Teufel. Er tötet, weil er Freude daran empfindet. Er und seine verfluchten Lichtkrieger suchen die Schlacht nur aus der Freude am Kämpfen.«

David starrte den Orc an. Ghuzdans Worte erschütterten ihn bis ins Innerste. Und sie berührten ihn auf eine Art, die ihm fast Angst vor sich selbst empfinden ließ.

»Aber ... aber er hat doch ... den Menschen hier nur geholfen«, murmelte er.

Ghuzdan schüttelte so heftig den Kopf, dass das Zelt bebte. »Das sagt er«, sagte er. »Doch es ist nicht die Wahrheit. Es ist das, was du gerade eine Lüge genannt hast. Wir sind Feinde, seit Adragne besteht, doch wir haben niemals Krieg nur um des Krieges willen geführt. Und auch die Menschen in Cairon haben dies nicht getan.«

»Aber warum denn sonst?«, fragte David. Ghuzdan sah ihn überrascht an und er fügte hastig hinzu: »Ich ... ich meine: Mein Onkel hat mir erzählt, dass ihr unsere Feinde seid, aber ich habe eigentlich nicht wirklich verstanden, warum.«

»Warum unsere Völker gegeneinander kämpfen?« Ghuzdan holte grollend Luft. »Eine gute Frage. Auch ich habe sie mir nie gestellt, bevor Ritter DeWitt erschien. Vielleicht, weil Adragne zu klein für unsere beiden Völker ist.«

»Zu *klein?*«, keuchte David.

»Unsere Heimat im Norden ist kalt«, sagte Ghuzdan. »Die Wälder versinken in ewigem Schnee und Eis und es wird in jedem Jahr schwerer, genug Wild für den Winter zu fangen. Unsere Jungen hungern und oft fand das Frühjahr ganze Dörfer nur noch voller Toter vor. Auch ein Krieger muss essen. So zogen wir eines Tages nach Süden, auf der Suche nach fruchtbarem Land und reichen Jagdgründen. Doch im Süden leben deine Leute. Adragne bietet nicht genug Platz für unser Volk und eures.«

»Dann ... dann ist es ein Kampf ums Überleben?«, fragte David.

»Bisher ja«, antwortete Ghuzdan. »Nun, wo es das Neue Land gibt ...« Er zuckte mit den gewaltigen Schultern. »Aber zurück zu dir, Bursche. Du sagst, du wärest mit deinem Onkel unterwegs gewesen. Wohin? Und wo seid ihr hergekommen?«
David antwortete nicht gleich. Obwohl Ghuzdans Stimme nun wieder so ruhig und freundlich wie am vergangenen Abend klang, hatte er doch das sichere Gefühl, dass von seiner Antwort eine Menge abhängen konnte. Unter anderem auch sein Leben.
»Ich weiß es nicht«, sagte er vorsichtig. »Unsere Stadt wurde im Krieg zerstört. Wir sind geflohen, und –«
»Eure Stadt? Wie hieß sie?«, schnappte Ghuzdan.
David gemahnte sich in Gedanken abermals zur Vorsicht. Dies hier war eindeutig ein Verhör, keine Unterhaltung unter alten Freunden. »Moranien«, sagte er. »Ihr werdet noch nicht davon gehört haben, aber –«
»Das habe ich«, unterbrach ihn Ghuzdan. »Wer hätte das nicht. Ich wusste nicht, dass es Überlebende gab.«
»Nicht sehr viele«, sagte David. »Vielleicht waren wir sogar die einzigen. Mein ... mein Onkel und ich waren draußen in den Wäldern auf der Jagd, als die Orcs angriffen, und –«
»Die Orcs?«, unterbrach ihn Ghuzdan. »Sagtest du: Orcs?«
David sagte nichts mehr. Er nickte nur.
Ghuzdans Mine verdüsterte sich. »Nun weiß ich, was dieses Wort bedeutet«, sagte er. »Lüge.«
»Wieso?«
»Ist es das, was man sich bei euch erzählt?«, fragte Ghuzdan. »Dass wir Moranien vernichtet haben?«
»Aber ... aber wer denn sonst?«
Ghuzdan ballte abermals die Hand zur Faust, und diesmal ließ er sie mit aller Gewalt auf den Boden krachen, sodass David erschrocken zusammenfuhr. »Es waren die Götter!«, stieß er zornig hervor. »Die gleichen Teufel, zu denen auch dieser verfluchte Ritter DeWitt gehört!«
»Das ... das glaube ich nicht!«, antwortete David. »Und was für Götter?«

»Die, die auf der anderen Seite wohnen«, sagte Ghuzdan. »Es war einer von ihnen, der in dieser Nacht kam und Moranien verbrannte, einfach so, aus purer Lust am Zerstören. Wenn dein Onkel dir erzählt hat, dass wir es waren, so war dies eine von euren *Lügen.*«

»Also ... direkt hat er es nicht gesagt«, erwiderte David kleinlaut. »Es war nur ... wir haben nur das Feuer gesehen und die Schreie gehört, und ... und da haben wir gedacht ...«

»... dass es meine Heerscharen waren?« Ghuzdan schnaubte. »Warum sollte ich eine Stadt wie Moranien angreifen? Sie war wertlos. Ihr König war ein Kind, das nur nach Vergnügen und Kurzweil trachtete, und seine Einwohner waren kaum besser. Es gab dort nichts, was des Eroberns wert gewesen wäre.« Er hob wieder die Hand, ballte sie abermals zur Faust, seufzte aber dann plötzlich und ließ den Arm wieder sinken.

»Erzähle weiter«, befahl er.

»Viel mehr gibt es nicht zu erzählen«, sagte David leise. »Wir sind geflüchtet. Mein Onkel wollte nach Cairon, um am Hofe des Königs um Aufnahme zu bitten, aber wir ... kamen vom Weg ab.«

»Das kann man sagen«, grollte Ghuzdan. »Cairon liegt in der entgegengesetzten Richtung. Einen Wochenmarsch von hier entfernt.« Er legte den Kopf auf die Seite und maß David mit einem langen, sehr aufmerksamen Blick.

»Es ist vier Wochen her, seit Moranien fiel«, sagte er. »Was habt ihr in all der Zeit getan?«

Das war eine wertvolle Information für David. *Er* hatte Moranien erst vor wenigen Stunden dem Erdboden gleichgemacht. Offensichtlich folgte die Zeit hier radikal anderen Gesetzen als in der richtigen Welt. Möglicherweise hatte er ja doch noch eine Chance, die drei vermissten Programmierer zu finden und zu befreien, bevor die Techniker bei COMPUTRON den Stecker herauszogen. Sobald er die Kleinigkeit hinter sich gebracht hatte, den Orcs zu entfliehen, hieß das ...

»Die meiste Zeit haben wir uns versteckt«, gestand er kleinlaut. »Mein Onkel ist kein sehr tapferer Mann. Wir trafen auf

eine Patrouille Eurer Krieger und mussten uns verbergen und danach scheinen wir uns wohl verirrt zu haben. Und schließlich fanden wir uns in ... in einem sehr seltsamen Land wieder. Ein Land, wie ich es noch nie zuvor gesehen habe.«
»Seltsam?«
»Alles wirkte ... nicht echt«, sagte David. Wahrscheinlich war es das Klügste, wenn er so dicht bei der Wahrheit blieb, wie es gerade noch ging. »Als hätte jemand ein Bild gemalt, aber jemand, der nicht sehr gut hingesehen hat. Ich meine, die Bäume waren keine richtigen Bäume, und das Wasser konnte man nicht trinken.«
»Das Neue Land«, bestätigte Ghuzdan nickend. »Ihr müsst sehr weit in seinem Inneren gewesen sein. Was geschah dann?«
»Wir waren kurz davor, zu verhungern«, sagte David. »Gestern Abend schließlich sahen wir eine Bewegung. Wir dachten, es wären Menschen, und begannen zu rufen. Erst, als wir näher kamen, sahen wir, dass es Skelettkrieger waren. Aber da war es zu spät. Mein Onkel nahm sich ein Schwert und versuchte sie aufzuhalten, und mich schrie er an, wegzulaufen.«
»Dann muss er wohl doch ein tapfererer Mann gewesen sein, als du geglaubt hast«, sagte Ghuzdan. »Ja, ich habe davon gehört, dass sich Skelettkrieger und andere Ungeheuer hier herumtreiben. Sie werden deinen Onkel getötet haben.«
David nickte mit gespielter Trauer. Innerlich atmete er jedoch auf. Offensichtlich hatte Ghuzdan ihm seine Geschichte abgekauft – obwohl sie im Grunde nicht besonders überzeugend klang. Aber wahrscheinlich war es doch noch ein Unterschied, zu *wissen,* dass es so etwas wie Lügen gab, oder ständig mit der Frage konfrontiert zu werden, ob der andere nun die Wahrheit sagte oder nicht.
»Werden sie auch hierher kommen?«, fragte er nach einer Weile.
»Die Skelette?« Ghuzdan lachte. »Kaum. Du musst keine Angst haben. Wenn sie es wagen, sich uns zu nähern, vernich-

ten wir sie. So wie alle anderen Ungeheuer, die es hier gibt. Hab keine Furcht. Wir sind hier, um dieses Land von diesen Bestien zu säubern.«
»Ihr wollt es für euch beanspruchen«, vermutete David.
»Wenn wir hier leben können, ja«, bestätigte Ghuzdan. »Niemand weiß, was dieses Land ist und wie weit es sich noch erstreckt, doch die Kundschafter, die ich ausgeschickt habe, berichten mir, dass es keine Bewohner hat. Niemand beansprucht es. Sollte sich das als wahr erweisen, dann hätte der Krieg vielleicht endlich ein Ende. Falls die Götter es zulassen.«
»Ihr meint ... Ritter DeWitt«, vermutete David zögernd.
»Ihn und andere, die vielleicht schlimmer sind«, sagte Ghuzdan. »Niemand hat mehr von Ritter DeWitt gehört seit der Schlacht am Schwarzen Portal, doch es heißt, dass Krieger des Schlitzer-Clans drei der fremden Götter gefangen und in ihr Lager im Neuen Land verschleppt hätten.«
»Der *Schlitzer-Clan?«* David durchforstete sein Gedächtnis nach diesem Wort. Es dauerte tatsächlich einen Moment, bis er sich erinnerte – aber als er es tat, wünschte er sich fast, dass es nicht so wäre. Er erinnerte sich, diesen besonders wilden und gemeingefährlichen Orc-Stamm ganz am Anfang erschaffen zu haben. Damals hatte er noch nicht gewusst, dass es nicht damit getan war, einfach einen Feind zu kreieren, der nur bösartig und stark war. Die Schlitzer waren selbst unter den Orcs gefürchtet, denn sie kannten tatsächlich nur *ein* Vergnügen, das sich in ihrem Namen niedergeschlagen hatte. Selbst Ghuzdans Männer machten einen großen Bogen um diese Kreaturen.
»Ich sehe, du hast von ihnen gehört«, sagte Ghuzdan.
»Ein wenig«, antwortete David schleppend. »Und Ihr seid sicher, dass ... sie noch leben?«
»Die Götter?« Ghuzdan zuckte mit den Schultern. »Nein. Wir sind unterwegs, um es herauszufinden. Leben sie noch, werden wir sie den Schlitzern abnehmen und verhören. Leben sie nicht mehr, haben wir nichts zu befürchten, denn dann sind sie sterbliche Götter. Und wir fürchten nichts Sterbliches.«

Er seufzte. »Was soll ich nun mit dir tun, Blasser?«, fragte er.
»Ihr könntet mich laufen lassen«, schlug David schüchtern vor. »Ich bin keine Gefahr für Euch.«
»Aber du weißt nun, dass wir hier sind«, sinnierte Ghuzdan. »Und warum.«
»Wem sollte ich es sagen?«, fragte David. »Ihr habt es selbst gesagt: Es ist ein Marsch von einer Woche nach Cairon. Und noch einmal so weit zurück. Selbst wenn ich Euch verraten würde, kämen wir viel zu spät, Euch irgendetwas anzutun. Und ich verspreche Euch, dass ich niemandem etwas sage.«
»Ich würde dir gerne glauben«, antwortete Ghuzdan seufzend. »Doch wie kann ich das? Du selbst hast mir doch gerade bestätigt, dass das, was du sagst, nicht immer das sein muss, was du dann auch tust.«
»Aber ich lüge nicht«, versicherte David.
»Nein – du wendest nur eine List an«, sagte Ghuzdan. Er setzte dazu an, aufzustehen, erinnerte sich dann wohl im letzten Augenblick noch daran, dass er damit das Zelt aus seiner Verankerung gerissen hätte, und ließ sich wieder zurücksinken.
»Ich werde darüber nachdenken«, sagte er. »Es sind noch zwei Tagesmärsche, bis wir das Lager der Schlitzer erreichen. Je nachdem, was sich dann ergibt, werden wir mit dir verfahren.«
»Je nachdem?«, wiederholte David unsicher.
Ghuzdan zuckte mit den Schultern. »Geht alles gut, bringen wir dich zurück zu deinen Leuten«, sagte er.
»Das ... das würdet Ihr tatsächlich tun?«, fragte David fassungslos.
»Warum nicht?«, erwiderte Ghuzdan. »Du bist zu schwach, um als Sklave zu arbeiten, und zu dürr, um eine anständige Mahlzeit abzugeben. Also lassen wir dich am Leben, bis unsere Aufgabe erfüllt ist. Besiegen wir die Schlitzer, schicken wir dich zurück. Wir führen keinen Krieg gegen Junge.«
»Und ... wenn nicht?«, fragte David.
Ghuzdan verzog sein Gesicht zu einem breiten, hämischen

und durch und durch unkomischen Haifischgrinsen. »Es gibt nur zwei Möglichkeiten«, sagte er. »Wir besiegen die Schlitzer oder sie besiegen uns. Möchtest du wissen, was sie mit gefangenen Feinden machen?«

Eine Stunde, nachdem Ghuzdan gegangen war, begann sich im Lager Unruhe breit zu machen, und kurze Zeit darauf setzte ihn Gobbo lauthals schreiend davon in Kenntnis, dass sie nun weiterziehen würden. Obwohl ihn niemand dazu aufforderte, half David dem Goblin, das Zelt abzubauen und die Planen und Häute auf eines der Packtiere zu laden – er konnte nicht sagen, um was für ein Geschöpf es sich handelte: Auf den ersten Blick ähnelte es einem Esel, war aber viel größer und hatte einen verschlagenen Gesichtsausdruck; und außerdem konnte sich David nicht erinnern, jemals einen Esel mit Reißzähnen und dolchscharfen Krallen an den Vorder- und Hinterbeinen gesehen zu haben.

Zu seiner Erleichterung musste er nicht auf einem dieser hässlichen Ungetüme reiten. Das Lager war kaum abgebaut – was trotz seiner enormen Größe erstaunlich schnell gegangen war –, als einer von Ghuzdans Leibwächtern zu ihm kam und ihn grob aufforderte, ihn zu begleiten. Es war der Orc, der vor dem Zelt mit den Bällen jongliert hatte. Nur dass David jetzt auffiel, dass es gar keine Bälle waren, sondern Totenschädel ...

Der Koloss führte sie zu einem kleinen Pferch, der hinter dem Wolfsgatter angelegt worden war, und dort fanden sie eine Anzahl ganz normaler Pferde. Einige davon waren sogar gesattelt.

»Die haben wir ein paar Blassen abgenommen, die das Pech hatten, unseren Weg zu kreuzen«, kreischte Gobbo. *»Die meisten haben wir gegessen, aber diese hier sind übrig. Ghuzdan meint, darauf könntest du besser reiten als auf einem Wolf.«*

»Gegessen?«, wiederholte David. Er schüttelte sich. Dann starrte er Gobbo aus aufgerissenen Augen an. »Sag mal – was du mir heute Morgen gebracht hast, das war doch nicht etwa ...«

»*Pferd?*« Gobbo schüttelte heftig den Kopf, und Davids revoltierender Magen bewegte sich wieder seine Speiseröhre hinab. »*Wofür hältst du mich?*«, schrie Gobbo. »*Ich bin doch kein Barbar! Ghuzdan hat mir aufgetragen, dich gut zu behandeln, also bringe ich dir auch nur gutes Essen. Hat es dir etwa nicht geschmeckt?*«

»Doch«, sagte David hastig. Er hatte sich eines der kleineren Pferde ausgesucht und versuchte nun, umständlich in die Steigbügel zu kommen – was sich als gar nicht so leicht erwies. Er hatte noch nie in seinem Leben auf einem Pferd gesessen. Noch nie in seinem *richtigen* Leben auf einem *richtigen* Pferd, hieß das. »Was war es denn?«

»*Sandwurm*«, antwortete Gobbo.

David erstarrte mitten in der Bewegung. Sein Magen hüpfte mit einem Satz bis auf seine Zunge hinauf und schickte sich an, seinen Inhalt wieder freizugeben. »Sagtest du ... *Wurm?*«, keuchte er.

Gobbo nickte heftig. »*Sie sind wirklich köstlich, nicht? Man muss ziemlich tief graben, um an sie heranzukommen, und den ganzen Schleim abkratzen, damit man sie braten kann, aber sie schmecken hervorragend.*«

Irgendwie gelang es David, sein Frühstück bei sich zu behalten, aber er nahm sich fest vor, sich in Zukunft jede Frage dreimal zu überlegen, die er Gobbo stellte. Mühsam krabbelte er in den Sattel hinauf, stellte die Füße in die Steigbügel und griff nach dem Zaumzeug. Das Pferd schien zu spüren, dass es einen unerfahrenen Reiter hatte, denn es bewegte sich unruhig auf der Stelle und warf so nervös den Kopf hin und her, dass David einen Moment lang alle Mühe hatte, nicht gleich auf der anderen Seite wieder hinunterzufallen. Aber schließlich gelang es ihm irgendwie, das Tier wieder zu beruhigen.

Gobbo sah ihm kopfschüttelnd zu, trippelte dann zu einem anderen – wesentlich größeren – Pferd und sprang mit einer so eleganten Bewegung in den Sattel hinauf, dass David bleich vor Neid wurde. Er sagte aber nichts dazu. Das hämische Glitzern in Gobbos Augen war auch so schlimm genug.

»Wohin reiten wir?«, fragte er.

Gobbo machte eine unbestimmte Geste in eine Richtung, die David ziemlich willkürlich als Norden einstufte. »*Tiefer in das Neue Land*«, schrie der Goblin. »*Das Lager der Schlitzer liegt in den Bergen. Sie waren die ersten, die hierher gekommen sind.*«

Ja, dachte David. Das passte zu diesen Bestien. Sie wussten nicht einmal, was das Wort Furcht bedeutete.

»*Es wird einen großen Kampf geben*«, fuhr Gobbo nach einer geraumen Weile fort. »*Ghuzdan will mit ihnen verhandeln, aber er weiß selbst, dass das keinen Zweck hat.*«

»Einen Kampf?«

»*Und was für einen!*« In Gobbos Stimme ist eine ziemlich unangemessene Vorfreude, fand David. »*Wir werden sie auslöschen. Das hätten wir schon längst tun sollen.*«

»Und warum?«, fragte David. Sie hatten den Pferch verlassen und reihten sich in die lange, allmählich losrückende Karawane ein. David bemerkte, dass Ghuzdans Heer schon wieder angewachsen war. Noch während sie dabeigewesen waren, das Lager abzubrechen, hatte sich von Süden her ein Trupp von ungefähr fünfzig Wolfsreitern genähert. Offensichtlich bestand diese Expedition aus mehreren, unterschiedlich großen Gruppen, die sich erst nach und nach zusammenfanden. David fragte sich, warum. Ghuzdan war der unumschränkte Herrscher aller Orcs. Hätte er es gewollt, hätte er auch mit tausend Kriegern losreiten können. Oder hunderttausend.

»*Weil sie Ungeheuer sind*«, antwortete Gobbo. »*Sie töten alles. Wo sie waren, bleibt nur verbranntes Land zurück. Es wird keinen Frieden geben, solange sie da sind.*«

»Wer sagt das?«, fragte David. Es kam ihm immer noch seltsam vor, dieses Geschöpf über *Frieden* reden zu hören; aber die Worte berührten ihn auch auf eine sonderbar angenehme Art.

»Alle sagen es«, antwortete Gobbo. *»Wenn wir das Neue Land besiedeln, wird der Krieg aufhören.«*
David war sehr irritiert. Er hätte sich nie auch nur träumen lassen, einen Goblin über Frieden reden zu hören; und schon gar nicht auf diese sonderbare, fast melancholische Art – die allerdings ein bisschen darunter litt, dass Gobbo selbst diese Worte aus Leibeskräften schrie.
»Was wirst du tun, wenn der Krieg vorüber ist?«, fragte er.
Gobbo antwortete nicht sofort. Er sah David auf eine sehr verstörte Weise an, fast, als hätte er bis zu diesem Moment noch gar nicht über diese Frage nachgedacht. Schließlich zuckte er mit den Schultern. *»Ich ... weiß nicht«*, gestand er zögernd. *»Was alle tun, nehme ich an.«*
»Und was ist das?«
Gobbo machte eine unwirsche Handbewegung. *»Woher soll ich das wissen? Frag die anderen.«*
»Aber was habt ihr denn getan, bevor der Krieg angefangen hat?«, fragte David.
»Vorher?« Gobbo sah ihn nun vollkommen verständnislos an. *»Woher kommst du, Blasser? Es gib kein Vorher. Es hat immer Krieg gegeben.«*
Seit ich eure Welt erschaffen habe, fügte David in Gedanken hinzu. Die Erkenntnis stimmte ihn traurig. Mehr sogar noch als das, was er vorhin erfahren hatte, als Ghuzdan über Ritter DeWitt und die Götter sprach. Er hatte all das nicht gewollt. Er hatte nur ein bisschen Spaß gesucht, ein wenig Unterhaltung bei einem harmlosen Computerspiel.
Aber das Adragne, in dem er sich jetzt befand, hatte auch nicht mehr viel mit dem Adragne zu tun, das er in seinem Computer programmiert hatte.
»Ihr wollt den Krieg wirklich beenden?«, fragte er nach einer Weile. »Habt ihr schon mit dem König darüber gesprochen?«
»Welchem König?«, kreischte Gobbo.
»König Liras«, antwortete David. »Er herrscht doch noch über Cairon, oder?«
»Warum sollten wir mit dem König der Blassen darüber reden,

was wir vorhaben?«, fragte Gobbo. »*Er hat uns nichts zu befehlen.*«

»Natürlich nicht«, sagte David hastig. »Ich meine: Jedermann weiß, dass er ein Dummkopf ist, aber er ist trotzdem der König. Wenn ihr Frieden haben wollt, solltet ihr vielleicht erst einmal mit ihm darüber reden.«

»*Wozu?*«, schrie Gobbo. »*Er wird wohl kaum weiter Krieg gegen uns führen wollen, wenn wir aus seinem Land verschwinden. Obwohl …*«

Er sprach nicht weiter, sondern legte für einen Moment den Kopf in den Nacken und blinzelte in den Himmel hinauf. Auch David sah nach oben, konnte aber nichts anderes erkennen als eine viel zu grelle Sonne und Wolken, die sonderbar unecht aussahen. Er wusste jedoch, wonach Gobbo Ausschau hielt.

»Gib dir keine Mühe«, sagte er. »Ich habe den Greif vergangene Nacht gesehen.«

»*Da musst du dich wohl getäuscht haben*«, antwortete Gobbo. »*Und wenn, dann hat es nichts zu bedeuten. Sie schnüffeln überall herum. Aber sie werden es nicht wagen, uns anzugreifen.*«

Vermutlich hatte er damit recht, dachte David. Wahrscheinlich war es nur einer von Gamma Graukeils Spähern gewesen, der einen Patrouillenflug unternahm. Ihr Heer war mittlerweile auf gute dreihundert Krieger angewachsen, eine Armee, die selbst die tapferen Zwerge anzugreifen sich dreimal überlegen würden.

»*Komm bloß nicht auf dumme Ideen*«, warnte Gobbo plötzlich. »*Ich habe gehört, was du über deine Kriegslist erzählt hast. Du entkommst mir nicht. Ghuzdan hat mir befohlen, dich im Auge zu behalten, und das werde ich auch tun. Ganz egal, wohin du gehst.*«

»Ich weiß«, seufzte David. Er hatte Mühe, ein Grinsen zu unterdrücken. Selbst ohne die an Magie grenzenden Kräfte, die er zweifellos immer noch entfesseln konnte, wenn es sein musste, würde er wohl kaum Probleme damit haben, sich des

Goblins zu entledigen. Aber der kleine Kerl gefiel ihm irgendwie. Und er nahm seine Aufgabe offenbar sehr wichtig. Warum sollte er ihm den Spaß verderben? »Keine Angst. Ich versuche nicht, zu fliehen.«
»Das würde ich dir auch nicht raten!«, drohte Gobbo. David widersprach vorsichtshalber nicht mehr – schon, weil ihm allmählich die Ohren klingelten. Außerdem brauchte er einen Gutteil seiner Aufmerksamkeit, um im Sattel zu bleiben und das Pferd einigermaßen auf Kurs zu halten.
Eine Stunde lang ritten sie in gleichmäßigem Tempo dahin, dann noch eine und noch eine. Die Landschaft, durch die sie sich bewegten, begann sich ganz allmählich zu verändern. David konnte den Schatten, der die Veränderungen brachte, nun nicht mehr sehen, aber nach und nach verlor das Neue Land seine Fremdartigkeit. Waren das Gras und die Bäume am Morgen noch ein wenig unecht erschienen, so konnte er nun absolut keinen Unterschied mehr zu seiner vertrauten Welt feststellen. Selbst der Himmel war nun ein ganz normaler Himmel, abgesehen davon vielleicht, dass die Sonne sehr viel greller war, als er sie kannte. Nur die Berge, auf die sie sich zubewegten, wirkten nach wie vor falsch, kaum mehr als hastig gemalte Skizzen, die selbst über die große Distanz hinweg nicht zu überzeugen vermochten.
Und das Unheimlichste überhaupt war: Sie schienen sich zu entfernen.
Obwohl sie direkt darauf zuritten, war David nach drei Stunden sicher, dass die Bergkette im Norden nun sichtlich weiter entfernt war als am Morgen. Im allerersten Moment erschien ihm das keinen Sinn zu ergeben, dann aber fiel ihm die Erklärung ein: Die Berge entfernten sich tatsächlich. Wahrscheinlich markierten sie die Grenze jenes neuen, unbekannten Adragne, eine Grenze, die sie immer weiter und weiter hinausschob, denn die virtuelle Welt wuchs noch immer – und wie sein Vater gesagt hatte, sogar immer schneller.
Der Gedanke brachte ihn wieder ein wenig in die Wirklichkeit

zurück – soweit man davon reden konnte, wenn man neben einem grünhäutigen Zwerg mit Segelohren auf einem Pferd ritt, das sich in einer Karawane von Ungeheuern bewegte, hieß das. Aber er fragte sich doch, was jetzt wohl gerade in der realen Welt geschah. Wahrscheinlich waren dort erst wenige Minuten verstrichen. Nein, nicht wahrscheinlich. Bestimmt. Wäre es anders gewesen, hätte ihn längst jemand gefunden, wie er vor dem Computer seines Vaters saß, den Cyberhelm auf dem Kopf hatte und genau das tat, was zu lassen er hoch und heilig versprochen hatte. Und ebenso bestimmt hätte sein Vater dem Spuk längst ein Ende bereitet und den Computer ausgeschaltet und er hätte sich in der wenig beneidenswerten Situation wiedergefunden, seinem Vater erklären zu müssen, was er tat. Und das war vollkommen unmöglich.

Aber ganz gleich, ob die Zeit hier nun langsamer verging oder nicht, sie verging. Sowenig ihm der Gedanke gefiel: Er würde nicht hierbleiben und einfach abwarten können, ob es Ghuzdan und seinen Kriegern gelang, die drei gefangenen »Götter« aus der Gewalt des Schlitzer-Clans zu befreien. Und er wusste ja nun auch alles, was er wissen musste. Er wusste, wo die drei Männer waren, und er wusste auch, wie er sie befreien konnte. Ein zweites Mal würde er nicht so nachlässig sein, wenn er seinen Computercharakter programmierte. Bei seinem nächsten Besuch auf Adragne würde er mitten im Lager der Schlitzer erscheinen, eingehüllt in eine unzerstörbare Rüstung und mit einer Laserpistole bewaffnet (die er allerdings auf *Betäubung* schalten würde), um der Sache möglichst schnell ein Ende zu bereiten.

»Gobbo«, sagte er.

»*Was ist?!*«, kreischte der Goblin.

»Ich fürchte, du hattest recht«, sagte David.

»*Das weiß ich*«, keifte Gobbo. Nach einer Sekunde fügte er hinzu. »*Womit?*«

»Es *war* eine Kriegslist«, gestand David. »Ich werde nicht bei euch bleiben können, weißt du. Aber ich verspreche dir, dass ich niemandem verrate, dass ihr hier seid.«

Der Goblin starrte ihn an. Im allerersten Moment verstand er gar nicht, wovon David überhaupt sprach, das sah man ihm deutlich an. Dann wurden seine Augen noch größer und seine Ohren stellten sich alarmiert auf; wie bei einem Dobermann, der ein verdächtiges Geräusch gehört hatte.

»*Soll das heißen, dass du abhauen willst?*«, kreischte er.

»Ja«, sagte David. »Vielleicht sehen wir uns ja irgendwann wieder, aber jetzt ... ich habe einfach keine Zeit mehr für euch, weißt du?«

»*Ghuzdaaaaaan!*«, brüllte Gobbo. Diesmal brüllte er *wirklich*. Selbst David, der auf Schlimmes gefasst gewesen war, verzog schmerzhaft das Gesicht und schlug die Hände vor die Ohren.

»*Er will fliehen! Er hat es zugegeben!*«

Ein riesiger Wolf schob sich neben Davids Pferd und Ghuzdan sah mit gerunzelter Stirn auf David herab. »Ich weiß«, sagte der Orc ruhig. »Ich bin nur ein wenig überrascht, dass er es zugibt. Sei nicht dumm, Blasser. Du kannst nicht entkommen.«

»Ich fürchte, doch«, antwortete David. Er lächelte Ghuzdan zu. »Aber ich habe es Gobbo schon gesagt: Ich werde niemandem verraten, dass ihr hier seid. Das verspreche ich.«

Ghuzdan schien ehrlich verblüfft. Doch dann verdüsterte sich seine Miene. »Wir haben wahrlich keine Zeit für deine Albernheiten«, sagte er. »Also sei vernünftig und tu, was Gobbo dir sagt, oder ich muss dich hinter deinem Pferd herschleifen lassen.«

»Das würde mir nicht gefallen«, entgegnete David. Er lächelte noch freundlicher, winkte Ghuzdan zum Abschied zu – und schwenkte sein Pferd mit einem scharfen Ruck am Zügel nach rechts, so überraschend, dass Gobbo, der neben ihm ritt, erschrocken ebenfalls an den Zügeln riss und um ein Haar aus dem Sattel gefallen wäre.

»Los!«, befahl David. Gleichzeitig stieß er seinem Pferd die Absätze in die Flanken.

Das Ergebnis übertraf seine kühnsten Erwartungen.

Das Tier wieherte erschrocken und sprengte so plötzlich los, dass David mit einem Ruck nach hinten geschleudert wurde und beinahe aus dem Sattel fiel. Hinter ihm schrien Ghuzdan und einige der anderen Orcs überrascht auf und Gobbo übertönte den ganzen Chor spielend, als er wütend zu fluchen begann.

David fand mit einiger Mühe sein Gleichgewicht wieder, beugte sich weit nach vorne über den Hals des Pferdes und ließ die Zügel knallen, um das Tier zu noch größerer Schnelligkeit anzuspornen; zugleich warf er einen Blick über die Schulter zurück. Wie er erwartet hatte, setzten Ghuzdan, Gobbo und einige der anderen bereits zur Verfolgung an. Aber er schien bei der Wahl seines Pferdes Glück gehabt zu haben. Das Tier war wirklich *schnell*. Wahrscheinlich, dachte David, hat es der Geruch der Wölfe und Orcs ohnehin so sehr verängstigt, dass es nur noch einer Kleinigkeit bedurft hatte, um es ganz von sich aus davonlaufen zu lassen.

Er sah jedoch auch, dass Ghuzdan bereits wieder aufholte. Der riesige Wolf war um einiges schneller als das Pferd und David wusste auch, dass diese Tiere keinerlei Erschöpfung kannten. Jetzt, nachdem er sich endlich daran erinnert hatte, warum er eigentlich hier war, war ihm auch wieder klar geworden, dass ihm *nichts* auf dieser Welt wirklich Sorge bereiten musste. Er wollte einfach nur verschwinden. Ihm war nicht daran gelegen, Ghuzdan zu verletzten oder Schlimmeres.

»Halt an!«, schrie der Orc. »Mach es nicht schlimmer, als es schon ist, Blasser!«

»Lasst es sein!«, schrie David zurück. »Ihr könnt mich nicht einholen! Bleibt, wo ihr seid! Ich will euch nicht verletzen!«

Natürlich machte er Ghuzdan und die anderen Orcs damit nur noch wütender. Eines der Ungeheuer schleuderte eine Axt nach ihm, die ihn zwar meterweit verfehlte, ihm aber klar machte, dass das hier kein Spiel war. David duckte sich noch tiefer über den Hals seines Pferdes, sah abermals hastig über die Schulter zurück und stellte fest, dass Ghuzdan ihn schon fast eingeholt hatte. Sein gigantischer Wolf war nur noch

einen halben Schritt hinter ihm, und genau in diesem Moment schnappten seine furchtbaren Fänge nach der Flanke von Davids Pferd.
Das Tier kreischte vor Schmerz, bäumte sich in vollem Lauf auf und stürzte und David wurde in hohem Bogen aus dem Sattel geschleudert und flog meterweit durch die Luft.
»*Michael Jackson for President!*«, brüllte er; ungefähr eine halbe Sekunde, bevor er aufschlug, aber immer noch früh genug. Er war jetzt unverwundbar. Weder der Aufprall noch irgendeine Waffe auf dieser Welt vermochten ihm etwas anzuhaben, nun, wo er den *Cheat-Code* aktiviert hatte. Beinahe fröhlich sah er auf den Boden herab, der ihm mit Lichtgeschwindigkeit entgegenzurasen schien.
In der nächsten Sekunde hatte er das Gefühl, seine Hüften würden ihm bis an die Schultergelenke hinaufgerammt.
Er verlor das Bewusstsein, aber nicht sofort. Ein grausames Schicksal ließ ihn noch lange genug wach bleiben, um den schrecklichen Schmerz voll auszukosten, der wie eine glühende Woge durch seinen Körper tobte und ihn ohne den allerwenigsten Zweifel begreifen ließ, was geschehen war.
Adragne hatte sich noch mehr verändert, als er bisher geahnt hatte. Sein *Cheat* funktionierte nicht mehr.
Und das bedeutete nichts anderes, als dass er verwundbar geworden war.
Und sterblich.

Ghuzdan hielt Wort. Als David aus seiner Bewusstlosigkeit erwachte, fand er sich mit zusammengebundenen Füßen auf dem Rücken liegend vor und wurde hinter seinem eigenen Pferd hergeschleift. Der Boden war zwar hier relativ eben und frei von Steinen oder anderen Hindernissen, an denen er sich ernsthaft hätte verletzen können, und der Orc hatte noch ein Übriges getan und ihn auf eine dünne Matte aus geflochtenem Stroh binden lassen, sodass zumindest im Moment nicht die Gefahr bestand, dass er zu Tode geschleift wurde. Aber das galt wirklich nur für den Moment; solange sich das Pferd in

gemächlichem Zotteltrab dahinbewegte und nicht etwa auf die Idee kam, einfach loszugaloppieren.
Trotzdem war diese Art der Fortbewegung natürlich alles andere als bequem. David wurde ununterbrochen hin und her geworfen, und trotz der Strohmatte, auf der er lag, spürte er jede noch so winzige Unebenheit des Bodens wie einen schmerzhaften Fausthieb. Dazu kam, dass sich sein Rücken und seine Hüften anfühlten, als hätte sie jemand mit großer Sorgfalt in klitzekleine Stücke zerbrochen und dann mit nicht einmal annähernd so großer Sorgfalt wieder zusammengesetzt. In den ersten Minuten, nachdem er erwacht war, war er nicht einmal sicher, ohne wirklich *schwere* Verletzungen davongekommen zu sein; zumal seine Füße so fest zusammengebunden waren, dass er sie nicht einen Millimeter bewegen konnte.
Ein erschreckender Gedanke ergriff von ihm Besitz: Was, dachte er, wenn ich mich nach meinem Sturz vom Pferd nun auch in *dieser* Welt als Gelähmter wiederfinden würde? Nach allem, was ihm bisher widerfahren war, traute er dem Schicksal eine solche Grausamkeit durchaus zu.
Doch zumindest diese Sorge erwies sich als übertrieben. Nach einiger Zeit kehrte das Leben kribbelnd und viel schmerzhafter, als er es auch nur für möglich gehalten hatte, auch in seine Beine zurück. Er versuchte die Knie anzuziehen. Er schaffte es nur halb, denn die Bewegung tat einfach zu weh, aber immerhin: Er *konnte* sich bewegen, wenn es unbedingt nötig war.
Seine Bewegung erweckte die Aufmerksamkeit eines anderen Reiters, der neben ihm hertrabte. Bisher war David viel zu sehr damit beschäftigt gewesen, sich selbst leid zu tun, um auch nur einen Blick nach rechts oder links zu werfen. Aber er erkannte die schrille Stimme natürlich sofort.
»Ah, unser großer Held ist endlich wach geworden!«, brüllte Gobbo. *»Du hast Glück, dass du noch lebst, Kerl. Hätte mich Ghuzdan nicht zurückgehalten, dann hätte ich dich in Stücke gerissen!«*

David fehlte im Moment entschieden der Sinn für Humor, um Gobbos Worte zu ertragen. Er verzog gequält das Gesicht, blinzelte zu dem großohrigen Goblin hoch und versuchte, sich in eine Lage zu wälzen, in der er die schmerzhaften Stöße und Erschütterungen in seinem Rücken nicht mehr ganz so peinigend fühlte. Leider gab es keine.

»Mach mich los«, murmelte er. »Bitte.«

»Damit du wieder abhauen kannst?« Gobbo schüttelte heftig den Kopf. *»Das hast du dir selbst zuzuschreiben! Du und deine Kriegslist! Pah!«*

»Aber ich konnte doch nicht ahnen, dass es nicht mehr funktioniert«, murmelte David.

»Das was *nicht mehr funktioniert?«*, keifte Gobbo. *»Dein Verstand?«*

»Der auch«, murmelte David. Das Pferd machte einen Schritt über eine harmlos aussehende Bodenwelle, und David wurde so unsanft hinterhergezerrt, dass seine Zähne aufeinanderschlugen und er schon wieder sein eigenes Blut schmeckte. Bunte Sterne explodierten vor seinen Augen und einen Augenblick lang befürchtete er ernsthaft, das Bewusstsein zu verlieren. Dies geschah nicht, aber der Zwischenfall machte ihm klar, in welch großer Gefahr er schwebte. Dass Ghuzdan ihn nicht auf der Stelle hatte umbringen lassen, bedeutete nicht, dass er ihn am Leben lassen würde. Vielleicht hatte er sich einfach nur eine etwas lustigere Methode ausgedacht, seinen Gefangenen hinzurichten. Der Humor der Orcs war in dieser Hinsicht etwas eigenartig. David musste das wissen. Schließlich hatte er sie erfunden.

»Ghuzdan!«, stöhnte er. »Seid Ihr hier?«

»Schrei nicht so, Kerl!«, brüllte Gobbo. *»Wir sind doch nicht schwerhörig.«*

»Aber wir werden es bald, wenn wir noch mehr von deiner Sorte treffen«, grollte eine Stimme auf der anderen Seite. David wandte mühsam den Kopf, blinzelte gegen das grelle Sonnenlicht nach oben und stellte fest, dass der Herrscher der Orcs auf seinem Riesenwolf neben ihm hertrottete. Offen-

sichtlich hatte er das die ganze Zeit über getan. »Was willst du?«
Eine neuerliche Bodenwelle sorgte dafür, dass David nicht sofort antwortete, sondern erst nach einigen Sekunden.
»Bindet mich los«, flehte er. »Ich verspreche Euch, dass ich nicht wieder zu fliehen versuche.«
»Das hast du schon einmal getan, wenn ich mich recht erinnere«, antwortete Ghuzdan.
»Ja, aber diesmal meine ich es ernst«, versicherte David. Er sah aus den Augenwinkeln einen spitzen Stock auf sich zukommen, warf sich im letzten Moment zur Seite und entging knapp dem Schicksal, einfach aufgespießt zu werden.
»Wenn Ihr mich töten wollt, dann tut es, aber das ist grausam!«, keuchte er. »Ich halte das nicht aus!«
»Das hättest du dir eher überlegen können«, sagte Ghuzdan. Aber in seiner Stimme war auch etwas, was David noch einmal eine verzweifelte Hoffnung gab.
»Ich schwöre, ich werde nicht mehr versuchen, zu fliehen!«, flehte er. »Ich gebe Euch mein Ehrenwort!«
»Dein Ehrenwort? Was soll das sein?«, fragte Ghuzdan.
»Bestimmt wieder eine von seinen Kriegslisten!«, schrie Gobbo. *»Glaubt ihm nicht, Herr!«*
»Ein Ehrenwort ist ein Wort, das man nicht bricht!«, wimmerte David. »Niemand würde das tun.«
»Niemand – außer jemand, der gelernt hat zu lügen«, sinnierte Ghuzdan.
»Nein!«, keuchte David. »Das ... das ist ja gerade der Sinn eines Ehrenwortes!«
»Wie?«, fragte Ghuzdan.
David schlängelte sich wie wild hin und her, um einem Stein auszuweichen, über den sein Pferd mit Leichtigkeit hinwegstieg, der ihm aber wahrscheinlich den Schädel eingeschlagen hätte. »Also, niemand würde jemals ein Ehrenwort brechen!«, stieß er hastig hervor. »Es ist ja gerade von Leuten erfunden worden, die sonst lügen. Wie sollte ihnen sonst irgendjemand glauben?!«

Ghuzdan blinzelte. Offensichtlich hatte er alle Mühe, diesem gewundenen Gedanken zu folgen. Und er schien auch nicht vollkommen überzeugt. Aber schließlich nickte er.

»Also gut«, grollte der Orc. »Ich glaube dir. Steig auf dein Pferd.«

»Wie?!«, keuchte David. Fassungslos starrte er den Orc-Herrscher an.

»Ich glaube dir«, wiederholte Ghuzdan. »Und ich denke, du hast deine Lektion gelernt. Wenn du noch einmal zu fliehen versuchst, werfe ich dich den Wölfen zum Fraß vor. Steig auf.«

Eine Sekunde lang war David felsenfest davon überzeugt, dass sich Ghuzdan auch jetzt wieder nur einen seiner grausamen Scherze mit ihm erlaubte. Aber Ghuzdan meinte es bitterernst. Weder er noch einer der anderen Orcs machten irgendwelche Anstalten, David loszubinden oder auch nur das Pferd anzuhalten. Er hatte ihm erlaubt, wieder in den Sattel zu steigen; wie, das war offensichtlich sein Problem.

Und es erwies sich als ein Problem, das David kaum zu lösen imstande war. Der Boden wurde immer unebener und mehr und mehr Steine bohrten sich durch die Schilfmatte, sodass er schon alle Hände voll damit zu tun hatte, ihnen irgendwie auszuweichen. Trotzdem versuchte er tapfer, aus seiner misslichen Lage zu entkommen. Er beugte sich so weit vor, wie es ging, um mit den Händen nach dem Strick zu angeln, der seine Fußgelenke aneinanderband, und ihn zu lösen. Als ihm dies nicht gelang, zog er die Knie an und näherte sich so Stück für Stück dem Pferd, hinter dem er hergeschleift wurde.

Schließlich, nach einer wahren Ewigkeit, wie es ihm vorkam, hatte er es tatsächlich geschafft. Sein Körper war über und über mit blauen Flecken und Abschürfungen bedeckt, aber irgendwie gelang es ihm tatsächlich, die Knie so weit anzuwinkeln, dass er mit den ausgestreckten Händen das Seil ergreifen konnte, das um seine Waden geschlungen war. Mit einer letzten verzweifelten Anstrengung angelte er sich Hand über Hand selbst daran nach vorne, bis er nun nicht mehr rückwärts hinter dem Pferd herschlitterte. Zentimeterweise

arbeitete er sich so weiter, bis es ihm gelang, mit der linken Hand einen der Steigbügel zu ergreifen und sich daran festzuklammern, aber seine Kräfte reichten einfach nicht mehr, sich ganz auf den Rücken des Pferdes hinaufzuziehen.
»Bitte«, flehte er. »Ich ... schaffe ... es ... nicht.«
Er war nicht einmal sicher, ob er die Worte wirklich aussprach oder sich nur wünschte, es zu tun. Alles drehte sich um ihn und er hatte das Gefühl, auf einen gewaltigen schwarzen Abgrund zugezogen zu werden. Wie durch einen dichten, alle Geräusche und Farben dämpfenden Schleier hindurch nahm er wahr, wie sein Pferd langsamer wurde und ein zweiter, massigerer Schatten neben ihm erschien, dann packten ihn starke Arme, hoben ihn hoch und rissen den daumendicken Strick, mit dem er gebunden war, ohne Mühe entzwei.
»Also gut«, grollte Ghuzdan. »Ich will dich nicht töten, Blasser. Aber ich rate dir, dein Wort diesmal zu halten. *Ich* jedenfalls werde das meine einlösen.«
David verstand in diesem Moment nicht wirklich, was der Orc damit meinte. Er kämpfte mit aller Macht gegen die Bewusstlosigkeit und hatte kaum noch die Kraft, sich festzuhalten, als Ghuzdan ihn in den Sattel hob.
»Danke«, flüsterte er matt.
Ghuzdan grunzte unwillig. »Spar dir deinen Dank«, knurrte er. »Ich habe nicht aus Rücksicht auf dich gehandelt, sondern weil du uns aufhältst, Blasser. Wir verlieren zu viel Zeit, wenn wir länger mit dir herumspielen.«
Er trat einen Schritt von Davids Pferd zurück, sah ihn nachdenklich an und fuhr dann, in Gobbos Richtung gewandt, fort: »Du und zwanzig der anderen, ihr werdet die Nachhut bilden. Wir sind zu langsam. Ihr könnt wieder zu uns stoßen, wenn wir heute Abend lagern.«
»Aber Herr!«, kreischte der Goblin.
Ghuzdan machte eine Handbewegung, mit der er Gobbos Widerspruch im Keim erstickte. »Du wirst dich um ihn kümmern«, befahl er. »Es ist ohnehin besser, wenn einige von uns zurückbleiben. Haltet die Augen nach Verfolgern offen.«

»*Ja, Herr*«, antwortete Gobbo kleinlaut; nichtsdestotrotz aber natürlich in ohrenbetäubender Lautstärke.
Ghuzdan warf David noch einen abschließenden, warnenden Blick zu, dann ließ er seinen Wolf ein kleines Stück zurückfallen, sprengte urplötzlich los und begann in einer Lautstärke Befehle zu brüllen, auf die wohl selbst Gobbo neidisch gewesen wäre. Unverzüglich steigerte die gesamte Kolonne ihr Tempo, sodass David, Gobbo und einige andere Orcs und Trolle allmählich zurückzufallen begannen.
David registrierte von alledem kaum etwas. Er fühlte sich immer noch wie in einem Traum, einem sehr unangenehmen, gefangen, und ein paarmal musste er wohl tatsächlich die Besinnung verloren haben, denn als er sich seiner Umgebung nach einer Weile wieder etwas klarer bewusst wurde, da lag er halbwegs über den Hals des Pferdes gesunken im Sattel, und er war schon wieder gefesselt. Allerdings begriff er sofort, dass die Stricke um seine Handgelenke diesmal nicht dem Zweck dienten, ihn an der Flucht zu hindern, sondern vielmehr dazu, dass er nicht vom Pferd fiel.
Mühsam setzte er sich auf, biss die Zähne zusammen, als sofort wieder ein scharfer Stich durch seinen Rücken fuhr, und sah sich aus tränenden Augen um.
Er musste wohl länger in jenem sonderbaren Zustand zwischen Wachsein und Traum verbracht haben, als ihm bewusst gewesen war, denn von Ghuzdan und seiner kleinen Armee war keine Spur mehr zu sehen. Gobbo ritt auf seinem viel zu großen Pferd direkt neben ihm, und vor und hinter sich konnte er einige Orcs auf Wölfen oder auch diesen unheimlichen, scharfzähnigen Eselskreaturen erkennen, die Hauptmacht der Orcs jedoch war verschwunden.
Er versuchte, sich weiter aufzurichten, um seinen schmerzenden Rücken ein wenig zu entlasten, aber die Stricke um seine Handgelenke hinderten ihn daran.
»Du kannst mich jetzt losbinden«, sagte er.
Gobbo reagierte nicht. Der Goblin blickte scheinbar konzentriert auf einen Punkt irgendwo rechts von ihnen, an dem es

absolut nichts Außergewöhnliches zu sehen gab. Nur sein linkes Ohr zuckte verräterisch in Davids Richtung.
»Hast du gehört?«, fragte David. »Binde mich bitte los. Mein Rücken tut weh. Ich möchte mich aufsetzen.«
Einen Moment lang sah es fast so aus, als würde der Goblin auch jetzt noch nicht reagieren. Dann aber wandte er fast widerwillig den Kopf, starrte David mehrere Sekunden lang durchdringend an und schrie schließlich: »*Warum sollte ich das tun? Damit du wieder abhauen kannst?!*«
David seufzte. Er hatte nicht mehr die Kraft, sich mit Gobbo zu streiten. Und auch nicht die geringste Lust dazu. »Ich werde nicht fliehen«, sagte er. »Mein Ehrenwort.«
»*Pah!*«, schrie Gobbo. Eine der Eselskreaturen am anderen Ende der Kolonne fuhr erschrocken zusammen und hätte ihren Reiter um ein Haar abgeworfen. Dem Troll gelang es nur mit äußerster Mühe, die Gewalt über sein unheimliches Reittier zurückzuerlangen.
»Ich hätte gar nicht mehr die Kraft dazu«, fuhr David fort. »Außerdem ... wohin sollte ich fliehen?«
»*Das hat dich vorhin auch nicht davon abgehalten, es zu versuchen*«, antwortete Gobbo – so laut, dass der Säbelzahnesel, der gerade gescheut hatte, nun vollends auf die Hinterläufe stieg und der Troll mit einem grunzenden Schmerzenslaut im Gras landete. Niemand schien Notiz davon zu nehmen, wie David ein wenig verwundert feststellte – Gobbo am allerwenigsten.
»Das war etwas anderes«, antwortete er.
»*Wieso?*«, wollte Gobbo wissen.
»Weil ...«, begann David. Aber er sprach nicht weiter. Gobbo kniff ein Auge zu, drehte beide Ohren in seine Richtung und fragte in fast lauerndem Ton:
»*Weil?*«
Ja, was sollte er jetzt antworten? Weil er da noch geglaubt hatte, über die Macht eines Gottes zu gebieten? Unverwundbar und unsterblich zu sein? Das wäre zwar die Wahrheit gewesen, aber das konnte er Gobbo unmöglich sagen.

»Ich habe nicht richtig überlegt«, sagte er schließlich. »Ich dachte nur, ich hätte eine Gelegenheit zur Flucht, und da habe ich einfach gehandelt. Es war ziemlich dumm.«
»*Und woher soll ich wissen, dass du jetzt schlauer bist?*«, fragte Gobbo.
»Das nächste Mal wird Ghuzdan mich töten«, antwortete David ernst. »Und ich habe noch keine Lust, zu sterben.«
Er fragte sich, was wohl geschehen würde, wenn er hier tatsächlich starb. Natürlich machte er sich trotz allem keine Sorgen darum; ebensowenig, wie ihn die mehr oder weniger schweren Verletzungen, die er bei seinem missglückten Fluchtversuch davongetragen hatte, wirkliche Angst machten. Nichts davon war echt. Es war nur eine Illusion, wenn auch eine so perfekte Illusion, dass der Unterschied zwischen eingebildetem und echtem Schmerz zu einer rein akademischen Frage wurde. Auch wirklicher Schmerz war im selben Moment, in dem er vorüber war, nicht mehr als eine Erinnerung. Und wo war eigentlich der Unterschied zwischen echten und von einem Computer erzeugten Erinnerungen?
Und plötzlich war er gar nicht mehr so sicher, dass ihm *tatsächlich* nichts Schlimmeres widerfahren konnte, als dass er hier starb und im selben Augenblick im Arbeitszimmer seines Vaters wieder aufwachte.
Was, wenn er *wirklich* in Gefahr war?
Aber natürlich war das Unsinn. David rief sich in Erinnerung, dass er sich trotz allem nicht in einer realen Umwelt befand, sondern nur ein Spiel spielte. Ein perfektes und durch und durch realistisches Spiel und eines, das offensichtlich mittlerweile nicht mehr den Regeln gehorchte, die er selbst vor einer Weile aufgestellt hatte, aber nichtsdestotrotz ein Spiel.
Er war so sehr in seine Gedanken versunken, dass er gar nicht richtig mitbekam, wie Gobbo sein Pferd näher an ihn heranlenkte, einen schmalen Dolch aus dem Gürtel zog und sich vorbeugte. Erst als die Klinge den Strick durchtrennte, mit dem seine Hände am Sattelknauf festgebunden waren, fuhr er erschrocken hoch. Gobbo pralle hastig zurück und drehte

den Dolch blitzschnell in der Hand herum, sodass er vom Werkzeug wieder zur Waffe wurde. Seine Augen füllten sich mit Schrecken und ganz plötzlich begriff David, dass der Goblin Angst vor ihm hatte. Aus einem Grund, den er selbst nicht richtig erfassen konnte, war ihm diese Erkenntnis unangenehm. Es gelang ihm mittlerweile nicht nur nicht mehr, Gobbo als seinen Feind anzusehen – er wollte nicht, dass dieser lustige kleine Kerl ihn fürchtete.

»Danke«, sagte er. »Und keine Angst.«

»Angst?!«, keifte Gobbo. *»Wer hat hier Angst?«*

»Ich meinte, keine Angst, dass ich wieder wegzulaufen versuche«, antwortete David hastig. Er hatte Mühe, ein Grinsen zu unterdrücken.

»Das hätte auch keinen Sinn«, grollte Gobbo. *»So weit kannst du gar nicht laufen, dass ich dich nicht kriege.«*

David verzichtete darauf, zu antworten – schon, um sein Trommelfell zu schonen. Stattdessen richtete er sich weiter im Sattel auf, streckte sich vorsichtig und versuchte, seinen schmerzenden Rücken zu massieren. Es gab so ziemlich keinen Quadratzentimeter auf seinem Körper, der nicht auf die eine oder andere Weise weh tat, aber trotzdem schien er im Großen und Ganzen ohne wirklich schlimme Verletzungen davongekommen zu sein. Gobbo hatte sich wieder ein Stück zurückgezogen und auch seinen Dolch eingesteckt, beäugte aber misstrauisch jede seiner Bewegungen.

Nach einer Weile und völlig unvermittelt sagte er dann: *»Sag mal ... was du da vorhin gerufen hast, was war das?«*

David verstand nicht gleich, worauf der Goblin hinauswollte. »Was?«

»Maikel Jäkson fo Präsidet«, zitierte Gobbo, falsch, aber dafür umso lauter. Der Säbelzahnesel am vorderen Ende der Kolonne stieg schon wieder auf die Hinterläufe und warf seinen Reiter ab. Sofort kletterte der Troll wieder in den Sattel – aber diesmal nicht, ohne vorher einen faustgroßen Stein aufzuheben und ihn wütend nach Gobbo zu werfen, ohne ihn allerdings zu treffen.

David grinste. »Nichts«, antwortete er. »Wirklich, nur Unsinn.«

»*Ich glaube dir nicht*«, sagte Gobbo. »*Niemand ruft einfach nur Unsinn, wenn er glaubt, sterben zu müssen. Es war ein Zauberspruch, stimmt's?*«

David starrte den Goblin verdutzt an. Gobbo kam mit seiner Vermutung der Wahrheit sehr nahe, näher, als ihm lieb war.

»Wie kommst du auf diese Idee?«, fragte er. »Wenn ich zaubern könnte, dann wäre ich nicht mehr hier, meinst du nicht selbst?«

»*Wenn dein Zauber noch funktionieren würde, bestimmt*«, schrie Gobbo.

»Wenn er noch ... *funktionieren* würde?«, wiederholte David überrascht. »Was soll das heißen?«

»*Er funktioniert nicht mehr*«, sagte Gobbo noch einmal. »*Habe ich recht?*«

David wollte es gar nicht – aber er war so verblüfft, dass er automatisch nickte. Seltsamerweise wirkte Gobbo aber nicht erleichtert oder gar triumphierend oder schadenfroh, sondern eher besorgt. »*Das habe ich mir gedacht*«, brüllte er.

»Aber wie kommst du auf die Idee?«, fragte David. Sein Herz klopfte schneller.

Gobbo antwortete nicht sofort. Er sah sich sichernd nach allen Seiten um, lenkte sein Pferd wieder dichter an das Davids heran und beugte sich im Sattel zur Seite. David tat dasselbe, nachdem Gobbo ihm mit Verschwörermine zugewinkt hatte, näher zu kommen. Der Goblin brachte seinen breiten Mund ganz dicht an Davids Ohr heran und brüllte dann aus Leibeskräften: »*Ich dürfte es dir eigentlich nicht sagen, aber bei uns ist es genauso!*«

David fuhr hoch, schlug erschrocken die Hand vor das Ohr und verzog das Gesicht. »Bist du wahnsinnig?!«, keuchte er. »Ich bin ja halb taub.«

Er schüttelte ein paarmal den Kopf, massierte sein klingendes Ohr und sah Gobbo stirnrunzelnd an. »Was soll das heißen?«, fragte er. »Bei euch ist es genau so?«

Gobbo begann entsetzt mit beiden Händen zu gestikulieren. »*Nicht so laut!*«, brüllte er. »*Willst du, dass uns alle hören? Ghuzdan lässt mich braten, wenn er erfährt, dass ich es dir verraten habe!*«

»Was?«, fragte David. Instinktiv senkte er die Stimme zu einem Flüstern.

»*Dass unsere Magie auch nicht mehr funktioniert!*«, schrie Gobbo. »*Jedenfalls nicht mehr richtig!*«

David starrte den Goblin verblüfft an. »Eure Magie funktioniert nicht mehr?«, murmelte er.

»*Nicht so laut, habe ich gesagt!*«, schrie Gobbo. Dann nickte er und fuhr mit Verschwörermine – und noch lauter als zuvor – fort: »*Sie verliert ihre Kraft. Die meisten Magier sind schon vollkommen machtlos. Selbst Thiraas hat Mühe, auch nur einen einfachen Zauber zustande zu bringen, sagt man. Und es heißt, dass es bei den Blassen auch nicht anders wäre. Weißt du etwas darüber?*«

David schüttelte den Kopf. Gobbos Worte überraschten ihn wirklich – aber irgendwie passte diese Neuigkeit auch zu allem, was er bisher in diesem neuen, sich immer noch verändernden Adragne erlebt hatte. Die Welt wuchs nicht nur, sie schien tatsächlich auch immer realer zu werden. Vielleicht hatte irgendein verborgener Programmparameter in den Tiefen des Hauptrechners entschieden, dass Magie und Zauberei nicht mehr in diese Welt passten.

»*Das ist schade*«, seufzte Gobbo schreiend. »*Ich hatte gehofft, dass du es mir erklären könntest.*«

»Wie kommst du darauf?«, fragte David.

Gobbo schnaubte. »*Weil mit dir irgendetwas nicht stimmt, Blasser!*« Er machte eine abwehrende Bewegung, als David widersprechen wollte. »*Streite es gar nicht erst ab! Du bist nicht das, was du behauptest! Das merke ich genau!*«

»Selbst wenn es so wäre, würde ich es dir bestimmt nicht sagen«, erwiderte David. »Aber was ist denn an mir so besonders?«

»*Du bist –*« Gobbo brach erschrocken mitten im Wort ab,

richtete sich kerzengerade im Sattel auf und warf mit einem Ruck den Kopf in den Nacken und David sah aus den Augenwinkeln, dass auch einige der anderen Ungeheuer plötzlich alarmiert die Köpfe hoben. Auch er sah in dieselbe Richtung. Alles ging plötzlich viel zu schnell, als dass einer der Orcs noch irgendwie hätte reagieren können.
Die Greife, die sich trotz ihrer enormen Größe vollkommen lautlos genähert hatten, flogen direkt aus der Sonne heraus an, sodass David im ersten Augenblick nur einen großen, verschwommenen Schatten ohne klar erkennbare Umrisse wahrnahm, der rasend schnell näher zu kommen schien. Dann, von einem Moment auf den anderen, zerfiel dieser Schemen in ein halbes Dutzend kleinerer Umrisse, und im selben Moment zerriss ein vielstimmiger, schriller Schrei die Stille.
David zog instinktiv den Kopf zwischen die Schultern, als einer der Greife direkt auf ihn herabstieß. Sein Pferd bäumte sich auf und versuchte auszubrechen, aber David klammerte sich mit solcher Kraft am Zaumzeug fest, dass er es dadurch beinahe unabsichtlich wieder unter seine Kontrolle brachte. Der Greif schoss heran, stieß einen schrillen, trompetenden Kampfschrei aus und streckte die furchtbaren Krallen nach vorne, zweifellos, um ihn vom Rücken des Pferdes herunterzureißen. Das Tier musste ihn aus der Höhe für einen seiner Feinde gehalten haben; und abgesehen von einem Drachen gab es nichts, was Greife mehr hassten als Orcs und Goblins. Im letzten Moment breitete der Greif die Schwingen aus, fing seinen Sturzflug ab und kippte zur Seite. Seine vorgestreckten Krallen, jede einzelne davon fast so lang wie Davids Unterarm, zielten mit tödlicher Genauigkeit auf Gobbo. Der Goblin brüllte vor Schreck und Furcht, aber selbst seine gewaltige Stimme ging im Chor der herabstoßenden Greife und dem Rauschen ihrer Schwingen unter.
Ohne auf die Gefahr zu achten, in der David selbst schwebte, riss er sein Pferd zur Seite, stieß sich aus den Steigbügeln ab und warf sich mit weit ausgebreiteten Armen auf den Goblin,

der von seinem Anprall regelrecht aus dem Sattel katapultiert wurde. Aneinandergeklammert stürzten sie zu Boden, und die Klauen des Greifs schnappten nur in die leere Luft, kaum eine Handbreit über dem Sattel von Gobbos Pferd. Der Greif stieß ein enttäuschtes Kreischen aus, schwang sich mit machtvollen Flügelschlägen wieder in die Luft empor und setzte zu einem zweiten Sturzflug an, als David und Gobbo sich mühsam hochrappelten.

»*Verrat!*«, brüllte Gobbo. »*Ich wusste, dass du uns verrätst! Aber das nutzt dir nichts! Du entkommst mir nicht!*« Er holte aus und trat David wuchtig vor das Schienbein. Darüber hätte David beinahe noch gelacht – über das Messer, das der Goblin plötzlich wieder aus dem Gürtel zog, allerdings nicht.

»Bist du verrückt!«, schrie er. »Ich habe dir gerade das Leben –«

Er kam nicht weiter. Gobbo stieß mit dem Messer nach ihm, sodass er sich mit einem hastigen Satz in Sicherheit brachte. Er schrie Gobbo an, dass er aufhören solle, doch der Goblin hörte ihm gar nicht zu, sondern gebärdete sich wie toll. Sein Messer stieß immer wieder nach Davids Gesicht und Brust, und was ihm an Kraft und Körpergröße fehlte, das machte er durch Schnelligkeit und Wut mit Leichtigkeit wett.

Schließlich wurde es David zu viel. Kurz entschlossen packte er Gobbos Handgelenk, hielt es mit eiserner Kraft fest und versetzte dem Goblin eine schallende Ohrfeige.

Gobbo keuchte, ließ seine Waffe fallen und plumpste schwer ins Gras. Während er die linke Hand gegen die Wange presste, starrte er fassungslos zu David hoch.

David kickte das Messer mit einem raschen Tritt davon und sah sich um. Rings um sie war das schiere Chaos ausgebrochen. Nicht nur Gobbo und er waren von einem der Greife angegriffen worden. Sie befanden sich im Zentrum einer regelrechten Schlacht. Das knappe Dutzend riesiger Fabelwesen wütete unbeschreiblich unter den Orcs und Trollen, und die Greife waren nicht die einzigen Gegner, denen sich die geschuppten Krieger urplötzlich gegenübersahen. David erblickte sechs oder acht gepanzerte Zwerge, die wie aus dem Boden gewachsen plötzlich da waren und mit Schwertern und Äxten auf die Orcs eindrangen, und jetzt stieß ein Greif vom Himmel herab und fing seinen Sturzflug im allerletzten Moment auf. Für eine Sekunde schien er vollkommen schwerelos dicht über dem Boden zu schweben und während dieser kurzen Zeitspanne sprang eine weitere, kaum anderthalb Meter große, aber fast ebenso breite Gestalt von seinem Rücken und zerrte ein gewaltiges zweischneidiges Schwert aus dem Gürtel.

»Gamma!«, keuchte David. Und dann schrie er: »*Gamma Graukeil!*«

Trotz des unbeschreiblichen Lärms, der überall herrschte, musste der Zwerg seine Worte gehört haben, denn er verhielt für einen Moment mitten im Schritt und drehte sich zu ihm herum. Ein fragender Ausdruck erschien auf seinem bärtigen Gesicht – und machte jähem Erschrecken Platz.

»*Junge!*«, schrie er. »*Pass auf!*«

David sah einen Schatten aus den Augenwinkeln, duckte sich und ließ sich fallen. Eine gewaltige, doppelseitig geschliffene Axt zischte genau dort durch die Luft, wo sich sein Kopf befunden hätte, hätte Gamma Graukeil ihn nicht gewarnt.

Damit war die Gefahr jedoch noch nicht vorüber. Der riesige Troll, der ihn angegriffen hatte, stieß mit dem Fuß nach ihm. Es gelang David, dem Tritt auszuweichen, aber dadurch verlor er das Gleichgewicht und fiel abermals hin. Hastig wälzte er sich herum, sah den Troll schon wieder über sich aufragen und stieß ihm mit aller Kraft die Beine in den Leib.

Selbst einen kräftigen, erwachsenen Mann hätte dieser Tritt gefällt, der Troll jedoch schien ihn nicht einmal zu spüren. Knurrend schwenkte er seine Waffe. Die riesige Axtklinge bohrte sich so dicht neben Davids Gesicht in den Boden, dass er ein paar Haare verlor.

David schrie vor Schreck auf, griff zu und umklammerte mit beiden Händen den Axtstiel, damit der Troll die Waffe nicht wieder aus dem Boden ziehen und zu einem zweiten Schlag

ausholen konnte, doch er hatte die Kräfte des Trolls unterschätzt. Es gelang ihm jedenfalls nicht, dem Wesen seine Waffe zu entreißen. Stattdessen wurde er einfach mit in die Höhe gezerrt, als der Troll seine Axt aus dem Gras riss, verlor den Boden unter den Füßen und fand sich eine halbe Sekunde später als zappelndes Anhängsel am Axtstiel des tobenden Giganten wieder.
Wahrscheinlich war der Anblick so grotesk, dass selbst der Troll für einen Sekundenbruchteil fassungslos war. Statt David jedenfalls zu Boden zu schleudern oder auf irgendeine andere Art anzugreifen, starrte ihn der Troll nur aus weit aufgerissenen Augen an, als könnte er einfach nicht glauben, was er da sah.
Und es war wohl auch zugleich das Letzte, was er sah, denn im selben Moment, in dem er seine Überraschung überwand und knurrend eine Hand vom Axtstiel löste, um nach David zu greifen, tauchte wie aus dem Nichts eine kaum anderthalb Meter große, in schimmerndes Silber gehüllte Gestalt hinter ihm auf, die ein gewaltiges Schwert schwang. Der Troll ließ die Axt – zusammen mit dem immer noch daranhängenden, mit den Beinen strampelnden David – fallen, fuhr mit einer unerwartet schnellen Bewegung herum und versuchte sich auf seinen viel kleineren Gegner zu stürzen, um ihn mit bloßen Händen zu erledigen.
Er war nicht der erste, der zu spüren bekam, wie fatal es war, Gamma Graukeil nach seiner *Größe* zu beurteilen.
David sah dem kurzen Kampf nicht zu. Er war hart aufgeschlagen und kämpfte einen Moment lang gegen schwarze Bewusstlosigkeit, die seine Gedanken verschlingen wollte, und als er wieder einigermaßen klar denken konnte, lag der Troll reglos im Gras, und der graubärtige Zwerg beugte sich besorgt über David und sah ihm ins Gesicht.
»Bist du verletzt, Junge?« fragte Gamma Graukeil.
»Nein«, murmelte David. »Nur ein bisschen ... benommen.«
»Dann bleib liegen«, knurrte Gamma Graukeil. »Rühr dich nicht!«

Das hätte David nicht einmal gekonnt, wenn er es gewollt hätte. Er war zwar tatsächlich nicht verletzt, aber die Axt, die der Troll fallen gelassen hatte, lag quer über seinen Beinen und die Waffe war so schwer, dass seine gesamte Kraft kaum ausreichte, um sie beiseite zu schieben. Und Gamma Graukeil machte keine Anstalten, ihm zu helfen, sondern wirbelte auf der Stelle herum und stürzte sich wieder ins Kampfgetümmel.

»Gamma!«, brüllte David.

Der Zwerg reagierte nicht, aber schon im nächsten Augenblick erschien eine weitere, noch kleinere Gestalt neben David.

»Ich wusste, dass du mich verrätst!«, brüllte Gobbo. Sein Gesicht begann langsam anzuschwellen; offensichtlich hatte David heftiger zugeschlagen, als er eigentlich beabsichtigt hatte. *»Du und dein* Ehrenwort! *Pah! Dass ich nicht lache! Du entkommst mir nicht! Das hat gar keinen Zweck!«*

»Wer sagt denn, dass ich das will?«, maulte David. Er versuchte erneut, sich aufzusetzen, und schaffte es auch diesmal nicht. Die Schneide der Axt hatte sich zu allem Überfluss auch noch eine gute Handbreit tief in den Boden gegraben, sodass er regelrecht festgenagelt war. Hastig warf er einen Blick über die Schulter zurück. Gobbo keifte neben ihm immer noch aus Leibeskräften, aber David hörte gar nicht mehr hin. Der Kampf war beinahe zu Ende. Die Trolle und Orcs wehrten sich tapfer gegen die zahlenmäßig unterlegenen Angreifer, aber es war trotzdem ein ungleicher Kampf: Die Zwerge wurden durch ihre magischen Rüstungen weitgehend geschützt, und es handelte sich schließlich um den Zwergenfürsten selbst und seine Leibgarde. Die kaum mehr als kindsgroßen Krieger wären spielend selbst mit einer doppelt so großen Übermacht fertig geworden. David – genauer gesagt, Ritter DeWitt – hatte es schließlich oft genug selbst mit angesehen. Der Kampf würde nur noch Augenblicke dauern.

Noch während er weiter an dem Axtstiel zerrte, der seine Beine gegen den Boden presste, wandte er sich mit erhobener Stimme wieder an den Goblin. »Gobbo, hau ab!«, sagte er. »Schnell! Sie werden dich töten!«

»*Und dich hier zurücklassen?*«, kreischte Gobbo. »*Das könnte dir so passen!*«
David verdrehte die Augen. »Begreif doch – du bist in Gefahr! Gamma Graukeil versteht keinen Spaß, wenn es um euch geht!« Und dann schrie er, so laut er nur konnte: »*Verdammt noch mal, mach endlich, dass du wegkommst!*«
Gobbo starrte ihn aus aufgerissenen Augen an, und in diesem Augenblick schien er tatsächlich zu begreifen, dass es sich bei Davids Warnung diesmal nicht um eine Kriegslist handelte – doch es war zu spät. David sah eine Bewegung aus den Augenwinkeln, und noch bevor er Gobbo eine weitere Warnung zurufen konnte, flankte eine Gestalt in einer schimmernden Silberrüstung über ihn hinweg, stieß den Goblin mit der linken Hand zu Boden und schwang mit der anderen ein gewaltiges Schwert.
Davids rechte Hand machte sich selbstständig. Ohne dass er selbst auch nur richtig begriff, was er da tat, warf er sich zur Seite, packte das Fußgelenk des Zwergenkriegers und brachte ihn mit einem harten Ruck aus dem Gleichgewicht. Der Zwerg schrie überrascht auf. Er fiel nicht, aber seine Schwertklinge verfehlte Gobbo und bohrte sich eine Handbreit neben ihm in den Boden, und als David ein zweites Mal und noch heftiger an seinem Bein riss, verlor er endgültig die Balance. Mit einem gewaltigen Scheppern und Klirren stürzte er neben Gobbo zu Boden.
Die Furcht gab David zusätzliche Kräfte. Er stemmte sich noch einmal gegen den Axtstiel, kam endlich frei und stürzte sich mit weit ausgebreiteten Armen auf den Zwerg, gerade als dieser sich wieder hochrappeln und nach seinem Schwert greifen wollte. Der Zwerg landete abermals auf der Nase, begann wütend in seiner Muttersprache zu fluchen und versuchte David abzuschütteln, aber David klammerte sich mit jedem bisschen Kraft an ihn, das er aufbringen konnte.
»*Gobbo!*«, brüllte er, so laut er nur konnte. »*Lauf!*«
Und endlich reagierte der Goblin. Er sprang hoch, starrte ihn noch einmal eine Sekunde fassungslos an, aber dann fuhr er

endlich herum und rannte auf seinen dürren Beinen davon, so schnell er konnte.
Sehr viel länger hätte David den tobenden Zwerg allerdings auch kaum halten können. Der Krieger reichte ihm zwar gerade bis zum Kinn, aber er war trotzdem viel stärker als er. Der einzige Grund, aus dem er David nicht längst wie ein lästiges Insekt einfach abgeschüttelt hatte, war, dass er in einer unglücklichen Position auf dem Bauch lag und David auf seinem Rücken hockte und seine Arme mit den Knien gegen den Boden nagelte, sodass er nicht die nötige Hebelwirkung aufzubringen vermochte, um sich hochzustemmen.
Aber David hatte dies kaum begriffen, da kam der Zwerg auf eine andere Idee: Er drehte sich einfach herum, und David wurde in hohem Bogen von ihm heruntergeschleudert und landete keuchend im Gras. In derselben Sekunde war der Zwerg über ihm, versetzte ihm einige schallende Ohrfeigen und stieß ihn mit dem Fuß zurück, als er sich aufrichten wollte.
»Bleib da liegen!«, sagte er drohend. »Noch eine Bewegung, und ich tue, wonach mir zumute ist, und schneide dir den Hals durch!«
David erstarrte. Allein der Ton, in dem der Krieger die Worte aussprach, machte ihm klar, dass es *keine* leere Drohung war. Der Zwerg kochte vor Wut. Behutsam setzte sich David auf, warf dem Zwerg einen fast ängstlichen Blick zu und presste die linke Hand gegen das Gesicht. Seine Wangen brannten wie Feuer, und er war nicht sicher, ob er in den nächsten beiden Tagen nicht nur von Suppe und eingetunktem Brot leben würde.
Er wollte etwas sagen, aber der Zwerg ballte wütend die Hand zur Faust und schüttelte sie vor seinem Gesicht, sodass David es vorzog, den Mund zu halten und seine Aufmerksamkeit wieder dem Geschehen rund um ihn zuwandte.
Der Kampf war vorüber. Der letzte Orc, der endlich auf die einzig richtige Idee gekommen war und sich auf den Rücken seines Wolfs schwang, um zu flüchten, fiel einem herabsto-

ßenden Greif zum Opfer, und die meisten Zwerge schoben bereits wieder ihre Schwerter in die Scheiden oder gingen zu ihren Reittieren, die in einigem Abstand zu Boden schwebten. Gamma Graukeil und ein weiterer Zwerg kamen mit schnellen Schritten heran. Als Gamma Graukeil David erblickte, wandte er sich mit einem fragenden Blick und in seiner Muttersprache – aber unmissverständlich zornigem Tonfall – an den Zwerg, der David niedergeschlagen hatte.

Der Krieger antwortete in der Sprache von Cairon, die David verstand (schließlich war es seine eigene): »Diesem Burschen ist nicht zu trauen. Wir sollten ihn hier bei seinen Orc-Freunden lassen oder besser gleich erschlagen. Er hat dieser grünhäutigen Kreatur geholfen!«

»Was soll das heißen?« Gamma Graukeil sah stirnrunzelnd auf David herab. Bevor dieser antworten konnte, fügte er etwas leiser hinzu: »Wo habe ich dich schon einmal gesehen, Bürschchen? Irgendwoher kennen wir uns.«

»Wahrscheinlich auf dem Schlachtfeld«, grollte der andere Zwerg. »Auf der Seite der Orcs.«

»Ich habe nichts mit den Orcs zu schaffen«, antwortete David. Die Antwort auf Gamma Graukeils erste Frage umging er vorsichtshalber. »Aber er wollte Gobbo töten.«

»Diesen kleinen Goblin?«, fragte Gamma Graukeil.

David nickte. »Er ist völlig harmlos. Glaubt mir, Gamma – er tut niemandem etwas zuleide.«

»Kein Grüner ist harmlos«, erwiderte Gamma Graukeil hart. »Und nebenbei: Wer hat dir erlaubt, mich mit dem Vornamen anzureden, Junge? Weisst du überhaupt, wer ich bin?«

Wenn du wüsstest, wie gut, dachte David. Er schüttelte jedoch den Kopf und sagte so kleinlaut, wie er nur konnte: »Verzeiht, Herr. Ich hatte Euren Namen im Kampfgetümmel aufgeschnappt und dachte ... «

»Genug jetzt!«, unterbrach ihn Gamma Graukeil. »Wir werden das später klären. Jetzt müssen wir weg. Die Grünen werden bald hier sein und wir können es nicht mit hundert von ihnen aufnehmen.«

»Es sind annähernd dreihundert«, verbesserte ihn David. »Wenn nicht mehr.«

»Umso schlimmer.« Gamma Graukeil nickte grimmig, zerrte David mit einer groben Bewegung auf die Füße und versetzte ihm einen Stoß, der ihn um ein Haar gleich wieder zu Boden befördert hätte. »Ich hoffe, du bist schwindelfrei, Junge.«

Der Flug dauerte eine halbe Stunde, doch bei der enormen Geschwindigkeit, die Messerflügel und die anderen Greife entwickelten, mussten sie eine gewaltige Entfernung zurückgelegt haben. Trotzdem änderte sich der Anblick unter ihnen kaum. Als sie schließlich langsam wieder an Höhe zu verlieren begannen, sodass David mehr als nur ein braun und grün geflecktes Durcheinander unter sich erkennen konnte, wirkte die Welt, deren Oberfläche sie sich näherten, vollkommen echt, aber auch immer noch vollkommen leer. Es gab Büsche, Gras, Felsen und Wälder, aber keine Straßen, kein Haus, nicht das kleinste Anzeichen menschlicher Besiedlung. Sie befanden sich noch immer im neuen Teil Adragnes. Die simulierte Welt schien weiter gewachsen zu sein, als David bisher angenommen hatte.

Das Dutzend Greife näherte sich in weitem Bogen einem Fluss, an dessen Ufer eine kleine Armee zu lagern schien. David erkannte mindestens hundert Pferde, die meisten mit Schabracken oder schweren Panzern, auf denen das Symbol der Wolfsritter prangte, und ein wenig abseits des eigentlichen Lagers mindestens dreißig oder vierzig weitere Greife. Das Lager selbst bestand aus einem großen und zahllosen kleineren, runden Zelten, die offensichtlich in aller Hast am Flussufer entlang aufgeschlagen worden waren. Es konnte noch nicht sehr lange hier stehen, denn er sah keine einzige Feuerstelle, und auch das Gras war noch nicht übermäßig zertrampelt. Ghuzdans Annahme jedenfalls, dass es noch keine Menschen im Neuen Land gab, war vollkommen falsch.

Die Greife schwenkten nach Norden, in die Richtung, wo die anderen Tiere lagerten, Gamma Graukeil lenkte Messerflügel jedoch direkt ans Flussufer. Als der gewaltige Greif landete, hätte der Luftzug seiner Schwingen um ein Haar eines der Zelte aus der Verankerung gerissen, und einige Krieger begannen lautstark zu fluchen oder die Fäuste in Richtung des Zwerges zu schütteln. Gamma Graukeil beachtete es jedoch gar nicht. Kaum hatten Messerflügels Krallen den Boden berührt, da versetzte er David einen Stoß, der ihn kopfüber von seinem Rücken herunterbeförderte, sprang selbst hinterher und zerrte ihn unsanft wieder auf die Füße.

»He!«, beschwerte sich David. »Was soll denn das? Seid Ihr verrückt geworden?«

Gamma Graukeil hob die Hand, wie um ihn zu ohrfeigen, tat es dann aber doch nicht. Aber seine Stimme klang gefährlich leise und jede Freundlichkeit war plötzlich aus seinem ansonsten so gutmütigem Zwergengesicht gewichen.

»Sprich noch einmal in diesem Ton mit mir, Bursche, und ich lasse dir den Hintern versohlen!«, drohte er. »Ich behandle dich so, wie man Orc-Freunde behandelt!«

»Aber ich bin kein Orc-Freund!«, protestierte David. »Im Gegenteil! Ich bin –«

»Was ist denn da los?«, mischte sich eine scharfe Stimme ein. Gamma Graukeil sah missmutig auf und auch David drehte sich herum. Obwohl er die Stimme erkannt hatte, war er nicht wenig erstaunt, als er sah, wer hinter ihnen aufgetaucht war, atmete zugleich aber auch erleichtert auf.

»Meister Orban!«, rief er. »Den Göttern sei Dank, Ihr seid es! Sagt diesem närrischen Zwerg, dass ich kein Freund der Orcs bin!«

Er eilte mit großen Schritte auf den Amethyst-Magier zu – und blieb erstaunt stehen, als er den Ausdruck auf Orbans Gesicht registrierte. Der Magier sah keineswegs erfreut oder auch nur überrascht drein, ihn hier zu sehen, sondern war einfach nur erstaunt.

»Kennen wir uns?«, fragte er.

»Aber natürlich!«, antwortete David. »Meister Orban! Hat das Alter Euren Blick getrübt? Ich bin es, De ...«

Er sprach nicht weiter. Orbans Gesichtsausdruck wurde immer fragender, aber es war nicht die Spur von Erkennen in seinen Augen. Zwei, drei Sekunden lang blickte er David völlig verständnislos an und schließlich fand David seine Sprache wieder und führte das begonnene Wort zu Ende; wenn auch anders, als er vorgehabt hatte. »... vid«, sagte er. »Mein Name ist David.«

Orban wandte sich an Gamma Graukeil. »Wer ist dieser Bursche?«, fragte er. »Wo habt Ihr ihn gefunden?«

»Inmitten einer Horde Orcs und Goblins«, antwortete Gamma Graukeil. »Wer er ist, weiß ich nicht. Aber etwas stimmt nicht mit ihm.«

»Was soll mit ihm nicht stimmen? Er ist nur ein Junge.« Orban wandte seine Aufmerksamkeit wieder David zu, maß ihn erneut mit einem langen, fragenden Blick und schüttelte schließlich den Kopf. »Irgendwoher kenne ich dich«, sagte er nachdenklich.

»Ich hatte den gleichen Eindruck«, fügte Gamma Graukeil hinzu. »Aber auch ich weiß nicht, wo ich ihn schon einmal gesehen habe.«

»Und Ihr habt ihn bei den Orcs aufgegriffen?«

»Sie haben mich gerettet«, sagte David hastig. Er hatte das Gefühl, dass es vielleicht an der Zeit war, bei Gamma Graukeil für ein wenig gutes Wetter zu sorgen. Natürlich kannte er den Zwerg aber auch zugleich gut genug, um zu wissen, wie sinnlos dieses Unterfangen war.

»Einer meiner Männer hat ihn entdeckt«, antwortete Gamma Graukeil. »Er flog Patrouille, als er die Orcs sah. Sie hatten ihn hinter ein Pferd gebunden und wollten ihn offenbar zu Tode schleifen. Jedenfalls berichtete das der Späher. Aber vielleicht war es auch nur ein Trick.«

»Wieso?«

»Als wir zur Stelle waren, um ihn zu retten, da saß er friedlich auf seinem Pferd und hielt einen Plausch mit einem Goblin«, antwortete Gamma Graukeil. »Und nicht genug damit. Er hat dem Grünen auch noch das Leben gerettet. Als einer meiner

Krieger ihn erschlagen wollte, da hat dieser Bursche ihn angegriffen, sodass das Ungeheuer entkommen konnte.«
»Ist das wahr?«, fragte Orban, an David gewandt.
David antwortete nicht. Er starrte Gamma Graukeil fassungslos an. Bisher hatte er noch gar nicht darüber nachgedacht, aus welchem Grund die Zwerge die kleine Kolonne angegriffen hatten, ja, insgeheim war er davon ausgegangen, dass es gar keinen Grund gab – die Orcs waren Orcs, und die Zwerge waren Zwerge, und das war im Allgemeinen für beide Seiten Grund genug, ihre Waffen zu ziehen und dem anderen den Schädel einzuschlagen. Jetzt aber begriff er schlagartig, dass er der Grund für diesen Angriff gewesen war.
»Ich habe dich etwas gefragt, mein Junge«, sagte Orban sanft, als er nicht antwortete.
David fuhr leicht zusammen, wandte sich wieder zu dem Magier um und versuchte ein verzeihungheischendes Lächeln auf sein Gesicht zu zaubern. »Ja, das ist wahr«, sagte er hastig. »Die Zwerge haben mich gerettet.«
»Das habe ich dich nicht gefragt«, sagte Orban. »Ist es wahr, dass du ein Freund der Orcs bist?«
»Natürlich nicht!«, antwortete David empört.
»Und wie kommt es dann, dass du noch lebst? Niemand überlebt die Folter der Orcs.«
»Sie haben mich nicht gefoltert«, antwortete David. »Ghuzdan wollte mir nur einen Denkzettel verpassen, weil –«
Er brach abermals mitten im Wort ab. Orbans Augen wurden groß, und Gamma Graukeil fuhr so heftig zusammen, dass seine Rüstung klimperte wie eine Wagenladung alter Kochtöpfe, die umgestürzt war.
»Ghuzdan?«, murmelte Orban.
»Ghuzdan?!«, schnappte auch Gamma Graukeil. »Du sprichst von *Ghuzdan,* dem obersten Kriegsherrn der Orcs? Er ist *hier?!*«
»Ja«, antwortete David.
»Woher weißt du das?«, wollte Gamma Graukeil wissen.
»Weil er es mir gesagt hat«, antwortete David – gerade noch

rechtzeitig genug, ehe ihm das herausrutschen konnte, was ihm eigentlich auf der Zunge lag: Weil ich ihn erkannt habe. Es wäre ziemlich dumm gewesen, das zu sagen. Niemand, dessen Haut nicht grün war, überlebte normalerweise eine Begegnung mit Ghuzdan, um davon zu berichten. Oder gar, um ihm *wiederzuerkennen.*
»*Gesagt?!*«, keuchte Gamma Graukeil auch prompt.
»Die anderen nannten ihn auch so«, fügte David hastig hinzu. »Wieso? Wer ist denn dieser Ghuzdan?«
»Ihr habt recht, Gamma«, sagte Orban, ehe Gamma Graukeil auf Davids Frage antworten konnte. »Irgendetwas stimmt mit diesem Jungen nicht. Es war gut, dass Ihr ihn mitgebracht habt.« Er wedelte mit der Hand. »Bringt ihn in mein Zelt und gebt gut auf ihn Acht. Ich werde die anderen holen.«
Er ging. David wollte ihm etwas nachrufen, aber Gamma Graukeil gab ihm keine Gelegenheit dazu. Der Zwerg versetzte ihm einen unnötig groben Stoß in den Rücken, der ihn mehr vorwärts stolpern als gehen ließ, und rief zugleich einen rauhen Befehl. Vier weitere Krieger eilten herbei, um David zu eskortieren. Wenn man bedachte, dass ihn all diese Männer als *Kind* ansahen, dann zollten sie ihm wirklich einen gewaltigen Respekt.
Allerdings war David nicht besonders glücklich darüber. Ganz im Gegenteil: Von seiner anfänglichen Freude und Erleichterung, endlich wieder unter Freunden zu sein, war nichts mehr geblieben. Und die Blicke, die ihm auf seinem Weg zu Orbans Zelt im Zentrum des Lagers folgten, waren auch nicht die von *Freunden.* Er sah nur Misstrauen und Zorn, und noch bevor sie das Zelt erreicht hatten, gestand er sich ein, dass sich seine Lage möglicherweise verschlimmert hatte, auf gar keinen Fall aber verbessert. Er war noch immer ein Gefangener.
Auch im Zelt wurde es nicht besser. Es war vollkommen leer, bis auf einige Sitzkissen und eine Truhe, in der Orban wohl seine wichtigsten magischen Utensilien aufbewahrte. Automatisch wollte er eines der Kissen ansteuern, um sich darauf niedersinken zu lassen, doch Gamma Graukeil stieß ihn grob

auf die Knie herab und befahl ihm barsch, sich nicht von der Stelle zu rühren. Die vier Krieger, die ihm gefolgt waren, umringen David drohend, und einer zog sogar sein Schwert. Nein – er war ganz und gar nicht mehr sicher, ob er wirklich einen guten Tausch gemacht hatte ...

Es dauerte allerdings nicht sehr lange, bis Meister Orban zurückkam. Er war in Begleitung dreier anderer Männer – und als David einen der Ritter erkannte, da musste er sich mit aller Kraft beherrschen, um nicht aufzuspringen und schon wieder etwas zu sagen, was Orbans Misstrauen noch mehr schüren mochte. Allerdings hatte er sich wohl nicht gut genug in der Gewalt, um seine Reaktion ganz zu verbergen. Und auch der riesenhafte, ganz in schwarzes Eisen gehüllte Krieger, der hinter Orban gebückt durch den Eingang trat, verhielt für einen Moment mitten im Schritt und sah verblüfft auf David herab.

Natürlich entging dem Amethyst-Magier weder seine noch Davids Reaktion. »Ich sehe, Ihr kennt diesen Jungen, Yaso Kuuhl?«, fragte er überrascht.

»Ich ... habe ihn schon einmal gesehen«, antwortete Yaso Kuuhl ausweichend. Nach einer Sekunde fügte er hinzu: »Aber ich kann mich nicht erinnern, wo.«

»Dann geht es Euch nicht anders als uns allen«, sagte Orban. »Schade. Für einen Moment dachte ich, Ihr könntet Licht in dieses Dunkel bringen. Etwas stimmt mit diesem Burschen nicht. Es wäre besser, wir wüssten, ob wir ihm trauen können.«

Vielen Dank, Val, dachte David. Vielen herzlichen Dank. Wenn ich zurück bin ...

»Wartet«, murmelte Yaso Kuuhl. Er trat näher, beugte sich vor und legte David eine Hand unter das Kinn, um seinen Kopf anzuheben, sodass er ihm genauer ins Gesicht blicken konnte. »Irgendwie ...«

»*Ich bringe dich um!*«, flüsterte David, ganz leise und zwischen zusammengebissenen Zähnen hindurch – anders konnte er es nicht, denn Yaso Kuuhl presste seine Kiefer so fest gegeneinander, dass es weh tat. »*Wenn ich zurück bin, lerne ich laufen und schubse dich vor den nächsten Bus, das schwöre ich dir!*«

»Was sagt er?«, fragte Orban.

»Nichts.« Yaso Kuuhl ließ Davids Kinn los, richtete sich auf und tätschelte ihm freundschaftlich die Wange. Wenigstens wäre es freundschaftlich gewesen, wären seine Hände nicht in eisernen Handschuhen gesteckt. Davids Ohren klingelten und er sah im wahrsten Sinne des Wortes Sterne. »Ich konnte ihn nicht verstehen. Er scheint Schwierigkeiten mit dem Reden zu haben.«

»In Gegenwart von Orcs hat er die offenbar nicht«, sagte Gamma Graukeil.

»Wo habt ihr ihn aufgegriffen?«, wollte Yaso Kuuhl wissen. Gamma Graukeil wiederholte die kurze Schilderung, die er bereits Meister Orban gegeben hatte, schmückte sie aber – ganz wie es seine Art war – mit etlichen Kraftausdrücken und Flüchen aus, sodass man fast meinen konnte, David hätte mit dem Schwert in der Hand Seite an Seite mit den Orcs gefochten.

»Das ist wirklich eigenartig«, sagte Yaso Kuuhl nachdenklich.

»Das ist nicht nur eigenartig, das ist vollkommener Blödsinn!« ereiferte sich David. In Gamma Graukeils Augen blitzte es schon wieder drohend auf und David zog vorsichtshalber den Kopf ein und fügte kleinlaut hinzu: »Ich meine: Das ... das ist ein falscher Eindruck. Es war ganz anders.«

»Ach?«, machte Gamma Graukeil. Er trat auf David zu. Obwohl David auf den Fersen saß, befanden sich ihre Gesichter jetzt auf gleicher Höhe. Aber das änderte nichts daran, dass sich David plötzlich winzigklein und ziemlich verloren vorkam. Er kannte den Zwerg. Gamma Graukeil fackelte nicht lange, wenn er etwas wirklich wollte.

»Vielleicht lasst ihr mich einfach einen Augenblick mit diesem störrischen Burschen allein«, sagte Gamma Graukeil. »Ich gebe Euch mein Wort, danach erzählt er uns alles, was wir wissen wollen.«

»Wartet!«, sagte Yaso Kuuhl. »Jetzt fällt es mir ein!«

Aller Aufmerksamkeit – auch die Davids – wandte sich dem Schwarzen Ritter zu. Yaso Kuuhl schlug sich mit der linken Hand vor die Stirn, schüttelte den Kopf und sagte dann: »Wie konnte ich es nur vergessen. Ich *habe* diesen Jungen schon einmal gesehen.«
»Wo?«, fragten Gamma Graukeil und Meister Orban wie aus einem Mund.
»Er war mit Ritter DeWitt zusammen«, sagte Yaso Kuuhl.
»Zusammen mit DeWitt?« Orban klang sehr zweifelnd und Gamma Graukeil schüttelte den Kopf.
»Jaja, gewiss!«, versicherte Yaso Kuuhl. »Es war nur ein einziges Mal, aber nun fällt es mir wieder ein.«
David sah ihn fragend an. Worauf wollte er hinaus? Er betete, dass Val – alias Yaso Kuuhl – jetzt nicht etwa auf die Idee kam, Orban und den anderen alles zu erzählen.
»Er erzählte mir, dass er ihn irgendwo in den Wäldern aufgelesen hätte«, berichtete Yaso Kuuhl. »Ich glaube, er ist eine Waise. Seine Eltern haben ihn wohl verstoßen, weil er so hässlich war, und er ist unter wilden Tieren aufgewachsen. Ritter DeWitt musste ihm erst beibringen, sich wie ein Mensch zu benehmen.«
David durchbohrte Yaso Kuuhl regelrecht mit Blicken, aber Orban schüttelte immer noch zweifelnd den Kopf. »Das kann ich mir kaum vorstellen«, sagte er. »Ihr wisst, wer Ritter DeWitt in Wahrheit war.«
»Aber es war so!«, beharrte Yaso Kuuhl. »Ich erinnere mich jetzt ganz genau. Ich habe DeWitt noch gefragt, warum er sich mit einem solchen Kretin abgibt, aber er hat nur gelacht und gesagt, dass schließlich jeder seinen Schoßhund brauche.«
Davids Hände zuckten. Er hatte nicht übel Lust, aufzuspringen und die Sache gleich hier und jetzt zu klären. Aber natürlich tat er es nicht. Es gab da ein, zwei Gründe, die dagegensprachen. Einer davon war über zwei Meter groß, in schwarzes Eisen gepanzert und nannte sich auf dieser Ebene der Wirklichkeit Yaso Kuuhl.
»Ich weiß nicht«, murmelte Orban. »Das klingt nicht überzeu-

gend. Andererseits ... wenn man bedenkt, wer Ritter DeWitt wirklich ist ...«

»Auf jeden Fall können wir ihm trauen«, fiel ihm Yaso Kuuhl ins Wort. »Der Bursche ist der größte Feigling, den ich jemals getroffen habe. Er hätte viel zu viel Angst, uns anzulügen – nicht wahr, Bürschchen?«

Die letzte Frage galt David, der Yaso Kuuhl noch eine weitere Sekunde mit Blicken regelrecht aufspießte, sich dann aber zusammenriss und mit zerknirschter Miene sagte: »Ja, Herr.«

»Also gut.« Meister Orban seufzte tief. »Mir ist zwar nicht wohl dabei, aber wenn Yaso Kuuhl sich für dich einsetzt, Junge, dann werde auch ich dir trauen.«

»Ich nicht«, sagte Gamma Graukeil. »Ich habe ihn bei den Orcs gesehen.«

»Aber ich habe Euch doch schon erklärt, wie es war«, antwortete David. »Sie haben mich gefangen. Ghuzdan wollte mir nur einen Schrecken einjagen!«

»Das beantwortet nicht die Frage, warum du einen meiner Männer angegriffen hast, um einen Grünen zu retten!«, sagte Gamma Graukeil wütend.

»Das hat er getan?«, wunderte sich Yaso Kuuhl. »Wieso?«

»Weil ...« David suchte einen Moment vergeblich nach Worten, zuckte schließlich mit den Schultern und setzte neu an. »Ja, es ist wahr. Der Zwerg wollte Gobbo töten und das konnte ich nicht zulassen.«

»Wieso nicht?«, fragte Orban.

»Weil ich ihm mein Ehrenwort gegeben habe«, antwortete David.

»Sein *Ehrenwort?*«, keuchte Gamma Graukeil. Einem *Grünen?*«

Meister Orban hob rasch die Hand. »Genug, Gamma Graukeil. Wenn er dem Goblin im Wort war, so hat er recht gehandelt.«

»Ja«, grollte Gamma Graukeil. »Ein Wort ist ein Wort. Aber man gibt es keinem Grünen! Wer hätte so etwas je gehört?«

»Ich sagte euch doch, dass er ziemlich dumm ist«, warf Yaso

Kuuhl ein. David fügte der Liste unangenehmer Dinge, die er mit einem gewissen blonden Mädchen nach seiner Rückkehr anstellen würde, einen weiteren Punkt hinzu, verbiss sich aber jeden Kommentar.

»Gebt ihn eine Woche in meine Obhut und ich bläue ihm Klugheit ein«, sagte Gamma Graukeil.

»Genug jetzt«, sagte Orban streng. »Dieser Junge hat uns eine Menge zu erzählen.«

»Und wahrscheinlich sind jede Menge Lügen dabei«, sagte Gamma Graukeil spöttisch.

»Nun, dieses Risiko müssen wir eingehen. Obwohl ...« Orban wiegte nachdenklich den Kopf. Plötzlich lächelte er. »Du hast diesem Goblin also das Leben gerettet, weil du ihm dein Ehrenwort gegeben hast, Junge?«

»Ja«, antwortete David.

»Dann gib *mir* jetzt dein Ehrenwort, uns die Wahrheit zu sagen«, verlangte Orban.

»Das tue ich«, sagte David ernst. »Ich schwöre es.«

Meister Orban nickte zufrieden. »Gut. Zuallererst: Wie ist dein Name, Junge?«

»David«, antwortete David.

»David?« Gamma Graukeil lachte hart. »Das ist nicht wahr! Er hat gehört, wie wir über –«

»Nein, nein, es stimmt schon«, mischte sich Yaso Kuuhl ein. Er lächelte zuckersüß auf David herab und fuhr fort: »Ich sagte doch, er ist nicht besonders klug. Ihm ist kein anderer Name eingefallen, also hat er den Ritter DeWitts nachgeahmt.«

Ein weiterer Punkt. Wenn er mit Valerie fertig war, würde sie in einen Schuhkarton passen. Ach was – sie würde darin Schlittschuh laufen können!

»Jetzt erzähle, Junge«, sagte Orban, nachdem er ein Kopfschütteln in Richtung Gamma Graukeil geschickt hatte. »Wie kommst du hierher und wie bist du in die Gewalt der Orcs geraten?«

David erzählte. Er blieb im Großen und Ganzen bei derselben Geschichte, die er auch Ghuzdan schon aufgetischt hatte –

schon, um sich nicht zu verplappern. Orban und die anderen hörten ihm aufmerksam zu, bis er bei der Stelle angekommen war, an der Gamma Graukeil ins Spiel kam.

»Und das ist jetzt wirklich alles?«, fragte Orban, nachdem er zu Ende berichtet hatte.

»Also, mir hat es gereicht«, sagte David. »Ich dachte schon, es wäre um mich geschehen. Wären die Zwerge nicht gekommen ...«

»Das sind keine guten Neuigkeiten«, murmelte Orban besorgt. »Wir dachten, es mit einer Handvoll Orcs zu tun zu haben, aber nun sind es zwei- oder dreihundert.«

»Und es werden noch viel mehr«, sagte David.

»Wieso?« Orban wirkte alarmiert.

»Ich habe ein Gespräch belauscht«, log David. »Ich konnte nicht alles verstehen, aber ich glaube, sie erwarten noch sehr viel mehr Krieger.«

»Das könnte stimmen«, sagte Gamma Graukeil. »Meine Späher berichten von großen Truppenbewegungen entlang der Grenze.«

»Aber warum?«, murmelte Orban. »Was gibt es hier, das zu erobern sich lohnt?«

»Warum seid ihr hier?«, fragte David.

»Weil die *Orcs* hier sind«, antwortete Gamma Graukeil grob. »Und jetzt schweig, bis man dich etwas fragt, Bursche.«

»Nein, nein, lasst ihn, Gamma Graukeil«, mischte sich Yaso Kuuhl ein. »Er hat nicht so Unrecht. Seht Ihr ... *wir* sind hier, weil die *Orcs* hier sind. Aber vielleicht sind die *Orcs* ja hier, weil sie ihrerseits etwas suchen.«

»Was könnte das sein, dass sie so viele Krieger brauchen?«, fragte Orban.

»Die Schlitzer«, antwortete David.

Er war nicht sicher – aber für einen Moment glaubte er, sogar aus Yaso Kuuhls Gesicht jede Farbe weichen zu sehen, als er den Namen des berüchtigten Orc-Clans erwähnte.

»Die *Schlitzer?*«, keuchte Gamma Graukeil.

»Ja«, bestätigte David. »Sie haben ein Lager am Rand der

Berge aufgeschlagen. Ghuzdan erzählte ... ich meine: Ich habe Ghuzdan belauscht, als er mit einem der anderen Orcs sprach, und dem hat er erzählt, dass sie es angreifen wollen.«
»Nicht einmal Ghuzdan ist so verrückt, die Schlitzer anzugreifen«, behauptete Gamma Graukeil.
»Es seid denn, sie hätten etwas, was er unbedingt haben muss«, fügte Orban nachdenklich hinzu. »Hat er gesagt, was?«
»Ja«, antwortete David. Er lachte. »Aber das war Unsinn.«
»Was?«, wollte Yaso Kuuhl wissen.
David sah Yaso Kuuhl fest an, als er antwortete: »Er sagte, die Schlitzer hätten drei *Götter* gefangen genommen. Was für ein Unsinn, findet Ihr nicht auch, Ritter Kuuhl? Wer hätte je gehört, dass man Götter gefangen nehmen kann?«
Gamma Graukeil wurde noch ein wenig blasser und Orban sog hörbar die Luft ein. »Götter?«, wiederholte er. »Bist du sicher, dass er dieses Wort benutzt hat?«
David antwortete nicht sofort. Er sah noch immer fest in Kuuhls Augen, und nach einer Sekunde deutete der Schwarze Ritter fast unmerklich ein Nicken an.
»Völlig«, bestätigte er. »Auch wenn er sagte, dass sie Götter aus einer anderen Welt wären, die eigentlich so sterblich sind wie wir. Und er sagte noch, dass sie nur hierher gekommen sind, um sich die Zeit zu vertreiben. Dass sie unsere Völker gegeneinander hetzen, nur um sich zu vergnügen.« Langsam wandte er den Kopf und blickte in Orbans Gesicht. »Aber wie gesagt: Das ist Unsinn. Ich meine: Wenn es wirklich Götter wären, könnten sie nicht so grausam sein, oder?«
Orban seufzte. »Ich fürchte, da irrst du dich, mein Junge«, murmelte er. »Aber zerbrich dir nicht den Kopf darüber. Manche Dinge kann man nicht verstehen, wenn man noch jung ist.«
Er überlegte einen Moment, dann wandte er sich an Gamma Graukeil. »Ich fürchte, ich muss die Dienste Eurer Späher noch einmal in Anspruch nehmen, Gamma Graukeil«, sagte er.
»Ich schicke sofort meine zuverlässigsten Leute los, um die Orcs auszuspionieren«, sagte Gamma Graukeil. »Und ich

selbst werde auf Messerflügel zu den Bergen fliegen, um mich davon zu überzeugen, ob es dieses Lager der Schlitzer gibt.« Er deutete auf David. »Und was geschieht mit ihm?«
Orban wollte antworten, doch Yaso Kuuhl kam ihm zuvor. »Warum gebt ihr den Burschen nicht in meine Obhut?«, fragte er. »Ich sorge schon dafür, dass er nicht auf dumme Ideen kommt.«

Zwei Stunden später hatte David nicht nur Yaso Kuuhls Pferd gestriegelt, sein Zelt so sauber gefegt, dass man vom Boden essen konnte, und seine Rüstung so glänzend poliert, dass es beinahe in den Augen weh tat, sie anzusehen, sondern auch einen Racheplan gegen Valerie geschmiedet, zu dessen Ausführung er wahrscheinlich ein Jahr brauchte.
Das Objekt all seiner finsteren Gedanken hatte er in dieser Zeit allerdings nicht gesehen. Entgegen seiner Hoffnung, endlich einmal in Ruhe mit Yaso Kuuhl sprechen zu können, hatte der Schwarze Ritter ihn unsanft in sein Zelt gescheucht, ihm die Liste mit seinen Aufgaben vorgesagt und ausgerechnet den Zwerg, den David davon abgehalten hatte, Gobbo zu erschlagen, zu seiner Bewachung eingeteilt.
Endlich aber kam der Schwarze Ritter zurück und zu Davids unendlicher Erleichterung führte er das grausame Spiel auch nicht fort, sondern schickte den Zwerg weg. David ließ sich mit einem erleichterten Seufzer im Schneidersitz auf den Boden sinken und verbarg erschöpft das Gesicht zwischen den Händen, während Yaso Kuuhl noch einmal zum Eingang ging und einen sichernden Blick nach draußen warf.
»Wir sind allein«, sagte er, als er zurückkam. »Niemand kann uns hören.«
»Na, das freut mich aber«, murmelte David müde. Er war so erschöpft, dass er alles, was er Yaso Kuuhl hatte sagen wollen, glatt vergessen hatte. »Obwohl es nicht stimmt, weißt du? Warte nur ab, bis ich wieder genug Kraft gesammelt habe, dann wird man uns im ganzen Lager hören können, das verspreche ich dir, Valerie.«

»Nenn mich nicht so«, sagte Yaso Kuuhl barsch. »Hier bin ich Yaso Kuuhl.«
»So?«, seufzte David. »Für mich nicht. Für mich bist du ...« Er sah auf und sah dem riesigen Ritter nachdenklich ins Gesicht. »Was ist die weibliche Form von *mieser hinterhältiger widerwärtiger Schuft?*«
Yaso Kuuhl lächelte flüchtig, hob aber gleichzeitig die Hand. »Bleib bitte bei Yaso Kuuhl, solange wir hier sind«, sagte er. »Man weiß nie, wer zuhört, und die Situation ist schon kompliziert genug.« Er schüttelte den Kopf, setzte sich David gegenüber – und so, dass er den offenen Zelteingang immer im Auge behalten konnte – und fragte in besorgtem Ton, der tatsächlich echt klang: »Du bist wirklich nicht verletzt?«
»Nur mein Stolz«, murrte David. »Verdammt, was soll das? Du hast Recht, weißt du? Die Situation ist kompliziert genug, auch ohne dass du deine dämlichen Scherze mit mir treibst.«
»Aber ich scherze nicht«, sagte Yaso Kuuhl ernst. »Was hätte ich sagen sollen? Dass du in Wahrheit Ritter DeWitt bist, der sich nur im Körper vertan hat?«
»Vielleicht nicht, dass ich ein schwachsinniger Obertrottel bin, der nicht einmal einen eigenen Namen hat!«, beschwerte sich David.
»Aber du solltest diese Rolle spielen«, riet ihm Yaso Kuuhl. »Ich meine es ernst. Gamma Graukeil traut dir nicht, und Meister Orban zu unterschätzen wäre noch gefährlicher. Spiel einfach den Dummkopf. Wenn sie dir glauben, dann stellst du wenigstens keine Gefahr mehr für sie dar.«
»Gefahr?«, keuchte David. »Ich?«
»Was mich zu der Frage bringst, wieso du eigentlich *du* bist«, sagte Yaso Kuuhl nickend. »Wieso bist du nicht als Ritter DeWitt zurückgekehrt?«
»Weil ich einem gewissen Schwarzen Ritter dann die Rübe runterhauen müsste, um mein Gesicht zu wahren«, antwortete David grollend. Dann zuckte er mit den Schultern und fügte hinzu: »Außerdem hatte ich den Eindruck, dass Ritter DeWitt ein wenig an Beliebtheit verloren hat, seit ich das letzte Mal

hier war. Ich nehme an, Yaso Kuuhl hat während seiner Abwesenheit kräftig an seinem schlechten Ruf gearbeitet?«
»Keineswegs«, antwortete Yaso Kuuhl ernst. »Es ist eine Menge passiert seit der Schlacht am Schwarzen Portal. Hier in Adragne ist mehr Zeit vergangen als bei uns, weißt du?«
»Ja«, antwortete David. »Aber um deine Frage zu beantworten – Ritter DeWitt existiert nicht mehr. Ich habe ihn *gelöscht*, schon vergessen?«
»Das hast du gesagt.« Yaso Kuuhl wirkte ehrlich überrascht. »Aber du hast doch bestimmt noch irgendwo eine Sicherheitskopie des Programms?«
»Nein«, sagte David. »Ich halte mein Wort ... wenigstens meistens.«
»Und wieso hast du keinen anderen Körper gewählt?«
»Das habe ich ja«, gestand David zerknirscht. »Aber ich war wohl zu hastig. Oder ...« Er zuckte mit den Achseln. »Ich weiß nicht, was schief gegangen ist. Ich weiß nur, dass ich so angekommen bin, wie du mich jetzt siehst. Und das ist noch nicht alles.«
Yaso Kuuhl sah ihn fragend an. David ließ eine bewusst lange, dramatische Pause verstreichen, ehe er fortfuhr: »Mein *Cheat* funktioniert nicht mehr.«
»Ich weiß«, sagte Yaso Kuuhl.
»Und das bedeutet, dass ich hier keinerlei Macht mehr habe und –«, begann David, stutzte, sah Yaso Kuuhl misstrauisch an und fragte: »Was soll das heißen: du *weißt?*«
Yaso Kuuhl druckste einen Moment lang herum, ehe er antwortete: »Er kann nicht mehr funktionieren.«
»*Wieso?*«, fragte David. Er hatte eine ganz bestimmte Ahnung, aber er weigerte sich einfach, den Gedanken zu akzeptieren. Nicht einmal Valerie traute er eine solche Gemeinheit zu.
»Weil ich ihn gelöscht habe«, sagte Yaso Kuuhl.
David starrte ihn an. »Du hast ... *was?!*«, krächzte er.
»Ihn gelöscht«, wiederholte Yaso Kuuhl. »Als ich nach der Schlacht am Schwarzen Portal wieder am Computer saß, habe ich alle Cheat-Codes gelöscht, die du eingegeben hast.«

»Aber warum?«, keuchte David.
Yaso Kuuhl zuckte mit den Schultern. »Ich wusste ja nicht, wie sich alles entwickelt«, sagte er kleinlaut. »Natürlich dachte ich, dass Ritter DeWitt zurückkommt, um mit Yaso Kuuhl abzurechnen. Na ja, und da dachte ich, es wäre eine gute Idee, ihm eine unangenehme Überraschung zu bereiten.«
»Und da hast du –?«
»Alle deine Zugriffscodes gelöscht«, bestätigte Yaso Kuuhl. »Auch die, die du ganz tief im Programm versteckt hattest. Ich muss zugeben, einige hätte ich fast nicht gefunden. Aber eben nur fast.«
»Bist du ... bist du völlig wahnsinnig geworden?«, stammelte David. »Weißt du eigentlich, was du getan hast?«
»Ich halte nichts von Cheats«, sagte Yaso Kuuhl. »Sie verderben einem den ganzen Spaß am Spiel.«
»Ja, und du und ich sind jetzt hier verwundbar und sterblich!«
»Ach, das!« Yaso Kuuhl winkte großspurig ab. »Mach dir darüber nur keine Sorgen, David. Der Schwarze Ritter wird schon auf dich aufpassen. Dir kann nichts passieren.«
»Du *bist* wahnsinnig!«, heulte David auf. »Du hast sämtliche Codes gelöscht? Auch die in den geheimen Dateien, um den untersten Level?!«
»Alle.« Yaso Kuuhl lächelte stolz. »Ich sagte dir doch, ich bin am Computer besser als du.«
»Ja«, flüsterte David erschüttert. »Das bist du wirklich. Aber nicht unbedingt schlauer.«
»Wieso?«
»Du hast sämtliche Codes gelöscht«, sagte David noch einmal, als könne er einfach nicht glauben, was er da hörte. »Und damit auch unseren Notfallcode. Weißt du, was das bedeutet?«
Yaso Kuuhl wusste es. David erkannte das, als er das allmählich aufdämmernde Begreifen in Yaso Kuuhls Augen sah – und das Entsetzen, das ihm folgte. Trotzdem fuhr er fort:
»Das bedeutet nicht nur, dass du und ich hier jetzt genauso verwundbar und sterblich sind wie alle anderen. Es bedeutet,

geschätzter Ritter, dass Yaso Kuuhl und Ritter DeWitts *Schoßhündchen* hier festsitzen. Wir kommen nie wieder hier weg!«

Sie redeten noch lange und hätten wahrscheinlich auch bis zum nächsten Morgen nicht damit aufgehört, wäre nicht schließlich ein Bote von Orban ins Zelt getreten, um sie zu einer Beratung abzuholen, die der Amethyst-Magier in aller Eile einberufen hatte. Kaum hatten sie ihr Zelt verlassen, da fiel Yaso Kuuhl wieder in die Rolle des überheblichen, nicht besonders liebenswürdigen Helden zurück, die er in dieser Welt spielte, und David – wenn auch mit knirschenden Zähnen – wieder in die des leicht beschränkten Findelkindes, als das Kuuhl ihn Orban und Gamma Graukeil vorgestellt hatte. Die Sache war für ihn damit noch nicht vorbei. Sobald sie zurück waren, würden Valerie und er ein ernsthaftes Gespräch über die Frage führen müssen, ob die Tatsache allein, sich nicht in der richtigen, sondern in einer *simulierten* Welt zu befinden, jedermann schon das Recht gab, mit seinen Mitmenschen umzuspringen, wie es ihm beliebte.

Aber dazu mussten sie erst einmal in die richtige Welt zurückkehren. Und bis es so weit war, war es wohl das Vernünftigste, das einmal begonnene Theaterspiel fortzusetzen. Außerdem hatten sie im Moment wahrlich andere Probleme, als um sich um Davids verletzten Stolz zu kümmern ...

Möglicherweise, dachte David, als er hinter Yaso Kuuhl in Meister Orbans Zelt trat und ins Gesicht des Magiers blickte, sind diese Probleme sogar noch erheblich größer, als ich bisher befürchtet habe. Der Amethyst-Magier sah ganz so drein, als könne er nur noch mit Mühe den Ausdruck blanken Entsetzens von seinem Gesicht verbannen.

David war wohl auch nicht der einzige, dem dies auffiel, denn Yaso Kuuhl sagte ohne weitere Vorrede: »Was ist geschehen? Ihr scheint in großer Sorge zu sein, Meister Orban.«

Der Magier blickte fast widerwillig in seine Richtung und sah dann David an, ehe er mit einem tiefen Seufzen nickte und antwortete: »Mit Grund, Yaso Kuuhl. Mit Grund.«

»Und was wäre dieser Grund?«, erkundigte sich Yaso Kuuhl. David bewunderte insgeheim Valeries Schauspielkunst. Sie wusste sehr viel besser als Orban, wie es wirklich um sie stand.
»Der Junge.« Orban deutete auf David. »Er hat anscheinend die Wahrheit gesagt. Gamma Graukeil ist zurück, und was er berichtet, deckt sich ganz mit dem, was uns der Junge erzählt hat.«
»Habt Ihr daran gezweifelt?«, fragte David impulsiv.
Orban runzelte die Stirn, und Yaso Kuuhl warf ihm einen schneller, ärgerlichen Blick zu. »Du hast nur zu reden, wenn man dich etwas fragt«, sagte er herrisch. »Wie oft muss ich dir das noch sagen, Dummkopf?«
»Lasst ihn«, sagte Orban. Seine Stimme klang müde. »Er hat Recht. Außerdem, denke ich, ist es nicht seine Schuld, dass er so wenig Respekt gelernt hat. Er hatte wohl einen schlechten Lehrer.« Er schwieg eine Sekunde, dann sagte er mit seltsamer Betonung: »Wenn man ihm so zuhört, könnte man meinen, man stünde Ritter DeWitt gegenüber.«
»Er war eben sehr viel mit ihm zusammen«, sagte Yaso Kuuhl hastig. »Vielleicht ein wenig zu viel. Aber zurück zum eigentlichen Grund unseres Hierseins, Meister Orban. Was genau hat der Zwerg herausgefunden?«
»Warum fragt Ihr den Zwerg nicht selbst, Ritter Kuuhl?«, mischte sich eine übellaunige Stimme ein. Yaso Kuuhl und David drehten sich herum und sahen Gamma Graukeil, der, nicht in seine silberne Rüstung gekleidet, sondern in einen langen, dunkelroten Mantel gehüllt, genau in diesem Moment das Zelt betrat und offensichtlich Kuuhls Frage mitgehört hatte. David unterdrückte mit Mühe ein Lächeln. Wenn es etwas gab, was Gamma Graukeil hasste, dann war es, als *Zwerg* bezeichnet zu werden. Die Zwerge selbst nannten sich *Das Kleine Volk,* aber Gamma Graukeil wurde nicht müde, jedermann zu erklären, dass sich diese Bezeichnung auf die geringe *Anzahl* ihres Volkes bezog, nicht auf dessen Körpergröße.
»Also gut, dann frage ich den Zwerg«, sagte Yaso Kuuhl

ungerührt. »Was habt Ihr entdeckt. David hat also die Wahrheit gesagt? Es sind die Schlitzer?«

»Ja, und wie es aussieht, alle«, antwortete Gamma Graukeil missmutig. Während er an Yaso Kuuhl vorbeiging, streifte er David mit einem so feindseligen Blick, dass man meinen konnte, er gäbe ihm allein die ganze Schuld an der Situation.

»Was soll das heißen: alle?«, fragte Yaso Kuuhl.

»Das heißt, es ist der ganze Clan«, sagte Gamma Graukeil. »Erinnert Ihr Euch an unser letztes Gespräch, als wir noch in Cairon waren, Ritter Kuuhl? Meine Kundschafter berichteten uns, dass sie jede Spur des Schlitzer-Clans verloren hätten. Wir haben uns gewundert, wo sie wohl geblieben sein konnten. Jetzt wissen wir es.« Er seufzte, ging an Orban vorbei und ließ sich schwer auf eines der bestickten Kissen fallen, die die gesamte Einrichtung des Zeltes bildeten. »Ich konnte nicht nahe genug heran, um sie zu zählen. Diese verfluchten Schlitzer haben mindestens ein Dutzend Drachen mit hierher gebracht, und das ist selbst für meinen tapferen Messerflügel zu viel. Aber es sind wohl an die fünfhundert, schätze ich. Wenn nicht mehr.«

»Fünfhundert?!«, ächzte Yaso Kuuhl.

»Die ich gesehen habe«, bestätigte Gamma Graukeil düster. »Es muss der ganze Clan sein.«

»Und die Gefangenen?«, fragte David.

Gamma Graukeil sah ihn an, als überlege er ernsthaft, ob David überhaupt einer Antwort würdig sei. Dann zuckte er mit den Schultern. »Wie ich bereits sagte: Ich konnte mich dem Lager nicht weit genug nähern, um alle Einzelheiten zu erkennen. Aber es gibt eine Art ... *Turm.*«

»Eine *Art?*«, fragte Orban betont.

Gamma Graukeil zuckte erneut mit den Schultern. Aus irgendeinem Grund schien er immer gereizter zu werden. »Ich konnte ihn nicht richtig erkennen«, sagte er. »Er war sehr seltsam. Wie überhaupt alles dort. Es ist ein seltsames Land. Es macht einem Angst, wisst Ihr? Es wirkt ... unfertig.«

Ein zutiefst nachdenklicher Ausdruck erschien bei diesen

Worten auf Orbans Gesicht. Er sah lange auf den Zwerg herab, dann drehte er sich herum und maß David mit einem sonderbaren, aber alles andere als angenehmen Blick. Gerade als er eine Frage stellen wollte, sagte Yaso Kuuhl hastig:
»Was war nun mit diesem Turm?«
»Ich sagte doch, ich konnte ihn nicht genau erkennen«, sagte Gamma Graukeil. »Was ich jedoch sehen konnte, war, dass sie ihn schwer bewachen. Was immer darin ist, muss von großem Wert für sie sein.«
»Oder sehr gefährlich«, warf Orban ein.
»Oder das«, bestätigte Gamma Graukeil knurrend. »Ja.« Er schwieg einen Moment, dann fügte er in leiserem Tonfall, fast schon geflüstert, hinzu: »Aber etwas ist dort. Ich konnte es fühlen. Etwas ... Fremdes.«
»Sie müssen es sein«, sagte Yaso Kuuhl. »Welchen anderen Grund gäbe es für die Schlitzer wohl sonst, sich in diesen unwirtlichen Teil der Welt vorzuwagen. Es gibt hier nichts zu holen. Nicht einmal für sie.«
»Woher wollt Ihr das wissen, Yaso Kuuhl?«, fragte Gamma Graukeil. »Wart Ihr schon einmal hier?«
»Nein.« Yaso Kuuhl deutete auf David. »Aber er. Und was er von dem Neuen Land berichtete, das deckt sich sehr mit dem, was Ihr gerade erzählt habt.«
»Aber er war nicht in den Bergen«, sagte Gamma Graukeil. Er schauderte. »Und, bei allen Erddämonen, ich wünschte fast, auch ich wäre es nicht gewesen. Es war ... furchtbar.« Für einen Moment trübte sich sein Blick. Es war, als sähe er etwas, was nur für ihn existierte. Seine Hände begannen leicht zu zittern und nicht nur David konnte sehen, wie eine gewaltige Anspannung von seinem Körper Besitz ergriff.
»Was war denn so schlimm?«, fragte Yaso Kuuhl. Er lachte, ganz leise, spöttisch, und nicht im Geringsten überzeugend. »Ich dachte immer, dass es nichts gibt, was einem Zwerg Angst machen könnte.«
Zu Davids Überraschung reagierte Gamma Graukeil diesmal nicht auf die Bezeichnung »Zwerg«. Er sah Yaso Kuuhl nur

eine Sekunde lang weiter mit diesem seltsam leeren Blick an, dann antwortete mit großem Ernst auf seine Frage. »Vielleicht ist es gerade das, was mir Angst macht, Yaso Kuuhl. Das Nichts. Denn ganz genau das habe ich gesehen.«
»Nichts?«, fragte Orban. »Verzeiht meine naive Frage, Gamma Graukeil, aber wie kann man *Nichts* sehen.«
»Vielleicht kann man es nicht«, sagte Gamma Graukeil leise. »Und vielleicht ist das das Schlimme ... Ich habe nicht alles berichtet, Meister Orban. Nachdem ich das Lager der Schlitzer entdeckte, musste ich einen Umweg fliegen, um den Drachen zu entkommen, die uns verfolgten. Ihr kennt diese Kreaturen ja: Sie sind dumm und feige, und es bereitete Messerflügel keine Mühe, sie abzuschütteln. Aber es waren viele und sie sind ebenso stur, wie sie bösartig sind. Wir mussten tiefer in diese seltsamen Berge hineinfliegen, als ich wollte. Ich kam ihrem jenseitigen Rand sehr nahe.«
»Und was habt Ihr entdeckt?«
»Wenn ich das wüsste«, murmelte Gamma Graukeil. »Nichts, was man sehen könnte oder beschreiben. Aber dieses Nichts ist auch nicht leer. Etwas ist dort. Etwas, als ... als wäre alles da, versteht Ihr? Alles, aus dem die Welt gemacht ist. Aus dem wir gemacht sind. Was wir waren, und was wir noch werden können. Gut und Böse, Licht und Dunkelheit. Es tut mir leid, aber anders kann ich es nicht beschreiben.«
»Vielleicht habt Ihr die Schöpfung selbst erblickt«, sagte Orban leise. Er hatte seine Stimme zu einem fast ehrfürchtigen Flüstern gesenkt.
»Wenn, dann ist sie vollkommen anders, als wir es uns vorgestellt haben«, sagte Gamma Graukeil.
»Vielleicht ist es uns einfach nicht bestimmt, den großen Plan zu erkennen, der der Schöpfung zugrunde liegt«, erwiderte Orban.
»Und das ist auch nicht der Grund, aus dem wir hier zusammengekommen sind«, erinnerte Yaso Kuuhl.
Orban nickte. »Ihr habt Recht, Ritter Kuuhl«, sagte er. Er gab sich einen Ruck, streifte David noch einmal mit diesem

seltsamen Blick, unter dem dieser sich immer unbehaglicher zu fühlen begann, und wandte sich dann wieder direkt an den Zwerg. »Was sagen Eure Späher über die anderen Orcs?«, fragte er. »Die, von denen David berichtet?«
»Dasselbe wie er«, grollte Gamma Graukeil. »Nur dass es offenbar noch mehr geworden sind. Es sind mindestens so viele wie die Schlitzer und drei oder vier weitere Trupps nähern sich aus verschiedenen Richtungen dem Lager. Eine gewaltige Armee, wenn sie sich mit den Schlitzern vereinigen.«
»Oder eine gewaltige Schlacht, wenn sie es nicht tun«, sagte Yaso Kuuhl. Er lachte hart. Als er Gamma Graukeils ärgerlichen Blick registrierte, verbeugte er sich kurz und spöttisch in Richtung des Zwerges und sagte: »Verzeiht, Gamma Graukeil. Ich wollte Eure Worte nicht in Zweifel ziehen. Aber *niemand* vereinigt sich mit dem Schlitzer-Clan. Nicht einmal Ghuzdan wäre so dumm.«
»Dann wird es wohl eine gewaltige Schlacht geben«, sagte Gamma Graukeil. »Umso besser. Lasst sie sich gegenseitig die Köpfe einschlagen. Das macht es leichter für uns.«
»Aber das darf nicht geschehen!«, sagte David impulsiv.
Yaso Kuuhl verdrehte wortlos die Augen, während sich Gamma Graukeil und Orban zu David herumdrehten. David hätte sich am liebsten auf die Zunge gebissen, doch es war zu spät. Worte waren schon eine vertrackte Sache. Sie waren leicht ausgesprochen, aber fast unmöglich zurückzunehmen.
»Wie meinst du das?«, fragte Orban.
»Nun, weil ... eine Schlacht zwischen den Schlitzern und Ghuzdan wäre ... nicht gut«, stammelte David.
»Ach«, sagte Gamma Graukeil. »Warum?«
»Weil ... weil ...« David war der Verzweiflung nahe. Was sollte er sagen? Weil ich eingesehen habe, dass das hier mehr ist als ein Spiel?
»Der Junge hat Recht«, sagte Yaso Kuuhl. »Ihr wisst ja: Narren und kleine Kinder sagen die Wahrheit. Auch ich habe nichts gegen den Gedanken, dass sich Ghuzdans Horden und die

Schlitzer gegenseitig an die Kehlen gehen. Das würde eine Menge für uns vereinfachen und das Leben so manchen Mannes retten, denke ich. Aber die drei Götter, die die Schlitzer gefangen halten, könnten dabei zu Schaden kommen. Dann wäre unsere Mission gescheitert.«
Orban schwieg. Auch Gamma Graukeil antwortete nicht sofort, aber man sah ihm an, dass ihn Yaso Kuuhls Worte nicht gefielen. Schließlich sagte er: »Ich fürchte, das ist sie sowieso.«
»Warum?«, fragte Yaso Kuuhl.
Der Zwerg ballte die Faust und machte eine ärgerliche Geste. »Habt Ihr nicht zugehört, was ich gesagt habe? Selbst wenn es diese Götter gibt, werden sie inmitten des Lagers gefangen gehalten. Wir können sie niemals befreien.«
»Habt Ihr Angst vor den Schlitzern?«, fragte Yaso Kuuhl.
»Nein!«, erwiderte Gamma Graukeil zornig. »Aber Ihr verwechselt anscheinend Tapferkeit mit Dummheit. Wir haben mit einem kleinen Trupp gerechnet. Hundert, vielleicht zweihundert. Aber es sind ungleich mehr. Auch wenn jeder von uns drei von ihnen aufwiegt, wäre ein Angriff zwecklos. Und er käme auch viel zu spät. Ghuzdans Armee wird das Lager der Schlitzer spätestens morgen früh erreichen. Wir würden fünf Tage brauchen, um dorthin zu kommen.«
»Mit all unseren Männern, ja«, mischte sich David ein. »Aber wenn Eure Greife uns und ein paar ausgesuchte Krieger in die Berge brächten, könnten wir versuchen, unbemerkt in das Lager der Schlitzer zu ...«
Er sprach nicht weiter, als ihm klar wurde, dass ihn sowohl Yaso Kuuhl als auch Gamma Graukeil und Meister Orban mit einer Mischung aus Fassungslosigkeit und Zorn anstarrten. David schluckte, trat einen Moment unbehaglich auf der Stelle und verbesserte sich schließlich: »Ich meine natürlich: *Wenn euch* ein paar *eurer* Krieger begleiten und ihr euch unbemerkt in das Lager der Schlitzer schleicht, dann ...«
»Ich glaube, das hast du *nicht* gemeint«, sagte Gamma Graukeil lauernd. »Im Gegenteil. Ich denke, du hast genau das ausgesprochen, was du gedacht hast, Bursche.«

»Und er hat vollkommen Recht damit«, sagte Yaso Kuuhl hastig. »Wenn es wirklich der gesamte Clan ist, mit dem wir rechnen müssen, dann haben einige wenige eine bessere Chance, die Gefangenen zu befreien, als es das ganze Heer hätte. Auch ich fürchte mich nicht vor ihnen, aber Ihr kennt die Schlitzer, Gamma Graukeil. Sie würden ihre Gefangenen eher töten, ehe sie sie freigeben.«

»Wahrscheinlich haben sie das längst getan«, sagte Gamma Graukeil.

»Wahrscheinlich! Vielleicht! Wenn!« Yaso Kuuhl hob zornig die Hand. »Was nutzen uns Mutmaßungen? Wir sollten tun, was dieser Bengel vorgeschlagen hat, und nachsehen.«

»Ist es also jetzt so weit, dass ein *Kind* unser Handeln bestimmt?«, grollte Gamma Graukeil. »Noch dazu eines, von dem niemand weiß, wo es überhaupt herkommt und ob es die Wahrheit sagt?«

David setzte zu einer wütenden Entgegnung an, doch genau in diesem Moment stürmte ein Mann ins Zelt und wandte sich nach einer hastigen Verbeugung an Orban. »Verzeiht die Störung, Meister«, sagte er keuchend. Offenbar war er gerannt, so schnell er nur konnte. »Aber wir haben einen Spion gefangen!«

»Einen Spion?!« Gamma Graukeil sprang wie von der Tarantel gestochen hoch. Seine Hand zuckte zum Gürtel, bekam aber nur die geflochtene Samtschnur zu fassen, die er um den Mantel trug, statt des silbernen Schwertes. »Was für ein Spion?«

»Einen Goblin«, antwortete der Mann. »... glaube ich.«

»Glaubt Ihr?«

»Ich bin nicht sicher«, antwortete der Krieger unbehaglich. »Er ist ... seltsam.«

»Dann ertränkt ihn im Fluss«, sagte Gamma Graukeil. »Oder wartet, ich tue es selbst.«

Er wollte unverzüglich aus dem Zelt stürmen, um seine Worte womöglich sofort in die Tat umzusetzen, aber Orban hielt ihn mit einer raschen Bewegung zurück.

»Nicht so schnell«, sagte er. »Ein gefangener Spion ist hun-

dertmal wertvoller als ein toter Spion, meint Ihr nicht auch, edler Gamma Graukeil?« Er wandte sich an den Krieger. »Bringt ihn her.«
Der Mann entfernte sich hastig, um seinem Befehl nachzukommen. Gamma Graukeil riss sich mit einer zornigen Bewegung los, watschelte zu seinem Kissen zurück und ließ sich wieder darauf niedersinken. Sein Respekt vor dem Meistermagier hinderte ihn wohl daran, laut auszusprechen, was er in diesem Moment dachte, aber man konnte es unschwer auf seinem Gesicht lesen. Ganz offensichtlich hielt *er* einen toten Spion allemal für besser als einen gefangenen Spion. David wunderte das ein bisschen. Er hatte Gamma Graukeil zwar als tapferen Krieger erschaffen, aber nicht als einen Mann, dem das Töten Spaß machte.
Sie mussten nicht lange warten, bis der Krieger zurückkehrte. Er kam in Begleitung zweier weiterer Männer, die ein sich heftig windendes und um sich schlagendes Bündel zwischen sich schleppten. Obwohl ihr Gefangener nicht einmal so groß war wie Gamma Graukeil und dabei so spindeldürr, dass es schon fast lächerlich wirkte, hatten die beiden kräftigen Männer alle Mühe, den zappelnden Goblin zu bändigen. Er war an Händen und Füßen gefesselt und jemand hatte ihm einen Knebel verpasst. David war nicht überrascht, als er ihn erkannte.
»Wieso habt ihr ihn geknebelt?«, fragte Orban stirnrunzelnd. »Das ist unwürdig. Nehmt ihm sofort den Knebel ab.«
Der Krieger zögerte. »Herr, es –«
»Sofort, habe ich gesagt!«, herrschte ihn Orban an. »Auch ein Gefangener hat das Recht auf eine anständige Behandlung.«
»Verzeiht, Meister Orban«, mischte sich David ein, »aber vielleicht –«
Es war zu spät. Der Mann hatte Gobbos Knebel bereits gelöst, und in der nächsten Sekunde spuckte der Goblin den schmuddeligen Lappen vollkommen aus und brüllte, dass das Zelt wackelte: »*Verräterisches Pack! Was fällt euch ein, Gobbo den Schrecklichen so zu behandeln! Das wagt ihr nur, weil ich*

gefesselt bin! Oh, wenn ich Hände und Füße frei hätte, dann würde ich euch alle in Stücke reißen!«
Meister Orban wurde kreidebleich und wich einen Schritt vor dem Goblin zurück. Gamma Graukeil legte erschrocken die Hände an die Ohren, während sich Orban hastig bückte, den Knebel aufhob und ihn dem Goblin wieder zwischen die Zähne schob. In der nächsten Sekunde stürmten drei weitere Krieger mit gezückten Schwertern in das Zelt.
»Es ist gut!«, sagte Orban hastig. »Alles in Ordnung. Ihr könnt gehen!«
Die Männer zögerten. Erst nachdem Orban seine Aufforderung ein weiteres Mal wiederholt hatte, steckten sie ihre Waffen wieder ein und gingen zögernd.
Orban wandte sich an den Goblin. »Offensichtlich sprichst du ja unsere Sprache«, sagte er. »Wenn ich den Knebel wieder losmache, versprichst du mir dann, nicht mehr ganz so laut zu schreien?«
Gobbo funkelte ihn nur an, aber David sagte: »Das kann er nicht.«
»Wieso?«, fragte Orban. Gamma Graukeil blickte misstrauisch in Davids Richtung und auch auf Yaso Kuuhls Gesicht erschien ein nachdenkliches Stirnrunzeln.
»Weil er nur schreien kann«, antwortete David, der schon wieder das Gefühl hatte, etwas gesagt zu haben, was er besser für sich behalten hätte.
»Und woher willst du das wissen?«
»Weil er den Grünen kennt!«, sagte Gamma Graukeil. »Jetzt erinnere ich mich! Das ist der Grüne, dem er zur Flucht verholfen hat!«
»Stimmt das?«, fragte Orban.
»Das ist Gobbo, ja«, bestätigte David. »Aber bevor Ihr mich fragt: Ich habe keine Ahnung, wie er hierher kommt und was er hier sucht! Ich schwöre es!«
»Ha!«, machte Gamma Graukeil.
David schenkte ihm einen giftigen Blick, ging aber nicht weiter auf die Bemerkung des Zwerges ein, sondern wandte

sich direkt an Gobbo. »Ich mache dir jetzt den Knebel los und du versuchst wenigstens, ein bisschen leiser zu sein, einverstanden?«
Gobbo nickte. David löste behutsam seinen Knebel und Gobbo brüllte ihm aus allernächster Nähe ins Gesicht: »*Du Verräter! Das war also dein Ehrenwort!*«
»Ich sagte doch: Er kann nicht anders, als immer nur zu schreien«, sagte David mit einem entschuldigenden Achselzucken – nachdem seine Ohren aufgehört hatten zu klingeln und er Gobbo hastig den Knebel wieder zwischen die Lippen gezwungen hatte.
»Du kennst diesen Goblin also tatsächlich«, sagte Orban. »Was hast du mit ihm zu schaffen?«
»Ich wollte, ich wüsste es«, antwortete David. »Ich habe Euch doch erzählt, dass Ghuzdan ihm den Befehl gegeben hat, auf mich aufzupassen. Offenbar nimmt er seine Aufgabe sehr ernst.«
»Das ist lächerlich«, sagte Gamma Graukeil. »Wisst Ihr, was ich glaube? Die beiden stecken unter einer Decke! Der Bursche da arbeitet für Ghuzdan, und der Grüne ist seine Verbindung zu den Orcs. Wahrscheinlich schleichen sie sich jetzt schon an unser Lager heran, um uns zu überfallen.«
»Unsinn!«, sagte Yaso Kuuhl scharf. »Kein Orc käme auch nur in unsere Nähe, ohne dass Eure Greife es bemerkten. Und Ihr habt selbst gerade gesagt, dass die Orcs fünf Tagesritte von uns entfernt sind.«
»Und wie kommt der Bursche dann hierher?«, fragte Gamma Graukeil.
»Fragen wir ihn«, schlug David vor. Er wollte die Hand ausstrecken, um Gobbos Knebel zu entfernen, aber Orban drückte rasch seinen Arm herunter.
»Das ist jetzt nicht wichtig«, sagte er. »Und Ihr, Gamma Graukeil, solltet Eure Gefühle im Zaum halten und Euch bemühen, wieder zu dem bedächtigen klugen Krieger zu werden, als den ich Euch kennen und schätzen gelernt habe. Dieser Gefangene ist von großem Wert für uns.«

»So?«, fragte Gamma Graukeil böse. »Ja, als Zielscheibe für meine Bogenschützen.«
»Er spricht unsere Sprache«, sagte Orban. »Das ist ungewöhnlich, meint Ihr nicht selbst, Gamma Graukeil? Und David hier ist offensichtlich in der Lage, sich mit ihm zu verständigen. Wir könnten eine Menge von ihm erfahren.«
»Wenn wir nicht vorher taub sind«, sagte Yaso Kuuhl leise. Orban schenkte ihm einen strafenden Blick, und Kuuhl zuckte mit den Schultern und trat demonstrativ einen halben Schritt zurück. Direkt an Gobbo gewandt, fuhr Meister Orban fort: »Ich werde deinen Knebel jetzt wieder entfernen, Gobbo. Wenn du schreist oder uns belügst, dann wirst du sofort wieder geknebelt, hast du das verstanden?«
Gobbo nickte. Orban streckte die Hand aus, atmete sichtbar ein, als müsse er Mut zu dieser kleinen Bewegung sammeln, und löste Gobbos Knebel. David zog den Kopf zwischen die Schultern und Gamma Graukeil hob vorsichtshalber die Hände, um seine Ohren zu bedecken, aber Gobbo sagte kein Wort.
»Wie kommst du hierher, Gobbo?«, fragte Meister Orban. »Bist du allein oder sind noch andere deiner Art in der Nähe.«
Gobbo starrte ihn aus seinen riesigen Augen an und schwieg.
»Du bist verstockt«, seufzte Orban. »Nun, das kann ich verstehen. Aber es nutzt dir nichts. Wir haben andere Möglichkeiten, dich zum Sprechen zu bringen, musst du wissen. Doch ich würde es bedauern, sie anwenden zu müssen.«
»Ich nicht«, grollte Gamma Graukeil.
Gobbo schwieg beharrlich.
»Du machst es nur unnötig schwer für dich«, sagte Orban. »Glaube nicht, dass es mir Freude bereitet, dir zu drohen, aber wir haben keine andere Wahl. Also?«
»Spart Euch Euren Atem, Meister Orban«, sagte Gamma Graukeil grimmig. »Ich bringe ihn zum Reden. Mein Wort darauf.«
Gobbo blickte nervös in seine Richtung. In seinen Augen flackerte die pure Angst. Aber er gab immer noch keinen Laut von sich.

»Lasst es mich versuchen«, sagte David. »Bitte.«
»Ja, das ist der Richtige«, sagte Gamma Graukeil spöttisch.
»Er wird mit mir reden«, beharrte David. »Und er wird die Wahrheit sagen.« Er wandte sich an Gobbo. »Das stimmt doch, oder?«
Gobbo starrte auch ihn nur an und schwieg, aber die Todesangst, die der kleine Goblin ausstand, war nun nicht mehr zu übersehen. Er zitterte wie Espenlaub. Sein Blick wanderte immer wieder in Gamma Graukeils Richtung.
»Ich gebe dir mein Wort, dass dir nichts geschieht«, sagte David eindringlich. »Wenn du unsere Fragen beantwortest, dann wird dir niemand etwas zuleide tun. Ich mache dir dasselbe Angebot, das Ghuzdan mir gemacht hat: Ich verspreche dir, dass wir dich freilassen, sobald unsere Mission zu Ende ist. Vorher geht es nicht, aber so lange wirst du wie ein Gast behandelt.«
»Dein Wort ist nichts wert!«, brüllte Gobbo.
»Mein *Ehrenwort.*«
»Das ist noch viel weniger wert!«, antwortete Gobbo. Obwohl er nach wie vor schrie, dass die Zeltplanen zitterten, klang seine Stimme jetzt eindeutig ängstlich.
»Doch, das ist es«, sagte David. »Ich weiß, was du jetzt von mir denken musst. Aber ich habe mein Wort nicht gebrochen. Ich habe nicht versucht, zu fliehen. Ich ... ich wusste nichts von dem geplanten Überfall. Ich war genauso überrascht wie du, als die Greifenreiter auftauchten, glaube mir.«
Gobbo ersparte ihm eine Antwort, aber David konnte regelrecht sehen, wie es hinter seiner Stirn arbeitete.
»Was ich über unser Ehrenwort gesagt habe, ist die reine Wahrheit«, sagte David. »Niemand hier würde es brechen. Nicht einmal Gamma Graukeil. Beantworte Orbans Fragen, und du bist frei, sobald wir den Rückweg antreten.«
»Du«, kreischte Gobbo.
»Ich? Was meinst du damit?«
»Du wirst fragen«, brüllte Gobbo. *»Dir glaube ich. Den anderen nicht!«*

»Also gut«, sagte David. »Dann frage ich. Wie kommst du hierher?«

»Ich folge meinem Befehl!«, schrie Gobbo. *»Ghuzdan hat gesagt, ich soll auf dich aufpassen. Ich habe dir gesagt, dass du mir nicht entkommst! Niemand entkommt Gobbo!«*

»Ghuzdan!«, keuchte Gamma Graukeil. »Dann ist er tatsächlich hier?«

»Er ist hier und er wird euch alle vernichten!«, schrie Gobbo. *»Sein Zorn wird furchtbar sein!«*

»Aber er ist nicht hier«, fragte David hastig. »Ich meine: nicht in der Nähe.«

Gobbo schüttelte den Kopf. *»Er ist –«*, begann er, und David unterbrach ihn hastig:

»Sie ziehen gegen die Schlitzer, nicht wahr? Du kannst es ruhig zugeben – Gamma Graukeil hat das Lager in den Bergen entdeckt und auch eure Armeen.«

»Es wird eine gewaltige Schlacht geben!«, brüllte Gobbo. »Wir werden sie austilgen. Wenn die Sonne aufgeht, werden sie alle sterben!«

»Und viele von euch«, sagte David traurig. »Das muss nicht sein, Gobbo. Wir könnten es verhindern.«

»Verhindern?« Gobbo blinzelte. *»Du willst die Schlitzer retten?«*

»Sie und viele deiner Brüder und Schwestern«, sagte David ernst. »Erinnerst du dich an das Gespräch, das ich mit Ghuzdan hatte – und später mit dir? Dass die Zeit des Krieges vielleicht vorbei sein könnte?«

Gobbo sah ihn nachdenklich an. Dann nickte er, widerwillig und zögernd, aber er tat es.

»Vielleicht können wir beide den ersten Schritt auf den Frieden zu machen«, sagte David. »Diese Schlacht muss nicht stattfinden, weißt du? Ich zweifle nicht daran, dass ihr siegen würdet, aber viele von euch würden mit dem Leben für diesen Sieg bezahlen. Dabei sind wir aus demselben Grund hier.«

»Ihr wollt das Neue Land?«, brüllte Gobbo.

»Nein«, sagte David kopfschüttelnd. »Wir sind hier, um die gefangenen Götter zu befreien.«
»Und dabei soll ich dir helfen?«, kreischte Gobbo. *»Du bist verrückt!«*
»Sie nutzen euch nichts«, versicherte David. »Sie würden mit euch so wenig zusammenarbeiten, wie sie es mit den Schlitzern täten. Und ihr würdet sie niemals lebend bekommen. Die Schlitzer werden sie töten, wenn Ghuzdan ihr Lager angreift. Du weißt, dass es so ist. So oder so, diese Schlacht ist überflüssig.«
»Aber sie wird stattfinden!«, schrie Gobbo.
»Nicht, wenn es uns vorher gelingt, die Gefangenen zu befreien«, sagte David. »Dann müsste Ghuzdan das Lager nicht angreifen und sie hätten keinen Grund, sich zu wehren. Sag uns: Sind sie dort?«
Gobbo schwieg. Zehn Sekunden. Zwanzig. Eine ganze Minute. David konnte sehen, wie es hinter seiner Stirn arbeitete. Aber dann nickte er. *»Keinen Krieg mehr?«*
»Sie sind also da?!«, mischte sich Gamma Graukeil ein.
David hob mahnend die Hand, blickte aber nicht in Richtung des Zwerges.
»In einem Turm, im Herzen ihres Lagers«, antwortete Gobbo. *»Ihre schrecklichsten Krieger bewachen sie. Und ein Ungeheuer, wie es heißt.«*
»Dann ist die Entscheidung klar«, sagte Yaso Kuuhl. »Gamma Graukeil: sattelt die Hühner.«
»Die was?«, fragte Gamma Graukeil blinzelnd.
»Eure Greife, natürlich«, antwortete Yaso Kuuhl grinsend. »Verzeiht, ein kleiner Scherz. Wir sollten –«
»– vor allem nicht auf das Gerede eines *Grünen* hereinfallen«, fiel ihm Gamma Graukeil scharf ins Wort. »Was, wenn es eine Falle ist? Wenn uns statt der drei Gefangenen hundert Orcs erwarten? Was, wenn der Bursche lügt?«
»Das kann er gar nicht«, antwortete David an Yaso Kuuhls Stelle.
»Was soll das heißen?«, fragte Gamma Graukeil.

»Das, was es eben heißt«, erwiderte David unwillig. »Sie können nicht lügen. Sie haben nicht einmal ein Wort dafür. Ich musste ihnen erklären, was es bedeutet. Wusstet Ihr das etwa nicht, Gamma Graukeil?«
Gamma Graukeils Augen wurden schmal. Als er antwortete, klang seine Stimme lauernd. »Nein. Das wusste ich nicht. Aber *du* weißt anscheinend eine ganze Menge über die Grünen. Viel mehr jedenfalls als irgendein anderer, mit dem ich je gesprochen hätte.«
»Das liegt vielleicht daran, dass ich ihnen erst zuhöre und *dann* überlege, ob ich sie erschlagen soll«, antwortete David gereizt. Eine innere Stimme mahnte ihn, den Bogen nicht zu überspannen, aber er konnte einfach nicht, als noch hinzuzufügen: »Manchmal erfährt man auf diese Weise Dinge, die einen überraschen, wisst Ihr?«
Gamma Graukeil wurde kreidebleich. Mit einem einzigen, wütenden Schritt trat er auf David zu, packte ihn am Kragen und holte aus, um ihm eine Ohrfeige zu versetzen, und David riss den linken Arm hoch, blockte Gammas Schlag mit dem Handrücken ab und setzte seinerseits dazu an, zurückzuschlagen.
Bevor er es tun konnte (womit er wahrscheinlich sein eigenes Todesurteil besiegelt hätte), fiel ihm Yaso Kuuhl in den Arm, zerrte ihn grob zurück und stieß ihn zu Boden. Blitzschnell trat er zwischen ihn und den Zwerg. »Gamma Graukeil!«, sagte er. »Nicht!«
»Geht aus dem Weg, Yaso Kuuhl!«, heulte Gamma Graukeil. »Der Bursche hat sein Leben verwirkt!«
»Das verbiete ich!«, sagte Orban. Er sprach nicht einmal sehr laut, aber was Yaso Kuuhls drohender Ton nicht bewirkt hatte, das gelang ihm: Gamma Graukeil trat einen Schritt zurück und ließ die Fäuste wieder sinken. Sein Blick loderte vor purem Hass, aber dann entspannte er sich tatsächlich.
»Seid vernünftig, Gamma Graukeil«, sagte Yaso Kuuhl. »Ich werde den Burschen hart bestrafen, das verspreche ich Euch, aber bedenkt, er ist ein Kind. Er weiß es nicht besser!«

»Dann wird es Zeit, dass es ihm jemand beibringt!«, sagte Gamma Graukeil. Seine Stimme zitterte.
»Das werde ich tun«, versicherte Yaso Kuuhl. »Es wird nicht wieder geschehen, darauf gebe ich Euch mein Wort! Der Bursche war einfach zu oft mit diesem verdammten DeWitt zusammen, das ist alles. Ich werde ihm Manieren beibringen. Wenn es sein muss, mit der Peitsche. Aber Ihr dürft ihn nicht töten! Er ist zu wertvoll für uns.«
Gamma Graukeil blickte David noch einen Augenblick lang aus lodernden Augen an, dann fuhr er auf dem Absatz herum und stürmte mit gewaltigen Schritten aus dem Zelt.
Yaso Kuuhl atmete hörbar auf, machte einen Schritt zur Seite und streckte die Hand aus; wie David meinte, um ihm aufzuhelfen. Als David danach griff, zerrte Kuuhl ihn tatsächlich mit einer groben Bewegung in die Höhe – und versetzte ihm drei, vier, fünf schallende Ohrfeigen, dass sein Schädel wie eine Glocke dröhnte. Haltlos taumelte er zurück, fiel abermals hin und duckte sich, als Yaso Kuuhl ihm nachsetzte.
»Lasst es, Yaso Kuuhl«, sagte Orban leise. Seine Stimme klang müde, fand David. Aber es war auch noch etwas darin; etwas, was er nicht bestimmen konnte, das ihm aber fast Angst machte. »Lasst uns allein.«
»Wie Ihr wünscht, Meister«, antwortete Yaso Kuuhl. Er zerrte David unsanft in die Höhe, aber Orban wehrte abermals ab.
»Nein, Ritter Kuuhl. Ich möchte mit dem Jungen reden. Allein.«
Yaso Kuuhl sah für einen Moment beinahe erschrocken drein, dann zuckte er mit den Schultern, drehte sich herum und ging – natürlich nicht, ohne David einen fast beschwörenden Blick zugeworfen zu haben. Orban wartete, bis der Schwarze Ritter das Zelt verlassen hatte, dann gab er auch den Männern, die Gobbo bewachten, einen entsprechenden Blick. Die Krieger stießen den Goblin grob herum und zerrten ihn aus dem Zelt.
Doch bevor sie gingen, drehte Gobbo noch einmal den Kopf und sah David in die Augen, und es war das erste Mal, dass

David den Goblin nicht schreien, sondern ganz leise reden hörte: »Das also sind deine Freunde?«

Es wurde sehr still, nachdem der Goblin und seine Bewacher das Zelt verlassen hatten. David blickte Gobbo noch lange Zeit hinterher, auch nachdem er längst nicht mehr zu sehen, ja, nicht einmal mehr zu *hören* war – was bedeutete, dass man Gobbo entweder wieder geknebelt oder tatsächlich *sehr weit* weggebracht haben musste. Ein sonderbares Gefühl hatte von David Besitz ergriffen; ein Gefühl, das er sich im ersten Moment nicht erklären konnte, geschweige denn, es in Worte fassen. Doch als er sich schließlich herumdrehte, tat es Meister Orban an seiner Stelle.

»Es tut weh, nicht wahr?«, fragte er.

David tat so, als verstünde er nicht, was der Magier überhaupt meinte – obwohl er es in Wahrheit sogar besser verstand, als ihm selbst lieb war. »Was?«

Orban machte eine Kopfbewegung in die Richtung, in der der Goblin verschwunden war. »Einen Freund zu enttäuschen.«

»Gobbo ist nicht mein Freund«, antwortete David hastig. Er versuchte zu lachen, spürte aber selbst, dass es nicht überzeugend klang. »Wer hätte je gehört, dass ein Mensch mit einem *Grünen* befreundet wäre?«

»Niemand«, erwiderte Orban ruhig. »Aber alles geschieht irgendwann zum ersten Mal. Außerdem: Bist du es wirklich?«

»Was?«

»Ein Mensch«, antwortete Orban. »Ich meine: ein Mensch wie ich und Yaso Kuuhl?«

»Was für eine Frage!«, sagte David kopfschüttelnd. Jetzt musste er sich *wirklich* zusammenreißen, um wenigstens äußerlich noch halbwegs ruhig zu wirken. Nicht zum ersten Mal an diesem Tage fragte er sich, ob Meister Orban vielleicht mehr tat, als einfach einen Schuss ins Blaue abzugeben.

»Es ist die Frage, die ich mir stelle, seit du hier aufgetaucht bist«, erwiderte Orban ruhig. »Es ist seltsam, weißt du? Ich

hatte im ersten Moment das Gefühl, dass wir uns schon einmal gesehen haben ... mehr als *einmal,* um genau zu sein.«
»So etwas passiert«, antwortete David nervös. Meister Orban überging seine Antwort.
»Und da ist noch etwas, was noch viel seltsamer ist«, fuhr er ungerührt fort. »Weißt du ... du stehst vor mir, ein Junge von zwölf oder vielleicht auch vierzehn Jahren, und ich sehe dich ganz deutlich. Ich höre deine Stimme. Ich kann dich anfassen. Und trotzdem ... wenn ich die Augen schließe und nur deine Worte höre, dann habe ich das Gefühl, einem ganz anderen gegenüberzustehen. Errätst du, wem?«
»Ritter ... DeWitt?«, fragte David zögernd. Die Antwort war einigermaßen gewagt; andererseits wäre jede andere schlichtweg lächerlich gewesen. Und er erinnerte sich an etwas, was er einmal irgendwo gelesen und was ihn ungemein beeindruckt hatte: dass nämlich die überzeugendste Lüge stets die war, die sich so nahe wie möglich bei der Wahrheit versteckte.
»Wie kommst du darauf?«, fragte Orban.
»Weil Ihr nicht der Erste seid, der mir das sagt, Meister«, antwortete David. Er lächelte verlegen. »Vielleicht hat Yaso Kuuhl ja Recht und ich war wirklich zu lange mit ihm zusammen. Mein vorlautes Mundwerk hat mir schon eine Menge Ärger eingebracht. Ihr glaubt gar nicht, wie oft ich schon Prügel bezogen habe. Aber es passiert mir immer wieder. Ich will es nicht, aber plötzlich rutschen mir Worte heraus, die mir einen gewaltigen Ärger einbringen.«
»Und auch das könnte von Ritter DeWitt stammen«, sagte Orban lächelnd. »Er hatte die glatteste Zunge, der ich jemals begegnet bin.«
»Hatte?«, fragte David. Vielleicht war es Zeit, zum Gegenangriff überzugehen. »Ist er denn nicht mehr bei Euch?«
»Da bin ich nicht sicher«, sagte Orban. »Wer weiß – vielleicht steht er mir ja gegenüber ...«
David sah den Magier einen Herzschlag lang so verwirrt an, wie er überhaupt nur konnte. Dann drehte er sich demonstrativ einmal um seine Achse und tat so, als blicke er sich dabei

aufmerksam im Zelt um. »Aber außer uns ist hier doch niemand!«
Orban lachte nicht. Er blieb sehr ernst. Nach einer Weile fragte er, sehr leise, aber auch sehr eindringlich: »Sag mir die Wahrheit, Junge: Bist du Ritter DeWitt?«
»*Ich?*« Diesmal musste David nicht einmal schauspielern. Er hoffte nur, dass Meister Orban das Entsetzen in seiner Stimme für etwas anderes hielt. »Aber ... aber wie kommt Ihr denn auf *diese Idee?*«
»Weil ich etwas spüre, David«, antwortete Orban. »Etwas ... Seltsames. Etwas Fremdes und zugleich Vertrautes, das ich auch stets in Ritter DeWitts Nähe gespürt habe.
»Aber ... aber wie könnte ich denn Ritter DeWitt sein!«, sagte David. »Er ist ein Krieger! Ein erwachsener Mann, und ein Riese dazu. Ich bin nur ein Knabe. Wäre ich er, dann ... dann hätten mich die Orcs bestimmt nicht so einfach gefangen nehmen können.«
»Es sei denn, du hättest es so gewollt.«
»Und ... und ich hätte einem *Goblin* auch ganz bestimmt nicht zur Flucht verholfen!«, fügte David noch hastig hinzu. »Ritter DeWitt *hasst* die Orcs. Vielleicht noch mehr als Ihr!«
Orban sah ihn weiter auf diese seltsame Weise an. Aber schließlich nickte er, wenn auch schweren Herzens. Offensichtlich hatte ihn Davids allerletztes Argument doch überzeugt. »Ja, das ist wohl wahr«, seufzte er. »Verzeih meine dumme Frage. Es war wohl ...« Er brach ab, zuckte mit den Schultern und seufzte abermals und sehr tief. David hätte eine Menge darum gegeben, ihm die Wahrheit sagen zu können, denn Orban tat ihm in diesem Moment unendlich leid.
»Da gibt es nichts zu entschuldigen«, sagte er – obwohl auch das vermutlich schon wieder ein Fehler war, denn in der Rolle, die er hier spielte, stand es ihm einfach nicht zu, großmütig zu sein. »Ich bin es, der sich entschuldigen muss.« Er zögerte einen Moment, dann fügte er in leiserem Tonfall hinzu: »Aber gestattet Ihr mir eine Frage, Meister Orban?«
»Natürlich.«

»Warum ist Ritter DeWitt so wichtig für Euch?«, fragte David. »Und warum sprecht Ihr gleichzeitig in so abfälligem Ton von ihm?«

Orban seufzte erneut. Er sah David einen Herzschlag lang nachdenklich an, dann ging er langsam zu dem Sitzkissen hinüber, auf dem bisher Gamma Graukeil gesessen hatte, und ließ sich darauf niedersinken. »Du hast also lange bei ihm gelebt«, begann er, ohne Davids Frage direkt zu beantworten. »Und er hat dir nie erzählt, wer er wirklich war?«

David schüttelte den Kopf. »Er hat niemals über sich gesprochen«, behauptete er. Orban blickte schon wieder zweifelnd, und David fügte rasch hinzu: »Ich meine: niemals darüber, woher er stammt und wer er wirklich ist. Nur über seine Schlachten und seine Siege.«

»Ja, das klingt in der Tat nach Ritter DeWitt«, sagte Orban leise. »Nun, um deine Frage zu beantworten, mein Junge: Ich weiß nicht genau, wer Ritter DeWitt war. In dieser Hinsicht geht es mir nicht besser als dir. All die Jahre hindurch, die wir uns kannten, habe ich stets geglaubt, er wäre ein Mensch wie du und ich. Ein Ritter, vielleicht ein König aus einem fremden Land, der zu uns gekommen ist, weil er das Abenteuer sucht oder vielleicht auch, weil er die Orcs aus ganzem Herzen hasste. Doch am Schluss ... war ich nicht mehr sicher.«

»Aber wieso?«

»Es war während der Schlacht am Schwarzen Portal«, antwortete Orban. »Hat dir Yaso Kuuhl davon erzählt?«

David nickte. Das hatte Kuuhl zwar nicht, aber schließlich war er *dabei* gewesen.

»Wir waren verloren«, fuhr Orban fort. »Die Grünen hatten uns eine Falle gestellt, und wir sind blind hineingetappt. Fast alle unsere Krieger waren gefallen, und Gamma Graukeils Greife konnten uns nicht helfen, denn sie waren durch einen Zauber gebannt. Wir hätten verlieren *müssen*. DeWitt hat uns gerettet – mich, Yaso Kuuhl und Gamma Graukeil. Er tat es, indem er seine wahre Macht offenbarte. Er war ein gewaltiger Zauberer, weißt du? Er vermochte Blitze zu schleudern, und einen Zauber zu weben, der uns alle unverwundbar machte. So siegten wir am Schluss doch noch, obwohl wir einer hundertfachen Übermacht gegenüberstanden.«

»Ist das wahr?«, fragte David staunend. »Aber ... aber wenn er das kann ... wieso hat er diese Macht dann nicht schon lange zuvor angewandt?«

»Das habe ich ihn auch gefragt«, sagte Orban traurig. »Er hat nicht geantwortet, aber ich glaube, ich kenne die Antwort trotzdem. Ritter DeWitt ... stammt nicht von unserer Welt, weißt du?«

»Nicht von unserer Welt?«, wiederholte David mit perfekt geschauspielerter Verständnislosigkeit. »Aber gibt es denn noch eine andere?«

»Vielleicht mehr als nur eine«, erwiderte Orban ernst. »Das Neue Land, David. Wo ist es hergekommen? Es war vor wenigen Wochen noch nicht da. Und erinnere dich, was Gamma Graukeil über das große Nichts jenseits der Berge berichtete. Vielleicht gibt es nicht nur eine, sondern unzählige andere Welten. *Eine* aber gibt es mit Sicherheit. Es ist die Welt, aus der Ritter DeWitt kam – und vielleicht die drei Götter, die die Schlitzer gefangen halten.«

»Habt Ihr versucht ...«, begann David zögernd, »... Ritter DeWitt zu erreichen?«

»Mehr als einmal«, antwortete Orban. »Ich habe all meine Magie aufgeboten, um den Abgrund zwischen den Welten zu überbrücken, und ein- oder zweimal dachte ich sogar, ich hätte ihn erreicht. Aber er hat nicht geantwortet.«

Möglicherweise ist diese Frage doch ein wenig zu leichtsinnig gewesen, dachte David, denn Meister Orban sah ihn plötzlich auf eine Art an, dass ihm heiß und kalt wurde. Rasch fragte er:

»Wollt Ihr die Fremden Götter deshalb befreien? Damit sie Euch helfen, Ritter DeWitt wiederzufinden?«

Orban schwieg. Erst nach einer geraumen Weile fuhr er fort:

»Wir müssen sie besser kennen lernen, diese fremden Götter.«

»Warum?«

»Um sie zu verstehen, David«, sagte Orban. »Um zu begreifen, warum sie so grausam sind.«
»Grausam?«
»Ist es nicht grausam, mit einer ganzen Welt zu spielen?«, fragte Orban. »Was sind das für Götter, die die Macht haben, den Krieg mit einem einzigen Wort zu beenden, und es stattdessen vorziehen, unerkannt unter uns zu wandeln, um sich an den Schlachten zu erfreuen und *Heldentaten* –« Er sprach das Wort auf eine Art aus, die David einen kalten Schauer über den Rücken laufen ließ. »– zu begehen? Ich muss wissen, warum sie so sind. Vielleicht kann ich sie dann besser verstehen. Und vielleicht kann ich dann verstehen, was mit unserer Welt geschieht.«
»Sie verändert sich«, sagte David leise.
»Aber niemand weiß, ob zum Guten oder zum Schlechten«, bestätigte Meister Orban. »Etwas geschieht mit unserer Welt, David. Und ich weiß nicht, was. Ich weiß nur, dass irgendetwas ... *in Gang gekommen* ist. Und dass es noch lange nicht zu Ende ist. Dinge geschehen, die ich noch vor einem Jahr für unmöglich gehalten hätte. Und ich glaube, es geht von dieser Welt aus. Der Welt der Götter.«
»Vielleicht sind sie ja gar keine Götter«, sagte David leise.
Orban lächelte. »Seltsam – aber genau das hat auch DeWitt zu mir gesagt. Sie haben die Macht von Göttern. Aber haben sie auch ihre Weisheit?«
Er blickte einen Moment lang an David vorbei ins Leere, dann ging ein sichtbarer Ruck durch seine Gestalt. Als er weitersprach, hatte sich seine Stimme verändert. »Genug davon jetzt. Ich werde wohl langsam sentimental auf meine alten Tage. Was dich angeht: Ich habe dein Wort, dass du nichts gegen uns unternehmen wirst und nichts tun, das unsere Mission gefährdet. Und da ich gesehen habe, dass du wohl zu denen gehörst, die ihr Wort halten, werde ich dir trauen – auch wenn Gamma Graukeil dies vielleicht nicht gerne sieht. Kann ich auf deine Hilfe zählen, wenn es uns gelingt, die Götter aus der Gefangenschaft der Schlitzer zu befreien?«

»Sicher«, sagte David impulsiv – aber auch einigermaßen überrascht. »Aber wie? Ich meine, ich bin nur ein Junge, der –«

»– mehr Zeit in Gegenwart Ritter DeWitts verbracht hat als irgendein anderer hier«, unterbrach ihn Orban. »Wenn sie so sind wie DeWitt, dann wird es mir vielleicht nicht gelingen, ihr Vertrauen zu erringen. Möglicherweise aber dir. Vielleicht kennen sie dich sogar.«

»Mich?«, fragte David.

Orban zuckte mit den Schultern. Er sprach nicht sofort weiter, sondern sah David erneut auf diese ganze besondere Art an. Er hatte das Gefühl – nein: *er war sicher,* dass Meister Orban eine Menge mehr wusste, als er aussprach. Vielleicht über ihn. Schließlich aber zuckte der Amethyst-Magier nur mit den Schultern und fuhr in fast beiläufigem Ton fort: »DeWitt mag von dir erzählt haben«, sagte er. »Wer weiß – vielleicht wissen sie ja auch alles, was er weiß. Ich möchte dich jedenfalls dabei haben, wenn ich mit ihnen rede. Kann ich auf dich zählen?«

»Natürlich«, antwortete David. Innerlich atmete er erleichtert auf. Um nichts auf der Welt hätte er es versäumt, dabei zu sein, wenn die drei *Götter* hier ankamen. Aus keinem anderen Grund war er schließlich hier.

»Dann ist es gut«, sagte Orban. Er klang sehr erleichtert. »Jetzt geh zurück zu Yaso Kuuhl.«

David zögerte. »Es ist –«

»Schon gut.« Orban unterbrach ihn mit einem Lächeln und einer etwas ungeduldigen Handbewegung. »Ich werde ihm ausrichten lassen, dass er dich nicht zu hart rannehmen soll. Du hast heute viel gearbeitet. Bis er und die Zwerge zurück sind, sollst du dich ausruhen.«

»*Er* und die Zwerge?«, fragte David erschrocken. »Heißt das, Yaso Kuuhl wird am Angriff auf das Lager der Schlitzer teilnehmen?«

»Selbstverständlich«, antwortete Orban, wenn auch jetzt wieder in diesem *Eigentlich-geht-dich-das-nichts-an*-Tonfall. Trotzdem fügte er noch hinzu: »Er ist unser stärkster Krieger. Wir können nicht auf ihn verzichten!«

»Aber er ... er könnte verletzt werden!«, sagte David erschrocken. »Oder gar getötet!«
Orban nickte wieder. »Wie jeder von uns«, sagte er. »Es ist Krieg.«
»Sicher, aber ...«
»Aber was?«, fragte Orban, als David nicht weitersprach, sondern sich stattdessen auf die Unterlippe biss und an ihm vorbei ins Leere starrte.
»Nichts«, antwortete David ausweichend.
»Du scheinst dir große Sorgen um Yaso Kuuhl zu machen«, sagte Orban nachdenklich. »Das erscheint mir einigermaßen sonderbar. Immerhin war er nicht besonders freundlich zu dir.«
»Freundlicher als die meisten«, erwiderte David.
»Und hinzu kommt«, fuhr Orban ungerührt fort, »dass Yaso Kuuhl nicht unbedingt ein *Freund* Ritter DeWitts gewesen ist.« Er schüttelte den Kopf, sah David durchdringend an und seufzte schließlich tief. »Ich werde nicht schlau aus dir, Junge. Du verbirgst etwas vor mir.«
»Wie ... wie kommt Ihr darauf?«, fragte David stockend. Er musste dieses Gespräch beenden; irgendwie. Er war ganz sicher, dass Orban Verdacht geschöpft hatte und dass es nicht mehr lange dauern konnte, bis der Magier ihn so weit in die Enge getrieben hatte, dass er ihm die ganze Wahrheit erzählte.
»Oh, nur so ein Gefühl.« Orban lächelte. »Ich gebe viel auf Gefühle, weißt du? Und im Moment sagt mir mein Gefühl ganz deutlich, dass du mehr bist als ein harmloser Waisenjunge. Aber ich weiß nicht, was. Was bist du, David? Unser Freund? Unser Feind? Oder keines von beiden?«
»Wenn Ihr mir so misstraut, warum lasst Ihr mich dann nicht in Ketten legen wie Gobbo?«, fragte David herausfordernd. Er wusste, dass er sich mit diesem unerhörten Ton mit ziemlicher Sicherheit schon wieder Ärger einhandeln würde, aber das war ihm gleich. Wenn er Orban weit genug provozierte, dass er dieses immer unangenehmer werdende Gespräch abbrach, dann war das ein bisschen Ärger wert.

»Ich habe daran gedacht«, gestand Orban ruhig. »Aber ich bin nicht sicher, dass das klug wäre. Ich glaube, ich würde mich wohler fühlen, wenn ich dich ständig in meiner Nähe wüsste.« Er stand auf, überlegte einen Moment, nickte dann und sagte noch einmal: »Ja. Du wirst uns begleiten. Und dein kleiner Freund auch.«

»Zu den Schlitzern?«, fragte David erschrocken.

Orban nickte. »Zu ihnen – oder was immer uns dort in den Bergen erwarten mag.«

Wie David nicht anders erwartet hatte, waren Gamma Graukeil und Yaso Kuuhl alles andere als begeistert von Orbans Idee, ihn und den Goblin mit auf die Expedition zu den Schlitzern zu nehmen. Vor allem Yaso Kuuhl widersprach dem Magier aufs heftigste und auch Gamma Graukeil geizte nicht mit Protesten und allen möglichen Einwänden. Und wie David ebenfalls erwartet hatte, änderte es nichts. Als die Zwerge eine Stunde später auf die Rücken ihrer gewaltigen Kriegsgreife stiegen, um den langen Flug in die Berge zu beginnen, befanden sich David und der kleine Goblin ebenso bei ihnen wie Orban selbst; mit dem kleinen Unterschied allerdings, dass sie beide an Händen und Füßen gefesselt waren und David keinen anderen Bewacher als ausgerechnet den Zwerg zugeteilt bekommen hatte, mit dem er am Vormittag schon einmal zusammengestoßen war. Gamma Graukeil behauptete zwar, dass es sich um einen reinen Zufall handelte, aber daran glaubte er wahrscheinlich nicht einmal selbst.

Der Flug dauerte sehr lange. Die Greife waren in eine enorme Höhe aufgestiegen; zum einen, damit die kleine Armee vom Boden aus nicht mehr gesehen werden konnte, und wenn doch, zumindest nicht mehr identifiziert, sodass ein zufälliger Beobachter sie für einen Vogelschwarm halten mochte, zum anderen, weil die Drachen nicht in der Lage waren, so hoch zu fliegen. Bisher hatten zwar weder David noch einer der Späher, die Gamma Graukeil ausgeschickt hatte, auch nur einen einzigen Drachen zu Gesicht bekommen, aber dass man sie nicht sah, bedeutete nicht, dass sie nicht *da* waren. David erinnerte sich noch gut an einen anderen, noch nicht sehr lange zurückliegenden Tag, an dem sie auch keine Drachen gesehen hatten.

Der Nachteil dieser Taktik war, dass es ekelhaft kalt wurde. David hatte das Gefühl, dass sie dem Himmel deutlich näher waren als der Erde, nachdem die Greife ihre endgültige Höhe erreicht hatten und nach Norden schwenkten, um den langen Flug zum Ende der Welt zu beginnen, aber sie schienen damit der Sonne nicht wirklich näher gekommen zu sein. Schon nach wenigen Augenblicken begann er erbärmlich zu frieren und nach einer Viertelstunde klapperte er vor Kälte mit den Zähnen und zitterte am ganzen Leib. Dem Zwerg, der vor ihm im Sattel des Greifs hockte und dann und wann einen misstrauischen Blick über die Schulter zu ihm zurückwarf, entging dies natürlich keineswegs. Aber seine einzige Reaktion bestand aus einem geringschätzigen Verziehen der Lippen und einem schadenfrohen Glitzern, das sich in seinen Augen breit machte.

Obwohl die Greife so schnell flogen, wie es in der dünnen Luft hier oben überhaupt möglich war, schienen die Berge nicht näher zu kommen. Als sie aufgestiegen waren, waren sie nicht mehr als eine unregelmäßige Linie am Horizont gewesen; ein flacher Strich ohne Tiefe oder fest umrissene Konturen. Nach einer halben Stunde waren sie das immer noch und nach einer ganzen ebenfalls. David wusste natürlich, das Gamma Graukeil waghalsig genug war, das Lager der Schlitzer bei hellem Tageslicht anzugreifen.

Als sie ihr Ziel schließlich erreichten, spürte David kaum, dass die Greife an Höhe zu verlieren begannen. Es wurde ein wenig wärmer, aber er war mittlerweile so durchgefroren, dass er auch das kaum mehr registrierte; ebenso wenig wie das Näherkommen des Bodens oder die Tatsache, dass das Tageslicht allmählich zu verblassen begann. Er begann seine Umgebung erst wieder wirklich wahrzunehmen, als ihn starke Arme

ergriffen und aus dem Sattel des Greifs hoben, der mittlerweile gelandet war.
Starke Arme, die niemand anderem als Yaso Kuuhl gehörten, der –
Yaso Kuuhl? Nein, verdammt. Sie gehörten *Valerie,* einem fünfzehnjährigen Mädchen, und er würde den Teufel tun und sich wie ein hilfloses Kleinkind von einem *Mädchen* herumtragen lassen, ganz egal, wie durchgefroren er war und wie elend er sich fühlte!
»Lass mich los!«, sagte er schroff. »Lass mich auf der Stelle herunter, hörst du?!«
Yaso Kuuhl sah ihn einen Moment lang an, aber dann zuckte er mit den Schultern und stellte David – weitaus unsanfter, als nötig gewesen wäre – auf die Füße. Ungefähr eine halbe Sekunde lang blieb er auch aus eigener Kraft stehen, dann gaben seine Beine unter ihm nach und er fiel der Länge nach hin und hätte sich vermutlich übel verletzt, hätte Yaso Kuuhl ihn nicht im letzten Moment doch noch aufgefangen.
So viel zu seinem Stolz.
»Na?«, fragte Yaso Kuuhl schadenfroh. »Willst du immer noch aus eigener Kraft gehen?«
David ersparte sich jede Antwort, aber er biss tapfer die Zähne zusammen, stemmte sich auf Hände und Knie hoch und funkelte den Schwarzen Ritter so drohend an, wie er nur konnte. Yaso Kuuhls Grinsen nach zu urteilen, schien es allerdings nicht sehr bedrohlich zu wirken.
»Warte, bis wir zurück sind«, grollte er.
»Was willst du dann tun?«, grinste Yaso Kuuhl. »Deinen Rollstuhl nach mir werfen?«
David sagte nichts. Yaso Kuuhls Grinsen verging plötzlich und ein betroffener Ausdruck machte sich auf seinem Gesicht breit. »Entschuldige«, sagte er. »Das war ...«
»Schon in Ordnung«, murmelte David. Er stemmte sich weiter hoch und brachte irgendwie das Kunststück fertig, auf den eigenen Füßen zu stehen; wenn auch schwankend und mit dem sicheren Gefühl, dass es besser war, wenn er nicht

versuchte zu laufen. Sein ganzer Körper schien zu einem einzigen Eisklotz gefroren zu sein.
»Nein, das war nicht in Ordnung«, sagte Yaso Kuuhl im Tonfall echten Bedauerns. »Es war gemein. Bitte entschuldige. Es ist mir einfach so herausgerutscht.«
Er streckte abermals die Hand aus, um David zu stützen, und diesmal ließ David es zu. Er spürte, dass Valerie ihre Worte tatsächlich bedauerte, und er wollte ihr nicht noch mehr weh tun.
Außerdem hatten sie im Moment wahrlich Besseres zu tun, als zu streiten. Im gleichen Maße, in dem er in die Wirklichkeit zurückfand, wurde er sich seiner Umgebung auch wieder bewusst. Sie hatten die Berge erreicht. Die Greife waren auf einem halbrunden Hochplateau niedergegangen, das an drei Seiten von nahezu lotrecht emporstrebenden Felswänden eingefasst wurde, während der Boden an der vierten ebenso senkrecht abstürzte.
Aber waren es wirklich *Felsen?*
Fast behutsam streifte er Yaso Kuuhls Hand ab und drehte sich schaudernd einmal im Kreis. Es war ein unheimlicher und ebenso unwirklicher wie fast furchteinflößender Anblick: Die Greife und ihre Reiter sahen aus wie immer, allenfalls dass das erlöschende Tageslicht ihren Gestalten etwas von ihrer Tiefe nahm und alle Farben verblassen ließ. Aber die Felsen hinter ihnen und der Boden, auf dem sie standen, waren ...
Nicht richtig.
Es gelang David nicht, einen passenderen Ausdruck zu finden. Er hatte die Berge bisher trotz allem ja nur von weitem gesehen, und es überraschte ihn kein bisschen, dass die Wände zu glatt und zu künstlich wirkten und dass der Boden nicht die geringste Unebenheit aufzuweisen schien. Trotzdem hatte er instinktiv angenommen, dass diese Berge dem Neuen Land ähnelten, jenem unfertigen, wie skizziert wirkenden Teil des neu entstandenen Adragne, in dem er sich nach seiner Ankunft wiedergefunden hatte. Doch das taten sie nicht. Das hier war ...

Nein. Er konnte es einfach nicht beschreiben.
Langsam ließ er sich in die Hocke sinken und streckte die Hand nach dem Boden aus, zögerte aber, ehe er ihn mit gespreizten Fingern und unendlich vorsichtig berührte.
Es war das unheimlichste Gefühl, das er jemals gehabt hatte. Der Boden, auf dem er stand, war vollkommen schwarz, aber vielleicht stimmte das nicht. Er hatte nie darüber nachgedacht, ob Schwarz eigentlich eine Farbe oder das genaue Gegenteil war – nämlich die Abwesenheit jeglicher Farbe, aber hier war es das ganz bestimmt. Und auch, was er fühlte, war ebenso bizarr. Die schwarze Farbe und die makellose Glätte des Bodens hatte ihn Härte erwarten lassen, ein Gefühl vielleicht, als fasse er Stahl an oder schwarzes Glas.
Er fühlte jedoch absolut nichts.
»Das ist unheimlich«, flüsterte er. »Als wäre es ... gar nicht da.«
»Wie etwas, was werden will, es aber noch nicht ist«, bestätigte Yaso Kuuhl. »Mir geht es genauso.«
Plötzlich musste David wieder an das denken, was der Zwerg in Meister Orbans Zelt gesagt hatte, nachdem er von seiner Reise auf die andere Seite der Berge zurückgekehrt war: *Etwas ist dort. Etwas, als wäre alles da. Alles, aus dem die Welt gemacht ist. Aus dem wir gemacht sind. Was wir waren und was wir noch werden können. Gut und Böse, Licht und Dunkelheit.*
»Was habe ich nur getan?«, murmelte er. »Was um alles in der Welt habe ich erschaffen?«
Es war keine Frage, auf die er eine Antwort hätte haben wollen. Trotzdem sagte Yaso Kuuhl nach einer kleinen Weile: »Ich bin nicht sicher, dass *du* es warst, David.« Er seufzte. »Hier geht irgendetwas vor, David. Ich weiß nicht was, aber es ist ... etwas *Gewaltiges.*«
»Ja – aber ist es auch etwas Gutes?«
David und Yaso Kuuhl fuhren gleichermaßen erschrocken hoch, und David schluckte im letzten Moment noch die Frage hinunter, wie lange Meister Orban schon hinter ihnen gestan-

den und zugehört hatte, ehe er sich einmischte. Wenn er seine Bemerkung gehört hatte, dann ...

»Wie meint Ihr das?«, fragte Yaso Kuuhl hastig.

Orban hob die Hand und machte eine Geste, die die gesamten Berge einzuschließen schien, vielleicht die ganze Welt. »Ich wusste bisher nicht, was Gamma Graukeil wirklich meinte, als er zurückkam und von *dem hier* berichtete. Nun weiß ich es. Aber ich weiß umso weniger, was es bedeutet. Ihr habt recht, Ritter Kuuhl. Etwas geschieht. Nicht nur mit Adragne, sondern mit uns allen. Aber was es ist ... sagt, Ritter DeWitt, wisst Ihr es vielleicht?«

Die Frage kam so unerwartet, dass David um ein Haar darauf geantwortet hätte, hätte ihn nicht das erschrockene Aufblitzen in Yaso Kuuhls Augen im allerletzten Moment gewarnt.

»Ritter DeWitt?«, fragte er. »Verzeiht, Meister Orban – aber mit wem *redet Ihr?*«

Orban blieb sehr ernst. Sekundenlang sah er David durchdringend an, dann antwortete er: »Das frage ich mich selbst, Junge.«

»Ich weiß nicht, was es mit diesem seltsamen Land auf sich hat«, erwiderte David, so überzeugend, wie er nur konnte. Er hatte seine Fassung halbwegs wiedergefunden; und der Rest Nervosität, den er nicht überspielen konnte, stand der Rolle eines Waisenjungen, der sich unversehens inmitten eines Heerlagers und in Gesellschaft der berühmtesten Helden dieser Welt wiederfindet, seiner Meinung nach durchaus zu. »Ritter DeWitt hat nie mit mir über seine Heimat gesprochen. Aber das hier ist unheimlich. Es macht mir Angst.«

»Das macht es uns allen.« Orban wirkte enttäuscht; aber auf eine Art, die David keineswegs beruhigte. Offensichtlich, dachte er, habe ich des Guten ein wenig zu viel getan, als ich mir die Figur des Meistermagiers ausdachte.

Aber wahrscheinlich hatte *dieser* Meister Orban ohnehin kaum noch etwas mit dem künstlichen Charakter zu tun, den er in den Computer programmiert hatte.

Nur um das Thema zu wechseln und sich nicht im letzten

Moment doch noch zu verplappern, fuhr er fort: »Wo ... wo sind die Schlitzer? Ich dachte, dass wir ihr Lager angreifen?«
»*Wir*«, berichtigte ihn Meister Orban, »werden das ganz bestimmt nicht tun. Aber wir sind ganz in der Nähe ihres Lagers gelandet. Komm mit.«
Er wandte sich um und ging in Richtung des Felsabsturzes, und David und Yaso Kuuhl folgten ihm. Davids Schritte wurden ohne sein Zutun langsamer, als sie sich der wie mit einem gewaltigen Lineal gezogenen Kante des Hochplateaus näherten, und sein Herz begann schneller zu schlagen. Er hatte sich bisher immer für schwindelfrei gehalten, aber so ganz schien das nicht zu stimmen. Instinktiv wich er einen halben Schritt zurück, als er neben Orban ankam und sein Blick in die Tiefe fiel.
Das Lager des Schlitzer-Clans lag tatsächlich unter ihnen, und das im wortwörtlichen Sinne: Die Felswand fiel vollkommen senkrecht ab und das über eine Distanz, die er nicht einmal zu schätzen wagte: vielleicht fünf-, sechshundert Meter, möglicherweise auch doppelt so viel. Dort unten herrschte bereits tiefste Nacht, sodass sie das Lager überhaupt nur sahen, weil in seinem Inneren zahllose Feuer brannten. Der Anblick erinnerte David an den, den er am Abend vor der großen Schlacht gegen Ghuzdans Heer gehabt hatte. Die Anzahl der Orcs dort unten war zwar nicht annähernd so groß, aber es mussten immer noch Hunderte sein, wenn nicht Tausende. Ghuzdans Späher hatten offensichtlich die Wahrheit gesagt: der gesamte Schlitzer-Clan hatte sich hier versammelt. Und sie wollten ins Herz dieses gewaltigen Heerlagers vorstoßen und die Gefangenen daraus befreien? Das war absurd!
Yaso Kuuhls Gedanken schienen in dieselbe Richtung zu gehen wie die Davids, denn er sagte eine ganze Weile lang gar nichts, sondern blickte nur mit finsterem Gesicht in die Tiefe. Schließlich murmelte er: »Habt Ihr einen Plan, Meister Orban?«
»Wenn es nach Gamma Graukeil ginge, würden wir wahrscheinlich wieder auf die Greife steigen und das Lager mit

Posaunenschall und wehenden Fahnen angreifen«, sagte Orban. Er wandte flüchtig den Blick in Richtung des Zwergenkönigs, der zwar einige Schritte abseits stand, aber immer noch nahe genug, um ihn zu hören, lächelte ebenso flüchtig und wurde dann sofort wieder ernst. »Ich wusste nicht, wie viele es sind«, fuhr er fort. »Aber ich habe befürchtet, dass es *zu* viele sind. Ein offener Angriff wäre Selbstmord.«

»Unsinn!«, mischte sich Gamma Graukeil ein. »Wenn wir warten, bis sie schlafen, und dann unverhofft mit unseren Greifen über sie hereinbrechen, werden sie rennen wie die Hasen.«

»Bis sie merken, dass wir nur eine Handvoll sind«, fügte Yaso Kuuhl hinzu. »Was ungefähr eine Minute dauern dürfte. Möglicherweise zwei.«

Gamma Graukeil funkelte ihn an. »Das sind ja ganz neue Töne von Euch, Yaso Kuuhl. Höre ich da Angst in Eurer Stimme?«

»Wir sind nicht hier, um die Liste unserer Heldentaten zu verlängern, Zwerg«, sagte Yaso Kuuhl abfällig. »Sondern um die Gefangenen zu befreien.«

»Genug!«, sagte Orban scharf. »Ihr habt beide Recht. Und zugleich beide Unrecht. Ein offener Angriff wäre sinnlos, aber wir können auch kaum damit rechnen, dass sie uns die Gefangenen freiwillig übergeben. Was wir brauchen, ist eine ...« Er warf David einen sonderbaren Blick zu, ehe er schloss: »... List.«

»Oder Eure Magie«, sagte Gamma Graukeil.

Orban seufzte. »Ich fürchte, damit ist es nicht mehr weit her, mein Freund«, sagte er. »Wäre ich noch im Vollbesitz meiner Kräfte, so könnte ich die drei vielleicht einfach dort herauszaubern.«

David wurde hellhörig. Meister Orban hatte es bisher – zumindest in seiner Gegenwart – noch nicht laut zugegeben, aber Gobbo schien auch in diesem Punkt die Wahrheit gesprochen zu haben. Adragnes Magie erlosch. Und damit auch die Kräfte, die Orban zu dem gemacht hatten, was er war.

»Wenn wir genau wüssten, *wo* sie die Gefangenen verwahren,

hätte ein blitzschneller Angriff vielleicht eine Chance«, sagte Gamma Graukeil kopfschüttelnd. Yaso Kuuhl wollte widersprechen, aber Orban brachte ihn mit einer raschen Geste zum Verstummen und forderte Gamma Graukeil mit einer zweiten Bewegung auf, weiterzusprechen.

»Wir könnten auf sie herabstoßen und die drei mit unseren Greifen herausfliegen, ehe sie überhaupt wissen, wie ihnen geschieht«, sagte der Zwerg.

»Aber dort unten sind *Tausende* von ihnen!«, protestierte David.

Gamma Graukeil machte ein abfälliges Geräusch. »Die Schlitzer sind vielleicht stark, aber auch sehr dumm. Ehe sie begreifen, was wir tun, können wir bereits wieder in der Luft sein. Aber – wie gesagt – dazu müssten wir *genau* wissen, wo sie sind.« Er sah Orban an. »Meint Ihr nicht, dass Eure Magie ausreicht, um wenigstens das herauszufinden?«

»Wahrscheinlich«, sagte Orban, schüttelte aber gleichzeitig den Kopf. »Doch ich hätte nur diesen einen Versuch. Es dauert lange, bis sich meine Kräfte wieder erholen – und vielleicht haben wir sie noch bitter nötig, um zu entkommen.«

»Dann schicke ich einen Späher ins Lager«, sagte Gamma Graukeil grimmig.

»Dort hinunter?« David riss ungläubig die Augen auf. »Sie würden ihn umbringen!«

Gamma Graukeil maß ihn mit einem Blick, der vor Verachtung troff. »Es ist für einen Krieger meines Volkes eine Ehre, im Kampf zu sterben«, sagte er.

»Aber es ist nicht nötig!«, widersprach David. »Wir wissen doch, wo sie sind! Gobbo hat es uns doch gesagt!«

»Ach ja, dein Goblin-Freund«, sagte Gamma Graukeil verächtlich. »Bestimmt hat er gelogen. Ich möchte mein Leben nicht auf das Wort eines *Grünen* hin riskieren und auch nicht das eines meiner Krieger.«

»Sie können nicht lügen«, sagte David.

Für eine Sekunde wurde es still. Gamma Graukeil sah ihn weiter mit derselben Mischung aus Verachtung und Feindseligkeit an, mit der er ihn stets musterte, aber auf Orbans Gesicht erschien plötzlich ein sehr nachdenklicher Ausdruck und auch Yaso Kuuhl sah einigermaßen verwirrt drein.

»Was soll das heißen?«, fragte Orban schließlich.

»Aber ... aber habe ich das nicht schon erzählt?« fragte David. »Die Goblins können nicht lügen, und die Orcs auch nicht. Sie haben nicht einmal ein Wort für *Lüge* in ihrer Sprache. Ich musste ihnen erst erklären, was es bedeutet!«

»Was für ein Unsinn!«, sagte Gamma Graukeil – aber er klang ein bisschen verwirrt, fand David.

Orban fragte: »Ist das wahr?«

»Aber ... aber wusstet ihr das denn nicht?«, wunderte sich David.

»Woher?«, schnappte Gamma Graukeil. »Außer dir hat noch niemand ein Gespräch mit einem Orc lange genug überlebt, um davon zu berichten.«

David war schockiert. Er bezweifelte Gamma Graukeils Worte keine Sekunde lang, aber was ihn für einige Augenblicke sprachlos machte, das war das, was sie *bedeuteten*. Die Orcs auf der einen und die Menschen und ihre Verbündeten auf der anderen Seite führten Krieg gegeneinander, seit es diese Welt gab. Und sonst nichts. Sie hatten *niemals* auch nur ein Wort miteinander gesprochen.

»Es ist die Wahrheit«, sagte er noch einmal. »Gobbo würde euch nie belügen. Das kann er nicht.«

»Quatsch!«, sagte Gamma Graukeil überzeugt. Meister Orban jedoch schüttelte langsam den Kopf und sagte in sehr nachdenklichem Ton:

»Das würde einiges erklären, Gamma Graukeil.«

»Ach? Und was?«

»Es würde mir eine Frage beantworten, die ich mir seit langem insgeheim stelle«, sagte Orban. »Nämlich die, weshalb die Orcs immer wieder auf unsere Kriegslisten hereinfallen – obwohl einige davon nicht besonders originell waren, wie ich gestehen muss. Bringt diesen Goblin her! Rasch!«

Gamma Graukeil schürzte trotzig die Lippen, fuhr aber dann

wütend herum und stapfte mit weit ausgreifenden Schritten zurück, um Orbans Befehl auszuführen. Nur ein paar Augenblicke später kam er mit Gobbo zurück. Wortwörtlich: Er hatte sich den Goblin, der wie ein Weihnachtspaket verschnürt und zusätzlich mit einem gewaltigen Knebel versehen war, über die linke Schulter geworfen. Unsanft lud er ihn zwischen David und Orban ab und trat dann einen Schritt zurück – ohne auch nur die geringsten Anstalten zu machen, seine Fesseln zu lösen oder ihm wenigstens den Knebel abzunehmen.

»Wenn wir dich jetzt losbinden – habe ich dein Wort, dass du nicht zu fliehen versuchst oder einen von uns angreifst?«, fragte Orban.

Gobbo nickte. Orban gab Yaso Kuuhl einen Wink, und der Schwarze Ritter riss ohne die geringste Anstrengung die daumendicken Stricke entzwei, die Gobbos Hand- und Fußgelenke aneinander band. Als er die Hand nach dem Knebel ausstreckte, zögerte er jedoch.

»Und, bitte, Gobbo«, sagte David. »Nicht ganz so laut, okay?«

Gobbo nickte auch darauf. Aber natürlich hinderte ihn das nicht daran, mit vollem Stimmaufwand loszubrüllen, kaum, dass Yaso Kuuhl ihm den Knebel abgenommen hatte: »*Das werdet ihr noch bereuen, das schwöre ich euch! Niemand behandelt Gobbo den Schrecklichen ungestraft so!*«

Orban und Yaso Kuuhl verzogen das Gesicht und David sagte hastig: »Darüber reden wir später, einverstanden? Jetzt musst du uns eine Frage beantworten, Gobbo.«

»*Warum sollte ich das tun?*«, keifte der Goblin. »*Weil ihr so nett zu mir wart?*«

»Es tut mir leid, wenn du es ein bisschen unbequem hattest«, sagte David. »Aber du musst meine Freunde verstehen.«

»*Ach? Muss ich das?*«, kreischte Gobbo. »*Wieso?*«

»Wenn er noch ein bisschen lauter brüllt, dann werden die Schlitzer ihn hören«, sagte Gamma Graukeil.

David ignorierte ihn und fuhr, an Gobbo gewandt, fort: »Du hast es doch selbst gesagt: Niemand behandelt Gobbo den

Schrecklichen ungestraft so. Ich habe ihnen erzählt, wer du bist, und wahrscheinlich ist es deshalb meine Schuld. Sie hatten einfach Angst vor dir, und deshalb haben sie es bisher nicht gewagt, dich loszubinden.«

Gobbo blinzelte. Er sagte nichts, blickte David aber höchst verwirrt an.

»Es ist wahr«, versicherte David rasch. »Sie hätten dich auch jetzt noch nicht losgebunden, aber ich habe ihnen mein Wort gegeben, dass du ihnen nichts antust. Du weißt doch, weshalb wir hier sind.«

»Natürlich weiß ich das!«, brüllte Gobbo. *»Es geht gegen die Schlitzer!«*

David sah aus den Augenwinkeln, dass Gamma Graukeil etwas sagen wollte, Orban ihn aber mit einem raschen Blick zum Verstummen brachte. »Ihr Lager ist ganz in der Nähe«, fuhr er fort. »Aber wir müssen ganz genau wissen, wo die drei Gefangenen untergebracht sind. Du sagtest, in einem Turm in der Mitte des Lagers?«

»Das haben die Späher berichtet!«, bestätigte Gobbo. *»Aber das habe ich doch schon gesagt.«*

»Wir müssen es ganz genau wissen«, sagte Orban. »Haben eure Späher auch berichtet, wie viele Krieger sie bewachen und wie dieser Turm eventuell beschützt wird?«

»Vielleicht«, schrie Gobbo.

»Vielleicht? Was soll das heißen?«

»Ich darf es euch nicht sagen«, brüllte der Goblin. *»Ghuzdan lässt mich töten, wenn er erfährt, dass ich mit euch gesprochen habe.«*

»Ganz bestimmt nicht«, sagte Orban. Er lächelte, warf David einen raschen, warnenden Blick zu und fuhr mit einem neuerlichen Lächeln und an den Goblin gewandt fort: »Während du gefesselt warst, hat sich einiges geändert, mein kleiner Freund. Ich habe einen Boten zu Ghuzdan geschickt und auch bereits Antwort bekommen.«

David sah den Magier verwirrt an, und Gobbos Augen wurden groß vor Staunen.

»Ich fürchte, uns bleibt weniger Zeit, als wir gehofft haben«, fuhr Orban fort. »Eure Krieger werden das Lager in wenigen Stunden erreichen, und es wird einen gewaltigen Kampf geben. Ghuzdan hat mir jedoch zugesichert, das Heer wieder zurückzuziehen, wenn es uns vorher gelingt, die Gefangenen zu befreien.«

»Ghuzdan hat mir Euch gesprochen?«, fragte Gobbo ungläubig. *»Das würde er nie tun!«*

»Aber er hat es getan«, beharrte Orban. Er deutete auf David. »Frag ihn, wenn du mir nicht glaubst.«

David sah verwirrt auf, doch Orbans Blick wurde fast beschwörend und David nickte. »Es hat sich eine Menge verändert«, sagte er. »Erinnerst du dich noch an unser letztes Gespräch in eurem Lager, Gobbo? Auch Ghuzdan ist des Kämpfens müde. Diese Schlacht muss nicht stattfinden. Wir können sie verhindern. *Du* kannst sie verhindern – wenn du Meister Orban alles sagst, was du über die Schlitzer und ihre Gefangenen weißt. Keine Angst. Ghuzdan wird dich nicht bestrafen. Im Gegenteil. Er wird dich als Helden feiern.«

Er sprach sehr ruhig, und seine Stimme hatte einen so überzeugenden Klang, dass er selbst davon überrascht war. Aber tief in sich drinnen fühlte er sich hundeelend. Er *wollte* Gobbo nicht belügen. Er kam sich miserabel dabei vor und daran änderte nicht einmal das Wissen etwas, dass er wahrscheinlich sogar die Wahrheit sagte und möglicherweise das Leben von Hunderten von Gobbos Brüdern rettete.

Gobbo sah ihn lange wortlos an. Aber dann nickte er. *»Also gut!«*, schrie er. *»Ich glaube dir, weil du mir dein Ehrenwort gegeben hast. Unsere Späher berichten, dass es ein großer Turm aus Stein ist. Hundert Krieger bewachen ihn und es heißt, in dem Raum gleich hinter der Tür lauert ein schreckliches Ungeheuer, das mit Waffen nicht zu töten ist. Ihr kommt niemals daran vorbei.«*

»Ein Ungeheuer?«, fragte Gamma Graukeil. »Was für ein Ungeheuer soll das sein?«

»Das weiß ich nicht«, schrie Gobbo. *»Aber der Späher, der*

davon erzählte, hat vor Angst gezittert. Er sagte, es wäre ein Dämon. Er wird euch alle töten!«
Gamma Graukeil grinste. »Das lass nur unsere Sorge sein«, sagte er. »Es sind also hundert Krieger, die den Turm bewachen? Und wie viele in seinem Inneren?«
»*Keiner*«, behauptete Gobbo. »*Der Dämon tötet jeden, der den Turm betritt.*«
Gamma Graukeil grinste noch breiter, aber sowohl Yaso Kuuhl als auch Orban sahen ziemlich besorgt drein. David hingegen war verwirrt. Ein Dämon? Von was für einem *Dämon* sprach der Goblin? Er hatte Adragne mit allen möglichen Kreaturen bevölkert, aber *Dämonen* waren nicht darunter.
»Aber ... aber es gibt hier keine Dämonen!«, sagte er verwirrt. Die Worte galten niemand Bestimmtem; allenfalls ihm selbst oder Yaso Kuuhl. Trotzdem sahen ihn sowohl Orban als auch der Zwerg fragend an, und Gamma Graukeil sagte schließlich: »Humbug! Wenn es etwas gibt, das die Dummheit der Schlitzer noch übertrifft, so ist es ihre Bereitschaft, an Geister und Dämonen zu glauben. Wahrscheinlich haben sie ein Wildschwein gefangen und versuchen nun, sein Grunzen zu verstehen.«
Orban lächelte flüchtig, was den besorgten Ausdruck aber trotzdem nicht von seinem Gesicht verschwinden ließ. Er überlegte einen Moment angestrengt, dann schien er zu einem Entschluss gekommen zu sein. »Wir warten noch eine Stunde«, sagte er. »Ich werde versuchen, einen Zauber zu weben, der die Aufmerksamkeit der Schlitzer auf sich zieht. Ich hoffe, meine Magie reicht dazu noch aus. Wenn es mir gelingt, müssen wir blitzschnell zuschlagen.« Er wandte sich mit ernstem Gesicht an den Zwergenkönig. »Eure Männer und Eure Tiere müssen erschöpft sein. Lasst sie eine Stunde ausruhen.«
Gamma Graukeil nickte, drehte sich mit grimmigem Gesichtsausdruck herum und wollte nach Gobbo greifen; wohl, um ihn wieder zu fesseln oder ihm den Knebel anzulegen. Der kleine Goblin kreischte und brachte sich mit einem fast schon

komisch anmutenden Hüpfer in Sicherheit. Gamma Graukeil knurrte verärgert und wollte ihm nachsetzen, doch David vertrat ihm mit einem raschen Schritt den Weg.
»Das ist nicht nötig«, sagte er. »Gobbo kann bei mir bleiben. Vorausgesetzt«, fügte er mit einem raschen Seitenblick auf den Goblin hinzu, »er verspricht, die Klappe zu halten.«
»Pah!«, machte Gamma Graukeil. »Da hätten wir die beiden Richtigen zusammen! Kommt nicht in Frage!«
»*Ich* werde auf die beiden aufpassen«, sagte Yaso Kuuhl rasch. Gamma Graukeil sah kein bisschen überzeugt aus, doch Orban sagte: »Lasst es gut sein, Gamma Graukeil. Wenn Ritter Kuuhl für die beiden garantiert, so sollte uns sein Wort genügen.«
Gamma Graukeil funkelte abwechselnd ihn und Yaso Kuuhl mit kaum noch verhohlener Feindseligkeit an, sagte aber nichts mehr, sondern fuhr nach ein paar Augenblicken auf dem Absatz herum und stampfte wütend davon. Orban sah ihm kopfschüttelnd nach. Doch auch er sagte nichts mehr, sondern maß nur Yaso Kuuhl, Gobbo und David der Reihe nach mit einem sehr seltsamen Blick, ehe auch er sich herumdrehte und ging.
»Er weiß etwas«, sagte Yaso Kuuhl, kaum dass der Amethyst-Magier gegangen war. »Es sollte mich nicht wundern, wenn er und Gamma Graukeil sich insgeheim über uns totlachen!«
David nickte – obwohl er nicht glaubte, dass Orban oder der Zwerg die Situation in irgendeiner Weise zum Lachen fanden. Aber er hätte schon blind sein müssen, um zu übersehen, dass der Magier Verdacht geschöpft hatte. »Auf jeden Fall ahnt er, dass ich nicht der bin, für den ich mich ausgebe«, sagte er. »Und ich glaube, er traut dir auch nicht mehr.«
»Schon seit der Geschichte am Schwarzen Portal«, bestätigte Yaso Kuuhl. »Du hast es nicht mitbekommen – wie auch? – aber er war sehr wütend. Einen Moment lang dachte ich wirklich, er wirft mich hinterher.«
Es dauerte etliche Sekunden, bis David die wahre Bedeutung dieser Worte zu Bewusstsein kam. Dann aber starrte er Yaso

Kuuhl aus fassungslos aufgerissenen Augen an. »Moment mal!«, sagte er. »Soll ... soll das heißen, dass das Schwarze Portal noch existiert? Und dass es noch immer geöffnet ist?«
»Selbstverständlich«, antwortete Yaso Kuuhl. »Warum?«
»Warum?!« David schrie fast. »Das fragst du noch?! Weißt du denn nicht, was das Schwarze Portal ist? Das, wonach wir gesucht haben! Der Weg nach Hause!«
Yaso Kuuhl starrte ihn an. Er sagte nichts.
David jedoch war plötzlich ganz aufgeregt. Er hatte sich bisher nicht wirklich mit dem Gedanken auseinandergesetzt, hier in Adragne gefangen zu sein, ganz einfach, weil es manchmal leichter war, die Augen vor der Wahrheit zu verschließen, aber jetzt, plötzlich, schien es einen Weg zu geben, wieder in die Welt zurückzukehren, aus der Valerie und er stammten.
»Bist du sicher?«, fragte Yaso Kuuhl nach einer Weile.
Nein, das war David ganz und gar nicht. »Es ist die beste Chance, die wir haben«, sagte er ausweichend. »Als du mich damals in das Tor gestoßen hast, bin ich vor dem Computer meines Vaters wieder aufgewacht. Das Schwarze Portal muss so etwas wie die Schnittstelle zwischen den Welten sein.«
»Warum bist du dann nicht dort erschienen, als du wiedergekommen bist«, fragte Yaso Kuuhl, »sondern hier?«
»Ich habe nicht die geringste Ahnung«, gestand David. »Aber es ist die einzige Möglichkeit, die wir haben. Wenn wir das Schwarze Portal erreichen, kommen wir vielleicht wieder nach Hause.«
»Du bist verrückt«, sagte Yaso Kuuhl. Er klingt fast störrisch, dachte David verwirrt. Beinahe, als wolle er einfach nicht zugeben, dass David Recht haben könnte. Bevor David antworten konnte, fuhr er fort: »Und selbst wenn du Recht hättest: Das Schwarze Portal ist eine Woche von hier entfernt. Mit einem schnellen Pferd. Zu Fuß wohl eher drei Monate. So viel Zeit haben wir nicht, David. Die Zeit vergeht hier zwar viel langsamer als bei uns, aber sie vergeht.«
»Und mit einem Greif?«, fragte David.
Yaso Kuuhl schnaubte. »Klar. Kein Problem. Ich bin sicher,

Gamma Graukeil gibt uns eines seiner Tiere, wenn wir ihn nur höflich genug darum bitten.«

»Wer sagt, dass ich ihn fragen will?«, fragte David.

»Kannst du einen Greif steuern?« fragte Yaso Kuuhl. »Ich kann es nicht.«

»*Ich kann es*«, brüllte eine Stimme in Davids Ohr.

David verzog schmerzhaft das Gesicht, drehte sich aber hastig zu Gobbo herum und starrte den Goblin an. Yaso Kuuhl und er waren so sehr in ihr Gespräch vertieft gewesen, dass er Gobbo vollkommen vergessen hatte. Voller Unbehagen fragte er sich, wieviel von dem, was sie besprochen hatten, der Goblin wohl verstanden – und viel wichtiger noch: *begriffen* – haben mochte.

»Was sagst du da?«, fragte Yaso Kuuhl.

»*Ich kann einen Greif reiten!*«, brüllte Gobbo. »*Alle Goblins können das.*«

»Nicht so laut!«, sagte David erschrocken. Zugleich sah er sich hastig nach allen Seiten um. Gobbo hatte in seiner normalen Lautstärke gesprochen, was bedeutete, dass man ihn eigentlich bis nach Cairon hätte hören müssen. Trotzdem schien niemand von seinen Worten Notiz genommen zu haben. Die meisten Krieger hatten sich auf dem nackten Boden ausgestreckt und schienen zu schlafen. Sie sammelten Kräfte für den bevorstehenden Kampf. Als Männer, die ihr Leben größtenteils auf den Rücken ihrer Greife oder dem Schlachtfeld verbrachten, waren sie es wohl gewohnt, auf Kommando einzuschlafen. Trotzdem deutete er Gobbo mit hastigen Gesten noch einmal, nicht ganz so laut zu sein, ehe er fragte:

»Was soll das heißen: Alle Goblins können das?«

»*Was das heißt!*«, brüllte Gobbo. »*Alle! Goblins! Können! Das!*«

Diesmal sahen einige der Zwerge auf und zwei oder drei Greife hoben die Köpfe und blickten in ihre Richtung.

Gobbo fuhr vollkommen unbeeindruckt fort: »*Ich spreche ihre Sprache. Die Zwerge und wir sind Verwandte. Wusstest du das nicht?*«

»Und sie hören auf dich?«, fragte Yaso Kuuhl ungläubig.
»Greife hören auf niemanden!«, schrie Gobbo. *»Sie tun, was sie wollen. Aber vielleicht kann ich sie überzeugen.«*
David sparte sich die Frage, wie Gobbo dies bewerkstelligen wollte; wahrscheinlich hätte sein Trommelfell die Antwort nicht überstanden. Diese ganze Geschichte wurde ohnehin immer komplizierter. Das einzige, was er mittlerweile noch mit Bestimmtheit wusste, war, dass er *nichts* wusste. Und das hier etwas nicht stimmte, vorsichtig ausgedrückt. Einen Moment lang fragte er sich ernsthaft, ob er überhaupt in Adragne war oder vielleicht in einer vollkommen anderen Welt, die nur versuchte, seiner eigenen Schöpfung zu ähneln.
»Das heißt, wir können hier weg«, sagte Yaso Kuuhl. »Wir können nach Hause, David!«
»Nicht so hastig,« sagte David. Er hatte Mühe, überhaupt zu sprechen. Seine Gedanken überschlugen sich. Nichts war mehr so, wie es sein sollte. Seine Verwirrung wurde beinahe zur Wut. Diese Welt, Gobbo, die Greife und Orban, *alles* hier, war seine Schöpfung. Alles hier sollte tun, was er wollte, aber allmählich schien es genau anders herum zu sein: Die Dinge bestimmten, was *er* zu tun hatte.
»Wieso?«, fragte Yaso Kuuhl. »Worauf wollen wir noch warten?«
»Du hast anscheinend vergessen, warum wir überhaupt hier sind«, sagte David. Er deutete ins Tal hinunter, auf das Lager der Schlitzer, das vor dem nachtschwarzen Hintergrund dieser künstlichen Berge wie ein Stück heruntergefallener Sternenhimmel glitzerte. »Die Gefangenen.«
Yaso Kuuhl machte ein betroffenes Gesicht, schwieg aber. Erneut hatte David das Gefühl, dass er fast froh wäre, dem Kampf entgehen zu können. Aber das war natürlich Unsinn. Yaso Kuuhl war der größte Held Adragnes. Er *lebte* für den Kampf.
Mit einer bedächtigen Bewegung wandte sich David zu Gobbo um. »Sag jetzt nichts«, sagte er. »Antworte nur mit einem Nicken oder einem Kopfschütteln, okay?«

»*Klar!*«, brüllte Gobbo. Dann nickte er hastig und fügte noch lauter hinzu: »*Entschuldige!*«
»Gut«, seufzte David. »Also: Geh bitte zu einem der Greife und versuche, sein Vertrauen zu erringen. Wenn es dir gelingt, dann gibst du uns ein Zeichen, verstanden?«
Zu seiner maßlosen Überraschung sagte Gobbo nichts, sondern nickte nur wortlos.
Es vergingen gute zehn Minuten, bis Gobbo zurückkam. Der kleinwüchsige Goblin brachte es fertig, sich vollkommen lautlos zu bewegen – mit dem Ergebnis, dass er wie aus dem Boden gewachsen zwischen David und Yaso Kuuhl auftauchte und die beiden erschrocken zusammenfuhren. David wappnete sich innerlich gegen Gobbos Gebrüll, aber der Goblin machte nur eine wedelnde Geste mit beiden Händen und deutete dann mit einer Kopfbewegung in die Richtung, in der die Greife lagerten.
»Du hast es geschafft?«, fragte David ungläubig. Gobbo holte tief Luft zu einer Antwort und David fuhr hastig fort: »Schon gut, ich glaube dir. Gut gemacht. Also los!«
Er warf Yaso Kuuhl einen auffordernden Blick zu. Der Schwarze Ritter reagierte mit einem entsprechenden Kopfnicken darauf, aber es wirkte nicht wirklich überzeugend. Offensichtlich gefiel ihm der Gedanke nicht, sich in aller Heimlichkeit davonzumachen. Aber er sagte nichts Entsprechendes.
Rasch, aber nicht so schnell, dass es aufgefallen wäre, entfernten sie sich von der Felskante und näherten sich den schlafenden Greifen. Die riesigen Tiere boten einen unheimlichen Anblick. Die Nacht hatte alle Farben ausgelöscht, sodass sie wie große graue Tauben aussahen, die die Köpfe zum Schlafen unter den Schwingen versteckt hatten. Ab und zu stieß eines der Tiere ein dumpfes Grollen aus, und einmal bewegte sich einer der Kolosse unbewusst, sodass David und die beiden anderen sich mit hastigen Sprüngen in Sicherheit bringen mussten, um nicht von einer riesigen Schwinge von den Füßen gefegt zu werden. Die Situation kam ihm immer unwirklicher

vor. Noch vor wenigen Minuten war Gobbo an Händen und Füßen gefesselt gewesen, und zumindest Gamma Graukeil hatte keinen Hehl daraus gemacht, dass er auch ihm, David, nicht traute. David war sogar sicher gewesen, dass der Zwerg ihn am liebsten auf direktem Wege hinunter zu den Schlitzern befördert hätte – und zwar *ohne* einen Greif. Und nun bewegten sie sich vollkommen frei zwischen den schlafenden Zwergen durch das Lager ...

Als hätte er seine Gedanken gelesen, blieb Yaso Kuuhl plötzlich stehen und fragte: »Wo ist Meister Orban?«

Auch David verhielt mitten im Schritt und sah sich aufmerksam um. Im ersten Moment konnte er den Meistermagier nirgendwo entdecken, dann aber berührte ihn Gobbo an der Schulter und deutete mit der anderen Hand nach hinten. David drehte sich herum und gewahrte nicht nur Orban, sondern auch den Zwergenkönig unweit der Stelle, an der sie selbst gerade gestanden und auf Gobbo gewartet hatten. Orban stand hoch aufgerichtet da und hatte beide Arme zur Seite ausgestreckt, als wollte er jeden Moment losfliegen. Gamma Graukeil, der ebenso reglos neben ihm stand, schien konzentriert auf das Lager der Schlitzer hinabzublicken.

»Was tun sie da?«, murmelte David.

Yaso Kuuhl zuckte mit den Schultern. »Wahrscheinlich versucht er einen seiner Zaubertricks«, sagte er ebenso leise wie David.

Obwohl diese Erklärung durchaus logisch klang, stellte sie David nicht zufrieden. Sowohl von Ghuzdan als auch von Orban selbst wusste er ja, dass die Magie Adragnes im Erlöschen begriffen war. Wäre Orban noch im Vollbesitz seiner magischen Kräfte gewesen, so hätte er vermutlich das gesamte Heerlager in einen tiefen Schlaf versetzen können oder er hätte die drei Gefangenen schlichtweg aus dem Turm herausgezaubert. So aber fragte sich David, was um alles in der Welt Orban dort eigentlich *tat*.

»Was auch immer«, sagte Yaso Kuuhl. »Was immer die Schlitzer ablenkt, ist gut für uns. Kommt.«

Sie gingen weiter, aber sie hatten kaum ein halbes Dutzend Schritte getan, als schließlich doch geschah, was David schon die ganze Zeit über befürchtet hatte: Einer der schlafenden Greife bewegte unbewusst einen Flügel. Gobbo und er konnten im letzten Augenblick noch ausweichen, aber Yaso Kuuhl wurde von der segelgroßen Schwinge getroffen und zu Boden geschleudert. Er prallte schwer auf den harten Fels und überschlug sich ein paarmal, ehe er reglos liegen blieb.
Sofort war David bei ihm. »Valerie!«, keuchte er. »Ich meine: Yaso Kuuhl! Seid Ihr verletzt?«
Yaso Kuuhl biss die Zähne zusammen und deutete ein Kopfschütteln an, aber das war eine glatte Lüge. Sein Gesicht war schmerzverzerrt, und als er sich zu bewegen versuchte, konnte er ein Stöhnen nicht mehr ganz unterdrücken. Er war verletzt. Zusammen mit Gobbo, der sich trotz seiner klapperdürren Gestalt als überraschend stark erwies, gelang es David, den Schwarzen Ritter wieder auf die Füße zu stellen. Yaso Kuuhl atmete hörbar durch die Zähne ein, und sein Gesicht spiegelte deutlich die Qual, die er empfand. Er humpelte stark.
Gottlob war seine Verletzung jedoch nicht so schlimm, dass sie nicht weiter gekonnt hätten. Und als sie sich dem anderen Ende des Hochplateaus näherten und David sah, auf welchen Greif sie zusteuerten, da vergaß er für einen Moment nicht nur Yaso Kuuhls verstauchtes Bein, sondern auch alles andere rings um sie herum und starrte das gewaltige geflügelte Geschöpf mit offenem Mund an.
»Das ... das ist nicht dein Ernst!«, keuchte er.
»*Wieso?*«, brüllte Gobbo. »*Du wolltest einen Greif. Das ist einer.*« Mit unüberhörbarem Stolz in der Stimme fügte er hinzu: »*Und zwar der Schnellste, den du dir nur vorstellen kannst!*«
»Aber ... aber das ist *Messerflügel!*«, stammelte David. »Gamma Graukeils eigener Greif!«
»*Eben!*«, grinste Gobbo. »*Keiner der anderen kann ihn einholen.*«
»Das brauchen sie auch nicht, wenn ihr beide noch lange hier

herumsteht und euch gegenseitig anbrüllt«, sagte Yaso Kuuhl. »Worauf warten wir?«

Natürlich hatte er Recht. Fast wie durch ein Wunder schien zwar noch niemand von ihnen Notiz genommen zu haben, aber so laut, wie Gobbo war, würde das bestimmt nicht mehr lange so bleiben.

Wie in einer ganzen Kette von Wundern geschah das nächste, als sie sich Messerflügel näherten: Der gewaltige Greif streckte eine seiner Schwingen aus, sodass sie bequem auf seinen Rücken hinaufsteigen konnten. Yaso Kuuhl hatte einige Mühe, David und dem Goblin zu folgen, denn offensichtlich schmerzte sein Bein doch sehr viel stärker, als er zugeben wollte.

Schließlich aber saßen sie alle drei hintereinander auf dem breiten Rücken des Greifs.

»*Und jetzt?*«, schrie Gobbo.

»Hinunter ins Lager«, antwortete David. »Und bete zu allen Göttern, von denen du je gehört hast, dass die Gefangenen wirklich dort sind, wo eure Späher behauptet haben!«

Gobbo schenkte ihm einen fast verächtlichen Blick, sparte sich aber jede Antwort. Stattdessen breitete Messerflügel die Schwingen aus und katapultierte sich mit einem so gewaltigen Ruck in die Luft, dass David für eine Sekunde allen Ernstes befürchtete, den Halt auf seinem Rücken zu verlieren.

Als er seine Balance wiedergefunden hatte, galt sein erster Blick dem Plateau unter ihnen. Ihre Flucht war nicht unbemerkt geblieben: Etliche Zwerge waren bereits aufgesprungen und rannten zu ihren Greifen.

»Sie werden uns verfolgen«, sagte Yaso Kuuhl düster. »Ich hoffe, mir fällt eine geniale Ausrede ein, um –«

»*Das werden sie nicht*«, unterbrach ihn Gobbo. »*Sieh selbst!*«

Wie auf einen unhörbaren Befehl hin beschrieb Messerflügel in diesem Moment einen gewaltigen Kreis, der sie noch einmal über das Hochplateau und das provisorische Heerlager hinwegfliegen ließ. Und was David dabei sah, das ließ ihn für einen Moment fast an seinem Verstand zweifeln: Mindestens acht oder zehn Zwerge hatten ihre Greife bestiegen und versuchten zu starten, um unverzüglich die Verfolgung aufzunehmen. Doch die Tiere rührten sich nicht. Die Zwerge konnten tun, was sie wollten: Die Greife weigerten sich, vom Boden abzuheben.

»Was bedeutet das?«, keuchte Yaso Kuuhl. »Wieso gehorchen sie ihnen nicht mehr?«

»Weil Messerflügel es ihnen gesagt hat!«, schrie Gobbo.

»Wie bitte?!«, entfuhr es David. »Aber warum?!«

Gobbo grinste so breit, dass seine Ohren fast in seinem Mund verschwunden wären. *»Ich bin eben sehr überzeugend.«*

»Was soll das heißen?«, fragte Yaso Kuuhl wütend. »Was hast du ihm gesagt, du grässlicher Gnom?«

»Die Wahrheit, du plumper Riese!«, keifte Gobbo. *»Dass wir den Kampf vielleicht vermeiden können, wenn es uns gelingt, die Götter zu befreien, die sie gefangen halten!«*

»Und deshalb –?«

»Auch die Greife lieben den Krieg nicht«, fiel ihm Gobbo ins Wort. *»Was seid ihr Blassen nur für Dummköpfe! Ihr bedient euch der Greife seit Anbeginn der Zeit, aber ihr wisst nichts über sie!«*

Yaso Kuuhl starrte den winzigen Goblin verdutzt an, sagte aber nichts mehr und auch David stimmten Gobbos Worte sehr nachdenklich. Und auch ein bisschen betroffen. Dass Orcs, Goblins, Trolle und all die anderen mit ihnen verbündeten Ungeheuer sich mittlerweile zu lebenden Wesen mit beinahe menschlichen Gefühlen und Empfindungen entwikkelt hatten, war schwer genug zu begreifen. Die Greife aber hatte er bisher – trotz ihrer Größe und ihrer majestätischen Kraft – nur als Werkzeuge angesehen, seelenlose Dinge eben, derer sie sich nach Belieben bedienen konnten. Der Gedanke, dass das nicht so sein sollte, versetzte ihm einen regelrechten Schock.

Gobbos Stimme riss ihn in die Wirklichkeit zurück. *»Aber es wird nicht ewig vorhalten! Wir müssen uns beeilen!«*

Der Greif hatte seinen Kreis beendet und glitt nun über den

Rand des Plateaus hinaus. David sah in die Tiefe und erblickte Orban und Gamma Graukeil, die noch immer an derselben Stelle standen, an der er sie zuletzt gesehen hatte. Gamma Graukeil starrte mit aufgerissenem Mund und einem Gesichtsausdruck zu ihnen herauf, der vollkommene Fassungslosigkeit widerspiegelte. Offensichtlich konnte er nicht glauben, was er da sah. Meister Orban jedoch stand noch immer in derselben Haltung wie vorhin da und blickte ins Tal hinab. Als David in dieselbe Richtung sah, fuhr er erschrocken zusammen. »Großer Gott!«, entfuhr es ihm.
Unter ihnen lag das Heerlager der Schlitzer. Es kam David jetzt viel größer vor als vorhin, und die zahllosen Lichter – es waren nicht Hunderte, wie er bisher angenommen hatte, sondern *Tausende!* – wirkten mit einem Male bedrohlich, wie glühende rote Dämonenaugen, die aus der Nacht zu ihnen heraufstarrten. Das jedoch war nicht der Grund für den maßlosen Schrecken, der ihn durchzuckte.
Der Grund dafür war eine gewaltige, wogende schwarze Masse, die sich von Süden her auf das Lager des Schlitzer-Clans zuwälzte. In der Nacht waren praktisch keine Einzelheiten zu erkennen, aber David sah deutlich die zahllosen Wimpel und Fahnen, die über ihr wehten, und er bildete sich zumindest ein, das Klirren von Metall zu hören, das Tappen zahlloser harter Pfoten und das wütende Geifern Tausender riesiger Wölfe.
»*Ghuzdan!*«, keuchte Gobbo. »*Das ist unser Heer!*«
»Aber wie kann das sein!?«, sagte Yaso Kuuhl. »Sie sind noch einen Tagesmarsch entfernt! So sehr können sich Gammas Späher nicht getäuscht haben!«
»Das haben sie auch nicht«, antwortete David. »Seht!«
Er deutete auf das Lager hinab. Auch die Schlitzer hatten den näher kommenden Heereszug bemerkt, und sie reagierten so darauf, wie Angehörige ihres Clans auf alles Neue und Unbekannte reagierten: Sie griffen nach ihren Waffen und eilten ihm entgegen, um es kurz und klein zu schlagen. Anders als Ghuzdans Orc-Armee bildeten sie einen wirren, grölenden

Haufen, der aber immer größer und größer wurde und sich dem herannahenden Heer rasch näherte.
»*Es ist zu spät!*«, kreischte Gobbo. »*Die Schlacht wird stattfinden!*«
»Nein«, antwortete David. »Das ist nicht Ghuzdans Heer.«
»*Aber was sonst?!*«
»Es ist gar nichts«, antwortete David. »Nur ein Trugbild. Meister Orban versucht sie abzulenken!« Er fragte sich, warum. Diese virtuelle Armee, die dort herankam, hätte Sinn gemacht, hätte Orban sie erschaffen, um von *ihrem* – seinem, Yaso Kuuhls und Gobbos – Unternehmen abzulenken, aber so ...?
Gleichwie – es war die beste Chance, die sie hatten. Auf einen entsprechenden Wink hin ließ Gobbo Messerflügel zur Seite schwenken und gleichzeitig an Höhe verlieren, sodass sie in einer weit ausdrehenden Spirale einmal über das Lager hinwegflogen. David erschrak bis ins Mark, als er sah, wie viele Schlitzer sich zwischen den einfachen Hütten und Zelten bewegten.
»*Da ist der Turm!*«, brüllte Gobbo und deutete mit ausgestrecktem Arm nach unten. »*Genau wie die Späher der Orcs es gesagt haben!*«
Tatsächlich erhob sich genau unter ihnen – wie es schien, genau im Herzen des Lagers – ein gewaltiger, aus schwarzem Stein erbauter Turm. Aber er sah vollkommen anders aus, als David sich vorgestellt hatte. Er war gewaltig; ein vollkommen runder, vollkommen glatter Turm ohne sichtbare Türen oder Fenster mit einem kuppelförmigen Dach, das aus demselben, lichtverzehrenden schwarzen Material erbaut zu sein schien wie alles hier. Eine mindestens drei Meter hohe, kreisförmige Mauer umgab den Turm in einem Abstand von sicherlich fünfzig Metern. Der Bereich zwischen ihr und dem Turm war von zahllosen Feuern erhellt, ansonsten aber vollkommen leer, und sosehr sich David auch bemühte, konnte er kein Tor oder irgendeinen anderen Durchgang in dieser Mauer erkennen. Und noch etwas war seltsam: Die Hütten der

Schlitzer, die diese Mauer umgaben, waren im Gegensatz zu den anderen aus massivem Stein erbaut und an vielen waren angespitzte Stangen, metallene Klingen oder Speerspitzen befestigt, die nach innen deuteten. Das Ganze sieht weniger aus wie ein Gefängnis, dachte David verwirrt, sondern vielmehr als ... ja: als ob sich die Schlitzer vor dem *fürchteten,* was in diesem schwarzen Turm lauerte!
Ihm blieb jedoch keine Zeit, diesen Gedanken vollkommen zu Ende zu verfolgen. Gobbo machte eine kaum merkliche Handbewegung, und Messerflügel legte sich wie ein angreifender Bomber auf die Seite und schoss in spitzem Winkel auf den Turm hinab. David blieb gerade noch Zeit für einen letzten Blick nach Süden. Die Schlitzer hatten sich der – gar nicht existierenden – Orc-Armee genähert. In wenigen Minuten würden die beiden Heere aufeinanderprallen und spätestens dann würden selbst diese mit wenig Intelligenz gesegneten Kreaturen begreifen, dass sie auf eine Art besseren Taschenspielertrick hereingefallen waren.
Und wiederum wenige Minuten später würde es hier verdammt ungemütlich werden ...

Sie hatten den Boden jetzt fast erreicht. Der Turm ragte neben, dann über ihnen auf, und Messerflügel breitete die Schwingen aus, um seinen Sturz im letzten Moment abzufangen. Für einen Moment schwebte er nahezu reglos kaum einen Meter über dem Boden, dann kippte er jäh nach links, sodass David und auch Yaso Kuuhl den Halt verloren und über den ausgestreckten Flügel hinweg auf den Boden kugelten. Noch bevor sich David wieder hochrappeln konnte, schlug Messerflügel einmal mit den Schwingen und gewann dadurch wieder an Höhe.
»Verdammt!«, brüllte Yaso Kuuhl. »Der Kerl haut ab! Ich wusste, dass er uns betrügt!«
Er sprang auf und setzte dazu an, Kraft für einen Sprung zu sammeln, doch sein verletztes Bein knickte unter ihm weg, sodass er mit einem Fluch wieder auf den Knien landete. Als

er sich erneut aufgerappelt hatte, war der Greif bereits außer Reichweite.
»*Befreit die Gefangenen!*«, brüllte Gobbo von Messerflügels Rücken aus. »*Ich gebe euch Deckung!*«
»Mistkerl!«, fluchte Yaso Kuuhl. »Verräterische kleine grüne Missgeburt!«
David konnte Yaso Kuuhls Zorn durchaus verstehen, aber er glaubte nicht, dass Gobbo sie wirklich im Stich ließ. Ganz im Gegenteil: Das Verhalten des Goblins erschien ihm höchst umsichtig. Messerflügel war viel zu groß, um vor dem Turm zu landen und so erschreckend die Kampfkraft der Greife auch war, verwandelten sie sich am Boden doch in eher schwerfällige Geschöpfe, die mehr behinderten als halfen. Oben in der Luft war der Greif ein ungleich wertvollerer Verbündeter.
Er ersparte es sich jedoch, Yaso Kuuhl darauf hinzuweisen, sondern sah sich stattdessen aufmerksam um. Ihre Umgebung bot einen unheimlichen, geradezu gespenstischen Anblick. Sie waren auf halber Strecke zwischen dem Turm und der Kreismauer gelandet, aber er konnte seltsamerweise noch immer keinerlei Einzelheiten erkennen. Sowohl der Turm als auch die Mauer waren vollkommen glatt, wie aus einem Stück gegossen, und auch der Boden, auf dem sie standen, wies nicht die geringste Unebenheit auf. Die Schlitzer – vielleicht auch jemand anders – hatten Dutzende von kleinen Feuern entzündet, die den runden Platz eigentlich taghell hätten erleuchten müssen. Stattdessen herrschte jedoch nur ein trübes Zwielicht, als wäre da irgendetwas, was die Helligkeit auffraß.
Yaso Kuuhl drehte sich zu ihm herum, betastete prüfend sein geprelltes Bein und verzog das Gesicht, sagte jedoch kein Wort, sondern zog stattdessen sein Schwert aus der Scheide. Immer noch wortlos trat er an Davids Seite, zog auch seine zweite – etwas kleinere – Klinge und reichte sie David.
»*Beeilt euch!*«, dröhnte Gobbos Stimme zu ihnen herab. »*Ihr bekommt gleich lieben Besuch!*«
Tatsächlich drangen mittlerweile außer den allgemeinen Ge-

räuschen des Lagers auch noch andere Laute an Davids Ohr: ein Chor aus wütenden Knurr- und Kreischlauten und trappelnden Schritten. Die Schlitzer kamen.
»Leicht gesagt!«, grollte Yaso Kuuhl. »Wenn er jetzt auch noch einen Vorschlag hätte, womit wir uns beeilen sollen ...«
Seine Worte entbehren nicht einer gewissen Berechtigung, dachte David. Sie waren dem Turm jetzt zwar ganz nahe, aber es gab trotzdem nirgendwo eine Möglichkeit, hineinzugelangen. Mit klopfendem Herzen sah er sich um. Über der Mauerkrone auf der anderen Seite erschienen die ersten, geschuppten Köpfe.
Er rannte los, ohne weiter nachzudenken, und Yaso Kuuhl folgte ihm. Als sie sich dem Turm bis auf fünf Meter genähert hatten, erscholl ein sonderbarer, irgendwie *technisch* anmutender Glockenton, und in der scheinbar fugenlosen Wand erschien eine rechteckige Öffnung. Sie war groß wie ein Scheunentor, aber David konnte trotzdem nicht erkennen, was dahinter lag. Der Raum hinter dem Tor musste vollkommen dunkel sein.
Trotzdem blieben Yaso Kuuhl und er wieder stehen und sahen sich unschlüssig an. Sie sagten kein Wort, aber David war sicher, dass es dem Schwarzen Ritter nicht anders erging als ihm: Sie spürten, dass hinter dieser Tür etwas war. Irgendetwas ... Böses. Und etwas unvorstellbar Gewaltiges und Gefährliches.
David warf einen raschen Blick über die Schulter zurück, und was er sah, das ließ sein Herz mit einem einzigen Satz bis in seinen Hals hinaufspringen. Gerade hatte er noch gedacht, dass die Schlitzer kamen. Aber das stimmte nicht. Sie kamen nicht.
Sie waren da.
Mindestens ein halbes Dutzend der riesigen geschuppten Kreaturen hatten sich über die Mauer geschwungen und kamen mit langsamen, wiegenden Schritten auf sie zu.
»Großer Gott!«, keuchte Yaso Kuuhl. »Was ist *das?!*«
»Das sind ... die Schlitzer«, flüsterte David.

»Aha«, sagte Yaso Kuuhl. »Weißt du was, David? Du hast eine ziemlich kranke Fantasie.«
David konnte ihm nicht widersprechen. Als er die Schlitzer erschaffen hatte, hatte er dies eher flüchtig getan und er hatte sich danach auch nie wieder um sie gekümmert. Jetzt wurde ihm klar, dass er damals wohl einen ausgesprochen schlechten Tag erwischt haben musste. Die Verwandtschaft der Schlitzer mit den Orcs war nicht zu übersehen – aber die Schlitzer sahen aus wie der übelste Albtraum eines Orcs. Selbst Ghuzdan hätte neben den zweieinhalb Meter großen, schuppigen Kolossen wie eine harmlose Schildkröte ausgesehen.
Die Schlitzer schienen nur aus Knochen, Muskeln und Panzerplatten zu bestehen. Aus ihren Ellbogen, Knie- und Schultergelenken wuchsen lange, nadelspitze Dornen und als sie näher kamen, erinnerte sich David auch wieder, woher sie ursprünglich ihren Namen hatten: Er hatte damals gerade *Jurassic Park* im Kino gesehen und was ihn in diesem Film am meisten beeindruckt hatte, das waren natürlich die *Velociraptoren* gewesen. Ganz ähnlich wie deren Zehen waren auch die Daumen der Schlitzer (um das Maß voll zu machen, hatten sie an jeder Hand *zwei*) übergroß und endeten in gut fünfzig Zentimeter langen, rasiermesserscharfen Krallen. Die Schlitzer brauchten keine Schwerter. Sie trugen ihre natürlichen Waffen immer mit sich herum. Das breite, klaffende Maul, in dem an die hundert nadelspitzer gebogener Zähne blitzten, fiel kaum noch auf.
Yaso Kuuhl hob sein Schwert und auch David ergriff seine Waffe fester. Nicht dass sie ihm etwas nutzen würde. Selbst in seiner Gestalt als Ritter DeWitt hätte er wahrscheinlich alle Mühe gehabt, auch nur mit einem dieser Geschöpfe fertig zu werden. Der Gedanke an einen Kampf war lächerlich. Und auch Yaso Kuuhl schien es ganz ähnlich zu ergehen. Er spreizte die Beine, ergriff sein Schwert mit beiden Händen und senkte die Schultern ein wenig, aber der Ausdruck auf seinem Gesicht war ganz eindeutig besorgt. Um nicht zu sagen: Er hatte Angst. Und trotzdem kamen weder er noch David in diesem Moment

auch nur auf die Idee, sich umzuwenden und ins Innere des Turmes zu flüchten. Was immer in der unheimlichen Dunkelheit jenseits des Tores auf sie wartete, war schlimmer als jeder Schrecken, mit dem sie hier draußen konfrontiert werden konnten, das spürten sie einfach.

»Na ja, wenigstens weiß ich jetzt, warum sie so heißen, wie sie heißen«, sagte Yaso Kuuhl. »Also – es hat mich gefreut, dich gekannt zu haben, David. Wir sehen uns dann am Mittwoch, in der Schule.«

»Hoffentlich«, sagte David leise. Er war nicht sicher, was geschehen würde, wenn sie auf Adragne ums Leben kamen. Am wahrscheinlichsten war natürlich, dass sie in der richtigen Welt und ihren echten Körpern wieder aufwachten. Aber *wahrscheinlich* bedeutete in dieser vollkommen veränderten Schein-Realität schon lange nicht mehr sicher.

Nun, wie es aussah, würden sie in wenigen Augenblicken Gewissheit haben.

Die Schlitzer kamen langsam näher. Aber irgendetwas stimmte nicht, dachte David. Er hatte keine Ahnung, ob Yaso Kuuhls Ruf auch bis zu diesem wilden Stamm vorgedrungen war, doch selbst wenn, konnte er sich einfach nicht vorstellen, dass die Schlitzer Angst vor dem Schwarzen Ritter oder vor *irgendetwas* hatten.

Genau diesen Eindruck erweckten die schuppigen Kolosse jedoch. Sie grunzten, knurrten und klapperten mit ihren natürlichen Waffen, aber sie kamen trotzdem nur sehr zögerlich näher. Ganz so, als fürchteten sie ihren Gegner.

Aber vielleicht waren es gar nicht Yaso Kuuhl und er, vor denen die Schlitzer Angst zu haben schienen.

Als hätte er seine Gedanken gelesen, drehte sich Yaso Kuuhl in diesem Moment herum und sah in die Schwärze jenseits des Tores. Irgendetwas bewegte sich darin. Etwas Großes, Glitzerndes.

»Das gefällt mir nicht«, murmelte Yaso Kuuhl nervös. »Das gefällt mir ganz und gar nicht. Was um alles in der Welt hast du dir da ausgedacht?«

»Ich habe keine Ahnung«, antwortete David. »Ich schwöre dir, ich habe nichts damit zu tun!«
Yaso Kuuhl sagte nichts mehr, aber seine Blicke wanderten immer nervöser zwischen dem Tor und den näherkommenden Schlitzern hin und her. Die schuppigen Kolosse bewegten sich immer langsamer. Ihre Aufmerksamkeit galt ganz eindeutig dem Tor. Und dem, was in der Dunkelheit dahinter lauerte.
»Irgendetwas stimmt hier nicht«, sagte er.
»Ach?«, machte Yaso Kuuhl. »Was du nicht sagst!«
»Nein, nein, du verstehst mich nicht!«, antwortete David. »Das alles hier ist ... falsch.«
»Du meinst, nur eine Illusion?«, fragte Yaso Kuuhl spöttisch.
»Ich meine, dass das hier verdammt noch mal nicht wie ein Gefängnis aussieht!«, erwiderte David ernst. »Sondern vielmehr –«
»– wie etwas, was die Schlitzer mehr fürchten als alles andere«, unterbrach ihn Yaso Kuuhl. »Hast du das auch schon gemerkt?« Er machte einen blitzschnellen Ausfallschritt und deutete einen Schwerthieb gegen den vordersten Schlitzer an. Der Koloss parierte den Streich ohne die geringste Mühe, verzichtete aber seltsamerweise darauf, sofort seinerseits anzugreifen – was er ohne weiteres gekonnt hätte. Stattdessen gab er nur ein wütendes Knurren von sich und wandte seine Aufmerksamkeit dann wieder dem Tor zu. Auch David sah hastig dorthin. Er konnte jetzt ganz deutlich etwas Großes, Schimmerndes erkennen, das verborgen in der Dunkelheit dastand. Unsichtbare Augen, deren Blick er fast wie die Berührung einer unangenehm heißen Hand fühlen konnte, starrten ihn an.
»Sie ... sie haben Angst!«, sagte Yaso Kuuhl fassungslos. »David, vielleicht ist das unsere Chance!«
Er hob sein Schwert, aber David hielt ihn mit einer raschen Bewegung zurück. »Warte!«, sagte er hastig.
Yaso Kuuhl sah ihn zweifelnd an, ließ aber sein Schwert wieder sinken und David raffte all seinen Mut zusammen, trat

den Schlitzern einen Schritt entgegen und sagte: »Wir müssen nicht gegeneinander kämpfen.«
Der Schlitzer verharrte mitten in der Bewegung, legte den Kopf auf die Seite und blinzelte verwirrt auf David hinab. David wusste nicht einmal, ob das Geschöpf seine Worte überhaupt verstand, aber immerhin schien er ihm zuzuhören und das war schon weit mehr, als er von einer solchen Kreatur je erwartet hätte.
»Hört mir zu!«, rief er, nun mit hoch erhobener, weit schallender Stimme. »Ich weiß nicht, ob ihr mich versteht! Aber wenn, dann müsst ihr mir glauben, dass wir nicht eure Feinde sind! Wir sind nicht hier, um euch etwas anzutun! Menschen und Orcs kämpfen nicht mehr gegeneinander!«
Die Schlitzer starrten ihn an. Sie wirkten unentschlossener denn je, aber sie machten immer noch keine Anstalten, Yaso Kuuhl oder ihn anzugreifen. Vielleicht hatten sie tatsächlich verstanden, was er sagte. Und vielleicht ... vielleicht *glaubten* sie ihm sogar!
Möglicherweise wäre dies tatsächlich ein historischer Tag geworden, nämlich das erste Mal, dass Menschen und die schrecklichsten Geschöpfe Adragnes sich gegenüberstanden und miteinander redeten, statt sich gegenseitig die Köpfe einzuschlagen. Doch gerade, als David ein wenig Hoffnung zu schöpfen begann, drang von oben ein gellender, unglaublich lauter Schrei an sein Ohr, und plötzlich senkte sich ein gewaltiger Schatten über den Platz.
Alles ging viel zu schnell, als dass David noch irgendetwas hätte tun können. Messerflügel stürzte sich wie ein angreifender Falke auf die Schlitzer, fegte die Hälfte von ihnen mit einem einzigen Schlag seiner gewaltigen Schwingen von den Füßen und hackte mit Klauen und Schnabel auf die anderen ein. Zwei Schlitzer stürzten tödlich getroffen zu Boden, aber der Rest warf sich dem Greif mit Todesverachtung entgegen.
Trotzdem blieb es ein ungleicher Kampf. Gleich wie furchtbar die natürlichen Waffen der Schlitzer sein mochten, gegen den

tobenden Greif waren sie nicht mehr als Zwerge, die den geflügelten Angreifer nicht wirklich zu verletzen imstande waren. Messerflügel stieg mit einer einzigen majestätischen Bewegung wieder in die Höhe, wobei er zwei der Schlitzer in seinen riesigen Krallen mit sich emporhob, wohl, um sie aus tödlicher Höhe wieder hinabstürzen zu lassen.

Aber es war noch nicht vorbei, nachdem der Greif wieder in die Höhe gestiegen war. Von dem halben Dutzend Schlitzern lebte nur noch ein einziger, und selbst der war so schwer verwundet, dass er sich nur noch wankend und mit letzter Kraft auf den Beinen halten konnte. Über die Ringmauer ergoß sich jedoch bereits ein weiterer Strom brüllender Ungeheuer; und diesmal war es kein halbes Dutzend, sondern mindestens zwanzig, wenn nicht dreißig oder noch mehr der geschuppten Krieger.

»Gobbo, du Idiot!«, brüllte Yaso Kuuhl. »Willst du uns umbringen?!«

Natürlich antwortete Gobbo nicht. Messerflügel war schon wieder viel zu hoch aufgestiegen, als dass er Yaso Kuuhls Worte auch nur hören konnte, und vermutlich hatte er von seiner erhöhten Position tatsächlich den Eindruck gehabt, Kuuhl und David beistehen zu müssen: Schließlich hatte er nur die Schlitzer gesehen, nicht das Tor, das so plötzlich in der Flanke des Turmes entstanden war. Und schon gar nicht das, was sich dahinter verbarg.

Die Schlitzer kamen brüllend näher, und David wusste, dass diesmal jeder Versuch, mit ihnen zu reden, vollkommen sinnlos war. Doch es kam auch diesmal nicht zu dem befürchteten Angriff, denn noch bevor sich ihnen die Schlitzer auf mehr als zehn Meter nähern konnten, erscholl hinter ihnen ein unvorstellbar schriller, misstönender Laut und die gesamte Monster-Armee blieb so abrupt stehen, als wäre sie gegen eine unsichtbare Wand geprallt. David und Yaso Kuuhl fuhren erschrocken herum – und schrien im selben Moment entsetzt auf.

Die Schatten hinter dem Tor waren lebendig geworden und

aus der wogenden Schwärze trat die abscheulichste Gestalt heraus, die David jemals erblickt hatte.

Die Kreatur war riesig, sicherlich drei, wenn nicht vier Meter groß und von einer abscheulichen, schon durch bloßes Hinsehen Übelkeit erregenden, dunkelrot-schwarzen Farbe. Im ersten Augenblick gelang es David kaum, ihr wirkliches Aussehen zu erfassen. Es war, als sähe er reine, wogende, hin und her zuckende Bewegung, als stünde er einem gewaltigen Nest sich windender Schlangen oder schwarzer Würmer gegenüber. Trotzdem hatte er zugleich das absurde Gefühl, dieses ... *Ding* schon einmal gesehen zu haben. Es schien nur aus Gliedmaßen, Klauen, einem peitschenden Schwanz und spitzen Stacheln zu bestehen und einem schlanken, augenlosen Schädel, in dem ein gewaltiges geiferndes Maul klaffte. Der Anblick war so furchtbar, dass er einfach nur dastand und das Ungeheuer wie gelähmt anstarrte, selbst als die Bestie mit einem schwerfälligen Schritt aus dem Tor heraustrat und die Klauen nach ihm ausstreckte.

Yaso Kuuhl riss ihn im allerletzten Moment zur Seite. Eine der rasiermesserscharfen, riesigen Klauen des Ungeheuers zischte nur Millimeter über seinem Scheitel durch die Luft.

Yaso Kuuhl selbst hatte weniger Glück. Der Hieb, der David um Haaresbreite verfehlt hatte, streifte ihn zwar nur, aber er reichte trotzdem aus, ihn von den Füßen zu reißen und meterweit davonzuschleudern. Trotz seiner schweren Rüstung schrie er vor Schmerz, während er zu Boden geschmettert wurde. Das Monstrum schenkte ihm nicht einmal einen flüchtigen Blick, sondern stakste mit einem ungelenk wirkenden, aber ungemein kraftvollen Schritt weiter auf die Schlitzer zu.

David war mit drei, vier hastigen Schritten bei Yaso Kuuhl, um ihm auf die Füße zu helfen. Doch als er den Schwarzen Ritter berührte, schrie dieser vor Schmerz auf und schlug seinen Arm zur Seite.

»Was hast du?«, fragte David erschrocken.

»Mein Arm!«, keuchte Yaso Kuuhl. »Au, verdammt! Ich glaube, er ist gebrochen!«

»Gebrochen?«, wiederholte David ungläubig. »Aber er hat dich doch nur gestreift!«
Yaso Kuuhl setzte sich stöhnend auf und presste den verletzten Arm gegen den Körper. »Warum sagst du ihm das nicht?«, keuchte er mühsam.
David verspürte ein kurzes, eisiges Frösteln. Yaso Kuuhls schwarze Rüstung war so gut wie unzerstörbar und trotzdem hatte schon eine kurze Berührung des Ungeheuers vollkommen ausgereicht, um ihn schwer zu verletzen. Wozu mochte dieses Monstrum fähig sein, wenn es wirklich Schaden anrichten wollte?
Ein einziger Blick in Richtung der Schlitzer beantwortete diese Frage.
Das Ungeheuer hatte die Schuppenkrieger erreicht und es wütete wie ein Berserker unter ihnen. Die Schlitzer, die jegliches Interesse an Yaso Kuuhl und David verloren hatten, stürzten sich mit verbissener Wut auf ihren annähernd doppelt so großen Gegner, aber sie hatten nicht die Spur einer Chance, obgleich sie sich in einer eigentlich erdrückenden Überzahl befanden. Ihre Hiebe prallten einfach an der eisenharten Panzerhaut des Ungeheuers ab, während dessen wütende Schläge die Schlitzer gleich zu Dutzenden zu Boden schleuderten.
Und plötzlich wusste David, wieso ihm das Ungeheuer so sonderbar vertraut vorgekommen war. »Das ... das gibt es doch gar nicht!«, entfuhr es ihm.
»Was?«, fragte Yaso Kuuhl.
»Dieses Ding!«, antwortete David aufgeregt. »Erkennst du es denn nicht?! Das ist Alien!«
Yaso Kuuhl riss ungläubig die Augen auf. »Wie bitte?«
»Aber sieh doch hin!«, schrie David mit schriller, sich fast überschlagender Stimme.
Das Ungeheuer ähnelte tatsächlich dem sagenhaften *Alien* aus dem gleichnamigen Film, auch wenn es sehr viel größer und ungleich wilder und bösartiger wirkte. Es hatte vier statt nur zwei Arme und einen knochigen, wild peitschenden Schwanz,

der in einer tödlichen Knochenklinge endete. Aber die Ähnlichkeit war trotz allem einfach zu groß, um noch Zufall sein zu können.

»Hast du noch mehr solcher Überraschungen auf Lager?«, knurrte Yaso Kuuhl, während er sich mühsam aufrichtete. Sein Gesicht zuckte vor Schmerz, während er mit spitzen Fingern über den linken gebrochenen Arm tastete.

»Ich habe damit nichts zu tun!«, sagte David. »Ich schwöre es!«

»Wie kommt es dann hierher?«, fragte Yaso Kuuhl. »Du kannst mir nicht erzählen, dass das Zufall ist!«

David schwieg. In diesem Punkt hatte Yaso Kuuhl zweifellos Recht: Es *konnte* kein Zufall sein. Wäre dieses Geschöpf einfach nur ein Dämon gewesen, der den Vorstellungen und Mythen der Orcs entsprungen war, hätte er möglicherweise wild und erschreckend ausgesehen – aber bestimmt nicht *so.* Es gab im Grunde nur eine einzige Erklärung: Dieses Ungeheuer war ...

Nein. Diese Erklärung war einfach *zu* absurd. Trotz allem.

»Das spielt jetzt keine Rolle«, sagte er hastig. »Komm! Solange sie beschäftigt sind!«

Er deutete auf das Ungeheuer, das noch immer unter den Schlitzern wütete, dann auf die offen stehende Tür des schwarzen Turmes. Die Schlitzer hatten Verstärkung erhalten. Mindestens zwanzig oder dreißig weitere von ihnen hatten sich denen angeschlossen, die das Toben der Bestie bisher überstanden hatten. Trotzdem war David nicht sicher, wer als Sieger aus diesem ungleichen Kampf hervorgehen würde. Aber sie hatten ein wenig Zeit gewonnen. Und vielleicht war das alles, was sie brauchten.

Hintereinander betraten sie den Turm, und David fühlte sich sofort noch unbehaglicher als bisher. Wenn er gedacht hatte, dass der Turm von außen einen unheimlichen Anblick bot, so musste er für sein Inneres wohl ein neues Wort erfinden. Erstaunlicherweise konnten sie ihre Umgebung deutlich erkennen. David hatte erwartet, sich mehr oder weniger blind vorwärtstasten zu müssen, doch das Gegenteil war der Fall: Es war hier drinnen heller als draußen und das, obwohl es weder eine Lampe noch eine Feuerstelle gab. Das seltsame graue Licht schien direkt aus den Wänden zu strömen. Von der unheimlichen Schwärze, die sie von außen gesehen hatten, war nichts mehr geblieben; fast, als hätte sie den Turm zusammen mit dem Ungeheuer verlassen ...

Der Gedanke bewog David dazu, noch einmal nach draußen zu sehen. Die Schlitzer und das Ungeheuer lieferten sich noch immer einen ebenso verbissenen wie blutigen Kampf. Fast die Hälfte der schuppigen Krieger lag bereits tot oder schwer verwundet am Boden, doch auch das Alien-Ding blutete jetzt aus zahlreichen Wunden. Es war also nicht vollends unverwundbar. Wahrscheinlich werden die Schlitzer es sogar besiegen, dachte David, denn die Schuppenkrieger bekamen noch immer Nachschub. Aber um welchen Preis!

»Was ist los?«, fragte Yaso Kuuhl ungeduldig. »Worauf wartest du?«

»Auf nichts«, antwortete David leise. Er spürte ein kurzes, eisiges Frösteln. »Ich musste nur daran denken, dass ... dass es noch keine Woche her ist, da hätte ich diesen Anblick genossen.«

»Auf der anderen Seite des Bildschirmes, ja«, sagte Yaso Kuuhl düster. »Aber da war es nur ein Spiel.«

»Und was ist es jetzt?«, fragte David leise.

Darauf antwortete Yaso Kuuhl nicht mehr. Stattdessen drehte er sich mit einem Ruck herum und deutete in den Raum hinein. »Komm. Ewig werden sie nicht gegeneinander kämpfen.«

Der Raum, durch den sie gingen, war vollkommen leer. David kam es mit jeder Sekunde mehr so vor, als wäre er innen größer als außen. Natürlich war das vollkommen unmöglich, und trotzdem: Der Turm war groß, aber dieser Raum hier war *gigantisch!* Die gegenüberliegende Wand war so weit entfernt, dass er sie fast nur schemenhaft erkennen konnte.

Und was beinahe noch absurder war: Er hatte das Gefühl; schon einmal *hier gewesen* zu sein!
»Was hast du?«, fragte Yaso Kuuhl, dem seine verwirrten Blicke natürlich nicht entgingen.
»Nichts«, antwortete David. Er lachte nervös. »Ich habe nur das komische Gefühl, schon einmal hier gewesen zu sein. Verrückt, nicht?«
»Ja«, bestätigte Yaso Kuuhl. »Sieht man einmal davon ab, dass es mir genauso geht.«
»Tatsächlich?« David riss erstaunt die Augen auf.
»Ich weiß, es klingt seltsam«, sagte Yaso Kuuhl. »Aber ich kenne das hier.«
Das ist nun wirklich eigenartig, dachte David. Er konnte sich vorstellen, dass ihm seine Nerven einen bösen Streich spielten, bei all der Aufregung, die er in den letzten Tagen erlebt hatte, aber dass es ihnen beiden so erging, war doch mehr als unwahrscheinlich. Andererseits war er auch ganz sicher, noch niemals in diesem sonderbaren Gebäude gewesen zu sein. Unheimlich. Und ein bisschen beängstigend.
Das Gefühl blieb, auch als sie den riesigen Saal durchquerten und der Eingang allmählich hinter ihnen zurückfiel. An der gegenüberliegenden Wand konnten sie jetzt zwei Treppen erkennen, die nicht nur in viel zu steilem Winkel, sondern noch dazu genau nebeneinander in die Höhe führten. Und das kam auch noch dazu: Der Saal kam ihm jetzt viel höher vor als noch gerade, als sie ihn betreten hatten. Vielleicht ist es tatsächlich so, dachte David schaudernd. Vielleicht dehnte sich nicht nur Adragne ununterbrochen aus, vielleicht wuchs ja auch dieser unheimliche Turm.
Das Gefühl der Beklemmung, das von ihnen beiden Besitz ergriffen hatte, wuchs noch weiter und wurde schließlich so schlimm, dass sie stehen blieben, kurz bevor sie die seltsame Doppeltreppe erreichten. Die Stufen waren fast so hoch wie breit und ihre Oberfläche war auf seltsam regelmäßige Art geriffelt. Jede Stufe endete in einer Reihe winziger, direkt aus dem schwarzen Stein herausgemeißelter Zähne.

»Komisch!«, sagte Yaso Kuuhl. »Wenn es nicht so verrückt wäre, dann würde ich fast sagen, das sieht aus wie eine –«

»Pass auf!«

Davids Schrei und der Stoß, mit dem er Yaso Kuuhl zur Seite schleuderte, kamen buchstäblich in allerletzter Sekunde. Noch während der Schwarze Ritter um sein Gleichgewicht kämpfte und rückwärts davonstolperte, begann der scheinbar so massive Boden genau dort zu brodeln, wo Yaso Kuuhl gerade noch gestanden war. Blasen stiegen auf und zerplatzten mit dumpfem Geräusch; binnen weniger Sekunden bildete sich ein regelrechter Tümpel, wie ein brodelnder Teersee, in dem vielleicht vor Jahrmillionen irgendein prähistorisches Tier versunken sein mochte.

Nur dass in diesem Tümpel nichts versank, sondern etwas *herauskam* ...

David erkannte die Kreatur, bevor der schlanke, augenlose Schädel mit dem fürchterlichen Gebiss auch nur zur Hälfte aus dem brodelnden Morast emporgestiegen war, und tief in sich war er nicht einmal überrascht. Entsetzt, ja, und bis ins Mark erschrocken, aber nicht wirklich überrascht. Es war, als hätte er auf einer unbewussten Ebene seines Denkens *erwartet,* dass ganz genau dies geschah.

Vielleicht war das auch der Grund, aus dem er keinerlei Anstalten machte, zu fliehen oder auch nur einen Schritt zurück zu tun, sondern einfach nur reglos dastand, während das Ungeheuer langsam weiter aus dem Tümpel emporstieg und zwei seiner vier langen, täuschend dürren Arme nach ihm ausstreckte. Yaso Kuuhl riss ihn im letzten Moment zur Seite, eine halbe Sekunde, bevor die Klauen des Ungeheuers mit einem metallischen Laut dort zusammenschnappten, wo er gerade noch gestanden hatte.

»Bist du verrückt?!«, keuchte Yaso Kuuhl. »Oder nur lebensmüde?«

»Das ... das ist nicht richtig«, stammelte David. Er deutete mit zitternder Hand auf das Ungeheuer, das weiter versuchte, sich aus dem schwarzen Tümpel herauszuarbeiten.

Yaso Kuuhl riss ungläubig die Augen auf. »*Was?!*«
»Diese ... diese Ungeheuer«, fuhr David zögernd fort. Er hatte Mühe zu sprechen und fast noch mehr Mühe, die Gedanken zu formen, die diesen Worten vorausgingen. Es war ein fast schon qualvolles Gefühl: Für einen kurzen Moment war er sicher, genau zu wissen, was das alles hier bedeutete, die Lösung aller Rätsel und die Antwort auf sämtliche Fragen, selbst auf die, die sie sich vielleicht noch gar nicht gestellt hatten, direkt vor Augen zu haben. Doch als er danach greifen wollte, verschwand sie einfach; wie ein Fisch, den er zwar im klaren Wasser deutlich sehen, aber einfach nicht festhalten konnte.
»Was ist damit?«, fragte Yaso Kuuhl. Er bemühte sich, David und das Monstrum gleichzeitig im Auge zu behalten.
»Es ... es gehört nicht hierher«, fuhr David stockend fort. »Verstehst du, Val? Es ist *falsch*. Alles hier ist falsch!«
»Natürlich ist es das«, antwortete Yaso Kuuhl ungeduldig.
»Das alles gehört nicht hierher«, murmelte David. »Das ... das ist nicht Adragne!«
»Das ist es schon lange nicht mehr«, knurrte Yaso Kuuhl. »Und weißt du was? Wenn wir noch lange hier herumstehen und Volksreden schwingen, dann sind wir bald auch nicht mehr. Komm! Versuchen wir, die Gefangenen zu befreien und von hier zu verschwinden, solange wir noch in der Lage dazu sind!«
Als David noch immer nicht reagierte, ergriff er ihn kurzerhand am Arm und zerrte ihn hinter sich her. Sie näherten sich einer der beiden Zwillingstreppen, umgingen den Tümpel mit dem Ungeheuer jedoch in respektvollem Abstand. David glaubte allerdings kaum mehr, dass die schwarze Kreatur noch eine Bedrohung darstellte. Es war dem Geschöpf nicht gelungen, sich weiter aus der zähen Masse herauszuarbeiten, in die sich der Boden verwandelt hatte. Ganz im Gegenteil: Je weiter sie sich von ihr entfernten, desto tiefer glitt sie wieder in den Tümpel zurück, fast als hätte ihr allein ihre Nähe die Kraft gegeben, überhaupt daraus zu erscheinen. Als David dicht

hinter Yaso Kuuhl den Fuß auf die unterste Treppenstufe setzte, war von der albtraumhaften Kreatur nur noch der Kopf und eine krallenbewehrte Hand zu sehen. Und auch diese verschwanden schließlich ganz.
»Unheimlich«, flüsterte Yaso Kuuhl. »Als ob es nur unseretwegen erschienen wäre ...«
»Vielleicht ist es eine Art Wächter«, vermutete David.
»Möglich. Aber warum hat es uns dann nicht angegriffen wie das Ding draußen?«
Streng genommen, dachte David, hatte das *Ding draußen* sie gar nicht angegriffen, sondern nur die Schlitzer. Aber er wusste auch keine Antwort auf Kuuhls Frage und so zuckte er nur mit den Schultern. Nebeneinander gingen sie weiter die Treppe hinauf. David hatte plötzlich das sichere Gefühl, dass die Antwort auf all ihre Fragen dort oben auf sie wartete.
Sie brauchten weit länger als erwartet, um das obere Ende der Treppe zu erreichen, was zum einen daran lag, dass das Gehen auf den viel zu hohen Stufen sehr mühsam war, und zum anderen auch daran, dass die Treppe sehr viel weiter in die Höhe führte, als es von unten den Anschein gehabt hatte. So bizarr ihm der Gedanke auch immer noch vorkam: Der Turm *war* innen größer als außen. Und zwar erheblich.
Yaso Kuuhl und er waren vollkommen erschöpft, als sie endlich die breite Galerie erreichten, in der die Zwillingstreppen mündeten. Er hatte keine Ahnung, wie viel Zeit inzwischen vergangen war, und er wagte sich nicht einmal vorzustellen, wie es Gobbo und Messerflügel in der Zwischenzeit ergangen sein mochte.
Trotzdem ließen sie sich beide erschöpft zu Boden sinken, um wenigstens einen Moment auszuruhen und frische Kräfte zu schöpfen. Es hatte wenig Sinn, wenn sie in diesem Zustand weitertaumelten und dann nicht einmal mehr in der Lage waren, sich ihrer Haut zu wehren, sollten sie sich einer plötzlichen Gefahr gegenübersehen.
Yaso Kuuhl ließ sich stöhnend nach vorne sinken und tastete mit schmerzverzerrtem Gesicht über seinen gebrochenen

Arm. David sparte sich die Frage, ob es schlimm war. Auf dem Weg nach oben hatte Kuuhls Gesicht alle Farbe verloren und war nun aschfahl und aus dem Panzerhandschuh seiner schwarzen Rüstung drang ein dünner, aber beständiger Strom einzelner Blutstropfen.

David sagte nichts – was hätten Worte in einer Situation wie dieser schon genutzt? –, sondern nutzte die Zwangspause, um sich aufmerksam umzublicken. Ihre Umgebung hatte etwas zugleich Majestätisches wie Furchteinflößendes. Die Galerie, auf der sie herausgekommen waren, zog sich um den gesamten Turm herum. Zahllose, gleichförmige Türen zweigten davon ab, hinter denen jedoch rein gar nichts zu sehen war. Was den Anblick so schlimm machte, das war die vollkommene Leere dieses gigantischen Bauwerks. Gebäude waren dazu da, etwas in ihrem Inneren zu bergen: Menschen, Dinge ... Wenn sie leerstanden, bekamen sie etwas Gespenstisches. Etwas *Falsches.*

»Glaubst du, dass wir sie hier finden?«, fragte Yaso Kuuhl plötzlich.

»Die Gefangenen?«

Der Schwarze Ritter nickte. »Dieses Ding muss groß genug sein, um eine Million Menschen aufzunehmen! Wie sollen wir da drei einzelne Männer finden?«

Das war zwar maßlos übertrieben, aber in der Sache hatte Yaso Kuuhl recht, wie David zugeben musste. Dieser Turm war ungeheuer groß. Sie konnten stundenlang hier herumirren, ohne die drei Männer zu finden.

»Gehen wir weiter«, schlug David vor, ohne auf Yaso Kuuhls Worte weiter einzugehen. Yaso Kuuhl nickte, aber David musste ihn helfen, damit er überhaupt auf die Füße kam.

Da es zwischen den Türen keinen sichtbaren Unterschied gab, wählten sie die nächstliegende, um die Galerie zu verlassen. Bevor sie hindurchtraten, blieb David jedoch noch einmal stehen, um einen Blick in die Tiefe zu werfen.

Um ein Haar hätte er erschrocken aufgeschrien.

Sie waren so hoch, dass sie den Boden kaum noch richtig

erkennen konnten. Aber die glitzernde, brodelnde grüne Masse, die sich in einem immer breiter werdenden Strom durch das offen stehende Tor ergoss, war trotzdem nicht zu übersehen.
»Die Schlitzer!«, keuchte er.
Yaso Kuuhl nickte düster. »Ja. Sieht so aus, als hätten sie den Türsteher überredet, den Eingang freizugeben, wie?«
David fragte sich, woher Yaso Kuuhl die Überheblichkeit nahm, in dieser Situation auch noch billige Scherze zu machen, sparte sich aber den Atem, der nötig gewesen wäre, diese Frage laut auszusprechen. Wahrscheinlich würde er ihn bald bitter für etwas anderes nötig haben – denn dass die Schlitzer hier heraufkamen, daran bestand nicht der geringste Zweifel. Zwar war der Strom der geschuppten Krieger direkt vor der Treppe zum Halten gekommen, was David zu der Vermutung Anlass gab, dass der unheimliche Wächter abermals aufgetaucht sein müsse, aber ihm war auch klar, dass nicht einmal dieses Ungeheuer die Schlitzer wirklich aufhalten konnte. Durch das Tor strömten immer mehr und mehr Krieger herein. Es mussten jetzt schon Hunderte sein. Sie würden die Kreatur allein durch ihre schiere Masse überrennen. Und wie wenig Rücksicht die Schlitzer auf ihr eigenes Leben nahmen, das hatten sie ja vorhin draußen im Hof deutlich gesehen.
Sie rannten los. Davids Erschöpfung schien ebenso vergessen wie Yaso Kuuhls Verletzung, während sie blindlings durch die nächstbeste Tür und in den Gang hineinhetzten, der sich dahinter auftat.
Immer wieder passierten sie Türen und Abzweigungen, die in andere Räume, Gänge und endlose Säle dieses scheinbar ins Unendliche angewachsenen Gebäudes hineinführten, sonderbareweise aber allesamt leer waren, und immer wieder sah sich David im Laufen um. Von irgendwelchen Verfolgern war noch nichts zu sehen, aber er machte sich nichts vor: Über kurz oder lang mussten die Schlitzer hier auftauchen. Und nach dem, was unten am Tor passiert war, würden sie bestimmt keine Gnade mehr walten lassen.

»Da vorne!«, sagte Yaso Kuuhl plötzlich. »Das ist eine Tür!« Tatsächlich schienen sie endlich das Ende dieses scheinbar bis in die Ewigkeit reichenden Ganges erreicht zu haben. Und wie alles hier war auch diese Tür etwas größer, als normal gewesen wäre: Was Yaso Kuuhl als *Tür* bezeichnet hatte, das stellte sich bei genauerem Hinsehen als gewaltiges, zweiflügeliges Portal heraus, dessen Oberfläche mit komplizierten, ungemein kunstvollen Einlegearbeiten aus Gold und Silber verziert war, die geometrische Muster und Linien bildeten. Ein Anblick, der David sonderbar vertraut vorkam, auch wenn er nicht sagen konnte, wieso. Zu beiden Seiten des Tores erhoben sich zwei gewaltige, quadratische Steinblöcke, auf denen lebensgroße Statuen der vierarmigen Alien-Kreaturen standen. Sie sahen so echt aus, dass sich David nicht gewundert hätte, wären sie im nächsten Moment von ihrem Sockel heruntergestiegen, um sich auf sie zu stürzen.

Das geschah nicht, aber sie sahen sich mit einem anderen, auch nicht unbedingt kleinen Problem konfrontiert: Die Tür hatte keine Klinke. Yaso Kuuhl stemmte sich mit der unverletzten Schulter dagegen und drückte mit aller Kraft, aber das Tor rührte sich um keinen Millimeter. Wahrscheinlich hätte es das auch nicht getan, wenn er zehnmal so stark gewesen wäre, dachte David. Jeder der beiden gigantischen Torflügel musste Tonnen wiegen.

»Und was jetzt?«, fragte Yaso Kuuhl, nachdem er die Sinnlosigkeit seiner Bemühungen eingesehen und damit aufgehört hatte.

David hob enttäuscht die Schultern. »Vielleicht sollten wir einfach höflich anklopfen«, schlug er vor.

Yaso Kuuhl zog eine Grimasse – aber er hob trotzdem die Hand und klopfte tatsächlich gegen das Tor.

Und er hatte es kaum getan, da geschah etwas Unheimliches: Unmittelbar vor ihm begann sich die Oberfläche des Tores zu kräuseln, und ein düster dreinblickendes, aber durchaus menschlich anmutendes Gesicht bildete sich in dem schwarzen Metall.

»Was ist?«, fragte eine ungeduldige Stimme.
Sowohl David als auch Yaso Kuuhl waren im ersten Moment so perplex, dass keiner von ihnen antwortete. Stattdessen starrten sie das Gesicht nur fassungslos an. Genaugenommen war es kein *menschliches* Gesicht, sondern das Antlitz eines Zwerges. Das erklärte auch den unwilligen Ton, in dem seine Stimme fortfuhr: »Was soll das? Glaubt ihr, ich hätte meine Zeit gestohlen? Sagt, was ihr wollt, oder verschwindet!«
»Hinein«, antwortete David hastig. »Wir wollen hinein.«
»Ach?«, machte das Zwergengesicht spöttisch. »Stellt euch vor, darauf wäre ich auch von selbst gekommen. Warum hättet ihr wohl sonst anklopfen sollen?«
»Dann mach uns auf!«, befahl Yaso Kuuhl herrisch.
»Fällt mir nicht ein«, erwiderte der Zwerg. »Da könnte ja jeder kommen. Sagt Das Magische Wort.«
»Das was?«, wiederholte Yaso Kuuhl verdutzt.
»Das Magische Wort«, beharrte die Zwergenstimme. »Ohne lasse ich euch nicht durch.«
»He, jetzt werd nicht frech!«, grollte Yaso Kuuhl. »Wir müssen hier durch, verstehst du? Hier tauchen nämlich gleich ein paar verdammt unangenehme Zeitgenossen auf, denen wir lieber nicht begegnen würden.«
»Euer Problem«, antwortete der Zwerg gelassen. »Hier kommt keiner durch, der nicht Das Magische Wort sagt.« Das Zwergengesicht kniff ein Auge zu und musterte David und Yaso Kuuhl missmutig. »Und beeilt euch lieber«, fügte es hinzu. »Ich habe keine Zeit für euren Firlefanz.«
Yaso Kuuhl setzte zu einer geharnischten Antwort an, aber David ergriff ihn rasch beim Arm und zog ihn ein kleines Stück zurück, sodass sie außer Hörweite waren.
»Das hat keinen Sinn«, sagte er. »Dieses ... Gesicht ist offensichtlich so eine Art Torwächter. Er will ein Zauberwort von uns haben.«
»Ich werde ihm –«, begann Yaso Kuuhl, aber David unterbrach ihn rasch.
»Ich glaube nicht, dass sich dieses, was immer es ist, durch

Drohungen beeindrucken lässt«, sagte er. »Wir müssen es irgendwie überlisten.«
»Gebt euch keine Mühe!«, keifte der Zwerg. Obwohl David leise gesprochen hatte, hatte er offensichtlich jedes Wort verstanden. »Niemand überlistet mich. Jedenfalls nicht zwei so dahergelaufene Typen wie ihr. Ihr wollt also rein?«
»Eigentlich ... schon«, antwortete David zögernd.
»Dann habt ihr zwei Tölpel genau zwei Möglichkeiten«, antwortete das Zwergengesicht gehässig. »Falls ihr nicht bis zwei zählen könnt: Das sind so viele, wie jeder von euch Hände hat, klar? Die eine Möglichkeit ist, ihr sagt jetzt Das Magische Wort. Die andere ist, dass ich bis zehn zähle, und wenn ihr es bis dahin nicht getan habt, fliegt ihr raus!«
»He!«, sagte Yaso Kuuhl, und das Zwergengesicht erwiderte seelenruhig: »Eins.«
Davids Gedanken überschlugen sich fast. Eines war klar: Sie würden dieses Tor nicht überwinden, wenn sie nicht das Zauberwort kannten. Aber woher sollten sie es wissen? Auf gut Glück sagte er: »Sesam öffne dich!«
»Falsch!«, brüllte der Zwerg. »Und zwei!«
»Simsalabim!«, schlug Yaso Kuuhl fort.
»Drei«, kicherte das Zwergengesicht. »Und vier.«
»Abrakadabra?«, versuchte es David wieder.
»Fünf, sechs, sieben«, sagte das Zwergengesicht.
»Du solltest dich besser ein bisschen beeilen«, sagte Yaso Kuuhl. Seine Stimme klang nervös. David sah hoch, warf einen hastigen Blick in dieselbe Richtung wie der Schwarze Ritter – und fuhr erschrocken zusammen. Sie waren nicht mehr allein. Eine ganze Horde grüner, geschuppter Gestalten näherte sich.
»Und acht!«, sagte das Zwergengesicht fröhlich. »Und sorgt euch nicht wegen der Dummköpfe dort hinten. Die lasse ich auch nicht rein. Es sei denn, sie sagen Das Magische Wort.«
»Aber wir kennen es doch nicht!«, protestierte David.
»Einen Tip gebe ich euch«, kicherte das Zwergengesicht. »Es lautete nicht: neun. Und es heißt schon gar nicht –«

»*Das Magische Wort!*«, schrie David.
Der Zwerg starrte ihn an. Er sah überrascht drein, aber auch etwas enttäuscht. »Ups«, sagte er. »Damit hätte ich ja kaum noch gerechnet. Warum denn nicht gleich so!«
Ein dumpfes, schweres *Klack* erscholl, als bewege sich irgendwo im Inneren des Tores eine gewaltige Mechanik, dann begann sich einer der Flügel ganz langsam zu bewegen.
David sah hastig zurück. Es waren mindestens dreißig, wenn nicht vierzig oder mehr der geschuppten Krieger, und nicht sehr weit hinter ihnen drängte eine weitere, grölende Horde heran. Er sah auch noch etwas anderes: Die beiden Statuen rechts und links der Tür begannen sich zu bewegen. Es waren keine Statuen.
Das Tor schwang mit nervenzerreißender Langsamkeit auf. Der Spalt war erst wenige Zentimeter breit und die Schlitzer schienen immer schneller heranzukommen. Die beiden Wächter waren mittlerweile von ihren Sockeln heruntergestiegen und näherten sich nun den Schuppenkriegern, aber David machte sich keine Illusionen. Diese beiden Ungeheuer würden die Schlitzer ebenso wenig aufhalten können, wie es die beiden anderen Kreaturen unten geschafft hatten. Es waren einfach zu viele.
»Beeile dich!«, keuchte er.
»Bloß keine Hast!«, nörgelte das Zwergengesicht. »Ihr kommt schon noch früh genug rein.«
Quälend langsam schwang der Torflügel weiter auf. David quetschte sich in den Spalt und schob und drückte, was das Zeug hielt, und auch Yaso Kuuhl hob seine unversehrte Hand und half ihm nach Kräften – womit sie das Tor natürlich keinen Deut schneller bewegten. Aber es war immer noch besser, als tatenlos dazustehen und den Schlitzern entgegenzublicken.
Was er befürchtet hatte, geschah: Die beiden vierarmigen Alien-Kreaturen warfen sich den Schlitzern entgegen, aber sie vermochten sie nicht wirklich zu stoppen. Der Großteil der Schuppenkrieger drang sofort brüllend und knurrend auf die

Geschöpfe ein, aber ein gutes halbes Dutzend rannte weiter, um auch Yaso Kuuhl und ihn zu erwischen.
Im allerletzten Moment schlüpfte David durch den Spalt zwischen den Torflügeln, dicht gefolgt von Yaso Kuuhl. Kaum hatten sie das Tor passiert, da begann es sich wieder zu schließen.
»Bis später dann!«, rief ihnen das Zwergengesicht nach. Dann, in veränderter Tonlage, schrie es: »Heda, ihr grünes Gesindel! Wenn ihr durchwollt, dann müsst ihr mir –« Der dumpfe Knall, mit dem sich das Tor wieder schloss, schnitt den Rest seiner Worte ab.
Yaso Kuuhl atmete hörbar auf. »Das war knapp!«, sagte er im Tonfall unendlicher Erleichterung. Dann blickte er auf David herab und in seinen Augen stand plötzlich so etwas wie Bewunderung. »Wie hast du das gemacht?«, fragte er. »Woher hast du gewusst, wie das Kennwort lautet?«
»Es war nur eine Eingebung«, antwortete David. »Ich dachte mir, wir hätten nicht mehr viel zu verlieren.«
»Das war genial!«, sagte Yaso Kuuhl.
»Aber leider nicht von mir«, gestand David. Yaso Kuuhl blickte ihn fragend an, und David fuhr etwas leiser fort: »Der Trick stammt aus einem Buch. *Der Herr der Ringe,* von J. R. R. Tolkien. Dort stehen die Helden vor einem verschlossenen Berg und der Geist, der das Tor bewacht, sagt: *Sprich, Freund, und tritt ein.* Sie rätseln eine ganze Weile herum, bis einer von ihnen *Freund* sagt.«
»Und das hat *hier* auch funktioniert?«, fragte Yaso Kuuhl fassungslos.
»Komisch, nicht?«, bestätigte David. »Fast so komisch wie Ungeheuer aus einem zehn Jahre alten Spielfilm. Oder Gebäude, die innen größer sind als außen. Hier stimmt was nicht, und zwar gehörig.«

Sie gingen weiter. Der Gang auf dieser Seite unterschied sich nicht von dem auf der anderen – er war riesig und leer. Nach etlichen Dutzend Schritten jedoch ging er in eine breite, steil

nach oben führende Treppe über, an deren oberem Ende ein weiteres, diesmal aber weit offen stehendes Tor lag. Als sie die Stufen hinaufgingen, hörten sie zum ersten Mal Geräusche: ein sonderbares Wispern, Pfeifen und Summen, das aus keiner bestimmten Richtung zu kommen schien, und schließlich Stimmen. Bevor sie die Worte jedoch eindeutig identifizieren konnten, erscholl hinter ihnen ein dumpfer, lang nachhallender Schlag, und als David und Yaso Kuuhl erschrocken herumfuhren, sahen sie, dass das gewaltige Tor zitterte.
»Sieht aus, als ob da jemand Einlass begehrt«, sagte Yaso Kuuhl.
»Und zwar ziemlich nachhaltig«, stimmte ihm David zu. »Los!«
Sie legten den Rest des Weges im Laufschritt zurück, doch kurz, bevor sie das obere Ende der Treppe erreicht hatten, ertönte ein zweiter, noch lauterer Schlag, und als David einen Blick über die Schulter nach hinten warf, sah er, dass die Tür diesmal in ihren Grundfesten erbebte. Ein gezackter riss, der an einen erstarrten, nachtschwarzen Blitz erinnerte, spaltete einen der beiden Torflügel, und durch die gewaltsam geschaffene Öffnung hindurch konnten sie die empörte Stimme des Zwergengesichtes hören: »Was soll denn das? Verpfeift euch, ihr groben Klötze!«
Ein weiterer Schlag, und aus dem Keifen des Zwergengesichtes wurde ein fast angstvolles Wimmern. »Aber ... aber meine Herren! So war das doch gar nicht gemeint. Sie müssen doch nicht gleich handgreiflich werden! Ich meine, man kann doch über alles reden!«
Ein vierter, noch gewaltigerer Schlag ließ nicht nur die Stimme des Zwerges verstummen, sondern spaltete auch den Torflügel. Wie durch ein Wunder hielt das Tor in seiner Gänze zwar noch Stand, aber das würde allerhöchstens noch wenige Augenblicke so bleiben. Die Schlitzer hatten offensichtlich ihr eigenes magisches Wort gefunden.
Dicht nebeneinander erreichten David und Yaso Kuuhl das obere Ende der Treppe – und blieben im selben Moment

verblüfft stehen. Sie waren hierher gekommen, um Gefangene zu befreien, aber weder von Kerkerzellen noch von Wächtern oder Ketten war auch nur die geringste Spur zu sehen. Stattdessen breitete sich vor ihnen etwas aus, was David auf den ersten Blick an eine ins Riesenhafte vergrößerte Mischung aus Meister Orbans Zauberkammer und ein Alchemistenlabor aus einem Hollywood-Spielfilm erinnerte. Der gewaltige Raum, in den sie hineingestürmt waren, quoll über vor langen Tischen, auf denen sich Glaskolben, Flaschen, Tiegel, Töpfe, Schalen und Beutel, durchsichtige Glasspiralen und Phiolen, magische Bücher und Kristallkugeln und zahllose andere Sachen stapelten. Ein beständiges Brodeln, Zischen und Blubbern lag in der Luft und dazu ein geradezu atemberaubender Geruch, der allerdings alles andere als angenehm war.
Das Bizarrste an allem aber waren die drei Gestalten, die sich zwischen diesen alchemistischen Utensilien bewegten. David wusste sofort und mit zweifelsfreier Sicherheit, dass es sich um die drei amerikanischen Programmierer handelte – aber er hätte um nichts auf der Welt sagen können, woher dieses Wissen stammte. Die drei sahen nicht aus wie Programmierer. Sie sahen aus wie – Zauberer.
Allerdings nicht wie Meister Orban oder seine Gehilfen, die in ihren schlichten, weißen oder grauen Gewändern eine Art majestätischer Würde ausstrahlten. Diese drei sahen einfach nur komisch aus. Sie trugen verschiedenfarbige, knöchellange Gewänder mit Ärmeln, die an den Enden weiter wurden – in Rot, Weiß und Blau, wie David beiläufig feststellte, die Farben der amerikanischen Flagge – und über und über mit goldenen Sternen bedeckt waren. Auf ihren Köpfen saßen spitze Zauberhüte in denselben Farben und alle drei hatten lange, weiße Bärte, die bis auf die Brust reichten und so falsch aussahen, wie es nur ging. Die drei Männer eilten geschäftig zwischen den Tischen hin und her und nahmen weder von dem Lärm draußen noch von Yaso Kuuhl und David die geringste Notiz.
Dann erscholl von der Treppe her ein weiterer krachender Schlag, dem diesmal ein lang anhaltendes metallisches Split-

tern folgte. Einer der Zauberer hob überrascht den Kopf – und stieß einen leisen Schrei der Überraschung aus, als er David und Yaso Kuuhl erblickte. Sofort fuhren auch die beiden anderen herum und waren mit zwei, drei schnellen Schritten neben ihm.
»Keine Angst!«, sagte David rasch. »Wir sind nicht Ihre Feinde!« Irgendwie kam er sich bei diesen Worten selbst ein wenig lächerlich vor. Und die drei Männer sahen auch kein bisschen erleichtert drein, sondern ziemlich verwirrt.
»Wer seid ihr?«, fragte der Zauberer in dem blauen Kleid. »Wie kommt ihr hier herein?« Er wartete gar keine Antwort ab, sondern wandte sich mit ärgerlich gerunzelter Stirn an den roten Zauberer: »Was ist mit den Wächtern? Wieso haben sie sie passieren lassen? Und was ist mit dem Tor los?«
»Das ist schon in Ordnung«, sagte der Zauberer ärgerlich. »Wer bist du überhaupt? Und wer sind Sie?«
Er wandte sich an Yaso Kuuhl, der aber wieder perfekt in seine Rolle als Schwarzer Ritter zurückgefallen war und entsprechend nur mit einem Stirnrunzeln und einem überheblichen Lächeln reagierte.
»Dazu ist jetzt keine Zeit!«, sagte David mit einer Stimme, in der Verzweiflung mitschwang. »Die Schlitzer werden jeden Moment hier sein!«
»Die Schlitzer?« Der Zauberer sah David verständnislos an, aber dann lächelte er und schüttelte den Kopf. »Oh, ich verstehe. Du meinst diese grünen Ungeheuer. Aber da kann ich dich beruhigen. Dieses Gebäude ist vollkommen sicher. Niemand kommt –«
»Ich fürchte, das stimmt nicht so ganz«, unterbrach ihn sein Kollege in Weiß. Er stand an einem der Tische und beugte sich über einen fußballgroßen, in einem giftigen grünen Licht schimmernden Kristall, in dessen Inneren vage, huschende Bewegung zu erkennen war. »Sie haben den *Bak* unten am Tor überrannt und den an der Treppe auch.« Er sah hoch. Sein Gesicht war sehr besorgt. »Sie sind drin, Marcus.«
Der mit Marcus Angesprochene blickte eine Sekunde lang

vollkommen ungläubig drein, dann wich alle Farbe aus seinem Gesicht. »Was soll das heißen: sie sind drin? Willst du damit sagen, dass ... *dass das Tor offen ist?!*«
»So weit es nur geht«, sagte der Magier in Weiß. »Ich verstehe es auch nicht.«
Wie um seine Worte zu bekräftigen, drang erneut ein dumpfes, lang anhaltendes Krachen und Bersten zu ihnen herein. Diesmal war es so laut, dass auch Marcus es nicht überhören konnte.
»Wie konnte das passieren?«, keuchte er. »Das Tor lässt niemanden durch, der nicht –« Er stockte, riss die Augen auf und fuhr in verändertem Tonfall fort: »Natürlich! Ihr ... ihr seid nicht von hier! Ihr kommt von der anderen Seite. Aus der richtigen Welt!«
»Das versuche ich Ihnen ja die ganze Zeit zu erklären!«, antwortete David hastig. »Wir sind hier, um Sie zu holen!«
»Holen? Wozu?«, fragte Marcus.
»Dazu ist jetzt keine Zeit«, mischte sich der weiße Magier ein. »Ich fürchte, auch das obere Tor hält nicht mehr lange stand. Sie haben auch die beiden anderen *Baks* erledigt.«
»Aber das ist doch vollkommen unmöglich!«, sagte Marcus.
»Leider nicht«, antwortete der andere Magier. »In zwei oder drei Minuten sind sie durch.«
»Und wenn wir dann noch hier sind, geht es uns schlecht«, fügte Yaso Kuuhl grimmig hinzu. »Wir müssen hier raus. Gibt es einen zweiten Ausgang? Einen geheimen Fluchtweg?«
»Nein«, erwiderte Marcus, mit einer – wie David fand – vollkommen unangemessenen Gelassenheit. »Und den brauchen wir auch nicht.« Er wandte sich an den Magier in Rot, der als einziger bisher noch nichts gesagt hatte. »Vielleicht ist das gar keine so schlechte Gelegenheit, um den letzten Test durchzuführen. Ich brauche drei Minuten, um den Prototypen zu aktivieren. Du musst sie so lange aufhalten.«
»Seid ihr allesamt verrückt?«, keuchte Yaso Kuuhl. »Oder hört ihr nicht zu? Da draußen im Gang sind ein paar hundert Schlitzer und sie werden in ein paar Augenblicken hier sein!«

»Ja, und das wären sie nicht, wenn es euch zwei Dummköpfe nicht gegeben hätte«, erwiderte Marcus ärgerlich. »Also haltet bitte ein paar Minuten den Mund, damit wir wenigstens das Allerschlimmste verhindern können!«
Yaso Kuuhl riss ungläubig die Augen auf, aber Marcus beachtete ihn nicht mehr, sondern fuhr auf dem Absatz herum und verschwand mit schnellen Schritten im hinteren Teil des Raumes. Währenddessen machten sich seine beiden Kollegen mit raschen, aber sehr zielsicheren Bewegungen an ihren Apparaturen zu schaffen. Nach einigen Augenblicken begann der Boden zu erzittern und rechts und links des Einganges öffnete sich rumpelnd ein Dutzend gewaltiger Türen. Aus jeder trat eines der vierarmigen Alien-Monster heraus.
Keine Sekunde zu früh. Draußen im Gang erscholl ein letzter, berstender Knall, unmittelbar gefolgt von einem ganzen Chor grölender Schreie und dem hastigen Stampfen und Trappeln zahlloser, krallenbewehrter Füße.
»Sie sind durch!«, schrie der Magier in Blau. »Marcus, beeil dich!«
»Noch eine Minute!« rief Marcus zurück. »Allerhöchstens zwei!«
David war nicht sicher, ob ihnen noch eine Minute blieb; geschweige denn zwei. Die Alien-Monster hatten die Tür kaum erreicht, da tauchten auch schon die ersten Schlitzer am oberen Ende der Treppe auf. Sie wurden von den Aliens sofort niedergeworfen, aber die geschuppten Krieger drängten rascher nach, als die bizarren Wächter sie niederschlagen konnten. Binnen weniger Augenblicke entstand unter dem großen Tor ein unvorstellbares Getümmel. Die Vierarmigen standen wie eine lebende Mauer. Ihre natürlichen Waffen wüteten unvorstellbar unter den Schlitzern. Doch für jeden Orc, den sie niederschlugen, schienen sofort drei neue aufzutauchen, und schließlich geschah, was David hatte kommen sehen: Einer der Schlitzer durchbrach den lebendigen Schutzwall, indem er einfach über die schwarzen Kreaturen hinwegkletterte, die vollauf damit beschäftigt waren, seine Brüder nie-

derzumetzeln. Der blaue Magier schrie erschrocken auf, aber Yaso Kuuhl zog ohne zu zögern sein Schwert, sprang dem Schlitzer entgegen und schlug ihn nieder.
Trotzdem nutzte es nichts. Immer mehr und mehr Schlitzer folgten dem Beispiel des ersten und stiegen einfach über ihre Kameraden und deren tobende Gegner hinweg. Es gelang Yaso Kuuhl noch, zwei weitere Schuppenkrieger niederzuringen, dann mussten David und er sich hastig zurückziehen. Und auch die Verteidiger erlitten die ersten Verluste: eine der Alien-Kreaturen strauchelte plötzlich und verschwand in der nächsten Sekunde unter einer lebenden Flut aus Schuppen und hornigen Klingen.
»Zurück!«, schrie David. »Rettet euch!«
Yaso Kuuhl musste er das kein zweites Mal sagen, doch die beiden Zauberer starrten den heranstürmenden Schlitzern fassungslos entgegen, sodass David den blauen Zauberer kurzerhand am Ärmel packte und mit sich zerrte. Yaso Kuuhl verfuhr mit seinem Kollegen in Weiß ebenso.
Trotzdem wären sie wohl kaum davongekommen, hätten die Schlitzer sie direkt angegriffen. Stattdessen jedoch gingen die Schuppenkrieger blindwütig auf alles los, was sie sahen. Ihre Hornklingen zertrümmerten Gläser und Tiegel, fuhren splitternd unter die alchemistischen Instrumente und Utensilien und zerschlugen einfach alles, was auf den Tischen stand. Selbst für Angehörige ihres Stammes kam David die rasende Wut, die die Schlitzer entwickelten, kaum mehr verständlich vor.
Immerhin verschaffte diese Wut ihnen noch für einige zusätzliche Sekunden Luft. Yaso Kuuhl, er und die beiden Zauberer stolperten hastig von den tobenden Schlitzern fort und blieben erst stehen, als sie Marcus erreicht hatten. Der Zauberer stand vor einem gut fünf Meter hohen, massigen Zylinder aus verschrammtem Kupfer, in dem zahlreiche Rohrleitungen und Drähte endeten. Aus verschiedenen Ventilen entwichen zischende Dampfwolken und es gab eine Unzahl großer, altmodisch aussehender Anzeigeinstrumente.

»Marcus!«, brüllte David. »Weg hier! Sie sind gleich da!«
»Ja, ja«, sagte Marcus fröhlich. »Noch eine Sekunde!« Er grinste, griff mit beiden Händen nach einem übergroßen Hebel mit rotem Griff und zerrte mit aller Kraft daran. Eine Sekunde lang sah es so aus, als würde er es nicht schaffen, dann erscholl ein helles Knacken und plötzlich klappte die gesamte Vorderfront des Kupferzylinders auseinander und entließ eine gewaltige, zischende Dampfwolke. David wich instinktiv einen Schritt zurück, als er eine schattenhafte, schwerfällige Bewegung darin wahrnahm.
Doch was nach ein paar Sekunden aus dem brodelnden Dampf heraustrat, das war kein noch viel furchteinflößenderes Ungeheuer, wie er nach Marcus' Worten erwartet hatte. Es war eines der Alien-Monster, das sich nicht von den anderen unterschied. Ganz im Gegenteil: Es kam ihm sogar ein wenig kleiner vor als die anderen und ein wenig zierlicher. Und das sollte Marcus' Superwaffe sein?
»Sie kommen!«, sagte Yaso Kuuhl nervös. »Marcus! Wo ist der Hinterausgang?«
»Es gibt keinen«, antwortete Marcus fröhlich. »Aber den brauchen wir auch nicht.« Er trat einen halben Schritt zur Seite und machte gleichzeitig eine einladende Geste, die der vierarmigen Kreatur galt. Das Ungeheuer machte einen schwerfälligen Schritt an ihm vorbei, drehte den augenlosen Schädel hin und her und erstarrte mitten in der Bewegung. Eine halbe Sekunde lang stand es vollkommen still, in einer angespannten, sprungbereiten Haltung, wie ein Raubtier, das Witterung aufnimmt. Dann stieß es einen spitzen, vogelartigen Schrei aus, riss alle vier Arme in die Höhe und stürzte sich mit einer einzigen, wütenden Bewegung auf die Schlitzer.
Sofort entbrannte ein erbitterter Kampf zwischen den ungleichen Gegnern. Er verlief im ersten Moment so, wie David erwartet hatte – das Ungeheuer schlug die Schlitzer mit wirbelnden Armen nieder –, doch die Schlitzer erhielten immer rascher Verstärkung. Der Kampf am Eingang war fast entschieden, wie David mit einem raschen Blick bemerkte.

Nur noch vier oder fünf der Wächterkreaturen leisteten erbitterten Widerstand und die Zahl der Schlitzer, die hereinströmten und die Einrichtung zertrümmerten, wuchs unaufhörlich.
Ebenso wie die derer, die sich auf den *Bak* stürzten.
Beim Klang dieses Wortes blitzte irgendetwas in Davids Gedächtnis auf, aber der Gedanke verging zu schnell, als dass er ihn greifen konnte.
Gute zwei Dutzend Schlitzer hatten das vierarmige Ungeheuer eingekreist. Der *Bak* warf drei oder vier von ihnen zu Boden, dann geschah, was David insgeheim befürchtet hatte: Einer der Schlitzer brachte einen geglückten Hieb mit seiner Hornklinge an. Er bezahlte diesen Treffer mit dem Leben, denn die Bestie tötete ihn im selben Augenblick mit einem einzigen Biss ihrer fürchterlichen Kiefer, doch der Schwertstreich trennte auch einen Arm des *Bak* ab. Das Ungeheuer brüllte vor Schmerz, während die Schlitzer den Erfolg grölend bejubelten und mit noch größerer Wut angriffen.
»Sieht aus, als ob Ihr Schoßtierchen den Kürzeren zieht«, sagte Yaso Kuuhl nervös.
Zu Davids fassungslosem Erstaunen grinste Marcus dazu. »Na, das wollen wir doch hoffen«, sagte er fröhlich. »Seht genau hin!«
Das tat David. Zuerst fiel ihm nichts auf, dann aber sah er etwas, was ihn für einen Moment selbst den Kampf und die Lebensgefahr, in der sie alle schwebten, vergessen ließ.
Der abgetrennte Arm des *Bak*
– *begann zu wachsen!*
Es ging unglaublich schnell, dabei aber vollkommen lautlos: Aus dem abgetrennten Armstumpf des Bak wurde ein schwarzes, pulsierendes Etwas, das rasend schnell größer wurde, sich dabei verformte und immer weiter und weiter wuchs. Nach nicht einmal dreißig Sekunden war aus dem abgetrennten Arm *eine originalgetreue Kopie des vierarmigen Ungeheuers geworden!*
Die Schlitzer hatten nicht gemerkt, was hinter ihrem Rücken

geschah. Sie hatten ihren Gegner mittlerweile niedergeworfen und waren dabei, das so ziemlich Dümmste zu tun, was sie überhaupt konnten: Sie hackten das Ungeheuer in Stücke.
Der neu entstandene *Bak* sah scheinbar in aller Seelenruhe zu, wie die Schlitzer das erste Ungeheuer niedermachten; fast, als wisse er, was sie damit anrichteten. Und warum auch nicht? dachte David. Nur weil diese Ungeheuer hässlich und gefährlich waren, bedeutete das noch lange nicht, dass sie auch *dumm* sein mussten.
Dieses Geschöpf jedenfalls war es eindeutig nicht. Es wartete nicht nur ab, bis die Angreifer endlich von ihrem Opfer abließen, sondern umging den Trupp Schlitzer sogar in einem weiten Bogen und legte eine Distanz von zehn oder fünfzehn Metern zwischen sich und den zerstückelten Kadaver des ersten *Bak,* ehe es stehen blieb und einen schrillen, fast auffordernden Schrei ausstieß.
Augenblicklich wirbelten die Schlitzer herum und stürzten sich ohne nachzudenken auf den neu aufgetauchten Angreifer. Es fiel ihnen nicht einmal besonders schwer, auch diesen *Bak* niederzuringen; zumal das Geschöpf nicht wirklich Widerstand leistete, sondern sich damit zu begnügen schien, die Schlitzer vom Schauplatz des ersten Kampfes wegzulocken.
Was David schon einmal beobachtet hatte, wiederholte sich: Während die geschuppten Krieger ihren vierarmigen Feind brüllend und tobend in Stücke hackten, bildeten sich aus den Überresten des ersten Ungeheuers neue, vollkommen identische Geschöpfe. Diesmal waren es gleich fünf der gewaltigen Bestien, die sich vom Boden erhoben und zischend und schreiend auf die Schlitzer eindrangen.
»Unglaublich!«, flüsterte Yaso Kuuhl.
»Ja – beeindruckend, nicht?«, grinste Marcus. »Ich muss allerdings gestehen, dass ich bis zum letzten Moment nicht sicher war, ob es klug war, den Baks Intelligenz zu geben. Wie es aussieht, habe ich mich richtig entschieden.«
»Intelligenz?« wiederholte David erschrocken. »Soll das heißen, sie ... sie sind *denkende Wesen?*«

»Nicht so wie du und ich«, antwortete Marcus in einer gönnerhaften Art, die David innerlich auf die Palme brachte. »Sie haben kein Bewusstsein, wenn du das meinst. Alles, was sie können, ist kämpfen. Das aber ungemein gut, wie du siehst.«

Das mochte in Marcus' Ohren überzeugend klingen, aber bei David hinterließ es einen bitteren Nachgeschmack. Die Worte des Zauberers entsprachen fast hundertprozentig dem, was auch er vor zwei oder drei Tagen noch über die Orcs gedacht hatte. Er ersparte es sich, dem Mann zu erzählen, wie sehr er sich geirrt hatte, aber er folgte dem Fortgang des Kampfes mit gemischten Gefühlen.

Die *Baks* wüteten wie die Berserker unter den Schlitzern. Ihre Zahl war mittlerweile auf über ein Dutzend angewachsen, denn die Schuppenkrieger hatten auch das zweite Ungeheuer zerstückelt, ehe ihnen klar wurde, was überhaupt geschah. Selbst jetzt, wo sie einer viel größeren Anzahl von Gegnern gegenüberstanden, wehrten sie sich noch immer verbissen. Aber natürlich machten sie damit alles nur noch schlimmer. Jeder Schwerthieb, der sein Ziel fand, erschuf letzten Endes einen neuen Gegner.

»Unglaublich«, murmelte Yaso Kuuhl noch einmal. »Das ... das ist ...«

»Eine mathematische Progression«, erklärte Marcus fröhlich. »Hätte ich einen Taschenrechner, könnte ich es ausrechnen. So muss ich schätzen – aber ich denke, wenn diese grünen Kolosse sich noch ein bisschen anstrengen, dann haben wir hier bald ein paar Tausend treue Leibwächter. Ich bin beeindruckt. Dieses Ergebnis übertrifft meine kühnsten Erwartungen!«

Der fröhliche Ton in Marcus' Stimme war David so zuwider, dass er es einfach nicht mehr ertrug. »Das finden Sie komisch, ja?« fragte er.

Marcus sah irritiert auf ihn herab. »Nein«, antwortete er betont. »Interessant.«

»Es ist entsetzlich«, erwiderte David heftig. »Sie ... sie bringen sie um, als wären sie ...«

»Spielzeuge?« fiel ihm Marcus ins Wort. »Illusionen? Ganz genau das sind sie. Ich weiß, wie du dich fühlen musst, aber du brauchst keine Angst zu haben, Junge. Weder um dein Leben noch um das dieser grünhäutigen ... *Dinger.* Sie sind nicht echt, weißt du? Nichts hier ist echt.«
Einen Moment lang war David sehr irritiert, bevor ihm wieder zu Bewusstsein kam, dass Marcus und seine beiden Freunde ja gar nicht wissen konnten, wer Yaso Kuuhl und er in Wirklichkeit waren. Und vor allem: dass sie es auch gar nicht wissen *durften.*
Yaso Kuuhl schien wohl dasselbe zu denken, denn er fragte hastig: »Wie meinen Sie das?«
»Das alles hier ist nur ein Computerspiel«, erklärte Marcus mit einer weit ausholenden Geste. »Wenn auch eines, das ein bisschen außer Kontrolle geraten zu sein scheint. Ich weiß ja nicht, wie ihr beiden hierher kommt, aber ihr könnt mir ruhig glauben. Nichts von alledem hier geschieht *wirklich.* Und niemand hier ist wirklich in Gefahr oder wird verletzt.«
»Und ... wenn wir sterben?«, fragte Yaso Kuuhl.
Marcus zuckte mit den Schultern. »Keine Ahnung«, gestand er. »Aber ich vermute, dann wachen wir einfach dort wieder auf, wo wir angefangen haben. Wo hat es bei euch begonnen?«
Diese Frage hatte David befürchtet. Doch bevor er zu einer Antwort ansetzen konnte, sagte der Magier in Weiß: »Marcus! Da stimmt was nicht!«
Nicht nur Marcus, sondern auch David und Yaso Kuuhl sahen erschrocken in die Richtung, in die der Mann deutete. Im ersten Moment fiel es David schwer, zu sehen, was er meinte, aber dann ...
Vor ihnen tobte mittlerweile eine regelrechte Schlacht. Die Schlitzer mussten die *Baks* am Tor endgültig überrannt haben, denn ihre Zahl wuchs unaufhörlich und damit auch die Anzahl der *Baks,* die sie niederrangen. Was wiederum zur Folge hatte, dass *deren* Anzahl regelrecht zu explodieren schien.
Aber etwas stimmte tatsächlich nicht mit ihnen. Es war David,

als wären die neu entstandenen Ungeheuer kleiner als die ersten und nicht mehr annähernd so wild. Sie kämpften noch immer mit furchtbarer Kraft, aber es fiel den Schlitzern trotzdem immer leichter, sie zu besiegen. Und offensichtlich hatten die Schuppenkrieger aus dem Geschehen gelernt. David fiel auf, dass sie es nach Möglichkeit vermieden, die *Baks* mit ihren Schwertern zu schwer zu verletzen, sondern sich – auch wenn sie einen furchtbaren Blutzoll dafür zahlen mussten – mehr und mehr darauf beschränkten, die Geschöpfe von den Füßen zu reißen und so lange auf sie einzuschlagen, bis sie sich nicht mehr rührten.

»Es geht zu schnell!«, sagte Marcus besorgt.

»Was?«, fragte David.

»Die Teilung«, antwortete Marcus. »Die Matrix hat keine Zeit, sich zu regenerieren. Infolgedessen verlieren sie ihre ursprüngliche Struktur.«

»Aha«, sagte Yaso Kuuhl.

Marcus lächelte flüchtig, sah aber Yaso Kuuhl nicht an und auch der besorgte Ausdruck verschwand nicht vollends von seinem Gesicht. »Darauf muss ich das nächste Mal achten«, sagte er.

»Wenn es ein *nächstes Mal* gibt«, fügte David hinzu. »Ich kenne die Schlitzer. Sie verstehen ziemlich wenig Spaß.«

»Der Junge hat recht«, sagte sein Kollege in Weiß. »Wir sollten von hier verschwinden.«

»Und alles aufgeben?«, schnappte Marcus. »Kommt nicht in Frage. Sie werden es schon schaffen.«

»Und wenn nicht?«, fragte Yaso Kuuhl. Er deutete auf seinen gebrochenen Arm. »Ich habe mir den Arm gebrochen.«

»Und?«, fragte Marcus verständnislos.

»Ich habe keine Ahnung, ob er wirklich oder nur *eingebildet* gebrochen ist«, fuhr Yaso Kuuhl fort. »Aber ich kann Ihnen versichern, dass er *wirklich* weh tut. Und zwar gehörig. Ich möchte nicht ausprobieren, ob wir vielleicht auch *wirklich* sterben, wenn sie uns erwischen.«

Marcus schwieg einige Sekunden und wandte sich dann wieder um, um dem Kampf zuzusehen. Er sah sehr besorgt drein. Die Anzahl der *Baks* war weiter gestiegen, aber die Geschöpfe leisteten den Schlitzern jetzt kaum noch nennenswerten Widerstand, sondern hielten sie eigentlich nur noch durch ihre gewaltige Zahl auf.

»Es gib keinen zweiten Ausgang«, sagte Marcus leise. »Damit ... haben wir nicht gerechnet.«

»Gibt es einen Weg hinauf aufs Dach?«, fragte David.

Marcus nickte. »Ja. Aber das nutzt nichts. Oder kannst du zufällig fliegen?«

»Ich nicht«, antwortete David. »Aber jemand, den ich kenne. Schnell! Zeigen Sie uns den Weg!«

Der Zauberer sah ihn fast bestürzt an – und wandte sich mit einer hastigen Bewegung um, um wieder an den riesigen Kupferzylinder heranzutreten. Mit fliegenden Fingern begann er die Schalter und Hebel zu betätigen. Nach wenigen Augenblicken hörte der gewaltige Tank auf, Dampf und übelriechendes Gas auszuspucken, und die beiden Hälften schlossen sich knirschend.

»Was tun Sie da?«, keuchte Yaso Kuuhl. »Wir müssen weg!«

»Sofort«, antwortete Marcus gehetzt. »Ich sorge nur dafür, dass es nicht noch einmal schief geht. Eine Sekunde noch!«

Aus der einen Sekunde wurden dann ungefähr zwanzig. Aber schließlich trat Marcus mit einem zufriedenen Kopfnicken von dem Zylinder zurück, begutachtete sein Werk ein letztes Mal und machte schließlich eine auffordernde Handbewegung. »Also los. Da entlang.«

Hastig rannten sie in die Richtung los, in die der Zauberer gedeutet hatte. Und wie es aussah, in allerletzter Sekunde. Die Schlitzer hatten die *Baks* fast besiegt. Nur eine Handvoll der Geschöpfe verteidigte sich noch gegen die erdrückende Übermacht und diese waren nur noch blasse Ebenbilder der unbesiegbaren Ungeheuer, die sie einmal gewesen waren. Etliche Schlitzer hatten die Front der *Baks* bereits durchbrochen und zerschlugen auch in diesem Teil des Raumes alles, was sie sahen.

»Sie werden Ihren Frankenstein-Tank in Stücke hauen!«, prophezeite Yaso Kuuhl, während er mit weit ausgreifenden Schritten hinter Marcus hereilte.
»Kaum«, antwortete Marcus. »Er hält eine Menge aus. Außerdem muss er nicht lange standhalten. Zwei oder drei Minuten. So lange werden unsere Verbündeten sie noch aufhalten.«
David hätte gerne gewusst, was Marcus *nach* diesen zwei oder drei Minuten erwartete, aber ein rascher Blick über die Schulter zurück überzeugte ihn davon, dass es wohl besser war, diese Frage auf später zu verschieben. Mindestens zehn oder fünfzehn Schlitzer hatten aufgehört, auf die Einrichtung einzudreschen, und ein lohnenderes Opfer für ihre Zerstörungswut entdeckt – sie.
»Dort entlang!« Marcus deutete auf die Rückseite des Saales, wo sich eine weitere, in engen Spiralen in die Höhe führende Treppe erhob. David hatte sie bisher nicht nur nicht bemerkt – er war vollkommen sicher, dass sie bisher überhaupt nicht *dagewesen* war. Er verlor jedoch kein weiteres Wort darüber, sondern bemühte sich nur, noch schneller zu laufen. Ihre grünhäutigen Verfolger hielten mit einem rennenden Menschen nicht vollkommen Schritt, aber sie waren auch nicht *viel* langsamer.
Yaso Kuuhl war der erste, der die Treppe erreichte. Hastig deutete er Marcus und den beiden anderen Männern, weiterzurennen, zog sein Schwert aus dem Gürtel und stellte sich breitbeinig und in leicht nach vorne geduckter Haltung hin, um die heranstürmenden Schlitzer aufzuhalten.
»Bist du verrückt geworden?«, keuchte David.
»Irgendeiner muss es schließlich tun«, knurrte Yaso Kuuhl. »Diese drei Hampelmänner da machen es bestimmt nicht!«
»Und du genauso wenig«, erwiderte David überzeugt. »Verdammt, jetzt ist nicht der Moment, um den Helden zu spielen. Komm endlich!«
Er hatte selbst kaum damit gerechnet – aber Yaso Kuuhl blickte den herantrampelnden Kriegern nur kurz entgegen, dann verschwand der entschlossene Ausdruck von seinem

Gesicht und er hatte es plötzlich sehr eilig, sein Schwert wieder in den Gürtel zu schieben und dicht hinter David die Treppe hinaufzustürmen. Die kurze Unterbrechung hatte sie einen Großteil ihres Vorsprunges gekostet, aber sie holten zumindest einen Teil davon wieder auf: die Treppe, die eindeutig für menschliche Füße gemacht war, hielt die Schlitzer nachhaltiger auf, als Yaso Kuuhl es gekonnt hätte. Als David durch die schmale Tür an ihrem oberen Ende stolperte, waren die grüngeschuppten Verfolger wieder ein gutes Stück zurückgefallen.

Yaso Kuuhl warf die Tür heftig ins Schloss, legte einen gewaltigen Riegel vor und atmete hörbar auf. David konnte seine Erleichterung jedoch nicht vollends teilen. Die Tür und der Riegel machten zwar einen äußerst massiven Eindruck, aber er hatte nicht vergessen, wie leicht die Schlitzer selbst das viel schwerere Tor unten vor dem Alchemistenlabor überwunden hatten. Sie hatten ein paar Augenblicke gewonnen, das war alles.

Und das Schlimmste war: Von Messerflügel und Gobbo war keine Spur zu sehen.

Dafür hatte sich ihre Umgebung abermals verändert. Sie befanden sich auf dem Dach des Turmes, aber er hatte jetzt wieder die vertrauten Dimensionen angenommen – noch immer groß, aber nicht einmal mehr annähernd so gigantisch, wie er sich ihnen von innen präsentiert hatte. David schätzte, dass die runde Steinplattform einen Durchmesser von allerhöchstens zwölf oder fünfzehn Metern hatte.

»Wo ist er?«, keuchte Yaso Kuuhl. »Verdammt, wo ist dieses grüngesichtige Großmaul?!«

Auch David sah sich mit wachsender Verzweiflung um. Das Lager der Schlitzer war mittlerweile fast taghell erleuchtet. Überall zwischen den Zelten waren Feuer aufgeflammt und er sah zahllose Krieger, die mit brennenden Fackeln und Ästen bewaffnet auf dem Weg hierher waren! Entweder hatten sie die Täuschung durchschaut und waren von ihrem Angriff auf das simulierte Heer Ghuzdans zurück oder der Sturm auf den

Turm war ihnen wichtiger als der Kampf gegen ihre Erzfeinde.
»Er wird schon kommen«, sagte er, mit einer Überzeugung, die er ganz und gar nicht empfand. »Keine Angst. Er lässt uns nicht im Stich!«
Yaso Kuuhl blickte mehr als nur zweifelnd drein, doch David gab ihm keine Gelegenheit, irgendeine Frage zu stellen, sondern wandte sich mit einer hastigen Bewegung an Marcus.
»Was geht hier eigentlich vor?«, fragte er. »Vielleicht erklären Sie uns das freundlicherweise einmal!«
Marcus sah ihn verstört an. Vielleicht überraschte ihn der fordernde Ton, den David an den Tag legte und der so gar nicht zu seiner äußeren Erscheinung zu passen schien. »Wie meinst du das, Junge?«
»Wir dachten, wir müssten Sie aus der Gefangenschaft der Schlitzer befreien«, antwortete David, »aber mittlerweile habe ich das Gefühl, dass es fast umgekehrt ist. Die Orcs fürchten sich vor euch, stimmt's?«
»Mit Grund«, antwortete Marcus. In leicht verärgertem Ton und mit einem schrägen Seitenblick auf Yaso Kuuhl fügte er hinzu: »Und sie hätten noch mehr Grund dazu gehabt, wenn ihr beiden nicht im denkbar ungünstigsten Moment aufgetaucht wärt, um die Helden zu spielen.«
»Entschuldigen Sie bitte, dass wir unser Leben riskiert haben, um Sie zu retten«, sagte Yaso Kuuhl böse. »Es kommt bestimmt nicht noch einmal vor!«
»Schon gut«, erwiderte Marcus gönnerhaft. »Ihr konntet es ja nicht wissen – aber sie versuchen seit annähernd zwei Wochen, diesen Turm zu stürmen. Sie wären niemals durch das Tor gekommen. Es ist so programmiert, dass es keinen Bewohner dieser virtuellen Welt passieren lässt, wisst ihr? Leider haben wir nicht damit gerechnet, dass außer uns noch andere Menschen hier sind. Mein Fehler, wenn ihr so wollt.«
Ein dumpfer Schlag ließ die Tür hinter Yaso Kuuhl erbeben. Der Schwarze Ritter fuhr erschrocken zusammen und zog wieder sein Schwert, wich aber auch einen halben Schritt von

der Tür zurück. Der Riegel hielt noch, ächzte aber bereits unter einem zweiten, heftigeren Hieb.
»Viel Zeit sollte sich euer Freund nicht mehr lassen«, sagte Marcus.
»Ich dachte, uns kann gar nichts passieren?«, gab David spitz zurück. »Sagten Sie nicht so etwas in der Art? Oder hat Ihr kleines Experiment vielleicht doch nicht so ganz funktioniert?«
Marcus blickte ihn fast feindselig an. »Ich weiß es nicht«, sagte er. »Ich kann nur hoffen, dass es nicht so ist. Dann wären nämlich die letzten Wochen umsonst gewesen. Sehr ärgerlich.«
»Aber Sie –«
»Du weißt ja gar nicht, was hier wirklich auf dem Spiel steht, Junge«, unterbrach ihn Marcus. »Das alles hier ist vielleicht nur eine Illusion, aber es könnte ... trotzdem gefährlich werden. Für uns alle. Wenn auch auf eine vollkommen andere Art, als du vielleicht glaubst.«
Wieder erzitterte die Tür unter einem berstenden Schlag. Diesmal knirschte der Riegel hörbar, und aus dem Holz explodierte eine Wolke aus Staub und winzigen Splittern, vor der Yaso Kuuhl hastig den Kopf einzog. Auf der anderen Seite der Tür erscholl ein wütendes Gebrüll.
»Da!«, schrie einer der anderen Zauberer. »Was ist das?«
David sah hoch – und hätte vor Erleichterung fast selbst aufgeschrien.
Messerflügel kam. Der Greif stürzte beinahe senkrecht vom Himmel herab, breitete in letzter Sekunde die Schwingen aus und rauschte so dicht an ihnen vorüber, dass allein der Luftzug seiner gewaltigen Flügel fast ausgereicht hätte, sie alle von den Füßen zu reißen.
Und er erschien im buchstäblich allerletzten Moment. Die Tür hinter Yaso Kuuhl erbebte unter einem weiteren gewaltigen Hieb. Der Riegel zerbrach und Yaso Kuuhl konnte sich gerade noch mit einem Satz in Sicherheit bringen, um nicht von der Tür getroffen zu werden. Gleichzeitig aber riss er sein Schwert

hoch, sprang fast sofort wieder vor und durchbohrte den ersten Schlitzer, der versuchte, durch die Tür auf das Dach heraus zu drängen. Der Krieger taumelte haltlos nach hinten und Yaso Kuuhl versetzte ihm noch einen zusätzlichen Fußtritt, der ihn gegen seine Kameraden schleuderte und sie alle zusammen einige Stufen weit die Treppe hinunterstürzen ließ. Sie gewannen auf diese Weise nur wenige Sekunden; möglicherweise aber die entscheidenden.

Der Greif hatte den Turm mittlerweile einmal umkreist und kam wieder näher; langsamer diesmal und mit fast reglos ausgebreiteten Flügeln. Marcus und die beiden anderen standen wie erstarrt da und blickten dem gewaltigen Geschöpf ungläubig und staunend entgegen, sodass David sie fast gewaltsam zurückreißen musste, damit Messerflügel überhaupt einen Platz auf dem Dach fand, auf dem er landen konnte.

»*Worauf wartet ihr?!*«, erscholl eine wohlbekannte, keifende Stimme vom Rücken des Greifs. »*Steigt auf!*«

David konnte den Goblin nicht sehen, aber er deutete trotzdem hastig auf Messerflügels linke Schwinge, die der Greif wie gewohnt ausgestreckt hatte, damit sie daran emporklettern konnten. »Schnell!«

Weder Marcus noch die beiden anderen rührten sich. Marcus' Gesicht spiegelte vollkommene Fassungslosigkeit. »Da ... rauf?«, murmelte er.

»Ja!«, brüllte David. »Und zwar schnell!«

Hinter ihnen klirrte Stahl auf Knochen und Horn. David warf einen hastigen Blick über die Schulter zurück und sah, dass Yaso Kuuhl die Schlitzer wie durch ein Wunder noch immer an der Tür aufhielt. Aber er blutete bereits aus mehreren, tiefen Wunden und seine Bewegungen wurden immer langsamer.

»Los doch!«, schrie er. »Sie kommen!«

»Also gut«, sagte Marcus. »Steigt auf!«

Der Befehl galt den beiden anderen Männern, die Messerflügel zweifelnd und ein wenig ängstlich anblickten. Sie gehorchten jedoch sofort und versuchten, wenn auch nicht besonders geschickt, über die ausgestreckte Schwinge des Greifs nach oben zu klettern. Einer von ihnen prallte erschrocken zurück, als plötzlich ein kleines, grünes Gesicht zwischen den Nackenfedern des Tieres auftauchte, aber Marcus, der dicht hinter ihm war, versetzte ihm einen Stoß, der ihn weiter nach oben beförderte.

Auch David kletterte hastig über Messerflügels Schwinge, hielt aber auf halbem Wege an, um sich noch einmal zu Yaso Kuuhl umzuwenden. »*Valerie!*«, brüllte er. »*Wo bleibst du?!*«

Die Schlitzer hatten Yaso Kuuhl mittlerweile von seiner Stellung an der Tür vertrieben. Der Durchgang war zu schmal, um mehr als einen von ihnen zugleich passieren zu lassen, sodass sie sich jetzt gegenseitig mehr behinderten, als dass der Schwarze Ritter sie aufhielt, aber Yaso Kuuhls Kampf war trotzdem aussichtslos geworden. Er schien das auch selbst einzusehen, denn er wirbelte herum und kam mit gewaltigen Sätzen auf sie zu. Auf halbem Wege schleuderte er sein Schwert davon, sammelte noch einmal alle Kraft und sprang dann mit einer einzigen Bewegung direkt auf Messerflügels Rücken hinauf.

»*Gobbo!*«, schrie David. »*Weg hier!*«

Seine Aufforderung wäre kaum noch nötig gewesen. Der Greif zog die Flügel an den Leib, sodass einer der Schlitzer, der versucht hatte, Yaso Kuuhls Kunststück nachzumachen, ziemlich unsanft auf der Nase landete, stieß sich ab –

und fiel mit einer ungeschickten Bewegung wieder zurück. Die Erschütterung wirbelte sie alle durcheinander. David hätte um ein Haar seinen Halt auf Messerflügels Rücken verloren und auch die anderen klammerten sich nur noch mit letzer Kraft fest.

»Was –?!«, keuchte Yaso Kuuhl.

»*Ihr seid zu schwer!*«, brüllte Gobbo. »*Ihr seid viel zu viele! Das schafft er nicht!*«

Der Greif versuchte ein zweites Mal, sich vom Dach abzustoßen. Diesmal gelang es ihm tatsächlich, einen oder zwei Meter Höhe zu erreichen, ehe er mit einem krächzenden Schrei

zurückfiel. Seine hilflos peitschenden Schwingen fegten dabei sämtliche Schlitzer von den Füßen und einige über den Rand des Daches hinweg, aber durch das Tor stürmten immer mehr und mehr der Kreaturen heran.
»Das ist sinnlos!«, schrie Yaso Kuuhl. »Wir kommen nicht hoch! David – bring sie nach Hause!«
Und ehe David begriff, was Yaso Kuuhl vorhatte, schwang sich der Schwarze Ritter von Messerflügels Rücken. Er verschwand fast augenblicklich unter einer Flut grüner, geschuppter Leiber.
Doch es schien, als wäre sein Opfer umsonst. Messerflügel versuchte erneut, sich abzustoßen, doch das Dach wimmelte bereits von Schlitzern. Seine schlagenden Flügel fegten die Kreaturen gleich zu Dutzenden zu Boden, aber zwei, drei von ihnen klammerten sich trotzdem an seine Füße, und etliche versuchten gar, seine Schwingen zu ergreifen und daran emporzuklettern.
Der Greif schrie vor Wut und Furcht. Sein gewaltiger Schnabel und seine Klauen wüteten unter den Schlitzern, doch es war wie vorhin bei der Schlacht unten im Saal: Für jeden Schlitzer, den er erledigte, schienen sofort drei neue aufzutauchen. Nicht einmal Messerflügels unvorstellbare Kräfte reichten aus, um mit dieser Übermacht fertig zu werden. Es vergingen nur wenige Sekunden, da hatte es der erste Schlitzer geschafft, sich auf seinen Rücken emporzuarbeiten. David versetzte dem Ungeheuer einen Tritt, der es kopfüber wieder zwischen seine Kameraden hinunterbeförderte, aber schon kletterte ein zweiter, dritter und vierter Schuppenkrieger zu ihnen hoch. Fürchterliche, mit tödlichen Krallen versehene Hände griffen nach ihm, packten ihn mit unwiderstehlicher Kraft und rissen ihn in die Höhe. Eine halbe Sekunde später ließ ihn der Schlitzer jedoch ebenso plötzlich wieder los, wie er ihn gepackt hatte. David stürzte unsanft in Messerflügels Federkleid hinab, rappelte sich hastig wieder hoch und hob schützend die Arme über den Kopf. Jetzt würde er also erfahren, was geschah, wenn er in *dieser* Welt starb ...

Statt seiner jedoch kippte plötzlich der Schlitzer haltlos zur Seite und vor Davids ungläubig aufgerissenen Augen erschien ein schlanker, augenloser Kopf mit fürchterlichen Zähnen, von denen noch das grüne Blut des Schlitzers tropfte.
Ungläubig nahm David die Arme herunter und sah sich um. Während der winzigen Zeitspanne, in der er abgelenkt gewesen war, hatte sich das Bild vollkommen verändert. Auf dem Dach tobte noch immer ein gnadenloser Kampf, aber jetzt waren es die Schlitzer, die zurückgetrieben wurden. Wie aus dem Nichts waren drei oder vier *Baks* erschienen, und noch während David versuchte, überhaupt zu begreifen, was geschah, drängte ein weiteres vierarmiges Ungeheuer durch die zerborstene Tür herauf, um sein Vernichtungswerk unter den Schlitzern zu beginnen.
»*Was im Namen aller Ungeheuer ist DAS?!*«, kreischte Gobbo. »*Dämonen! Alle Dämonen der Hölle!*«
»Nein«, flüsterte David. »Ich fürchte, so harmlos sind sie nicht.«
Gobbo sah ihn verwirrt an, schwieg aber, und auch David sagte nichts mehr. Der Kampf, so entsetzlich er war, dauerte nur mehr wenige Augenblicke. Die Schlitzer hatten ihre Lektion offensichtlich gründlich gelernt, denn sie griffen die *Baks* kein einziges Mal auf eine Art an, die die Anzahl der Ungeheuer noch erhöht hätte, aber auch das rettete sie nicht. Es gelang den Schuppenkriegern, einen der Vierarmigen an den Rand des Daches zu drängen und in die Tiefe zu stürzen, doch die meisten Schlitzer bezahlten für diesen Sieg selbst mit dem Leben. Die wenigen, die davonkamen, fielen Augenblicke später unter den schnappenden Kiefern und Klauen der *Baks*. Der Kampf endete so rasch und blutig, wie er begonnen hatte – und David erlebte eine weitere, diesmal aber angenehme Überraschung, als er sah, wie sich eine in zerbeultes schwarzes Eisen gehüllte Gestalt inmitten der toten Schlitzer aufrichtete und auf sie zutorkelte. Yaso Kuuhl ... *lebte!*
»Das war knapp«, seufzte Marcus. David drehte sich zu ihm herum. Der Zauberer lächelte, aber es wirkte nicht überzeu-

gend, und die Erleichterung in seiner Stimme machte sehr deutlich, dass auch er nicht annähernd so sicher gewesen war, nicht in wirklicher Gefahr zu sein, wie er vorgegeben hatte. Nervös fuhr er sich mit der Hand über das Kinn, lächelte noch einmal und deutete seinen beiden Begleitern dann, wieder von Messerflügels Rücken zu steigen. Als auch er ihnen folgen wollte, machte David eine rasche, abwehrende Bewegung.

»Warten Sie!«, bat er. »Bitte.«

Marcus sah ihn fragend an, zuckte aber dann mit den Schultern. David krallte sich mit der linken Hand in Messerflügels Federn, beugte sich so weit vor, wie er konnte, und streckte Yaso Kuuhl den anderen Arm entgegen. Der Schwarze Ritter griff dankbar nach seiner Hand und David bemühte sich nach Kräften, ihm auf den Rücken des Greifs zu helfen, aber er schaffte es nicht. Yaso Kuuhl war einfach zu schwer.

»Helfen Sie mir«, bat er.

»Aber das ist nicht mehr nötig«, widersprach Marcus. »Es ist vorbei, Junge. Wir müssen nicht fliehen.«

»Sie vielleicht nicht, aber wir«, erwiderte David. »Wir können nicht hier bleiben.«

»Aber wo wollt ihr denn hin?«

»Wir müssen zurück zu Orban und den anderen«, sagte David. »Wir müssen sie warnen.«

»Wovor?«

»Bitte!«, flehte David. »Für Sie sind das hier vielleicht alles nur Illusionen, aber für uns sind es *Freunde*. Wir sind es ihnen schuldig. Sie müssen fliehen!«

»Es wird bald nichts mehr geben, wohin sie gehen –«, begann Marcus, aber David unterbrach ihn erneut:

»Bitte! Ohne Yaso Kuuhl wären wir jetzt alle tot!«

Marcus seufzte, beugte sich dann aber vor und griff nach Yaso Kuuhls Arm. Mit erstaunlicher Kraft zog er den Schwarzen Ritter zwischen David und sich auf den Rücken des Greifs hinauf. »Ihr müsst wissen, was ihr tut«, sagte er. »Aber ich glaube, hier bei uns wärt ihr sicherer.«

»*Wie meinst du das?*«, brüllte Gobbo.

Marcus maß ihn mit einem amüsierten Blick. »Du bist ein drolliges Kerlchen«, sagte er. »Ein bisschen laut, aber sonst ganz lustig. Schade um dich.« Er seufzte, schüttelte fast traurig den Kopf und richtete sich halb auf, ehe er sich noch einmal an David wandte.
»Willst du es dir nicht doch noch überlegen?«, fragte er. »Du solltest wirklich lieber bei uns bleiben. Ich weiß selbst nicht genau, was geschehen wird, wenn das –«
Ein gellender Schrei unterbrach ihn, gefolgt von einem fürchterlichen, kreischenden Laut, der David schier das Blut in den Adern gerinnen ließ. Marcus, Yaso Kuuhl und er fuhren im selben Moment erschrocken herum –
und schrien wie mit einer einzigen Stimme auf.
Der Kampf auf dem Dach war noch nicht vorbei.
Die Schlitzer waren besiegt, aber die *Baks* hatten einen neuen Gegner gefunden. Zwei von ihnen hatten sich auf Marcus' Begleiter gestürzt und zerrten sie davon, die beiden anderen kamen mit hoch erhobenen Klauen und gebleckten Zähnen näher, um Messerflügel anzugreifen. Der Greif tötete sie beide ohne besondere Mühe, doch aus der Tür quollen bereits weitere vierarmige Ungeheuer.
»Aber das ... das ist doch ...«, stammelte Marcus. »Das kann doch gar nicht ... *Fred! Peter!*«
Die beiden letzten Worte hatte er geschrien. Doch es gab nichts mehr, was sie für die beiden Männer tun konnten. Die *Baks* schleppten die beiden davon und Messerflügel fand gerade noch Zeit, die Schwingen auszubreiten und sich mit einem kraftvollen Satz in die Luft zu erheben, ehe der Türaufbau auf dem Dach wie von einem Faustschlag auseinandergerissen wurde und Dutzende der vierarmigen Ungeheuer hervorquollen.

»Wie konnte das nur geschehen? Das ... das ist doch vollkommen unmöglich! Das hätte niemals passieren dürfen!« Marcus stammelte dieselben Worte immer und immer wieder. Sein Gesicht hatte jede Farbe verloren. Er klammerte sich mit aller

Kraft an das Federkleid des Greifs und zitterte am ganzen Leib. David hatte selten jemanden gesehen, der so fassungslos und schockiert aussah wie Marcus in diesem Augenblick.
»Es ... es tut mir leid um Ihre Freunde«, sagte er zögernd. Er versuchte, die Bilder vor seinem inneren Auge zu vertreiben, die ihm immer wieder zeigen wollten, wie die *Baks* die beiden verzweifelt um sich schlagenden Männer davonschleppten, aber es gelang ihm nicht. Und er wagte gar nicht, sich vorzustellen, was die Ungeheuer erst mit Marcus' Kollegen anstellen würden.
Marcus starrte ihn sekundenlang ausdruckslos an, ehe er eine Bewegung machte, die vielleicht ein Kopfschütteln andeuten sollte. »Darum geht es nicht«, sagte er. »Den beiden passiert schon nichts. Ich habe dir doch gesagt, dass uns hier nicht wirklich etwas zustoßen kann. Aber die Baks hätten uns erst gar nicht angreifen dürfen. Das ... das *können* sie gar nicht!«
»Hier geschieht in letzter Zeit eine Menge, was eigentlich gar nicht sein *kann*«, sagte David leise. Marcus sah ihn fragend an, aber David sprach nicht weiter, sondern drehte sich herum und wandte sich mit besorgter Miene an Yaso Kuuhl.
»Wie geht es dir?«, fragte er. »Ist es schlimm?«
Yaso Kuuhl schüttelte den Kopf, verzog aber dabei schmerzhaft das Gesicht. »Es ... geht schon«, sagte er schleppend. »Im ersten Moment dachte ich, es wäre um mich geschehen. Aber ich hatte wohl noch einmal Glück. Die Rüstung hat das Schlimmste abgehalten.«
»Das war unglaublich mutig von dir«, sagte David. »Aber auch unbeschreiblich dumm.«
Yaso Kuuhl zog eine Grimasse. »Es war nur logisch.«
»Dass du dich opferst?«
»Messerflügel wäre niemals hochgekommen«, beharrte Yaso Kuuhl. »Wir waren einfach zu schwer.«
»Und wer hat gesagt, dass *du* absteigen musst?«
»Es war die logischste Entscheidung«, beharrte Yaso Kuuhl. »In meiner Rüstung wiege ich mehr als zwei normale Männer. Und mir blieb keine Zeit, sie auszuziehen.«

»Blödsinn!«, widersprach David. »Erzähl mir nicht, dass du darüber nachgedacht hast. Du wolltest den Helden spielen, das ist alles.«

Yaso Kuuhl grinste. Er war sehr blass und auf seiner Stirn perlte kalter Schweiß. »Und? Ich *bin* ein Held, schon vergessen? Wenn man diesen Job annimmt, geht man gewisse Verpflichtungen ein.«

David wollte widersprechen, aber Yaso Kuuhl brachte ihn mit einer Geste zum Verstummen, hob den Kopf und sagte in einem Tonfall leiser Überraschung: »Hör auf, rumzunörgeln, und verrate mir lieber, wo wir überhaupt hinfliegen!«

»Wo wir –?!« David brach überrascht ab. Seit sie auf den Greif gestiegen waren, hatte er ihrer Umgebung keine Beachtung mehr geschenkt, aber ganz selbstverständlich angenommen, dass sie sich nach Süden wenden würden, wie sie es besprochen hatten – in die Richtung, in der das Schwarze Portal lag. Das genaue Gegenteil war der Fall. Das Lager der Schlitzer war weit unter ihnen zurückgefallen und sie näherten sich nun wieder dem Hochplateau, auf dem Orban und die Zwerge lagerten.

»Gobbo!«, sagte er. »Was hast du vor? Wir fliegen in die falsche Richtung!«

Der Goblin antwortete nicht. Er sah nicht einmal in seine Richtung, sondern hockte in sonderbar verkrampfter Haltung in Messerflügels Nacken. Irgendetwas an seiner Gestalt kam David seltsam vor. Aber er konnte nicht sagen, was. Und er hatte auch keine Zeit, lange darüber nachzudenken. Sie hatten das Hochplateau fast erreicht.

»Gobbo!«, schrie David. »Bist du verrückt geworden?«

Der Goblin drehte ganz langsam den Kopf und sah ihn an. Ein seltsames Lächeln lag in seinen Augen. Ein Lächeln, das David irgendwie bekannt vorkam. Das aber nicht zu Gobbo gehörte. »Keineswegs, Dummkopf«, sagte er.

Er *sagte* es. Er schrie nicht. Und das bedeutete –

David blieb keine Zeit, die Erkenntnis aus diesem Gedanken zu verarbeiten, denn plötzlich ging wieder alles unglaublich schnell: Messerflügel kippte zur Seite, breitete die Schwingen aus und stürzte immer schneller werdend in die Tiefe, dass David und die beiden anderen sich mit aller Kraft an seine Federn klammern mussten, um nicht abgeworfen zu werden. Das Plateau kam rasend schnell näher und einen Herzschlag lang rechnete David ernsthaft damit, dass der Greif sich und seine Reiter mit ungebremstem Tempo in den schwarzen Fels hineinrammen würde. Erst im allerletzten Moment fing Messerflügel seinen Sturz ab. Trotzdem setzte er so hart auf, dass David endgültig den Halt verlor und einen anderthalbfachen Salto von seinem Rücken herab auf den Felsen machte.

Der Aufprall war weniger schlimm, als er erwartet hatte, und er wurde sofort ergriffen und unsanft wieder auf die Füße gezerrt. Zwei, drei Zwerge packten ihn und stießen ihn grob vor sich her, und trotz allem begriff David sehr wohl, dass die kleinwüchsigen Krieger keineswegs überrascht waren, sondern auf ihn gewartet hatten. Nach einigen Schritten wurde er unsanft wieder auf die Knie herabgestoßen.

Als er den Blick hob, bot sich ihm ein erstaunliches Bild: Vor ihm standen Meister Orban und Gobbo in friedlicher Eintracht. Orban sah ernst auf ihn herab, während auf Gobbos Gesicht ein zorniger Ausdruck lag.

»Schade«, sagte Meister Orban. »Und ich hatte gerade angefangen, dir zu trauen.«

David ignorierte ihn. Vollkommen verständnislos sah er Gobbo an. »Warum?«, fragte er. »Warum hast du uns verraten, Gobbo?«

»Verraten?« Der Goblin machte ein verächtliches Geräusch, zog eine Grimasse und wandte sich an den Amethyst-Magier. »Tut mir einen Gefallen, Meister Orban«, sagte er. »Beendet diese Farce!«

»Selbstverständlich.« Meister Orban bewegte ein wenig die Hand. Ein Schauer goldfarbener Funken sprühte aus seinen Fingern und hüllte den Goblin ein, und als sie wieder erloschen, da war Gobbo nicht mehr Gobbo, sondern ...

»Gamma Graukeil!«, flüsterte David fassungslos. »Du?!«

»Natürlich, du Narr«, sagte der Zwerg verächtlich. Mit komisch verstellter Stimme fuhr er fort: »Wir Goblins sprechen die Sprache der Greife! Alle Goblins können das!« Er machte ein abfälliges Geräusch. »Hast du das wirklich geglaubt, du Dummkopf? Oder gar, dass Messerflügel *mich* verraten würde?«
Fassungslos sah David zu Orban hoch. »Aber ... aber warum?«, fragte er. »Ihr habt uns ... eine Falle gestellt! Warum?«
»Um sicherzugehen«, antwortete Orban. Nach einer Sekunde des Schweigens fügte er hinzu: »Ritter DeWitt.«
David widersprach nicht. Wozu auch? Er hatte das Gefühl, dass Orban in seinen Gedanken las wie in einem offenen Buch.
»Wie lange wisst Ihr es schon?«, fragte er leise.
»Von der ersten Sekunde an«, antwortete Orban kühl. »Ich wollte es nur nicht wahrhaben.« Er seufzte und drehte sich dann mit einer irgendwie erschöpft wirkenden Bewegung herum. Die Zweige hatten mittlerweile auch Yaso Kuuhl und Marcus hergeführt. Yaso Kuuhls Gesicht war vollkommen ausdruckslos, aber Marcus sah ziemlich verwirrt drein – und ein bisschen belustigt, fand David. Allerdings hatte er das Gefühl, dass ihm das Lachen ziemlich bald vergehen würde.
»Ist das einer der Gefangenen?«, fragte Orban. Er runzelte die Stirn. »Waren es nicht drei?«
»Zwei sind tot«, sagte Gamma Graukeil.
»Dann hattet ihr Probleme, sie zu befreien?«
»Nicht mit den Schlitzern«, sagte der Zwerg abfällig. »Die Dämonen haben sie getötet. Um ein Haar hätten sie auch uns erwischt.«
»Dämonen? Dann hat der Goblin die Wahrheit gesagt?« Orban überlegte einen Moment, dann wandte er sich an Marcus.
»So sieht also ein Gott aus?«, fragte er nachdenklich. »Ich muss gestehen, ich hatte mir Euch ... etwas anders vorgestellt.«
»Wer sind Sie?«, fragte Marcus.
»Die Frage ist mehr: Wer seid Ihr?«, antwortete Orban. »Wie ist Euer Name?«

»Marcus«, antwortete Marcus. »Aber ich bin kein Gott – wie kommen Sie darauf? Hat David das erzählt?«
»Ihr kennt euch?«
»Erst seit einer Stunde. Aber ich glaube, wir drei kommen ... aus derselben Gegend, um es einmal so auszudrücken.«
Orban sah überrascht auf Yaso Kuuhl. Der Schwarze Ritter lächelte nervös und Orban sagte sehr leise und in vorwurfsvollem Ton, der David mehr traf, als alle Worte es gekonnt hätten: »Ihr also auch, Yaso Kuuhl.«
»Ich bin –«, begann Yaso Kuuhl, wurde aber sofort von Orban unterbrochen: »Wie viele von euch gibt es noch, Yaso Kuuhl? Zehn? Hundert? Tausend?«
»Nur uns beide«, sagte David rasch. Orban sah zuerst ihn zweifelnd an, dann Marcus, sodass David rasch hinzufügte: »Und ihn und die beiden anderen. Aber sie sind erst später gekommen.«
»Nachdem ihr ihnen erzählt habt, dass man sich hier prachtvoll amüsieren kann«, vermutete Orban.
»Nein!«, sagte David hastig. »Ihr missversteht mich, Meister Orban. Glaubt mir, es war alles ganz anders, als es für Euch vielleicht den Anschein hat.«
»Dann erklärt es mir«, verlangte Orban. »Aber zuvor: Seid so nett und beendet diesen Mummenschanz, der eines Kriegers nicht würdig ist. Lasst mich mit Euch in Eurer wirklichen Gestalt reden, Ritter DeWitt.«
»Nichts, was ich lieber täte«, antwortete David. »Aber es geht nicht.«
»Sind wir Euch nicht einmal diese kleine Mühe wert?«, fragte Meister Orban.
»Darum geht es nicht«, sagte Yaso Kuuhl an Davids Stelle. »Wir sind nicht allmächtig, Orban. Wir vermögen viel, aber nicht alles. Wir sind an den Körper gebunden, in dem wir auf Eure Welt kommen.« Er verzog das Gesicht. »Glaubt mir, im Moment gäbe ich eine Menge darum, wenn es anders wäre.«
Orban schüttelte traurig den Kopf. »Das alles ist ... sehr verwirrend«, sagte er. »Und sehr beunruhigend.«

»Vielleicht kann ich das eine oder andere erklären«, schlug Marcus vor.
Orban sah ihn mit undeutbarem Gesichtsausdruck an. »Dazu werdet Ihr hinlänglich Gelegenheit haben, Marcus«, sagte er. »Doch nicht jetzt. Ich muss mich mit Gamma Graukeil beraten.«

David fand in dieser Nacht – die ohnehin nicht mehr sehr lang war – keinen Schlaf mehr. Mehr als eine Stunde lang wälzte er sich auf dem harten Lager, das die Zwerge ihm zugewiesen hatten, ruhelos hin und her. Was sie erlebt hatten, ging ihm nicht aus dem Sinn – und es beunruhigte ihn weit mehr, als er zugeben wollte. Die Ereignisse in dem Schwarzen Turm waren viel weitreichender und gefährlicher, als sie vielleicht alle bisher ahnten. Er hatte keine Ahnung, woher er dieses Wissen bezog, aber es war da, und das mit solcher Sicherheit, dass es einen Zweifel daran einfach nicht gab. Irgendetwas war dort vor ihren Augen geschehen, das noch viel größere Konsequenzen haben mochte, als sie alle ahnten; Marcus vielleicht eingeschlossen.
Als der Morgen graute, hörte er Schritte, und Gamma Graukeil trat gebückt in sein Zelt. Der Zwerg sah übernächtigt und besorgt aus. Viel von der beeindruckenden Kraft, die seine kleinwüchsige Gestalt immer ausgestrahlt hatte, war nicht mehr da. Aber er schien irgendwie an Menschlichkeit gewonnen zu haben.
»Du schläft nicht?«, fragte er. Dann verbesserte er sich: »Verzeiht. Ihr schlaft nicht, Ritter DeWitt?«
David winkte ab. »Lass gut sein, Gamma. Wir waren einmal so etwas wie Freunde, schon vergessen?«
»Nein«, antwortete Gamma Graukeil mit seltsamer Betonung. »Ich frage mich nur, ob ich vielleicht nicht nur gedacht habe, in Ritter DeWitt einen Freund gefunden zu haben. Nun aber weiß ich nicht einmal mehr, wem ich wirklich gegenüberstehe.«
Seine Worte trafen David wie eine Ohrfeige. Er konnte nichts

darauf sagen und nach einem Augenblick zuckte der Zwerg die Achseln und fuhr in verändertem Ton fort: »Ich bin nicht hier, um dir Vorwürfe zu machen. Dein Freund möchte dich sehen.«

»Yaso Kuuhl?«

»Oder wie immer er wirklich heißt«, bestätigte Gamma Graukeil. »Ich glaube, es geht zu Ende.«

Im ersten Moment verstand David gar nicht, wovon Gamma Graukeil überhaupt sprach. Dann aber fuhr er wie von der Tarantel gestochen hoch. »Was?!«

»Er ist sehr schwer verletzt«, sagte Gamma Graukeil. »Unser Feldscher ist gut, doch ich fürchte, dass Ritter Kuuhls Wunden zu tief sind. Es würde schon die Macht eines Gottes brauchen, um ihn zu retten.«

»Aber ... aber ich dachte, er wäre nicht so schlimm verletzt!«, stotterte David entsetzt.

»Was er getan hat, war sehr tapfer«, sagte Gamma Graukeil ruhig. »Vielleicht war es in deinen Augen dumm, aber er war bereit, sein Leben zu opfern – um dich zu retten und drei vollkommen Fremde. Sind alle Menschen eurer Welt so tapfer?«

»Nein«, antwortete David. »Kann ich zu ihm?«

»Deswegen bin ich hier«, antwortete Gamma Graukeil, hob aber trotzdem abwehrend die Hand, als David an ihm vorbei aus dem Zelt gehen wollte. »Auf ein Wort noch, Ritter DeWitt oder David oder wie immer du auch heißen magst.«

»David«, antwortete David. »Das ist mein richtiger Name.«

»Und ist das auch ... dein richtiger Körper?«, fragte Gamma Graukeil zögernd. »Oder seid ihr Giganten, die zwischen den Sternen wandeln und mit uns Sterblichen spielen?«

»Nein«, antwortete David. »Das sind wir nicht, Gamma Graukeil. Wir sind ... gar nicht so verschieden von euch.«

»So?«, fragte Gamma Graukeil. »Nun, *wir* sehen nicht tatenlos zu, wie unsere Freunde sterben.«

»Ich auch nicht!«, antwortete David heftig. »Was ist los mit Euch, Gamma Graukeil? Habt Ihr das Gedächtnis verloren?

Muss ich Euch wirklich an all die Schlachten erinnern, die wir Seite an Seite geschlagen haben?«
»Das müsst Ihr nicht, David«, sagte Gamma Graukeil traurig. »Ebensowenig wie an all die Männer, die neben uns gefallen sind. Ihr hättet sie retten können. All diese Leben!«
»Das hätte ich nicht«, behauptete David, doch Gamma Graukeil fuhr ihn an:
»Lügt nicht! Ich war dabei, am Schwarzen Portal! Ich habe *gesehen,* wie gewaltig Eure Macht ist!«
»Aber das ist sie nicht, Gamma«, sagte David. »Ich bin kein Gott! Ich habe ein paar Tricks drauf, aber das ist auch schon alles. Es ist im Grunde nichts anderes als Orbans Zauberei. Ich kann ein paar Sachen tun, aber auch ich muss mich an Regeln halten. Wenn ich dagegen verstoße, mache ich alles nur noch schlimmer.«
Gamma Graukeil sagte nichts dazu, aber er sah David auffordernd an, weiterzusprechen – was David allerdings nicht tat. Was hätte er auch sagen können? Dass sie gerade erlebten, was geschah, wenn er *gegen die Regeln* verstieß? Das wäre der Wahrheit vermutlich ziemlich nahe gekommen.
»Verzeiht meine aufdringlichen Fragen, Ritter DeWitt«, sagte Gamma Graukeil nach einer Weile. »Wenn Ihr mir jetzt bitte folgen würdet?«
Er trat zurück und machte eine einladende, übermäßig unterwürfige Geste. David spürte plötzlich einen bitteren Kloß im Hals, der es ihm unmöglich machte, noch etwas zu sagen.
Sie verließen das Zelt und gingen fast bis zum anderen Ende des Hochplateaus. Yaso Kuuhl lag neben einem hell lodernden Feuer. Gamma Graukeils Feldscher – ein Zwerg, der sich auf die Heilkunst verstand, so weit diese in Adragne überhaupt bekannt war – kniete neben ihm und machte ein besorgtes Gesicht. Yaso Kuuhl lächelte, als er David sah, und winkte ihm zu. Seine Bewegung wirkte sehr schwach und unsicher. Trotzdem begann er, noch bevor David auch nur ein Wort sagen konnte:
»Glaub diesem schwatzhaften Zwerg kein Wort. Wenn es

nach ihm ginge, dann wäre ich schon tot. Du kennst doch diese Zwerge. Sie sind nur richtig zufrieden, wenn sie Unglück prophezeien können!«

»Wie geht es dir wirklich?«, fragte David.

»Es ging schon besser«, antwortete Yaso Kuuhl mit einem schiefen Grinsen. »Sie haben mich ganz schön verdroschen, ehrlich gesagt. Aber so schlimm ist es nun auch wieder nicht. Ein paar Tage Ruhe und ich bin wieder ganz der Alte.«

Er log. Sein Gesicht war kreidebleich und er zitterte am ganzen Leib. Die Zwerge hatten ihm die schwarze Rüstung ausgezogen, aber von seinem muskulösen Körper war trotzdem kaum etwas zu sehen, denn er war über und über mit Verbänden bedeckt, auf denen zum Teil große, dunkelrote Flecken zu sehen waren. Sein Atem roch schlecht.

»Du bist vielleicht ein Dummkopf«, sagte David leise. »Versprich mir, dass du so etwas nie wieder machst. Ich gebe auch zu, dass du der größere Held bist.« Er griff nach Yaso Kuuhls Hand und drückte sie, und natürlich erwartete er, dass Yaso Kuuhl diesen Händedruck erwidern würde. Aber das tat er nicht, und als David aufsah und in sein Gesicht blickte, stellte er fest, dass Yaso Kuuhl das Bewusstsein verloren hatte.

»Er wird es nicht schaffen«, sagte Gamma Graukeil noch einmal. David hörte kein Bedauern in seiner Stimme, aber auch keinen Unterton von Zufriedenheit oder Triumph.

»Ich fürchte, Ihr habt Recht«, sagte er. Er spürte fast so etwas wie Verzweiflung. Er hatte große Angst um Yaso Kuuhl – und noch viel mehr um Valerie, die zu Hause an ihrem Computerterminal saß und vielleicht auf eine sehr viel intensivere Art mit dieser visuellen Figur verbunden war, als ihr selbst bewusst sein mochte. »Aber das darf er nicht, Gamma Graukeil. Er ... er *darf* einfach nicht sterben, versteht Ihr?«

»Nein«, antwortete Gamma Graukeil. »Umso weniger, als ich eure letzte Begegnung in etwas anderer Art in Erinnerung habe. Ich hatte nicht das Gefühl, als wärt ihr gute Freunde.«

»Das waren wir auch nicht«, bestätigte David. »Wir haben uns erst hinterher richtig kennen gelernt.«

»Und nun fürchtest du, dass ihm etwas zustoßen könnte.« Es war Orbans Stimme, die diese Worte sprach, und als David sich herumdrehte und aufsah, blickte er in das Gesicht des Magiers. Orban war lautlos herangekommen und hatte vermutlich schon seit einer geraumen Weile zugehört.
»Das habe ich«, bestätigte David.
»Dein Freund ist der Meinung, dass euch nichts geschieht, wenn ihr hier zu Schaden kommt«, sagte Orban.
»Marcus?«, fragte David. »Er ist nicht mein Freund. Ich kenne den Mann gar nicht.«
»Er sagt dasselbe von dir«, sagte Orban. »Zumindest in diesem Punkt scheint ihr ja die Wahrheit zu sagen.«
David biss sich auf die Zunge, um nicht zu fragen, in welchem Punkt Orban der Meinung war, dass sie gelogen hätten. Statt auf diese – unausgesprochene, aber trotzdem fast unüberhörbare – Aufforderung zu reagieren, sagte er ernst: »Ich bin nicht sicher, dass es so ist.«
»Du meinst: Marcus lügt?«
»Vielleicht irrt er sich?«
»Aber seit wann können sich Götter irren?«, fragte Orban.
»Vielleicht, seit sie sterben können«, antwortete David leise. »Vieles hat sich verändert, Meister Orban. Adragne ist nicht mehr so, wie es war, als ich ...« Um ein Haar hätte er gesagt: *Als ich es erschuf*. Aber er schwieg im letzten Moment und fuhr nach kurzem Zögern fort: »... als ich das erste Mal hierher kam. Ich bin nicht mehr unverwundbar, so wenig wie Yaso Kuuhl. Und Ihr seid nicht der einzige, der seine Zauberkräfte verloren hat, Orban.«
Wieder wurde es für eine Weile still. Orban sah ihn nur an und er wirkte dabei auf eine Weise enttäuscht, die den bitteren Kloß in Davids Kehle noch weiter anwachsen ließ. Ohne dass Orban oder der Zwerg es aussprechen mussten, begriff er plötzlich, dass sich der Zauberer Hilfe von ihm erwartet hatte. Eine Hilfe, die er ihm nicht zuteil werden lassen konnte; so gerne er es auch wollte.
»Wir brauchen Eure Hilfe nicht, Ritter DeWitt«, sagte Orban

kühl. »Sowenig wie Eure Einmischung oder die Eurer Freunde. Warum geht ihr nicht eurer Wege und lebt euer Leben und lasst uns unserer Wege gehen und unser Leben leben?«
Weil es euer Leben gar nicht gibt, mein Freund, dachte David traurig. Natürlich konnte er das nicht laut aussprechen und dieser Gedanke kam ihm auch selbst völlig falsch vor. Obwohl es ihm niemals deutlicher gemacht worden war als jetzt, nachdem Marcus und seine beiden Begleiter hier auftauchten, fiel es ihm immer schwerer, sich weiter vor Augen zu halten, dass dies hier nichts weiter als eine Illusion war. Eine unvorstellbar perfekte Illusion vielleicht, aber trotzdem nicht mehr.
»Dann sollten wir vielleicht gehen«, sagte er leise.
Orban schwieg, aber Gamma Graukeil sagte: »Einfach so? Ihr habt euren Spaß gehabt und geht? Was bringt dich auf den Gedanken, dass wir das zuließen?«
»Schweigt, Gamma Graukeil«, sagte Orban leise. »Ich verstehe Eure Erregung, aber Zorn bringt uns nicht weiter.«
»Aber er schadet auch nicht, oder?«, schnappte Gamma Graukeil. »Werft diese *Götter* über die Felsen hinunter zu den Schlitzern und Dämonen, wo sie hingehören! Dann werden wir sehen, ob sie wirklich unsterblich sind!«
Der Magier sah ihn mit einem traurigen Kopfschütteln an, sagte aber nichts, sondern wandte sich wieder an David und sagte: »Bitte lass uns einen Moment allein. Ich habe mit Gamma Graukeil zu reden.«
David stand gehorsam auf und entfernte sich ein paar Schritte, doch das schien Orban noch nicht zu genügen, sodass er sich schließlich umwandte und bis zum Ende des Plateaus ging. Als er sich der Felskante näherte, standen dort einige Zwergenkrieger, die auf das Lager der Orcs hinabblickten. Als sie ihn bemerkten, wandten sie sich um und gingen; wortlos und sehr schnell. Das zog ihm schier das Herz zusammen. Er hatte immer gedacht, dass ihm die Zwerge von allen Völkern Adragnes am wenigsten bedeuteten, aber plötzlich begriff er, wie wenig das stimmte. Wenn er ihnen doch nur sagen könnte, wie Leid ihm alles tat.

Niedergeschlagen trat er dicht an die Felskante heran und sah in die Tiefe. Es war genau anders herum als am vergangenen Abend: Über ihnen begann sich der Himmel allmählich grau zu färben. In wenigen Minuten würde der Tag anbrechen. Aber dort unten im Tal herrschte noch tiefste Nacht. Das Lager der Schlitzer lag unter ihm wie ein Diadem aus unzähligen roten und gelben Funken, ein Anblick von großer Schönheit, der es David schwer machte, sich daran zu erinnern, welche entsetzlichen Szenen sich noch vor wenigen Stunden dort abgespielt hatten.

»Beeindruckend, nicht?«, fragte eine Stimme hinter ihm. David wandte den Kopf und erkannte Marcus, der mit langsamen Schritten herangeschlendert kam. Er hatte sich verändert. Statt des albernen Zauberrockes, der besser in einen Walt-Disney-Film als hierher gepasst hätte, trug er nun ein einfaches, graues Gewand, das wohl von Orban stammte, und der spitze Hut war verschwunden. Marcus trat an Davids Seite, blickte eine geraume Zeit schweigend in die Tiefe und sagte dann noch einmal: »Wirklich beeindruckend. Das alles hier ist äußerst beeindruckend. Mein Kompliment.«

David tat so, als verstünde er gar nicht, wovon Marcus sprach, aber sein Herz begann wie rasend zu hämmern.

»Ich habe mich von Anfang an gefragt, wer das alles hier erschaffen haben mag«, fuhr Marcus fort, nachdem er eine Zeitlang vergeblich darauf gewartet hatte, dass David antwortete. »Das hier ist viel mehr als die üblichen Computeranimationen, weißt du? Ich meine: Natürlich hattest du einen Supercomputer zur Verfügung, aber Technik allein nutzt noch gar nichts. Jeder Computer ist immer nur so gut wie derjenige, der ihn bedient.«

»Warum ... erzählen Sie mir das alles?«, fragte David stockend.

»Gib dir keine Mühe«, antwortete Marcus lächelnd. »Ich kann zwei und zwei zusammenzählen. Ich weiß, wer das alles hier erschaffen hat.«

»Ich?«, David lachte nervös. »Aber wie kommen Sie denn auf *die* Idee?«

»Ich habe mit diesem Orban gesprochen«, antwortete Marcus. »Eine ganz erstaunliche Persönlichkeit. Man könnte fast glauben, mit einem richtigen Menschen zu reden. Er hat mir eine Menge höchst interessanter Dinge erzählt. Vom Krieg gegen die Orcs, von Ritter DeWitt und seinen Heldentaten...« Er zuckte mit den Schultern. »Der Rest war nicht schwer zu erraten. Außerdem gibt es hier nicht allzu viele Besucher aus der –« Er lächelte. »– anderen Welt.«

»Ich weiß überhaupt nicht, wovon Sie reden«, sagte David. Er kam sich selbst lächerlich dabei vor. Trotzdem fuhr er fort: »Ich habe ganz harmlos meinen Computer eingeschaltet, und –«

»Den Computer deines Vaters, meinst du«, unterbrach ihn Marcus.

David starrte ihn an. Sein Herz begann noch schneller zu schlagen, aber er sagte nichts.

»Keine Angst«, fuhr Marcus fort. »Ich werde dich nicht verraten. Und deinen Vater auch nicht.«

»Woher ... wissen Sie ... das?«, krächzte David.

»Ich könnte dir jetzt erzählen, dass ich ein direkter Nachkomme von Sherlock Holmes bin oder dich durch einen genialen Computertrick enttarnt hätte«, sagte Marcus lächelnd. »Aber weißt du, die Wahrheit ist viel einfacher. Ich habe dich erkannt.«

»Erkannt? Aber wir haben uns nie zuvor gesehen.«

»Du mich nicht«, bestätigte Marcus. »Aber ich dich. Ich habe kurz mit deinem Vater gesprochen, bevor Peter, Frank und ich uns in den Hauptrechner von COMPUTRON eingelogt haben, weißt du? Auf seinem Schreibtisch steht ein Foto seiner Familie. Du bist darauf zu erkennen. Zusammen mit einem anderen Jungen. Dein Bruder?«

David nickte.

»Oder sollte ich besser sagen: Yaso Kuuhl?«, fuhr Marcus fort.

David hätte fast den Kopf geschüttelt, aber dann antwortete er gar nicht. Es hatte keinen Sinn, Valerie und ihre Familie auch noch mit hineinzuziehen.

»Siehst du, so einfach war das«, sagte Marcus. »Du kannst es also ruhig zugeben. Ich sage es noch einmal: Ich werde niemandem etwas verraten.«

»Und das soll ich Ihnen glauben?«, fragte David. »Der Schaden, den die Firma –«

»Ich bin Techniker, kein Buchhalter«, unterbrach ihn Marcus. »Geld interessiert mich nicht. Aber das hier interessiert mich. Niemandem ist damit gedient, wenn deine Familie ruiniert wird und dein Vater seinen Job verliert. Das macht den Schaden nicht wieder gut. Außerdem, wenn wir schon von Geld reden: Wenn es uns gelingt, das hier zu wiederholen, dann verdient die Firma an dem Programm hundertmal so viel, wie die paar Stunden Rechenzeit gekostet haben. Überlege es dir: Du verrätst mir, wie du es gemacht hast, und ich gebe dir mein Wort, dass niemand etwas erfährt. Du musst dich nicht sofort entscheiden. Ich werde dich aufsuchen, sobald wir wieder zurück in der Wirklichkeit sind.«

»*Wenn* wir zurück kommen«, sagte David.

Marcus lächelte. »Mach dir keine Sorgen. Die Zeit scheint hier anders zu verlaufen als bei uns, aber früher oder später werden sie im Rechenzentrum merken, dass irgendetwas nicht stimmt, und uns zurückholen.«

»Und wie?«, fragte David. Marcus sah ihn fragend an und David fuhrt fort: »So einfach ist das vielleicht nicht. Yaso Kuuhl und ich sind hierher gekommen, um Sie und die beiden anderen zu suchen. Sie haben ja gesehen, wie weit wir gekommen sind. Irgendetwas stimmt hier nicht, Marcus. Das ist nicht mehr die Welt, die ich erschaffen habe! Sie verändert sich.«

»Und wie?«

»Ich wollte, ich wüsste es«, antwortete David. »Wenn es nicht so verrückt klingen würde, dann ... dann würde ich beinahe sagen, dass sie –«

»Ja?«, fragte Marcus, als er nicht weitersprach. »Dass sie was?«

»Dass sie irgendwie ... *wirklicher* wird«, sagte David. Es kostete ihn große Mühe, die Worte auszusprechen. Sie kamen

ihm zugleich lächerlich wie auch unheimlich vor; als enthielten sie eine Art von Bedrohung, die vielleicht allein schon dadurch Wirklichkeit werden mochte, dass er sie aussprach.
»Ein interessanter Gedanke«, sagte Marcus. »Aber *perfekter* wäre das richtigere Wort. Diesen Eindruck hatte ich auch. Offensichtlich hast du ein Programm geschrieben, das selbsttätig an seiner eigenen Vervollkommnung arbeitet. Davon träumen Heerscharen von Programmierern seit zwanzig Jahren.«
»Ich?«
»Du solltest stolz darauf sein, statt es immer noch zu leugnen«, sagte Marcus.
»Aber ich weiß doch noch nicht einmal, was –«
»Viele bahnbrechende Erfindungen sind mehr oder weniger versehentlich gemacht worden«, unterbrach ihn Marcus. »Und mehr als eine von Menschen, die nicht einmal genau wussten, was sie da taten. Hinterher wird dann alles ein bisschen anders hingestellt, aber die Wirklichkeit sieht doch oft ganz anders aus. Du solltest stolz sein, Junge, statt dir Vorwürfe zu machen. Ich glaube, du bist da auf etwas ganz Gewaltiges gestoßen. Das hier könnte die gesamte Computerwelt so radikal verändern wie die Erfindung des Mikroprozessors.«
»Jetzt übertreiben Sie«, sagte David.
»Keineswegs«, widersprach Marcus. »Das alles hier ist unglaublich. Es ist sehr bedauerlich, dass wir es vernichten müssen.«
»Vernichten?«, entfuhr es David.
Marcus nickte. In seiner Stimme schwang aufrichtiges Bedauern mit, als er weitersprach. »Wir müssen das Programm abschalten. Es breitet sich nach wie vor aus. Wenn wir es nicht stoppen, dann wird es in ein paar Tagen sämtliche Computer der Stadt übernommen haben.«
»Und wie wollen Sie das tun?«, fragte David.
»Es aufhalten?« Marcus lächelte erneut. »Oh, es gibt da schon die eine oder andere Möglichkeit, an die dein Vater und seine

Kollegen vielleicht noch nicht gedacht haben. Frank, Peter und ich sind Spezialisten für so etwas, weißt du? Mach dir keine Sorgen. Wir kriegen das schon hin.«

»So, wie Sie die *Baks* hingekriegt haben?«, fragte David. »Das hat ja wohl auch nicht so ganz funktioniert, oder?«

»Fehler kommen vor«, antwortete Marcus gelassen. »Sie sind nicht schlimm – solange man daraus lernt, heißt das.« Er deutete ins Tal hinab. »Schau.«

David blickte nach unten. Während sie gesprochen hatten, war es auch dort hell geworden. Sie konnten das Heerlager der Schlitzer nun deutlich erkennen und auch den runden schwarzen Turm, der genau aus seiner Mitte emporragte. Irgendetwas hatte sich daran verändert, aber es dauerte einen Moment, bis David begriff, was es war: Die zahllosen Feuer, die rings um den Turm herum gebrannt hatten, waren erloschen. Der Boden um den Turm herum begann sich schwarz zu färben, und immer mehr und mehr Fackeln und Feuerstellen im Lager gingen aus. Es war, als kröche die Dunkelheit aus dem Turm in den Tag hinein.

»Was ist das?«, flüsterte David entsetzt.

»Das, was ich aus meinem Fehler gelernt habe«, antwortete Marcus geheimnisvoll. »Es scheint schneller zu gehen, als ich dachte. Erstaunlich.«

David sah schaudernd in die Tiefe. Der Anblick kam ihm mit jeder Sekunde unheimlicher vor, mehr noch: Er hatte das sichere Gefühl, dass er eigentlich ganz genau wissen müsste, was diese sich ausbreitende Schwärze bedeutete.

Sie hörten Schritte, und als sie sich herumdrehten, sahen sie Meister Orban, Gamma Graukeil und ein gutes Dutzend grimmig dreinblickender Zwerge, die auf sie zukamen.

»Wir haben beraten«, begann Orban übergangslos, »und sind zu einem Entschluss gekommen.«

»Und was habt ihr entschieden?«, fragte David.

»Wir möchten, dass ihr geht«, sagte Orban ernst. »Du, Yaso Kuuhl, dieser Fremde hier und alle anderen von euch, die noch hier sein mögen.«

»Kein Problem«, sagte Marcus. Orban beachtete ihn gar nicht, sondern sah weiter nur David an.
»Wir sind die einzigen«, sagte David. »Ich gebe Euch mein Ehrenwort, dass es so ist.«
»Was immer das wert sein mag«, fügte Gamma Graukeil abfällig hinzu.
Orban hob besänftigend die Hand, blickte den Zwerg aber nicht an. »Ich will offen zu Euch sein, Ritter DeWitt«, fuhr er in ernstem Tonfall und mit noch ernsterem Gesichtsausdruck fort. »Gamma Graukeil war dafür, euch alle drei zu töten. Und nicht nur er. Doch ich halte nichts von Rache. Gebt mir Euer Wort, dass ihr niemals wiederkommt, und ihr dürft gehen.«
»Das werden wir nicht«, sagte David. »Ich schwöre es.«
»Gamma Graukeil hat zwei seiner schnellsten Greife bereitgestellt«, fuhr Meister Orban fort, »die euch zum Schwarzen Portal bringen werden.«
»Es tut mir leid, Meister Orban«, sagte David leise und sehr traurig. »Ich wollte nicht, dass es so zu Ende geht. Darf ich Euch noch einen letzten Rat geben?«
»Wir brauchen deine Ratschläge nicht«, sagte Gamma Graukeil.
»Dann eine Bitte«, sagte David. »Es geht um Ghuzdan. Und die Orcs.«
»Ah ja«, sagte der Zwerg spöttisch. »Deine neuen Freunde.«
»Sprecht mit ihnen«, bat David. »Es ist nicht mehr notwendig, Krieg gegen sie zu führen.«
»Genug jetzt«, sagte Orban noch einmal. »Geht nun. Geht zurück in eure Welt und kommt niemals zurück. Wenn wir uns noch einmal wiedersehen, dann als Feinde.«
Zehn Minuten später saßen sie auf dem Rücken eines gewaltigen Greifs, der Marcus, Yaso Kuuhl und ihn zum Schwarzen Portal flog. Es dauerte mehrere Stunden, bis sie das Tor in die andere Welt erreichten, doch keiner von ihnen sprach während der gesamten Zeit auch nur ein Wort.
Die Sonne Adragnes stand im Zenit, als sie in das wirbelnde schwarze Nichts hineintraten, das die Welten miteinander

verband, und – zum letzten Mal – nach Hause zurückkehrten. Es war vorbei. Für immer.

Diesmal fiel ihm das Erwachen viel schwerer als sonst. David streifte den Helm ab, blinzelte ein paarmal und fand sich dann in der vertrauten Umgebung des Arbeitszimmers seines Vaters wieder. Trotzdem hatte er zugleich Mühe, sich vollkommen aus der Illusion zu lösen. Er saß in seinem Rollstuhl hinter dem Schreibtisch seines Vaters, spürte das vertraute Gewicht des Cyberhelmes auf dem Schoß und hörte das leise Surren, das der Lüfter des Computers von sich gab. Zugleich aber hatte er das Gefühl, mit einem Teil seines Selbst immer noch irgendwie auf Adragne zu sein. Oder vielleicht war es auch genau anders herum – vielleicht hatte er einen Teil der anderen Welt mit hierher gebracht ...
Was für ein verrückter Gedanke.
Es war vorbei. Adragne gehörte der Vergangenheit an. Er würde es nie wiedersehen, ebenso wie Orban, Gamma Graukeil, Gobbo und all die anderen Geschöpfe, die die Märchenwelt bevölkerten, einschließlich Yaso Kuuhl und –
David fuhr so heftig zusammen, dass der Cyberhelm von seinem Schoß glitt und polternd zu Boden fiel. Er bemerkte es nicht einmal. Valerie! Er musste wissen, was mit Valerie war! Das Telefon stand auf der anderen Seite des Schreibtisches, nur zwei Schritte entfernt. Draußen vor dem Fenster herrschte noch immer völlige Dunkelheit. Wahrscheinlich war es auch immer noch mitten in der Nacht, aber darauf konnte er keine Rücksicht nehmen. Mit einer einzigen, hastigen Bewegung sprang er auf, machte einen Schritt
– und stürzte mit hilflos rudernden Armen nach vorne, als seine Beine unter ihm nachgaben.
Die drei Tage, die er auf Adragne war, hatten ihn vergessen lassen, dass er nicht gehen konnte. Er erinnerte sich im selben Moment wieder daran, als er nach vorne zu kippen begann, doch es war zu spät. Seine Hände griffen ins Leere. Er prallte gegen den Schreibtisch, riss im Sturz den Computermonitor

herunter und schlug schmerzhaft auf dem Boden auf. Der Bildschirm fiel auf der anderen Seite des Tisches hinunter und zerbarst klirrend, und als wäre das alles noch nicht genug, trafen seine hilflos zuckenden Füße auch noch den Rollstuhl und stießen ihn um. Der Lärm musste noch auf der gegenüberliegenden Straßenseite zu hören sein.
Schon nach wenigen Sekunden hörte er, wie unten im Erdgeschoss eine Tür klappte, dann polterten Schritte die Treppe herauf. Die Tür wurde aufgerissen und seine Mutter stürmte ins Zimmer und schaltete das Licht ein. Als sie den zerbrochenen Bildschirm, den umgeworfenen Rollstuhl und vor allem ihren am Boden liegenden Sohn sah, stieß sie einen kleinen, erschrockenen Schrei aus, lief auf ihn zu und ließ sich neben ihm auf die Knie fallen.
»Großer Gott!«, sagte sie. »Was ist passiert? Was tust du hier? Hast du dir weh getan?«
»Nein«, antwortete David hastig. »Valerie! Ich muss ... Valerie anrufen!«
»Valerie?« Seine Mutter runzelte verwirrt die Stirn. »Wovon redest du? Hast du dich auch wirklich nicht verletzt?« Sie wartete allerdings die Antwort auf keine ihrer Fragen ab, sondern überzeugte sich mit einigen raschen Bewegungen davon, dass David – zumindest äußerlich – wirklich nicht verletzt war, dann richtete sie den Rollstuhl auf und hob David mit erstaunlicher Kraft hinein.
»Wie konnte das nur passieren? Was hast du überhaupt hier getan, noch dazu so früh am Morgen?«
»Das kann ich dir jetzt nicht erklären«, sagte David, doch seine Mutter unterbrach ihn sofort:
»Das solltest du aber besser können. Wenn dein Vater nach Hause kommt, dann werde *ich* ihm nämlich erklären müssen, was hier passiert ist. Und ich wüsste gerne, was ich ihm antworten soll, wenn er mich fragt, wieso sein Computer in tausend Stücke zerbrochen am Boden liegt.«
»Bitte, jetzt nicht!«, sagte David fast flehend. »Ich muss Valerie anrufen. Es ist wichtig.«

»Es ist fünf Uhr morgens«, erwiderte seine Mutter. Aber der beinahe schon verzweifelte Ton in Davids Worten schien sie doch zu irritieren. Sie sah ihren Sohn noch einen Moment lang zweifelnd an, griff aber dann doch nach dem Telefon und nahm den Hörer ab.

»Ich hoffe, es ist wirklich wichtig«, sagte sie.

»Das ist es«, sagte David. »Bitte, ruf sie an. Ich muss wissen, wie es ihr geht!«

Seine Mutter zögerte noch kurz, aber dann zuckte sie mit den Achseln und wählte die Nummer von Valeries Eltern. Obwohl es so früh war, verging nur erstaunlich kurze Zeit, ehe abgehoben wurde. Davids Mutter setzte umständlich dazu an, sich für die Störung zu entschuldigen, aber sie kam nicht einmal dazu, zu Ende zu sprechen. Stattdessen wurde sie unterbrochen, hörte einige Sekunden lang mit betroffenem Gesichtsausdruck zu und hängte schließlich wieder ein.

»Das ist seltsam«, sagte sie.

»Was ist los?«, fragte David. »Was ist mit Valerie?«

»Das war gerade ihre Mutter«, antwortete seine Mutter. »Irgendetwas stimmt nicht mit Valerie. Sie hat einen Schrei gehört, und als sie nachsehen gegangen ist, da hat sie ihre Tochter vor dem Computer gefunden; am Boden liegend, mit diesem komischen Helm auf dem Kopf und ohnmächtig. Sie haben gerade einen Krankenwagen gerufen. Kommt dir diese Situation vielleicht irgendwie bekannt vor?«

»Einen Krankenwagen?«, fragte David erschrocken.

»Was habt ihr getan?«, wollte seine Mutter wissen. Als er nicht antwortete, deutete sie auf den zerborstenen Monitor und den Cyberhelm, der daneben auf dem Boden lag. »Ihr habt irgendetwas mit diesen Dingern angestellt, habe ich recht?«

»Nein«, antwortete David. »Oder doch, ja, aber es ist anders, als du –«

»Du hattest uns versprochen, ihn nicht mehr anzurühren«, unterbrach ihn seine Mutter traurig. »Schade. Und ich habe wirklich geglaubt, dir vertrauen zu können.«

Das Telefon klingelte. Seine Mutter sah zuerst David, dann

mit allen Anzeichen unangenehmer Überraschung das Telefon an und griff dann zögernd nach dem Hörer. Sie hob ab, meldete sich, sagte aber sonst nichts, sondern hörte nur einige Augenblicke lang schweigend zu, ehe sie ebenso wortlos wieder einhängte.

»Das war dein Vater«, sagte sie verwirrt. »Aus der Firma.«

»Ist irgendetwas passiert?«, fragte David.

»Nein«, antwortete seine Mutter. »Jedenfalls hat er nichts davon gesagt. Aber er hat gesagt, dass ich dich heute nicht zur Schule schicken soll. Und dass er bald nach Hause kommt – und jemanden aus der Firma mitbringt.«

»Jemanden ... aus der Firma?«, wiederholte David stockend.

»Anscheinend einen seiner amerikanischen Kollegen«, antwortete seine Mutter. »Jedenfalls klang der Name so. Einen Mister Marcus oder so ähnlich. Du kannst mir wohl nicht zufällig verraten, was er von uns will?«

Sein Vater kam nicht nach einer Stunde nach Hause, wie er angekündigt hatte, sondern erst kurz vor Mittag, und der Besucher, von dem er gesprochen hatte, entpuppte sich als ganze Abordnung elegant gekleideter Männer, die in einer großen Limousine vor dem Haus vorfuhren, sodass einige der Nachbarn neugierig ans Fenster traten oder vors Haus kamen. David hatte in den zurückliegenden Stunden wahre Höllenqualen ausgestanden. Seine Mutter hatte noch zweimal bei Valeries Eltern angerufen und beim zweiten Mal hatte sie David insofern beruhigen können, dass sie ihm zumindest mitteilte, dass Valerie nicht ernsthaft krank war. Ihre Mutter hatte sie zwar bewusstlos vor dem Computer aufgefunden, aber sie war kurz nachdem der Krankenwagen und der Notarzt eingetroffen waren, bereits wieder aufgewacht. Jetzt lag sie zwar in der Städtischen Klinik, wie es hieß, vollkommen erschöpft und ein wenig desorientiert – was immer man darunter verstehen mochte –, aber ansonsten unversehrt. Wahrscheinlich würde sie in zwei oder drei Tagen bereits wieder entlassen werden. Auf Davids Bitte, sie noch an diesem

Morgen dort zu besuchen, hatte seine Mutter nicht einmal geantwortet.

Valeries Schicksal war jedoch nicht das einzige, was David Sorgen bereitete. Er hatte seiner Mutter nicht erzählt, was wirklich passiert war. Erstens hätte sie ihm wahrscheinlich ohnehin kein Wort geglaubt und zweitens hatte sie zu Davids Erstaunen keine einzige entsprechende Frage mehr gestellt. Sie wirkte jedoch sehr besorgt und mehr als nur nervös, und David teilte diese Gefühle hundertprozentig. Die Worte seines Vaters am Telefon machten ihm Angst, denn es war nicht besonders schwer zu erraten, was sie bedeuteten: Ganz offensichtlich hatte Marcus sein Versprechen, nichts von allem zu erzählen, ungefähr drei Sekunden lang gehalten. David war enttäuscht, allerdings nicht sehr. Irgendwie hatte er nichts anderes erwartet.

Was David aus dem Fenster seines Zimmers heraus sah, als die Limousine vorfuhr, schien seinen Verdacht noch zu bestätigen. Aus dem riesigen, sechstürigen Wagen stiegen nicht nur sein Vater und Marcus – beide wirkten übernächtigt und soweit er das über die große Entfernung hinweg beurteilen konnte, sah sein Vater auch vollkommen verstört drein – sondern auch noch drei weitere Männer, die einen höchst offiziellen Eindruck machten. Einer trug ein elegantes, schwarzes Aktenköfferchen. David hätte seine rechte Hand darauf verwettet, dass es ein Rechtsanwalt war. Oder vielleicht auch, dachte er düster, gleich der Gerichtsvollzieher, der gekommen ist, um uns aus dem Haus zu werfen und uns alles wegzunehmen, was wir besitzen. Wie hatte er diesem Marcus auch nur eine Sekunde lang glauben können?

Er rollte vom Fenster weg, drehte sich herum und wäre um ein Haar schon wieder aus seinem Rollstuhl aufgestanden, ehe er sich wieder daran erinnerte, dass er nicht mehr auf Adragne war, sondern wieder zu Hause, und damit in seinem eigenen, unzulänglichen Körper. Er rollte zur Tür, öffnete sie einen Spaltbreit und hörte die Stimmen seiner Eltern und der Besucher unten im Flur. Er konnte die Worte nicht verstehen, aber der Ton, in dem das Gespräch geführt wurde, war von ausgesuchter Höflichkeit. David erwartete nun, dass sein Vater oder seine Mutter nach ihm rufen würden oder Schritte die Treppe heraufkamen. Stattdessen fiel nach einigen Augenblicken die Wohnzimmertür ins Schloss und er hörte gar nichts mehr.

Enttäuscht, aber auch erleichtert, fuhr er zu seinem Schreibtisch zurück und wartete, bis endlich Schritte auf der Treppe zu vernehmen waren und seine Zimmertür geöffnet wurde. Er erwartete seinen Vater, der gekommen war, um ihn vor ein Erschießungskommando zu führen, doch stattdessen sah er sich Mister Marcus gegenüber.
Er trug jetzt einen dunkelblauen Maßanzug statt des albernen Mickymaus-Gewandes und er kam David auch größer und irgendwie ernster vor. Allerdings auch sehr müde.
»Hallo«, sagte David halblaut. Zugleich rollte er ein kleines Stück auf den Programmierer zu.
»Hallo«, antwortete Marcus langsam. Sein Blick glitt verwirrt über Davids Rollstuhl. »Ich ... ich wusste gar nicht, dass du ...«
»Ich kann nicht laufen«, unterbrach ihn David, gröber, als er eigentlich beabsichtigt hatte. Sein ruppiger Ton tat ihm allerdings auch keine Sekunde lang leid. »Und?«
»Nun, mir wird jetzt einiges klar«, antwortete Marcus. Anders als auf Adragne sprach er nun mit deutlich hörbarem amerikanischem Akzent, sodass man ihm seine Herkunft anmerkte.
»Ja, mir auch«, antwortete David. »Sie haben Ihr Wort nicht lange gehalten, wie?«
»Wie meinst ...?« Marcus brach ab, runzelte die Stirn – und lächelte dann. »Oh, ich verstehe. Du glaubst, ich hätte dich belogen. Nachdem wir hier gleich mit einer kleinen Armee angerückt sind, musst du das wohl denken.«
»Ist es denn nicht so?«, fragte David.
Marcus verneinte. »Es ist alles ganz anders, als du jetzt denkst«, behauptete er. »Du hast überhaupt keinen Grund, Angst zu haben.«

»Aber die Männer, die mit Ihnen gekommen sind –«
»Unser Firmenanwalt und zwei Mitglieder der Geschäftsleitung«, unterbrach ihn Marcus. »Trotzdem – es gibt keinen Grund zur Besorgnis. Du wirst gleich alles verstehen. Aber bevor wir hinuntergehen, möchte ich mich noch kurz mit dir unterhalten.«
»Worüber?«, fragte David abweisend.
»Ich konnte mein Wort nicht halten, niemandem etwas zu verraten«, sagte Marcus. »Weder dir noch deinem Vater wird irgendetwas passieren, das verspreche ich dir. Aber damit das so bleibt, sollten wir uns über zwei, drei Dinge verständigen.«
David sah den Amerikaner misstrauisch an. Er sagte nichts.
»Wie geht es deinem Bruder?«, fragte Marcus.
»Meinem Bruder?«
»Yaso Kuuhl, wenn dir dieser Name lieber ist«, sagte Marcus.
»Ich weiß gar nicht, von wem Sie reden«, antwortete David.
»Ja so cool? Wer soll das sein? Mein Bruder Morris ist im Kindergarten, wenn Sie das wissen wollen.«
»Und es geht ihm gut?«, fragte Marcus.
»Ich fürchte, ja.«
»Hervorragend«, sagte Marcus. »Genau das wollte ich hören. Am besten wird sein, wir vergessen, dass es jemals einen Schwarzen Ritter mit einem komischen Namen gegeben hat.«
»Und Ritter DeWitt auch?«
»Genau wie alles andere, was in der vergangenen Nacht passiert ist«, bestätigte Marcus. »Hör mir zu, David, und hör mir *genau* zu. Es ist wichtig, dass du niemandem etwas erzählst. Nicht einmal deinem Vater.«
»Warum?«, fragte David.
»Es wäre zu kompliziert, dir jetzt alle Zusammenhänge zu erklären«, antwortete Marcus. »Außerdem verstehe ich nichts von diesen juristischen Dingen. Dazu haben wir unseren Rechtsanwalt mitgebracht.«
»Rechtsanwalt?«, krächzte David.
Marcus hob beruhigend die Hände. »Keine Sorge. Es ist alles in Ordnung. Ich –« Er stockte und konnte ein Gähnen kaum

unterdrücken. »Ich bin wohl doch etwas erschöpfter, als ich zugeben will.«
»Die letzte Nacht war ziemlich anstrengend«, bestätigte David. »Für uns alle. Wie geht es Ihren Freunden?«
»Das ist einer der Punkte, über die wir reden müssen«, sagte Markus. »Leider nicht sehr gut. Sie liegen im Krankenhaus. Sie leben, aber sie haben beide einen schweren Schock.«
»Den hätte ich auch, wenn ich von Aliens hässlichem Bruder entführt worden wäre«, sagte David.
Marcus lächelte flüchtig. »Du hast sie erkannt? Ich gebe zu, meine Schöpfungen waren nicht ganz so fantasievoll wie deine. Ich bin nun einmal ein großer Fan von Science-Fiction- und Fantasy-Filmen.«
»Da können wir ja noch von Glück sagen, dass Sie nicht die UFOs aus *Independence Day* heraufbeschworen haben, wie?«, fragte David.
»Du solltest besser niemandem erzählen, was in dem Turm passiert ist«, fuhr Marcus unbeeindruckt fort. »Die Ärzte nehmen an, dass meine Kollegen einfach einen Nervenschock erlitten haben, weil sie zu schnell vom Computer getrennt wurden. Wir sollten sie in diesem Glauben lassen.«
»Und wenn Ihre Kollegen aufwachen und alles erzählen?«
»Wird man annehmen, dass sie eine Halluzination hatten«, sagte Marcus gelassen. »Ich werde nichts Gegenteiliges behaupten. Und du solltest das auch nicht. Ebenso wenig, wie du irgendetwas von Orban und dem Zwerg erzählen solltest und allen anderen.«
»Ich soll sie einfach vergessen?«, fragte David. »So, als wäre gar nichts geschehen?«
»Das fällt dir nicht leicht, ich weiß«, sagte Marcus. »Aber weißt du – in ein paar Tagen gibt es das alles sowieso nicht mehr. Wir haben einen Weg gefunden, das Programm zu beenden.«
»Beenden? Sie meinen ... Sie wollen Adragne zerstören?«
»Wenn du es so ausdrücken willst ...« Marcus zuckte mit den Schultern.

»Sie wollen sie alle umbringen!«

»Man kann niemanden umbringen, der nicht lebt«, sagte Marcus sanft. »Ich kann dich durchaus verstehen, mein Junge. All diese Geschöpfe sind für dich bestimmt zu so etwas wie Freunden geworden. Ich nehme an, du hast nicht viele Freunde, weil du –«

»Weil ich ein Krüppel bin?«, unterbrach ihn David. Seine Stimme wurde bitter. »Ich verstehe. Sie glauben, ich hätte mir diese Fantasiewelt hier nur erschaffen, um vor dem richtigen Leben zu fliehen, wie? Ich habe hier keine Freunde und ich bin an diesen verdammten Rollstuhl gefesselt und kann nicht laufen. Also bastle ich mir eine Welt, in der ich Freunde habe, in der ich laufen und reiten und mich bewegen kann und in der ich ein Held bin. In der man mich bewundert! Ist es das, was Sie meinen?!«

Marcus war bei seinen Worten zusammengefahren und er wirkte mit jeder Sekunde betroffener. Aber als David zu Ende gekommen war, da schwieg er eine ganze Weile, in der er ihn nur traurig ansah, und dann fragte er ganz leise: »Ist es denn nicht so?«

»Nein!« David schrie fast. Aber das änderte nichts daran, dass Marcus Recht hatte. Er hatte Adragne aus ganz genau diesen Gründen erschaffen, auch wenn er sich das vielleicht noch niemals so deutlich eingestanden hatte.

Nach einigen Sekunden senkte er den Blick und sagte sehr viel leiser: »Vielleicht war es so, am Anfang. Aber mittlerweile –«

»Hat sich alles verändert«, fiel ihm der Amerikaner ins Wort. »Sie sind längst zu richtigen Freunden für dich geworden, stimmt's? Sie bedeuten dir viel mehr als viele deiner richtigen Freunde – die Kinder in der Schule, die Nachbarskinder ... aber weißt du, sie *sind* nicht echt. Es sind nur Illusionen. Unglaublich perfekte Illusionen vielleicht, aber trotzdem nicht mehr. Ein Haufen Einsen und Nullen, die mit Lichtgeschwindigkeit in einem Computer kreisen und in bunte Bilder und Töne umgesetzt werden. Nicht mehr! Du kannst sie jederzeit neu erschaffen.«

Das klang logisch. Und trotzdem war es so falsch, wie es nur ging. Ganz egal, was Marcus sagte, und ganz egal, wie Recht er auch damit hatte – wenn sie das Programm abschalteten, dann war es für ihn so, als ob sie Orban, Gamma Graukeil und alle anderen umbrachten.
Aber wie konnte er das diesem Mann erklären?
»Sind wir uns einig?«, fragte Marcus.
»Habe ich denn eine Wahl?«, gab David leise zurück.
»Nein«, sagte Marcus ehrlich. »Ich wünschte nur, es würde dir nicht so schwer fallen. Können wir jetzt nach unten gehen?«
David rollte zur Tür. Marcus streckte die Hand nach dem Griff aus, um sie zu öffnen, verhielt dann aber mitten in der Bewegung und legte den Kopf schräg, um zu lauschen. Für einen ganz kurzen Moment glaubte auch David etwas zu hören – ein gedämpftes Rascheln und Schaben, das direkt aus den Wänden zu kommen schien.
»Komisch«, sagte Marcus. »Sag mal – habt ihr hier Mäuse?«
»Kaum«, antwortete David irritiert. «Jedenfalls kann ich es mir nicht vorstellen. Das Haus ist keine drei Jahre alt.«
»Mäuse und Ungeziefer kommen auch in neuen Häusern vor«, sagte Marcus. »Und wenn sie sich einmal eingenistet haben, wird man sie kaum wieder los. Aber mach dir keine Sorgen.« Plötzlich grinste er. »Bald könnt ihr in ein anderes Haus umziehen, wenn ihr wollt. Ein viel größeres.«

Die nächsten beiden Stunden kamen David vor wie ein Traum. Alles war ganz anders, als er erwartet hatte, selbst nach Marcus' geheimnisvollen Andeutungen, und es glich auch noch in anderer Hinsicht einem Traum: Die Ereignisse schienen immer weniger Sinn zu ergeben. Er verstand bald gar nicht mehr, was überhaupt vorging.
Die Kurzfassung war ungefähr die: Die beiden Männer von COMPUTRON machten seinem Vater mit wenigen, aber sehr drastischen Worten klar, dass sie über alles Bescheid wussten. Den Spezialisten aus Amerika – allen voran Marcus – war es

ein Leichtes gewesen, Davids Spuren zu finden, die sein Vater angeblich so gut verwischt hatte, und danach hatte es noch ungefähr fünf Minuten gedauert, bis sie sich auch den Rest der Geschichte zusammengereimt hatten. Statt die Zukunft seines Vaters und damit der ganzen Familie jedoch in den schwärzesten Farben auszumalen, machte der Rechtsanwalt der Firma einen ganz erstaunlichen Vorschlag. Nach einer kurzen Vorrede präsentierte er ihnen ein bereits vorbereitetes Aktenstück, in dem die Firma COMPUTRON nicht nur auf Schadenersatzansprüche verzichtete, die sich aus den durch Davids Manipulationen entstandenen Schäden ergaben, sondern darüber hinaus auch auf alle, die möglicherweise noch auftreten mochten. Im Gegenzug übertrug sein Vater der Firma die uneingeschränkten Rechte an dem von David entwickelten Programm. Der Vertrag war annähernd zwanzig Seiten lang und – David war sicher – ganz bewusst so formuliert, dass er fast schon wieder unverständlich wurde.

Sein Vater unterschrieb ihn trotzdem. Welche Wahl hatte er schon?

Es wurde sehr still, nachdem Marcus und die drei anderen Männer gegangen waren. Eine sonderbare Stimmung hatte sich zwischen ihnen ausgebreitet, etwas zwischen Betäubung und Staunen, das David selbst nicht richtig definieren konnte, aber alles andere als angenehm war.

»Und was ... bedeutet das alles jetzt?«, fragte Davids Mutter nach einer Weile. »Sie wissen alles? Und sie wollen uns nicht zur Rechenschaft ziehen? Warum?«

»Weil sie das große Geschäft gewittert haben«, antwortete Vater tonlos. Auch er wirkte immer noch erschüttert – und so, als könne er einfach nicht glauben, was gerade geschehen war. »Dieser Marcus ist ein Fuchs! Er weiß genau, was das Programm wert ist, das David entwickelt hat.«

»Aber der Schaden geht in die Millionen!«

»Das ist nichts«, sagte Vater ruhig. »Glaub mir – wenn sie dieses Programm weltweit vermarkten, verdienen sie das Hundertfache.«

»Und du hast es ihnen gerade –«
»– überlassen«, unterbrach sie Vater. »Ja. Ich hatte keine Wahl. Gegen eine Firma wie COMPUTRON vor Gericht zu ziehen ist vollkommen sinnlos. Ein solcher Prozess würde Jahre dauern und mehr Geld verschlingen, als wir haben. Außerdem geben sie uns eine kleine Beteiligung. Nicht das große Geld – aber mit ein bisschen Glück immer noch mehr, als wir jemals ausgeben können.«
Davids Mutter schwieg eine ganze Weile, dann schüttelte sie den Kopf, seufzte und sagte: »Dann hat uns David also im Endeffekt sogar einen großen Gefallen getan?«
Sein Vater schwieg dazu. Er blickte David nur auf sonderbare Weise an und er wirkte sehr ernst. Erst nach ein paar Minuten sagte er:
»Du warst vergangene Nacht wieder an meinem Computer?«
»Ja«, sagte David kleinlaut.
»Und Valerie auch«, fuhr sein Vater fort. »Ihr hängt beide in dieser Geschichte drin. Was ist in der letzten Nacht geschehen? Es hat etwas mit dem zu tun, was den beiden Kollegen von Marcus zugestoßen ist, nicht wahr?«
»So ... könnte man es ausdrücken«, sagte David ausweichend.
Sein Vater seufzte. »Es ist alles vorbei, David. Sie wissen, wie sie das Problem in den Griff bekommen können. Marcus hat, was er will. Und selbst wir sind aus dem Schneider. Also warum erzählst du mir nicht, was letzte Nacht *wirklich* passiert ist?«

Obwohl er schon in der vergangenen Nacht so gut wie keinen Schlaf gefunden hatte, kam er auch an diesem Tag erst lange nach Mitternacht ins Bett. Sie hatten noch Stunden geredet und am späten Nachmittag schließlich fuhren sie gemeinsam in das Krankenhaus, in das Valerie eingeliefert worden war. Zumindest erlebte er *eine* angenehme Überraschung an diesem Tag: Valerie war nicht nur wach und vollkommen unversehrt, sie machte auch den Ärzten und Krankenschwestern nach Kräften das Leben schwer, indem sie mit Nachdruck darauf beharrte, sofort aus der Klinik entlassen zu werden. Da ihre Mutter mit im Zimmer war und keine Sekunde von ihrem Bett wich, fand David leider keine Gelegenheit, mit Valerie über das zu reden, weswegen er eigentlich hergekommen war.

Trotzdem war er beruhigt, als sie das Krankenhaus nach einer halben Stunde wieder verließen. Valerie war nicht verletzt, obwohl sie in ihrer Gestalt als Yaso Kuuhl beinahe gestorben wäre. David war bis zuletzt nicht sicher gewesen, dass alles wirklich so glimpflich ablaufen würde.

Der Rest der Nacht verlief dann weniger gut. Er war kaum eingeschlafen, da fand er sich in einem wirren Albtraum wieder, in dem die Ereignisse der vergangenen Tage wie Millionen Splitter eines auf Glas gemalten, zerbrochenen Bildes durcheinanderwirbelten. Er erwachte nach einer halben Stunde daraus, schweißgebadet und mit pochendem Herzen, ohne konkrete Erinnerung an den eigentlichen Traum, aber mit einem Gefühl nagender Furcht, das auch nach dem Erwachen nicht abnahm, sondern noch schlimmer zu werden schien.

Verwirrt setzte sich David im Bett auf, fuhr sich mit dem Handrücken über das Gesicht – es war schweißnass und er konnte fühlen, wie an seiner Schläfe eine Ader pochte – und sah dann auf die Leuchtziffern seiner Uhr. Es war nach eins.

Irgendetwas raschelte. Davids Herz schlug plötzlich noch schneller. Er setzte sich kerzengerade im Bett hoch und sah sich aus aufgerissenen Augen um. Das Geräusch wiederholte sich nicht, aber er war trotzdem sicher, dass es mehr als Einbildung gewesen war.

Es war dieses Geräusch gewesen, das ihn geweckt hatte, nicht der Albtraum.

Er versuchte, sich deutlicher an den Laut zu erinnern. Es war ein Schaben gewesen. Ein Laut, ganz ähnlich dem, den Marcus und er zu Mittag gehört hatten. So eine Art Kratzen, dachte er schaudernd. Ein Geräusch, das direkt aus der Wand neben seinem Bett gekommen zu sein schien. Als wäre ...

... etwas darin gefangen. Etwas, was nun an den Wänden seines Gefängnisses kratzte, weil es herauswollte ...
David verscheuchte den Gedanken, denn er spürte im letzten Moment die Furcht, die mit ihm hochstieg und der er vielleicht nicht mehr Herr werden würde. Wahrscheinlich hatte er sich das Geräusch doch nur eingebildet, dachte er. Vielleicht Ungeziefer. Mäuse, wie Marcus vermutet hatte. Es *musste* einfach so sein.
Ein helles Piepsen erscholl, und diesmal konnte David einen kleinen Schrei nicht mehr ganz unterdrücken. Dabei hatte er dieses Geräusch sofort erkannt; jemand versuchte, über das Modem Kontakt zu seinem Computer aufzunehmen.
Nein, dachte David. Nicht schon wieder! Er starrte das flackernde grüne Lämpchen des Modems mit klopfendem Herzen an. Er merkte es nicht, aber er zitterte am ganzen Leib. Natürlich gab es tausend harmlose Erklärungen, aber in diesem Moment schien ihm das flackernde grüne Licht das Schlimmste, was es geben konnte. Wäre Ghuzdan selbst plötzlich in seinem Zimmer erschienen, er hätte nicht mehr erschrecken können. David hätte alles darum gegeben, hätte es aufgehört.
Aber es hörte nicht auf. Das Licht flackerte weiter und auch das Piepsen blieb beständig. Ansonsten geschah nichts. David hätte einfach im Bett liegen bleiben und warten können, bis es aufhörte. Niemand konnte ihn zwingen, auf den Ruf zu reagieren. Trotzdem schwang er nach einigen Sekunden die Beine aus dem Bett, angelte nach seinem Rollstuhl und kletterte mühsam hinein. Plötzlich hatte er es sehr eilig. Wenn er jetzt nicht abhob, würde er sich vielleicht den Rest seines Lebens fragen, wer ihn in dieser Nacht angerufen hatte, und nie wieder ruhig schlafen können.
Eine Minute später war sein Computer hochgefahren und das Modemprogramm meldete sich mit einem hellen Glockenton und David atmete erleichtert auf, als er erkannte, wer ihn da rief. Es war Valerie. Gleichzeitig musste er über seine eigenen Gedanken lächeln. Was hatte er erwartet? Dass Gamma

Graukeil anrief, um sich zu erkundigen, wie sein Befinden war?
Er schaltete Kamera und Lautsprecher ein und wartete ungeduldig, dass Valerie auf ihrer Seite der Verbindung dasselbe tat und sich das Bild auf seinem Monitor aufbaute. Valeries Porträt auf dem Monitor war grobkörnig und zitterte, und als sie sprach, waren die Bewegungen ihrer Lippen nicht vollkommen synchron mit ihren Worten. Sein Computer war eben nicht mehr der jüngste.
»Hallo, David«, sagte Valerie. »Wieso hat das so lange gedauert?«
»Ich habe geschlafen«, antwortete David. »Es ist nach ein Uhr!«
»Und nicht gerade gut, deiner Laune nach zu urteilen«, vermutete Valerie.
»Ich hatte einen Albtraum«, sagte David.
»Ich auch«, antwortete Valerie. »Ich bin davon aufgewacht. Du etwa auch?«
»Ja«, antwortete David, ohne zu zögern. Vielleicht war es besser, Valerie nichts von dem unheimlichen Geräusch zu erzählen, das er gehört hatte. Es reichte durchaus, wenn er selbst an seinem Verstand zweifelte. »Es war ziemlich schlimm. Rufst du deshalb an?«
Valerie schien im ersten Moment ein bisschen enttäuscht und David fragte sich selbst, warum er eigentlich so unwirsch zu ihr war. Im Grunde freute er sich ungemein, sie zu sehen. Er war einfach nervös. »Nein«, sagte sie. »Heute Nachmittag konnten wir nicht richtig miteinander sprechen. Aber jetzt bin ich allein. Ich habe vorhin nicht ganz die Wahrheit gesagt, weißt du?«
«So?«, fragte David. »Wie meinst du das?«
»Die Ärzte haben mich gefragt, ob mir was fehlt, und ich habe nein gesagt«, antwortete Valerie. »Aber das war nicht die Wahrheit. Ich fühle mich hundsmiserabel.«
»Was fehlt dir denn?«, fragte David besorgt.
»So ziemlich alles, was auch Yaso Kuuhl gefehlt hat«, antwor-

tete Valerie. »Die Ärzte sagen, dass ich körperlich vollkommen gesund bin, aber ich kann meinen linken Arm kaum bewegen und ich spüre jeden einzelnen Stich, den die Schlitzer mir versetzt haben. Ich konnte vor Schmerzen kaum einschlafen.«

»Das tut mir sehr leid«, sagte David ehrlich. »Aber ich schätze, es vergeht. Es war nur eine Illusion, vergiss das nicht.«

»Siehst du, und genau darüber wollte ich mit dir reden«, antwortete Valerie. »Ich bin nicht mehr sicher, dass das alles wirklich nur eine Illusion war.«

»Aber was soll es denn sonst gewesen sein?«

»Keine Ahnung«, sagte Valerie. »Aber je mehr ich darüber nachdenken, desto ... desto wirklicher kommt mir das alles vor.«

»Du meinst, dass wir ... tatsächlich dort waren? Auf Adragne?« Er versuchte zu lachen, aber es misslang kläglich. »Und wie sollen wir dorthin gekommen sein? Glaubst du, jemand hätte uns hochgebeamt wie Scotty auf die *Enterprise?*«

»Dieser Traum vorhin«, fuhr Valerie unbeeindruckt fort. »Ich habe von Adragne geträumt.«

»Das ist nun wirklich keine Überraschung«, sagte David. »Nach allem, was wir durchgemacht haben.«

»Du verstehst mich nicht«, sagte Valerie. »Ich habe nicht einfach nur davon geträumt. Ich habe Orban und den Zwerg gesehen. Sie haben nach mir gerufen, David. Sie sind in Gefahr. Ganz Adragne ist in Gefahr. Etwas Furchtbares geschieht dort.«

»Worauf willst du hinaus?«, fragte David. Er hatte plötzlich ein sehr unbehagliches Gefühl.

»Ich muss noch einmal dorthin«, sagte Valerie. »Kommst du mit?«

»Bist du verrückt?«, entfuhr es David. »Niemals! Das dürfen wir nicht!«

»Aber irgendetwas passiert dort!«, beharrte Valerie. »Sie sind alle in großer Gefahr! Wir müssen ihnen helfen! Das sind wir ihnen einfach schuldig.«

»Aber das können wir nicht, Valerie!«, sagte David.
»Natürlich können wir es!«, widersprach Valerie heftig. »Ich habe deine Codes gelöscht. Aber ich kann sie auch wieder aktivieren. Und wir können noch ein paar dazuschreiben. Es gibt keine Gefahr, mit der wir nicht fertig werden könnten, wenn wir als Yaso Kuuhl und Ritter DeWitt dorthin zurückkehren!«
»Das ist unmöglich, Valerie«, sagte David traurig.
»Willst du mir vielleicht erzählen, dass du es nicht kannst?«
»Es gibt nichts mehr, wohin wir zurückkehren könnten, Valerie«, sagte David eindringlich.
Valerie starrte ihn an. »Wie meinst du das?«
»Wie ich es sage«, antwortete David. »Adragne existiert nicht mehr. Oder allenfalls noch ein paar Tage. Marcus war heute Mittag bei uns. Er hat mir erzählt, dass sie eine Möglichkeit gefunden haben, das Programm zu beenden. Adragne wird untergehen und alle seine Bewohner mit ihm.«
»Du meinst, sie ... sie bringen sie um«, sagte Valerie mit leiser, halb erstickt klingender Stimme.
»Sie haben niemals wirklich gelebt, Valerie«, sagte David. »Bitte versteh das doch! Wir können nichts mehr für sie tun.«
»Dann versuche ich es eben allein«, sagte Valerie trotzig. »Ich schaffe das schon.«
»Das bezweifle ich nicht einmal«, antwortete David. »Aber ich werde es nicht zulassen.«
»Und wie?« Valerie lachte bewusst abfällig. »Hast du Lust auf ein kleines Computerduell, du Könner? Du weißt, dass ich besser bin als du.«
»Aber nicht besser als Marcus«, sagte David.
Valerie wurde blass. »Das wagst du nicht!«
»Doch«, sagte David traurig. »Ich werde ihn anrufen und er wird dafür sorgen, dass alle Telefonverbindungen zum Hauptrechner von COMPUTRON abgeschaltet werden. Wir dürfen nie wieder nach Adragne zurückkehren.«
Valerie sagte nichts mehr. Sie sah David noch eine Sekunde lang aus brennenden Augen an, dann schaltete sie ihren

Computer ohne ein weiteres Wort ab. Davids Monitor wurde schwarz.
David starrte den erloschenen Bildschirm noch lange an, ohne sich zu rühren. Aber dann drehte er den Rollstuhl herum, fuhr aus dem Zimmer und tat genau das, was er Valerie angedroht hatte.
Zehn Minuten später lag er wieder in seinem Bett. Er gab es – ganz besonders Valerie gegenüber – niemals zu; aber in dieser Nacht weinte er sich in den Schlaf.

Seine Mutter ließ ihn auch am nächsten Morgen ausschlafen, aber David war nicht in der Stimmung, den zusätzlich ergatterten schulfreien Tag zu würdigen. Er hatte keine weiteren Albträume mehr gehabt – jedenfalls erinnerte er sich nicht daran –, aber er fühlte sich trotzdem unausgeschlafen und müde. Und da war noch etwas. David registrierte es mit einer Mischung aus Verwirrung und leiser Beunruhigung: Er hatte einen Muskelkater. Sein Rücken, seine Oberarme und vor allem seine *Beine* schmerzten, als wäre er tagelang gelaufen. Das erinnerte ihn an sein letztes Gespräch mit Valerie, und dieser Gedanke wiederum stimmte ihn noch trauriger. Obwohl er sich am vergangenen Abend fest vorgenommen hatte, es nicht zu tun, schaltete er seinen Computer ein und versuchte sie zu erreichen. Er bekam nicht nur keine Antwort, er hörte nicht einmal ein Freizeichen. Offensichtlich hatte Valerie ihr Modem ausgeschaltet.
Niedergeschlagen verließ er sein Zimmer, fuhr ins Erdgeschoss hinab und gesellte sich als Letzter an den Frühstückstisch, an dem seine Eltern und Morris bereits seit einer ganzen Weile zu sitzen schienen. Offenbar kam er gerade noch pünktlich, um das Ende des Frühstücks mitzuerleben.
Seine Mutter nickte ihm zu, deutete auf den Tisch und sagte: »Ich muss leider schon los – aber frühstücke bitte in aller Ruhe.« Sie stand auf. »Morris muss in den Kindergarten. Wir kommen sowieso schon eine Stunde zu spät.«
»Das ist unfair!« protestierte Morris. »David hat heute auch

frei! Wieso darf er zu Hause bleiben und ich muss in den blöden Kindergarten?«

»Weil es nun einmal so ist«, sagte seine Mutter; eine typische Erwachsenen-Antwort, wie sie auch David schon seit frühester Jugend gehasst hatte. »Und jetzt komm. Hier herumzunörgeln hilft dir auch nicht weiter.«

Morris funkelte sie giftig an, aber er war klug genug, nicht mehr zu widersprechen. David war sicher, dass seine Eltern in Morris' Gegenwart nicht über die Ereignisse der vergangenen Nacht gesprochen hatten oder gar über das, was bei COMPUTRON geschehen war. Aber Morris wusste andererseits auch mehr, als seine Eltern ahnten. Und dass er als kleiner Bruder – zumindest nach Davids Definition – automatisch eine Nervensäge war, bedeutete nicht, dass er auch *dumm* sein musste. Der Blick jedenfalls, mit dem er David maß, machte ziemlich deutlich, dass die Geschichte zwischen ihnen noch nicht erledigt war.

Davids Vater wartete, bis Morris und seine Mutter das Haus verlassen hatten und in der Garage der Motor des Kombi ansprang. Dann faltete er die Zeitung zusammen, in der er ohne großes Interesse herumgeblättert hatte, legte sie mit einer bedächtigen Bewegung vor sich auf den Tisch und sagte: »Also?«

»Also was?«, fragte David.

»Jetzt stell dich nicht dumm«, antwortete sein Vater. »Ich habe gerade extra nichts gesagt, weil Morris und deine Mutter dabei waren und ich sie nicht noch weiter beunruhigen wollte. Aber ich hätte schon blind sein müssen, um nicht zu sehen, dass mit dir etwas nicht stimmt. Du bist kreidebleich.«

»Ich habe nicht gut geschlafen«, sagte David ausweichend.

»Das wundert mich nicht«, antwortete sein Vater. »Hast du schlecht geträumt?«

»Du glaubst, ich wäre verrückt«, sagte David geradeheraus, aber sein Vater lächelte nur.

»Keineswegs«, antwortete er. »Ganz im Gegenteil. Ich schätze, ich wäre eher beunruhigt, wenn du das alles so wegstecken

würdest, als wäre nichts geschehen. Dass du durcheinander bist und verwirrt, ist ganz normal. Du hast eine Menge durchgemacht. Dein Unterbewusstsein versucht auf diese Weise, mit dem Erlebten fertig zu werden.«
Und es ist vermutlich auch die Wahrheit, dachte David. Nur leider half ihm dieses Wissen ganz und gar nicht, mit der Furcht fertig zu werden, die von ihm Besitz ergriffen hatte. Was, wenn es nun doch nicht so war? Wenn es gegen jede Logik eine andere, vielleicht viel fantastischere Erklärung gab?
»Also?«, sagte sein Vater noch einmal.
David konnte ihm unmöglich die Wahrheit sagen. Das hätte die Theorie seines Vaters nur noch erhärtet. Und die Blicke, mit denen er ihn maß, gefielen ihm sowieso nicht. David hatte wenig Lust, sich plötzlich auf der Couch eines Seelenklempners wieder zu finden.
»Es ist wegen Valerie«, sagte er. Sein Vater blickte ihn nur weiter fragend an und nach einigen Sekunden erzählte er ihm, was während der Nacht geschehen war.
»Du hast Marcus von Valerie erzählt?«, fragte sein Vater.
»Nur von Yaso Kuuhl«, antwortete David. »Er glaubt, dass es Morris ist. Ich habe ihn in diesem Glauben gelassen. Ich wollte Valerie und ihre Familie nicht mit hineinziehen.«
»Das war sehr klug«, sagte sein Vater. »Ich traue diesem Marcus nicht.«
»Ich auch nicht«, sagte David. »Aber er hat versprochen, sämtliche Telefonleitungen zum Hauptrechner zu sperren. Sie kann nicht mehr in das Spiel zurück.«
»Und jetzt ist sie wütend auf dich«, vermutete Vater.
»Ich weiß es nicht«, sagte David. »Ich habe versucht, sie anzurufen, aber sie geht nicht ran.«
»Ich könnte auf dem Weg zur Arbeit bei ihr vorbeifahren und mit ihr reden«, sagte Vater. »Aber ich weiß nicht, ob das klug wäre. Wahrscheinlich ist es das Beste, wenn du sie einfach ein paar Tage in Ruhe lässt. Sie wird sich beruhigen. Und über kurz oder lang wird sie einsehen, dass du Recht hattest.«

»Ich bin nicht einmal sicher, ob ich wirklich Recht habe«, murmelte David. »Und was ist, wenn *sie* Recht hat und ich mich irre?« Sein Vater wollte etwas sagen, aber David sprach schnell mit erhobener Stimme weiter: »Ich habe all diese Menschen erschaffen, nur zu meinem Vergnügen, und jetzt –«
»– jetzt hast du das Gefühl, für sie verantwortlich zu sein«, unterbrach ihn sein Vater. »Anscheinend hast du doch etwas aus alldem gelernt. Deine Gefühle ehren dich, David. Ich bin sehr froh, dass du so denkst. Aber du schießt möglicherweise über das Ziel hinaus. All diese Gestalten leben nicht wirklich. Und wenn doch, dann allerhöchstens in deinen Gedanken. Aber dort werden sie auch weiterleben, wenn das Programm längst abgeschaltet ist.«
»Das meine ich nicht!«, widersprach David. »Was ist, wenn ... wenn es sie *wirklich* gibt? Wenn ich all das wirklich erschaffen habe, ohne es zu wollen?«
»Unsinn«, widersprach sein Vater. »Der COMPUTRON-Rechner ist möglicherweise einer der leistungsstärksten Computer der Welt, aber letzten Endes bleibt er eine Maschine. Ein Haufen Kunststoff, Silikon und Metall, mehr nicht. Er kann kein Leben erschaffen und das solltest du eigentlich wissen!«
Bei den letzten Worten war seine Stimme lauter geworden und es war ein warnender Unterton darin, der David davon abhielt, weiterzusprechen. Die Couch des Psychiaters rückte in bedrohliche Nähe.
»Wahrscheinlich hast du Recht«, sagte er leise. »Es war alles ein bisschen viel.«
»Und es tut weh, Abschied zu nehmen«, sagte sein Vater mitfühlend. »Selbst von Freunden, die vielleicht gar nicht wirklich existiert haben. Du wirst darüber hinwegkommen.«
»Wann werdet ihr es tun?«, fragte David leise.
»Tun?«
»Das Programm vernichten. Schattenjagd. Wann werdet ihr den Hebel umlegen?«
Sein Vater seufzte. »Das klingt wie nach einer Hinrichtung,

findest du nicht? Außerdem ist es nicht ganz so einfach, wie du dir vorzustellen scheinst. Etwas Genaues weiß ich selbst nicht, sie lassen mich nicht einmal in die Nähe des Projektes, wie du dir wahrscheinlich vorstellen kannst. Aber nach allem, was ich gehört habe, läuft das Gegenprogramm bereits.«
»Das Gegenprogramm?«
»Frag mich jetzt nicht, wie es funktioniert«, sagte sein Vater. »Ich weiß es nicht.«
»Und wenn du es wüsstest, würdest du es mir nicht sagen«, vermutete David.
»Stimmt«, sagte sein Vater ungerührt. »Aber ich weiß es nicht. Und ich glaube, ich will es auch gar nicht wissen. Ich bin froh, wenn das alles endlich vorbei ist!«
Das Klingeln des Telefons unterbrach ihn. Er stand auf, ging in den Flur und meldete sich. Als er nach kaum einer Minute zurückkam, sah er ziemlich ernst drein. »Die Firma«, sagte er. »Ich fürchte, ich muss sofort hinfahren. Ich lasse dich nicht gerne allein, aber –«
»Das ist schon in Ordnung«, sagte David. »Ich bin schließlich kein Baby. Außerdem kommt Mutter ja bald zurück.«
»Das kann eine Weile dauern«, antwortete Vater. »Sie wollte noch ein paar Einkäufe erledigen.«
»Schon in Ordnung«, sagte David. »Ich laufe bestimmt nicht weg. Und ich werde auch nicht aufs Garagendach klettern oder an der Antenne schaukeln.«
»Deinen Humor scheinst du ja wenigstens noch behalten zu haben«, erwiderte sein Vater. »Also gut. Ich beeile mich. Vielleicht bin ich bald zurück.«
Er ging. David folgte ihm in die Diele hinaus und wartete, bis er in den Wagen gestiegen und abgefahren war, ehe er den Rollstuhl herumdrehte und der Tür einen Stoß versetzte, die sie hinter ihm ins Schloss fallen ließ.
Aber das dunkle, schwere Geräusch, auf das er wartete, kam nicht. Stattdessen verstrichen gute zwei oder drei Sekunden mehr, als normal gewesen wäre – und dann erfolgte ein so dröhnender, dumpfer Schlag, als hätte ein Meteor das Haus

getroffen. Boden und Wände begannen zu zittern, und das Glas in den Fenstern klirrte.
David fuhr so hastig herum, dass sein Rollstuhl um ein Haar umgekippt wäre, und starrte die Tür an. Das Glas in der kleinen Scheibe, die darin eingelassen war, zitterte noch immer sacht, und für eine Sekunde hatte er das Gefühl, einen eisigen Luftzug zu spüren, der direkt aus der Tür zu kommen schien und über sein Gesicht strich. Ein unheimliches Wispern und Raunen drang an sein Ohr; keine Worte, aber doch mehr als zufällig entstandene Laute. *Was um alles in der Welt ging hier vor?*
David schloss instinktiv die Augen und presste die Augen so fest zusammen, dass auf seinen Netzhäuten kleine, weiße Lichtpunkte tanzten. Als er die Lider wieder hob, war alles vorbei. Die Tür war wieder normal. Er spürte keinen eiskalten Wind mehr auf dem Gesicht und auch das Wispern geisterhafter Stimmen war erloschen.
Davids Hände schlossen sich so fest um die Lehnen seines Rollstuhles, dass die Finger weiß wurden. Er zitterte am ganzen Leib. Hastig drehte er den Kopf nach rechts und links, fuhr dann mit dem Rollstuhl herum und machte eine komplette Dreihundertsechzig-Grad-Drehung.
Nichts.
Der Hausflur bot denselben vertrauten Anblick wie seit drei Jahren. Nichts wies darauf hin, dass hier irgendetwas Außergewöhnliches vorgefallen war.
Aber er hatte sich das Geräusch und den Luftzug doch nicht nur eingebildet!
Und wenn doch?
David musste plötzlich wieder an sein Gespräch mit Marcus denken und sein nächtliches Telefonat mit Valerie. Was hatte Marcus über seine beiden Kollegen gesagt? Die Ärzte vermuteten einen Nervenschock, weil sie zu plötzlich aus der Computersimulation herausgerissen worden waren, und auch Valerie klagte über Schmerzen, die sie gar nicht wirklich erlitten hatte, sondern nur ihr *Alter Ego* in der visuellen Welt. Woher

nahm er eigentlich die Überheblichkeit, anzunehmen, dass er als einziger immun gegen die Nachwirkungen ihres Aufenthaltes in der Computerwelt war?
Das war die Erklärung. Sie musste es einfach sein. Sein Vater hatte Recht: All diese Halluzinationen und falschen Erinnerungen waren nichts als ein Versuch seines Unterbewusstseins, mit den Erlebnissen fertig zu werden.
So einfach war das.
Und so falsch.

Seine Mutter kam nicht nach kurzer Zeit zurück, wie er gehofft hatte, sondern erst nach etwa zwei Stunden. Ganz gegen ihre gewohnte, manchmal überordentliche Art fuhr sie den Wagen nicht in die Garage, sondern parkte direkt vor der Tür, mit zwei Reifen auf der Straße und zwei auf dem Bürgersteig. David, der ihre Ankunft vom Küchenfenster aus beobachtete, war erstaunt. Auf der Straße vor ihrem Haus herrschte absolutes Halteverbot, und es war das allererste Mal, solange er sich überhaupt erinnern konnte, dass er seine Mutter bei einem bewussten Verstoß gegen irgendeine Verkehrsregel beobachtete.
Vielleicht lag es daran, dass sie in großer Eile zu sein schien. Es war fast schon wieder Mittag und damit Zeit, Morris aus dem Kindergarten abzuholen, und sie hatte den Wagen voller Einkäufe. David beobachtete, wie sie um den Kombi herumeilte, die Heckklappe öffnete und dann, beladen mit Papiertüten und Päckchen, auf das Haus zukam. Rasch verließ er die Küche, rollte zur Haustür und öffnete sie genau in dem Moment, in dem seine Mutter stehen blieb und sich offenbar etwas zu spät daran erinnerte, dass sie keine Hand mehr frei hatte, um aufzuschließen oder auch nur zu klingeln.
»Ach David, du bist ein Schatz!«, sagte sie. »Hilf mir bitte, die Sachen in die Küche zu bringen. Ich bin etwas in Eile.«
David machte eine auffordernde Kopfbewegung und seine Mutter lud die Papiertüten und Päckchen in seinem Schoß ab und eilte wieder zum Wagen zurück, um noch eine zweite

Ladung zu holen, während David bereits in die Küche fuhr, um seine Last abzusetzen. Er half seiner Mutter immer auf diese Weise, den Wagen zu entladen. Wenn er schon in diesem verdammten Rollstuhl sitzen musste, dann konnte er die wenigen Vorteile, die es bot, auch möglichst praktisch ausnutzen. Normalerweise fuhr er allerdings von der Garage aus in die Küche.

Er war kaum fertig damit, die Tüten von seinem Schoß auf die Anrichte zu laden, als seine Mutter auch schon zu ihm in die Küche kam und die zweite Hälfte ihrer Einkäufe brachte.

»Du bist ein Engel!«, sagte sie. »Ich muss leider gleich wieder weg – Morris aus dem Kindergarten abholen.«

»Du hast ziemlich lange gebraucht«, sagte David.

»Ich musste in verschiedenen Geschäften einkaufen«, antwortete Mutter. »Sie haben das UNIVERSUM geschlossen.«

»Das Einkaufszentrum?«, fragte David. »Aber warum?«

Mutter nickte. »Offiziell heißt es, wegen einer Inventur. Aber die Leute in der Stadt erzählen sich, dass die Probleme mit dem Computersystem wohl noch größer geworden sind.«

»Der Computer?«

Davids Stimme musste wohl erschrockener geklungen haben, als ihm selbst bewusst war, denn seine Mutter hielt einen Moment lang in ihrer Bewegung inne und sah bestürzt auf ihn herab. Dann lächelte sie beruhigend. »Keine Sorge. Ich habe gleich mit Vater telefoniert. Sie haben die Sache gestern schon überprüft und sie sind ganz sicher, dass es nichts mit deiner ... ich meine: mit der Geschichte bei COMPUTRON zu tun hat.«

»Ganz bestimmt?«, fragte David zweifelnd. »Du sagst das nicht nur, um mich zu beruhigen?«

»Habe ich dich jemals belogen?«, fragte Mutter in leicht vorwurfsvollem Ton. »Außerdem gibt es gar keinen Grund dazu. Sie haben uns schließlich schriftlich von jeder Verantwortung entbunden. Aber ich sage die Wahrheit. Was immer dem Computer des Einkaufszentrums zugestoßen ist, hat nichts mit dir zu tun.«

Sie sah auf die Uhr und fuhr leicht zusammen. »O Gott. Jetzt muss ich aber wirklich los oder ich komme zu spät. Du weißt, wie sich Morris anstellt, wenn er zwei Minuten warten muss.«
»Klar«, sagte David. Als seine Mutter sich herumdrehte, um die Küche zu verlassen, fragte er: »Darf ich mitkommen?«
Seine Mutter blickte ihn beinahe fassungslos an. »Du willst freiwillig mitfahren, um deinen Bruder vom Kindergarten abzuholen?«
David konnte ihr Erstaunen durchaus verstehen. Normalerweise wäre er allerhöchstens unter Androhung der Prügelstrafe dazu zu bewegen gewesen, seinen Bruder vom Kindergarten abzuholen. Und vielleicht nicht einmal dann.
Aber heute nickte er.

Den ganzen Tag über gelang es ihm nicht, Valerie zu erreichen. Ihr Modem blieb ausgeschaltet und sie ging auch nicht ans Telefon. David war nicht mehr sicher, ob es wirklich richtig gewesen war, dem Rat seines Vaters zu folgen und sie ein paar Tage in Ruhe zu lassen. Wäre er dazu in der Lage gewesen, hätte er sich spätestens am Nachmittag zu ihr auf den Weg gemacht. Aber das war er nicht, und so verging der Tag so quälend langsam und voller Ungewissheit, wie er begonnen hatte.
Sein Vater kam früh nach Hause und war ungewöhnlich wortkarg. Sie verbrachten einen langweiligen Abend vor dem Fernseher und David ging früh schlafen. Er hatte kaum die Augen geschlossen, da fand er sich in einem Albtraum wieder. Es war einer von der ganz üblen Sorte, einer jener Träume, in denen man weiß, dass man träumt, ohne dass dieses Wissen einem im Mindesten half, aufzuwachen oder auch nur mit der Angst fertig zu werden, die man im Traum verspürte. Und er war vollkommen anders als der Traum, den er in der vergangenen Nacht gehabt hatte. Diesmal waren es keine vorbeiziehenden Bildfetzen, sondern das gewaltige, dröhnende Chaos einer apokalyptischen Schlacht, die am Horizont tobte.

David stolperte über eine gewaltige, verwüstete Ebene. Der Boden war schwarz geworden und von tiefen Gräben und Kratern durchzogen, aus denen grauer und schwarzer Rauch aufstieg, und hier und da ragten die Reste eines Hauses oder eines Mauerstückes aus dem Chaos; geschwärzte Ruinen, als gehe er über einen Friedhof der Riesen. Der Boden war kalt und ein eisiger Wind brach sich heulend zwischen den Mauerresten und brachte eine noch größere, unwirkliche Kälte mit sich; ein Wind, der Staub und Asche mit sich hätte tragen müssen, es aber nicht tat. David wanderte über ein Schlachtfeld, aber es war anders als alle anderen, die er je gesehen hatte, und vielleicht deshalb schlimmer, denn es war vollkommen leer. Auf dem Boden lagen keine Trümmer, keine Toten, keine Bruchstücke von Waffen oder Fetzen von Kleidern und Zaumzeug. Die unvorstellbare Schlacht, die hier getobt haben musste, war beinahe noch zu fühlen, aber ihre Spuren waren nicht mehr da. Der Boden war vollkommen glatt. Es gab keine Steine, keinen Schmutz, nicht einmal Staub, als hätte jemand die lebende Krume entfernt, und darunter wäre diese schwarze, unheimliche Fläche zum Vorschein gekommen, die so hart wie Stahl und so kalt wie die Leere zwischen den Galaxien war. Die wenigen Bäume, die das Chaos – vielleicht nur durch eine Laune des Zufalls – überstanden hatten, ragten wie schwarze Skelette in den Himmel, blattlos, kahl und so tot wie die Ebene, aus der sie emporwuchsen.
Der Wind drehte und brachte wieder den Lärm der Schlacht mit sich, die am Horizont stattfand. Die beiden Heere, nur als riesige, schwarze Masse ohne klar abgegrenzte Konturen zu erkennen, hatten sich ineinander verkeilt und rangen verbissen miteinander. David drehte sich in einer langsamen Bewegung im Kreis und ließ seinen Blick noch einmal über das Schlachtfeld gleiten. Es war ein Anblick unendlicher Ödnis und er stimmte ihn sehr traurig. Niemals zuvor hatte er die Sinnlosigkeit des Krieges so deutlich begriffen wie jetzt. Ganz egal, wer diese Schlacht gewann, die dort vorne tobte – das hier war das Ergebnis.

Ein greller Blitz löschte den Anblick der verheerten Ebene vor seinen Augen aus, und von einem Sekundenbruchteil auf den anderen fand er sich mitten im Herzen der Schlacht wieder. Rings um ihn herum gellten Schreie, prallte Stahl klirrend auf Stahl, bäumten sich Pferde und Menschen auf und rangen Krieger verbissen miteinander, stürzten Männer aus den Sätteln, durchbohrten Pfeile Rüstungen und Schilde. Der Boden erzitterte unter dem Krachen der aufeinanderprallenden Armeen. Die Luft roch nach Blut und Tod.

Ein weiterer Blitz, aber das Bild änderte sich kaum. Er fand sich noch immer inmitten einer gigantischen Schlacht, die diesmal jedoch innerhalb einer Stadt zu toben schien. Unmittelbar hinter ihm befand sich ein brennendes Haus und die Straße quoll über von Reitern und Kriegern zu Fuß. Er konnte nicht erkennen, gegen wen sie kämpften, aber die Männer befanden sich eindeutig auf dem Rückzug. Die Stadt lag im Todeskampf. Der Himmel über den Dächern und Zinnen war rot vom Widerschein zahlloser Brände und in der Luft gellten die Todes- und Angstschreie Tausender.

»Nein«, flüsterte David. »Aufhören!« Das waren nicht die heroischen Schlachten, an die er sie erinnerte. Es gab keine Heerscharen singender Männer in blitzenden Rüstungen, die mutig in den Kampf zogen und unter dem Flattern bunter Wimpel für Vaterland und König fochten, vielleicht starben, aber wenn, dann mit einem Lächeln auf den Lippen und Stolz in den Augen. Dies war *Krieg* in seiner schmutzigsten, fürchterlichsten Bedeutung. Er sah brennende Häuser, in denen Menschen qualvoll starben, zusammenbrechende Mauern, die flüchtende Männer, Frauen und Kinder unter sich begruben, verwundete, in Panik durchgehende Pferde, unter deren wirbelnden Hufen die zu Tode getrampelt wurden, die ihre Reiter eigentlich hatten beschützen wollen.

»Aufhören!«, flüsterte er noch einmal. »Es soll *aufhören!*«

Das letzte Wort hatte er geschrien. Aber es hörte nicht auf. Im Gegenteil: Es wurde schlimmer. Die Stadt starb. Ihre Bewohner flüchteten zu Tausenden, in einem breiten Strom,

der sich brüllend durch die Straßen wälzte und in dem Zahllose zu Tode getrampelt und gequetscht wurden. Doch es gab nichts, wohin sie fliehen konnten. Die Feinde kamen von allen Seiten und die wenigen Krieger, die noch imstande waren, sich zu wehren, kämpften auf verlorenem Posten.
Und dann sah er den Feind.
David hatte angenommen, dass die Orcs die Stadt berannten. Vielleicht hatte Ghuzdan sein Interesse an dem Neuen Land wieder verloren und endlich zu der großen Offensive angesetzt, mit der sie alle schon seit langem rechneten. Doch die Heerscharen, die die Verteidiger der Stadt vor sich her trieben, waren nicht grün und schuppig. Sie waren schwarz, doppelt so groß wie ein Mensch und hatten vier Arme und schlanke, augenlose Schädel.
Es waren *Baks.*
Zigtausende.
Sie kamen wie eine riesige schwarze Masse heran, eine finstere Woge der Vernichtung, die durch nichts aufzuhalten war und sich scheinbar bis zum Horizont erstreckte. Sie mussten schon mehr als die Hälfte der Stadt überrannt haben, aber hinter ihnen gab es keine Stadt mehr. Wo sich Ruinen und Türme erheben sollten, war – nichts. Und einen Moment später sah er auch, warum das so war.
Die *Baks* drängten in einer einzigen Bewegung die Straße herab. Wer sich ihnen in den Weg stellte, wurde niedergemacht. Die Verteidiger kämpften tapfer und mit dem Mut von Männern, die wussten, dass sie ihre eigenen Leben für die ihrer Frauen und Kinder opferten. Die *Baks* fielen zu Dutzenden unter ihren Klingen, aber es war ein Kampf, der nicht gewonnen werden konnte. Für jedes Ungeheuer, das die Männer erschlugen, tauchten zwei oder auch zehn neue auf, während die Zahl der Verteidiger immer rascher abnahm. Die Monster verschlangen die Krieger und Pferde, die sie töteten, aber nicht nur das: David beobachtete entsetzt, dass sie *alles,* was ihnen in den Weg kam, in Stücke rissen und mit gierigen Bissen hinunterschluckten. Metall, Leder, Stoff, Steine – es

war, als sähe er einem Zug ins Gigantische vergrößerter Wanderheuschrecken bei ihrem Vernichtungswerk zu. Die *Baks* überfluteten Häuser und Mauern, die ihren Weg kreuzten, und fraßen sie dabei auf. Wo sie entlangzogen, blieb nichts zurück. Nur eine schwarze, tote Ebene. Nun wusste er, was auf dem Schlachtfeld geschehen war, auf dem dieser Albtraum begonnen hatte.

Plötzlich erscholl hinter ihm ein Chor gellender, triumphierender Schreie. David drehte sich rasch herum und sah, dass der Vormarsch der *Baks* zumindest auf dieser Straße zum Stehen gekommen war. Ein einzelner, in eine nachtschwarze Rüstung gehüllter Ritter auf einem gewaltigen Schlachtross war zwischen den brennenden Häusern aufgetaucht und er hatte das schier Unmögliche geschafft: er stoppte den Vormarsch der *Baks* nicht nur, er trieb die Ungeheuer sogar zurück.

Es war Yaso Kuuhl.

Der Schwarze Ritter schwang gleich zwei gewaltige Stachelkeulen, die er, einem zornigen Gott gleich, auf die Schädel der *Baks* niedersausen ließ. Die vierarmigen Ungeheuer fielen links und rechts zu Boden. Die überlebenden Bestien begannen sofort, auch die Kadaver ihrer toten Brüder in Stücke zu reissen und zu verschlingen, aber Yaso Kuuhl tötete auch sie. Brüllend, mit unvorstellbarer Kraft drang er auf die Monster ein. Sein Beispiel gab den anderen noch einmal neuen Mut. Männer, die ihre Waffen schon fallen gelassen und sich zur Flucht gewandt hatten, rafften ihre Schwerter noch einmal auf und schlossen sich Yaso Kuuhl an, und langsam, ganz langsam begann sich das Kampfgeschehen zu wenden.

Und dann geschah etwas, was David schier das Blut in den Adern gerinnen ließ. Er hatte trotz allem angenommen, dass er nur als Beobachter hier war, ein unsichtbarer Geist, der körperlos inmitten der Schlacht schwebte und gezwungen war, hilflos alles mit anzusehen. Aber offenbar stimmte das nicht, denn plötzlich schrie Yaso Kuuhl:

»Ritter DeWitt! Hilf uns!«

David erstarrte. Es war unmöglich, dass der Schwarze Ritter ihn sah. Das war doch nur ein Traum!
»*Ritter DeWitt!*«, brüllte Yaso Kuuhl. »*Hilf uns! Du verdammter Feigling! Hilf uns! Du bist es uns schuldig! SIE TÖTEN UNS!*«
In diesem Moment geschah, was kommen musste: Ein *Bak* unterlief einen Keulenhieb des Schwarzen Ritters, sprang ihn an und riss ihn mit allen vier Armen aus dem Sattel. Yaso Kuuhl erschlug das Ungeheuer noch im Sturz, aber die tote Bestie begrub ihn im Fallen unter sich, und bevor Yaso Kuuhl auch nur versuchen konnte, wieder aufzustehen, fielen Dutzende der Ungeheuer gleichzeitig über ihn her.
In diesem Moment endete der Traum und David erwachte schweißgebadet, mit jagendem Puls und aufrecht im Bett sitzend und noch das Echo seines eigenen gellenden Schreis in den Ohren. Für einen kurzen, aber unbeschreiblich furchtbaren Moment schien der Albtraum weiterzugehen, als wäre er ihm irgendwie in die Wirklichkeit herüber gefolgt; oder als hätten die Grenzen zwischen Traum und Wachsein zu verschwimmen begonnen. Der Raum war von Schatten erfüllt, die nicht hierher gehörten. Das wenige Licht, das es gab, flackerte und war zu rot, wie der Widerschein brennender Häuser am Himmel, und er hörte noch immer diese furchtbare Stimme, die immer und immer wieder dieselben Worte schrie: *Helft uns! Sie töten uns! So helft uns doch!*
Die Tür wurde mit einem Ruck aufgerissen und seine Eltern stürmten ins Zimmer. Ihre Anwesenheit vertrieb die Schatten und auch das letzte Echo der Schlacht. Aber die Furcht blieb.
»David!«, rief sein Vater entsetzt. »Was ist los mit dir? *David!*«
David fühlte sich an den Schultern gepackt und so heftig geschüttelt, dass sein Kopf hin und her flog, und erst in diesem Moment wurde ihm überhaupt klar, dass es seine eigene Stimme gewesen war, die in seinen Ohren gellte. *Er* hatte diese Worte geschrien; so laut, dass seine Eltern im Erdgeschoss davon wach geworden und erschrocken zu ihm heraufglaufen waren.

»David, was ist los?«, keuchte sein Vater. »David! Wach auf! Hörst du mich?!«
Endlich hörte David auf zu schreien. Sein Vater schüttelte ihn noch kurz, dann trat er einen Schritt zurück, ohne seine Schultern allerdings loszulassen.
»Bist du wach, David?«, fragte er alarmiert. »Kannst du mich hören? Ist alles in Ordnung?«
David nickte schwach. Obwohl sein Vater aufgehört hatte, ihn zu schütteln, schien sich das Zimmer immer noch um ihn zu drehen und er hatte weiterhin Mühe, zwischen Traum und Wirklichkeit zu unterscheiden.
»Nein«, brachte er mühsam hervor. »Nichts ist in Ordnung. Yaso Kuuhl. Valerie. Sie haben Valerie!«
»Valerie?«, fragte seine Mutter. »Wie meinst du das? Was ist mir ihr?«
»Nichts«, sagte sein Vater, ehe David antworten konnte. »Er hat geträumt, das ist alles.« Er wandte sich wieder an David. »Es war nur ein Traum, Junge. Du bist jetzt wach. Es ist alles in Ordnung. Wir sind bei dir. Es gibt nichts, wovor du Angst haben mußt.«
»Es geht nicht um mich!« David streifte die Hand seines Vaters ab und bemühte sich, so überzeugend zu sprechen, wie er nur konnte. »Es ist Valerie, Vater! Ich habe dir von ihr erzählt. Von Yaso Kuuhl! Sie haben sie! Die *Baks* haben sie überwältigt!«
»Baks?«, sagte seine Mutter stirnrunzelnd. »Was soll das sein?«
Vater machte eine abwehrende Handbewegung und fuhr, weiter an David gewandt, fort: »Du hast nur geträumt! Aber jetzt ist es vorbei!«
»Nein!« David schrie fast. »Es war kein Traum, glaub mir doch! Valerie ist in Gefahr! Bitte, du *mußt* mir glauben! Die *Baks* haben sie! Sie haben sie verschleppt!«
»Wovon redet er?«, fragte Mutter noch einmal.
»Keine Ahnung«, antwortete Vater. »Ich habe dieses Wort nie ...« Er stockte und verbesserte sich. »Oder doch. *Bug.*«

»Das englische Wort für Käfer?«
»Ja«, antwortete Vater. »Aber in der Computersprache nennt man so auch einen Fehler in einem Programm ... Meinst du das, David?«
David setzte zu einer Antwort an, doch in diesem Moment fiel sein Blick auf den Schreibtisch, auf dem sein Computer stand, und er fuhr abermals erschrocken zusammen.
Das grüne Licht an seinem Modem flackerte hektisch. Jemand versuchte, ihn zu erreichen.
Seinem Vater war die Bewegung natürlich nicht entgangen. Auch er sah das Modem an, stand dann ohne ein weiteres Wort auf und ging zum Schreibtisch, um den Computer einzuschalten.
Was dann geschah, das war nicht nur technisch eigentlich gar nicht möglich, sondern auch durch und durch fürchterlich.
Auf dem Bildschirm blitzte für einen Sekundenbruchteil das Logo von Valeries Mailbox auf. Gerade lange genug, um Vaters Stirnrunzeln tiefer werden und in David die verzweifelte Hoffnung aufkeimen zu lassen, dass vielleicht alles doch nur ein Albtraum gewesen war – was ihm in diesem Moment hundertmal lieber gewesen wäre. Er hätte es tatsächlich vorgezogen, sich allmählich an den Gedanken zu gewöhnen, dass seine geistige Gesundheit wirklich mehr unter seinen Ausflügen nach Adragne gelitten hatte, als ihm bisher klar geworden war, als sich einzugestehen, dass Valerie wirklich in Gefahr wäre.
Aber das Flackern des bunten Bildes auf dem Monitor hielt eben wirklich nur gerade so lange vor, um ihn diese Hoffnung schöpfen zu lassen; als wäre es nur ein letzter, grausamer Scherz, den sich das Schicksal mit ihm erlaubte. In der nächsten Sekunde schon verschwand es – und machte einem Bild Platz, das sich unauslöschlich in Davids Gedanken eingegraben hatte.
Es war der Anblick der brennenden Stadt. Er sah die verheerte Straße, die flüchtenden Menschen und die *Baks,* die schneller denn je vorzudringen schienen und nun tatsächlich mehr als

an eine gewaltige schwarze Heuschreckenarmee erinnerten: eine lebende, fressende, reißende, alles verschlingende Masse, die sich einem Erdrutsch gleich über die Straßen und Gebäude der Stadt ergoss. Das Allerschlimmste an dem Anblick war vielleicht die Qualität des Bildes: Es war keineswegs eine Computergrafik. Statt gezeichneter Häuser und Mauern, statt von einem Grafikprogramm animierter Menschen, Tiere und Monster, erblickte er eine echte Stadt. Das Bild war so hundertprozentig realistisch, dass es einfach keine Computergrafik mehr sein konnte, ganz gleich, wie perfekt die Technik auch sein mochte. Was sie sahen, das begriff er mit unerschütterlicher Sicherheit, geschah in diesem Moment *wirklich*.
Aber auch dieses Bild hielt nur etwa zwei Sekunden an, dann geschah etwas, das vielleicht noch schlimmer war: Einer der *Baks* erstarrte plötzlich mitten in der Bewegung, hob seinen schimmernden augenlosen Schädel und schien die Beobachter auf der anderen Seite des Monitors direkt anzustarren. Dann stieß er sich mit einer ungemein kraftvollen Bewegung ab, flog wie von einer unsichtbaren Sehne geschnellt direkt auf den Bildschirm zu – und prallte mit einem hörbaren Knall gegen das Glas. Das Geräusch war so laut, dass Davids Vater erschrocken einen halben Schritt zurückwich und auch David selbst zusammenfuhr. Der Bildschirm flackerte und färbte sich schwarz und nur eine Sekunde später erscholl ein helles Summen, gefolgt von einem gedämpften Knall und dünner, grauer Qualm begann sich aus den Lüftungsschlitzen des Monitors zu kräuseln.
Davids Vater reagierte blitzschnell. Mit einem einzigen, raschen Schritt trat er um den Schreibtisch herum, griff nach dem Stromkabel und zog den Stecker heraus. Sämtliche Lichter des Computers erloschen. Das kleine grüne LED-Auge des Modems hörte auf zu flackern und nach einem weiteren Augenblick verklang auch das kaum hörbare Summen des Lüfters mit einem sonderbar seufzenden, fast lebendig wirkenden Laut.
Davids Vater richtete sich langsam wieder auf. Die Bewegung

wirkte gezwungen, so als hätte er Mühe, sie überhaupt auszuführen. Ebenso langsam und steif drehte er sich zu David herum und starrte ihn aus großen Augen an, dann fragte er ganz leise: »Was um alles in der Welt bedeutet das?«

»Es ist wahr«, murmelte David. Er wollte die Worte schreien, in Verzweiflung herausbrüllen, aber seine Stimme versagte. Hinter seiner Stirn überschlugen sich die Gedanken. Er wusste nicht mehr, was wahr war und was Illusion, und ob es überhaupt einen Unterschied gab. Er wusste nur eins: »Sie haben sie entführt. Die *Baks*. Sie haben Valerie!«

»Unsinn«, antwortete sein Vater Er schüttelte den Kopf, versuchte vergeblich zu lächeln und sah mit diesem zugleich ungläubigen wie erschütterten Blick auf David und dann auf den Monitor herab. Das Gerät hatte aufgehört zu qualmen, aber der scharfe Geruch, der in der Luft lag, und die versengten schwarzen Brandspuren an seinem Gehäuse machten klar, dass irgendetwas darin durchgebrannt sein musste.

»Wenn ... wenn das ein Trick ist, dann ...«

»Es ist kein Trick«, sagte David. Seine Stimme wollte ihm nicht gehorchen. Er musste sich zu jedem einzelnen Wort zwingen. »Ich ... ich verstehe es ja selbst nicht. Aber du hast es doch gesehen! Sie haben sie!«

»Ist das wieder eines von euren verrückten Spielen?«, fragte seine Mutter. Auch ihre Stimme klang gepresst. Und als David in ihr Gesicht sah, wurde ihm klar, dass dies nur ihre Art war, mit dem Schrecken fertig zu werden. Tief in sich spürte sie genau, dass hier alles andere als ein Spiel vorging. Trotzdem fuhr sie fort: »Das geht jetzt eindeutig zu weit! Das ist ganz und gar nicht mehr lustig!«

»Es ist kein Spiel«, murmelte David. »Es passiert *wirklich*. Sie zerstören es. Sie vernichten Adragne. Sie vernichten sie alle!«

»Langsam«, unterbrach ihn sein Vater. Er deutete auf den zerstörten Monitor und sah David dabei sehr durchdringend an. »Was bedeutet das? David – *sag die Wahrheit:* Habt ihr euch das nur ausgedacht, um uns einen Schrecken einzujagen?«

Wäre die Situation nicht so furchtbar gewesen, David hätte laut aufgelacht. Er beantwortete die Frage seines Vaters nicht, sondern sagte nur: »Valerie! Du mußt sie anrufen!«
Wieder vergingen zwei, drei endlose Sekunden, in denen sein Vater ihn nur anstarrte. In seinem Gesicht arbeitete es, und man konnte regelrecht sehen, wie sich die Gedanken hinter seiner Stirn überschlugen. In seinen Augen stand ein Schrecken, der größer war, als David verstand; so als wüsste er etwas, was ihm, David, noch nicht bekannt war. Dann sagte er ganz leise: »Es ist drei Uhr nachts. Ich kann nicht ohne Grund –«
»Aber du hast es doch gesehen!«, unterbrach ihn David, nun beinahe wirklich schreiend. »Sie hat es mir gesagt! Ich habe nicht geglaubt, dass sie es schafft, aber sie ist zurückgegangen! Sie versucht sie ganz allein aufzuhalten! Und jetzt haben sie sie! Du musst ihre Eltern anrufen! Sie müssen den Computer abschalten – irgendetwas tun!«
»Nur weil der Monitor durchgebrannt ist?«, fragte seine Mutter. Sie klang zugleich erschrocken wie verwirrt. »Das ist doch nur ein dummes Spiel, oder?«
»Ich bin nicht mehr sicher«, antwortete Davids Vater. Er fuhr sich nervös mit der Zungenspitze über die Lippen, so als wisse er nicht, mit welchen Worten er fortfahren sollte. »Also gut, David«, sagte er schließlich. »Ich werde anrufen. Aber wenn es wirklich nur –«
»Bitte!«, unterbrach ihn David und in seiner Stimme war ein solches Flehen, dass sein Vater nicht weitersprach, sondern mit schnellen Schritten das Zimmer verließ, um unten in der Diele zu telefonieren.
David schwang die Beine aus dem Bett und beugte sich vor, um nach seinem Rollstuhl zu greifen. Seine Mutter half ihm, hineinzusteigen, und fragte dabei: »Sag mir die Wahrheit, David – ist das alles nur irgendein dummer Scherz, den ihr euch ausgedacht habt?«
»Ich wollte, es wäre so«, antwortete David. »Aber das ist es nicht. Irgendetwas Furchtbares geschieht.«
Zu seiner eigenen Überraschung schien sich seine Mutter mit

dieser Antwort zufrieden zu geben, auch wenn ihr Gesicht noch mehr Farbe verlor. Wortlos trat sie hinter David und schob ihn auf den Flur hinaus. Als sie ihm half, den Rollstuhl in die Klammern des Treppenaufzuges einzuhaken, ging die Tür neben der Treppe auf und Morris stolperte verschlafen auf den Flur.

»Was ist denn hier los?«, murmelte er, während er sich mit beiden Händen über die Augen rieb. »Warum macht ihr so einen Krach?«

»Geh wieder ins Bett, Morris«, sagte die Mutter. »Es war nichts.«

Morris nahm die Hände herunter, gähnte mit offenem Mund und nuschelte: »Glaub ich nich'. David hat wieder an seinem blöden Computer herumgespielt, stimmt's?« Er zog hörbar die Nase hoch, wandte sich an David und sagte dann ohne die geringste Spur von Müdigkeit: »Und was hast du jetzt wieder kaputt gemacht?«

»Nichts, Morris«, sagte seine Mutter streng. »Es ist wirklich nichts passiert. Und jetzt geh wieder ins Bett!«

Erstaunlicherweise widersprach Morris nicht, sondern drehte sich tatsächlich herum, um sich zu trollen – allerdings nicht, ohne David einen kurzen, aber eindringlichen Blick zuzuwerfen, unter dem dieser in seinem Stuhl zusammenfuhr. Seine Mutter konnte ja nicht ahnen, wie Morris' Worte gemeint waren, aber er schon.

Als sie unten in der Diele ankamen, legte sein Vater gerade den Telefonhörer auf die Gabel zurück. Sein Gesicht wirkte sehr ernst und fast noch erschrockener als zuvor. »Es ist besetzt«, sagte er.

»Um drei Uhr nachts?«, fragte Mutter erstaunt.

Davids Vater nickte. »Ja. Entweder sie haben nicht richtig eingehängt oder –«

»– es ist etwas passiert«, fügte David hinzu.

Sein Vater versuchte fast krampfhaft, sich seine wirklichen Gefühle nicht anmerken zu lassen. Er zwang sogar ein Lächeln auf sein Gesicht. »Jetzt mal den Teufel nicht an die Wand«, sagte er. »Bevor wir irgendetwas Übereiltes tun, sollten wir erst einmal –«

»Aber dazu ist keine Zeit«, unterbrach David. »Sie werden ihr irgendetwas antun, das spüre ich.«

»Wer?«, fragte Mutter. »Wovon zum Teufel redet ihr überhaupt?«

Vielleicht genau davon, dachte David. Aber natürlich sprach er das nicht aus.

Auch sein Vater sagte nichts, sondern hob den Hörer wieder ab und tippte rasch hintereinander drei verschiedene Nummern ein, jedesmal mit demselben Erfolg: Er lauschte einige Sekunden, schüttelte den Kopf und hängte wieder ein. »Besetzt«, sagte er. »Das ist seltsam.«

»Wo hast du angerufen?«, wollte David wissen.

»In der Firma«, antwortete sein Vater. »Bei COMPUTRON. Alle Nummern sind besetzt. Und das um diese Zeit!«

»Du hast uns aber doch erzählt, dass sie rund um die Uhr arbeiten, um mit dem Problem fertig zu werden«, gab Mutter zu bedenken.

Davids Vater nickte. »Aber es gibt über hundert Telefonleitungen. Und die Zentrale schaltet eingehende Anrufe automatisch auf eine Warteschleife, wenn der gewählte Anschluss belegt ist. Es kann eigentlich gar nicht besetzt sein.«

»Was?«, fragte David.

Sein Vater antwortete erst nach einigen Sekunden. Er sah an David vorbei ins Leere und seine Stimme klang sehr sonderbar: »Erinnerst du dich an heute Mittag?«, fragte er. »Du hast mich gefragt, wann sie es tun.«

»Was?«, wollte Mutter wissen.

»Adragne vernichten«, erklärte David.

»Das Programm beenden«, sagte sein Vater. »Die Vorbereitungen laufen schon den ganzen Tag, aber der eigentliche Start des Gegenprogramms war auf Mitternacht festgesetzt.«

»Was für ein Gegenprogramm?«, fragte David. Seine Stimme zitterte. Im Grunde kannte er die Antwort – und trotzdem hatte er Angst davor.

»Ein Virus«, sagte sein Vater. »Es war Marcus' Idee: eigentlich ganz simpel. Wir alle hätten selbst darauf kommen können. Dein Programm lässt sich weder abschalten noch eindämmen. Also hat er einen Virus geschrieben, der genau auf die Struktur deines Programms abgestimmt ist.«

Plötzlich gab er sich einen Ruck, drehte sich herum und stürmte, immer zwei Stufen auf einmal nehmend, die Treppe hinauf. »Ich versuche, über das Modem Kontakt mit der Firma aufzunehmen«, sagte er. »Irgendetwas stimmt da nicht.«

»Ein Virus?«, fragte Mutter. »Was soll das sein?«

»Ein Killerprogramm«, antwortete David leise. Ein eisiger Schauer lief ihm über den Rücken. »Es verfolgt keinen anderen Zweck als den, Schaden anzurichten.«

»Und wie funktioniert so etwas?«, fragte seine Mutter.

»Es ist ganz einfach«, antwortete David. Er spürte ein Entsetzen wie selten zuvor im Leben und plötzlich zitterte er am ganzen Leib, obwohl es hier im Haus eher zu warm war. »Ein Virus ist ein Programm, das im Grunde nichts anderes tut als sich selbst zu reproduzieren. Es wächst bloß nur und ist praktisch nicht aufzuhalten.« *Wie ein Heuschreckenschwarm,* dachte er. Ein riesiger, immer größer und größer werdender Schwarm, der sich ausbreitet und dabei alles verschlingt, was sich ihm in den Weg stellt. Unaufhaltsam und gnadenlos.

Ein unangenehmes Schweigen machte sich zwischen ihnen breit, aber es hielt nicht lange an. Davids Vater kam schon nach wenigen Augenblicken wieder zurück und der Ausdruck auf seinem Gesicht war noch entsetzter als zuvor.

»Was ist passiert?«, fragte David.

»Mein Computer«, antwortete sein Vater. »Er funktioniert nicht mehr.«

»So wie Davids?«, fragte Mutter.

»Er ist völlig tot«, antwortete Vater. Viel mehr noch als seine Worte machte der Klang seiner Stimme deutlich, mit welcher Fassungslosigkeit ihn dieser Umstand erfüllte. Er schüttelte den Kopf. »Ich verstehe das nicht. Alles war in Ordnung. Aber dann habe ich das Modem eingeschaltet, und –«

Er sprach nicht weiter, sondern schüttelte abermals den Kopf, sah David eine Sekunde lang an und drehte sich dann wieder herum. »Ich muss in die Firma«, sagte er. »Sofort. Und ich glaube, es ist besser, wenn David mitkommt.«
»Ich auch!«, krähte eine Stimme vom oberen Ende der Treppe her. David sah hoch. Es war sein Bruder, der natürlich nicht wieder ins Bett gegangen war, sondern am Geländer stand und offenbar die ganze Zeit gelauscht hatte.
»Morris!«, sagte Mutter streng. »Ich dachte, ich hätte dich gebeten, wieder ins Bett zu gehen.«
»Aber ich will mit«, nörgelte Morris. »Moranien braucht mich.«
»Jetzt reicht es aber!«, sagte seine Mutter, nicht mehr laut, dafür aber in einem Ton, der in der ganzen Familie bekannt und gefürchtet war. »Noch ein Laut, und *du* brauchst ein neues Sitzfell, mein Sohn.«
Morris machte ein beleidigtes Gesicht, aber er war klug genug, nicht noch einmal zu widersprechen, sondern sich herumzudrehen und wieder in sein Zimmer zurückzugehen. Davids Mutter hatte mittlerweile den Rollstuhl ergriffen und schob ihn wieder zur Treppe, aber David schüttelte den Kopf. »Bring mir die Sachen herunter«, sagte er. »Das geht schneller.«
Seine Mutter sah ihn verwirrt an, aber dann hob sie die Schultern und lief tatsächlich mit raschen Schritten die Treppe hinauf, um seine Kleider zu holen. Nicht einmal fünf Minuten später saßen David und sein Vater im Wagen und rasten in Richtung der COMPUTRON-Zentrale los.

Sie brauchten für die Strecke, die sie normalerweise in weniger als einer Viertelstunde zurückgelegt hätten, jetzt fast die dreifache Zeit – obwohl es mittlerweile halb vier Uhr morgens war und die Stadt eigentlich in tiefstem Schlaf liegen sollte.
Stattdessen waren die Straßen voller Autos und an den Kreuzungen herrschte ein heilloses Durcheinander. Sämtliche Ampeln waren ausgefallen und auf den Kreuzungen standen

Polizeiwagen mit zuckenden Blaulichtern und die Beamten versuchten mit mehr gutem Willen als Erfolg, den Verkehr zu regeln. Viele Schaufenster, an denen sie vorbeifuhren, waren hell erleuchtet, aber noch mehr waren dunkel und in vielen flackerte das Licht. Vor zahlreichen Geschäften zuckten die roten Blinklichter der Alarmanlagen und einmal kamen sie an einer Schranke vorbei, die sich ununterbrochen öffnete und schloss, ohne dass ein Zug in Sicht gewesen wäre.

»Was ist hier nur los?«, murmelte Davids Vater. »Das ist ja das reinste Chaos!«

David musste an ein anderes Chaos denken: an flüchtende Männer und Frauen, brennende Häuser und sterbende Krieger. Er schwieg.

»Die ganze Stadt scheint allmählich durchzudrehen«, fuhr Vater kopfschüttelnd fort. »Nichts funktioniert mehr«, ereiferte er sich. »Das kann doch gar nicht sein!«

Und es wurde schlimmer. Sie kamen an einem brennenden Haus vorbei, dessen Bewohner aus eigener Kraft versuchten, den Brand zu löschen; niemand hatte die Feuerwehr gerufen, weil das Telefon nicht funktionierte.

»Die ganze Stadt wird vor die Hunde gehen!«, sagte Vater. »Was ist nur los?«

Der Verkehr quälte sich Stoßstange an Stoßstange über die verstopften Straßen. Sie sahen eine ganze Anzahl von Auffahrunfällen, bei denen es gottlob nur bei Blechschäden geblieben zu sein schien, und irgendwo auf der anderen Seite der Stadt musste wohl ein wirklich großes Feuer ausgebrochen sein, denn der Himmel loderte dort in düsterem Rot.

Nach einer Ewigkeit, wie es David vorkam, hatten sie die Einfahrt des COMPUTRON-Geländes erreicht. Und damit war ihre Fahrt zu Ende. Vor dem Tor staute sich eine Fahrzeugschlange, die bis weit auf die Straße hinausreichte. David sah schattenhafte Gestalten, die sich eilig hin und her bewegten. Das Pförtnerhäuschen war dunkel, aber David sah den hektischen Tanz von Taschenlampen und hörte aufgeregte Stimmen.

»Warte hier einen Moment«, sagte sein Vater, während er bereits die Tür öffnete. »Ich sehe nach, was da los ist!«
David wartete voller Ungeduld, bis sein Vater zurückkam, und er war kein bisschen überrascht, als dieser sagte: »Die Schranke lässt sich nicht öffnen.«
»Lass mich raten«, sagte David düster. »Der Computer streikt.«
Sein Vater antwortete nicht darauf, sondern zog nur ein finsteres Gesicht und eilte um den Wagen herum, um die Hecktüren zu öffnen. David wartete nicht ab, bis er die elektrische Ladeklappe für den Rollstuhl aktiviert hatte, sondern stieß sich kraftvoll ab und landete mit einem Satz auf der Straße, der seinem Vater normalerweise zu einem halben Herzinfarkt verholfen hätte. Jetzt schien er es gar nicht zur Kenntnis zu nehmen, sondern trat mit einem einzigen schnellen Schritt hinter ihn und begann ihn im Slalom zwischen den geparkten Wagen hindurchzuschieben. Er nahm sich nicht einmal die Zeit, die Autotüren zu schließen.
Ein Nachtwächter in einer braunen Uniform vertrat ihnen den Weg, als sie die Schranke erreichten. »Sie können hier nicht durch!«, sagte er. »Wir haben einen Notstand. Kinder haben –« Er stockte, leuchtete David einen Moment lang mit seiner Taschenlampe direkt ins Gesicht, sodass dieser blinzeln musste, und sagte: »Oh, Sie sind es. Das ist etwas anderes.«
David zog den Kopf ein, als Vater seinen Rollstuhl kurzerhand unter der Schranke hindurchschob. Er fragte sich, wieso der Pförtner ihn erkannt hatte. Offensichtlich war ihr Geheimnis doch nicht ganz so gut gewahrt worden, wie Marcus versprochen hatte.
Fast im Laufschritt näherten sie sich dem gewaltigen, ganz aus Beton, Chrom und Glas erbauten Gebäudekomplex, in dem die Zentrale von COMPUTRON untergebracht war. David war das Bauwerk niemals so gigantisch und beeindruckend vorgekommen wie in diesem Moment – aber auch noch nie so düster und bedrohlich.
Möglicherweise hatte das aber einen ganz simplen Grund:

Hinter den meisten Fenstern herrschte Dunkelheit. Und selbst die Lichter, die brannten, kamen ihm ungewöhnlich trüb und blass vor.
»Was ist denn da los?«, murmelte sein Vater. »Die Lichter im Eingangsbereich sollten die ganze Nacht über an sein!«
Wie die meisten modernen Gebäude verfügte auch dieses über eine Rampe neben der Treppe, sodass sie die höhergelegene Eingangstür bequem erreichen konnten. Dann jedoch sahen sie sich einem weiteren Problem gegenüber: Die Tür ging nicht auf. Vater hätte den Rollstuhl um ein Haar in vollem Lauf gegen die geschlossene Glastür gerammt, weil er wie gewohnt darauf vertraute, dass die Automatik die Tür öffnete. Im allerletzten Moment brachte er den Rollstuhl zum Stehen. David wurde nach vorne geworfen und wäre um ein Haar aus dem Stuhl gefallen.
Sein Vater fluchte ungehemmt, und das war etwas, was David nun wirklich nicht an ihm gewohnt war, und es verdeutlichte mehr als alles andere, wie nervös er war.
»Die Automatik funktioniert offenbar nicht«, sagte David.
Sein Vater schnaubte. »Hier funktioniert gar nichts mehr!«, sagte er heftig. »Anscheinend ist der gesamte Strom ausgefallen. Sie müssen auf die Notstromversorgung umgeschaltet haben:« Er schüttelte den Kopf. »Aber dann müsste die Türautomatik trotzdem funktionieren. Hier stimmt doch was nicht.«
Von innen näherte sich ein Schatten, dem der huschende Lichtkreis einer Taschenlampe vorauseilte. Davids Vater schlug mit der flachen Hand gegen die Glastür und rief ein paarmal »hallo«, woraufhin der Mann seine Schritte beschleunigte und sich an einem kleinen Kästchen neben der Tür zu schaffen machte. Augenblicke später bewegten sich die beiden Türhälften quietschend und rumpelnd auseinander. Vater wartete ungeduldig, bis die Türen weit genug aufgegangen waren, um den Rollstuhl hindurchzulassen, dann stürmte er mit gewaltigen Schritten an dem Nachtwächter vorbei, direkt auf die Aufzüge zu.

»Nummer vier!«, rief ihnen der Mann nach. »Alle anderen funktionieren nicht. Die Haupt-Stromversorgung ist ausgefallen!«
»Was für eine Überraschung«, murmelte Vater. Er steuerte den bezeichneten Aufzug an, bugsierte den Rollstuhl in die offen stehende Kabine und schlug mit der Faust auf den obersten Knopf. Die Türen schlossen sich, und die Kabine setzte sich langsam in Bewegung.
Als sie endlich oben angekommen waren, schien eine Ewigkeit vergangen zu sein. Die Türen öffneten sich noch langsamer, als sie sich geschlossen hatten. So schnell es ging, traten sie auf den Flur hinaus – und erlebten eine weitere Überraschung. Der Korridor war nur trüb beleuchtet, aber voller Menschen. Die meisten drängten sich vor einer verschlossenen Tür auf der linken Seite, und Vater hatte die Ansammlung kaum gesehen, da riss er erstaunt die Augen auf. »Was ist denn da los?«, fragte er erstaunt. »Das ... das ist doch *mein* Büro!«
Als sie näher kamen, erkannte David einen der Männer, die vergeblich an der Türklinke rüttelten und zerrten. Es war Valeries Vater.
Auch er erkannte sie im gleichen Augenblick, ließ von der Tür ab und kam mit weit ausgreifenden Schritten und aufgeregt wedelnden Händen näher. »Gut, dass ihr kommt! Ich brauche den Schlüssel. *Schnell!*«
Davids Vater griff automatisch in die Jackentasche und zog einen Schlüsselbund hervor. »Was ist denn passiert?«, fragte er. »Was geht da vor?«
»Valerie!«, antwortete sein Arbeitskollege. »Sie hat sich dort drinnen eingeschlossen und macht nicht auf!« Er riss Vater den Schlüsselbund regelrecht aus der Hand, wirbelte auf dem Absatz herum und jagte schon wieder davon.
»Aber was macht sie hier? In *meinem* Büro?«
Es war niemand mehr da, der antworten konnte, aber David sagte leise: »Dein Terminal.«
Sein Vater blinzelte. »Was?«
»Dein Computer«, sagte David noch einmal. »Er ist an den

Hauptrechner angeschlossen, habe ich recht?« Er schüttelte traurig den Kopf. »Sie hat es mir gesagt, aber ich bin nicht auf die Idee gekommen, dass sie es *hier* versuchen würde. Ich fürchte, ich habe sie unterschätzt.«
»Aber wieso von *meinem* Terminal aus?« fragte Vater. »Und nicht von dem ihres Vaters?«
»Weil sie sein Passwort nicht weiss«, antwortete David kleinlaut. »Aber deins schon.«
»Woher?«
»Ich fürchte, von mir«, gestand David. »Sie ... sie hat sich in mein Programm gehackt, ohne dass ich es gemerkt habe. Und ich wiederum ...«
»*Du* hast *mein* Passwort benutzt, um in den Hauptrechner einzudringen«, führte sein Vater den Satz zu Ende. David nickte zaghaft, aber die erwartete Standpauke blieb aus. Nach einigen Sekunden seufzte sein Vater und sagte: »Und jetzt ist sie wieder dort. In diesem Spiel.«
»Es ist längst kein Spiel mehr«, antwortete David leise. »Adragne existiert, begreif das doch. Alle diese Menschen und anderen Wesen leben wirklich!«
»Was für ein Unsinn!«, sagte eine Stimme hinter ihnen. David erkannte sie als die von Marcus, noch bevor er sich herumdrehte und der Programmierer fortfuhr: »Du glaubst diesen Quatsch doch nicht etwa selbst, oder?«
David wollte widersprechen, doch sein Vater kam ihm zuvor. »Das spielt im Moment wirklich keine Rolle. Was ist hier los? Die ganze Stadt steht Kopf!«
»Ein paar kleine technische Probleme«, antwortete Marcus und machte eine wegwerfende Geste. »Das kriegen wir in den Griff. Aber was tun *Sie* hier?«
Vater ignorierte seine Frage. »Ein paar *kleine technische Probleme?*«, wiederholte er mit schriller Stimme. »Haben Sie in den letzten beiden Stunden vielleicht einmal aus dem Fenster gesehen? Die ganze Stadt liegt lahm! Das sieht mir eher nach einem Weltuntergang aus statt nach einem kleinen Problem!«

»Sie sollten nicht von Dingen reden, von denen Sie nichts verstehen«, antwortete Marcus überheblich. »Wir schaffen das schon, nur keine Sorge. Und jetzt wäre ich Ihnen dankbar, wenn Sie Ihren Sohn hier herausbringen und uns helfen würden. Wir haben eine ausgewachsene Krisensituation und brauchen jeden Mann.« Nach einer genau bemessenen Pause und in wahrscheinlich ganz bewusst verletzendem Ton fügte er hinzu: »Selbst Sie.«

Sein Vater wollte auffahren, doch David sagte rasch: »Geh ruhig. Ich sehe nach, was mit Valerie ist, und danach ... ich komme schon klar. Ehrlich.«

Sein Vater zögerte immer noch. Er starrte Marcus so herausfordernd und wütend an, dass sich David nicht mehr gewundert hätte, wenn die beiden gleich aufeinander losgegangen wären. Zwischen Marcus und seinem Vater musste noch mehr vorgefallen sein, als er bisher wusste, das begriff er ganz plötzlich.

Bevor die Situation noch weiter eskalieren konnte, drehte er seinen Stuhl herum und rollte davon. Er widerstand der Versuchung, über die Schulter zu den beiden zurückzublicken, sondern fuhr rasch zum Büro seines Vaters hin.

Die Tür war noch immer verschlossen. Valeries Vater hatte den Schlüssel ins Schloss gesteckt und herumgedreht, aber sie rührte sich immer noch nicht. Offensichtlich war sie von innen blockiert. Valeries Vater warf sich zweimal wuchtig mit der Schulter dagegen und schüttelte dann den Kopf. »Das hat keinen Sinn«, sagte er. »Wir müssen den Hausmeister rufen.«

»Warum treten Sie sie nicht einfach ein?«, fragte David.

»Weil sie aus Metall ist«, antwortete er. »Alle Türen in diesem Gebäude sind Feuerschutztüren.« Er griff nach dem Hörer des Haustelefons, das neben der Tür hing, führte die Bewegung aber nicht zu Ende. »Ach verdammt, das Ding funktioniert ja nicht!«

»Ich laufe nach unten und hole ihn«, erbot sich einer der anderen Männer und lief mit hastigen Schritten davon.

»Gibt es keinen anderen Weg hinein?«, fragte David. Bis der

Mann mit dem Aufzug nach unten gefahren war, den Hausmeister gefunden hatte und mit ihm zurückkam, konnten viele Minuten vergehen. Und er hatte das Gefühl, dass jede Sekunde zählte.

»Nein. Die meisten Büros hier haben nicht einmal Fenster. Es gibt keinen anderen Weg. Warum?«

»Sie müssen sie auf jeden Fall vom Computer abkoppeln«, sagte David, ohne die Frage zu beantworten. »Ganz egal, wie. Schalten Sie das Ding ab. Schlagen Sie es meinetwegen kurz und klein, aber *holen Sie sie da raus!*«

Valeries Vater sah ihn durchdringend an. Seine Stimme wurde plötzlich ganz leise. »Was habt ihr getan?«, fragte er. »Was zum Teufel habt ihr beiden angestellt?«

»Das würden Sie mir sowieso nicht glauben«, antwortete David. »Holen Sie sie da raus, alles andere ist jetzt egal. Wir erklären Ihnen alles, das verspreche ich.«

»Das will ich auch hoffen«, antwortete Valeries Vater. »Und du solltest ein paar verdammt gute Antworten bereit haben.«

In diesem Moment erlosch das Licht und gleichzeitig glaubte David so etwas wie ein tiefes, mehr spür- als hörbares Seufzen wahrzunehmen; als hielten all die zahllosen Apparaturen, Schaltkreise, Minicomputer und Gerätschaften, die dieses gewaltige Gebäude mit Leben erfüllten, für eine halbe Sekunde den Atem an. Nur eine Winzigkeit später flackerte das Licht und ging dann wieder an. Aber David war nicht der einzige, dem der Schrecken deutlich im Gesicht geschrieben stand.

»Die Notstromversorgung«, murmelte Valeries Vater. »Aber das ... kann doch gar nicht sein! Das System ist völlig unabhängig von –«

»Von was?«, fragte David.

Valeries Vater schwieg. Aber es war auch gar nicht nötig, dass er weitersprach. Mit einem Mal war alles ganz klar. Und im Grunde war es das die ganze Zeit über gewesen. Er hatte die Wahrheit einfach nicht sehen *wollen.* »Vom Hauptrechner,

nicht wahr?«, sagte er. »Das also passiert hier? Das gesamte Computersystem bricht zusammen, nicht wahr? Nicht nur hier in der Zentrale, sondern überall, in der ganzen Stadt!«
Deshalb herrscht überall in der Stadt das Chaos, dachte David; funktionierten Telefone nicht mehr, spielten Ampeln und Alarmanlagen verrückt, rückten Feuerwehr und Krankenwagen nicht aus, öffneten sich Türen nicht mehr und weigerten sich Aufzüge zu fahren. Die Liste hätte sich noch stundenlang fortsetzen lassen – es war ja noch gar nicht so lange her, dass ihm sein Vater voller Stolz erzählt hatte, dass praktisch die ganze Stadt von dem Superrechner bei COMPUTRON gesteuert wurde.
»Es kann nichts damit zu tun haben«, sagte Valeries Vater. Er klang nicht so überzeugt, wie er es wahrscheinlich gerne gehabt hätte. »Die Notstromversorgung arbeitet völlig unabhängig. Sie ist überhaupt nicht mit dem Hauptrechner verbunden!«
»Aber sie wird von einem Computer gesteuert«, vermutete David.
»Alles hier wird von Computern gesteuert«, antwortete Valeries Vater. »Fast die ganze Stadt.«
»Das habe ich befürchtet«, murmelte David.
»Was willst du damit sagen?«
»Jetzt nicht«, antwortete David. »Ich muss mit meinem Vater sprechen. Wo ist er hingegangen?«
»Vermutlich in die Hauptschaltzentrale«, antwortete Valeries Vater. »Aber da kommst du nicht rein. Sicherheitsbereich. Nicht einmal ich habe Zutritt. Was ist los?«
»Es ist dieser Virus«, antwortete David. »Er greift nicht nur das Adragne-Programm an.«
»Unsinn! So etwas ist vollkommen ausgeschlossen.«
»Nicht unbedingt«, sagte einer der anderen Männer und David wurde sich erst in diesem Moment bewusst, dass mindestens ein Dutzend weiterer Computerfachleute ihr Gespräch mit angehört hatten. »Es wäre nicht das erste Mal, dass ein Computervirus außer Kontrolle gerät.«

»Aber nicht dieser«, antwortete Valeries Vater heftiger, als notwendig erschien, und im eindeutigen Tonfall der Verteidigung. »Der Virus wurde speziell auf die Programmstruktur von *Schattenjagd* zugeschnitten. Er kann auf einem anderen Computer als unserem Großrechner gar nicht funktionieren. Das ist technisch unmöglich!«
»Und wie kommt er dann in meinen Computer zu Hause?«, fragte David.
»Wie bitte?« Valeries Vater klang entsetzt.
»Er hat meinen Computer zu Hause zerstört«, antwortete David. »Und den meines Vaters. Und ich vermute, jeden anderen Rechner in der Stadt auch, der eingeschaltet war.«
Die Aufzugtüren gingen auf und der Hausmeister kam. Vor der Tür herrschte mittlerweile ein solches Gedränge, dass er sich seinen Weg regelrecht freikämpfen musste. Er rüttelte zweimal am Türgriff, drehte den Schlüssel vor und zurück und ließ sich dann auf ein Knie herabsinken. Umständlich öffnete er seinen Werkzeugkasten, kramte einen winzigen Schraubenzieher hervor und machte sich ein paar Sekunden lang am Türschloss zu schaffen. Die Tür sprang mit einem Klicken auf.
Valeries Vater drängte sich so heftig an dem Hausmeister vorbei, dass dieser fast die Balance verloren hätte. »Valerie!«, schrie er. »Schalte sofort ab! Val –«
Er stockte nicht nur mitten im Wort, sondern blieb auch abrupt stehen. David, der seinen Rollstuhl dicht hinter ihm durch die Tür gezwängt hatte, wäre ihm um ein Haar in die Kniekehlen gefahren. Dann starrten sie beide den Schreibtisch an und das qualmende, halb zusammengeschmolzene Etwas, das darauf stand und einmal ein Computer gewesen war.
Das Gerät war vollkommen ausgebrannt. Die elektronischen Rauchmelder unter der Decke waren wie alle anderen Apparaturen ausgefallen und hatten das Feuer nicht gemeldet, aber der Brand hatte sich nicht ausgedehnt, sondern war wie durch ein Wunder von selbst erloschen – allerdings nicht, ohne zuvor den gesamten Computer, den Schreibtisch, Vaters Ses-

sel und den hochkomplizierten Cyberhelm in einen Haufen wertlosen Schrott zu verwandeln.
Und Valerie selbst
– war verschwunden.
David sah sich fassungslos um. Das Büro sah ganz genau so aus, wie Valeries Vater es beschrieben hatte: überraschend geräumig und modern ausgestattet, aber fensterlos und mit nur einem einzigen Ausgang, der von innen abgeschlossen gewesen war.
»Aber ... aber das ist doch ... völlig unmöglich!«, stammelte Valeries Vater. »Sie ... sie kann nicht rausgekommen sein! Die Tür war von innen abgeschlossen und draußen auf dem Flur standen mindestens ein Dutzend Leute. Wo ist sie hin?«
»Ich weiß es«, antwortete David leise.
»Du weißt es?! Wo?!«
David wirbelte seinen Rollstuhl auf der Stelle herum und deutete auf den Flur hinaus. »Hoffentlich ist es noch nicht zu spät!«, keuchte er. »Kommen Sie!«

Ohne die Hilfe von Valeries Vater wäre David tatsächlich nicht in die Hauptschaltzentrale hineingekommen. Die Tür war mit einer komplizierten elektronischen Sperre gesichert, die nur den Inhaber einer ganz speziellen Codekarte und des dazugehörigen Passwortes einließ und im Moment vollkommen wertlos war, denn sie war ausgefallen wie alle anderen Geräte hier. Aber dahinter stand noch eine zweite Sperre, eine von der altmodischen Art: knapp zwei Meter groß, mit grimmigem Gesicht und Muskeln, die die Ärmel ihres Hemdes schier zu sprengen schienen, und *die* weigerte sich beharrlich, sie durchzulassen.
Erst als Valeries Vater so laut wurde, dass man seine Stimme vermutlich noch auf der anderen Seite der Stadt hören konnte, wurde die Tür geöffnet, und niemand anderer als Davids Vater blickte zu ihnen heraus.
»Was ist denn –«, begann er.
»Valerie!«, unterbrach ihn David. »Ich weiß, wo sie ist!«

»Was soll das heißen? Sie ist doch in meinem Büro, oder?«
»Sie ist verschwunden!«, sagte Valeries Vater. »Die Tür war abgeschlossen. Sie konnte unmöglich heraus! Aber sie ist nicht mehr da! Sie ist einfach verschwunden!«
Davids Vater überlegte nur noch eine Sekunde, dann trat er zurück, gab dem Mann vom Sicherheitsdienst einen entsprechenden Wink und deutete David und seinem Begleiter, einzutreten.
David hielt vor lauter Staunen ein paar Sekunden lang die Luft an, als er an seinem Vater vorbeirollte. Er hatte schon eine Menge über die Hauptschaltzentrale von COMPUTRON gehört, aber sie noch nie gesehen – dieses Privileg stand nur wenigen Eingeweihten zu, zu denen nicht einmal sein Vater gehörte. Natürlich hatte er sich diesen Raum, der ja immerhin so etwas wie das Gehirn der ganzen Stadt darstellte, immer wieder vorgestellt – aber die Wirklichkeit übertraf selbst seine kühnsten Erwartungen.
Der Raum war riesig und vollgestopft mit den modernsten Erzeugnissen der Computertechnik. Obwohl auch hier nur eine trübe Notbeleuchtung brannte, wirkte der Raum ungeheuer beeindruckend – David kam sich klein und verloren vor. Es gab Dutzende von Schaltpulten voller technischer Gerätschaften, von denen David zum Großteil nicht einmal wusste, wozu sie dienten, geschweige denn, dass er sie schon einmal gesehen hätte. Gut die Hälfte der gegenüberliegenden Wand wurde von einem riesigen Bildschirm eingenommen, und es gab buchstäblich Hunderte weiterer Monitore, die in den Wänden, den Tischen und zum Teil sogar in der Decke eingelassen waren. Sie alle zeigten dasselbe Bild.
Im ersten Moment dachte David, es wäre dieselbe Schlacht, deren Zeuge er vorhin – wie er geglaubt hatte, im Traum – geworden war, aber schon beim zweiten Hinsehen erkannte er die furchtbare Wahrheit. Er sah wieder eine brennende Stadt, wieder flüchtende Männer und Frauen, wieder eine lebendige Lawine aus schnappenden Kiefern und reißenden Klauen.

Aber diesmal war es Cairon, das brannte. Die *Baks* hatten die Hauptstadt des Reiches angegriffen.
»Aufhören!«, schrie David, so laut er konnte. »Ihr müsst sofort aufhören!«
Bisher hatte niemand von ihm und Valeries Vater Notiz genommen, nun aber ruckten die Köpfe aller Männer und Frauen hier drinnen herum, und mehr als zwei Dutzend Gesichter blickten ihn überrascht und auch zornig an.
Eines davon gehörte Marcus. »Was zum Teufel tut dieser Junge hier?«, blaffte er. »Unbefugte haben hier keinen Zutritt!« Er kam mit weit ausgreifenden Schritten heran, aber Davids Vater vertrat ihm rasch den Weg.
»Ich habe ihn hereingelassen«, sagte er.
»Dann sorgen Sie auch dafür, dass er wieder geht, und zwar sofort!«, verlangte Marcus. »Sind Sie wahnsinnig geworden? Sie wissen, was auf dem Spiel steht!«
»Aber ich weiß es nicht«, mischte sich Valeries Vater ein. Verwirrt trat er einen Schritt vor und blickte auf das, was sich auf dem gewaltigen Bildschirm abspielte. »Was geht hier vor?«
»Wir beenden das Programm«, antwortete Marcus. »Dieses verdammte Computerspiel, das uns alle fast ruiniert hätte!«
Valeries Vater blickte weiter auf den riesigen, überdimensionalen Monitor. »Das ... das sieht nicht aus wie ein Spiel«, murmelte er.
Marcus widersprach nicht – und wie konnte er auch? Was David schon vorhin, auf dem winzigen Bildschirm zu Hause, gespürt hatte, das wurde hier überdeutlich: Was sie sahen, war keine Computeranimation. Kein Trick.
Was sie beobachteten, war real.
»Das ist es auch nicht«, sagte Davids Vater plötzlich. Er sprach ganz leise und er blickte zwar in Davids Richtung, sah ihn aber nicht direkt an.
»Was sagst du da?«, fragte Valeries Vater.
»Es ist keine Illusion«, wiederholte David anstelle seines Vaters. »Ich weiß nicht, wie es geschehen konnte, aber ... aber irgendwie ist es Wahrheit geworden.«

»Was für ein Quatsch!«, sagte Marcus. »Werft endlich dieses schwachsinnige Kind raus! Und seinen Vater gleich mit!«
»Sie wissen es«, behauptete David. »Sie wissen es, seit Sie da gewesen sind, nicht wahr?«
Marcus starrte ihn aus brennenden Augen an, aber er sagte nichts mehr, und David fuhr fort: »Sie haben es vom ersten Moment an gewusst, habe ich Recht? Seit Sie und Ihre beiden Kollegen auf Adragne angekommen sind und die Schlitzer getroffen haben.«
Marcus sagte immer noch nichts und David wandte sich an seinen Vater: »Und du?«
»Ich hatte keine Ahnung, David«, antwortete sein Vater ernst. »Nicht bis vorhin. Bis ich in dein Zimmer kam und die Szene auf diesem Monitor sah.«
»Ist das wahr?«, fragte Valeries Vater. Es war sehr still in dem großen lichterfüllten Raum geworden. Zwei Dutzend Gesichter starrten Marcus, David und die beiden anderen an und David war sicher, dass all diese Männer und Frauen für einige Sekunden den Atem anhielten.
»Was hätte ich tun sollen?«, fragte Marcus schließlich. »Das Programm musste gestoppt werden!«
»Dann haben Sie es gewusst?« Valeries Vater deutete auf den Bildschirm. »Der Junge hat recht? Das dort ist keine Simulation, sondern *Wirklichkeit?* Aber wie ist das möglich? Es ist doch nur ein Computerprogramm!«
Marcus schnaubte. »Woher soll ich das wissen?«, fragte er feindselig. Er deutete mit einer wütenden Geste auf David. »Fragen Sie doch diesen Aushilfs-Einstein da, wie er es gemacht hat!«
»Das spielt jetzt keine Rolle«, sagte Davids Vater hastig. »Sie müssen es stoppen, Marcus!«
»Was?« Marcus riss die Augen auf.
»Ihr Virusprogramm! Dort sterben Menschen! Hunderte, in jeder Minute! Vielleicht Tausende! *Schalten Sie das Programm ab! Sofort!*«
»Das kann ich nicht«, sagte Marcus.

»Was soll das heißen?«, keuchte David.
»Was es heißt«, erwiderte Marcus achselzuckend. »Ich kann es nicht aufhalten. Niemand kann das. Es ist zu spät.«
»Und Valerie?« Valeries Vater hob in einer verzweifelten Geste die Hände. »Meine Tochter! Sie ist dort!«
»Wie bitte?« Marcus blinzelte. »Das ist unmöglich.«
»Nein«, sagte David. »Yaso Kuuhl. Erinnern Sie sich? Der Schwarze Ritter?«
Marcus nickte und David fuhr fort: »Sie ist noch einmal zurückgegangen, um Orban und Gamma Graukeil beizustehen. Die *Baks* haben sie überwältigt. Ich habe es gesehen.«
»Stoppen Sie es!«, flehte Valeries Vater. »Ganz egal wie, Marcus! Ich flehe Sie an: *Tun Sie etwas!*«
»Das kann ich nicht«, antwortete Marcus leise. Plötzlich war jede Überheblichkeit aus seiner Stimme gewichen. »Es ist zu spät. Sie wissen das. Niemand kann einen Virus aufhalten, wenn er einmal so weit gekommen ist.«
»Nicht einmal Sie?«, fragte David. »Sie haben ihn schließlich erschaffen!«
Marcus schwieg, aber plötzlich stand einer der Techniker auf und trat mit zwei raschen Schritten auf sie zu. »Vielleicht gibt es eine Möglichkeit«, sagte er. »Wenn wir den Ursprung des Virus zerstören –«
»Halten Sie den Mund, Sie Dummkopf!«, unterbrach ihn Marcus. »Sie wissen ja nicht, was Sie da reden!«
»Vielleicht nicht«, antwortete der Mann aufgeregt. »Aber ich weiß, was *das da* ist!« Er deutete mit dem ausgestreckten Arm auf den Bildschirm. »Das ist Mord! Wir haben nicht das Recht, all diese Geschöpfe einfach ihrem Schicksal zu überlassen. Geschweige denn, sie einfach auszulöschen!«
Marcus wollte widersprechen, aber nun meldete sich auch ein weiterer Techniker zu Wort und andere stimmten ihm zu: »Niemand weiß, wie es geschehen konnte, aber all diese Wesen ... *leben.* Wir müssen ihnen helfen!«
»Schalten Sie das Virusprogramm ab, Marcus!«, verlangte Davids Vater. »*Sofort!*«

Marcus blickte ihn weiter trotzig an, aber von seiner bisherigen Überheblichkeit war nicht mehr viel geblieben. Dann fuhr Davids Vater fort: »Wissen Sie, was geschieht, wenn dieser Virus außer Kontrolle gerät, Marcus? Dann verwandelt sich die ganze Stadt in ein Irrenhaus. Ich möchte nicht in Ihrer Haut stecken, wenn man hinterher fragt, wie das geschehen konnte!«

»Oder wenn Valerie etwas passiert«, fügte Valeries Vater leise hinzu.

Marcus blickte auch ihn noch einige Sekunden lang mit steinernem Gesicht an, aber dann drehte er sich wortlos herum und trat an eines der Computerterminals heran. Seine Finger huschten so schnell über die Tastatur, dass David ihren Bewegungen kaum noch zu folgen vermochte.

Im ersten Moment zeigte sich keinerlei Wirkung. David sah mit klopfendem Herzen wieder auf den großen Wandschirm. Das Bild hatte sich nicht verändert. Die *Baks* berannten Cairon von allen Seiten. Noch gelang es den Verteidigern, die schwarze Flut im Zaum zu halten – aber wie lange noch?

Obwohl König Liras' Truppen offensichtlich das Geheimnis der *Baks* kannten und sich hüteten, die Monster auf eine Weise zu verletzen, die ihre Stärke noch mehren konnte, wuchs die Armee der *Baks* doch unaufhörlich. Die Ungeheuer zerfetzten sich in ihrer Gier nur zu oft gegenseitig und aus der Ferne strömten immer mehr und mehr herbei, sodass ihre Zahl noch immer zunahm, während die der Verteidiger ebenso langsam, aber auch ebenso unaufhörlich abnahm. Ohne Gamma Graukeils Greife, die in Scharen am Himmel kreisten und immer wieder in den Kampf eingriffen, indem sie blitzartig herabstießen und zwei oder auch drei der Ungeheuer gleichzeitig packten, um sie aus tödlicher Höhe wieder herabstürzen zu lassen, wäre der Kampf vermutlich längst entschieden gewesen.

Doch auch die Greife waren nicht unverwundbar. David beobachtete entsetzt, dass es den *Baks* immer wieder gelang, eines der geflügelten Wesen zu packen und festzuhalten, bis

es unter einer Flut aus schnappenden Zangen und Kiefern verschwand.
»Marcus!«, sagte David. »Beeilen Sie sich! Sie halten nicht mehr lange durch!«
»Es ... es geht nicht«, murmelte Marcus. Er klang nervös. Nein – nicht nervös: in seiner Stimme schwang eindeutig ein Unterton von *Panik*.
»Was soll das heißen – es geht nicht?«, fragte sein Vater.
»Es lässt sich nicht abschalten!«, antwortete Marcus. »Ich bekomme keinen Zugriff mehr auf das Programm!«

David beförderte seinen Stuhl mit einem Ruck neben das Schaltpult, an dem Marcus hantierte. Die Finger des Programmierers hämmerten immer hektischer auf die Tastatur ein, aber das Ergebnis blieb immer dasselbe: Auf dem Bildschirm vor ihm erschienen in grüner, leuchtender Schrift die Worte: ZUGRIFF VERWEIGERT.
»Sagen Sie nicht, Sie hätten Ihr eigenes Passwort vergessen!«, sagte David
»Natürlich nicht!«, herrschte ihn Marcus an. »Irgendjemand muss es geändert haben! Aber keine Sorge, damit werde ich schon fertig.«
»Das sollten Sie besser auch«, sagte einer der Techniker. »Wenn das, was ich hier sehe, stimmt, stecken wir in Schwierigkeiten.«
»Was Sie nicht sagen!«, bemerkte Marcus höhnisch und der Techniker erwiderte sehr ruhig, aber auch mit sehr klarer Stimme: »Sie sind im Internet.«
Marcus erstarrte. David konnte sehen, wie jedes bisschen Farbe aus seinem Gesicht wich. Langsam hob er den Kopf, starrte den Techniker an und krächzte: »Was ... sagen Sie da?«
Der Mann drehte sich in seinem Stuhl herum und sah Marcus offen ins Gesicht. »Die Viren. Ihre *Baks* oder wie immer Sie sie nennen. Es sieht so aus, als ob sie gerade aus dem städtischen Netz entkommen wären.«
»Aber das ist unmöglich«, murmelte Marcus.

»Ich bin online mit Tokio, New York und Sidney verbunden«, antwortete der Techniker. »Alle drei Städte melden das Auftauchen eines neuen Computervirus. Noch hat er nicht viel Schaden angerichtet, aber er breitet sich schnell aus.«
Marcus schwieg und sein Blick schien ins Leere zu gehen. Dann sagte er leise, aber in einem Ton, der David einen eisigen Schauer über den Rücken laufen ließ: »Dann haben wir nur noch eine Wahl.« Er atmete hörbar ein und drehte sich zu dem Techniker um, der gerade mit ihm gesprochen hatte: »Bereiten Sie alles für einen kompletten Shut down vor.«
Der Mann riss ungläubig die Augen auf. »Wie bitte?«
»Sie haben richtig gehört«, sagte Marcus . »Wir schalten das gesamte System ab! Hier, in der Stadt, im Kaufhaus ... alles.«
»Aber das ... das können Sie nicht tun!«, murmelte David . Er deutete auf den Bildschirm. »Das würde bedeuten –«
»Ich weiß, was es bedeutet«, unterbrach ihn Marcus. »Das Ende. Sie alle hören auf zu existieren.«
»Aber damit löschen Sie ein ganzes Volk aus!«, schrie David. »Eine ganze Welt!«
»Ich weiß«, sagte Marcus. »Aber ich rette vielleicht unsere.«
»Was soll das heißen?«, fragte Davids Vater.
»Haben Sie nicht zugehört?«, fragte Marcus . Er deutete heftig auf den Monitor, auf dem sich die apokalyptische Schlacht ihrem Höhepunkt zu nähern schien. David sah, dass eines der gewaltigen Stadttore Cairons unter dem Ansturm der schwarzen Horden gefallen war. Aber so furchtbar der Anblick auch war, er hatte das Gefühl, dass das, was Marcus ihnen mitzuteilen hatte, vielleicht noch schlimmer sein konnte.
»Das da ist jetzt nicht mehr nur noch unser Problem!«, fuhr Marcus erregt fort. »Ich hätte es technisch niemals für möglich gehalten, aber offensichtlich haben sie es geschafft, aus dem Programm auszubrechen! Wenn diese Computerviren sich im Internet ausbreiten, dann ... dann kann das unvorstellbare Folgen haben! Nicht nur für uns! Für die ganze Welt! Sie haben mir selbst erzählt, was in der Stadt vorgeht! Dasselbe könnte *überall* geschehen! Wollen Sie das?«

»Aber das kann doch gar nicht sein«, antwortete Davids Vater hilflos. »Ich meine ... das Internet ist gegen Viren geschützt. Es gibt Dutzende von Anti-Viren-Programmen, die genau so etwas verhindern sollen!«

»Normalerweise schon«, antwortete Marcus. »Aber ich fürchte, in diesem Falle wird es nicht funktionieren.«

»Was wollen Sie damit sagen?«, fragte David.

Marcus presste für einen Moment die Lippen zusammen, sodass sie zu einem schmalen, blutleeren Strich zu werden schienen. »Weil diese Viren wie alle anderen sind«, sagte er nach einer Weile. »Du weißt, wie ein normaler Virenscanner funktioniert. Er sucht nach einem ganz bestimmten Computervirus. Wenn er es erkannt hat, dann zerstört er es. Aber bei den *Baks* wird das nicht funktionieren.«

»Und wieso nicht?«, fragte David.

»Weil sie sich verändern«, sagte Marcus. »Sie sind dazu geschaffen, Gefahren zu erkennen und darauf zu reagieren.«

David war nicht ganz sicher, ob er verstand, was Marcus damit meinte, aber in der Stimme seines Vaters schwang pures Entsetzen, als er sagte: »Einen Moment! Wollen Sie damit sagen, dass Sie ... dass Sie *einen lernfähigen Virus erschaffen haben, Sie Wahnsinniger?*«

»Ich fürchte, so ist es«, sagte Marcus leise.

»Was bedeutet das?«, wollte David wissen.

»Das bedeutet, dass er nicht aufzuhalten ist«, antwortete sein Vater. »Nichts und niemand auf der Welt kann dieses Ding stoppen, wenn es einmal frei ist!« Seine Stimme versagte fast. »Sie ... Sie müssen den Verstand verloren haben, Marcus! Niemand hat so etwas je gewagt und Sie wissen auch verdammt genau, warum!«

»Ich konnte nicht ahnen, dass er entkommt!«, verteidigte sich Marcus.

»Niemand kann ahnen, was bei einem Computervirus passiert, der wie ein Bazillus mutiert!«, schrie Davids Vater. »So verrückt, das auszuprobieren, war auf der ganzen Welt noch niemand, wissen Sie!?«

»Beruhigen Sie sich«, sagte Marcus. »Noch ist es nicht zu spät. Wenn wir das gesamte System abschalten, dann verschwinden sie einfach wie ein Spuk.« Er schnippte mit den Fingern und lächelte, aber niemand reagierte darauf.

David starrte den Bildschirm an. Seine Augen begannen zu brennen. »Und sie?«

Weder Marcus noch sein Vater oder sonst jemand antwortete darauf, aber das war auch nicht nötig. David wusste nur zu gut, wie die Antwort lautete. Wenn Marcus den Hauptcomputer tatsächlich abschaltete, dann würde Adragne mit all seinen Bewohnern einfach erlöschen. Sie hatten, ohne es zu wollen, vielleicht ein Wunder vollbracht und eine neue Art von Leben erschaffen, aber dieses Leben existierte trotz allem nur in den Computerchips und Speichern des COMPUTRON-Rechners. Wenn sie ihn abschalteten, vernichteten sie es.

»Was ist mit Valerie?«, fragte Valeries Vater.

»Ihr wird nichts geschehen«, behauptete Marcus.

»Woher wollen Sie das wissen? Sie ist *dort!*«

»Was soll ich tun?«, schnappte Marcus. »Abwarten, bis –«

»Ich könnte sie holen«, mischte sich David ein. Er sah aus den Augenwinkeln, wie sein Vater zusammenfuhr und blass wurde, während Marcus nur die Stirn runzelte.

»Ich meine es ernst«, fuhr er fort. »Ich kenne mich dort aus und –«

»Das kommt überhaupt nicht in Frage«, sagte sein Vater scharf. »Du wirst *nicht* dorthin zurückgehen!«

»Aber ich kann sie nicht einfach im Stich lassen!«, protestierte David, doch sein Vater blieb hart.

»Du weißt ja nicht einmal, wo sie ist«, sagte er mit einer Geste auf den Bildschirm, auf dem noch immer die Schlacht tobte. »Willst du sie da suchen? Sie würden dich in Stücke reißen!«

»Kaum.« Diesmal war die Zuversicht in Davids Stimme nicht gespielt. »Ich weiß, wie das Programm funktioniert. Ich brauche fünf Minuten, um einen Charakter zu erschaffen, der vollkommen unverwundbar ist.« *So wie Yaso Kuuhl, als du ihn das letzte Mal auf dem Monitor gesehen hast?* fügte eine

dünne, boshafte Stimme hinter seiner Stirn hinzu. *Unbezwingbarkeit allein reicht vielleicht nicht.*
»Das würde nichts nutzen«, beharrte sein Vater. »Du weißt ja nicht einmal, wo sie ist!«
»Also das ist nun wirklich das kleinste Problem«, sagte David. »Darf ich?« Er wartete die Antwort auf seine Frage gar nicht ab, sondern drängelte Marcus unsanft zur Seite, griff nach der Computertastatur und hackte sich mit wenigen gekonnten Befehlen ins Hauptprogramm von *Schattenjagd.* Als das entsprechende Menü auf dem Schirm erschien, gab er einen Suchbefehl ein und tippte:
FINDE – YASO KUUHL
Im ersten Moment geschah nichts. Dann flackerte das Bild auf dem großen Schirm plötzlich. Der Anblick Cairons und der tobenden Schlacht erlosch – und machte einem anderen, zumindest David auf furchtbare Weise vertrauten Bild Platz. Es war die große Halle im obersten Stockwerk des Schwarzen Turmes. Marcus' Alchimistenlabor war vollkommen verwüstet. Tische und Bänke waren umgestürzt und zerbrochen und alles, was sich darauf befunden hatte, bis zur Unkenntlichkeit zerschlagen. Der Raum wimmelte von *Baks.* Sie hatten das Vernichtungswerk, das die Schlitzer begonnen hatten, zu Ende geführt. Nur den riesigen kupfernen Zylinder an seinem Ende, den David scherzhaft als Marcus' »Frankenstein-Tank« bezeichnet hatte, hatten sie sonderbarerweise unversehrt gelassen ...
»Was ist das?«, murmelte Davids Vater.
»Der Schwarze Turm«, antwortete David und Marcus sagte beinahe im selben Augenblick: »Das UNIVERSUM.«
»Das ... das Kaufhaus?«
Marcus nickte. »Der Zentralrechner dort war der leistungsstärkste in der Stadt – abgesehen von unserem hier. Ich fand es nur logisch, ihn zu benutzen, um das Gegenprogramm zu starten.«
»Wunderbar«, murmelte Vater. »Das heißt, wir kommen von hier aus nicht einmal an das verdammte Ding heran.«

»Das ist auch nicht nötig«, erwiderte Marcus . »Das Elektrizitätswerk kann den Strom im gesamten Kaufhauskomplex abschalten.«
Davids Vater funkelte ihn an, aber er sagte nichts mehr. Gebannt beobachteten sie alle wieder das Bild, auf dem der riesige, sonderbar altmodisch anmutende Kupferzylinder jetzt ganz deutlich zu erkennen war.
»Das ist es«, sagte Marcus. »Wie ich es mir gedacht habe. Das Hauptprogramm. Wenn wir es zerstören, hört es auf.«
»Und meine Tochter?«, fragte Valeries Vater mit bebender Stimme.
Marcus deutete wortlos auf einen Punkt ganz am Rande des Bildschirmes. Gleichzeitig gab er einem der Techniker einen Wink. Die Kamera zoomte ein und zeigte ihnen ein Bild, das David schier das Blut in den Adern gerinnen ließ.
Es war Yaso Kuuhl. Er schien zumindest äußerlich unversehrt zu sein und auch bei Bewusstsein, denn er überschüttete die *Baks* mit den wüstesten Beschimpfungen, die David je gehört hatte. Aber das war auch schon alles, was er tun konnte. Jeweils zwei der Monster hielten seine Arme und Beine gepackt und hielten ihn mit eiserner Kraft fest.
»Das ... das ist Valerie?«, fragte ihr Vater verwirrt. »Aber –«
»Die Gestalt, die sie auf Adragne angenommen hat, ja«, sagte David rasch. »Keine Sorge! Sie können ihr nichts tun.«
»Aber sie kommt auch nicht von dort weg!«
»Noch nicht«, sagte Marcus. »Wir haben keine Wahl. Und auch keine Zeit mehr. Diese Dinger verändern sich in jeder Sekunde weiter. Wir müssen abschalten!«
Sowohl David als auch sein und Valeries Vater wollten protestieren, aber es war zu spät. Marcus trat mit einem schnellen Schritt an ein anderes Pult, tippte blitzartig zwei, drei Worte in den Computer und drückte die ENTER-Taste.
Nichts geschah.
Marcus runzelte die Stirn, murmelte einen Fluch und schlug noch einmal und mit der flachen Hand auf die Taste, die das gesamte Computerprogramm beenden sollte. Auch diesmal

geschah nichts, doch dann stieß einer der Techniker einen überraschten Schrei aus und deutete auf den Monitor.
Davids Atem stockte, als er auf den Schirm sah.
Die *Baks,* die bisher scheinbar ziellos durch den Saal gelaufen waren, waren stehen geblieben. All die zahllosen Ungeheuer hatten die Köpfe gehoben und ihre augenlosen Schädel starrten auf den Bildschirm.
Sie sahen sie an!
»Großer Gott!«, murmelte Davids Vater. »Sie wissen es. Sie wissen, dass wir hier sind!«
Bevor irgendjemand etwas sagen konnte, wiederholte sich das, was David schon einmal erlebt hatte – vor einer Stunde, in seinem Zimmer. Einer der *Baks* stieß sich mit einer kraftvollen Bewegung vom Boden ab, sprang mit weit ausgebreiteten Armen direkt auf den Monitor zu und prallte dagegen, als wäre er kein Bild, sondern tatsächlich ein riesiges, albtraumhaftes Ungeheuer, das im Inneren des Monitors gefangen war. David bildete sich sogar ein zu hören, wie er gegen das Glas prallte. Er schrak in seinem Stuhl zurück und auch einige der anderen Männer hoben die Hände vors Gesicht oder zogen den Kopf ein, als erwarteten sie, im nächsten Moment von einem Hagel scharfkantiger Glassplitter überschüttet zu werden.
Der Bildschirm explodierte nicht, aber das Bild erlosch sowohl auf dem großen Monitor als auch auf allen anderen. Einen Augenblick später war wieder der Anblick Cairons zu sehen, dessen Bewohner sich noch immer mit dem Mut der Verzweiflung gegen die heranstürmenden Ungeheuer zur Wehr setzten.
»Mein Gott«, murmelte Marcus. »Was war das?«
»Das, was Sie prophezeit haben, Sie Wahnsinniger«, erwiderte Davids Vater. »Sie haben die Gefahr bemerkt und darauf reagiert. Sie können den Computer nicht mehr abschalten.«
»Und ob ich das kann!«, antwortete Marcus. »Wir schalten den Strom ab. Alles! Auch die Notstromaggregate. Dann bricht das Programm zusammen.«

David starrte aus brennenden Augen auf den Schirm. Er hatte es die ganze Zeit über gespürt, aber einfach nicht in Worte fassen können – als wäre an dem Anblick etwas, das er sehr wohl erkannt, aber noch nicht in seiner ganzen Bedeutung begriffen hatte!
»Wo ist der Hausmeister?«, rief Marcus. »Er soll in den Keller gehen und sich bereit halten, um das Notstromaggregat abzuschalten! Und dann alles raus hier! Wenn der Strom ausfällt, dann gehen die Türen nicht mehr auf!«
»Wartet noch«, sagte David. »Nur einen Moment. Seht doch!«
Sowohl Marcus als auch alle anderen blickten in die Richtung, in die er deutete: auf den Monitor.
»Es tut mir leid, Junge«, begann Marcus, »aber wir –«
»Aber sehen Sie es denn nicht?«, unterbrach ihn David erregt. »Seht doch hin! Sie werden mit ihnen fertig!«
»Wie?«
»Sie besiegen die *Baks!*«, behauptete David. »Sie werden immer mehr, aber sie halten sie trotzdem noch auf!«
Tatsächlich war es den Verteidigern Cairons, allen voran den Zwergen und ihren Greifen, die sich mit unvorstellbarem Mut in die Schlacht warfen, nicht nur gelungen, den Vormarsch der *Baks* zu stoppen, sondern die Ungeheuer sogar ein Stück weit zurückzudrängen.
»Sie haben keine Chance«, sagte Marcus trotzdem. »Je mehr sie von ihnen töten, desto mehr werden es.«
»Und wenn wir das ändern?«, fragte David.
Marcus sah ihn fragend an. »Wie meinst du das?«
»Sie haben es schon einmal getan«, antwortete David. »Als Yaso Kuuhl und ich im Schwarzen Turm waren und die Schlitzer uns verfolgten. Sie haben die *Baks* besiegt, aber dann haben Sie etwas getan, und sie veränderten sich.«
»Ich habe ein paar Programmparameter verändert«, bestätigte Marcus nickend, »und die nächste Generation –« Er stockte. Aus weit aufgerissenen Augen sah er David an, dann sagte er in verblüfftem Ton: »Ich verstehe! Du meinst –«
»Dass wir Ihrem Virus einen Virus verpassen sollten«, bestä-

tigte David. »Genau! Wir ändern das Programm, sodass sie sich nicht weiter vermehren! Liras' Truppen werden mit ihnen fertig, wenn sie ihre Unsterblichkeit verlieren. Es würde lange dauern, aber Adragne muss nicht untergehen!«

»Und Valerie wäre frei«, fügte Valeries Vater hinzu.

Einen Moment lang dachte Marcus sichtlich angestrengt über diesen Vorschlag nach, aber dann schüttelte er den Kopf. »Das hat keinen Sinn«, sagte er. »Ihr habt es doch gesehen! Wir kommen nicht an das Masterprogramm heran. Sämtliche Modemverbindungen sind blockiert!«

»Und wenn wir es direkt eingeben?«

»Ich sagte bereits: Du wirst nicht noch einmal dorthin gehen«, sagte Davids Vater. »Ganz gleich, was passiert!«

»Das habe ich auch nicht vor«, erwiderte David. »Nicht in den Schwarzen Turm auf Adragne. Aber ins UNIVERSUM.« Er hob die Hand, als sein Vater erneut widersprechen wollte. »Du hast das System dort selbst installiert. Du weißt, wo der Hauptrechner ist. Die *Baks* können vielleicht sämtliche Computerverbindungen blockieren, aber ich glaube kaum, dass sie uns daran hindern können, eine Diskette in den Rechner zu schieben.«

Davids Vater tauschte einen nervösen, fragenden Blick mit Marcus. »Bleibt uns so viel Zeit?«

»Ich weiß es nicht«, sagte Marcus. »Ich werde nicht riskieren, dass sich diese Biester noch weiter ausbreiten. Sobald ich eine Verbindung zum Elektrizitätswerk habe, lasse ich den Strom im Kaufhaus abschalten. Allerdings«, fügte er rasch hinzu, als Davids Vater widersprechen wollte, »müsste ohnehin jemand dorthin fahren, um den Generator abzuschalten. Der Computer des UNIVERSUM hat nämlich eine eigene Stromversorgung, genau wie unserer.«

»Worauf warten wir dann noch?«, fragte David.

Davids Hände waren feucht vor Aufregung, als sie auf den Parkplatz des UNIVERSUM rollten, und er war so nervös, dass er alle Mühe hatte, den kleinen Laptop-Computer zu halten, der aufgeklappt auf seinen Knien lag. Der Monitor war dunkel. Er hatte das Gerät noch nicht eingeschaltet, um die Batterien zu schonen. Keiner von ihnen wusste, wie lange sie das Gerät brauchen würden.

Falls es überhaupt zum Einsatz kam.

Marcus hatte ihnen eine Stunde Zeit gegeben, um an den Zentralrechner des UNIVERSUM heranzukommen und das Anti-Viren-Programm zu installieren, wie er gesagt hatte, die alleräußerste Frist, die er riskieren konnte. Was David und sein Vater auf dem Weg hierher gesehen hatten, das schien seine Worte auch zu bestätigen. Die Stadt lag vollkommen lahm. Ampeln, Straßenbeleuchtungen, Lichtreklamen und Schaufensterbeleuchtungen waren entweder ausgefallen oder spielten verrückt, Alarmanlagen und Schranken hatten sich selbstständig gemacht, Feuerwehr und Polizei waren im Dauereinsatz und fuhren vermutlich nur zu oft zu Einsatzorten, an denen überhaupt nichts passiert war. Diese Nacht würde in die Geschichte der Stadt eingehen, auch wenn außer ihnen vielleicht niemand jemals erfahren würde, was wirklich geschah. Die Baks breiteten sich in der Stadt aus.

Und wenn kein Wunder geschah, dann war das hier erst der Anfang.

»Da vorne ist der Hausmeister«, sagte sein Vater. »Scheinbar hat Marcus ihn erreicht. Wenigstens die Funktelefone scheinen ja noch zu funktionieren.«

David sah an seinem Vater vorbei durch die Windschutzscheibe hinaus. Am anderen Ende des riesigen Parkplatzes war eine einsame Gestalt erschienen, die ihnen mit einer Taschenlampe Lichtsignale gab. Vater steuerte den Wagen darauf zu, trat etwas zu hart auf die Bremse und kurbelte das Seitenfenster herunter. Der Hausmeister kam mit schnellen Schritten näher und leuchtete mit seiner Taschenlampe ins Wageninnere, sodass David und sein Vater blinzeln mussten.

»Guten Abend«, sagte er. »Sind Sie die Leute von COMPUTRON? Jemand hat angerufen und gesagt, dass Sie kommen.«

Vater drückte die Taschenlampe hinunter, sodass ihm das

grelle Licht wenigstens nicht mehr direkt in die Augen stach.
»Wir müssen ins Rechenzentrum«, sagte er. »Ein Notfall.«
»Ja, das kommt mir auch so vor«, antwortete der Hausmeister. »Die halbe Stadt scheint ja Kopf zu stehen. Können Sie mir verraten, was eigentlich los ist?«
»Ich wollte, ich wüsste es«, antwortete Davids Vater. »Wir sind hier, um es herauszufinden. Ist das Tor zur Tiefgarage offen?«
»Nein«, antwortete der Mann. »Es funktioniert nicht. Hier funktioniert so gut wie gar nichts mehr. Die ganze Anlage spielt verrückt. Stellen Sie sich vor: Vor zehn Minuten ist der Notstromgenerator angesprungen, obwohl wir gar keinen Stromausfall hatten!«
David warf seinem Vater einen raschen, besorgten Blick zu. Sie wussten beide, was die Worte des Mannes bedeuteten: Die *Baks* hatten ihre verwundbare Stelle entdeckt und auf die Gefahr reagiert. Selbst wenn das Elektrizitätswerk jetzt den Strom im gesamten UNIVERSUM abschaltete, würde das den Computer des Kaufhauses nicht lahm legen.
Davids Vater überlegte einen Moment, dann nickte er. »Also gut. Dann fahre ich aufs obere Parkdeck hinauf. Das Rechenzentrum ist im fünften Stock. Ich gehe lieber drei Treppen hinunter als zwei hinauf.«
»Die Schranke zum Parkdeck ist geschlossen«, antwortete der Hausmeister in einem Ton, als wäre es ihm mittlerweile peinlich, immer nur zu erzählen, was in seinem Kaufhaus alles *nicht* funktionierte.
»Das schaffen wir schon«, antwortete Vater. »Gehen Sie zurück in den Keller. Wenn Mister Marcus anruft, dann müssen Sie den Generator abschalten.«
»Die Notstromversorgung?«, vergewisserte sich der Mann ungläubig. »Aber dann stürzt der Computer ab!«
»Genau um das zu verhindern, sind wir hier«, log Vater. »Keine Sorge. Halten Sie sich nur bereit.«
Er fuhr weiter, bevor der Mann noch eine Frage stellen konnte.

Sie mussten das riesige Einkaufszentrum fast vollkommen umkreisen, um die Rampe zu erreichen, die zum Parkdeck auf dem Dach hinaufführte. Wie der Hausmeister gesagt hatte, war die weiß-gelb gestrichene Schranke davor heruntergelassen. Und sie rührte sich auch nicht, als Davids Vater den entsprechenden Knopf drückte.
Mit einem ärgerlichen Schnauben zog er die Handbremse an, klaubte den Computer von Davids Schoß und stieg aus dem Wagen. David sah gebannt und voll unguter Vorahnungen zu, wie er an die Schalttafel neben der Schranke herantrat, mit raschen Bewegungen die Verschlussplatte löste und dann den Laptop einschaltete. Dann zog er ein flaches Kabel mit zwei breiten Steckern aus der Jackentasche, befestigte das eine Ende am Computer und stöpselte das andere in eine entsprechende Buchse in der Schalttafel ein. Sekunden später erscholl ein helles Summen und die Schranke hob sich gehorsam in die Höhe und gab den Weg frei.
Triumphierend grinsend kam Vater zurück, reichte David den Computer und ließ sich wieder hinter das Steuer fallen. »Siehst du?«, sagte er. »So einfach war das.«
Er legte den Gang ein und fuhr los und als sie zwei Meter weit gerollt waren, krachte die Schranke wie die Klinge eines überdimensionalen Schafotts herunter und beulte das Wagendach ein.
Der Schlag war so heftig, dass das Heckfenster zerbrach und die Windschutzscheibe entlang eine lange, gezackte Linie riss. Davids Vater schrie vor Schrecken auf und trat das Gaspedal durch. Der umgebaute Kombi schoss mit durchdrehenden Reifen los. Die Schranke schrammte funkensprühend über das Dach, beulte es noch weiter ein und riss auch noch den Heckscheibenwischer ab und der Wagen schleuderte und prallte mit dem Kotflügel gegen die Mauer. Glas klirrte und einer der Scheinwerfer erlosch.
»Fahr weiter!«, rief David und sein Vater trat das Gaspedal noch weiter durch. Der Wagen kam schleudernd wieder in die Spur zurück und raste mit quietschenden Reifen die

gewundene Auffahrt hoch. David klammerte sich mit beiden Händen an den Lehnen seines Rollstuhls fest und hielt den Atem an, als er sah, wie rasend schnell die Betonmauern an ihnen vorüberhuschten. Der Kombi prallte zwei-, dreimal mit der Seite gegen die Mauer und zog eine Spur aus Funken und glühenden Lacksplittern hinter sich her, aber sein Vater gab nur noch mehr Gas. Wie durch ein Wunder erreichten sie das Ende der Rampe, ohne sich zu überschlagen oder den Wagen auf die Größe eines Briefbeschwerers zusammenzustampfen.
Und damit hörte ihre Glückssträhne dann auch schon auf.
Am oberen Ende der Rampe stand ein Schatten. Er war riesig, mindestens vier Meter, wenn nicht mehr, dabei aber spindeldürr, und er hatte einen seltsam geformten Kopf und zu viele Gliedmaßen. Es war ein *Bak*.
Davids Vater keuchte vor Überraschung und trat das Gaspedal noch weiter durch. Der Wagen machte einen regelrechten Satz nach vorne, schoss auf den *Bak* zu –
und hindurch.
Es gab keinen Aufprall. Der *Bak* wurde nicht zur Seite geschleudert oder zerfetzt. Der Kombi glitt einfach durch das Geschöpf hindurch, denn es war tatsächlich nicht mehr als ein Schatten, ein Trugbild, das in dieser Welt keinen Bestand hatte.
Aber auch dieses Trugbild hätte es gar nicht geben dürfen.
»Was war das?«, murmelte David erschüttert. »Wo ... wo ist dieses Biest hergekommen?«
»Es war nicht wirklich da«, antwortete sein Vater, während er noch verbissen mit dem Steuer kämpfte. Der Wagen schlitterte wild hin und her. »Vielleicht nur eine Illusion. Eine Holografie oder so etwas.«
David schwieg. Sein Vater wusste so gut wie er, dass es lebensechte Holografien nur in Science-Fiction-Filmen gab. Was immer hier vorging, hatte nichts mit *Technik* zu tun. Was immer es auch sein mochte: Es war etwas, was ihre Vorstellungskraft einfach überstieg. Aber der unheimliche Zwischenfall bedeutete auch noch etwas ganz anderes.

»Sie wissen, dass wir hier sind«, sagte David.
»Unsinn!«, widersprach sein Vater. »Das können sie gar nicht! Dazu müssten sie wissen, dass es uns gibt. Du überschätzt diese Dinger! Es sind trotz allem nur Computerviren. Kleine, dumme Programme, die nicht selbstständig denken können!« Er sprach sehr laut, aber seine Stimme klang nicht überzeugt.
Sie näherten sich dem Eingang, einem ganz aus getöntem Glas und Chrom erbauten Aufbau in der Mitte des Daches. Sein Vater brachte den Wagen unmittelbar davor zum Stehen, stieg aus und drückte den Türöffner.
Das Wunder geschah: Die beiden Türhälften glitten summend auseinander und gaben den Eingang frei.
David wollte die Wagentüren öffnen, aber sein Vater schüttelte den Kopf. »Warte«, sagte er. Hastig stieg er wieder ein und fuhr den Wagen langsam weiter.
Als sie halb im Inneren des Gebäudes waren, fielen die gläsernen Schiebetüren mit einem Knall zu. Der Wagen erbebte wie unter einem Hammerschlag und die Glasscheiben zerbarsten zu Millionen scharfkantiger Scherben.
David riss erstaunt die Augen auf. »Woher wusstest du das?«
»Ich falle doch nicht zweimal auf den gleichen Trick herein«, antwortete sein Vater geringschätzig. »Deine *Baks* sind vielleicht bösartig, aber nicht besonders einfallsreich.« Er fuhr noch ein kleines Stück weiter, ehe er anhielt und sich aufmerksam in der Runde umsah. Erst dann stieg er aus, eilte um den Wagen herum und öffnete mit einiger Mühe die verbeulten Hecktüren, um David herauszuholen.
»Und jetzt?«, fragte David.
»Wie viel Zeit haben wir noch?«
David sah auf die Uhr und überlegte einen Moment:»Vierzig Minuten, bis sie den Strom abschalten«, sagte er. »Mehr als genug. Das Rechenzentrum ist im zweiten Stock?«
»Ja«, antwortete sein Vater. Er wirkte sehr besorgt. »Aber wir können die Aufzüge nicht benutzen. Das alles gefällt mir nicht. Ich hätte dich nicht mit hierher bringen dürfen.«
David konnte seine Sorge verstehen. Auch er fühlte sich alles

andere als wohl in seiner Haut. Selbst ohne das Auftauchen des *Baks* wäre ihm dieses riesige, menschenleere Gebäude unheimlich vorgekommen. Der gläserne Aufbau war so groß, dass bequem zwanzig Wagen hineingepasst hätten. In seiner Mitte befand sich ein Schacht mit sechs nebeneinander liegenden, jetzt natürlich ausgeschalteten Rolltreppen. Gleich neben dem Eingang standen Hunderte von Einkaufswagen in langen Reihen und an der gegenüberliegenden Wand befanden sich die Türen eines halben Dutzends Aufzüge. Einer davon stand offen. Die Kabinenbeleuchtung brannte einladend. Wenn David jemals eine Falle gesehen hatte, dann war es dieser Aufzug. Sein Vater hatte Recht: Die *Baks* mochten bösartig sein, aber sie waren nicht besonders einfallsreich.

»Die Rolltreppe?«, fragte er.

»Es sei denn, du hättest Lust, an der Fassade hinunterzuklettern«, antwortete sein Vater. Er trat hinter den Rollstuhl, schob ihn vor eine der nach unten führenden Treppen und streckte die Hand nach dem Knopf aus, der sie in Betrieb setzte. Aber dann zögerte er noch einmal. »Warte hier!«

Rasch entfernte er sich, kam mit einem Einkaufswagen zurück und schob ihn auf die Rolltreppe. Erst dann schaltete er sie ein. Die Rolltreppe setzte sich summend in Bewegung und der Wagen glitt langsam nach unten.

Bis zur Hälfte ging es gut. Dann veränderte sich das Summen und wurde zu einem hohen, jaulenden Wimmern. Gleichzeitig beschleunigte die Rolltreppe, bis der Einkaufswagen nur so in die Tiefe sauste. Dann blieb die Treppe mit einem knirschenden Ruck stehen. Der Einkaufswagen wurde nach vorne gerissen und legte den Rest des Weges scheppernd und sich immer wieder überschlagend zurück. David verspürte ein eiskaltes Frösteln. Wären sie gleich mit der Rolltreppe losgefahren, dann läge *er* jetzt dort unten; schwer verletzt oder Schlimmeres.

»Wie gesagt«, meinte sein Vater. »Sie *sind* bösartig.«

»Und wie kommen wir jetzt da runter?«, fragte David.

Statt zu antworten, ließ sich sein Vater in die Hocke sinken

und schraubte den Deckel von der Schalttafel der Rolltreppe ab. David erwartete, dass er nun wieder den Computer zu Hilfe nehmen würde, um die widerspenstige Rolltreppe zu bändigen, aber er tat etwas anderes: Mit einer entschlossenen Bewegung griff er ins Innere des Schaltkastens und riss sämtliche Kabel ab, die er erreichen konnte. Funken stoben, dünner, übelriechender Rauch quoll aus dem Gehäuse und die Rolltreppe kam mit einem hellen Wimmern zum Stehen.
»Siehst du?«, fragte Vater grinsend. »Bei technischen Problemen muss man einfach nur einen Spezialisten rufen.«
»Ja«, antwortete David. »Erinnere mich daran, dass ich dich *nicht* meinen Computer reparieren lasse.«
Sein Vater lächelte flüchtig, aber die Nervosität wich nicht aus seinem Blick. Behutsam schob er David auf die Rolltreppe und machte sich auf den Weg nach unten.
Es stellte sich als gar nicht so einfach heraus. Wie alle Familienmitglieder hatte Vater eine Menge Übung darin, den Rollstuhl auch über die schwierigsten Hindernisse zu bugsieren, aber eine ausgeschaltete Rolltreppe war nun einmal nicht dazu gedacht, mit einem solchen Gefährt befahren zu werden. Schon auf halbem Wege war sein Vater in Schweiß gebadet, und David wagte sich gar nicht vorzustellen, was passiert wäre, hätte der Rollstuhl auch nur einmal kurz geruckt. Doch der Sabotageakt seines Vaters hatte gewirkt: Als sie die halbe Strecke nach unten zurückgelegt hatten, setzten sich die fünf anderen Treppen in Bewegung, ruckten vor und zurück und gebärdeten sich wie wild, aber die, auf der sie selbst standen, rührte sich nicht.
Sie erreichten das untere Ende der Treppe. Sein Vater hielt für einen Moment an, um zu verschnaufen, dann sabotierte er auch die nächste, weiter nach unten führende Rolltreppe auf dieselbe Weise, und sie setzten ihren Weg fort. Davids Finger strichen in einer unbewussten Bewegung über das mattgraue Kunststoffgehäuse des Laptop, den er auf den Knien liegen hatte. Er betete, dass der Virus, den Marcus in den kleinen Computer eingegeben hatte, seine Wirkung tat.

Im dritten Stockwerk angekommen, lehnte sich sein Vater keuchend gegen das Geländer und wischte sich den Schweiß von der Stirn. »Eine Minute«, sagte er. »Ich muss ... Atem schöpfen.«

David sah besorgt auf die Uhr. Sie hatten noch fünfundzwanzig Minuten. Mehr als genug Zeit, wenn sie weiter so gut vorwärts kamen.

Aber etwas sagte ihm, dass das nicht so bleiben würde ...

Sein Vater wartete tatsächlich nur eine Minute, dann stieß er sich mit einem erzwungen wirkenden Lächeln von der Rolltreppe ab, trat hinter den Rollstuhl und sagte: »Also los. Auf zum Endspurt.« Im selben Moment begann das Licht zu flackern, und mindestens ein Dutzend Alarmsirenen begannen gleichzeitig zu heulen und zu hupen.

»Was ist denn jetzt los?«, rief David erschrocken.

»Das Begrüßungskonzert!«, antwortete sein Vater. »Offenbar freuen sie sich gewaltig, dass wir kommen!«

Obwohl er aus Leibeskräften brüllte, hatte David alle Mühe, ihn überhaupt zu verstehen. Rings um sie herum herrschte ein wahrer Höllenlärm und das flackernde, zuckende Licht tat ein Übriges, um an seinen Nerven zu zerren.

»Sag mal, es gibt doch hier keine Verteidigungssysteme, oder?«, fragte er.

»Verteidigungssysteme?«

»Gegen Einbrecher oder Spione oder so was«, sagte David.

»Das hier ist ein Kaufhaus, kein Raketensilo«, antwortete sein Vater, während sie sich der nächsten Rolltreppe näherten, die sie ins zweite Stockwerk hinunterbringen würde. »Keine Sorge. Sie können ein bisschen Krach machen, aber mehr auch nicht.« Er lachte. »Computergesteuerte Laserkanonen gibt es nur in Science-Fiction-Filmen.«

Sie hatten die Rolltreppe erreicht. Davids Vater ließ sich in die Hocke sinken und schraubte die Frontplatte der Schalttafel ab, um sie ebenso unbrauchbar zu machen wie alle anderen. Rings um sie herum blitzte, heulte, flackerte und hupte es weiter und Davids Nervosität wuchs.

Vater warf den Deckel zu Boden und steckte die Hand in den Schaltkasten, um die Kabel herauszureißen, und David hörte ein helles, sonderbares Zischen, das beinahe im Lärm der heulenden Sirenen unterging.
Er verschwendete keine Zeit damit, seinem Vater eine Warnung zuzuschreien, die er bei dem Lärm sowieso nicht gehört hätte. Stattdessen beugte er sich vor, ergriff seinen Vater mit beiden Händen bei den Schultern und riss ihn mit aller Kraft zurück. Sein Vater verlor mit einem Schrei das Gleichgewicht und stürzte gegen ihn, sodass sein Rollstuhl ein Stück zurückgeschleudert wurde, und im selben Moment ergoss sich ein Schwall eiskaltes Wasser von der Decke. Ein blendender, gelber Blitz zuckte aus dem offen stehenden Schaltkasten, als die blank liegenden Drähte in einem gewaltigen Kurzschluss miteinander verschmolzen. Davids Vater rappelte sich hastig auf und wich ein paar Schritte von dem Schaltkasten fort, aus dem noch immer Funken und Qualm drangen. Von der Decke ergoss sich weiter eine wahre Sturmflut von Wasser. Die *Baks* hatten die Sprinkleranlage ausgelöst.
»Das war knapp«, sagte Vater halblaut. Seine Stimme zitterte ein bisschen. »Danke.«
»Sie müssen uns sehen können«, sagte David, den es zwar mit einem gewissen Stolz erfüllte, seinem Vater das Leben gerettet zu haben, dem dies aber auch fast peinlich war. »Und sie scheinen genau zu wissen, was wir vorhaben.«
Sein Vater warf ihm einen seltsamen Blick zu, aber er behauptete nicht noch einmal, dass das völlig unmöglich war.
Der Wasserguss hörte so plötzlich auf, wie er begonnen hatte, und eine Sekunde später erlosch auch das Heulen der Sirenen. David spannte sich, auf eine neue, noch unangenehmere Überraschung gefasst, doch nichts geschah.
Aus der offen stehenden Schalttafel stoben noch immer vereinzelte Funken, sodass sein Vater einen respektvollen Bogen darum schlug, als sie die Rolltreppe betraten. Sie hatten es kaum getan, da setzten sich die übrigen Rolltreppen wieder rumpelnd und scheppernd in Bewegung. Der Lärm kam

jedoch nicht nur von rechts und links, sondern auch von oben; diesmal hatte der Zentralrechner des Kaufhauses dafür gesorgt, dass *alle* Rolltreppen Amok liefen. David fragte sich nur, warum. Die *Baks* hatten bisher eigentlich nichts getan, was sinnlos gewesen wäre.

Und das war auch diesmal so.

David sah eine Bewegung aus den Augenwinkeln, doch jede Warnung wäre zu spät gekommen. Es war pures Glück, das sie rettete. Ein Einkaufswagen schoss kaum zwei Meter hinter ihnen auf die Rolltreppe, prallte als verbogener, zusammengestauchter Trümmerhaufen wieder ab und flog in hohem Bogen über seinen Vater und ihn hinweg. David warf erschrocken den Kopf in den Nacken. Die Rolltreppen über ihnen bewegten sich ruckartig vor und zurück, bockten und zitterten, bis die darauf abgestellten Einkaufswagen in die Höhe geschleudert wurden und über die Geländer stürzten. Die meisten verfehlten sie weit und trafen nicht einmal die Treppe, auf der sie sich befanden, aber zwei oder drei prallten auch in gefährlicher Nähe auf. Sie konnten nichts anderes tun, als hilflos dazustehen und die Köpfe einzuziehen. Kaum war das Bombardement vorbei, da setzte das Heulen der Alarmsirenen wieder ein, und das Licht flackerte heftiger denn je.

Die Rolltreppe endete auf einer breiten, von einer hüfthohen gläsernen Wand begrenzten Galerie, von der aus der Blick zwei Stockwerke tief in das gewaltige Atrium des Kaufhauses fiel. Dutzende von Geschäften flankierten die Galerie, die den gesamten Innenraum umspannte.

»Der Eingang zum Rechenzentrum«, begann sein Vater.

»Ist auf der anderen Seite«, unterbrach ihn David. »Die schmale Tür, direkt neben der Rolltreppe, die dort drüben hinaufführt.«

Sein Vater blinzelte überrascht. »Woher weißt du das? Du bist doch noch niemals dort gewesen.«

»Nicht mit dir«, antwortete David geheimnisvoll. Etwas leiser fügte er hinzu: »Wir sollten uns beeilen.«

Auf der anderen Seite der Galerie war ein halbes Dutzend

riesiger, vierarmiger Schatten aufgetaucht. Bei all den flackernden Lichtern und zuckenden Reflexen waren sie kaum zu erkennen, doch David sah sie so deutlich, als ständen sie zum Greifen nahe vor ihm. Auch diese *Baks* waren kaum mehr als finstere Schemen; sie hatten keine Körper, keine Substanz, sondern schienen tatsächlich nicht mehr als Schatten zu sein, geworfen von Geschöpfen, die in einer anderen, verbotenen Realität lebten. Noch während David und sein Vater hinsahen, begannen sie wieder zu verblassen und lösten sich ganz auf, wie Rauch, der vom Wind auseinandergetrieben wurde. Aber die Botschaft, die diese kurze Szene vermittelte, war überdeutlich.

»Sie ... sie versuchen herzukommen!«, sagte David entsetzt. »Sie wissen, dass wir hier sind!«

»Und sie versuchen mit allen Mitteln, uns aufzuhalten«, fügte Vater hinzu. Er nickte grimmig. »Das würden sie nicht tun, wenn sie keinen Grund hätten, uns zu fürchten. Wir sind auf dem richtigen Weg.«

Die Frage ist nur, ob es uns auch gelingen wird, ihn zu Ende zu gehen, dachte David. Auf der Galerie war im wahrsten Sinne des Wortes die Hölle los. In sämtlichen Schaufenstern flackerte das Licht, blitzten Alarmanlagen oder spielten Neonreklamen verrückt. Automatiktüren öffneten und schlossen sich hektisch, als sie daran vorübergingen, wie schnappende Kiefer, die vergeblich versuchten, ihre Beute zu erreichen. Der Lärm war unbeschreiblich. Es war, als schrie das ganze Kaufhaus mit tausend Stimmen, um auf die Eindringlinge aufmerksam zu machen.

Dann geschah etwas noch Unheimlicheres: Für einen Moment war es David, als flackerte nicht nur das Licht, sondern die ganze *Welt;* David konnte es nicht anders ausdrücken. Ganz kurz nur hatte er das Gefühl, nicht mehr im Kaufhaus zu sein, sondern in seinem finsteren Gegenstück in der anderen Welt, dem Schwarzen Turm. Er sah Schatten, hörte das unheimliche Brüllen der *Baks* und noch einen anderen, viel machtvolleren Laut, ein Geräusch wie von einer gewaltigen

Schlacht, die außerhalb des Turmes tobte. Dann, so schnell wie die Vision gekommen war, war sie auch wieder vorbei.
Zwanzig Meter vor ihnen explodierte das Schaufenster eines Spielzeugladens. Eine Flut von Glasscherben ergoss sich auf die Galerie, gefolgt von einer Anzahl kleinerer, dunkler Gegenstände, die David zunächst nicht erkennen konnte.
Aber dann riss er ungläubig die Augen auf.
Es waren Spielzeugautos unterschiedlichster Art: Rennwagen, Jeeps, Lkws, Geländewagen, Weltraumfahrzeuge, selbst ein kleiner Panzer, dessen Turm sich hektisch hin und her drehte, war darunter. Und all diese Fahrzeuge rasten schnurstracks auf sie zu.
Der erste Wagen, ein grellgelb lackierter Jeep, der kaum größer war als seine Hand, prallte gegen den Reifen seines Rollstuhls und überschlug sich. Er blieb auf dem Dach liegen. Seine Räder drehten sich immer schneller, und das Summen des kleinen Elektromotors klang regelrecht hysterisch. Er sah aus wie ein abstrakter Metallkäfer, der auf den Rücken gefallen war und nun zornig mit den Beinen strampelte.
Dann prallten ein zweiter, dritter und vierter Wagen gegen den Rollstuhl, und plötzlich war es gar nicht mehr komisch. Davids Rollstuhl zitterte spürbar, und Davids Vater schrie vor Schmerz und Überraschung auf, als ein fast meterlanger, ferngesteuerter Truck gegen sein Fußgelenk prallte und ihn um ein Haar zu Fall brachte. Trotzdem stieß er mit dem anderen Fuß nach dem Wagen und stürzte ihn um.
Der nächste Angreifer war der Spielzeugpanzer. Aus seinem Kanonenrohr stoben winzige gelbe Funken, während er mit rasselnden Ketten auf sie zu raste. Das Modell war gute fünfzig Zentimeter groß und wog sicherlich seine zehn bis fünfzehn Pfund. Wenn er mit voller Wucht herangebraust kam, konnte er durchaus einigen Schaden anrichten.
Davids Vater schien das wohl auch so zu sehen, denn er wich dem Panzer geschickt aus, beugte sich blitzschnell vor und riss ihn in die Höhe. Die Kunststoffketten des Gefährts drehten jaulend durch. Der Turm drehte sich heftig hin und her und

das Kanonenrohr schlug so hart gegen Vaters Handgelenk, dass er schmerzhaft das Gesicht verzog. Trotzdem ließ er den Panzer nicht los, sondern hob ihn noch höher, trat an die Brüstung heran und schleuderte das Gefährt in die Tiefe.
Keuchend vor Anstrengung und Erleichterung richtete er sich wieder auf, wandte sich um – und prallte erschrocken mitten in der Bewegung zurück.
Nicht weit hinter dem Spielzeugladen war ein weiteres Schaufenster zu Bruch gegangen. Doch was aus diesem hervorrumpelte, das waren keine ferngesteuerten Spielzeugautos.
Es war ein Gefährt von der Größe und dem ungefähren Aussehen eines kleinen Traktors. Das Metallgehäuse war grellrot gestrichen, und die grobstolligen Reifen waren fast so groß wie die von Davids Rollstuhl. Das Ding musste eine halbe Tonne wiegen, und als wäre dies allein noch nicht schlimm genug, befand sich an seinem vorderen Ende ein schwarzer Kunststoffkasten, unter dessen Rand die Klingen eines halben Dutzends rotierender Messer blitzten.
»Was ist das?!«, schrie David entsetzt.
»Ein Rasenmäher!«, brüllte sein Vater über das Toben der Alarmsirenen und -klingeln zurück. »Ferngesteuert! Der letzte Schrei auf dem Markt!«
Als hätte er seine Stimme gehört und reagierte darauf, setzte sich der Rasenmäher in Bewegung. David erwartete natürlich, dass er oder sein Vater das Ziel des wild gewordenen Rasenmähers sein würden, aber das Fahrzeug drehte sich fast auf der Stelle, beschleunigte noch weiter – und prallte mit voller Wucht gegen die Brüstung der Galerie. Das Sicherheitsglas hielt dem Anprall stand, aber der Kunststoffkasten vor der Schnauze des Rasenmähers zersplitterte mit einem Knall. Als das Gefährt zurückrollte, lagen die rasend rotierenden Messer des Schneidwerks frei. Der Rasenmäher schoss mit einem Ruck los. Und diesmal zielte er auf David.
David schrie laut auf. Was sein Vater dann tat, das war das mit Abstand Mutigste, was David jemals gesehen hatte. Ohne die Gefahr, in die er sich damit selbst begab, auch nur im

Geringsten zu beachten, rannte er an ihm vorbei, sprintete auf den Rasenmäher zu und stieß sich mit aller Kraft ab, Zentimeter, bevor die blitzenden Messer seine Beine berühren konnten. Ungeschickt, aber trotzdem sehr zielsicher landete er im Sattel des Miniaturtraktors, griff mit beiden Händen ins Lenkrad und versuchte es herumzureißen. Gleichzeitig erwachte auch David endlich aus seiner Erstarrung, stieß den Rollstuhl zurück und gleichzeitig zur Seite.

Der Traktor bockte, brach aus und kam vom Kurs ab, blieb aber keineswegs stehen, und auch der Rollstuhl bewegte sich nicht annähernd so weit zurück, wie nötig gewesen wäre. Aber die rotierenden Messer trafen nicht Davids Beine, sondern fraßen sich nur kreischend ins linke Rad seines Rollstuhls. Funken stoben auf. Die Luft roch plötzlich verbrannt, Metall- und Gummifetzen flogen in die Höhe und für einen kurzen, schrecklichen Moment drohte der Rollstuhl umzustürzen.

»Die Fernsteuerung!«, schrie David.

Er wusste nicht, ob sein Vater seine Worte über den Höllenlärm hinweg hörte oder in diesem Moment endlich selbst auf die richtige Idee kam, auf jeden Fall aber ließ er das Lenkrad los, drehte sich im Sitz herum und brach die Antenne ab. Der Motor des Rasenmähers ging aus. Die tödlichen Messer hörten auf, sich zu drehen, und die Scheinwerfer erloschen.

»Ist dir etwas passiert?«, schrie Vater, während er sich hastig aus dem Sitz stemmte und auf ihn zusprang.

»Ich glaube nicht«, antwortete David benommen. »Aber mein Stuhl ist hin.«

Tatsächlich hatte sein Rollstuhl schwere Schäden davongetragen. Der Vollgummireifen war zerfetzt und hing in Streifen herunter und die meisten Speichen waren geknickt oder ganz herausgerissen. Die Felge hatte einen deutlichen Knick.

Aber als er versuchte, den Stuhl zu bewegen, geschah ein kleines Wunder: Er bewegte sich. Rumpelnd, knirschend und wie betrunken hin und her schaukelnd, aber er rollte.

»Wie viel Zeit ist noch?«, fragte Vater.

David sah auf die Uhr und fuhr heftig zusammen. »Noch acht

Minuten!«, keuchte er. Er hatte nicht gemerkt, wie lange sie gebraucht hatten, um hierher zu kommen.
»Dann nichts wie los!«, sagte Vater.
»Bist du sicher, dass sie hier keine Cruise Missiles verkaufen?«, fragte David.
Sein Vater kam nicht einmal dazu, zu antworten. Das Licht flackerte und ging aus. Das Heulen und Gellen zahlloser elektronischer Stimmen erlosch und für ungefähr eine Sekunde wurde es vollkommen dunkel und absolut still. Dann ging das Licht wieder an, doch es war nur noch ein blasser, gelblicher Schimmer.
»Was ist jetzt geschehen?«, murmelte David – obwohl er die Antwort kannte.
»Marcus«, murmelte sein Vater düster. »Sie haben den Strom abgeschaltet. Anscheinend geht seine Uhr falsch!«
Natürlich wusste er so gut wie David, dass Marcus ganz bestimmt keine Probleme hatte, die richtige Uhrzeit abzulesen. Aber sie waren beide nicht sehr überrascht, dass der Amerikaner nicht Wort hielt. Wahrscheinlich hatte er von Anfang an nicht vorgehabt, das zu tun.
»Wir können es immer noch schaffen«, sagte sein Vater. »Das Notstromaggregat läuft noch. Dieser Wahnsinnige!«
»Er hat Angst, dass wir es nicht zuwege bringen«, sagte David.
Sein Vater lachte humorlos. »Er hat keine Ahnung!« behauptete er. »Er hat diese Biester erschaffen, aber er weiß offenbar nicht, was er getan hat! Wenn die Viren einmal im Internet sind und sich dort verbreiten, dann kann sie niemand mehr aufhalten, ob das Masterprogramm existiert oder nicht. Unsere einzige Chance ist, es zu verändern, nicht, es abzuschalten!«
Sie eilten weiter auf die Tür zum Rechenzentrum zu. Das beschädigte Rad des Rollstuhls zwang sie zu einem wackelnden Slalom, aber sie bewegten sich trotzdem sehr schnell vorwärts. David starrte mit einer Mischung aus Furcht und Misstrauen in die Auslagen der Geschäfte, an denen sie vorüberkamen, aber in den Schaufenstern blieb alles ruhig. Nichts rührte sich mehr. Vielleicht, überlegte er, hatte ihnen

Marcus ganz unabsichtlich doch einen Gefallen getan, indem er den Strom im gesamten Kaufhaus abstellen ließ. Der Generator im Keller reichte vielleicht aus, den Zentralrechner vor dem Absturz zu schützen, aber bestimmt nicht mehr, um all die kleinen tödlichen Überraschungen weiterlaufen zu lassen, die dieses Kaufhaus noch bereithalten mochte.
Zumindest die, die aus *dieser* Welt stammten.
Diesmal spürte David es einen Sekundenbruchteil, bevor es geschah. Einen fast zeitlosen Moment lang wurde es dunkel und als er wieder sehen konnte, hatte sich das Kaufhaus erneut in den Schwarzen Turm auf Adragne verwandelt.
Doch er war nun nicht mehr leer. Auf der Galerie bewegten sich zahlreiche *Baks,* und David sah aus den Augenwinkeln, dass sich auch am Boden der gewaltigen Halle unter ihnen etwas bewegte. Wieder hörte er Schreie, Lärm und das Getöse einer gewaltigen Schlacht, die in unmittelbarer Nähe zu toben schien.
»Was –?!«, keuchte sein Vater. Er blieb stehen. David begriff erst mit einer Verzögerung, dass er diesmal nicht der einzige war, der die Bilder sah.
Und das konnte nur bedeuten, dass es keine *Bilder* waren.
Es war keine Illusion. Sie waren tatsächlich im Schwarzen Turm. Mit allen Konsequenzen und allen Gefahren.
Eine dieser Konsequenzen – sie war ungefähr vier Meter groß, hatte vier Arme und einen grässlichen augenlosen Schädel mit fürchterlichen Kiefern – schien genau in diesem Moment Notiz von ihnen genommen zu haben. Der *Bak* hob den Kopf und bewegte ihn unruhig hin und her, wie ein Hund, der Witterung aufnimmt. Dann erstarrte er für eine Sekunde – und stürmte mit vorgestreckten Klauen und einem schrillen Schrei auf sie los.
Das Licht flackerte. Der Schwarze Turm verwandelte sich wieder in das UNIVERSUM zurück. Aber der *Bak* blieb da.
Das Ungeheuer musste im ersten Moment wohl genauso überrascht sein wie sie, denn es stürmte einfach an ihnen vorbei, stolperte über irgendein Hindernis und stürzte mit

hilflos rudernden Armen in das Schaufenster eines Modegeschäftes, das klirrend zerbarst.
»Das ist doch unmöglich!«, keuchte Davids Vater. »Das ist vollkommen ausgeschlossen! Sie können hier nicht existieren!!«
Von seinem Standpunkt aus hatte er damit wahrscheinlich sogar Recht. Unglückseligerweise schien der *Bak* das nicht so zu sehen. Während sein Vater den vierarmigen Koloss noch aus aufgerissenen Augen anstarrte, richtete sich dieser bereits mit einem wütenden Zischen wieder auf und trat mit einem staksigen Schritt aus dem zerborstenen Schaufenster heraus.
Mit einem zweiten, ebenso ungeschickt wirkenden, aber sehr schnellen Schritt trat er auf David und seinen Vater zu. Seine schnappenden Kiefer verfehlten David nur um Zentimeter. Eine seiner Klauen zertrümmerte das gläserne Geländer neben ihm, eine andere ließ die Kunststoffverkleidung der Wand auf der anderen Seite auseinanderplatzen und riss faustgroße Stücke aus dem Beton dahinter. Die dritte Klaue fuhr harmlos durch die Luft, aber die vierte streifte Davids Vater an der Schulter und ließ ihn meterweit davonstolpern.
David schrie vor Entsetzen und Panik auf, versuchte seinen Stuhl zurückzustoßen, und riss gleichzeitig schützend den anderen Arm über den Kopf. Der Koloss fuhr mit einem Zischen herum und hob alle vier Arme in die Höhe, um ihn zu zermalmen.
Doch bevor er zuschlagen konnte, erschien plötzlich eine weitere, hünenhafte Gestalt hinter ihm. Grüne Schuppen schimmerten im blassen Licht der Notbeleuchtung.
Der *Bak* musste die Gefahr instinktiv spüren, denn er fuhr mit einer unglaublich schnellen Bewegung herum, um sich dem neu aufgetauchten Gegner zuzuwenden. Doch so schnell er auch war, der Orc war schneller. Der Schuppenkrieger schwang eine gewaltige stachelbesetzte Keule und zertrümmerte den Schädel des Ungeheuers mit einem einzigen Hieb.
Der *Bak* kippte zur Seite und verwandelte sich in einen wirren Haufen aus Gliedern und Panzerplatten, und der Orc senkte seine Keule und wandte sich zu David um.

Erst als er in sein Gesicht sah, erkannte David ihn.
»Ghuzdan!«, flüsterte er ungläubig. »Wie ... wie kommst du denn hierher?!«
Der oberste Kriegsherr der Orcs senkte seine Keule und deutete auf die Tür zum Rechenzentrum. »Geh!«, grollte er. »Geh und bring es zu Ende. Wir werden versuchen, sie aufzuhalten.«
Und damit verschwand er. Sowohl seine Gestalt als auch der Körper des toten *Baks* verwandelten sich für einen Moment in rauchige Schemen und waren dann verschwunden.
Hinter David erklang ein gedämpftes Stöhnen und er fuhr erschrocken herum und rollte zu seinem Vater. Dieser lag mit schmerzverzerrtem Gesicht am Boden und presste die linke Hand gegen den Leib.
»Dad!«, keuchte David. »Was ist mit dir? Bist du verletzt?!«
David wollte sich vorbeugen, um nach seinem Vater zu greifen, aber dieser schüttelte den Kopf. »Keine Zeit«, keuchte er. »Geh. Tu, was dieses ... dieses *Ding* gesagt hat. Du musst es allein schaffen. Weißt du, wie?«
David nickte, aber er schien nicht besonders überzeugend zu wirken, denn sein Vater fuhr mit zitternder Stimme fort: »Du musst den Rechner an das Haupttterminal anschließen. Du erkennst es sofort. Aber du brauchst ein Passwort. Es lautet –«
»*Das Magische Wort*«, sagte David. »Richtig?«
Sein Vater blinzelte. »Woher weißt du das?«
»Ich sagte doch, ich war schon einmal hier«, antwortete David. Er sah sich nervös um. Im Augenblick waren keine weiteren Ungeheuer oder wild gewordene Maschinen zu sehen, aber ihm war trotzdem nicht wohl bei der Vorstellung, seinen Vater allein hier zurückzulassen.
»Nun geh schon!«, sagte sein Vater. »Du hast nur noch ein paar Minuten!«
Schweren Herzens richtete sich David auf, griff nach den Rädern und rollte los. Es war viel schwerer als erwartet, den beschädigten Rollstuhl zu bewegen, und er begriff erst jetzt, welche Kraft es seinen Vater gekostet haben musste, ihn bis

hierher zu schieben. Er konnte nur hoffen, dass *seine* Kraft ausreichte, den Rest des Weges zurückzulegen.
Als er sich der Tür näherte, ging wieder dieser sonderbare Ruck durch die Wirklichkeit, und mit einem Male war es keine kunststoffverkleidete Metalltür mehr, sondern das vertraute, zweiflügelige Riesentor, vor dem Yaso Kuuhl und er schon einmal gestanden hatten. Auch das Zwergengesicht war wieder da, aber es hatte sich verändert. Sein linkes Auge war zugeschwollen und seine Unterlippe war verschorft. Er sah aus wie ein Preisboxer, dem man noch nicht gesagt hatte, dass seine besten Tage hinter ihm lagen.
»Halt, Fremdling!«, keifte er. »Wenn du Einlass begehrst ...« Er stockte, blinzelte David aus seinem einzigen funktionierenden Auge an und seufzte dann: »Du schon wieder?«
»Lass mich durch!« verlangte David. »Bitte! Ich sage auch *Das Magische Wort!*«
»Hab ich dich etwa danach gefragt?«, nörgelte der Zwerg. »Mach doch, was du willst. In letzter Zeit geht es hier sowieso zu wie im Taubenschlag. Jeder kommt und geht, wie es ihm passt, und keiner fragt mich, ob ich vielleicht Lust habe –«
David hörte nicht mehr zu, sondern fuhr weiter und stieß die beiden Torhälften einfach auf, ohne auf das Lamentieren des Zwerges zu achten. Der Zwerg kreischte und begann ihn lauthals zu verfluchen, aber David beachtete auch das nicht, sondern versuchte, sein Tempo noch weiter zu steigern.
Es gelang ihm kaum. Das beschädigte Rad des Rollstuhls ließ sich immer schwerer drehen und der Raum ähnelte auch auf dieser Seite der Wirklichkeit zumindest in einem Punkt dem gewaltigen Alchimistenlabor, das sie im Schwarzen Turm gesehen hatten: Er war riesig. Anders als dort gab es hier keine Tische mit Glaskolben, Tiegeln und anderen altmodischen Gerätschaften, sondern nur in dezentem Grau gestrichene Schreibtische, auf denen Computer und Bildschirme standen – oder einmal gestanden hatten, denn auch in diesem Punkt gab es zwischen den beiden Realitäten eine unheimliche Ähnlichkeit: auch dieser Raum war total verwüstet. Viele

Schreibtische waren umgestürzt, die meisten Geräte zerstört. Hier und da kräuselte sich noch Rauch aus einem umgestürzten Monitor oder einem aufgeplatzten Computergehäuse, und der scharfe Geruch, der in der Luft lag, bewies, dass es wohl gebrannt haben musste.
Er hörte ein Klirren, drehte sich auf der Stelle herum und sah, wer für diese Verwüstung verantwortlich war.
Es waren gleich drei *Baks*. Nichts schien ihrer Zerstörungswut zu entgehen. Sie beschränkten sich nicht nur darauf, die Schreibtische und Computer zu zertrümmern, sondern zerfetzten die Wandverkleidungen, rissen den Fußboden auf und schlugen mit ihren messerscharfen Krallen nach den Lampen unter der Decke. Soweit David erkennen konnte, gab es nur einen einzigen Punkt in diesem Raum, der ihrem Zerstörungswerk bisher entkommen war: der große, bis fast unter die Decke reichende Tower des Zentralrechners, der an der gegenüberliegenden Wand aufgestellt war.
Wieder flackerte das Licht. Für einen Moment schien der Raum beides zu sein: das blitzende High-Tech-Center des Kaufhauses auf der einen und der riesige Saal im Herzen des Schwarzen Turmes auf der anderen Seite der Barriere, die die beiden Wirklichkeiten voneinander trennte. David sah den Computer mit all seinen blinkenden Anzeigen und Lichtern, zugleich aber auch den schimmernden Kupfertank, an dem sich Marcus zu schaffen gemacht hatte. Und so, wie sich der Computer in einen magischen Gegenstand verwandelt hatte, schien auch der Laptop auf seinem Schoß plötzlich doppelt zu existieren; er sah den kleinen, transportablen Computer, zugleich aber auch etwas anderes, einen schimmernden, magischen Gegenstand, vielleicht einen Kristall, eine Kugel ... er wusste es nicht. Und bevor er sich genauer überzeugen konnte, erlosch die Illusion auch wieder, und David war wieder ganz er selbst und wieder zurück in der Wirklichkeit des nächtlichen Kaufhauses –
und in der Gesellschaft der drei *Baks*.
Die drei hatten ihn jetzt bemerkt. Zwei der gewaltigen Wesen

starrten ihn nur an und bewegten wie unschlüssig die Arme; als wüssten sie nicht, wie sie mit diesem Eindringling verfahren sollten. Das dritte jedoch drehte sich langsam herum, streckte das obere seiner beiden Armpaare in seine Richtung aus und begann auf ihn zuzulaufen.
David griff mit aller Gewalt in die Räder und rollte los. Das beschädigte Rad quietschte und protestierte und der Rollstuhl wollte immer wieder nach links ausbrechen. Mit jeder Umdrehung schien es schwerer zu werden, das Rad überhaupt noch zu bewegen, und der große Computer am anderen Ende des Raumes war unendlich weit entfernt. Er hatte nicht die Spur einer Chance, ihn zu erreichen.
Nicht, wenn er nicht laufen konnte.
Das Rechenzentrum verschwand und machte dem Alchimistenlabor Platz. David fand sich unversehens in der Wirklichkeit Adragnes wieder und er saß auch nicht mehr in einem Rollstuhl, sondern rannte mit weit ausgreifenden Schritten durch den gewaltigen schwarzen Saal. Was er in den Händen hielt, das war auch kein Computer mehr, sondern ein schimmernder, in geheimnisvollem gelbem Licht glühender Kristall von sonderbarer Form, der sich warm und irgendwie lebendig anfühlte. Rings um ihn herum wimmelte es von *Baks*. Die Geschöpfe waren hier mit demselben beschäftigt wie ihre Brüder auf der anderen Seite: Sie zertrümmerten und zerschlugen systematisch alles, was der Zerstörungswut der Schlitzer und dem ersten Kampf entkommen war.
Für David war das ein Glück, denn auf diese Weise gewann er noch einmal einige Sekunden, bevor die ersten Vierarmigen auch nur Notiz von ihm nahmen.
Dann aber stürzten sich gleich fünf oder sechs der riesigen Bestien zugleich auf ihn.
David rannte im Zickzack weiter. Krallenhiebe durchschnitten die Luft über und neben ihm, verfehlten ihn nur wie durch ein Wunder, und gewaltige Kiefer schnappten dort zu, wo er gerade noch gewesen war. David schlug Haken, duckte sich und sprang, um den *Baks* auszuweichen. Doch die Zahl der

Wesen, die auf den Eindringling aufmerksam geworden waren, wuchs mit jeder Sekunde. Er hatte bereits mehr als die halbe Strecke zum Kupfertank zurückgelegt, doch jetzt war er eingekreist. Die *Baks* bildeten einen undurchdringlichen Ring rings um ihn herum – und er zog sich langsam, aber unbarmherzig weiter zusammen.
Gerade als er darauf wartete, von messerscharfen Krallen gepackt zu werden, fiel er wieder in seine Wirklichkeit zurück. Und das im wahrsten Sinne des Wortes.
David schrie überrascht, aber auch vor Schmerz auf, als er sich zwanzig Meter entfernt von seinem Rollstuhl und auf den Beinen wiederfand, die das Gewicht seines Körpers nicht tragen konnten. Hilflos schlug er hin, rollte auf den Rücken und ließ vor Schrecken den Laptop fallen. Er rutschte scheppernd ein paar Meter davon und blieb liegen.
Der *Bak*, der ihn angegriffen hatte, war damit beschäftigt, seinen Rollstuhl in handliche kleine Stücke zu zerlegen, hob aber mit einem Ruck den Kopf, als er Davids Schrei hörte. Zwei, drei Sekunden lang starrte er nur in seine Richtung, als sei er völlig irritiert und frage sich, wie David an diese Stelle gekommen war. Dann aber musste er wohl zu dem Schluss kommen, dass die Antwort auf diese Frage warten konnte, denn er drehte sich herum und kam mit weit ausgreifenden Schritten auf ihn zu.
David drehte sich mit einer verzweifelten Anstrengung auf den Bauch und versuchte davonzukommen. Seine Beine waren immer noch gefühllos, sodass er sein ganzes Körpergewicht nur mit den Armen vorwärts schieben konnte. Auf dem glatten Kunststoffboden fanden seine Hände kaum Halt und er kam nicht wirklich von der Stelle. Er spürte, wie der Boden unter den stampfenden Schritten des *Baks* zu zittern begann, sah einen gewaltigen Schatten über sich aufragen –
und war wieder im Alchimistenlabor im Schwarzen Turm.
Er lag auch hier auf dem Rücken und der gelbe Kristall war ihm ein paar Meter weit davongekollert, aber die *Baks* schienen jedes Interesse an ihm verloren zu haben.

Vorsichtig richtete sich David auf und sah sich um. In den Sekundenbruchteilen, die er fortgewesen war (was in dem veränderten Zeitverlauf Adragnes möglicherweise Stunden gewesen sein mochten), hatte sich der Anblick total verändert. Nur sehr wenige *Baks* hielten sich noch in seiner Nähe auf. Die meisten hatten sich im vorderen Drittel des Saales versammelt und im ersten Moment erkannte David dort nur ein scheinbar sinnloses Durcheinander. Dann wurde ihm klar, dass er Zeuge eines verbissenen Kampfes wurde.
Durch das große Tor strömten Orcs herein.
Hunderte der schuppigen Krieger, die noch dazu von Trollen und ganzen Heerscharen kleiner, wieselnder Goblins verstärkt wurden, drängten sich dicht an dicht durch den Eingang und griffen die *Baks* mit dem Mut von Wesen an, in deren Sprache das Wort Furcht nicht einmal vorkam. So gewaltig war ihr Ansturm, dass selbst die unheimliche Fähigkeit der *Baks,* sich nach Belieben zu vermehren, ihnen nicht widerstehen konnte. Die Armee der vierarmigen Kolosse wurde langsam und unaufhörlich zurückgedrängt.
Da begriff David seine Chance.
Nicht so schnell, wie er es gekonnt hätte, sondern mit unendlich behutsamen Bewegungen, um ja nicht die Aufmerksamkeit eines *Baks* auf sich zu ziehen, stemmte er sich auf Hände und Knie hoch, kroch zu dem Kristall und hob ihn auf. Irgendwo hinter ihm wurde eine wütende Stimme laut und er hörte die Geräusche eines anderen, näheren Kampfes, aber er beachtete auch dies nicht. Nach einem letzten, sichernden Blick über die Schulter, der ihm zeigte, dass die vierarmigen Wesen noch immer keinerlei Notiz von ihm nahmen, raffte er all seinen Mut zusammen und rannte los.
Wahrscheinlich hätte er es trotzdem nicht geschafft, denn seine Bewegung ließ drei Bestien herumfahren, und diesmal stürzten sie sich sofort auf ihn. Obwohl er von dem Kupfertank nur noch wenige Schritte entfernt war, hätten sie ihn zweifellos erreicht, denn die *Baks* waren nicht nur furchteinflößend, sondern auch unvorstellbar *schnell.*

Plötzlich aber ertönte bei der Tür ein helles, David wohlvertrautes Kreischen und als er erstaunt den Kopf herumdrehte, da sah er fassungslos ein gewaltiges, geflügeltes Wesen, das mit weit ausgebreiteten Schwingen direkt über die Köpfe der Kämpfenden hinwegglitt und auf ihn zuhielt.
Es ging tatsächlich um Sekunden. Einen Augenblick, bevor die *Baks* ihn erreichen konnten, stieß der Greif auf sie herab, tötete einen mit seinen Krallen und schleuderte die beiden anderen mit einem einzigen Hieb seiner gewaltigen Schwingen zu Boden.
Auch David wurde von den Federn gestreift und fiel, schlitterte aber nur weiter auf den Tank zu. Ohne auf den Kampf zu achten, der hinter ihm entbrannte, stemmte er sich wieder auf die Füße, hob den Kristall und war einen Moment lang ratlos, was er tun sollte. Dann erinnerte er sich an die Worte seines Vaters und kaum hatte er es getan, da entdeckte er unmittelbar vor sich eine Vertiefung in dem zerschrammten Kupfer, die genau der Form der Kristallkugel entsprach – er hätte jeden Eid geschworen, dass sie vor einer Sekunde noch nicht da gewesen war.
Mit aller Entschlossenheit schob er den Kristall in die Öffnung.
Seine Kräfte verließen ihn. Hilflos sank er auf die Knie herab und drehte sich dabei halb herum, sodass er mit dem Rücken am warmen Metall des Tanks entlangglitt. Nur noch wie durch einen Nebel sah er den gigantischen Greif, der dicht neben ihm gegen eine Übermacht von mindestens zwanzig *Baks* kämpfte, und er hörte jetzt auch wieder die Geräusche des anderen Kampfes hinter ihm und eine zornige, brüllende Stimme, die ihm irgendwie bekannt vorkam, ohne dass er genau sagen konnte, woher.
Er verlor nicht das Bewusstsein, aber einige Sekunden lang trieb er durch ein graues Schattenland, in dem alle Dinge leicht und bedeutungslos erschienen und in dem es ihm nicht möglich war, den Geschehnissen wirklich zu folgen. Erst als ihn jemand an der Schulter ergriff und unsanft rüttelte, öff-

nete er widerwillig die Augen und fand – wenigstens ein Stück weit – in die Wirklichkeit zurück.
Er blickte direkt in Yaso Kuuhls Gesicht. Der Schwarze Ritter sah sehr erschrocken drein und sehr besorgt.
»David! Was ist mit dir?«
David versuchte die Hand zu heben und Yaso Kuuhls Arm von sich wegzuschieben, damit er endlich aufhörte, ihn zu schütteln, aber seine Kraft reichte dazu nicht mehr aus. »Ich bin ... nicht verletzt«, behauptete er mit wenig Überzeugung. »Lass mich los!«
Yaso Kuuhl zog die Hand tatsächlich zurück, aber die Sorge wich nicht aus seinen Augen. »Wie kommst du hierher?«, fragte er. »Bist du verrückt? Sie werden dich auch umbringen!«
Und wie es aussieht, dachte David, hat er damit Recht. Nicht nur die Schlacht vorne am Eingang, auch der Kampf in diesem Teil der Halle näherte sich seinem Höhepunkt. Der Greif und sein in Silber gepanzerter Reiter wüteten fürchterlich unter den *Baks,* aber die schwarzen Kreaturen vermehrten sich nun fast schneller, als Messerflügel und Gamma Graukeil sie niederschlagen konnten. Und auch der Rückzug der *Baks* vorne am Tor war zum Stehen gekommen. Ihre Zahl war auf mindestens das Doppelte der ursprünglichen angewachsen und die Orcs waren wohl nur deshalb noch nicht wieder völlig aus der Halle hinausgedrängt worden, weil sie mittlerweile nicht nur von ihresgleichen, sondern auch durch eine große Anzahl Zwerge und Menschenkrieger verstärkt wurden.
Trotz allem fiel es David schwer zu glauben, was er sah. Menschen und Orcs, die Seite an Seite kämpften, das war ... *unvorstellbar.*
Und doch war es so. Menschen kämpften neben Orcs, Zwerge kämpften Seite an Seite mit Goblins, Greife und Trolle wehrten sich gemeinsam gegen die vierarmigen Bestien. Es war eine unvorstellbare, nie gesehene Allianz, etwas, was sich David nicht einmal in seinen kühnsten Träumen zu erwarten gestattet hätte.

Und sie war zum Scheitern verurteilt.
Yaso Kuuhl fuhr plötzlich herum, schwang sein Schwert und tötete einen *Bak,* der sich hinterrücks an ihn herangeschlichen hatte. Der Hieb erfolgte blitzschnell und mit der ungeheuren Kraft, die David an dem Schwarzen Ritter kannte – aber er war nicht besonders geschickt gezielt. Statt den Vierarmigen nur niederzuschlagen, wie er es zuvor in der Schlacht um Cairon getan hatte, köpfte Yaso Kuuhl das Ungeheuer. Die beiden ungleichen Hälften fielen polternd zu Boden.
Yaso Kuuhl fluchte, riss sein Schwert mit beiden Händen in die Höhe und suchte breitbeinig nach festem Stand, um dem Ansturm von zwei *Baks* zu begegnen, der unmittelbar erfolgen musste.
Aber er kam nicht.
Der abgetrennte Schädel und der kopflose Rumpf des *Baks* zuckten und bebten, wie David es schon unzählige Male beobachtet hatte, aber die beiden Teile wuchsen nicht zu einem völlig unversehrten Neuen heran.
Yaso Kuuhl blickte verwirrt zwischen dem Monster und David hin und her. »Was ... bedeutet ... das?«, fragte er stockend.
David antwortete nicht. Er wagte es nicht aus der absurden Furcht heraus, dass er seine verzweifelte Hoffnung vielleicht allein dadurch zunichte machen könnte, dass er sie *aussprach.*
Aber sie erfüllte sich.
Der *Bak* bewegte sich noch einige Sekunden lang auf eine sonderbare, fast trotzige Art, als versuche er mit aller Gewalt, gegen das Schicksal aufzubegehren, dann fiel er mit einer endgültig wirkenden Bewegung auf den Boden zurück und rührte sich nicht mehr.
Yaso Kuuhl ließ verblüfft sein Schwert sinken und drehte sich herum, und auch David wandte rasch den Kopf und sah, wie Messerflügel und Gamma Graukeil unter den *Baks* wüteten. Sowohl der Zwergenkönig als auch der stolze Greif waren verletzt und bluteten aus zahllosen Wunden, doch was David hier beobachtet hatte, wiederholte sich auch dort: Die *Baks,*

die unter Gammas Schwertstreichen und den Krallen- und Schnabelhieben des Greifs fielen, erholten sich diesmal nicht mehr.
»Es hat funktioniert!«, murmelte er. »Mein Gott, Valerie, es ... es hat *funktioniert!*«
»Was?«, fragte Yaso Kuuhl/Valerie.
David antwortete nicht, sondern deutete aufgeregt nach vorne, wo die Schlacht zwischen den *Baks* und den Menschen und ihren Verbündeten plötzlich abermals einen anderen Verlauf nahm. Die beiden feindlichen Heere waren nun in etwa gleich groß, und die *Baks* waren noch immer furchtbare, tödliche Gegner, deren Krallen und Kiefer nur zu oft ihr Ziel fanden. Trotzdem gab es keinen Zweifel mehr am Ausgang des Kampfes. Die Orcs wüteten mit einer Wildheit unter ihnen, die denen der *Baks* kaum nachstand, und was den Menschen und ihren kleinwüchsigen Verbündeten an Körperkraft fehlte, das machten sie durch Mut und Entschlossenheit wieder wett. Die *Baks* fielen einer nach dem anderen unter dem Ansturm der vereinigten Heere.
Der Kampf dauerte nicht mehr sehr lange. Menschen und Orcs erhielten immer noch Nachschub durch frische Truppen, die durch das aufgesprengte Tor hereindrängten, während die Zahl der *Baks* nun unaufhörlich sank. Schließlich fiel der letzte vierarmige Gigant unter dem Keulenhieb eines Orcs und es war vorbei.
David wurde für einen Moment schwarz vor den Augen; nicht so sehr vor Schwäche als vielmehr vor Erleichterung, die wie eine Woge über ihm zusammenschlug, und für eine Sekunde hatte er beinahe Angst, nun doch noch das Bewusstsein zu verlieren.
Yaso Kuuhl/Valerie sprach ihn an, aber er verstand die Worte nicht. Nur mit großer Mühe gelang es ihm, der verlockenden Dunkelheit hinter seinen Gedanken zu widerstehen und noch einmal die Augen zu öffnen.
Gerade im richtigen Moment, um Zeuge eines ganz und gar unglaublichen Anblickes zu werden.

Die Schlacht war vorbei. Orcs, Menschen, Zwerge, Goblins, Trolle und selbst ein paar Greife bewegten sich durch die Halle und untersuchten jeden einzelnen toten *Bak,* um auch sicherzugehen, dass nicht eine der Bestien entkommen war, doch zwischen ihnen hatte sich eine Gasse gebildet, und David sah vollkommen fassungslos Meister Orban, den Amethyst-Magier, König Liras und zwischen ihnen niemand anderen als Ghuzdan auf sich zukommen.
Auch Yaso Kuuhl riss ungläubig die Augen auf und wollte etwas sagen, brachte aber keinen Laut hervor, sondern starrte die drei so ungleichen Gestalten nur wortlos an. Kurz, bevor sie David erreichten, gesellte sich auch noch Gamma Graukeil zu der Versammlung.
»Hallo, Ritter DeWitt«, sagte Orban. Dann lächelte er und fragte: »Oder darf ich *David* sagen?«
David war nicht fähig, auch nur irgendetwas zu antworten. Er starrte nur abwechselnd in Orbans, Gamma Graukeils, Ghuzdans und König Liras' Gesicht und versuchte vergeblich zu begreifen, was er da sah. Schließlich fuhr Orban fort:
»Du hast es also geschafft. Ich danke dir.«
David nahm auch das kaum zur Kenntnis. Langsam, mit benommen wirkenden Bewegungen, richtete er sich auf und musste auch jetzt noch dreimal ansetzen, ehe er überhaupt einen Ton herausbekam.
»Ohne euch hätte ich es kaum geschafft«, sagte er. »Aber wie ... ich meine ... woher ...« Er schluckte, setzte neu an und fragte dann mit nicht sehr fester Stimme: »Wie ist das möglich, dass Menschen und Orcs Seite an Seite kämpfen?«
»Manchmal muss man seine Kräfte vereinen, um mit einer gemeinsamen Gefahr fertig zu werden«, antwortete Orban. »Auch wenn es schwer fällt«, fügte er nach einer Pause hinzu.
Ghuzdan sagte: »Außerdem taten uns die Blassen leid. Wir konnten doch nicht zulassen, dass man sie einfach abschlachtet.«
Orban sah ihn zornig an, und Ghuzdan antwortete mit einem tiefen, drohenden Knurren – aber seltsam: David hatte das

sichere Gefühl, dass weder die Worte des Magiers noch die des Orcs wirklich ernst gemeint waren. Aber ein Orc, der *scherzte?* Unvorstellbar.

»Wenn du allerdings fragst, wer uns *zusammengebracht* hat«, fuhr Orban nach einer kurzen Pause fort, »dann weißt du die Antwort darauf wahrscheinlich besser als ich.«

David blickte ihn fragend an und Orban trat mit einem Schritt beiseite, um den Weg für eine kleine, grüne Gestalt mit einem überbreiten Mund und gewaltigen Segelohren frei zu machen.

»Gobbo?!«, ächzte David. »Du?«

»Ich habe dir doch gesagt, dass ich dich überall finde, Schwachkopf!«, brüllte der Goblin. *»Niemand entkommt Gobbo dem Schrecklichen!«*

»Du ... du hast ...«, stotterte David. »Aber wie ... ich meine ... wann ...«

»Wir haben lange miteinander geredet, nachdem ihr in eure Heimat zurückgekehrt wart, David«, sagte Orban. »Die Entscheidung fiel uns nicht leicht, glaube mir. Die Orcs sind unsere Feinde gewesen, solange wir denken können. Aber du und Gobbo, ihr habt bewiesen, dass unterschiedliche Hautfarben und Größen vielleicht nicht so viel bedeuten, wie wir immer dachten. Also sandte ich einen Boten zu Ghuzdan.«

»Hat er ihn gegessen?«, fragte David.

Orban sah erschrocken drein, doch Ghuzdan lachte grölend, bis sich Liras und Gamma Graukeil demonstrativ die Ohren zuhielten und selbst Gobbo ein wenig erstaunt dreinblickte.

»Nein«, sagte Orban. »Er hörte uns zu. Und nachdem wir sahen, was den Schlitzern widerfuhr ...«

»Was ist ihnen geschehen?«, fragte David. Er kannte die Antwort.

»Sie existieren nicht mehr«, antwortete Ghuzdan an Orbans Stelle. »Die Dämonen haben sie ausgelöscht, bis auf den letzten Mann.«

»Also habt ihr eure Kräfte vereinigt, um mit der Gefahr fertig zu werden«, vermutete Yaso Kuuhl.

»Ganz so leicht war es nicht«, antwortete Orban. »Aber am

Ende ... ja, am Ende schon, Ritter Kuuhl – oder sollte ich Euch lieber *Valerie* nennen?«
Yaso Kuuhl ächzte. »Wie? Woher wisst Ihr –?«
Orban lächelte. Aber nur für einen Moment, dann wurde er plötzlich wieder sehr ernst. »Wir wissen alles über euch«, sagte er. »Woher ihr kommt, wer ihr seid und weshalb ihr uns erschaffen habt.«
David sah den Magier betroffen an und wollte etwas sagen, doch Orban hob rasch die Hand und fuhr fort. »Was geschehen ist, ist geschehen, David. Fehler sind dazu da, um daraus zu lernen. Niemand wird euch etwas vorwerfen und niemand wird je erfahren, was hier und jetzt besprochen wird.«
»Wir ... wir dachten, es wäre nur ein Spiel«, murmelte David. »Bitte glaubt mir das.«
»Dann seid ihr ein sehr dummes Volk, das nicht begreift, dass Verbrechen, die man nur in Gedanken begeht, ebenso schwer wiegen können wie alle anderen. *Wir* dachten, dass uns die Götter erschaffen haben – aber vielleicht sind wir nicht die einzigen, die sich geirrt haben.«
»Es tut mir leid«, sagte David noch einmal. »Ich verspreche Euch, dass ich es wieder gutmachen werde. Ich werde euch –«
»Wir brauchen eure Hilfe nicht«, unterbrach ihn Orban. »Nicht mehr. Du hast den Schaden wieder gutgemacht, den einer der euren angerichtet hat. Mit allem anderen kommen wir allein zurande. Ich möchte, dass ihr jetzt geht. Und niemals wiederkommt.«
Die Worte des Magiers stimmten David sehr traurig. Er hatte gewusst, dass er Orban und alle die anderen niemals wiedersehen durfte, aber er hatte bis zuletzt gehofft, dass sie, wenn schon nicht als Freunde, so doch wenigstens nicht als *Feinde* voneinander scheiden würden. Aber er konnte Orban auch gut verstehen.
»Das werden wir nicht«, sagte er. »Und ich werde auch dafür sorgen, dass euch kein anderer aus unserer Welt mehr besucht. Niemand wird je erfahren, dass es euch und eure Welt gibt. Das verspreche ich.«

»Gut«, sagte Orban. Dann wurde sein Gesicht noch finsterer. »Und um sicherzugehen, dass du dein Versprechen auch hältst, werde ich dir etwas mitgeben, dass dich dein Leben lang daran erinnert.«

Damit beugte er sich vor und berührte David fast flüchtig an der Stirn. Ein heißer, aber rasch wieder vergehender Schmerz durchfuhr David. Erschrocken prallte er ein kleines Stück zurück, blinzelte und sah an sich herab. Nichts schien geschehen. Und er fühlte auch keine Veränderung.

»Was ... habt Ihr getan?«, fragte er.

»Du wirst es merken, wenn es so weit ist«, sagte Orban düster. »Und nun geht.«

»Darf ich mich ... noch verabschieden?«, fragte David.

»Verabschieden?«, wollte Gamma Graukeil wissen. »Von wem?«

David deutete auf den Goblin. »Von Gobbo«, sagte er. »Ohne ihn wäre alles anders gekommen. Ich möchte ihm wenigstens Lebewohl sagen.«

Gamma Graukeil blickte ihn auf eine Art an, die David eindeutig als *fassungslos* bezeichnet hätte, hätte es einen Grund dafür gegeben, aber Orban machte eine rasche Bewegung und der Zwerg sagte nichts. Wortlos drehten er, Orban, Liras und als letzer auch Ghuzdan sich herum und gingen davon. Nur der Orc wandte nach ein paar Schritten noch einmal den Kopf und warf ihnen einen eindeutig *spöttischen* Blick zu.

David seufzte. »Also, Gobbo«, sagte er. »Du hast Orban gehört. Ich würde gerne noch –«

»*Quatsch mir kein Ohr ab, Blödian*«, unterbrach ihn Gobbo in gewohnter, trommelfellzerreißender Lautstärke. »*Ich weiß, was du mir sagen willst. Spar dir dein Gesülze.*«

Yaso Kuuhl/Valerie blinzelte verblüfft und auch David starrte den Goblin fassungslos an. »Was?«

»*Wir haben noch eine ganze Menge zu bereden, Dödel*«, fuhr Gobbo fort. »*Zum Beispiel über dein Benehmen Kleineren gegenüber.*« Und damit begann sich seine Gestalt zu verändern. Sein Mund schmolz zusammen, seine Glieder wurden kräftiger und die riesigen Fledermausohren verschwanden fast vollkommen. Es vergingen nur wenige Sekunden und Gobbo hatte sich total verändert. Aber er schrie immer noch, als er fortfuhr: »*Und darüber, was du mit Moranien gemacht hast!*«

»Mor ... ris!«, krächzte David ungläubig.

»Die kleine Pestbeule!«, fügte Yaso Kuuhl/Valerie in ebenso ungläubigem Ton hinzu.

Morris funkelte sie an. »Darüber reden wir später, Süße«, sagte er drohend. »So in ungefähr zehn oder zwölf Jahren!«

»Aber wie ... wie kommst du denn hierher?«, stammelte David. »Das ist doch gar nicht ...«

»Hast du gedacht, du wärst der einzige, der Fantasie hat?«, krähte Morris fröhlich. »Weißt du, man braucht keinen blöden Computer, um nach Moranien zu kommen.«

»Aber Moranien und hier –«

»Oh, so groß ist der Unterschied nicht«, unterbrach ihn Morris. »Und jetzt kommt – bevor unsere Freunde *wirklich* sauer werden.« Er deutete mit einer Kopfbewegung auf Orban und die anderen, die in einiger Entfernung stehen geblieben waren und mit finsteren Gesichtern zu ihnen herüberblickten. Aber David war sicher, zumindest in Orbans Augen eindeutig so etwas wie ein warmes, fast freundschaftliches Lächeln zu entdecken.

»Also gut«, sagte er. »Gehen wir nach Hause.«

Davids Vater lag noch immer draußen auf der Galerie, als sie aus dem Rechenzentrum heraustraten. Er schien nicht ganz so schlimm verletzt zu sein, wie David im ersten Moment befürchtet hatte, denn es war ihm immerhin gelungen, sich zum Geländer zu schleppen und sich in eine halbwegs sitzende Position hochzustemmen, und als er das Geräusch der Tür hörte, hob er mit einem Ruck den Kopf. Für den Bruchteil einer Sekunde sah er sehr ängstlich drein, dann machte sich eine unendlich tiefe Erleichterung auf seinen Zügen breit.

Aber nur, um gleich darauf von einem Ausdruck solcher Fassungslosigkeit abgelöst zu werden, dass David im ersten Moment wieder erschrak. Er glaubte nicht, dass es daran lag, dass er außer David und Valerie auch noch seinen jüngeren Sohn aus dem Rechenzentrum heraustreten sah, den er eigentlich friedlich schlafend zu Hause im Bett wähnte. Er war sogar ziemlich sicher, dass Vater dies in diesem Moment nicht einmal registrierte.

Das einzige, was er vermutlich sah (und was zu glauben er sich mit ziemlicher Sicherheit einfach weigerte), war David, der langsam und sehr vorsichtig, aber aufrecht gehend und auf seinen eigenen Beinen auf ihn zukam.

»In deiner Haut möchte ich jetzt nicht stecken«, sagte Valerie in einem ebenso fröhlichen wie auch eindeutig schadenfrohen Ton. Der Ausdruck in ihrer Stimme erinnerte David ein bisschen an das Glitzern, das er in Ghuzdans Augen gesehen hatte, als sich der Orc noch einmal zu ihnen herumdrehte. »Ich glaube, du wirst ihm eine Menge erklären müssen.«

»Na ja, ich habe ja auch eine Menge Zeit«, antwortete David achselzuckend. Er würde später darüber nachdenken. Im Moment war er viel zu sehr damit beschäftigt, sich auszumalen, was er mit Orbans Geschenk anfangen würde. Er hatte eine Menge nachzuholen – immerhin drei Jahre, und das war eine verdammt lange Zeit, wenn man sie reglos im Rollstuhl verbringen musste.

»Wirst du dein Wort halten?«, fragte Valerie.

»Bestimmt«, antwortete David. Das war er Orban schuldig und allen anderen auch. »Weißt du, ich habe mir nämlich vorgenommen, in Zukunft nicht mehr ganz so viel Zeit wie bisher am Computer zu verbringen. Oder wenigstens«, fügte er nach einem unmerklichen Zögern hinzu, »mit anderen Programmen.«

Er zögerte noch einmal, dann sagte er, allerdings ganz leise und nur für sich: »Aber ich denke, ich werde ihm wenigstens eine Botschaft schicken, um mich bei ihm für sein Geschenk zu bedanken.«